HEYNE <

AF168756

BRIGID KEMMERER

TROTZE DER NACHT

ROMAN

Aus dem Amerikanischen übersetzt
von Vanessa Lamatsch

WILHELM HEYNE VERLAG
MÜNCHEN

Titel der amerikanischen Originalausgabe:
DEFY THE NIGHT

Sollte diese Publikation Links auf Webseiten Dritter enthalten, so übernehmen wir für deren Inhalte keine Haftung, da wir uns diese nicht zu eigen machen, sondern lediglich auf deren Stand zum Zeitpunkt der Erstveröffentlichung verweisen.

Penguin Random House Verlagsgruppe FSC® N001967

Deutsche Erstausgabe: 08/2023
Redaktion: Babette Mock
Copyright © 2021 by Brigid Kemmerer
Copyright © 2023 der deutschsprachigen Ausgabe
und der Übersetzung by Wilhelm Heyne Verlag, München,
in der Penguin Random House Verlagsgruppe GmbH,
Neumarkter Straße 28, 81673 München
Printed in Germany
Umschlaggestaltung: DAS ILLUSTRAT, München,
unter Verwendung des Originalentwurfs
von Sasha Vinogradova
Satz: Leingärtner, Nabburg
Druck und Bindung: GGP Media GmbH, Pößneck
ISBN 978-3-453-32284-4

www.heyne.de

*Für Mrs. Pat Bettridge und Mrs. Nancy Vaughan.
Zwei fantastischen Lehrerinnen, die mir gezeigt haben,
wie mächtig das geschriebene Wort sein kann.*

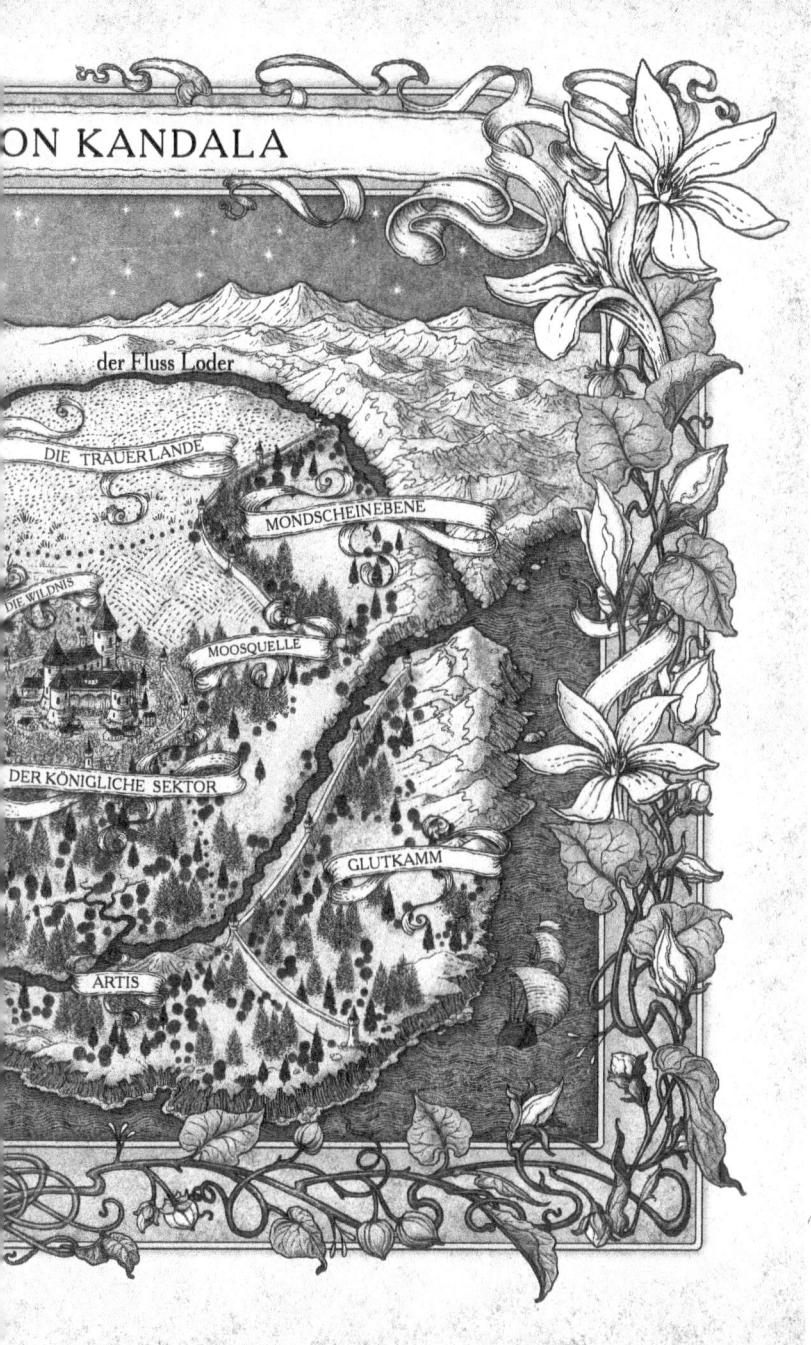

Personen

Die politische Führung von Kandala

Name – Amt – Sektor

King Harristan – König – Königlich
Prinz Corrick – Königlicher Vollstrecker – Königlich
Barnard Montague – Konsul – Händlershalt*
(verstorben)
Allisander Sallister – Konsul – Mondscheinebene
Leander Zunft – Konsul – Stahlstadt
Jonas Buching – Konsul – Artis
Lissa Marpetta – Konsulin – Glutkamm
Roydan Pelham – Konsul – die Trauerlande
Arella Kirsch – Konsulin – Sonnenfeste
Jasper Gold – Konsul – Moosquelle

---

* manchmal auch Hinterhalt genannt, nachdem der frühere König und seine Königin von Konsul Montague ermordet wurden. Dadurch kamen Harristan und sein jüngerer Bruder Corrick an die Macht.

Die Rebellen

Tessa Cade – Pharmazeutin
Weston Lark – Stahlarbeiter
Lochlan – Rebell
Die Wohltäter – unbekannt

Das Heilmittel

Das einzig bekannte Heilmittel für das Fieber ist ein Elixier aus getrockneten Blütenblättern des Mondflors, einer Pflanze, die nur in zwei Sektoren heimisch ist: in der Mondscheinebene und in Glutkamm. Mondflorblütenblätter werden streng rationiert an die Sektoren verteilt, und die zur Verfügung stehende Menge ist begrenzt.

Vermögende können sich ihren eigenen Vorrat kaufen.

Arme können das nicht.

Tessa

Das Schwerste an meiner Aufgabe ist nicht das Stehlen – sondern das Entkommen. Im besten Falle kostet es mich zwei Minuten, über die Mauer zu klettern und aus dem königlichen Sektor zu verschwinden, aber die Nacht ist kalt und meine Finger werden langsam taub. Die Lichtkegel von Suchscheinwerfern gleiten in unregelmäßigen Abständen über die Wände, das erste Sonnenlicht wird den Himmel erst in einer Stunde erhellen. Ich halte die alte Apothekertasche meines Vaters fest unter dem Arm, verberge mich in der Dunkelheit, warte auf eine Gelegenheit.

In mehreren Sektoren sind die wohlhabenderen Viertel mit Elektrizität ausgestattet – zumindest habe ich das gehört –, aber die Scheinwerfer hier leuchten heller als jede Kerze. Sogar heller als die großen Scheiterhaufen, auf denen die Städte ihre Fiebertoten verbrennen. Als ich sie zum ersten Mal gesehen habe, habe ich sie angestarrt wie eine Närrin ... bis mir klar wurde, dass diese Lichter gefährlich sind. Ich habe Tage damit verbracht, ein Muster zu erkennen. Irgendwann habe ich es Weston gegenüber einmal erwähnt. Er hat nur geschnaubt und gemeint, es gäbe kein Muster, sondern nur gelangweilte Männer, die eine Lampe an einem Pfahl drehen.

In der letzten Stunde haben sie die Lichter recht ausdauernd geschwenkt.

Ich bewege nervös die Finger und veranschlage für das Klettern über die Mauer zur Sicherheit drei Minuten – dann kaue ich nachdenklich auf der Unterlippe. Diesen Mauerabschnitt trifft der Lichtstrahl spätestens alle zwei Minuten.

Wes wartet wahrscheinlich bereits in der Werkstatt auf mich. Er kann die hohe Steinmauer in einer halben Minute überwinden. Dank seiner Körpergröße kann er hochspringen, mit seinem Enterhaken die hohen Spieße darauf erreichen und dann quasi an der Wand nach oben laufen, um auf die andere Seite zu springen. Ich wäre eifersüchtig, wäre es nicht so faszinierend zu beobachten.

Nicht, dass ich ihm das jemals erzählen würde. Das würde er mich nie vergessen lassen.

Faszinierend, Tessa? Es ist nur eine Mauer. So was hier ist viel anstrengender. Und dann würde er auf einen Baum klettern oder in einem Salto vom Werkstattdach springen oder auf den Händen laufen.

Und dann müsste ich ihn schlagen, weil das immer noch besser wäre, als zuzulassen, dass er die Röte bemerkt, die unter meiner Maske aufsteigt. Denn all das fasziniert mich ebenfalls.

Ich muss aufhören, an Wes zu denken. Die Suchscheinwerfer müssen aufhören, sich zu bewegen. Ich muss meine Runden drehen, oder wir werden wertvolle Zeit verlieren. Manchen Leuten bleiben keine Tage mehr. Ein paar von ihnen bleiben wahrscheinlich nicht mal mehr Stunden.

Aber zuerst muss ich hier verschwinden. Wenn ich mit einer Tasche voller Mondflorblüten erwischt werde, werden mich

König Harristan und sein Bruder, Prinz Corrick, auf dem Rasen der Palastgärten festbinden lassen, damit die Vögel meinen Körper zerpicken.

Plötzlich stoppt der Lichtkegel an der Ecke, an der die Mauer wegen eines Abhangs im Schatten liegt. Der beliebteste Fluchtpunkt für Amateure.

Diese Gelegenheit darf ich mir nicht entgehen lassen. Ich springe aus meinem Versteck wie ein aufgeschrecktes Kaninchen und schwinge gleichzeitig meinen Enterhaken. Ich kann ihn nicht zu den Zacken hochwerfen, wie Wes es kann, aber ich kann die Vorsprünge in der Mitte erreichen. Der Haken schießt an der Wand nach oben und ich springe schon, bevor sich das Seil spannt. Meine Stiefel kratzen beim Klettern über das Gestein und gleiten kurz ab. Ich erreiche den winzigen Vorsprung. Er ist gerade breit genug, um mich darauf zu halten, während ich den Haken löse und weiter nach oben werfe. Er trifft einen der Spieße, und schon klettere ich weiter.

Das Licht setzt sich wieder in Bewegung.

Ich schnappe nach Luft und treibe mich zu Höchstleistungen an. Die Tasche schlägt gegen meine Rippen, als meine Füße für einen Moment den Halt verlieren. Meine Hände am Seil brennen. Das Licht kommt näher, wird immer heller.

Dann habe ich den höchsten Punkt erreicht, lasse mich auf der anderen Seite fallen, benutze das Seil nur zum Bremsen. Schwer wie ein Hafersack lande ich auf dem Boden. Ich schüttle das Seil und der Haken landet mit einem leisen Klirren neben mir. Erde und Zweige hängen im groben Wollstoff meines Rocks, aber ich wage nicht, mich zu bewegen. Das Blut rauscht mir in den Ohren, als ich mit angehaltenem Atem darauf warte, dass die Wachposten Alarm schlagen.

Aber nein. Das Licht gleitet an mir vorüber und folgt seinem Pfad.

Ich schlucke schwer und wickle das Seil am Haken auf. Der Halbmond steht noch hoch am Himmel, doch am Horizont ist der erste Streifen Rot erkennbar, um mich daran zu erinnern, dass ich zu lange gezögert habe; dass die Zeit knapp wird. Ich gleite mit routinierter Leichtigkeit durch den Wald, meine Schritte lautlos auf dem Bett aus Kiefernnadeln. Gewöhnlich rieche ich jetzt bereits den Rauch des Holzofens, weil Wes immer schneller ist als ich. Wir haben ein System: Er setzt den Kessel auf und zerstößt die Blütenblätter, damit wir das Elixier anfertigen können, während ich das Pulver abwiege und dosiere. Dann füllt er die fertige Flüssigkeit in Phiolen, ich packe sie in unsere Taschen, und gemeinsam drehen wir unsere Runde.

Aber heute gibt es keinen Rauch.

Ich erreiche die Werkstatt, aber Weston ist nirgendwo zu entdecken.

Ich denke zurück an den verweilenden Lichtstrahl an der Mauer. Mein Herz schlägt mir bis zum Hals.

Wes ist nicht dumm. Er hätte es nicht an dieser Ecke versucht. Und außerdem habe ich keine Alarmglocken gehört.

Aber er ist immer noch nicht da ... und ich bin schon spät dran.

Ich entzünde das Feuer und versuche, mir keine Sorgen zu machen. Ich höre seine Stimme, die mich ermahnt, ruhig zu bleiben. *Tief durchatmen, Tessa.* Das waren die ersten Worte, die er mir gesagt hat ... in der Nacht, in der er mein Leben gerettet hat. Seitdem hat er sie mindestens ein Dutzend Mal wiederholt.

Es geht ihm gut. Es *muss* ihm gut gehen. Manchmal können wir uns gar nicht treffen. Wir warten eine Viertelstunde in der Werkstatt, bevor wir allein losziehen. Manchmal behält Mistress Solomon mich länger im Laden, um die Mischungen aus

Kräutern abzumessen und zu brauen, die sie ihren Kunden als wirksame Heilmittel verkauft – auch wenn sie diese Erwartung selten erfüllen. Manchmal braucht Westons Meister ihn früher in der Schmiede, weil irgendein anspruchsvoller Mann aus der Elite ein neues Schwert braucht oder weil ein Pferd ein Hufeisen verloren hat. Das ist schon öfter vorgekommen.

Aber Wes war vorhin bereits hier. Und er kehrt immer als Erster zurück.

Die Werkstatt ist winzig, sodass sich die Wärme des Feuers schnell ausbreitet. Hier draußen gibt es keinen Strom, daher liegt der Innenraum im Halbdunkel. Aber ich brauche kein Licht für das, was ich tue. Ich beschäftige mich, um mich von meinen Sorgen abzulenken – zerstoße die Blütenblätter zu Pulver und achte darauf, noch den letzten Krümel auf meine Waagschale zu kratzen. Selbst getrocknet verströmen die Blütenblätter ihren Duft. Die Elite zahlt gut für jeden Bruchteil einer Unze, aber dann verschwenden sie Ressourcen, indem sie das Elixier dreimal täglich trinken – selbst diejenigen, die keine Symptome der Krankheit zeigen. Vorbeugende Maßnahmen, so nennt es der König. Einmal am Tag reicht gewöhnlich vollkommen aus, das kann ich mit meinen Notizen beweisen. Selbst Wes hat zu Beginn zu viel verwendet, bis ich ihm gezeigt habe, dass wir mit weniger viel mehr Leuten helfen können. Mein Vater hätte es Verschwendung genannt. Eine Verschwendung von wertvoller Medizin, während diejenigen sterben, die es sich nicht leisten können.

Andererseits wurde mein Vater wegen Verrats und Schmuggelei getötet, also spare ich es mir, die Dinge beim Wort zu nennen. Ich tue einfach nur, was ich kann.

Ich werfe einen Blick aus dem Fenster. Das Rot am Horizont geht langsam in Rosa über.

Ich schaue zur Tür, als könnte ich Wes damit beschwören.

Doch er taucht nicht auf. Der Kessel pfeift. Ich fülle das Wasser in die winzigen Messbecher und füge jedem eine halbe Unze zerstoßene Blütenblätter hinzu, anschließend zwei Tropfen Rosensamenöl gegen den Husten. Ich messe das Öl fast genauso sorgfältig ab wie die Mondflorblätter selbst. Ich versuche, nicht zu stehlen, was ich auch auf ehrlichem Wege erwerben kann – aber Rosensamen kosten mich fast einen Wochenlohn, also erlaube ich nicht einmal Wes, das Öl abzumessen.

Sobald sich die Blütenblätter und das Öl aufgelöst haben, wiege ich ein wenig Gelbwurz ab. Mit diesem Zusatz gelingt es oft, das Fieber ausreichend zu senken, sodass das Heilmittel besser wirkt, aber ich muss zusätzlich einen Zweig Minze und ein wenig Zucker hinzufügen. Erwachsene schlucken die Tinktur normalerweise fraglos, aber wir können nicht riskieren, dass Kinder sie ausspucken.

Im königlichen Sektor erklingen Glocken und Rufe. Ich zucke so heftig zusammen, dass ich einen Messbecher umstoße. Sie haben jemanden erwischt.

Wes.

Ich sollte loslaufen und schauen. Nein, ich sollte wegrennen und mich verstecken.

Meine Muskeln verweigern mir den Dienst.

Immer mit der Ruhe, Tessa.

Ich muss mich bewegen. Ich muss das Elixier fertigstellen. Wenn Mondflor mit den anderen Zutaten vermischt ist, wirkt das Elixier besser – aber nur für ein paar Stunden. Ich muss unsere Runde drehen, notfalls allein.

Ich höre immer noch Alarmglocken und Schreie in der Ferne. Sie werden noch den halben Sektor aufwecken. Ich atme flach und stoßweise. Stelle mir vor, wie Prinz Corrick gerufen wird, um sich um den Verräter zu kümmern. Die Wachleute gehen hart vor. Westons Lächeln wird einer schmerzerfüllten Grimasse weichen. Sie werden ihn mit winzigen Messern in Stücke schneiden. Werden seinen Mund mit glühenden Kohlen füllen. Ihn lebendig an die königlichen Löwen verfüttern. Sie werden ihm Arme und Beine verbrennen, nacheinander, bis er vor Schmerzen das Bewusstsein …

»Himmel, Tessa. Du brauchst mich gar nicht mehr.«

Ich kreische auf und stoße aus Versehen einen weiteren Becher um. Wes steht im Türrahmen. Seine Augen leuchten hell hinter der Maske, als er mich anlächelt.

Weston sieht das Chaos, das ich angerichtet habe, und verdreht die Augen. »Oder vielleicht doch.« Er tritt vor und richtet den Becher wieder auf. »War da schon Puder drin?«

Ich weiß nicht, ob ich ihn umarmen oder schlagen will. Vielleicht beides. »Du bist spät dran. Ich habe den Alarm gehört. Ich dachte … ich dachte, sie hätten dich erwischt.«

»Nicht heute.« Er zieht einen Beutel voller Blütenblätter aus seiner Tasche, dann drei Äpfel und einen gezuckerten Teigzopf, noch warm vom Ofen. »Hier. Der Bäcker war damit beschäftigt, an der Hintertür seine Tochter auszuschimpfen, also habe ich dir etwas zu essen gestohlen.«

Er war spät dran, weil er mir Frühstück mitgebracht hat. Und nicht einfach irgendein Frühstück. Essen aus dem königlichen Sektor dürfte so ziemlich das Leckerste sein, was es gibt. Sie füllen dort die Äpfel mit Honig. Und der Teig wird mit echter Butter angefertigt und mit Sahne und Zucker gewürzt.

Ich öffne den Mund. Schließe ihn wieder. Wende mich stirnrunzelnd ab. Jetzt ist meine Kehle aus einem ganz anderen Grund wie zugeschnürt. »Das ist wirklich nett von dir, Weston.«

»›Das ist wirklich nett von dir‹?«, spottet er. »Du bist heute Morgen sehr sittsam.«

»Ich muss die Elixiere fertig machen.«

»Ich mache das. Iss etwas.«

»In einer Minute.« Auf der anderen Seite der Mauer sind weiter Glocken zu hören, aber jetzt kann ich das Geräusch ignorieren. Wahrscheinlich ein weiterer Schmuggler. Wahrscheinlich hängt sein Körper morgen neben dem Tor ... sobald der König und sein Bruder mit ihm fertig sind.

»Schön.« Weston nimmt einen Apfel, lässt sich in den einzigen Stuhl fallen und stemmt die Füße gegen den Arbeitstisch. Über seiner Maske trägt er einen schwarzen Hut mit breiter Krempe, die seine Augen halb verdeckt. Aber jetzt, hier in der Werkstatt, schiebt er den Hut nach hinten. Ich habe ihn bisher nur bei Feuerschein gesehen, also weiß ich nicht genau, welche Farbe sein Haar hat. Aber gewöhnlich braucht er um diese Uhrzeit eine Rasur ... und der Bartschatten leuchtet im Kerzenlicht rötlich braun, passend zu den Sommersprossen, die hinter seiner Maske hervorspähen. Die Haut um seine Augen ist mit Kohle oder Ruß bedeckt, sodass sie im hellsten Blau leuchten, das ich je gesehen habe. Meine eigenen Augen sind grün, mein braunes Haar in einem straffen Zopf gebunden unter der Kappe verborgen. Wes erklärt immer wieder, dass ich mit meiner Maske und der schwarzen Jacke wirke wie eine Katze. Einmal habe ich ihm in einem Anfall von Übermut erklärt, er solle mich ohne die Verkleidung sehen, um zu wissen, wie eine anständige junge Frau aussieht, aber da wurde er sofort ernst.

»Niemals«, hat er gesagt. »Das ist zu gefährlich. Wenn wir wissen, wie der andere aussieht, kann man diese Information aus uns herausfoltern. Das will ich dir nicht antun.« Er hielt inne. »Und ich will auf keinen Fall, dass du es mir antust.«

Da wurde mir zum ersten Mal klar, dass Weston Lark wahrscheinlich nicht sein richtiger Name ist. Er vermutet wahrscheinlich, dass auch Tessa Cade ein Alias ist ... aber es ist mein richtiger Name. Als wir uns vor zwei Jahren getroffen haben, waren meine Eltern gerade direkt vor meinen Augen getötet worden und ich war zu tief in meiner Trauer versunken, um mir einen falschen Namen auszudenken.

»Du bist still«, sagt Wes. Er kaut so lautstark seinen Apfel, dass ich ihm die Frucht aus der Hand schlagen will. »Was ist los?«

»Nichts.« Ich fülle das Elixier, das ich bereits angefertigt habe, in Phiolen – gewöhnlich ist das seine Aufgabe – und gieße neues Wasser in die Messbecher, um von vorne zu beginnen.

Ich höre, wie er sich hinter mir aus dem Stuhl erhebt. Er tritt nah genug an mich heran, dass ich seinen Duft wahrnehmen kann – Wald und Zimt aus der Bäckerei, mit etwas Schwererem darunter, das nur Wes gehört. »Tessa.«

Ich ramme ihm den Ellbogen in den Bauch und nehme befriedigt sein Grunzen zur Kenntnis.

»Wofür war das?«, will er wissen.

»Du hast mir Sorgen bereitet.«

»Aber ich habe dir Frühstück mitgebracht«, erklingt seine volltönende Stimme hinter mir.

Ich ignoriere ihn.

Er beugt sich vor, bis sein Atem über den dünnen Streifen Haut zwischen meinem Haaransatz und dem hohen Kragen meiner Jacke gleitet. Gleichzeitig erscheint der zweite Apfel vor meinen Augen, den er mir mit langen Fingern entgegenhält. »Es ist ein wirklich gutes Frühstück«, zieht er mich auf.

Ich nehme den Apfel, dessen Schale mit Zucker bestäubt ist. Er liegt warm in meiner Hand, und ich frage mich, ob der Honig darin auch warm ist.

Fast gegen meinen Willen beiße ich in die Frucht. Der Honig *ist* warm. »Ich hasse dich«, verkünde ich mit vollem Mund.

»Das dürfte das Beste sein.« Er schiebt seinen Hut noch weiter nach hinten und grinst. »Und beeil dich mit dem Essen«, meint er. »Wir müssen unsere Runde drehen.«

CORRICK

Ich lausche seit Stunden auf die Atemzüge meines Bruders. Jedes Mal, wenn er einatmet, ist da ein neues Geräusch, ein leises Flattern seiner Lunge. In der Wildnis nennt man es das Todesröcheln ... weil es bedeutet, dass das Ende nahe ist.

Hier in seinen Gemächern will ich das Wort Tod nicht aussprechen. Ich will es nicht mal denken.

Er hat kein Fieber. Es gibt keinen Grund zur Sorge.

Es gelingt mir nicht einmal, mich selbst zu überzeugen.

Sonnenlicht strahlt durch das offene Fenster und die Vögel zwitschern in den Bäumen. Harristan sollte nicht so lange schlafen, aber ich will ihn auch nicht wecken. Für alle außerhalb dieses Zimmers beschäftigen wir uns schon den gesamten Vormittag mit Papierkram. Ich habe zweimal Essen liefern lassen, genug, um ein Dutzend Leute zu verpflegen, aber das meiste steht unberührt herum. Die ersten Fliegen haben sich auf dem aufgeschnittenen Obst niedergelassen und Wespen summen über den süßen Pasteten.

Harristan hustet leicht, dann beruhigt sich seine Atmung. Vielleicht spürt er einfach einen Hustenreiz. Mir wird leichter ums Herz. Aber als ich mir den Nacken reibe, stelle ich fest, dass er feucht ist.

Eine leise Brise wirbelt meine Papiere auf, beharrlich genug, dass ich einen Großteil davon unter eine Lampe klemme, bevor sie sich über dem Tisch verteilen können. Einer von uns muss arbeiten. Ich habe ein Finanzierungsgesuch einer der östlichen Städte bearbeitet, habe Notizen am Rand gemacht, auf der Suche nach Auslassungen und Ungenauigkeiten in den Berechnungen der Kosten für eine neue Brücke. Ich hatte erwartet, nur ein paar Seiten weit zu kommen, bevor Harristan aufwacht, aber inzwischen habe ich den gesamten Bericht durchgeackert. Es muss fast Mittag sein.

Ich ziehe meine Taschenuhr heraus und mustere die glitzernden Diamanten auf dem Zifferblatt. Es *ist* Mittag. Wenn er nicht zu dem Treffen mit den Konsuln der Sektoren erscheint, wird es Gerede geben. Das lässt sich niemals vollständig verhindern.

Als hätten meine Gedanken ihn geweckt, rührt sich mein Bruder und blinzelt ins Sonnenlicht. Stirnrunzelnd setzt er sich auf, sein Oberkörper nackt, dann reibt er sich das Gesicht. »Es ist schon spät. Wieso hast du mich nicht geweckt?«

Ich lausche intensiv, aber ich höre keinen rauen Unterton in seiner Stimme. Er atmet normal. Vielleicht habe ich es mir nur eingebildet. »Das wollte ich gerade tun.« Ich gehe zum Sideboard und hebe die Kanne. »Der Tee ist kalt geworden.« Ich gieße ihm trotzdem eine Tasse ein und bringe sie ihm, zusammen mit einer verkorkten Phiole Mondflorelixier, deren Inhalt dunkler ist als gewöhnlich. Der Pharmazeut des Palastes hat seine Dosis letzte Woche verdoppelt, als der Husten wiedergekommen ist. Vielleicht beginnt die Medizin zu wirken.

Harristan öffnet das Röhrchen, trinkt den Inhalt und verzieht das Gesicht.

»Wird schon«, sage ich ohne jedes Mitgefühl.

Er grinst. Das tut er nur, wenn wir allein sind. Außerhalb dieser Räumlichkeiten lächelt keiner von uns oft. »Was hast du den gesamten Vormittag getrieben?«

»Ich habe das Gesuch aus Artis bearbeitet. Und eine Ablehnung formuliert, die du unterschreiben musst.«

Sofort wird er ernst. »Eine Ablehnung?«

»Sie verlangen das Doppelte von dem, was eine neue Brücke kosten sollte. Sie haben sich geschickt angestellt, aber irgendwer ist gierig geworden.«

»Du brauchst mich kaum noch.«

Unbeschwerte Worte, die mich trotzdem treffen wie ein Pfeil. Kandala braucht seinen König. Ich brauche meinen Bruder.

Ich verdränge meine Sorgen und verschränke die Arme. »Du musst dich anziehen – und rasieren. Ich werde nach Geoffrey schicken. Ich habe behauptet, du wärst vorhin zu beschäftigt gewesen. Quint hat zweimal um eine Audienz gebeten, aber er wird bis nach dem Abendessen warten müssen, außer …«

»Cory«, sagt er sanft, und ich erstarre. Er nennt mich nur Cory, wenn wir allein sind – eine der wenigen Erinnerungen an unsere Kindheit, die uns geblieben ist. Ein Spitzname aus der Zeit, als ich ihm – klein und eifrig – überallhin gefolgt bin. Ein Name, den meine Mutter oft mit sanfter Zuneigung oder mein Vater in aufmunterndem Ton ausgesprochen hat – damals, als wir noch glaubten, unsere Familie wäre allgemein beliebt. Damals, als noch niemand von dem Fieber wusste oder der Mondflorblüte. Als niemand ahnte, dass sich unser Königreich auf ungeahnte Weise verändern würde.

Damals, als alle noch damit rechneten, dass Harristan den Thron erst in Jahrzehnten besteigen würde; dass er mit freundlicher Bestimmtheit und nachdenklicher Fürsorge regieren würde, so wie unsere Eltern es getan haben.

Aber vor vier Jahren wurden unsere Eltern direkt vor unseren Augen ermordet. Ihnen wurde im Thronsaal in die Kehle geschossen. Die Pfeile hatten sie aufrecht auf den Stühlen festgehalten, während ihre Köpfe sich seitlich neigten. Ihre Augen weit aufgerissen und glasig, als sie an ihrem eigenen Blut erstickten. Manchmal verfolgt dieser Anblick mich in meine Träume.

Harristan war neunzehn Jahre alt. Ich fünfzehn. Ein Pfeil hatte ihn in die Schulter getroffen, als er sich schützend über mich warf.

Eigentlich hätte es andersrum sein müssen.

Ich starre in seine blauen Augen und suche nach jeglichem Hinweis auf die Krankheit. Doch da ist nichts. »Was?«

»Die Medizin wirkt wieder«, sagt er leise. »Du musst nicht Krankenschwester spielen.«

Ich lächle schief. »Der grausame Cory spielt Krankenschwester? Niemals.«

Er verdreht die Augen. »Niemand nennt dich grausam.«

»Zumindest nicht, wenn ich sie hören kann.« Nein, wenn sie mir gegenüberstehen, bin ich *Eure Hoheit*, oder *Prinz Corrick* oder manchmal, wenn mein Gegenüber besonders förmlich sein möchte, der *Königliche Vollstrecker*.

Hinter meinem Rücken werde ich mit schlimmeren Namen bedacht. Viel schlimmeren. Und dasselbe gilt für Harristan.

Das macht uns nichts aus. Unsere Eltern wurden geliebt – und waren im Gegenzug immer freundlich. Das hat zu Verrat und Mord geführt.

Furcht leistet uns bessere Dienste.

Ich gehe zum Schrank und ziehe ein Spitzenhemd heraus, das ich meinem Bruder an den Kopf werfe. »Du willst keine Krankenschwester? Dann hör auf, faul im Bett zu liegen. Du hast ein Königreich zu regieren.«

Das Mittagsmahl ist bereits auf der langen Kommode angerichtet, als wir den Raum betreten. Gebratener Fasan, gewürzt mit Honig und Beeren, in einem Bett aus Grünzeug und Wurzelgemüse. Am Rand der Servierplatte sind kunstvoll ein paar Federn drapiert, gehalten von Tropfen aus kristallisiertem Honig. Die Bediensteten stehen an der Wand aufgereiht, bereit, zu servieren, aber die acht anderen königlichen Konsuln stehen in angeregtem Gespräch am Fenster. Ich bin der neunte Konsul, doch ich habe keinerlei Interesse an einem angeregten Gespräch.

Früher gab es einmal zehn Konsuln, aber Konsul Barnard war Anführer der Verschwörung gegen meine Eltern. Er hätte auch uns getötet. Nachdem Harristan mein Leben gerettet hatte, habe ich gesehen, wie Barnard sich mit einem Dolch auf ihn gestürzt hat.

Mein Bruder lag auf mir, und ich hörte seine schmerzerfüllten, panischen Atemzüge neben meinem Ohr. Ich habe diesen Pfeil aus Harristans Schulter gezogen und ihn Barnard in den Hals gerammt.

Ich blinzele gegen die Erinnerung an. Die Konsuln verstummen, als wir den Raum betreten. Sie verbeugen sich kurz vor meinem Bruder, dann gehen sie zu ihren Stühlen, auch wenn niemand sich setzen wird, bevor Harristan sitzt. Und niemand wird etwas essen, bevor wir nicht beide einen Bissen genommen haben.

Der Tisch ist an einem Ende rechteckig, verengt sich aber am anderen Ende, wie eine Pfeilspitze. Harristan lässt sich auf den Stuhl am Kopfende des Tisches sinken, und ich nehme meinen Platz zu seiner Rechten ein. Die acht Konsuln setzen sich ebenfalls. Ein Stuhl bleibt leer. Es ist der Platz direkt neben meinem, wo Konsul Barnard früher gesessen hat. Der Sektor Händlershalt hat bisher keinen neuen Konsul … und Harristan hat es auch nicht eilig damit, einen zu ernennen. Die Leute nennen den Sektor, nach dem, was Barnard getan hat, oft *Hinterhalt*, auch wenn niemand dieses Wort vor uns ausspricht. Niemand will dem König oder seinem Bruder in Erinnerung rufen, was geschehen ist.

Sie respektieren meinen Bruder – wie es sein sollte.

Mich dagegen fürchten sie.

Und es macht mir nichts aus. Das erspart mir eine Menge nervtötende Unterhaltungen.

Wir kennen jeden in diesem Raum schon seit unserer Geburt, doch wir haben bereits vor langer Zeit jede aus vertrauter Bekanntschaft erwachsene Freundlichkeit hinter uns gelassen. Wir haben gesehen, welches Schicksal Vertrauen und Selbstzufriedenheit unseren Eltern eingebracht haben und wissen genau, was solches Verhalten uns bescheren könnte. Harristan hat sein erstes Treffen in diesem Raum mit neunzehn Jahren geführt, eine blutbesudelte Kompresse an seiner Schulter. Wir waren beide wie betäubt von Trauer und Schmerz, doch ich bin ihm gefolgt, um meinen Platz hinter seinem Stuhl einzunehmen. Ich erinnere mich daran, dass ich damals nach dem Tod unserer Eltern Mitgefühl und Verständnis von den Konsuln erwartet hatte. Ich erinnere mich, dass ich gedacht habe, wir würden alle gemeinsam trauern.

Aber wir hatten uns kaum eine Minute im Sitzungssaal aufgehalten, als Konsul Theadosia bereits einen bissigen Kommentar darüber abgab, dass ein Kind keinen Platz in einem Treffen des königlichen Rats hätte. Ihre Worte bezogen sich auf mich – aber ihr Tonfall implizierte, dass sie auch über Harristan sprach.

»Dieses Kind«, sagte Harristan, »ist mein Bruder, Euer Prinz.« Seine Stimme grollte wie Donner. Ich hatte meinen Bruder noch nie so gehört. Das verlieh mir die Stärke, stehen zu bleiben, obwohl ich mich am liebsten unter dem Bett versteckt und vorgegeben hätte, meine Welt wäre nicht auf den Kopf gestellt worden.

»Corrick hat mir das Leben gerettet«, sagte Harristan. »Das Leben Eures neuen Königs. Er hat seine Gesundheit riskiert, als keiner von Euch dazu bereit war. Euch eingeschlossen, Theadosia. Ich habe ihn zum Königlichen Vollstrecker ernannt, und er wird an Sitzungen teilnehmen, wie es ihm beliebt.«

Ich erstarrte bei diesen Worten. Königlicher Vollstrecker zu sein hieß, der wichtigste Berater des Königs zu sein. Es war die höchste Position nach dem König. Unser Vater hatte einmal gesagt, dass ihm die Gunst des Volkes nur deswegen sicher war, weil der Königliche Vollstrecker alle … unangenehmen Aufgaben übernahm.

Ein anderer Konsul zu dieser Zeit, ein Mann namens Talec, hatte sein Lachen mehr schlecht als recht als Husten getarnt, bevor er sagte: »Corrick soll Königlicher Vollstrecker sein? Mit fünfzehn?«

»Habe ich mich unklar ausgedrückt?«

»Welche gerechten Strafen will er anordnen? Kein Abendessen? Keine Spielstunde für die Verbrecher von Kandala?«

»Wir müssen stark sein«, hatte Theadosia voller Verachtung verkündet. »Ihr entehrt Eure Eltern. Das ist nicht der richtige Zeitpunkt, um die Herrscher von Kandala dem Spott preiszugeben.«

Ihr entehrt Eure Eltern. Diese Worte ließen mich innerlich gefrieren. Unsere Eltern wurden getötet, weil sich in den Reihen des königlichen Rats ein Verräter verborgen hatte.

»Er wirkt, als wolle er gleich weinen«, sagte Talec, »und Ihr erwartet, Euren Thron mit ihm an Eurer Seite zu halten?«

Ich wollte weinen. Aber nach diesen Aussagen wagte ich nicht, auch nur einen Anflug von Schwäche zu zeigen. Meine

Eltern waren von jemandem getötet worden, dem sie vertraut hatten. Wir durften nicht zulassen, dass uns dasselbe zustieß.

»Kein Abendessen und keine Spielstunde«, sagte ich. Und weil Harristan so unbeugsam geklungen hatte, sprach auch ich mit harter Stimme, auch wenn ich mich dabei fühlte, als würde ich eine Rolle spielen, die ich nie geübt hatte. »Ihr werdet dreißig Tage auf den Erntefeldern verbringen. Und ihr werdet von mittags bis zum nächsten Morgen fasten.«

Für einen Moment herrschte Schweigen, dann sprangen Theadosia und Talec auf. »Das ist lächerlich!«, riefen sie. »Ihr könnt uns nicht verurteilen, mit den Bauern auf den Feldern zu arbeiten.«

»Ihr habt um eine Demonstration meiner Rechtsprechung gebeten«, sagte ich. »Und achtet darauf, zügig zu arbeiten. Ich habe gehört, die Vorarbeiter tragen Peitschen.«

Talecs Augen brannten förmlich. »Ihr seid beide Kinder. Ihr werdet den Thron niemals halten.«

»Wachen«, hatte ich ausdruckslos gesagt.

Ich erinnere mich an die Sorge, dass die Wachen nicht gehorchen würden; dass der Rat uns beide stürzen würde. Dass wir unsere Eltern *tatsächlich* entehren würden. Nach Barnards Tat schien jeder geheime Motive zu verfolgen, die auf unseren Tod ausgerichtet waren.

Doch dann traten die Wachen vor und packten Talec und Theadosia. Die Türen schlossen sich hinter ihnen und der Raum blieb in absoluter Stille zurück. Die Augen aller waren weit aufgerissen und unverwandt auf meinen Bruder gerichtet.

Harristan deutete auf den Platz zu seiner Rechten – den Platz, auf dem gerade noch Talec gesessen hatte. »Prinz Corrick. Nehmt Platz.«

Das tat ich. Und niemand wagte, ein Wort zu sagen.

Heute sind wir später dran als gewöhnlich. Das Essen ist

wahrscheinlich schon kalt, aber Harristan hat es nicht eilig. Als mein Vater die Sitzungen leitete, herrschte eine jovial freundschaftliche Atmosphäre, doch unter Harristans Herrschaft gibt es so etwas nicht.

Er wirft mir einen Blick zu. »Hast du die Antwort für Artis?«

Ich lege einen ledergebundenen Folianten vor ihn, zusammen mit einem Füller. Er gibt vor, das Dokument zu studieren, auch wenn er wahrscheinlich seinen eigenen Hinrichtungsbefehl unterschreiben würde, wenn ich ihm das Dokument vorlege. Harristan besitzt nur wenig Geduld für lange, umständliche Dokumente. Ihm geht es um eindrucksvolle Pläne und das große Ganze. Ich bin derjenige, der sich in Details vergräbt.

Er unterzeichnet mit Schwung, legt den Füller zur Seite und schiebt die Lederhülle zu Jonas Buching, einem älteren Mann, der fast genauso breit wie hoch ist. Ich wette, er giert nach dem angerichteten Essen, aber zuerst öffnet er eifrig den Einband. Er rechnet mit einer Zustimmung, das sehe ich genau. Er sabbert förmlich bei der Vorstellung, Kisten voller Gold zurück nach Artis zu karren.

Er zieht ein langes Gesicht, als er die Ablehnung liest, die ich formuliert habe. »Eure Majestät«, sagt er vorsichtig. »Diese Brücke würde die Reisezeit von Artis in den königlichen Sektor um drei Tage verkürzen.«

»Aber sie sollte auch nur die Hälfte kosten«, gebe ich zurück.

»Aber ... aber meine Ingenieure haben Monate an diesem Antrag gearbeitet.« Er sieht sich am Tisch um, bevor er den Blick wieder auf uns richtet. »Sicherlich könnt Ihr ihn nicht innerhalb eines Tages abschätzen ...«

»Eure Ingenieure haben sich geirrt«, antworte ich.

»Vielleicht können wir einen Kompromiss aushandeln. Es muss ... einen Fehler in den Kalkulationen geben ...«

»Wollt Ihr einen Kompromiss aushandeln, oder vermutet Ihr einen Fehler in den Berechnungen?«, fragt Harristan.

»Ich ...« Jonas starrt ihn mit offenem Mund an. Er zögert, dann sagt er mit rauer Stimme: »Beides, Eure Majestät.« Er hält inne. »Artis hat viele Menschen an das Fieber verloren.«

Bei diesen Worten will ich Harristan ansehen. Ich will mich versichern, dass es ihm gut geht und dieses Rasseln heute Morgen wirklich nur meiner Einbildung entsprungen ist.

Doch ich bleibe stark und halte die Augen auf Jonas gerichtet. »Artis erhält eine Ration von Mondflorblütenblättern, wie jeder andere Sektor auch. Wenn Eure Leute mehr brauchen, dann werden sie sie wie alle anderen kaufen müssen.«

»Ich weiß. Ich weiß.« Jonas räuspert sich. »Es scheint, als würde das warme Wetter eine Ausbreitung der Krankheit unter den Dockarbeitern begünstigen. Wir haben Schwierigkeiten, die Schiffe zu beladen und Matrosen zu finden. Diese Brücke würde unsere Abhängigkeit von den Wasserstraßen reduzieren und uns erlauben, den Handel wieder zu intensivieren.«

»Dann hättet Ihr um eine angemessene Menge Gold bitten müssen«, sage ich.

»Artis kann ohne gesunde Arbeiter keine Brücke bauen«, wirft Arella Kirsch ein, die am anderen Ende des Tisches sitzt. Sie hat den Posten von ihrem Vater übernommen, als er sich vor einem Jahr zur Ruhe gesetzt hat. Sie stammt aus Sonnenfeste, dem Sektor weit im Süden. Dieser Sektor grenzt im Westen an den Fluss Loder und im Süden und Osten ans Meer. Ihre Leute leiden am wenigstens unter dem Fieber. Man vermutet, dass die feuchte Hitze in Sonnenfeste sie schützt – aber gleichzeitig ist es dort so unerträglich schwül, dass Sonnenfeste von allen Sektoren die niedrigste Bevölkerung aufweist. Arella spricht mit sanfter Stimme, hat rostbraune Haut und trägt ihr hüftlanges Haar in einem aufgesteckten Zopf am Hinterkopf. »Medizinkosten sollten in Hinsicht auf den Antrag bedacht werden.«

»Jede Stadt braucht gesunde Arbeiter für alle Projekte«, entgegnet Harristan. »Was der Grund ist, warum jede Stadt eine Ration Heilmittel für seine Bevölkerung erhält. Ihr ebenfalls, Arella.«

»Ja, Eure Majestät«, sagt sie. »Und daher geht es meinen Leuten gut.« Sie hält inne. »Aber meine Leute versuchen auch nicht, in der größten Sommerhitze eine Brücke über den Königinnenfluss zu bauen.«

Ihr Tonfall ist respektvoll, doch ich erkenne stählerne Entschlossenheit hinter ihren sanften Gesichtszügen und ihrer freundlichen Stimme. Ginge es nach ihr, würde Harristan Allisanders Ländereien genauso einziehen wie alle anderen Gebiete, in denen die Pflanze wächst ... und würde mit beiden Händen Mondflorblütenblätter verteilen. Das würde uns allerdings auch in einen Bürgerkrieg stürzen, weil sich die anderen Konsuln weigern würden, ihre Gebiete aufzugeben. Aber diese Seite des Arguments hat sie nie anerkannt. Abgesehen davon, gehört Arella zu den wenigen Leuten an diesem Tisch, mit denen ich mich hin und wieder gerne mal unterhalte.

Unglücklicherweise hat die letzte Frau, die meine Gedanken gefesselt hatte, auch versucht, mich und Harristan beim Abendessen zu vergiften. Das war nicht der erste Mordanschlag, aber es war der Gefährlichste seit der Ermordung unserer Eltern.

Also kann ich jede Art von Romanze vergessen.

Allisander Sallister räuspert sich. Er sitzt mir quasi gegenüber. Sein Gesicht ist fahl, mit pinken Flecken auf den Wangen, die aufgemalt wirken. Haar und Brauen sind dicht und braun. Er trägt einen Ziegenbart, in den er offensichtlich ganz vernarrt ist, der meiner Meinung nach aber einfach lächerlich aussieht. Allisander ist nur ein Jahr jünger als Harristan. Als Kinder waren sie befreundet. Mein Bruder hatte in unserer Kindheit nur wenige Gefährten, aber Allisander gehörte zu den wenigen, die bereit waren, geduldig in der Bibliothek zu sitzen und Schachfiguren über ein Brett zu schieben. Oder zuzuhören, wie die Tutoren Gedichte vorlasen.

Doch dann, in ihren Jugendjahren, hat Allisanders Vater, Nathaniel, zusätzliche Ländereien von einem benachbarten Sektor gefordert. Er hat behauptet, seine Farmen würden bessere Ernten einbringen – und damit bessere Profite und mehr Steuern für die Krone. Unser Vater, der König, hat das Gesuch verweigert. Daraufhin hat Allisander die Bitte Harristan vorgetragen, hat ihre Freundschaft beschworen, um Harristan dazu zu bringen, sich für die Sallisters einzusetzen – und trotzdem hat unser Vater, ein fairer, gerechter Herrscher, den Antrag abschlägig beschieden.

»Wir können keinen Sektor zwingen, Ländereien an einen anderen abzugeben«, hat er uns beim Abendessen erklärt. »Die Gebiete sind durch das Gesetz aufgeteilt. Wir werden nicht unrechtmäßig dem einen etwas nehmen, um es dem anderen zu geben.«

Anschließend hat er Harristan gezwungen, Allisanders Bitte persönlich zurückzuweisen. Öffentlich. Bei einem Abendessen, bei dem alle Konsuln anwesend waren.

Im Rückblick betrachtet glaube ich, dass Vater damit eine Botschaft vermitteln wollte – dass es unfair war, seine Kinder in politische Spielchen zu verwickeln; dass er solche Spielchen nicht akzeptieren würde.

Aber Allisander hat die Zurückweisung persönlich genommen. Danach haben wir ihn nicht mehr oft im Palast gesehen.

Zumindest nicht bis letztes Jahr, als sein silbersüchtiger

Vater zurückgetreten ist. Harristan hat gehofft, Allisander würde seinem Sektor eine neue Stimme verleihen; wäre der Schlüssel, um mehr Mondflorblütenblätter im Volk verteilen zu können.

Stattdessen ist dieser junge Mann noch schlimmer als sein Vater. Unter Nathaniel Sallister waren die Mondflorpreise hoch, aber stabil. Allisander lässt keine Gelegenheit aus, um mehr Silber zu fordern. Harristan will nicht glauben, dass ihr Konflikt in Jugendtagen etwas mit Allisanders heutigem Handeln zu tun hat, aber ich zweifle keinen Moment daran.

Ich verbringe viel Zeit in diesen Sitzungen damit, mir auszumalen, wie ich ihn brüskieren könnte.

»Eine neue Brücke zusammen mit zusätzlichen Blütenblätterrationen würde Artis einen unfairen Vorteil verschaffen«, sagt Allisander.

»Einen unfairen Vorteil!«, stößt Jonas hervor. »Du und Lissa kontrolliert die gesamte Mondflorernte, aber du wirfst *mir* vor, mir einen unfairen Vorteil verschaffen zu wollen?«

Allisander presst nur schweigend die Fingerspitzen aneinander.

Jonas hat recht. Allisander Sallister repräsentiert die Mondscheinebenen, und Lissa Marpetta vertritt Glutrücken – die beiden Sektoren, in denen Mondflor wächst, das einzige bekannte Heilmittel für das Fieber, das Kandala heimsucht.

Daher sind das die reichsten Sektoren. Die mächtigsten.

Und das ist der Grund, warum ich mir all meine bissigen Kommentare gegenüber Allisander verkneife. Ich kann ihn gleichzeitig hassen und ihn als Verbündeten brauchen. »Davon einmal abgesehen«, sage ich, »waren die Motive für Euer Gesuch betrügerisch, Jonas.«

Allisander sieht über den Tisch zu mir und nickt anerkennend.

Ich erwidere die Geste, auch wenn ich ihm am liebsten meinen Füller an den Kopf werfen will.

Am anderen Ende des Tisches räuspert sich Roydan Pelham. Er kratzt an den achtzig. Sein Gesicht ist wettergegerbt, und seine Haut hat einen undefinierbaren Farbton zwischen beige und teigig bleich. Er sitzt bereits seit den Tagen der Herrschaft meines Großvaters in diesem Rat. Die meisten anderen scheinen ihn lediglich widerwillig zu tolerieren, aber ich mag den alten Mann. Er mag in seinen Gewohnheiten festgefahren sein ... aber er ist auch der einzige Konsul, der sich nach dem Tod unserer Eltern scheinbar wirklich Sorgen um uns gemacht hat. Niemand kümmert sich um Harristan – oder auch mich – aber Roydan sorgt sich wohl noch am meisten um unser Wohlbefinden.

»Die Bevölkerung meines Sektors leidet genauso sehr wie die von Artis«, sagt er leise. »Wenn ihr seinen Antrag bewilligt, werde ich einen ebensolchen stellen.«

»Du hast gar keinen Fluss, der überbrückt werden müsste!«, sagt Jonas.

»In der Tat«, meint Roydan. »Aber die Bevölkerung meines Sektors ist genauso krank.«

Meine Gedanken beginnen zu wandern. Das ist eine wiederkehrende Diskussion. Wäre sie nicht wegen des Finanzierungsgesuchs aus Artis geführt worden, hätte sich ein anderer Grund gefunden. Das Fieber kann nicht geheilt werden. Unser Volk leidet. Allisander und Lissa werde die Macht und Kontrolle, die ihnen ihre Ländereien und ihr Besitz garantieren, nicht abgeben – und so gerne Harristan ihr Eigentum auch einziehen würde, die anderen Konsuln würden das niemals zulassen.

Harristan lässt sie ein paar Minuten streiten. Er ist geduldiger als ich. Vielleicht ist er auch nur ausgeruhter. Ich habe ihn bis Mittag schlafen lassen, während ich schon vor Sonnenaufgang aufgestanden bin.

Irgendwann verlagert mein Bruder sein Gewicht und holt Luft. Mehr ist nicht nötig, um alle zum Schweigen zu bringen.

»Euer Antrag wurde zurückgewiesen«, sagt Harristan zu Jonas. »Ihr könnt gerne eine verbesserte Version einreichen, bevor wir uns nächsten Monat treffen.«

Der Mann schnappt nach Luft, als wolle er widersprechen, doch dann huscht sein Blick zu mir und er schließt den Mund wieder. Die Geduld meines Bruders hat Grenzen und niemand hier will sie ausloten.

»Wenn das Volk leidet«, erklärt Arella furchtlos, »wäre es nicht unangemessen, wenn die Krone hilft, die Menschen dort zu heilen.«

Harristan sieht über den Tisch zu ihr. »Zu welchem Preis? Ganz Kandala leidet. Es gibt nur eine gewisse Menge an Mondflorblütenblättern. Wie würdest du entscheiden, Arella? Würdest du deine Rationen zur Verfügung stellen? Die deiner Familie?«

Sie schluckt schwer. Das würde sie nicht tun. Keiner von uns wäre dazu bereit.

Ich denke an Harristans Husten heute Morgen – an sein Fieber letzten Monat – und kann es ihnen nicht einmal übel nehmen.

Ich würde es auch nicht tun.

»Wir werden jetzt essen«, sagt Harristan. Sofort lösen sich die schweigsamen Bediensteten von den Wänden und beginnen zu servieren. Für eine Weile ist im Raum nur das Klappern von Geschirr und Besteck zu hören. Doch irgendwann höre ich, wie sich Jonas leise an Jasper Gold wendet, den Konsul von Moosquelle.

»Sie sind herzlos«, zischt er.

Ich erstarre. Im Augenwinkel sehe ich, wie auch Harristans Hand mit der Gabel innehält. Es könnte Zufall sein. Ich warte ab, um zu sehen, ob er auf die Worte reagieren wird.

Das tut er nicht.

Und weil ich *nicht* herzlos bin, reagiere auch ich nicht.

Tessa

An einem guten Tag gelingt es Weston und mir, über hundert Dosen des Elixiers auszuliefern. Ich dachte lange, es wäre besser, unabhängig voneinander loszuziehen, weil wir auf diese Weise doppelt so viele Familien beliefern könnten. Aber Wes besteht darauf, dass einer von uns immer Wache steht – und ehrlich, die verschlossenen Phiolen sind so schwer, dass ich bezweifle, dass ich den Vorrat für hundert Haushalte allein tragen könnte.

An manchen Tagen fühlt sich unsere Aufgabe unmöglich an. Tausende Menschen leiden. Vielleicht sogar Zehntausende. Wir bewirken kaum etwas – und manchmal kommen wir zu spät, oder wir können nicht genug Blütenblätter stehlen, oder die Krankheit überwältigt jemanden so schnell, dass auch die Medizin nicht mehr wirkt.

Das sind die schlimmsten Fälle – wenn Kranke an einem Tag nur leichte Gliederschmerzen haben und am nächsten Tag tot sind.

Heute konnten wir unsere Runden schon früh beginnen, weil wir gestern einen guten Vorrat an Blütenblättern gestohlen haben und deswegen keine Zeit auf einen Beutezug verschwenden müssen. Natürlich erzähle ich Wes nichts davon, aber sein Zuspätkommen wühlt mich immer noch auf. Wes würde mich das nie vergessen lassen. Im Moment wandern wir durch den Wald, und Wes pfeift leise vor sich hin. Er denkt wahrscheinlich, ich würde die Melodie nicht kennen – ein frivoles Kneipenlied über einen Soldaten, der eine Jungfrau umwirbt. Aber mein Vater hat ständig solche Lieder gesungen, um meine Mutter zum Erröten und Kichern zu bringen, während er Wurzeln zerstoßen und Tränke zusammengestellt hat.

Erinnerungen an meine Eltern schnüren mir immer noch die Kehle zu, also versuche ich, sie zu verdrängen, und trete gegen einen Stein auf unserem Pfad.

»Du solltest dieses Lied nicht pfeifen«, sage ich. »Es ist vulgär.«

Wes sieht zu mir, dann zieht er mir spielerisch den Hut tiefer ins Gesicht. »Liebe ist niemals vulgär, Tessa.«

»Oh, du denkst, bei dem Lied geht es um Liebe?«

»Nun, ich bin mir sicher, dass die Jungfrau *irgendwas* für den Matrosen empfindet. Wieso sonst sollte sie ihre Unterwäsche abstreifen?«

Jetzt brennen meine Wangen. Ich bin glücklich über die Dunkelheit und meine Maske. Aber ich werde ihm nicht die Befriedigung gönnen, mich kichern zu hören. »Du bist unverbesserlich.«

»Ganz im Gegenteil. Ich bin *total* verbesserlich.« Er zieht einen Apfel aus seiner Tasche und bietet ihn mir an. »Frühstück?«

Ich blinzle. Wir hatten heute Morgen keine Zeit, in den königlichen Sektor einzudringen. Und mir gefällt der Gedanke nicht, dass Wes das ohne mein Wissen tut. An manchen Tagen frage ich mich, was ich anstellen würde, falls er einfach verschwände.

Ich sollte nicht so anhänglich sein. Das weiß ich. Aber seit meine Eltern getötet wurden, ist Wes die einzige Konstante in meinem Leben. Ich kann den Gedanken kaum ertragen, dass mir das Schicksal auch ihn nehmen könnte.

Selbst im Halbdunkel des Waldes scheint er meine Miene deuten zu können, weil er hinzufügt: »Ich habe ihn von gestern aufgehoben.«

»Oh.« Ich zögere. Mein Magen ist noch leer, aber die Männer, die in den Schmieden arbeiten, bekommen kaum Gelegenheit zum Essen. Ich bin mir sicher, das gilt auch für Wes. »Nein – nimm du ihn.«

Er widerspricht nicht, sondern beißt in die Frucht. Das saftige Knacken hallt durch die Morgenluft. »Bist du dir sicher?«, fragte er und hält mir den Apfel vor die Nase. »Der Honig ist kalt, aber es schmeckt immer noch.«

Als ich wieder zögere, hebt er meine Hand und drückt den Apfel hinein. »Himmel, Tessa. Lass uns den Apfel einfach teilen.«

Seine Finger liegen warm an meinen. Ich versuche, nicht darüber nachzudenken, dass seine Lippen die Frucht gerade berührt haben, aber ich drehe sie trotzdem, um in eine andere Stelle zu beißen.

Er beginnt erneut, dieses alberne Trinklied zu pfeifen. Ich verdrehe die Augen und gönne mir einen weiteren Bissen.

Viele der Sektoren in Kandala haben offene Grenzen, abgesehen von dreien: dem königlichen Sektor, in dem der König, sein Bruder und die Oberschicht lebt, sowie die Mondscheinebene und Glutrücken, wo die Mondflorpflanze wächst. Diese Sektoren werden schwer bewacht und sind von Mauern umschlossen und haben die gesündeste – und reichste – Bevölkerung. Der königliche Sektor liegt im Zentrum von Kandala, begrenzt von fünf anderen Sektoren. Moosquelle im Norden ist hauptsächlich für Vieh- und Landwirtschaft bekannt. Artis im

Osten für den Holzhandel, weil der Sektor an den Königinnenfluss angrenzt. Die Trauerlande sind ein riesiger Sektor im Westen und bestehen hauptsächlich aus Wüste.

Südlich des königlichen Sektors liegt Stahlstadt, dank der Nähe zu den Eisenminen das Heim von Schmieden und Maschinisten, und Händlershalt, in dem sich geschäftige Märkte kilometerweit am Loder entlangziehen. Seitdem der dortige Konsul das Königspaar ermordet hat, nennt man den Sektor auch Hinterhalt.

Das Land um den königlichen Sektor ist dicht bewaldet und behindert mit seinem nahezu undurchdringlichen Unterholz und den dornigen Rankpflanzen Reisende – der beste Ort für unsere Werkstatt, vor allem, nachdem sie weit von den Haupttoren entfernt liegt und unser kleines Holzfeuer kaum Rauch erzeugt.

Jenseits der Wälder liegen die Gebiete, in denen die Sektoren aufeinandertreffen, die den königlichen Sektor wie die Speichen eines Rades umgeben. Dieser Bereich ist aufgrund der Nähe zum königlichen Sektor dicht besiedelt – und voller Armut, Krankheit und bewaffneten Wachen, die nach Schmugglern und Aufrührern Ausschau halten. Mein Vater hat immer behauptet, dass die Eliten diese Gegend herablassend als Wildnis bezeichnet haben – eine Verunglimpfung der Menschen, die gezwungen sind, dort zu leben und zu arbeiten. Aber die Leute haben sich den Namen zu eigen gemacht. Inzwischen sind sie fast stolz darauf, in der Wildnis zu wohnen, wo die Sektorengrenzen verschwimmen und die Menschen in ihrer Verzweiflung vereint sind.

Wir starten immer im Teil der Wildnis, die zu Stahlstadt gehört, weil er unserer Werkstatt am nächsten ist. Und ich glaube, Wes macht sich Sorgen, er könnte von jemandem dort erkannt werden. Wir stehen abwechselnd Schmiere, weil wir die Phiolen nicht einfach abstellen und in der Dunkelheit verschwinden können. Wir wecken alle einzeln auf, stellen sicher, dass sie noch den letzten Tropfen trinken, dann nehmen wir unsere Phiolen wieder mit und verschwinden. Keine Beweise zurücklassen, sagt Wes immer.

In diesen dunklen Morgenstunden sind die Straßen leer, aber Wes pfeift nicht mehr. Wir gleiten durch die Schatten von Haus zu Haus.

Am fünften Haus bin ich gerade auf die Schwelle getreten, als ich ein leises Stöhnen aus dem Innenraum höre. Ich zögere, die Hand nur Zentimeter von der Holztür entfernt.

Sofort taucht Weston aus der Dunkelheit auf und tritt neben mich. »Tessa? Stimmt etwas nicht?«

Wieder erklingt das Stöhnen. Er erstarrt.

Hier lebt Mistress Kendall mit ihrem Sohn Gillis. Kendalls Ehemann ist vor zwei Jahren gestorben, aber seitdem haben sie und Gillis keine Symptome des Fiebers gezeigt. Sie gehören zu den Leuten, denen wir meines Erachtens wirklich geholfen haben. Gillis ist dreizehn und arbeitet als Bote für eine Schmiede in der Nähe. Er arbeitet hart, hat uns oft wissen lassen, dass er sich mir und Wes anschließen will, sobald er alt genug ist. Wir haben ihn seit einer Woche nicht gesehen, weil er laut seiner Mutter die morgendlichen Lieferungen abholen musste – was bedeutet, dass er nicht von der Medizin profitiert hat, die wir bringen.

Wes klopft leise an die Tür. Eine Moment lang herrscht Stille. Dann erklingt ein leises Schluchzen.

Wes sucht meinen Blick. Ich schlucke schwer.

Er greift nach dem Riegel und schiebt langsam die Tür auf. Mistress Kendall kniet im Dunkeln auf dem Boden, einen in Decken gewickelten Körper auf dem Schoß. Keuchend reißt sie den Kopf hoch.

Gillis. Ich schnappe ebenfalls nach Luft. Wes hebt den Finger an die Lippen und schüttelt den Kopf, auch wenn ich mir nicht sicher bin, ob die Geste mir oder der anderen Frau gilt. Wahrscheinlich uns beiden.

»Tessa«, ruft Mistress Kendall trotzdem. Es ist mehr ein Schluchzen. »Wes. Er stirbt.«

Stirbt.

Er ist nicht tot. Noch nicht.

Eilig betrete ich den Raum und sinke neben ihr auf die Knie. Gillis' Augen sind geschlossen und sein dunkles Haar schweißnass. Das ist gewöhnlich ein gutes Zeichen, weil es heißt, dass das Fieber nachgelassen hat, aber ich fürchte, diesmal hat es mehr mit den Decken zu tun, in die er gewickelt ist. Fast überrascht mich, dass wir seine schwere Atmung nicht durch die Tür gehört haben. Das Todesrasseln ist deutlich wahrzunehmen.

Meine Brust wird eng. »Kannst du ihn aufsetzen?«, flüstere ich. »Wir haben Medizin dabei.«

Aber wir kommen zu spät, das weiß ich bereits. Er ist nicht mal mehr bei Bewusstsein. Auf keinen Fall kann er seine Dosis trinken – und selbst dann wäre es unwahrscheinlich, dass das Elixier noch wirkt.

Mistress Kendall nickt eilig. Wes sucht meinen Blick. Er wirkt resigniert, aber er schiebt einen Arm unter die Schultern des Jungen, um seiner Mutter zu helfen. Gillis' kleiner Körper ist schlaff. Sein Kopf rollt an Wes' Schulter. Ich ziehe eine der Phiolen aus meiner Tragetasche und öffne den Korken. Meine Finger zittern.

»Gillis«, sagt Wes, sehr leise und sanft. »Gillis, mach die Augen auf.«

Wir halten alle den Atem an. Hoffen. Beten. Warten.

Am Anfang, als das Fieber begann, Leben zu nehmen, dachten viele Leute, es würde durch engen Kontakt übertragen –

vor allem, weil die Krankheit sich zuerst in der Wildnis ausgebreitet hat, bevor sie auf die Eliten im königlichen Sektor übergesprungen ist. Die Tore zum königlichen Sektor wurden wochenlang geschlossen gehalten. Aber mein Vater hat Aufzeichnungen zu den Erkrankten angefertigt und das Verteilungsmuster war mehr oder minder zufällig. Das Fieber brach auch unter denjenigen aus, die sich isoliert hatten. Bald schon wurde klar, dass enger Kontakt bei der Übertragung keine Rolle spielt. Ich habe die Aufzeichnungen meines Vaters bewahrt, und es gibt kein Muster. Die Krankheit fordert ein Leben – oder ein Dutzend.

Manchmal bleiben ganze Familien unversehrt – oder aber gleich sechs Tote müssen dem Scheiterhaufen übergeben werden.

Mistress Kendall schluchzt erneut. Gerade, als ich die Hoffnung aufgeben will, hustet Gillis heftig und blinzelt. »Ma?«, krächzt er.

Sie schnappt nach Luft. »Gillis! Oh, Gillis!« Sie presst die Hand an seine Wange. Wieder blinzelt er schwach.

»Shhh«, sagt Wes. »Die Nachtwache wird uns hören. Tessa?«

Ich atme zum ersten Mal seit unserer Ankunft tief durch. »Hier.« Ich hebe die Phiole. »Gillis, du musst das trinken.«

Er hustet rasselnd. »Ja, Miss Tessa.«

Während Wes ihm beim Trinken hilft, grabe ich in meiner Tasche herum, schiebe die Phiolen mit dem Elixier auf der Suche nach meinem Fläschchen mit Morgenholzöl zur Seite. Ein paar Tropfen können Betrunkene oder Menschen mit Kopfverletzungen wecken, aber ich habe die Erfahrung gemacht, dass es auch die Wirkung des Mondflorelixiers beschleunigt.

Mistress Kendall küsst Stirn und Wangen ihres Sohnes, ihr Atem flach. Ihre Hände zittern. »Oh, Gillis«, flüstert sie an seiner Schläfe.

Er hebt schwach die Hand, als ich das Fläschchen öffne. »Das hier auch«, flüstere ich.

Er öffnet die trockenen Lippen und ich träufele drei Tropfen in seinen Mund. Er schluckt schwer.

»Das war's«, sagt Wes. Er ergreift Gillis' Hand und drückt sie leicht. »Bald schon wirst du mit uns durch die Schatten gleiten.«

Gillis blinzelt, dann lächelt er leise. »Versprochen?«

»Versprochen.«

Mistress Kendall drückt ihm erneut einen Kuss auf die Wange und murmelt sinnlose, beruhigende Worte. Die Liebe in ihrer Stimme ist deutlich zu hören. Ich lege eine Hand auf ihre Schulter. Sie sieht mich mit tränenverhangenen Augen an.

Gillis hustet, heftig, dann versucht er einzuatmen. Die Muskeln seines Halses treten hervor, als er um Luft ringt. Seine Finger graben sich in Wes' Arm.

»Langsam«, sagt Wes, doch ich höre die Sorge in seiner Stimme. »Langsam, Gillis. Atme.«

Der Junge beißt die Zähne zusammen. Sein Rücken versteift sich und seine Finger greifen ins Leere.

Dann sinkt er schlaff gegen Wes' Schulter.

Mistress Kendall sitzt wie erstarrt da. *Ich* sitze wie erstarrt da.

Wes bewegt sich als Erstes wieder. Er legt den Jungen sanft auf den Boden und löst die Decken um ihn. Presst die Finger an Gillis' Hals, drückt das Ohr auf seine Brust.

Gillis bewegt sich nicht.

Wes sieht auf, seine blauen Augen voller Trauer.

»Nein!«, kreischt Mistress Kendall, voller Wut und Schmerz und Angst – Gefühle, die auch in meiner eigenen Brust toben. »Nein!«

Irgendwo in der Ferne beginnt ein Hund zu bellen.

Sie kreischt weiter. »Das ist ihr Fehler! Dieser schreckliche König und sein schrecklicher Bruder. All diese anderen schrecklichen Leute, die auf der anderen Seite dieser Mauer leben. Ich hasse sie! Ich hasse sie! Ich hasse ...«

Weston packt sie am Arm und presst ihr eine Hand auf den Mund, dann zischt er: »Frau! Reiß dich zusammen.«

»Wes«, flüstere ich.

»Das ist Hochverrat«, blafft er. »Wenn die Nachtwache sie hört, werden sie Mistress Kendall ebenfalls töten.«

»Das ist mir egal«, stöhnt sie und sackt in sich zusammen. »Sollen sie mich doch töten. Sollen sie doch sehen, was sie meinem Jungen angetan haben.«

Ich schnappe zitternd nach Luft. »Kendall – es tut mir so leid.«

»Er war nur ein Junge.« Sie atmet tief durch und scheint sich zu wappnen, dann streichelt sie sanft das Gesicht ihres Sohnes. »Es ist ihre Schuld.« Ich höre die Wut in ihrer Stimme. »Sie sitzen gesund herum und kümmern sich nicht darum, ob wir leben oder sterben.«

Wir haben das alles schon Hunderte Male gehört. Wir werden es noch Hunderte Male hören.

Deswegen tun wir das alles. Weil sie recht hat.

Wes zieht eine Phiole aus seiner Tasche und streckt sie Mistress Kendall entgegen. »Du musst deine Portion trinken, Kendall.«

Mit zitternder Hand ergreift sie die Phiole. Ich rechne damit, dass sie den Korken herauszieht und die Flüssigkeit darin trinkt, doch stattdessen schleudert sie den Glasbehälter in die Dunkelheit. Ich keuche.

Blitzschnell wie immer fängt Wes die Phiole aus der Luft, bevor sie am Boden zerschellen kann. »Lass nicht zu, dass Kummer und Schmerz dir das Hirn vernebeln.«

Sein Tonfall ist freundlich, aber Mistress Kendall zuckt trotzdem zusammen, bevor sie sich über den Leichnam ihres

Sohnes beugt. »Gebt es jemandem, der leben will. Für mich gilt das nicht mehr.«

Ich zögere, dann lege ich die Hand auf ihre. »Kendall«, flüstere ich. »Kendall, es tut mir so leid.«

Sie dreht die Hand, um ihre Finger mit meinen zu verschränken. »Du weißt, wie es ist«, sagt sie. »Du hast auch jemanden verloren.«

»Ja«, antworte ich. Meinen Vater. Meine Mutter. Ich werde den Moment ihres Todes niemals vergessen. Ungewollt steigen Tränen in meine Augen.

»Jemand muss sie aufhalten«, sagt Kendall zitternd. »Jemand muss sie aufhalten, Tessa.«

»Ich weiß«, antworte ich. »Für den Moment tun wir, was in unserer Macht steht.«

Sie nickt, dann presst sie einen Kuss auf meine Knöchel.

»Du solltest deine Medizin trinken«, sagt Wes sanft. »Gillis würde das wollen.«

»Gillis kann nichts mehr wollen.« Sie atmet schaudernd ein. »Geht. Ihr beide. Verschwendet eure Tränke nicht an mich.«

Ich will ihr gerade widersprechen, da schreit sie wütend: »Geht! Verschwindet! Ihr erinnert mich an ihn. Verschwindet!«

Ich zucke zurück.

»Tessa«, sagt Wes und berührt meinen Ellbogen.

Ich will nicht gehen. Wir sollten sie nicht so zurücklassen, eine am Boden zerstörte Frau, die über den Leichnam ihres Sohnes gebeugt weint.

Aber Wes hat recht.

»Wir werden Jared Sexton davon erzählen«, flüstere ich Kendall leise zu, womit ich mich auf einen Holzarbeiter beziehe, der ein paar Türen entfernt lebt. Er ist groß und breit gebaut – und gewöhnlich derjenige, der die Leichen zum Scheiterhaufen schleppt. »Ich werde morgen nach dir sehen.«

Sie antwortet nicht, sondern schluchzt in die Handflächen.

Wir gleiten in die Schatten, bewegen uns mit geübter Lautlosigkeit. Weston muss allerdings etwas gehört haben, weil er mich schon ein Haus weiter eilig in eine dunkle Nische zieht. Ich stehe mit dem Rücken am Gebäude, und er presst sich fest an mich, den Kopf vorgebeugt, sodass er mir die Sicht nimmt.

»Was ...«, setze ich an, doch er sieht mir tief in die Augen und schüttelt fast unmerklich den Kopf.

Ich spähe an ihm vorbei. Es ist immer noch dunkel, aber jetzt höre auch ich die schweren Schritte der Nachtwache. Wes hatte recht – wahrscheinlich haben sie Kendalls Schreie gehört und wollen nachsehen. In der Finsternis kann ich nichts erkennen. Vielleicht werden sie nichts bemerken und einfach vorbeigehen.

Aber nein. Kendall stürzt aus ihrer Tür. »Ihr habt ihn umgebracht!«, kreischt sie. Sie hält einen Stein in jeder Hand, wirft einen davon. Ein Mann grunzt. »Ihr könnt diesem Schwein von König und seinem bösartigen Bruder sagen, dass sie für ihre ...«

Ich höre den Schuss einer Armbrust, dann das widerliche Geräusch, als der Bolzen sein Ziel findet. Kendall verstummt und ihr Körper fällt zu Boden.

Ich wimmere und spüre, wie Wes erstarrt.

Einer der Wachmänner tritt gegen ihren leblosen Körper.

»Lass gut sein«, sagt einer der anderen. »Sie werden sie schon finden.«

Ein anderer Mann spuckt aus. Vielleicht spuckt er auf Kendall. »Sie lernen es nie.«

»Tessa.« Westons Stimme ist ein kaum hörbares Flüstern neben meinem Ohr. »Immer mit der Ruhe, Mädchen. Sonst töten sie dich auch noch.«

Er drängt sich enger an mich, presst mich gegen die Wand,

drückt die Hand auf meinen Mund. Erst als meine Bewegungen verklingen, wird mir bewusst, dass ich mich gegen seinen Griff gewehrt habe. Ich suche seinen Blick. Als ich blinzle, verschwimmt meine Sicht.

»Ich weiß«, flüstert er.

Ich atme zitternd, schließe fest die Augen. Er löst die Hand von meinem Mund.

Ich vergrabe das Gesicht an seiner Schulter und heule wie ein Kleinkind.

Nach einem Augenblick drückt er seine Hand an meine Wange unter der Maske, wischt mit dem Daumen die Tränen weg, die über mein Gesicht rinnen. »Ich weiß«, sagt er wieder. »Ich weiß.«

Irgendwann verklingen meine Tränen und mir wird klar, dass Wes mich im Arm hält. Ich will in der Geborgenheit seiner Umarmung bleiben, weil alles andere mir zu schrecklich erscheint. Das ist ein selbstsüchtiger Gedanke angesichts dessen, was Kendall und Gillis geschehen ist, aber ich kann nicht anders. Wes steht für Wärme und Sicherheit und Freundschaft.

Genau in diesem Moment zieht er sich zurück, lässt die Arme sinken. Er späht in die Ferne, hält Ausschau nach Ärger. »Wir sollten jetzt nach Westen gehen. Die Nachtwache ist alarmiert. Ich will kein Risiko eingehen. Wenn wir noch Zeit haben, können wir zurückkommen und die Runde hier vollenden.«

Ich schlucke schwer und bemühe mich, meine Gedanken zu ordnen. »Ja. Sicher.« Ich schniefe ein letztes Mal und wische mir die Tränenspuren vom Gesicht. Trauer erfüllt mich, aber ich weiß aus Erfahrung, dass sie schon bald in Wut umschlagen wird. »Sollen wir ... irgendetwas wegen ihrer Leiche unternehmen?«

»Nein«, antwortet er, dann hebt er die Hand, um meinen Hut zurechtzurücken. »Sie haben recht. Jemand wird sie finden.«

»Weston!«

»Shhh.« Er drückt einen Finger an meine Lippen und schüttelt den Kopf. »Ich bin nicht gefühllos. Aber wir können Mistress Kendall nicht mehr helfen, Tessa.« Er rückt seine Tasche zurecht. Die Phiolen darin klirren. »Wir müssen unsere Runde drehen.«

»Richtig.« Ich schlucke schwer. »Unsere Runde.«

Wir tauchen erneut in die Dunkelheit ein, gleiten lautlos durch die Nacht. Westons übliche Unbeschwertheit hat sich in Luft aufgelöst. Er pfeift nicht. Die Atmosphäre ist angespannt, als lasteten die Geschehnisse auf uns.

»Ich hasse den König«, flüstere ich. »Ich hasse den Prinzen. Ich hasse, was sie tun. Ich hasse, was aus Kandala geworden ist.«

Ich spreche so leise, dass es mich wundert, dass er mich überhaupt hören kann, aber nach einem Augenblick ergreift Wes meine Hand. Er drückt meine Finger, eine Sekunde länger als nötig – der einzige Hinweis, dass auch er getroffen ist.

»Ich auch«, sagt er.

Dann gibt er meine Finger frei und nickt in Richtung Horizont, wieder kühl und kontrolliert. »Der Tag bricht an. Wir müssen uns beeilen.«

Corrick

In seiner frühesten Kindheit war Harristan schwach und kränklich. Bekam oft Infektionen. Das war, bevor das Fieber begonnen hatte, sich unter unserem Volk zu verbreiten – noch vor meiner Geburt. Gerüchten zufolge waren meine Eltern sehr erleichtert über die zweite Schwangerschaft, weil sie zu dieser Zeit fürchteten, Harristan würde nicht überleben, sodass sie ohne Erben zurückblieben. Unsere Eltern haben so viele Jahre damit verbracht, ihn zu umsorgen ... es schien kein Ende zu nehmen, selbst als er die Schwäche seiner frühen Jahre überwunden hatte. Ein einwöchiger Jagdausflug? Harristan blieb im Palast zurück, während ich mit Vater und den Adeligen durch den Wald galoppieren durfte. Eine Reise in einen weit entfernten Sektor? Harristan saß in der Kutsche, geschützt vor Sonnenlicht und kühler Luft. Ich dagegen ritt mit den Wachen und Ratgebern und fühlte mich älter als ich war, als sie mich in ihr Geplänkel einbezogen.

Man sollte meinen, dass dadurch Groll zwischen uns entstanden wäre: bei Harristan aus Neid auf meine Freiheit und bei mir Eifersucht wegen der ganzen Aufmerksamkeit, die er erhalten hat. Aber das ist nicht geschehen. Nein, es ist nie eine verhärtete Front zwischen uns entstanden, weil Harristan gut war im Herumschleichen. Er hat sich aus dem Palast geschlichen, hat sich den wachsamen Blicken entzogen, hat sich aus seinem vergoldeten Gefängnis – wie er es immer nannte – fortgestohlen.

Es entstand kein Groll zwischen uns, weil er mich immer mitgenommen hat.

Wir haben gewartet, bis der Mond hoch am Himmel stand, dann haben wir uns die schlichteste Kleidung in unserem Schrank angezogen, haben uns die Taschen vollgestopft mit Kupfermünzen und uns aus dem königlichen Sektor geschlichen. Er hat mir beigebracht, dass ich mir den Rhythmus der Wachpatrouillen einprägen muss; wie man in der Dunkelheit durch die Tore huscht; wie man erkennt, welches Lächeln ehrlich ist; welches Grinsen bedeutet, dass jemand einen betrügen will.

Einige aus dem höheren Stand warnen vor den Gefahren der Wildnis, aber als wir jünger waren, war die Wildnis voller Magie und Abenteuer. Dort wurde bis spätnachts Musik gespielt und Menschen tanzten im Feuerschein. Wir haben mit den Fingern Braten vom Spieß gezupft und selbst gebrautes Bier getrunken, das viel besser schmeckte als der langweilige Wein, der im Palast serviert wurde. Wir sind auf Bäume geklettert und haben Bögen abgefeuert und sind der Nachtwache ausgewichen. Und die Leute! So viele Leute. Wahrsager und Jongleure und Metallarbeiter und Tänzer und Bauern und Künstler. Wir haben Geschichten gelauscht und derbe Trinklieder gelernt. Und obwohl niemand wusste, wer wir waren – denn wer hätte schon damit gerechnet, dass der Kronprinz und sein Bruder mitten in der Nacht lachend an einem Lagerfeuer sitzen? –, waren wir immer willkommen, weil in der Wildnis niemand ausgegrenzt wird.

Heute – als Vollstrecker des Königs – sehe ich manchmal ein Gesicht und frage mich, ob das eine Person ist, die ich als Kind kannte. Ich frage mich, ob die Diebin, die ich zu einem Monat harter Arbeit in den Kalksteinminen verurteile, jemand war, der mir irgendwann mal einen Becher Bier gereicht hat. Oder ob der Mondflorschmuggler, den ich zum Tod durch Feuer verurteile, der Mann war, der einst aus meiner Hand gelesen hat, um mir zu erklären, ich würde ein langes, glückliches Leben führen, mit dem scherzhaften Nachsatz, er könne eine Frau mit großen Brüsten in meiner Zukunft sehen.

Ich hänge nicht gerne Gedanken an die Vergangenheit nach.

Ehrlich, ich denke auch nicht gerne über die Gegenwart nach.

Sie sind herzlos.

Jonas' Worte in der gestrigen Ratssitzung verfolgen mich. Ich frage mich, ob Harristan ihn gehört hat. Ich will nicht fragen. So nahe wir uns auch stehen, manche seiner Gedanken bleiben besser unausgesprochen, und das gilt ebenso für meine eigenen.

Es ist schon spät. Jenseits meines Fensters herrscht Dunkelheit. Mein Bruder hat sich wahrscheinlich schon lange zurückgezogen ... aber egal, wie früh ich morgens auch aufstehe, das Einschlafen fällt mir immer schwer. Ich muss ein weiteres Gesuch lesen, eine weitere Bitte um Geld, diesmal von Arella. Sie hat diese Petition eingereicht, nachdem die von Jonas abgelehnt wurde, und das Schriftstück wirkt überhastet verfasst. Ein Teil von mir fragt sich, ob das eine Art Vergeltung sein soll. Aber vielleicht denkt sie auch nur, wenn wir Silber auszugeben haben, sollte sie es sich sichern, bevor Jonas seinen Antrag nachbessern kann.

Seufzend reibe ich mir die Augen.

Ich sehe überrascht auf, als jemand an die Tür klopft. »Herein.«

Ein Wachmann öffnet die Tür. »Eure Hoheit. Konsul Sallister bittet um ein Gespräch.«

Ich ziehe meine Taschenuhr heraus und sehe aufs Ziffernblatt. Ich will fragen, ob Allisander weiß, dass wir fast Mitternacht haben, aber wahrscheinlich ist er sich dessen durchaus bewusst. Es interessiert ihn nur nicht. Er gehört zu den wenigen Leuten, die um diese nachtschlafende Zeit eine Audienz verlangen und sie auch erhalten.

Ich seufze, dann schiebe ich die Papiere zusammen und lege sie mit der beschriebenen Seite nach unten auf den Schreibtisch. »Schick ihn herein.«

Trotz der späten Stunde läuft Allisander immer noch in vollem Staat herum. Ich habe mein Jackett schon längst abgelegt und die Hemdärmel aufgerollt. Er mustert mein legeres Erscheinungsbild und sagt: »Vergebt mir. Ich war mir nicht bewusst, dass Ihr Euch bereits zurückgezogen habt.«

»Habe ich nicht.«

Er wartet offensichtlich darauf, dass ich ihm einen Stuhl anbiete, aber das tue ich nicht.

»Die Schmuggler werden dreister«, sagt er. »Ich erhalte Nachrichten von abgefangenen Lieferungen, Überfällen auf der Straße, ausgeräumten Wagen. Außerhalb des königlichen Sektors. Ihr wisst, dass wir innerhalb dieser Mauern schon länger ein Problem haben.«

Ich nippe an meiner Teetasse. »Wenn Schmuggler erwischt werden«, antworte ich, »werden sie hart bestraft.«

»Dieses Jahr gab es heftige Regenfälle. Unsere Ernte ist nicht so gut wie letztes Jahr. Zusammen mit den Überfällen könnte das zu einem Nachschubproblem führen.«

»*Haben* wir ein Nachschubproblem oder *könnte* es eines geben?«

»Die Erwartung eines Problems ist fast genauso schlimm wie das Problem selbst, Corrick.«

Sein Vater war eine Nervensäge, aber es ist noch schlimmer, diese Worte von jemandem zu hören, der kaum älter ist als ich. Er klingt herablassend. Die Verwendung meines Vornamens ist herablassend. Sein dämlicher Ziegenbart wirkt herablassend. Ich habe keine Ahnung, wie mein Bruder je mit diesem Kerl befreundet sein konnte.

Ich stelle meine Tasse ab. »Ich kann Euch bewaffnete Wachen für Eure Lieferungen in den königlichen Sektor anbieten.«

»Die ich dankbar akzeptiere. Außerdem werden wir den Preis um zwanzig Prozent erhöhen.«

»Zwanzig Prozent!« Was für eine Frechheit. Er hat gehört, dass ich Artis Mittel versagt habe, obwohl sie bereits an einem Medizinmangel leiden ... und jetzt erhöht er die Preise. Ich weiß nicht, ob er einfach aus Gier handelt oder ob die Demütigung in seiner Jugend etwas damit zu tun hat – ob es für ihn eine Gelegenheit ist, sich an Harristan zu rächen.

Auf jeden Fall will ich ihm am liebsten meine Teetasse an den Kopf werfen. Ich gebe mich jedoch damit zufrieden, eine Augenbraue hochzuziehen und den Finger über den Tassenrand gleiten zu lassen. »Ihr glaubt, die Ernte hat so sehr gelitten?«

Er schenkt mir etwas, was er wahrscheinlich für ein verschwörerisches Lächeln hält. »Wir müssen unseren Nachschub schützen.« Er zögert. »Wenn Ihr das Gefühl habt, dass die Preiserhöhung zu extrem ist, kann ich mit Lissa sprechen. Wir können versuchen, innerhalb unserer aktuellen Beschränkungen eine Lösung zu finden.«

Seine Stimme klingt freundlich, ruhig, aber ich höre trotzdem eine unterschwellige Drohung. Kandala braucht die Mondflorernte. Wir alle brauchen sie.

Ich denke daran, wie Harristan gestern Morgen im Schlaf gehustet hat, nur um den Gedanken eilig zu verdrängen, bevor mein Blick von Sorge getrübt wird. »Das ist nicht nötig«, sage ich. »Eure Position ist verständlich.« Ich halte inne. »Ich vermute, Konsulin Marpetta wird ihre Preise ebenfalls erhöhen?«

Lissa Marpetta spricht selten in den Ratssitzungen, aber alle gehen davon aus, dass sie in Übereinstimmung mit Allisander handeln wird. Ihr Sektor, Glutrücken, liefert ungefähr halb so viele Mondflorblütenblätter wie seiner – aber das reicht, um ihr einiges an Einfluss zu verschaffen.

»Ich vermute es«, antwortet er. »Natürlich werden wir Steuern auf unsere Gewinne zahlen, wie immer. Wenn unsere Lieferungen gut geschützt werden, könnte das dem königlichen Sektor zum Vorteil gereichen – und damit ganz Kandala.«

Allisander redet sich tatsächlich ein, er täte uns einen Gefallen. Als müssten wir den Großteil der Steuereinnahmen nicht sofort wieder ausgeben, um unsere eigenen Vorräte zu bezahlen.

Manchmal wüsste ich gerne, wie mein Vater solche Gespräche gehandhabt hätte. Oder vielmehr, wie Micah Clarke, der ehemalige Königliche Vollstrecker, damit umgegangen wäre. Vater war ein beliebter, ausgeglichener Mann, bekannt für seine Freundlichkeit und faire Urteile. Aber vielleicht war ihm dieser Luxus nur vergönnt, weil er jemand anderem erlaubt hat, sich um die herausfordernderen politischen Intrigen zu kümmern.

Auf jeden Fall weiß ich nicht, was gewesen wäre. Micah

wurde gleichzeitig mit unseren Eltern getötet. Und unser Volk hat noch nicht so gelitten, als Mutter und Vater an der Macht waren. Das Fieber hatte erst begonnen, sich auszubreiten. Die Leute mussten sich noch nicht entscheiden, ob sie etwas zu essen oder Medizin kaufen.

Wieder klopft es an meiner Tür. Ich seufze. Schläft denn niemand im Palast?

»Herein!«, rufe ich.

Der Wachmann öffnet die Tür weit. »Eure Hoheit. Meister Quint möchte ...«

»Ja, ja, ja«, sagt Quint und schiebt sich an den Wachen vorbei, ohne auf meine Erlaubnis zu warten. »Ich muss nicht angekündigt werden.« Wie gewöhnlich steht sein rotes Haar in alle Richtungen von seinem Kopf ab, und ich bezweifle, dass sein Jackett zu irgendeinem Zeitpunkt des heutigen Tages richtig geknöpft war. Er bemerkt, dass wir nicht allein sind und hält inne, nickt erst mir, dann Allisander zu. »Eure Hoheit. Konsul.«

Abgesehen von meinem Bruder, ist Quint wahrscheinlich meine Lieblingsperson im Palast. Er ist noch recht jung für seinen Posten als Palastmeister, aber er war der Lehrling des letzten Meisters. Als der Mann in den Ruhestand gehen wollte, habe ich Harristan geraten, Quint eine Chance zu geben. Er ist unerschütterlich ehrlich und wahrt Geheimnisse besser als ein Toter. Außerdem besitzt er genug Energie für ein halbes Dutzend Leute, redet doppelt so viel wie nötig und bringt nur wenig Geduld für Wichtigtuerei und Vermessenheit auf. Er nervt Harristan schrecklich. Eigentlich nervt er alle schrecklich.

Ich liebe ihn.

Allisanders Lippen werden schmal. »Meister Quint. Wir führen gerade ein *Privatgespräch*.«

Quint blinzelt, als wäre das vollkommen offensichtlich. »Das kann ich sehen«, meint er, macht aber keine Anstalten, den Raum zu verlassen.

Allisander holt Luft, offensichtlich entschlossen, Worte zu sprechen, die Quint aus dem Raum vertreiben.

Ich greife nach meiner Teetasse. »Wir sind allerdings fast fertig, nicht wahr, Konsul?«

Er schließt den Mund. Wirft mir einen *fast* finsteren Blick zu.

Ich schenke ihm ein mildes Lächeln. »Ich denke, wir sind zu einer Verständigung gekommen.«

Das ist der beste Satz in meinem Arsenal höfischer Floskeln – weil er absolut gar nichts bedeutet, die Leute aus irgendeinem Grund aber immer zu der Annahme verleitet, ich hätte ihre Argumente anerkannt.

Auch jetzt erzielt er seine Wirkung, denn Allisanders Miene glättet sich. »Freut mich, das zu hören.«

»Ich werde morgen früh einen Befehl für den zusätzlichen Wachschutz Eurer Lieferungen schreiben.«

»Früh, Corrick«, betont er. »Wir wollen vor dem Mittag in die Ebene zurückkehren.«

Ich erstarre. Er kann seine Preise erhöhen und jammern, dass seine Lieferungen in Gefahr sind, aber genau wie mein Bruder habe auch ich ein Limit. Allisander Sallister mag Geld und Macht besitzen, aber er herrscht nicht über Kandala – oder über mich.

Er muss die Veränderung in meiner Miene bemerkt haben, weil er fortfährt: »Sobald es Euch möglich ist, natürlich. Mit meinem tief empfundenen Dank.« Er hält kurz inne, dann schiebt er hinterher: »Eure Hoheit.«

Ich stelle meine Tasse ab. »Ihr könnt morgen früh damit rechnen.«

Sobald die Tür hinter ihm ins Schloss gefallen ist, lässt Quint sich auf den Stuhl mir gegenüber fallen. »Will er an die königlichen Löwen verfüttert werden?«

»Führe mich nicht in Versuchung.« Doch eigentlich ist der Gedanke nicht verlockend. Ich habe dieses Urteil einmal gesprochen, über einen Mann, der eine ganze Familie umgebracht hatte, um sich ihren Vorrat an Mondflorblütenblättern anzueignen. Die Löwen dabei zu beobachten, wie sie ihn in Stücke gerissen haben, während er kreischend um Gnade flehte, war das Schrecklichste, was ich je bezeugen musste. Selbst Harristan, der seit der Ermordung unserer Eltern immer stoisch bleibt, hatte später zu mir gesagt: »Fäll dieses Urteil nicht noch mal.«

»Sallister will mehr Wachen?«, fragt Quint.

»Unter anderem.« Ich mustere Quints zerzaustes Erscheinungsbild und versuche abzuschätzen, ob er gehetzter wirkt als gewöhnlich. Es ist durchaus möglich, dass sich Quint der späten Stunde nicht mal bewusst ist. »Hast du gegessen? Ich kann etwas bringen lassen.«

»Ah – nein. Ich habe mit Konsulin Marpetta gespeist, vor ...« Er zieht seine Taschenuhr heraus und mustert sie stirnrunzelnd. »Das kann nicht stimmen.«

Ich lächle. »Du schläfst noch weniger als ich.«

»Niemand schläft weniger als du.«

Das ist allerdings wahr. »Ich werde ein Mahl anfordern. Wein ebenfalls?« Ich stehe auf und gehe zur Tür. »Oder willst du für das, weswegen du meinen Raum gestürmt hast, lieber nüchtern sein?«

»Gerade hat ein Bote den Palast erreicht. Die Nachtwache in Stahlstadt ist über eine Gruppe Schmuggler gestolpert. Zwei wurden im Kampf getötet. Die anderen acht sind in den Kerker gebracht worden.«

Ich halte inne und sehe ihn an. »Das ist eine große Gruppe.«

»Soweit ich es verstanden habe, waren sie gut organisiert.«

Gut organisiert. Schmuggler und Verbrecher arbeiten nur selten in größeren Gruppen zusammen. Zehn sind beispiellos. Die Gefahr, entdeckt zu werden, ist einfach zu groß. Die Strafen sind zu schwer.

Vielleicht hat Allisander die Bedrohungslage für seine Lieferungen nicht überzeichnet. Ich wollte ihn warten lassen, aber jetzt werde ich den Befehl schreiben, bevor ich zu Bett gehe.

»Weiß Harristan davon?«, frage ich.

»Nein.«

Mein Bruder wird so schnell wie möglich eine Erklärung abgeben wollen. Er wird erwarten, dass ich ein Exempel statuiere.

Zumindest einer von uns sollte schlafen.

»Ich werde ein Mahl bringen lassen«, sage ich. »Schick eine Nachricht ins Verlies. Ich will mit den Wachen sprechen, die die Schmuggler gefangen genommen haben. Sag ihnen, dass ich die Gefangenen nach Sonnenaufgang befragen will. Trennt sie, falls das noch nicht geschehen sein sollte. Ich will nicht, dass sie sich eine gemeinsame Geschichte zurechtlegen.«

Quint hat sofort nach einem Papierbogen gegriffen und schreibt mit, seitdem ich den Mund geöffnet habe. Er ist gut in seinem Job. »Sollen wir eine Proklamation ausrufen lassen?«

»Noch nicht.« Meine Gedanken rasen. Acht Schmuggler gleichzeitig. Wir dürften uns glücklich schätzen können, wenn wir keinen Aufruhr auslösen. »Morgen. Zur Mittagsstunde.«

Er sieht auf. »Soll ich den König wecken?«

Ich denke an Harristans Husten. Das Fieber. Er braucht seinen Schlaf. Eilig verdränge ich diese Gedanken. »Nein.«

Quint erhebt sich mit einem Nicken, das Papier in der Hand. »Ich werde mich darum kümmern.«

Ich folge ihm zur Tür. Mit der Hand an der Klinke hält er inne und dreht sich noch einmal zu mir um. »Du hast nach Wein gefragt ...«

»Ich werde ausreichend bringen lassen.«

TESSA

Ich sollte mich nicht Tagträumereien über Weston hingeben. Sinnloser könnte ich meine Zeit nicht verbringen. Ich sollte mich darauf konzentrieren, Anemonen für Mistress Solomons Salben abzuwiegen, oder darüber nachzudenken, wie viele Häuser wir heute Morgen nicht besuchen konnten, weil Wes erklärt hat, es wäre nicht sicher, in den königlichen Sektor einzudringen. Ich sollte darüber nachdenken, wie viele Münzen ich in der Tasche habe und ob ich mir wirklich Süßigkeiten vom Bäcker leisten darf.

Ich sollte um Mistress Kendall und Gillis trauern. Aber der Gedanke an den Tod der beiden erfüllt mich eher mit Wut als mit Kummer. Jedes Mal, wenn ich Wachen sehe, beginnen meine Hände zu zittern, als wollte auch ich mit Steinen werfen.

Über Wes nachzudenken ist sicherer und fast so luxuriös, wie es Pasteten vom Bäcker wären. Er hat sich gestern Morgen so eng an mich gedrückt, die Hand an meiner Wange, seine Stimme sanft an meinem Ohr.

Als wir in Gefahr waren, flüstert eine Stimme in meinem Kopf. Das war kein romantischer Moment.

Das ist mir egal.

Karri, die andere Assistentin, grinst mich über ihre eigene Waage hinweg an. Wir sind ungefähr gleich alt, doch statt leicht gebräunter Haut mit Sommersprossen und braunem Haar, ist Karris Haut von einem dunklen, warmen Braun, und sie trägt ihr glänzendes schwarzes Haar in einem langen Zopf, der ihr bis auf die Taille fällt. »Wieso wirst du rot?«, fragt sie.

Ich beiße mir auf die Unterlippe. »Es gibt keinen Grund.«

Sie lehnt sich gegen den Tisch und senkt die Stimme, weil Mistress Solomon es nicht mag, wenn wir tratschen. »Tessa. Hast du einen Schatz?«

Ich bemühe mich, nicht noch mehr zu erröten. Doch meine Wangen glühen umso stärker. »Natürlich nicht.«

Wes würde es mich nie vergessen lassen, wenn er wüsste, dass ich bei der Vorstellung, er könne mein Schatz sein, rot werde. Niemals.

»Wie heißt er?«

Ich blinzle unschuldig. »Wer?«

»Tessa!«

Ich fülle ein paar Anemonen in meinen Mörser und beginne, sie mit dem Stößel zu zerkleinern. »Es ist nichts. Es gibt nichts zu erzählen.«

Sie zieht einen Schmollmund, aber ihre braunen Augen funkeln. »Beschreib mir seine Hände.«

Ungewollt steigt das Bild des Apfels in seinen Fingern in mir auf.

Ich seufze. Ich kann nicht anders.

Karri beginnt zu lachen. »Du hast einen Schatz.«

Ich werfe einen Blick Richtung Verkaufsraum. »Shhh.«

»Wenn du mir seinen Namen nicht verraten willst, erzählst du mir dann wenigstens, wie er aussieht?«

Sofort habe ich eine Beschreibung im Kopf, so schnell, dass

es mich wundert, dass die Worte nicht über meine Lippen dringen. *Er sieht nach Revolution aus. Ist voller Mitgefühl. Blaue Augen und sanfte Hände, leichtfüßig, und innerlich so stark wie Stahl.*

Ich drücke meinen Stößel fester in den Mörser und Karri lacht wieder. Ich frage mich, wie sehr meine Wangen wohl glühen.

»Ich kann es kaum erwarten, ihn kennenzulernen.«

Das wird nie geschehen. Jetzt seufze ich aus einem ganz anderen Grund.

»Stammt er aus Artis?«, fragt sie.

Ich muss ihr irgendetwas liefern, sonst wird sie mich nie in Ruhe lassen. »Stahlstadt«, sage ich.

»Stahlstadt! Also ein Metallarbeiter.«

»Hmmm.« Ich gebe etwas Distelwurzel in meinen Mörser.

»Stahlstadt?«, sagt Mistress Salomon. Offensichtlich hat sie dieses eine Wort gehört, denn sie verlässt den Verkaufsraum und kommt nach hinten, um unsere Arbeit zu begutachten. »Redet ihr über die Schmuggler?«

»Was für Schmuggler?«, fragt Karri.

»Zur Mittagsstunde gab es eine Proklamation aus dem königlichen Sektor. Sie haben eine Gruppe Schmuggler aus Stahlstadt festgesetzt. Zehn Leute, alle aus derselben Schmiede.«

Mein Blut gefriert in meinen Adern.

Mistress Solomon schnalzt missbilligend mit der Zunge. »Wir haben Glück, dass die Nachtwache auf uns aufpasst, wisst ihr? Diese Verbrecher haben verdient, was jetzt mit ihnen geschieht. Wir alle erhalten unseren Anteil an Medizin. Die Leute müssen nicht gierig werden.«

Ich beiße mir auf die Zunge. Nicht jeder bekommt Mondflorblütenblätter ... und das weiß sie auch. Nur diejenigen, die dafür zahlen können. Deswegen verdient sie so viel mit ihren

Salben und Tränken – weil es billiger ist, Heilmittel von ihr zu kaufen. Es ist billiger, weil ihre Mittel eigentlich nicht wirken. Aber wenn ich meine Stellung behalten will, darf ich das nicht sagen. Als die Heilwirkung der Mondflorblüte entdeckt wurde, gab es Hunderte Scharlatane, die versuchten, Blütenblätter anderer Pflanzen als Mondflor zu verkaufen – aber als der König anfing, Fälschung genauso hart zu bestrafen wie Schmuggel, verschwanden die falschen Blüten wieder. Es ist einfacher, Blütenblätter zu stehlen, als Pflanzen zu hegen und zu pflegen, die lediglich ähnlich aussehen.

Aber es gibt viele Läden wie den von Mistress Solomon. Leute, die zwar das Fieber nicht heilen können, aber behaupten, die Symptome »mildern« zu können. Für eine echte Schwindlerin würde ich nicht arbeiten, aber Mistress Solomon scheint gute Absichten zu haben. Die meisten Tränke, die wir anfertigen, sind für ganz banale Zwecke bestimmt – wie saubere Haut oder glänzendes Haar oder Einschlafprobleme. Manche ihrer Tränke hätten keine Wirkung, aber ich kenne meine Heilmittel und passe die Rezepturen dementsprechend an.

Ich führe in Vaters alten Notizbüchern Aufzeichnungen darüber, was das Fieber heilt – die Mondflorblüte – und was nicht – alles andere.

In meinem Kopf hallen immer noch Mistress Solomons Worte wider: Zehn Schmuggler wurden gefangen genommen. Alle aus derselben Schmiede.

Weston. Aber er arbeitet mit niemand anderem zusammen. Dessen bin ich mir sicher.

Aber Weston ist nicht sein richtiger Name. Und wenn das nicht stimmt ... vielleicht weiß ich auch sonst nichts. Vielleicht waren alle zehn von ihnen wie Wes, haben in anderen Sektoren Freunden vorgespielt, sie würden nur mit ihnen kooperieren.

Ich habe keine Möglichkeit, ihn zu finden. Kann ihn nicht fragen.

Ich schlucke schwer. »Haben sie die Namen verlesen?«

»Nein. Sechs Männer, vier Frauen. Zwei der Männer sind bei der Verhaftung umgekommen.«

Mir wird schwindelig. »Wann …« Ich muss mich räuspern. »Wann wurden sie festgesetzt?«

»Haben sie nicht gesagt. Gestern, heute, spielt das eine Rolle?« Sie schnaubt abfällig. »Du mahlst die Anemonen zu fein, Tessa.«

»Oh. Tut mir leid.« Sie hat unrecht, aber es würde ihr nicht gefallen, wenn ich ihr das mitteilte. Mistress Solomon mag die Vorstellung nicht, dass eine impertinente junge Frau ihr sagt, wie sie ihr Geschäft zu führen hat – deswegen wurde die letzte Assistentin gefeuert. Ich brauche diesen Job. Niemand glaubt, dass eine Achtzehnjährige aus der Wildnis eine echte Pharmazeutin sein kann. Mein Vater hätte diese Tinkturen und Heilmittel für lächerlich gehalten und das Mistress Solomon auch ins Gesicht gesagt – aber mein Vater ist nicht mehr da, um meine Miete zu zahlen, also lege ich brav den Stößel auf der Arbeitsfläche ab und kratze das Pulver aus dem Mörser.

Karri beäugt mich, als sich Mistress Solomon wieder entfernt, dann senkt sie die Stimme. »Ist dein Schatz ein Schmuggler?«

»Was? Nein!« Ich bin mir sicher, meine Wangen glühen inzwischen feuerrot.

Sie wendet sich wieder ihren Kräutern zu, wirft eine Handvoll in ihren Mörser. »Mutter sagt, viele von ihnen versuchen nur, ihre eigene Familie zu ernähren. Sie hat Geschichten von Männern gehört, die Frauen den Mond und die Sterne versprechen, damit sie ihnen helfen … obwohl sie in Wirklichkeit zu Hause ein halbes Dutzend hungrige Mäuler zu stopfen haben.«

Ich starre schlecht gelaunt in meinen Mörser. Mein Magen verkrampft sich. Ich weiß nicht, was schlimmer wäre: Wes, der vom Königlichen Vollstrecker hingerichtet wurde ... oder Wes, der eine Familie hat.

Was für ein Gedanke. Der Tod ist schlimmer. Natürlich.

Ich habe mir immer eingebildet, Wes wäre ungefähr in meinem Alter, aber vielleicht ist er älter. Ich sehe ihn immer nur im Dunkeln, mit rußgefärbten Augen, das Gesicht hinter einer Maske verborgen. Wahrscheinlich könnte er auch doppelt so alt sein wie ich.

»Sei vorsichtig, Tessa«, sagt Karri.

Ich hebe den Blick. »Ich bin immer vorsichtig«, antworte ich. Und dann messe ich, um es zu beweisen, sorgfältig meine Zutaten ab.

Sobald die Schläge der Abendglocke durch die Straßen hallen, dürfen Karri und ich gehen. Sie wohnt bei ihrer Familie zu Hause, während ich seit dem Tod meiner Eltern allein in einem Zimmer in einer Pension lebe. Karri hat mich den gesamten Nachmittag beobachtet und zum Abendessen eingeladen, wohl in der Annahme, dass mein »Schatz« zu den festgesetzten Männern gehören muss. Ich kann ihre mitleidigen Blicke keinen Moment länger ertragen, also schlage ich das Angebot aus.

Auf dem Weg nach Hause halte ich trotzdem beim Konditor an, überzeugt, dass der Luxus es wert ist, wenn ich dabei etwas Tratsch höre. Als ich der Verkäuferin meine Münzen reiche, sage ich: »Können Sie glauben, dass so viele Schmuggler gleichzeitig erwischt wurden?«

Die Verkäuferin nickt traurig. »Ich vermute, sie werden morgen alle hingerichtet.«

Die eisige Kälte will nicht aus meinem Körper weichen, besonders, als sie hinzufügt: »Soweit ich weiß, machen sie es vor den Toren. Wird eine Menge Leute anlocken.«

Ich wünschte, ich könnte irgendwie herausfinden, ob Wes dabei ist. Das darf nicht sein.

Aber ... Stahlstadt. Eine Schmiede. Es könnte sein.

Ich versuche, mich noch ein wenig in der Konditorei herumzudrücken, aber die Luft ist zu stickig und meine Nerven zu angegriffen. Ich werde nicht schlafen können. Stunden, bevor wir uns treffen sollen, gehe ich zu unserer Werkstatt und entzünde das Feuer. Ich dachte, es wäre besser, hier zu warten, aber es ist noch schlimmer. Der Raum ist erfüllt von Erinnerungen an Wes aus zwei gemeinsam verbrachten Jahren. *Dort sitzt er, wenn er die Zutaten abmisst. Dort hat er sich die Finger am Holzofen verbrannt. Das ist das Fenster, das bei einem Wintersturm zerbrochen ist und über das Wes Bretter genagelt hat, während Schnee in den Raum wehte.*

Ich schlafe sitzend im Stuhl ein, Tränenspuren auf den Wangen. Und träume. Ich träume von meinen Eltern, von der Nacht, als sie von der Wache erwischt wurden. Ich erinnere mich daran, dass ich kurz davorstand, aus meinem Versteck zu springen und die Wachmänner anzugreifen. Wes hat mich an diesem Abend gepackt und außer Sichtweite gehalten – aber in meinem Traum wird auch er gefangen genommen, sein zuckender Körper von Pfeilen durchbohrt. Ich träume, dass Wes' Leiche vor den Toren hängt oder sein Kopf auf einen Pfahl gespießt wird. Ich sehe ihn auf einem Leichenhaufen brennen, während die Zuschauer brüllen, manche auch jubeln. Ich träume, dass er nach mir schreit, mir Warnungen zuruft, während er mit Knüppeln verprügelt wird, bis seine Knochen brechen.

»Tessa. *Tessa.*«

Ich öffne die Augen, und da ist er. Für einen Moment halte

ich auch das für einen Traum, bilde mir ein, er wäre nur ein Trugbild. Ich bin überzeugt, dass ich jeden Moment aufwachen werde und die Werkstatt immer noch leer sein wird.

Aber das stimmt nicht. Er ist real. Er ist hier. Seine blauen Augen hinter der Maske leuchten hell wie immer. Tränen der Erleichterung steigen in meinen Augen auf und ich versuche nicht mal, sie zurückzuhalten.

»Du weinst?«, fragt er und klingt dabei so überrascht von der Vorstellung, dass ich seinetwegen weine, dass ich ihm die Faust ins Gesicht rammen will.

Stattdessen springe ich auf und schlinge die Arme um seinen Hals.

»Tessa«, sagt er. »Das kommt plötzlich.«

»Halt die Klappe, Wes. Ich hasse dich.«

»Ah, ja. Offensichtlich.«

Ich kichere unter Tränen an seiner Schulter. Ich sollte ihn loslassen.

Aber das tue ich nicht.

Und er auch nicht.

Ich will ihn fragen, ob er die Leute kennt, die verhaftet wurden, doch stattdessen kommen vollkommen andere Worte über meine Lippen. »Hast du eine Ehefrau und hungrige Kinder, die du füttern musst?«

»Nein. Du?«

Ich schniefe, dann ziehe ich mich ein kleines Stück zurück, um ihn anzusehen. Trotz des neckenden Tonfalls wirken seine Augen ernst.

»Du hattest recht«, sagt er.

»Mit den Kindern?«

Er grinst. »Nein. Keine Kinder.« Er schüttelt den Kopf, als hielte er mich für verwirrt. »Nein, du hattest recht damit, dass ich dich auch mal ohne Maske sehen sollte.«

Keuchend presse ich die Hände an meine nackten Wangen.

Weston grinst breit. »Ich bereue, dein Angebot nicht früher angenommen zu haben.«

Ich sinke auf meinen Stuhl und verberge mein Gesicht hinter den Händen. Aber natürlich ist es jetzt zu spät – und ehrlich, er war derjenige, der mich nie sehen wollte. »Ich war ... aufgebracht. Habe nicht nachgedacht. Ich habe mir solche Sorgen gemacht.« Bei den letzten Worten bricht meine Stimme.

Er lässt sich auf den Stuhl gegenüber fallen. »Vertrau mir all deine Ängste an.«

»Ich dachte, du wärst einer der Schmuggler, die gefangen genommen wurden.«

Seine Miene erstarrt und sein Blick wird hart. »Ich bin kein Schmuggler.«

»Ich weiß. Ich weiß, dass du das nicht bist. Dass wir keine Schmuggler sind.« Ich muss mir erneut Tränen aus den Augen wischen. »Ich dachte nur ... sie waren aus Stahlstadt, also dachte ich ...«

»Du siehst jedes Blütenblatt, das ich aus dem königlichen Sektor mitbringe.« Er wirft mir einen kalten Blick zu. »Ich habe niemals etwas von dem verkauft, was wir gestohlen haben. Das, was wir tun ...«

»Wes! Ich weiß.«

»Was wir tun«, wiederholt er, seine Stimme schärfer als jemals zuvor, »ist nicht dasselbe, was die Schmuggler tun. Ich mache das nicht, um meine Taschen zu füllen.«

»Ich weiß«, sage ich kleinlaut. »Wes, das weiß ich doch.« Ich schniefe. »Ich auch nicht. Aber dem König und seinem Bruder ist das vollkommen egal.«

Er atmet einmal tief durch und reibt sich das Gesicht. Als er mich wieder ansieht, ist sein Blick weicher. »Du hast recht. Vergib mir.«

Ich reibe mir die Augen. »Und ich weiß, dass du mir immer sagst, dass ich keine Gefühle für dich entwickeln soll, aber du bist der einzige echte Freund, den ich habe, besonders seit ...« Meine Stimme bricht erneut. »Seitdem meine Eltern ...«

Wes umfasst sanft meine Handgelenke. »Tessa.«

Ich widersetze mich nicht, als er mich an sich zieht. Er hält mich lange Zeit fest. Wir halten uns gegenseitig. Das hier unterscheidet sich vollkommen von neulich, als wir uns in den Schatten eines Hauses gedrückt haben, um uns vor der Nachtwache zu verbergen. Hier gibt es nur mich und Wes, in der Wärme der Werkstatt – unserer Werkstatt – und wir umarmen uns, als könnten wir so das Böse der Welt ausschließen.

»Sie werden hingerichtet«, sagte er leise. »Zur Mittagsstunde.«

Ich nicke an seiner Schulter. »Ich habe es gehört.« Ich lehne mich zurück und sehe ihn an. »Glaubst du, sie haben es verdient?«

Er zögert und wirkt plötzlich verschlossen. Wir reden gewöhnlich nicht über solche Themen. Unsere Gespräche drehen sich darum, wie wir unentdeckt bleiben können. Wie effektiv die Tränke sind und ob ein wenig Braun auf den Blütenblättern die Wirkung schmälert. Wie leichtfertig und verschwenderisch die Eliten sind. Wir sprechen über die Menschen, die wir an das Fieber verloren haben und über die Überlebenden.

Wir sprechen nicht darüber, was geschehen könnte, weil ich recht habe. Dem König ist es egal, dass wir stehlen, um Leuten zu helfen. Wenn wir erwischt werden, werden wir zusammen mit den Schmugglern hingerichtet.

»Ich glaube ...« setzte er an, schüttelt dann aber nur den Kopf. »Ich glaube, wir verschwenden Zeit. Hast du deine Maske? Die Wachen wurden verdoppelt, wegen ...«

»Wes.« Ich schlucke schwer, dann packe ich seinen Arm. Er klang so harsch, als er gesagt hat *Ich bin kein Schmuggler, Tessa.* »Glaubst du, sie haben es verdient?«

»Ich glaube, dass nur wenige Leute jemals wirklich bekommen, was sie verdient haben, Tessa.« Er hält inne und für einen Moment erkenne ich Trauer in seinen Augen. »Ob im Guten oder im Schlechten.«

Ich denke an meine Eltern, die mitten auf der Straße erschossen wurden, weil sie dasselbe getan haben, was Wes und ich jetzt tun. Ich denke an Gillis, der an einem Mangel von Medizin gestorben ist, und Mistress Kendall, getötet, nur um ein Exempel zu statuieren. Ich denke an die bevorstehenden Hinrichtungen und was sie für die Hinterbliebenen bedeuten.

Ich denke daran, wie Weston sein Leben riskiert hat, um meines zu retten, als er mich damals davon abgehalten hat, dasselbe Schicksal zu erleiden wie meine Eltern. Ich denke darüber nach, wie er jede Nacht sein Leben riskiert, um Bedürftigen Medizin zu bringen.

»Du hast nur Gutes verdient«, flüstere ich.

Er stößt ein leises, vollkommen humorloses Lachen aus und wendet den Blick ab. »Glaubst du?«

Ich lege eine Hand an seine Wange und drehe seinen Kopf, bis er mich ansehen muss. Wie gewöhnlich spüre ich seine Körperwärme und den rauen Bartschatten unter dem weichen Stoff der Maske.

»Das tue ich.«

Ich warte darauf, dass er sich meiner Berührung entzieht, aber nichts geschieht. Vielleicht sind wir beide erschüttert. Vielleicht haben die Geschehnisse mit Mistress Kendall und Gillis uns beide aus der Bahn geworfen. Die Luft zwischen uns scheint plötzlich zu knistern. Wes' Blick senkt sich auf meinen

Mund. Er atmet ein, durch leicht geöffnete Lippen. »Himmel, Tessa ...«

Mein Daumen gleitet unter den Stoff seiner Maske, schiebt sie ein kleines Stück nach oben.

Weston stößt zischend den Atem aus, dann reißt er die Hand hoch, um meinen Arm zu fassen, so schnell, dass ich überrascht aufschreie.

Er schließt fest die Augen. Gibt mich frei. Tritt einen Schritt zurück.

»Es tut mir leid«, flüstere ich. Ich bin eine Närrin. Er hat immer absolut klargestellt, wie es zwischen uns sein muss. Hat *seine* Position klargestellt.

»Setz die Maske auf«, stößt er mit rauer Stimme hervor. »Sonst verlieren wir den Schutz der Dunkelheit.«

Ich schlucke schwer, dann drehe ich mich um und grabe zwischen den Büchern in meiner Apothekertasche herum, bis ich die Maske finde. Mit zitternden Fingern binde ich den Stoff über meinem Haar. Als ich nach meinem Hut greife, der an einem Haken neben dem Fenster hängt, packt Wes meinen Arm und dreht mich.

Ich schnappe nach Luft, aber er legt die Hände an meine Wangen. Als er sich vorlehnt, schmelze ich förmlich dahin. Mein Rücken sinkt gegen die Wand der Werkstatt und mir wird schwindelig.

Dann schweben Wes' Lippen über meinen und ich kann nicht mehr klar denken. Sein Daumen gleitet über meine Unterlippe.

»Das heißt nicht niemals, Tessa«, sagt er, seine Stimme so tief und warm, dass sie mein Herz erwärmt. »Aber nicht so.«

Ich sehe ihm tief in die Augen, diese aufrichtig, flehend blickenden Augen.

Und nicke wie die Närrin, die ich bin.

Er neigt meinen Kopf und drückt mir einen Kuss auf die Stirn.

Ich seufze. »Ich hasse dich wirklich.«

»Ist besser so.« Er tritt zurück, setzt mir den Hut auf den Kopf und zieht die Krempe nach unten. »Zur Mittagsstunde werden acht Leute sterben. Lass uns schauen, dass wir heute genug Medizin verteilen, um doppelt so viele zu retten.«

CORRICK

Harristan betritt niemals das Verlies. Wenn er Gefangene sehen will, lässt er sie in Ketten in den Palast schleppen und vor seine Füße werfen. Meines Wissens hat er das Gefängnis seit dem Tag, an dem unsere Eltern starben, nicht betreten. Und vorher wahrscheinlich auch nicht.

Ich dagegen bin mit diesen Räumlichkeiten wohlvertraut. Ich kenne jeden Wachmann, jede Zelle, jedes Türschloss, jeden Ziegel. Mit fünfzehn, bereits gefangen in einer Trauer, die mir fast den Atem geraubt hat, habe ich schnell gelernt, alle Gefühle zu verdrängen, sobald ich die schwere Eichentür passiert hatte. Wir konnten uns keinen Moment der Schwäche erlauben und ich wollte nicht für den Sturz meines Bruders verantwortlich sein. Ich habe jede Art von Schrei gehört, ohne zusammenzuzucken. Ich habe Versprechungen und Drohungen und Flüchen und Lügen gelauscht – und habe hin und wieder sogar die Wahrheit gehört.

Niemals habe ich gezögert, zu tun, was getan werden muss.

Heute begleitet mich Allisander ins Verlies. Nachdem er von der Schmugglerorganisation erfahren hatte, hat er seine Heimreise aufgeschoben. Sowohl er als auch Lissa haben verkündet, dass sie im Palast bleiben werden, bis sie sich sicher sein können, dass keine Gefahr für ihre Lieferungen besteht.

Ich habe mir Allisander schon oft in dieser Umgebung vorgestellt, doch in meiner Fantasie liegt er gewöhnlich in Ketten und ein Wachmann treibt ihn mit einer Klinge vorwärts. In meiner Vorstellung sah er nicht aus wie jetzt: gereizt und angewidert, mit einem Taschentuch, das er sich vor Mund und Nase presst.

»Gibt es denn nichts, was Ihr gegen diesen *Gestank* unternehmen könnt?«, fragt er.

»Wir befinden uns in einem Verlies«, antworte ich. »Den Insassen fehlt die Motivation für häusliche Reinlichkeit.«

Er seufzt, nur um sofort das Gesicht zu verziehen, als hätte er mehr Luft eingeatmet, als er wollte. »Ihr hättet sie in den Palast bringen lassen können.«

»Das Letzte, was ich brauchen kann, sind Märtyrer, die durch den königlichen Sektor geführt werden.« Ich werfe ihm einen kurzen Blick zu. »Ich habe Euch doch gesagt, dass die Leute Mitgefühl empfinden.«

Er erwidert meinen Blick. Scheinbar atmet er nur flach, nur durch den Mund. Ich muss mich zusammennehmen, um nicht die Augen zu verdrehen.

»Haben sie die Namen weiterer Schmuggler verraten?«, fragt er.

»Nein.« Wir erreichen das Ende des Flurs, wo eine Treppe nach unten führt. Die Wachen nehmen Haltung an und salutieren. Der Gestank wird noch schlimmer werden, aber ich warne Allisander nicht vor.

»Nichts?«, hakt er fordernd nach. »Und Ihr habt sie gründlich befragt? Ihr wart überzeugend?«

»Fragt Ihr, ob ich die Leute gefoltert habe?«

Er zögert. Den meisten Konsuln – zur Hölle, dem Großteil der Elite, wenn nicht halb Kandala – gefällt nicht, was ich tue, aber sie sagen nichts, weil sie glauben, dass mein Vorgehen für ihre Sicherheit sorgt. Es macht ihnen nichts aus, solange sie nicht darüber sprechen müssen. Sie verpacken es in hübsche Formulierungen, vermeiden Worte wie *Folter* und *Hinrichtung*, indem sie stattdessen fragen, ob ich *direkten Antworten Vorschub leiste* oder *Risiken für die Bevölkerung minimiere*.

Allisander allerdings ist tapferer als die meisten. Er zögert nur einen Moment. »Ja. Genau das war meine Frage.«

»Nein.«

»Warum nicht?«

Weil ich entgegen dem äußeren Anschein nicht grausam bin. Ich ergötze mich nicht an Schmerzen. Ich ergötze mich an nichts von alldem hier.

Und diese Leute sind bereits zum Tode verurteilt. Die Strafen für Diebstahl und Schmuggel sind wohlbekannt. Alle Schmuggler wussten darüber Bescheid, bevor sie die ersten Blütenblätter gestohlen haben. Die Hälfte von ihnen ist starr vor Angst. Ich musste nur einen der Gefangenen befragen, um herauszufinden, dass sie nur sehr lose zusammengearbeitet haben. Eine Frau ist in Ohnmacht gefallen, kaum dass ich ihre Zelle betreten hatte.

Ihnen die Finger abzuhacken – oder was Allisander sonst erwarten mag – erscheint mir übertrieben.

»Meiner Erfahrung nach«, erkläre ich, »sind Personen, die kurz vor der Hinrichtung stehen, nicht willig, ihren Kerkermeistern nützliche Informationen zu liefern.«

Er runzelt die Stirn, das Taschentuch immer noch vor dem Gesicht. »Aber es könnte mehr von ihnen geben. Unsere Lieferungen könnten in größerer Gefahr sein als vermutet.«

»Wir reden von armen Arbeitern, Konsul, nicht von Militärstrategen. Soweit ich erkennen kann, sind sie nicht besonders gut organisiert.« Das mag auch der Grund sein, warum sie so schnell erwischt wurden.

Wir erreichen das untere Ende der Treppe. Auch wenn es im Palast und vielen der Häuser im königlichen Sektor Strom gibt, sind die Untergeschosse des Verlieses nicht damit ausgestattet. Draußen scheint die Morgensonne, aber hier unten ist es dämmrig und kalt, die Gänge nur erleuchtet von Öllampen, die in unregelmäßigen Abständen an den grauen Wänden hängen und die schwarzen Gitterstäbe zum Glänzen bringen. Es gibt zwanzig Zellen, die allerdings nie lange besetzt sind.

»Bitte sehr«, sage ich. »Befragt, wen auch immer Ihr befragen wollt.«

Allisander mustert mich, als hätte er mit mehr gerechnet. Als hätte er damit gerechnet, dass ich ihn an den Zellen entlangführe und ihm jeden Gefangenen persönlich vorstelle.

Ich lehne mich an die Wand, verschränke die Arme und musterte ihn mit hochgezogenen Augenbrauen. »Wenn sie erst tot sind, dürfte Euch das nicht mehr möglich sein.«

Allisander setzt zu einem Seufzen an, überlegt es sich eilig anders und wendet sich der ersten Zelle zu.

Der Mann in der Zelle heißt Lochlan. Er ist kaum älter als fünfundzwanzig, mit kohleschwarzem Haar, fahler, sommersprossiger Haut und Armen, auf denen von der Arbeit in einer Schmiede unzählige Brandnarben prangen. Als ich ihn befragt habe, hat er meinen Blick furchtlos erwidert und sich geweigert, auch nur ein Wort zu sagen. Das ist die Art von Mann, die Allisander gefoltert hätte, aber ich weiß, dass es keinen Unterschied machen würde. Ich bin schon öfter Leuten wie Lochlan begegnet: Männern, die glauben, sie könnten ihre eigene Hinrichtung durch schiere Willenskraft überleben.

Können sie nicht.

Er sitzt vor der hinteren Wand der Zelle und wirft uns böse Blicke zu. Doch als sich der Konsul den Gitterstäben nähert, steht Lochlan auf und tritt vor. Seine Miene ähnelt der, die auch ich zur Schau tragen würde, dürfte ich meine Einstellung zu Konsul Sallister offen zeigen.

Allisander räuspert sich, als ginge es um den Gesprächsauftakt bei einer Abendgesellschaft. »Ich wüsste gerne die Namen jeglicher Komplizen, die du …«

Lochlan spuckt ihm mitten ins Gesicht. Ein Teil bleibt am Taschentuch hängen, aber der größte Batzen trifft Allisander genau zwischen die Augen.

Entsetzt wischt er sich das Gesicht ab, dann tritt er mit wutverzerrtem Gesicht einen Schritt vor. »Dafür wirst du zahlen, du dämlicher …«

»Konsul!« Ich stoße mich von der Wand ab, doch ich bin zu weit entfernt. Lochlan hat bereits durch die Gitterstäbe gegriffen und Allisander an den Jackenaufschlägen gepackt. Er knallt ihn mit dem Gesicht gegen die Gitterstäbe. Blut fließt über das Gesicht des Konsuls.

»Ich weiß, wer Ihr seid«, knurrt Lochlan. Die anderen Gefangenen an diesem Flur treten an die Türen. Diejenigen, die Allisander sehen können, fangen an zu schreien.

»Töte ihn!«, brüllen sie. »Töte ihn!«

Lochlan knallt Allisander erneut gegen die Gitterstäbe. Es ist nur zu offensichtlich, dass die Ermunterungen der anderen unnötig sind. »Du bist der Mörder. Ich weiß, was du deinen Leuten antust.«

Die Wachen sind fast da, aber Lochlan streckt noch einmal die Arme, um Allisander ein weiteres Mal nach vorne zu reißen. Diesmal könnte der Aufprall tödlich sein. Ich balle die Faust und ramme sie auf dieser Seite der Gitterstäbe gegen Lochlans Handgelenk. Mit einem scheußlichen Geräusch brechen seine

Knochen. Er gibt Allisander frei und taumelt schreiend rückwärts, den Arm schützend an die Brust gepresst.

Allisander sinkt im Flur auf die Knie. Er erstickt fast an Blut und Schleim und Arroganz. Rostfarbener Dreck vom Boden besudelt seine makellose Kleidung. Er atmet keuchend, unterlegt von leisem Wimmern. Ich mustere ihn eine Sekunde länger als nötig.

Vielleicht gibt es *doch* Schmerzen, an denen ich mich ergötze.

Ich gehe vor ihm in die Hocke. »Seht mich an«, sage ich. »Ist Eure Nase gebrochen?«

»Ich will ihn tot sehen«, stößt er mit gepresster Stimme hervor, sieht aber nicht auf.

»Er wird sterben«, sage ich. »Aber ich kann ihn nicht zweimal umbringen. Und jetzt seht mich an.«

Allisander spuckt Blut auf den Boden, dann atmet er zitternd ein und hebt den Kopf. Über seiner linken Augenbraue bildet sich bereits eine Schwellung. Er wird zwei Veilchen bekommen, und seine Lippe ist aufgeplatzt, aber seine Nase sieht so gerade aus wie immer. Eine Schande.

Die Wachen füllen den Flur, vertreiben die anderen Gefangenen von den Gittern. Lochlan liegt zusammengerollt auf dem Boden seiner Zelle und würgt aufgrund der Schmerzen. Einer der Wachmänner hat die Hand an der Zellentür, aber er sieht mich an. Wartet, ob ich ihm einen Befehl gebe.

Ich schüttle den Kopf. Der Wachmann nickt, dann tritt er zurück. Ich ziehe mein Taschentuch heraus und halte es Allisander entgegen. »Hier.«

Ein wenig verlegen nimmt er es und presst es sich an den Mund. Ich bezweifle, dass ich ihm sagen muss, dass er besser nicht so nah an die Gitterstäbe getreten wäre, also halte ich mich zurück.

Stattdessen richte ich mich auf. »Also«, meine ich gut gelaunt. Er blinzelt wachsam zu mir auf. »Wen möchtet Ihr als Nächstes befragen?«

Harristan kocht vor Wut.

»Wieso hast du ihn ins Verlies gebracht?«, fragt er. »Was hast du dir dabei gedacht?«

»Ich dachte, dass unser reichster Konsul diesen Besuch gefordert hatte und ich ihm entgegenkommen wollte.«

»Nun, inzwischen fordert er ein Spektakel.« Mein Bruder tigert vor der Fensterwand seiner Gemächer auf und ab. Der Himmel ist bedeckt, verspricht Regen. Das Wetter passt wunderbar zu seiner Stimmung. »Er verlangt, dass wir eine klare Botschaft an alle senden, die ähnliche Verschwörungen planen.«

Während mein Bruder nervös auf und ab wandert, sitze ich ruhig in meinem Stuhl. »Wir richten acht Gefangene hin, Harristan. Das wird auf jeden Fall ein Spektakel.«

Er hält inne, um mich anzusehen. Unausgesprochene Gefühle stehen zwischen uns im Raum, eine Mischung aus Bedauern, Trauer und Wut. Dann blinzelt er, und der Moment endet. Leise fragt er: »Wie hast du es geplant?«

In Augenblicken wie diesen frage ich mich manchmal, ob Harristan diesen Moment mit Allisander vor so langer Zeit bereut – ob er denkt, ein Nachgeben unseres Vaters gegenüber Nathaniel Sallister hätte Allisanders manipulatives Agieren im Heute verhindern können.

Ich bezweifle es. Ich glaube, Allisander wäre noch unerträglicher.

Ich glaube, dass wir noch Schlimmeres tun müssen.

Ich hole Luft, um zu antworten, doch in diesem Moment klopft es an der Tür. Harristan wendet den Blick nicht von mir ab. »Herein!«, ruft er.

Die Tür schwingt auf und ein Wachmann sagt: »Eure Majestät, Meister Quint bittet ...«

»Nein«, sagt Harristan, immer noch, ohne den Blick von mir abzuwenden.

»Oh, lass ihn rein«, sage ich.

Mein Bruder seufzt und sieht kurz zur Tür. »Du hast zehn Minuten, Quint.«

Quint stand aufgeregt vor der Tür, wie ein eifriger Welpe, Dokumente und Ledermappen an die Brust gedrückt, doch jetzt eilt er in den Raum. Sein Jackett steht offen, sein Haar ist zerzaust. Offensichtlich hat er sich heute Morgen die Rasur gespart, weil ein roter Bartschatten auf seinem Kinn schimmert. »Ich brauche nur neun.«

»Ich zähle.«

Quint legt seine Sachen ab und stürzt sich in einen Vortrag über die Vorgänge im Palast – von einem Mangel an Stroh für das königliche Vieh, der die Entscheidung nach sich zieht, ob wir stattdessen Hobelspäne ausstreuen sollen, über eine Auseinandersetzung zwischen Küchenangestellten bis zu der Frage, ob Harristan elfenbeinfarbene Tischtücher mit grünen Säumen bevorzugt oder lieber burgunderrote Tischtücher mit grauen Säumen. Mein Bruder wirft mir einen vernichtenden Blick zu, als Quint uns eine Anfrage aus dem königlichen Sektor erläutert, die Glocke zur Morgendämmerung bitte zwei Stunden *nach* der Morgendämmerung zu läuten, damit die Leute nicht so früh aufwachen.

»Ist es dann wirklich noch die Glocke zur Morgendämmerung?«, werfe ich ein.

Harristan seufzt. »Ich bin mir ziemlich sicher, dass die neun Minuten abgelaufen sind.«

»Es waren gerade mal achteinhalb«, sage ich, obwohl ich keine Ahnung habe.

Quint notiert etwas. »Ihr müsstet Euch noch zu den Gnadengesuchen äußern, die wir heute Morgen erhalten haben.«

Harristan wedelt mit der Hand. »Du bist hier fertig, Quint. Verfass die üblichen Antworten.«

»Aber ...«

»Raus.«

»Dann werde ich sie Euch einfach hierlassen.« Quint schiebt einen Großteil der mitgebrachten Dokumente in die Mitte des Tisches, bevor er sich zum Gehen wendet.

»Warte!«, sagt Harristan. »Was willst du hierlassen?«

Ich beuge mich vor und ziehe das oberste Papier vom Stapel. Die Schrift ist unordentlich und es gibt keine Unterschrift, aber jeder Bürger kann Gesuche an den Palasttoren abgeben.

Wir sterben alle. Ihr tötet sie nur schneller. Zeigt Gnade.

Ich greife nach dem nächsten Schriftstück.

Lasst die Rebellen aus Stahlstadt frei.

Ich blättere durch weitere Papiere. Manche sind eilig hingekritzelt, andere sorgfältiger formuliert ... aber alle flehen um dasselbe.

»Gnadengesuche«, sage ich mit hohler Stimme. Wir erhalten immer ein paar davon – aber niemals in solcher Menge.

»Wie viele sind es?«, fragt Harristan.

Quint verweilt unschlüssig neben der Tür. »Hundertsiebenundachtzig.«

Ich lege die Briefe zur Seite und sehe meinen Bruder an. »Wie ich schon sagte: Ein Spektakel.«

»Eines der Gesuche kommt von Konsulin Kirsch«, sagt Quint.

Das erregt Harristans Aufmerksamkeit. »Arella?«, fragt er.

»Ich dachte, die Schmuggler wären in Stahlstadt erwischt worden.« Das ist Leander Zunfts Territorium. Arella spricht für Sonnenfeste, den Sektor tief im Süden.

»Das stimmt auch.« Ich schiebe die dünneren Papiere und Gesuche zur Seite, um die Dokumentenmappen darunter freizulegen. Arellas Mappe besteht aus schwarzen Leder, in das in Gold das Siegel von Sonnenfeste eingestanzt ist: eine halbe Sonne, die in einem wogenden Meer versinkt.

An Seine Königliche Majestät, unseren hochgeschätzten König Harristan,
ich schreibe Euch in Bezug auf die Männer und Frauen, die unter der Anklage des Schmuggels und illegalen Handels in Eurem Verlies einsitzen. Ich erkenne durchaus an, dass wahres Verbrechen Strafe erfordert, doch diese Männer und Frauen sind keine Kriminellen. Sie handeln aus Verzweiflung, um ihren Familien in Zeiten der Not zu helfen. Ich flehe Euch demütig an, die Herzensgüte zu finden, sie zu begnadigen.

Die Einwohner von Sonnenfeste sind bereit, sie bei uns aufzunehmen, solltet Ihr ihnen Gnade erweisen.

In tief empfundener Hochachtung,
Konsulin Arella Kirsch

Ich lese den Brief laut vor. Harristan sieht Quint an. »Du hast mir zwanzig Minuten lang Unsinn berichtet, obwohl das vor dir auf dem Tisch lag?«

Die Stimme meines Bruders ist scharf wie eine Klinge, aber Quint zuckt nicht zusammen. Wenn überhaupt wirkt er ungläubig. »Ich habe Euch die Probleme eines ganzen Tages innerhalb von neun Minuten präsentiert. Wie Ihr verlangt hattet.«

Harristan zieht mir die Ledermappe aus der Hand, doch sein wütender Blick bleibt auf Quint gerichtet. »Ich habe dir zehn Minuten gegeben.«

Quint öffnet den Mund, um zu widersprechen, aber nachdem ich keinerlei Wunsch verspüre, dass er als neuntes Todesopfer des Tages endet, frage ich: »Hat Leander auch ein Gesuch eingereicht?«

»Nein«, antwortet Quint.

Harristan überfliegt den Brief, den ich gerade vorgelesen habe, dann schließt er die Mappe mit einem Knall und richtet seinen Blick wieder auf den Palastmeister. »Noch jemand von Bedeutung? Oder willst du mir das lieber morgen erzählen?«

»Die üblichen Eliten aus dem königlichen Sektor«, antwortet Quint. Es gibt ein paar Familien, die ein Gnadengesuch für jeden Gefangenen einreichen. Sie werden nie erhört, aber sie bitten trotzdem darum.

Quint mustert den Stapel. »Ein paar davon kommen von einflussreichen Familien. Viele Gesuche aus der Wildnis. Aber keine anderen Konsuln.«

Ich starre auf die Ledermappe in Harristans Händen. Mich überrascht, dass Arella ihre Bitte auf diesem Weg eingereicht hat, statt direkt mit mir zu sprechen. »Ist Arella noch hier?«

»Sie ist bei Morgengrauen aufgebrochen«, sagt Quint, dann zögert er kurz. »Sie und Roydan haben sich eine Kutsche geteilt.«

Bei dieser Nachricht erstarrt Harristan. Nach einem Augenblick sagt er: »Du kannst jetzt gehen, Quint.« Er legt die Mappe auf den Tisch.

»Eure Majestät.« Quint verbeugt sich kurz, dann flieht er aus der angespannten Atmosphäre im Raum.

Einen langen Moment herrscht Schweigen, bis sich Harristan langsam auf den Stuhl mir gegenüber sinken lässt. Er greift nach einem der Gnadengesuche, liest es und legt es sanft zur Seite. Dann liest er das nächste. Und das nächste.

Ich warte.

Er liest sie *alle*.

Er herrscht jetzt schon so lange als der strenge König, dass ich manchmal vergesse, wie er war, als er noch der geliebte Kronprinz war – der behütete, umsorgte, verwöhnte Junge. Ich erinnere mich, wie er mir einmal erzählt hat, dass er froh war, dass Vater mich auf Jagdausflüge mitnahm, weil ihm beim Anblick von Blut schlecht wird und er die Vorstellung schrecklich fand, einen Pfeil in eine lebende Kreatur zu schießen.

Als er endlich aufschaut, erkenne ich einen Anflug dieses Jungen in seinen Augen.

Ich beuge mich vor. »Allisander wollte die Preise schon erhöhen, bevor das geschehen ist. Hier liegen fast zweihundert Gnadengesuche, aber ich wette, du würdest dreimal so viele bekommen, die Strafen fordern.«

Er hält meinen Blick. »Arella hat am selben Tag ein Gnadengesuch für Schmuggler gestellt, an dem Allisander behauptet, seine Lieferkarawane wäre überfallen worden. Er wird nicht glücklich sein. Damit stellt sie sich gegen ihn.«

Ich schnaube. »Wer ist nicht gegen Allisander?«

»Du.«

Mir vergeht jeder Humor. »Nur in der Öffentlichkeit.« Ich runzle die Stirn. »Und das weißt du auch.«

»Die Öffentlichkeit ist alles, was zählt.« Er hält inne. »Wahrscheinlich gerät Arella damit auch in Konflikt mit Lissa Marpetta. Ich finde es interessant, dass sie sich eine Kutsche mit Roydan geteilt hat.«

Roydan Pelham. Manche am Hof werden wahrscheinlich glauben, der alte Mann wäre hinter Arella her, weil sie jung, kultiviert und schön ist. Aber ich kenne Roydan schon mein gesamtes Leben lang und niemand ist seiner Frau ergebener als er. Außerdem spielt er schon so lange höfische Spielchen, dass er sich niemals dabei beobachten lassen würde, wie er mit Arella in eine Kutsche steigt, wenn das keine Bedeutung hätte.

»Ihre Sektoren grenzen aneinander.«

»Genau.« Er hält inne. »Es ist ein Risiko, sich gegen Allisander zu stellen. Besonders im Moment.«

»Arellas Volk hat immer am wenigsten unter dem Fieber gelitten«, sage ich. »Vielleicht hat sie das Gefühl, sie hätte weniger zu verlieren.«

Harristan reibt sich das Gesicht. Er will die Gefangenen begnadigen, das kann ich aus seiner Miene ablesen. Ich weiß nicht, was sein Mitgefühl erregt hat – ob es die Anzahl der Gefangenen oder die der Gnadengesuche war – oder ob er die ständige Gewalt und Heimtücke genauso leid ist wie ich und sich danach verzehrt, freundlich zu jemandem zu sein. Zu irgendwem.

Freundlichkeit hat unsere Eltern umgebracht.

Harristan hustet hinter vorgehaltener Hand und mein Blick wird scharf. Ich erstarre.

Seine Atmung klingt normal. Sein Teint wirkt gesund. Es geht ihm gut.

Ich wiederhole die Worte in meinem Kopf, als würden sie dadurch wahrer. *Es geht ihm gut.*

»Wenn wir sie freilassen«, sage ich langsam, »wird das bei Allisander den Eindruck erwecken, auch die Krone bezöge Stellung gegen ihn.« *Schon wieder*, denke ich. »Wir sprechen hier nicht nur über die Lieferungen für den Palast, Harristan.«

»Ich weiß.«

»Wir reden vom gesamten königlichen Sektor. Wir reden von ganz Kandala.«

»Ich *weiß*.«

»Wir können nicht Partei für Kriminelle ergreifen«, sage ich. »Das ist das erste Mal, dass wir eine größere, halbwegs organisierte Truppe verhaftet haben. Wenn wir ein mildes Urteil fällen, wird das zu mehr Überfällen führen, zu mehr Diebstählen, zu mehr ...«

»Cory«, fällt er mir leise ins Wort. »Ich weiß.«

Ich sage nichts. Also sind wir uns einig.

Wir sind also zu einer *Verständigung* gekommen.

Ich seufze. Er auch.

Mein Bruder zieht seine Taschenuhr heraus. »Bis Mittag sind es noch zwei Stunden. Du hast mir noch nicht gesagt, wie du vorgehen willst.«

Meine Gedanken verfinstern sich, es ist, als würde sich eine schwarze Decke über mich legen, um meine Gefühle zu verbergen. Ich tue, was getan werden muss.

»Warte ab.«

TESSA

Ich verspüre keinerlei Verlangen, dabei zuzusehen, wie acht Leute gehängt oder erdrosselt oder in Stücke gehackt werden – oder was für ein schreckliches Schicksal sich der König und sein Bruder auch ausdenken werden. Aber Mistress Solomon will die Hinrichtung sehen und erwartet, dass Karri und ich sie begleiten.

»Es ist richtig, zu bezeugen, wie Menschen für ihre Verbrechen bestraft werden«, erklärt sie uns. »Wir brauchen die Erinnerung, dass diejenigen Strafen erwarten, die nehmen, was ihnen nicht gehört. Es ist unsere Pflicht, Dankbarkeit für das zu zeigen, was unsere Herrscher für uns tun.«

Ich denke an meine Eltern, getötet, weil sie versucht haben, die Leute mit Medizin zu versorgen. Ich denke an Mistress Kendall, auf der Straße erschossen, weil sie ihre Trauer gezeigt hat. An den armen Gillis, der definitiv nicht den Tod verdient hatte, nur weil seine Mutter zu arm war, um Medizin für sie beide zu kaufen.

Ich bin mir nicht sicher, was genau ich empfinde, aber Dankbarkeit ist es nicht.

Karren voller Leute streben auf die Tore des königlichen Sektors zu, also raffen Karri und ich unsere groben Röcke und klettern auf die Ladefläche des ersten Wagens, auf dem noch Platz ist. Mistress Solomon zahlt extra, um vorne neben dem Kutscher sitzen zu dürfen. Wir drängen uns auf der Ladefläche, teilen uns einen Platz auf einem Strohballen. Mir macht das nichts aus. Der Tag ist wolkenverhangen und kühl, mit ein bisschen Nebel.

Karri lehnt sich zu mir. »Hast du deinen Schatz gesehen?«, murmelt sie. »Er ist nicht verhaftet worden, oder?«

Ich suche ihren Blick. »Nein, ist er nicht.« Ich erinnere mich an Wes' Augen, an den Schmerz darin, als ich gesagt habe, ich hätte geglaubt, er wäre mit anderen aus Stahlstadt festgesetzt worden. »Er ist kein Schmuggler.«

»Also geht es ihm gut?«

Ich denke an Weston im Feuerschein, wie er seinen Daumen über meine Unterlippe gleiten lässt, als wäre ich etwas Besonderes. Streiche mit den Fingerspitzen über meinen Mund. Ich konnte fast seinen Atem spüren, als er gesagt hat *Nicht niemals, Tessa. Aber nicht so.*

Karri stößt mich grinsend mit der Schulter an. »Es geht ihm gut.«

Ich frage mich, ob Wes heute irgendwo in der Menge stehen wird. Er meinte, viele der Arbeiter aus den Schmieden werden wahrscheinlich da sein, aber ich weiß nicht, ob sie kommen, um Unterstützung zu leisten oder um die Gefangenen zu beschimpfen.

Wahrscheinlich ist es eine Mischung, wie bei den meisten, die gerade zum Tor eilen: Sie sind halb entsetzt und halb neugierig.

Und teilweise auch erleichtert, weil der Niedergang anderer gewöhnlich bedeutet, dass man selbst für den Moment sicher ist.

Ich erwidere Karris Grinsen nicht, weil es sich seltsam anfühlt zu lächeln, während wir zu einer Hinrichtung gekarrt werden. Wes war nicht unter den Verhafteten, aber ich frage mich, ob er die Männer kennt oder vielleicht Bekannte von ihnen. Alle in Kandala wissen, was mit Schmugglern geschieht, aber bisher waren es immer nur ein oder zwei. Wie Wes und ich. Organisierte Gruppen gab es noch nie.

Das todbringende Fieber hat sich nicht lange nach König Harristans Thronbesteigung verbreitet – kurz nachdem er seinen Bruder, Prinz Corrick, zum Königlichen Vollstrecker ernannt hatte. Vater war damals ein echter Pharmazeut, der wirksame Medizin und Elixiere verkaufte, nicht die Tränke und Kräuter, die Mistress Solomon anbietet. Er wusste, wie man Schmerzen lindert, welche Salben bei Verbrennungen helfen, wie man ein Kind mit Koliken heilt. Mutter und Vater machten sich keine Sorgen wegen des neuen Königs, zumindest nicht zu Beginn. König Harristan und sein Bruder waren jung, aber die königliche Familie wurde geliebt. Der Mordanschlag hatte uns alle schockiert – und ganz Kandala hat gemeinsam mit den Brüdern getrauert.

Nun ... wir haben getrauert, bis immer mehr Leute krank wurden und starben. Vater hat diverse Tinkturen und verschiedensten Kräutermischungen ausprobiert, doch nichts wirkte – bis ein Heiler in Glutrücken entdeckte, dass die Blütenblätter der Mondflorblume das Fieber ausreichend senken konnten, um dem Körper des Kranken eine Heilung zu ermöglichen. Innerhalb von zwei Wochen hatte sich die Nachricht in allen Sektoren verbreitet. Es gab Kämpfe um die vorhandenen Mondflorblüten. Überfälle und Diebstähle wurden alltäglich. In dunklen Gassen oder verrauchten Hinterzimmern wurde gehandelt, Gold oder Waffen oder andere wertvolle Gegenstände gegen ein paar Dosen des Heilmittels eingetauscht. Glutrücken und die Mondscheinebene, die einzigen Sektoren, in denen die Pflanze wächst, haben schnell Männer angeheuert, um ihre Grenzen zu bewachen. Und bald schon haben sie Mauern errichtet.

Zuerst hat König Harristan versucht, die Ordnung aufrechtzuerhalten, aber verzweifelte Menschen ergreifen verzweifelte Maßnahmen und es gab nie genug Medizin für alle. Rund um die Uhr klopften Leute an unsere Tür, flehten Vater an, sein Möglichstes für sie zu tun. Ich habe Elixiere und Tränke und Tees gemischt, in der Hoffnung, ein anderes Heilmittel zu finden.

Doch nichts hat je gewirkt.

Aus schierer Verzweiflung hat Vater einen Schmuggler aufgespürt, der bereit war, unserer Familie einen Anteil seines Diebesguts zu überlassen, vorausgesetzt, er bekam dafür die Hälfte des Gewinns aus dem Verkauf an die Kranken.

Vater hat nur den halben Preis verlangt und dem Dieb den gesamten Gewinn übergeben. Er meinte immer, es wäre wichtiger, dass wir so viele Menschen retten wie möglich, weil das zusätzliche Geld in der Tasche es nicht wert wäre, noch mehr Leichen auf den Scheiterhaufen zu sehen. Damals hat er herausgefunden, dass er mehr Leben retten konnte, wenn er die Dosierung verringerte. Er hat versucht, seine Aufzeichnungen dem König zur Kenntnis zu bringen, aber es gab zu viele Apotheker, zu viele Theorien, zu viel Angst und Tod und Schmerz. Niemand wollte riskieren, weniger zu nehmen.

Dann hat König Harristan eine Abmachung mit den Sektoren von Glutrücken und der Mondscheinebene getroffen; hat Geld aus der königlichen Schatzkammer verwendet, um Dosen für das Volk von Kandala zu kaufen, zugeteilt pro Sektor. Es war nicht genug – es gab nie genug – aber immerhin etwas.

Außerdem hat König Harristan verkündet, dass Diebstahl

und Schmuggel von Mondflor und Schwarzhandel damit mit der Todesstrafe geahndet wird.

Sein Bruder, Prinz Corrick, der Königliche Vollstrecker, hat dieses Versprechen eingelöst.

Öffentlich. Auf grausamste Weise.

Aber die Maßnahmen waren effektiv. Innerhalb eines Monats herrschte wieder Zucht und Ordnung. Viele Leute hatten Zugang zu Medizin.

Viele ... aber eben nicht alle.

Vater hat weiterhin versucht zu helfen, Mutter immer an seiner Seite.

Und dann wurden sie erwischt. Manchmal frage ich mich, ob ich mich glücklich schätzen kann, dass sie sich gewehrt haben; dass sie in den frühen Morgenstunden von der Nachtwache getötet wurden. Dass sie nicht ins Verlies geworfen wurden, um dort auf ihren Tod zu warten, in dem sicheren Wissen, dass ihre Tochter zusehen müsste.

Glücklich.

Karri drückt meine Hand und mustert mich voller Mitgefühl. »Ich finde das alles auch verstörend«, flüstert sie.

Nicht so sehr wie ich. Ihre Eltern haben noch nie etwas falsch gemacht. Sie fürchten sich fast davor, die ihnen zugeteilte Medizin zu nehmen, weil sie das Gefühl haben, vielleicht zu gierig zu sein. Aber Karri meint es gut, also erwidere ich den Druck ihrer Finger.

Das Tor zum königlichen Sektor wurde geschlossen und davor eine riesige hölzerne Plattform aufgebaut. Ich bin zu weit entfernt, um viel zu sehen, aber die Bühne ist hoch genug, dass alle etwas erkennen können. Acht Wachen in Rüstung stehen in einer Reihe, Armbrüste in den Händen. Vor ihren Füßen knien die acht Gefangenen. Sie alle tragen grobe Leinentuniken und Säcke über den Köpfen, sodass man nicht erkennen kann, wer ein Mann und wer eine Frau ist. Sie müssen irgendwie festgebunden sein, weil zwei von ihnen bewusstlos zu sein scheinen. Ihre Köpfe hängen seltsam abgeknickt zur Seite.

Ich frage mich, ob die beiden bereits tot sind. Bei einem sehe ich einen dunklen Fleck auf dem Sack, weil irgendetwas durch den Stoff sickert. Blut, vielleicht, oder Erbrochenes.

Ich muss den Blick abwenden. Meine Kehle ist wie zugeschnürt.

Die Leute drängen sich auf der Straße. Ich kann Mistress Solomon nirgendwo entdecken. Aus der Menschenmenge dringt Geflüster an mein Ohr. Die allgemeine Stimmung drückt mich nieder.

»Schaut«, sagt ein Mann in der Nähe. »Der da hat sich angepisst.«

Ich will eigentlich nicht hinsehen, aber meine Augen wandern zur Bühne, bevor ich den Blick eilig wieder abwende. Der Mann hat recht. Ich frage mich, wie verängstigt man wohl sein muss, damit so etwas geschieht.

Es ist kein heißer Tag, aber ich breche trotzdem in Schweiß aus. Mir ist schlecht.

Diese Säcke über den Köpfen sind schrecklich. Die Wachen sind schrecklich.

Der König ist schrecklich. Der Prinz ist schrecklich.

Ich will zur Bühne rennen. Ich will mir eine Armbrust schnappen. Ich will mich auf die Lauer legen und einen Bolzen in die Körper von König und Prinz schießen.

Das ist ein lächerlicher Gedanke. Ich wäre tot, bevor ich auch nur in ihre Nähe gelange. Ich schlucke schwer. Wut packt mich und brennt weiß glühend in meinem Magen. Dieses hitzige Gefühl ermöglicht mir, den Blick zu heben und unverwandt auf die Gefangenen zu richten.

Wenn sie sterben müssen, kann ich es auch bezeugen. Ich

kann mich an sie erinnern. In meiner Seele brennt das Versprechen, dass sich die Lage verbessern wird. Sie muss einfach besser werden.

Ich wünschte, Weston wäre hier. Ich kann besser Medizin anmischen, kann besser abwiegen und die Menschen behandeln und mit unseren Patienten reden, aber er kann besser mit der Gewalt und der Gefahr umgehen. Er handelt kühl und kalkuliert, während ich schnell aus der Fassung gerate und wütend werde.

Ich lasse den Blick über die Menge gleiten – über die Hunderten von Menschen, die sich hier versammelt haben – und bin mir sicher, dass er hier irgendwo sein muss. Dieser Gedanke tröstet mich. Ich mustere die Gesichter um mich herum, auf der Suche nach dem eisigen Blau seiner Augen, nach den hellen Sommersprossen, die sich jenseits der Maske auf seinen fahlen Wangen abzeichnen.

Ich sehe eine Menge Männer. Viele mit blauen Augen. Und Sommersprossen.

Ich schließe die Augen und bete stumm. *Oh, Wes. Ich brauche dich.*

Er taucht nicht auf. Aber Hörner erklingen und fast sofort beruhigt sich die Menge. Mehrere Gestalten steigen auf die Plattform, scheinbar über eine Treppe am anderen Ende: noch mehr Soldaten, auch wenn diese ein Uniform in Purpurrot und Blau tragen, was sie als Mitglieder der Palastwache auszeichnet. Einer von ihnen trägt einen Stab; der andere die Flagge von Kandala, zwei diagonale Felder in Purpur und Blau, mit einem Löwen umgeben von einem weißen Kreis in der Mitte. Ihnen folgen zwei weitere, schwer bewaffnete Soldaten.

Dann erscheint König Harristan, auch wenn er wie üblich zu weit entfernt ist, um mehr zu erkennen als dunkles Haar, Stiefel und ein langes, schwarzes Jackett, das ihm fast bis zu den

Knien reicht. Auf seinem Kopf sitzt eine glänzende, silberne Krone.

Ein Herold ruft: »Seine Majestät, der hochgeschätzte König Harristan.«

Für einen Moment sehe ich besser, weil die Leute auf die Knie sinken. Karri zieht an meiner Hand.

Ich will nicht vor ihm knien. Ich will ihn anspucken.

Ich stelle mir vor, was Wes sagen würde. *Immer mit der Ruhe, Tessa.* Meine Knie berühren die Pflastersteine. Karri drückt erneut meine Hand.

»Erhebt euch«, sagt König Harristan, seine Stimme laut und klar. Mehr sagt er nicht, bevor er sich zwischen seine Wachen zurückzieht. Wahrscheinlich ist er gelangweilt. Irritiert darüber, dass diese dämliche kleine Hinrichtung ihn von seinem Schachspiel ablenkt oder verhindert, dass er ein luxuriöses Bad nimmt oder welchen lächerlichen Ablenkungen er sich auch hingeben mag, während der Rest von uns hier draußen in den Sektoren einfach nur ums Überleben kämpft.

Wir stehen auf. Galle steigt mir in die Kehle. Ich konzentriere mich darauf, Karri nicht die Finger zu brechen. Ich vergrabe die Fingernägel meiner linken Hand fest in meiner Handfläche.

Ein weiterer Mann betritt die Plattform. Sein Haar ist heller als das seines Bruders, eher rot als braun, aber aus der Ferne wirken seine Augen finster, der Ausdruck darin nicht zu deuten. Er trägt ebenfalls Stiefel und ein langes Jackett, doch auf seinem Kopf sitzt keine Krone. Er braucht keine. Er trägt seine Stellung wie einen Mantel. Jeder Schritt wirkt gewichtig. Und er scheint eine düstere Aura um sich zu verbreiten. Gewöhnlich schwingt nicht er die Klinge oder entzündet das Feuer oder spannt den Bogen – aber er ist derjenige, der den Befehl zum Töten gibt. Er ist der wahre Henker.

»Sie sind wirklich attraktiv, findest du nicht auch?«, flüstert Karri.

NEIN, FINDE ICH NICHT.

»Sie sind schrecklich«, flüstere ich.

Karri reißt den Kopf zu mir herum, dann sehe ich, wie ihr Blick über die Gesichter um uns herum gleitet, um abzuschätzen, ob mich jemand gehört hat. »*Tessa.*«

Ich schlucke schwer, weigere mich aber, die Worte zurückzunehmen.

Nachdem der Herold ihn angekündigt hat, stellt sich Prinz Corrick neben die Gefangenen. Seine kalte, harte Stimme hallt über die Straße. »Ihr wurdet des Schmuggels und der ...«

»Lasst sie das nicht tun!«, schreit einer der Gefangenen. Es ist eine Männerstimme, aber ich brauche einen Augenblick, um herauszufinden, von wem sie stammt. »Ihr seid Hunderte! Tausende! Die Wohltäter werden euch Medizin geben! Lasst das nicht zu!«

Karri neben mir erstarrt. Der Soldat hinter dem Gefangenen schlägt ihn auf den Hinterkopf, sodass der Mann nach vorne auf die Plattform stürzt. Seine Hände sind auf dem Rücken gefesselt. Aber er gibt nicht auf. »Erhebt euch!«, schreit er. »Rebelliert! Seht ihr nicht, was sie tun? Seht ihr nicht ...«

Der Soldat feuert seine Armbrust ab. Ich befinde mich zu weit entfernt, um zu hören, wie der Bolzen sein Ziel findet, aber der Mann zuckt und verstummt. Die Menge keucht.

Doch sofort erklingt der nächste Ruf. Diesmal ist es eine Frauenstimme. »Ihr könnt das aufhalten! Hört auf die Wohltäter! Ihr könnt das aufhalten! Ihr könnt ...«

Auch sie wird geschlagen, fest genug, dass sie über das Holz des Schafotts schlittert. Die anderen Gefangenen fangen ebenfalls an zu schreien, rufen zu Rebellion auf, zum Widerstand.

Niemand bittet um Gnade.

Ein Mann aus der Menge ruft: »Sie versuchen nur zu überleben!« Eine Frau schreit: »Wir brauchen ihre Medizin!« Immer mehr Leute erheben ihre Stimme. Die Menge beginnt zu wogen, sodass man unmöglich erkennen kann, wer sich am Protest beteiligt. Karri und ich werden voneinander getrennt, als die Leute nach vorne drängen.

»Kämpft!«, brüllt die Frau auf der Bühne. »Wehrt euch!«

Ein weiterer Soldat feuert seine Armbrust ab. Auch die Frau zuckt, aber anscheinend hat sie keine tödliche Wunde davongetragen, weil sie beginnt, sich mit den Beinen über die Holzplanken zu schieben. Die anderen Gefangenen scheinen ebenfalls eine Chance zu wittern. Sie fangen an, sich in ihren Fesseln zu winden, nach vorne zu kriechen – während die Zuschauer auf sie zulaufen. Es herrscht eine Kakofonie aus wütendem Brüllen und verängstigten Schreien, als Leute grob zur Seite gestoßen werden. Ein Ellbogen trifft meine Schläfe, eine Schulter bohrt sich in meine Rippen. Ich kann Karri nicht mehr sehen. Die Wachen haben die Plattform übernommen, blockieren meine Sicht auf den König und seinen Bruder – wenn sie überhaupt noch anwesend sind. Armbrustbolzen sausen durch die Luft, doch die Gefangenen hatten recht: Auf dem Schafott stehen vielleicht zwei Dutzend Wachen, aber es sind Hunderte von Bürgern und Bürgerinnen anwesend.

Ein Mann stürmt durch die Menge. Ich werde zur Seite gestoßen. Ich spüre, wie ich falle, versuche mich zu fangen, finde aber keinen Halt. Eine Stiefelspitze touchiert mein Kinn, und ich schmecke Blut. Irgendwer trampelt auf mein Bein.

Dann packt eine Hand die meine und zieht mich mit unerwarteter Kraft nach oben.

Wes, denke ich.

Aber nein, es ist Karri. Sie zerrt mich auf die Beine, dann zurück, weg vom Schafott. Ihre Lippe blutet. In ihren Augen glänzen Tränen. »Wir müssen hier verschwinden.«
Das braucht sie mir nicht zweimal zu sagen.

CORRICK

Sechs Monate bevor unsere Eltern getötet wurden, hatte es schon einmal einen Mordversuch gegeben. Das Fieber begann bereits sich zu verbreiten, aber ich war mir des Problems kaum bewusst. Damals waren meine Eltern noch sehr beliebt und ich hatte gerade erst begonnen, an den Sitzungen mit den Konsuln teilzunehmen. Mein Bruder war schon seit Jahren dabei und ich hatte von ihm Geschichten über alle Anwesenden gehört. Allisanders Vater, Nathaniel Sallister, polterte und lärmte und forderte meinen Vater quasi ständig heraus.

Ich erinnere mich, dass man mir meine eigene Aktenmappe gegeben hatte, meinen eigenen Füller. Neben mir malte Harristan Pferde und Hunde an den Rand seines Papiers – aber ich wusste, dass er genau zuhörte. Ich las jedes Wort zweimal, in der Hoffnung, dass sich die Gelegenheit ergeben würde, meine »weltgewandten« Einsichten teilen zu können. Einen Beitrag leisten zu können.

Doch nach zwei Stunden war ich nur noch gelangweilt und sehnte mich nach einem Vorwand, den Raum zu verlassen. Ich hatte angefangen, Karikaturen der Konsuln zu zeichnen. In einer davon pieselte Nathaniel auf einen Haufen Papiere. Harristan sah herüber, lachte gepresst und erstickte das Geräusch mit einem Schluck Wasser.

Hör auf damit, formte er mit den Lippen und ich grinste.

Unsere Mutter warf uns von der anderen Seite des Tisches einen mahnenden Blick zu, doch ihre Augen funkelten amüsiert.

Dann erklangen im Flur ein Knall und ein Schrei und das Funkeln in ihren Augen verschwand. Alle verstummten. Noch ein Schrei, gefolgt von weiteren. Mein Vater drängte meine Mutter gegen die Wand. Harristan packte meinen Arm und zog mich hinter sich, aber ich kämpfte darum, mich vor ihn zu stellen.

»Du bist der Thronfolger«, zischte ich, als wäre diese Erinnerung nötig.

Etwas knallte mit lautem Schlag gegen die Tür. Es spielte eigentlich keine Rolle, wer von uns vor dem anderen stand, weil mein Vater einen Befehl gab und sich zwei Wachen vor uns aufstellten. Mir schlug das Herz bis zum Hals – doch bis heute erinnere ich mich daran, dass ich vor allem Angst hatte, dass Konsul Sallister meine Karikatur sehen könnte.

Holz splitterte und brach. Männer stürmten in den Raum. Sofort wurden Armbrüste abgefeuert. Die Männer fielen – bis auf einen.

Micah Clarke, mein Vorgänger als Königlicher Vollstrecker, packte einen der Männer, bog ihm den Arm auf den Rücken und rammte ihn mit dem Oberkörper auf den Tisch, genau dort, wo ich gesessen hatte. Ich beobachtete alles mit großen Augen und hörte Harristan schwer atmen.

Meine Mutter spähte hinter meinem Vater hervor. »Warum?«, flüsterte sie. »Warum sind sie hier?«

Micah sah meinen Vater an. Ich weiß nicht, ob er auf eine Erlaubnis wartete oder auf einen Befehl oder auf etwas vollkommen anderes.

Aber mein Vater wandte den Blick ab.

Der Mann hob den Kopf von meiner Arbeitsmappe und atmete ein. Micah sollte später behaupten, er hätte meine Eltern anspucken wollen, aber für mich wirkte es, als wolle er etwas sagen.

Doch er bekam keine Chance dazu, egal, was er auch tun wollte. Micah zog eine Klinge und durchtrennte seine Kehle. Blut ergoss sich über meine Zeichnungen.

Wir fanden nie heraus, wer die Männer geschickt hatte. Gerüchten zufolge war es der erste Angriff aus Händlershalt, aber beweisen konnten wir es nie.

Manchmal denke ich an diesen Tag zurück. Daran, wie verwirrt mein Mutter gewirkt hat. Wie mein Vater den Blick abgewandt hat. Wie mein Bruder versucht hat, mich hinter sich zu schieben.

Daran, dass alle Angst hatten ... außer dem Königlichen Vollstrecker, der zum Handeln gezwungen war.

Heute rechne ich damit, dass Harristan nach dem Aufruhr vor den Toren wütend ist, aber das ist er nicht.

Ich schon.

Hört auf die Wohltäter.

Ich weiß nicht, was diese Worte bedeuten, aber ich denke darüber nach, seitdem die Wachen uns von der Plattform gedrängt haben.

Die Konsuln haben sofort nach unserer Rückkehr in den Palast ein Treffen gefordert, aber mein Bruder hat sie warten lassen. Seit Stunden ist er still. Nachdenklich. Grüblerisch.

Je länger er ruhig dasitzt und überlegt, desto unruhiger werde ich – bis ich derjenige bin, der durch die Gemächer tigert.

Drei der Gefangenen sind im Gedränge entkommen. Fünf wurden getötet, aber drei sind in der Menge untergetaucht, als die Leute auf die Bühne gestürmt sind und die Wachen

Harristan und mich beschützen mussten. Einer der Entkommenen ist Lochlan, der Mann, der Allisanders Gesicht gegen die Gitterstäbe geschlagen hat.

Der Konsul kocht wahrscheinlich vor Wut. Ich bin überrascht, dass kein Dampf unter der Tür durchdringt.

Wie aufs Stichwort klopft jemand. »Herein«, ruft Harristan.

Eine der Wachen öffnet die Tür. »Eure Majestät, Meister Quint möchte Euch daran erinnern, dass sich die Konsuln versammelt haben ...«

»Sie können warten«, sagt Harristan.

Der Wachmann nickt. Die Tür fällt wieder ins Schloss.

»Du kannst dich nicht den ganzen Tag hier drin verstecken«, sage ich zu ihm. »Wir müssen uns mit dem Thema auseinandersetzen.«

»Ich verstecke mich nicht.« Harristan bewegt sich nicht. »Glaubst du, das war geplant?«

»Welcher Teil?«

Er sieht mich an. »Alles.« Er hält inne. »Es gab Rufe nach Revolution in der Menge, Cory.«

Ihr könnt das aufhalten!

Kämpft! Wehrt euch!

Ich reibe mir seufzend den Nacken. »Ich habe es gehört.«

»Alle haben es gehört.« Harristan zögert, als wolle er noch mehr sagen, schweigt aber letztendlich doch. Er ist so still, dass ich die Uhr auf seinem Schreibtisch ticken hören kann. Nach einem Moment hustet er, und sofort wende ich den Kopf zu ihm herum.

Das zieht einen bösen Blick nach sich. »Hör auf damit. Ich brauche keine Krankenschwester.«

Ich mustere ihn, suche nach Anzeichen für das Fieber. Seine Wangen sind nicht gerötet und sein Blick klar. Ich lausche trotzdem auf seine Atmung.

Seine Augen werden schmal. »Wenn du dir Sorgen um irgendetwas machen willst, mach dir Sorgen darum, was wir den Konsuln erzählen.«

»Ich dachte, darüber hättest *du* die ganze Zeit nachgedacht.«

»Allisander wird vor Wut kochen.«

»Zweifellos.«

»Lissa ebenfalls.«

»Ich habe ihnen bereits zusätzliche Wachen für ihre Lieferkarren angeboten.«

»Sie werden mehr wollen. Mehr Zusagen. Mehr Versprechen. Mehr ... *mehr*.«

Endlich wird mir klar, worauf Harristan gewartet hat. Was er nicht ausspricht. Er hat heute Morgen nach einem Spektakel verlangt – und hat es bekommen. Sicher, nicht das, was er wollte, aber ein Spektakel war es trotzdem. Jetzt will er ein weiteres. Irgendetwas, was die Konsuln beschwichtigt und das Volk davon abhält, Revolution für einen gangbaren Weg zu halten.

Er wartet auf mich.

Ich bleibe stehen und sehe ihn an. »Dann sollten wir ihnen mehr geben.«

Allisander hat nur ein Veilchen, aber die Verfärbungen auf Kinn und Stirn gleichen das aus. Es muss schmerzhaft gewesen sein, um diesen perfekten Ziegenbart zu rasieren, denn es sieht aus, als hätte er angefangen, nur um gleich wieder aufzugeben. Der Arme.

Die Schmerzen halten ihn allerdings nicht davon ab, mich in der Sitzung anzugehen. »Sie sollten alle hingerichtet werden«, blafft er. »Aber Ihr habt drei von ihnen entkommen lassen.«

»Ich habe niemanden entkommen lassen«, erwidere ich ruhig. »Sie sind nicht die ersten Flüchtigen, und sie werden sicherlich nicht die letzten sein.«

»Sie können sich neu organisieren«, sagt er. »Sie werden unsere Lieferungen ins Visier nehmen. Ihr werdet schon sehen.« Er schlägt mit der Faust auf den Tisch. »Ihr habt es mir versprochen, Corrick.«

»Ich habe Euch zusätzliche Wachen angeboten.« Ich werfe über den Tisch einen Blick zu Lissa Mapretta, die schweigend dasitzt, während Allisander seinen Wutanfall auslebt. »Für Eure Lieferungen ebenfalls.«

»Wer sind die Wohltäter?«, fragt sie und mustert mich kühl von oben herab.

»Ich habe keine Ahnung.«

»*Keine Ahnung*«, donnert Allisander. »Ihr habt keine Ahnung, aber Ihr habt es nicht für nötig erachtet, sie unter Folter zu befragen ...«

»Ich finde es besorgniserregend«, sagt Lissa ruhig, ganz im Gegensatz zu Allisander, »dass Eure Wachen unfähig waren, Ihre Pflichten zu erfüllen.«

»Diese Wachen sollten wegen Verrat vor Gericht gestellt werden«, blafft Allisander.

»Diese Wachen haben Euren König beschützt«, meldet sich Harristan zu Wort. Die Kälte in seiner Stimme genügt, um sie daran zu erinnern, wer hier das Sagen hat. Die angespannte Stimmung lässt etwas nach, doch immer noch knistert Unzufriedenheit in der Luft.

Roydan räuspert sich an seinem Ende des Tisches. »Konsul Sallister. Ihr wollt ein Dutzend Wachen vor Gericht stellen, weil es ihnen nicht gelungen ist, tausend Menschen davon abzuhalten, die Bühne zu stürmen?«

Arella Kirsch fügt hinzu: »Sollten wir also davon ausgehen,

dass Ihr auch Eure eigenen Wachen bestraft, wenn eine Eurer Lieferkarawanen angegriffen wird?«

Allisander wirft ihr einen bösen Blick zu. »Mein Sektor geht Euch nichts an.« Für einen Moment schnauft er nur wütend. »Ich bin mir bewusst, dass Ihr darum gebeten habt, diese Schmuggler zu *begnadigen*.«

Sie zuckt nicht zusammen, sondern mustert ihn mit kaltem Blick. »Viele Leute in diesen Sektoren sterben, Konsul Sallister. Das sind keine Verbrecher, sondern einfach verzweifelte Menschen.«

»Wir können die Menschen nicht am Leben erhalten, wenn weiterhin Verbrecher die Lieferungen stehlen«, sagt Jasper Gold, der Konsul von Moosquell. »Ich habe Berichte über verschwundene Mondflorblüten und Elixiere innerhalb des königlichen Sektors gehört. Die Flucht von Verbrechern ermuntert immer mehr Menschen. Besonders, wenn sie von jemand mit Geld unterstützt werden.«

Seine Worte explodieren förmlich im Raum. Die meisten Leute mit Geld sitzen an diesem Tisch – oder stehen in Verbindung mit einem Konsul.

»Wollt Ihr damit unterstellen, dass jemand hier im Raum über diese Überfälle Bescheid weiß?«, fragt Roydan. Er klingt ernsthaft besorgt, als wäre ihm der Gedanke, dass es einen Verräter in unseren Reihen geben könnte, gerade erst gekommen.

Arella seufzt genervt auf. »Ihr glaubt, diese Rebellen hatten finanzielle Unterstützung? Das waren kaum mehr als Kinder!«

Jonas Buching räuspert sich. »Diese Kinder waren alt genug, um Verbrechen zu begehen.« Er sieht zu Allisander. Jonas leidet immer noch unter der Tatsache, dass die Finanzierung seiner Brücke abgelehnt wurde und will deswegen offensichtlich niemanden am Tisch mit seinen Worten befremden. »Sie sollten um jeden Preis gestoppt werden.«

Allisander wirft einen bösen Blick in seine Richtung. »Ihr habt gerade doppelt so viel Silber gefordert wie nötig, nicht wahr? Vielleicht sollten wir uns Eure Finanzen genauer ansehen, Konsul.«

Ich will die Augen verdrehen.

»Es reicht«, sagt Harristan. »Wir haben die Anzahl der Patrouillen in der Wildnis verdoppelt. Wir haben Durchsuchungen der Schmieden in Stahlstadt angeordnet. Und wir haben eine stattliche Belohnung für jeden Hinweis auf die Identität der drei Schmuggler ausgesetzt – oder jeden anderen, der Mondflorblüten stiehlt.«

Quint hat große Augen gemacht, als er die Befehle notiert hat. Die Belohnung ist hoch genug, um für eine ganze Familie genug Medizin für ein Jahr zu kaufen.

»Bietet Ihr Ihnen immer noch Zuflucht in Sonnenfeste an?«, blafft Allisander in Arellas Richtung. »Vielleicht sollten wir zuerst dort suchen.«

»Macht nur«, antwortet sie ruhig. »Ich biete keinen Verbrechern Unterschlupf.«

»Wir müssen schnell handeln«, sagt Lissa. »Stimmt Ihr nicht zu, Eure Majestät?«

»Ich stimme zu.« Sein Blick huscht zu mir.

Meine Gedanken rasen vor Wut, seitdem die Menge außer Kontrolle geraten ist. Doch jetzt, wo ich erkenne, was von mir erwartet wird, steigt kühne Entschlossenheit in mir auf. »Schnell handeln?«, frage ich. »Oder schnell bestrafen?«

Allisander sieht mich über den Tisch hinweg an. Ich bin mir sicher, dass er an diesen Moment im Verlies denkt, als Lochlan sein Gesicht gegen die Gitterstäbe geschlagen hat und ich dem Mann mit bloßen Händen das Handgelenk zerschmettert habe.

Ich frage mich, wie viel von Allisanders Wut der Tatsache entspringt, dass Lochlan zu den Geflohenen gehört.

»Beides«, sagt er, seine Stimme wild.

Ich bin nie vor Brutalität zurückgeschreckt, und das tue ich auch jetzt nicht. Ich halte Allisanders Blick und nicke. »Betrachtet es als erledigt.«

TESSA

Als ich diesmal zur Werkstatt gehe, bin ich hellwach, trage meine Maske ordentlich vor dem Gesicht und habe dunkle Rußringe um meine Augen gemalt. Mein Kinn tut weh, aber ich ignoriere die Schmerzen. In mir kocht die Wut auf den König, den Prinzen und darauf, wie grausam wir alle behandelt werden, obwohl wir nur versuchen, zu überleben.

Ich brenne vor Tatendrang.

Die Nachtwache wurde verdoppelt. Obwohl ich nichts bei mir trage als meine pharmazeutischen Bücher, schleiche ich besonders vorsichtig durch den Wald. Ich werde mir nicht die Mühe machen, ein Feuer zu entzünden, während ich auf Wes warte, weil ich kein Risiko eingehen will. Mein Herz rast schon die ganze Nacht.

Ich erreiche die Werkstatt und stelle fest, dass ich nicht warten muss. Wes ist bereits da, lehnt im Türrahmen, kaum mehr als ein Schatten.

Er richtet sich auf und stößt den Atem aus. »Tessa.«

Das Entsetzen des Tages scheint sich in dem Augenblick in Luft aufzulösen, als ich sehe, dass er in Sicherheit ist.

»Hast du es gesehen?«, frage ich leise. »Warst du dort?«

Eine nähere Erklärung ist nicht nötig. Er nickt, dann sagt er ernst: »Ich habe es gesehen.« Er hält inne und starrt in die frühmorgendliche Dunkelheit. »Überall sind Wachen. Sie durchsuchen die Schmieden.«

Wes' Verunsicherung ist untypisch und verunsichert auch mich. Ich schlucke schwer. »Habe ich gehört.«

Er sieht mich an. »Es ist eine gefährliche Nacht für Diebstähle und Krankenbesuche.«

»Was wir tun, ist immer riskant«, flüstere ich.

»Ich habe gehört, dass drei Schmuggler entkommen sind. Für ihre Gefangennahme ist eine Belohnung ausgesetzt.« Er zögert kurz. »Für jede Verhaftung.«

»Das habe ich auch gehört.« Jeder, der heute Nachmittag den Laden besucht hat, hat darüber geredet.

Wes sagt nichts; er sieht mich nur an.

Erst nach einem Augenblick trifft mich die Erkenntnis wie ein Schlag. Ich zucke zusammen. »Du glaubst, jemand könnte uns verraten.«

Er reibt sich das Kinn. »Es ist eine Menge Geld, Tessa.« Ein Anflug seines vertrauten Lächelns huscht über sein Gesicht. »Fast überrascht mich, dass du mich nicht auslieferst.«

»Woher willst du wissen, dass ich das nicht vorhabe?«, ziehe ich ihn auf, doch angesichts der ernsten Situation zündet der Scherz nicht.

Sein Lächeln verblasst, doch ich nehme den warmen Ton in Wes' Stimme wahr, als er sagt: »Weil du das niemals tun würdest.«

Ich erröte, glücklich über die Maske und die Dunkelheit. Er hat recht. Ich ziehe meinen Enterhaken aus dem Rucksack und lasse ihn an meiner Seite kreisen. »Wir müssen die Dunkelheit nutzen.«

Mit einer geschickten Bewegung fängt er den Haken ein und hält ihn fest. Lange Zeit stehen wir schweigend da, verbunden über das dünne Seil. Der Ausdruck in seinen Augen ist düster, vieldeutig und angespannt. Ich wünschte, ich könnte seine Gedanken lesen. Bin froh, dass er meine nicht lesen kann.

Ich schlucke erneut und versuche, mich auf unsere Aufgabe zu konzentrieren. »Wer sind die Wohltäter? Weißt du das?«

»Nein.« Er zögert. »Ich dachte, du wüsstest vielleicht etwas.«

Ich schüttle den Kopf. »Wir können Fragen stellen, wenn wir unsere Runde drehen.«

Einen Moment lang antwortet Wes nicht. Als er schließlich spricht, spricht er unendlich leise. »Es gibt Rufe nach einer Revolution. Der König kann das nicht zulassen. Sie werden an jedem, den sie gefangen nehmen, ein Exempel statuieren.«

»Das tun sie doch immer.«

Er schnaubt. »Ich glaube, wir haben das Schlimmste noch nicht gesehen.«

»Du hast Angst«, flüstere ich.

Er blickt zur Seite und beißt die Zähne zusammen. »Nicht um mich.«

Er hat Angst um mich? Um die anderen in den Schmieden? Ich fürchte mich davor, nachzufragen. »Wes.«

»Ich habe die Gräueltaten gesehen, die sie begehen, Tessa. Ich habe Geschichten gehört.« Erneut sieht er mich an, doch ich kann seinen Blick nicht deuten. »Ich habe gesehen, was am Tor geschehen ist. Das ist noch harmlos gegen das, was sie als Nächstes tun werden.«

Ich habe dieselben Gräuel gesehen. Habe dieselben Geschichten gehört. Mein Herz rast. Ich denke an Mistress Kendall und alles, was sie verloren hat. Ich denke an die Dutzenden Familien, denen wir Medizin bringen; an all die Leute, die sterben werden, wenn wir das nicht mehr tun. »Wir können nicht aufhören, Wes. Die Leute ... verlassen sich auf uns.«

Er schließt für einen Moment die Augen. »Ich meine nicht dauerhaft. Aber vielleicht ...«

»Nein!«

»Tessa ...«

»Wir können nicht!«, stoße ich hervor. »Damit würden wir sie persönlich zum Tode verurteilen! Wir ...«

Mit dem Seil am Haken zieht er mich abrupt zu sich und presst die Hand über meinen Mund. »Du bist dir bewusst, dass sie die Nachtwache verdoppelt haben, ja?«

Ich nicke mit großen Augen. Er lässt die Hand sinken.

»Wir können nicht aufhören«, flüstere ich, immer noch entschlossen. »Das dürfen wir nicht.«

»Wir können.« Sein Blick hält meinen. »Wir können niemandem helfen, wenn wir tot sind. Eine Rebellion wird das Fieber nicht stoppen.«

Ich schlucke, in Gedanken an meine Eltern. Mein Vater hat alles in seiner Macht Stehende getan, um sicherzustellen, dass alle Zugang zu Medizin hatten. Genau das hat meine Eltern umgebracht ... das sollte mir wohl eine Warnung sein.

Das ist es aber nicht. Es ist ein Vermächtnis. »Wenn du nicht gehen willst, dann bleib hier.« Ich entreiße ihm meinen Enterhaken. »Ich muss den Menschen helfen.«

»Tessa!«, zischt er hinter mir, doch ich halte nicht an.

Meine Kehle ist von all den überwältigenden Gefühlen wie zugeschnürt. Wut. Angst. Sorge.

Enttäuschung.

Ich höre nichts, doch plötzlich erscheint Wes an meiner Seite, so geschmeidig wie eine Katze. »Du wirst uns noch beide umbringen«, flüstert er.

»Wenn du solche Angst hast, geh nach Hause.«

»Ich habe keine Angst.« Er fasst mich am Arm, um meine Schritte zu bremsen.

Ich sehe in seine Augen, die im Sternenlicht funkeln. »Wenn zu einer Revolution aufgerufen wird«, sage ich, »sollten wir in der ersten Reihe stehen, statt uns in den Schatten zu verstecken.«

»Wir tun nichts, als uns zu verstecken, Tessa«, sagt er mit rauer Stimme.

»Vielleicht sollten wir damit aufhören. Wir wissen nicht, wer diese Wohltäter sind ... aber vielleicht haben sie den richtigen Gedanken. Vielleicht tun sie das Richtige.«

Er steht unbeweglich, den Blick unverwandt auf mich gerichtet.

»Vielleicht wird es Zeit, auf andere Art etwas zu bewirken«, flüstere ich, weil es sich gefährlich anfühlt, die Worte laut auszusprechen.

Als er weiterhin schweigt, hebe ich die Hand an den Rand seiner Maske. Er steht wie erstarrt, besonders, als meine Fingerspitzen unter den Stoff gleiten.

Gerade, als ich denke, er würde mir erlauben, die Maske nach unten zu ziehen, öffnet er die Augen und zieht den Kopf zurück. Leise sagt er: »Geh in die Werkstatt. Erhitze das Wasser. Ich werde losziehen.«

»Wes ...«

»Ich bin schneller. Schau nicht so. Du weißt, dass es stimmt.« Er zieht einen kleinen Beutel aus seiner Tasche und drückt ihn mir in die Hand. »Hier. Es ist noch ein bisschen von gestern übrig. Ich habe auch zusätzliches Rosensamenöl aufgetrieben. Setz das Wasser auf und miss ab, was wir haben. Wenn wir uns beeilen, können wir die Elixiere abfüllen und noch vor Morgengrauen unsere Runde drehen.«

Er sieht mir tief in die Augen, also nicke ich schnell.

Ich schließe die Finger um den Beutel und trete einen Schritt zurück. Ich kann nicht sagen, ob er wütend oder entschlossen ist, oder ob wir uns beide nur etwas vormachen, wenn wir uns einbilden, wir könnten einen Unterschied machen.

»Dann geh«, sage ich, und fast wäre meine Stimme gebrochen.

Irgendetwas in seinem Blick verändert sich. »Himmel, Tessa. Verstehst du es nicht? Ich habe keine Angst um mich selbst, sondern um dich.«

Mein Herz rast so heftig, dass ich eine Hand an die Brust drücken muss.

Ohne Vorwarnung tritt er vor, umfasst mit beiden Händen meine Taille und presst den Mund durch die Maske auf meinen.

Für einen Moment bin ich überrascht und atemlos, aber mein Körper versteht schnell. Ich schmiege mich an ihn, entspanne mich in seiner Umarmung. Ein warmes Gefühl durchflutet mich, bis mein gesamter Körper kribbelt. Sein Körper fühlt sich kräftig und stark an, und ich habe mir diesen Moment so oft ausgemalt, aber meine Fantasie konnte der Realität nicht gerecht werden.

Minuten – Stunden – Tage bevor ich bereit bin, zieht Wes sich zurück. Seine Augen leuchten wieder wie Sterne. Er tippt mich auf die Nase. »Immer mit der Ruhe, und halt den Kopf unten. Ich bin in einer Stunde zurück.«

Ich habe die Hand an den Mund gepresst und meine Gedanken rasen. Egal, ob ich gerade gesagt habe, dass wir in der ersten Reihe der Revolution marschieren sollten, will ich ihn zu mir rufen und mich eine Weile mit ihm in die Dunkelheit zurückziehen.

Aber sein Enterhaken kreist bereits in seiner Hand, saust nach oben und bohrt sich in die Mauer. Ohne einen Blick zurück überwindet Wes das Hindernis. Ich bin allein.

Ich entzünde das Feuer und tariere meine Waage aus, aber in Gedanken befinde ich mich immer noch mit Wes vor der Werkstatt. Ich denke daran, wie sich seine Lippen auf meinen angefühlt haben, wie seine Stimme klang, als er *Himmel, Tessa* gesagt hat, bevor er vorgetreten ist, um mich an sich zu ziehen. Oder wie er gesagt hat *Ich habe keine Angst um mich*, ohne meinen Blick eine Sekunde freizugeben.

Trotzdem hat er sich mir entzogen, als ich seine Maske entfernen wollte – aber er hat mich geküsst. Seit dem Aufruhr vor den Toren zum königlichen Sektor herrscht in mir ein Gefühlschaos aus Wut, Bedauern und Angst. Vielleicht sollte ich immer noch so empfinden, aber ... Wes. Oh, Wes. Seine Hände waren so warm und seine Stimme so wunderbar tief und sein Mund so ... Ich seufze. Trotz meines Geredes von Revolution und Kampf will ich an nichts anderes denken, während ich meine Medizin abmische.

Aber wir handeln trotzdem. Wir kuschen nicht vor diesem schrecklichen König und seinem grausamen Bruder. Wir retten Menschen, die gerettet werden müssen.

Wehrt euch, hat einer der Gefangenen gesagt.

Das tun wir. Ich bin nicht stark genug, um auf eine Bühne zu stürmen oder den König anzugreifen oder Wachleute im Wald auszuschalten, aber ich weiß, wie ich Leben retten kann. Wes meinte, wir würden nichts tun, außer uns zu verstecken, und damit hat er recht. Aber vor allem zählt, was wir machen, während wir uns verstecken. Es zählt nur, was wir zusammen vollbringen.

Zusammen. Erneut presse ich eine Hand an die Brust, um mein Herz zu beruhigen.

Der Wasserkessel pfeift. Ich nehme ihn gerade rechtzeitig vom Feuer und fülle die Phiolen, die ich sorgfältig aufgereiht habe.

In der Ferne höre ich, wie im königlichen Sektor Alarm geschlagen wird, und erstarre. Ich stelle den Kessel ab und gehe zum Fenster unserer Werkstatt. Ich kann die Lichter sehen, die auf die Mauer gerichtet sind.

Es ist okay. Es geht ihm gut. Wes ist wirklich schneller als ich, egal, wie ungern ich das auch zugebe. Sie suchen überall nach Schmugglern, also kann jeder den Alarm ausgelöst haben. Neulich war auch alles in Ordnung, also kommt er sicher auch heute zurück.

Ich wische meine plötzlich ganz feuchten Hände an meinem Rock ab. Gehe zurück zum Tisch. Als ich den Kessel hochhebe, klappert der Deckel. Erst da wird mir klar, dass ich zittere.

Ich atme tief durch, um mich zu beruhigen. Er wird jede Minute zurückkommen, wird mir sein übliches, freches Lächeln schenken. Er wird mich in die Seite pieken und die Augen verdrehen und mir sagen, dass ich mich beeilen soll, damit wir mehr Puder aus den Blütenblättern gewinnen können, die er gestohlen hat. Wir werden kurz der armen Person gedenken, die erwischt wurde, und uns glücklich schätzen, dass wir eine weitere Nacht gemeinsam damit verbringen dürfen, Leuten zu helfen.

Gemeinsam. Wieder macht mein Herz einen Sprung. Doch diesmal beschleicht mich auch die Angst. Wie lange ist er jetzt schon unterwegs? Eine Stunde? Etwas weniger? Die Alarmglocken im königlichen Sektor läuten weiter, die Scheinwerfer drehen sich auf der Suche nach Beute.

Wes. Oh, Wes.

Die Elixiere sind gemischt. Vorsichtig gieße ich die Flüssigkeit in die Phiolen und verkorke die Behälter. Die Alarmglocken verstummen.

Das Blut rauscht mir in den Ohren. Ich gehe zur Tür, lausche in die Stille des frühen Morgens. Wes bewegt sich immer vollkommen geräuschlos, also rechne ich damit, dass er plötzlich hinter einem Baum hervorkommt oder vom Dach springt oder etwas ähnlich Dummes tut, um mich zu erschrecken. Und dann werde ich ihn in den Magen boxen.

Doch er taucht nicht auf.

Mein Magen verkrampft sich vor Angst. Ich kann kaum atmen. Ich klammere mich an den Türrahmen, bis meine Finger schmerzen.

Inzwischen ist mehr als eine Stunde vergangen. Viel mehr.

Meine Finger fühlen sich taub an. Ich weiß nicht, ob es daher kommt, dass ich den Türrahmen so fest umklammere oder daher, dass ich kaum atmen kann. Eilig laufe ich in die Werkstatt. Ich muss ihm folgen. Ich muss ihn finden. Sie bringen Gefangene immer zuerst ins Gefängnis. Ins Verlies. Ich kann ihn befreien. Ich kann ... ich muss ... ich will ... ich muss ...

Ein Lichtstrahl dringt durch das Fenster und entreißt mir einen leisen Schrei. Die Sonne geht auf. Der neue Tag bricht an, egal wie panisch ich bin. Meine Hände haben bereits nach dem Seil des Hakens gegriffen, der Riemen meiner Tasche liegt schon über meiner Schulter.

Immer mit der Ruhe, Tessa.

Eine Träne entkommt und benetzt meine Maske. Ich erstarre im Türrahmen. Ich kann nicht mehr aufbrechen. Nicht bei Sonnenlicht.

Ich kann Wes nicht folgen.

Ich sinke zu Boden. Etwas in meiner Brust zerbricht und plötzlich weine ich in meinen Rock, die Knie angezogen.

Er wird mich so finden und mich das nie vergessen lassen.

Ich würde seine Hänseleien nur zu gern ertragen, wenn er nur auftauchte.

Bitte, Wes. Mir ist nicht klar, dass ich die Worte geflüstert habe, bis ich meine zitternde Stimme höre. »Bitte, Wes.«

Er taucht nicht auf. Sonnenlicht fällt auf den Waldboden.

Ich kann nicht hier im Türrahmen sitzen bleiben. Die Werkstatt liegt in einem abgelegenen Waldstück, aber es gibt durchaus Jäger und Fallensteller.

Ich reiße mir den Hut vom Kopf und stopfe ihn in meine Tasche. Mit der Maske und dem gekochten Wasser wische ich mir den Ruß aus dem Gesicht. Ich flechte meinen Zopf neu, rücke meinen Rock gerade und verstaue die Medizin, die Schüssel und den Kessel unter den Bodendielen.

Bitte, Wes.

Vor der Tür zögere ich.

Nichts.

Vielleicht ist er in seine Schmiede zurückgekehrt. Vielleicht war es zu gefährlich hierherzukommen. Morgen früh wird er mit einer tollen Geschichte auf mich warten.

»Hey«, wird er neckend sagen. »Ich hatte also recht? Wir hätten ein paar Tage warten sollen?«

Meine Kehle bleibt wie zugeschnürt. Die Sorge um Wes lastet schwer auf meiner Brust.

Ich kann nicht hierbleiben. Mistress Solomon wird auf mich warten. Karri wird ahnen, dass etwas nicht stimmt. Meine Augen brennen.

Ich breche auf, zwinge mich, langsam zu gehen. Nur ein Mädchen, das sich noch einen Spaziergang durch die Wildnis gönnt, bevor es zur Arbeit geht. Niemand von Bedeutung. Ich lausche auf die Nachtwache, aber die Stadt erwacht um mich herum, als ich mich den bewohnten Gebieten nähere ... und plötzlich besteht kein Risiko mehr.

Eine Frau und ihre Tochter hängen zwischen zwei Bäumen Wäsche auf. Im Vorbeigehen belausche ich ein paar Worte ihres Gesprächs. Das Mädchen schüttelt eine Hose aus und reicht sie ihrer Mutter. »Dad meinte, der Prinz wird die Leiche dort hängen lassen, bis er sie alle erwischt hat.«

»Er kann so viele aufhängen, wie er will«, sagt die Frau.

»Konzentriere dich auf deine Aufgabe. Diese Verbrecher haben nichts mit uns zu tun.«

»Ja, Ma.«

Der Prinz wird die Leiche dort hängen lassen.

»Hast du dich verlaufen, Mädchen?«

Ich reiße den Kopf hoch. Ich habe angehalten, stütze mich an einem Baum ab. Die Frau mustert mich abschätzend. Ich muss weitergehen. Muss hier verschwinden.

»Der Prinz hat einen Schmuggler erwischt?«, frage ich mit zitternder Stimme.

»Das geht dich nichts an«, antwortet sie knapp, aber ihre Tochter tritt vor und sagt: »Ja! Mein Dad meinte, sie haben ihn am Tor aufgehängt, aber er wollte mich nicht ...«

Ich renne los. Meine Füße wirbeln Staub auf, als ich zu den Toren zum königlichen Sektor laufe, im Zickzack um Bäume springe. Ich kann nicht atmen. Ich kann nicht anhalten. Leute starren mich an, schauen überrascht auf, als ich durch die Wildnis renne. Jemand wird mich packen, wird mich aufhalten, wird erklären, dass ich hier nichts zu suchen habe.

Aber niemand unternimmt etwas. Und plötzlich stehe ich vor dem Tor.

Das Mädchen hatte recht. Da baumelt eine Leiche, an ihrem Hals aufgehängt, mit schief hängendem Kopf. Das Gesicht ist purpurn verfärbt, die Kleidung dunkel.

Der Mann trägt eine Maske. Einen Hut, den ich nur zu gut kenne. Die Tasche, die vor seiner Brust ruht, habe ich Hunderte Male gesehen.

An dem Seil, das um seine Hand gewickelt ist, hängt ein Enterhaken, schaukelt leicht in der sanften Brise.

Aus jeder Augenhöhle ragt ein Dolchgriff. Blut hat die Maske verfärbt, was bedeutet, dass sie das getan haben, als er noch am Leben war.

Unter den Griffen klemmt eine Mondflorblüte.

Das kann nicht wahr sein. Das darf nicht wahr sein.

Ich will nicht länger hinsehen, aber ich kann den Blick nicht abwenden.

Ich atme nicht. Ich kann nicht atmen. Mein Herz muss aufhören zu schlagen. Ich will nichts mehr empfinden.

Er wollte nicht gehen. Er hatte recht. Es war zu riskant.

Er ist mir zuliebe losgezogen.

Die Wachen am Tor bemerken mich, und einer der Männer ruft: »Er wird wohl nicht zum Mittagessen nach Hause kommen, hm, Mädchen?«

Sie lachen.

Ich balle die Hände zu Fäusten. Ich will mit all meiner Kraft auf die Wachen einschlagen. Ich will sie anzünden. Ich will den Palast bis auf die Grundmauern niederbrennen. Ich will jedes Blütenblatt jeder Mondflorblume in ganz Kandala stehlen und beobachten, wie die Eliten am Fieber sterben.

Ich will dem König und seinem Bruder Dolche in die Augen rammen.

Immer mit der Ruhe, Tessa.

Wes' Stimme erklingt in meinem Kopf, und ich muss ein Schluchzen zurückhalten. Eine der Wachen hat mich offenbar trotzdem gehört, weil er sich vom Tor löst.

Ich muss fliehen. Wes würde wollen, dass ich fliehe.

Dieser Gedanke reißt mich aus meiner Erstarrung. Erneut setze ich meine Fußballen auf den Weg und renne so schnell und weit ich kann. Und ziehe dabei eine Spur aus Tränen hinter mir her.

CORRICK

Dafür, dass Quint immer so gehetzt wirkt, spielt er ziemlich gut Schach. Man sollte meinen, das Spiel würde ihn frustrieren, weil man so viel Zeit damit verbringt, herumzusitzen und auf den Zug des Gegners zu warten. Aber vielleicht liefert ihm das zur Abwechslung eine Ausrede, einfach still dazusitzen. Heute Abend muss ich mich zum Stillhalten zwingen. Ich bin ruhelos, zappelig und beunruhigt.

Vor den Fenstern ist es dunkel, und das Feuer neben uns ist fast heruntergebrannt, also sollte ich wahrscheinlich schlafen. Genauso wie Quint. Mein Bruder ist schon vor Stunden ins Bett gegangen.

Ich verüble Harristan nur selten etwas, aber hin und wieder wünsche ich mir, er könne die Last seiner Stellung tragen; *er* wäre derjenige, der jedem Gefangenen in die Augen sehen muss, wenn sie ihren letzten Atemzug tun oder ihre letzten Worte sprechen oder um Dinge betteln, die ich ihnen niemals gewähren kann.

Ich schiebe meinen Turm vorwärts und warte; beobachte, wie Quint das Brett mustert.

Er wird gewinnen. Das tut er gewöhnlich, aber heute Abend bin ich abgelenkt und unkonzentriert, was Quint einen zusätzlichen Vorteil verschafft. Allisander und Lissa sind nach dem Abendessen aufgebrochen. Das sollte mich erleichtern, aber mit den wild gewordenen Schmugglern und dem Raunen von Revolution auf den Straßen tut es das nicht. Meines Wissens gab es noch keine Zeit, in der die Leute im königlichen Sektor so gespannt den Atem angehalten haben. Die Nervosität sickert in den Palast ein und lässt die Stimmung hochkochen.

Es klopft an der Tür. Ich ziehe meine Taschenuhr heraus. Eine Stunde bis Mitternacht.

»Herein«, rufe ich.

Der Wachmann öffnet die Tür. »Eure Hoheit. Konsulin Kirsch bittet um eine Audienz.«

Quint hebt den Blick vom Schachbrett. »Soll ich sie wegschicken?«

Der Gedanke ist verlockend, aber Arella ist noch nie zu meinen Gemächern gekommen, was meine Neugier erregt. »Nein.« Ich reibe mir seufzend das Kinn. »Schick sie rein«, weise ich die Wache an.

Allisander stürmt jedes Mal in meine Gemächer in seinem seidenen Staat, voller Forderungen, die er als Gesuche tarnt. Daher überrascht es mich, als Arella wie eine Brise in den Raum gleitet, mit ruhigen Schritten. Ihr dunkles Haar ist offen und sie trägt ein einfaches Samtkleid, das ihre Kurven betont, ohne zu viel ihres Körpers zu enthüllen. Ihre Finger heben elegant den schweren Samt des Rocks, und sie knickst. »Eure Hoheit.«

Ich bewege mich nicht. »Arella.«

Quint steht auf und nickt. »Konsulin Kirsch.«

Allisander hätte ihn ignoriert, aber Arella erwidert das Nicken. »Meister Quint.« Ihr Blick findet das Schachbrett. »Vergebt mir die Unterbrechung Eures Spiels.«

Ich lasse die Fingerspitze über den Rand meines Weinglases gleiten. »Wir werden sehen.«

Quint wartet, ob ich ihn wegschicke. Er weiß über alles Bescheid, was im Palast vor sich geht. Es gibt keine Geheimnisse zwischen uns beiden, aber viele der Konsuln tun so, als wäre er ein Ärgernis und bitten um Privatsphäre.

Arella allerdings nicht. »Ich habe die Machtdemonstration gesehen, die Ihr am Tor hinterlassen habt.«

»Ich hoffe, dass alle sie sehen. Deswegen habe ich das getan.« Ich sehe kurz zu Quint. »Du bist immer noch am Zug.«

Er lässt sich wieder auf seinen Stuhl sinken. Wirft mir einen kurzen Blick zu, bevor er die Augen aufs Schachbrett senkt.

Er ist wahrscheinlich die einzige Person im Palast, die weiß, wie sehr ich das hasse. Das *alles*.

Arella lässt sich nicht so leicht ablenken – oder vertreiben. »Jemand wird hochklettern und die Blüte stehlen.«

»Gut. Dann gibt es eine zweite Leiche. Mein Bruder ist sehr enttäuscht, dass dort nicht bereits drei Leute hängen.«

Um ehrlich zu sein: ich vermute eher, dass Harristan enttäuscht war, weil wir einen der Schmuggler so schnell gefangen haben. So dringend er seine Konsuln auch beschwichtigen und Stärke zeigen will, ihm gefällt der Gedanke an Rebellion nicht. Als sich die Schmuggler noch in der Dunkelheit verborgen haben, war es einfach, sie nur als Verbrecher zu sehen – als Individuen, die falsch handeln.

Es ist schwer, das Schwert der Gerechtigkeit auf tausend Bürger herabsausen zu lassen, die im hellen Tageslicht nach Rebellion schreien und um Gnade betteln.

Arella scheint ihre Worte sorgfältig zu wählen, also fülle ich das Schweigen. »Ihr scheint viel Zeit mit Konsul Pelham zu verbringen.«

Ich beobachte sie genau, aber sie lässt sich nichts anmerken.

Hebt lediglich eine perfekt gepflegte Augenbraue. »Eifersüchtig, Corrick?«

»Auf einen achtzigjährigen Mann?« Ich lächle. »Vielleicht.«

Sie erwidert das Lächeln nicht. »Ich habe festgestellt, dass wir ähnliche Ziele verfolgen.«

»Ihr und Roydan? Erzählt mir mehr.«

»Nein.«

»Schach«, sagt Quint.

Ich sehe aufs Brett. Er hat seinen Springer in eine Stellung gebracht, die meinen König bedroht. Aber dieses Problem lässt sich leicht lösen. Ich ziehe die Figur ein Feld nach rechts, dann sehe ich wieder Arella an. »Allisander und Lissa glauben, Ihr positioniert Euch in direkter Opposition zu ihnen.«

»Dann ist es ja gut, dass ich keinerlei Wert darauf lege, mich bei Konsul Sallister und Konsulin Marpetta anzubiedern.«

Diese Aussage ist ein wenig zu spitz. Mein Lächeln verblasst. »Wieso seid Ihr hier, Arella?«

»Euer Volk leidet«, sagt sie. »Dieses Raunen von Revolution und Aufstand ist nicht gegen Euch und Euren Bruder gerichtet.«

»Es ist kein Raunen mehr«, sage ich.

»Die Menschen sind verzweifelt. Sie sterben.«

»Schach«, sagt Quint.

Seufzend verschiebe ich erneut meinen König. »Ich weiß, dass die Leute sterben.«

»Euer Bruder mag die Krone tragen, aber alle wissen, dass es zwei Konsuln sind, die Kandala regieren.«

»Achtet auf Eure Worte«, sage ich scharf.

»Weil sonst was geschieht? Wollt Ihr mich ins Verlies werfen?«

Zornentbrannt atme ich tief ein, aber Quint sagt: »Schach.«

»Verdammt noch mal, Quint!« Ich ziehe meinen König ein weiteres Feld nach links, dann stehe ich auf, um mich Arella zu stellen. »Ich weiß, dass unser Volk stirbt. Genauso wie Harristan. Ich gebe mein Bestes, so viele Bürger wie möglich am Leben zu halten.«

»Hmmm. Würde der Mann, der am Tor hängt, dieser Aussage zustimmen?«

Ihr Selbstbewusstsein wäre eindrucksvoll, würde sie es nicht einsetzen, um mir die Stirn zu bieten. »Ihr habt um Gnade für die acht Schmuggler gebeten, die im Verlies saßen.«

»Ja. Das habe ich.« Sie hält unverwandt meinen Blick. »Glaubt Ihr, Eure Vorführung am Tor des Sektors hätte in Rufen nach Revolution geendet, wenn Euer Bruder diesen Leuten Gnade erwiesen hätte?«

Ich erstarre.

Draußen vor dem Fenster leuchten Scheinwerfer auf, und das leise Schellen der Alarmglocken dringt durch die ruhige Nacht.

»Ein weiterer Gefangener«, sagt Arella. Sie spuckt mir die Worte fast entgegen. »Eine weitere Leiche für Eure Mauer.«

»Eine weitere Warnung an andere Schmuggler«, blaffe ich. »Ein Versprechen an das Volk, das ihre Versorgung mit Medizin sichergestellt wird.«

»Die Medizin, die nur wenige Privilegierte erhalten?«

Meine Stimme wird hart. »Wir geben so viel aus, wie wir uns leisten können. Und das wisst Ihr auch.«

»Wahre Stärke beweist man nicht durch Brutalität«, sagt sie, immer noch ruhig. Aber da ist ein stahlharter Unterton in ihrer Stimme. »Wahre Führung wird nicht dadurch bewiesen, indem man jeden tötet, der sich einem entgegenstellt.«

»Wahre Führung wird auch nicht dadurch bewiesen, dass man sich mitten in der Nacht zu den Gemächern des Prinzen schleicht«, sage ich. »Ihr hättet Euch jederzeit an Harristan wenden können, Arella. Mir fällt auf, dass Ihr gewartet habt, bis die anderen verschwunden sind ... und Eure Einsprüche jetzt mir präsentiert statt meinem Bruder.«

Zu meiner Überraschung lacht sie. »Ich habe es Euch bereits gesagt: Lissa und Allisander sind mir egal.« Sie hält inne, dann senkt sie erneut die Stimme. »Mir liegt meine Bevölkerung am Herzen. Eure Bevölkerung.« Ein weiterer Moment der Stille, dann kommt sie einen Schritt näher. »Ihr seid der Vollstrecker des Königs, nicht sein Scharfrichter. Ich dachte, jemand sollte Euch daran erinnern.«

Ich beiße die Zähne zusammen. Alles, was ich sagen will, wäre ein Verrat an jemandem von Bedeutung.

Also schweige ich.

Arella mustert mich stirnrunzelnd, dann sinkt sie in einen Knicks. »Danke, dass Ihr mir diese Audienz gewährt habt, Prinz Corrick.«

Sobald sich die Tür hinter ihr geschlossen hat, atme ich tief durch und fahre mir mit den Händen durchs Haar. Ich sehe Quint an, der teilnahmslos neben dem Schachbrett sitzt.

»Was?«, frage ich.

Er holt Luft, als wolle er antworten, nur um stattdessen den Kopf zu schütteln. Dann hebt er die Hand und wirft meinen König um. »Schachmatt.«

Tessa

Ich weiß nicht mehr, wie viele Tage vergangen sind. Vier, vielleicht fünf. Vielleicht war es auch ein Monat. Ich gehe zur Arbeit, ich mische Tränke für Mistress Solomon und dann wanke ich zurück in mein gemietetes Zimmer und falle ins Bett. Die Waage, Phiolen und Becher für das echte Heilmittel stehen ungenutzt auf meinem Tisch. Kräuter und Blätter und Blütenblätter vertrocknen und zerfallen, werden wertlos.

Ich bin nicht in die Werkstatt zurückgekehrt. Jedes Mal, wenn ich es versuche, beschleunigt sich meine Atmung und meine Beine versagen mir den Dienst.

Ich habe nicht den Namen derjenigen gelauscht, die am Fieber gestorben sind; den Namen, die immer am Ende der Woche verlesen werden. Aber es sind viele. Sicherlich ist die Anzahl der Toten angestiegen, seitdem Weston und ich keine täglichen Dosen des Heilmittels mehr ausliefern.

Die Schuldgefühle sind fast so schlimm wie die Trauer. Ich habe kaum gegessen. Kaum geschlafen.

Wenn ich doch einmal einschlafe, träume ich von Wes – von

seinen warmen Händen oder dem Leuchten in seinen Augen oder dem Versprechen in seiner Stimme. Und dann kippen die Träume zu Albträumen, in denen ein Mann in Schwarz Wes Dolche in die Augen treibt, während er um Gnade wimmernd am Boden liegt.

Ich hoffe, er hat nicht gebettelt. Ich hoffe, er hat diesem widerlichen Prinzen diese Befriedigung nicht gegeben.

Das ist der einzige Gedanke, der mich meine Trauer etwas vergessen und stattdessen Wut in mir aufsteigen lässt.

Westons Tod unterscheidet sich von dem meiner Eltern.

Westons Tod unterscheidet sich von allen anderen.

Ich wünschte, ich hätte auf ihn gehört. Ich wünschte, wir wären in der Werkstatt geblieben.

Ich möchte mir auch wünschen, er hätte mich nicht geküsst ... aber das kann ich nicht. Hin und wieder lege ich die Fingerspitzen an die Lippen, als könnte ich Wes' immer noch spüren. Dann wird meine Kehle eng und ich schluchze, aber ich kann meine Hand nicht senken, weil ich fürchte, auch diese kleine Erinnerung schon bald zu verlieren.

»Tessa. Tessa.« Karris Flüstern dringt erst nach einem Moment in meine Gedanken.

Ich räuspere mich. »Tut mir leid.«

Sie mustert mich, offensichtlich besorgt. Sie hat mich ein Dutzend Mal gefragt, was geschehen ist, aber ich habe bereits zu viel riskiert. Ich darf ihr nichts erzählen. Die Nachtwache patrouilliert immer noch in doppelter Stärke. Ich habe Gerüchte von weiteren Leichen am Tor gehört, doch ich spüre keinerlei Verlangen, zu bezeugen, wie Wes' Leiche inzwischen aussieht, also habe ich sie mir nicht angeschaut.

Aber Karri weiß, dass irgendetwas geschehen ist.

Sie senkt den Blick auf die Anemonenwurzeln, die ich zerstoße. Sie sind für eine Tinktur bestimmt, die angeblich den Teint verbessert. Als wäre rosige Haut wichtig, während Menschen sterben.

»Das ist zu viel«, flüstert Karri leise. »Du wirst noch jemanden umbringen.«

Gut. Das bewahrt sie vielleicht vor dem Fieber. Oder dem König.

Dieser gefährliche Gedanke sucht mich in letzter Zeit zu oft heim. Ich leere meinen Mörser aus, um von vorne anzufangen.

»Tessa!«, ruft Mistress Solomon vom anderen Ende des Raums. »Das sind meine besten Anemonenwurzeln!«

Ich empfinde nur Gleichgültigkeit. Wes ist tot. Meine Eltern sind tot. Die Welt ist grau und leer und kalt. Ich schneide ein frisches Stück Wurzel ab.

Mistress Solomon eilt durch den Laden zu mir. »Ehrlich, Mädchen, in letzter Zeit bist du so durcheinander. Du bist nicht schwanger, oder?«

Fast wäre ich in Tränen ausgebrochen. Ich schluchze. Schwanger. Von wegen. Ohne Vorwarnung bricht ein Lachen aus mir heraus, aber gleichzeitig rinnt eine Träne über meine Wange.

Meine Arbeitgeberin starrt mich mit offenem Mund an. Ebenso Karri.

Ich wische mir ungeschickt das Gesicht ab. »Tut mir leid. Nein. Was?«

»Das ist eine Bestellung aus dem königlichen Sektor!«, sagt sie. »Du solltest besser aufpassen.«

Das Wissen, dass die Tinktur für jemanden im königlichen Sektor bestimmt ist, sorgt dafür, dass ich alles anzünden will. Halbherzig zerstoße ich die Wurzel.

Aber dann höre ich erneut Karris Worte in meinem Kopf. *Du wirst noch jemanden umbringen.* Ich sehe auf die entsorgten Reste herunter. Sie hat recht. Die falsche Kombination von

Zutaten kann eine Tinktur mühelos in ein Gift verwandeln. Es gab gute Gründe, warum ich die Zutaten der Elixiere, die Wes und ich verteilt haben, so sorgfältig abgemessen habe.

Ich bin mir nicht ganz sicher, was ich mit dem Ausschuss anfangen will, aber ich wickle die zerstoßenen Wurzeln in ein Stück Stoff und schiebe sie in meine Tasche.

Ich habe keinen Plan. Ich habe nicht mal eine Idee. Ich habe nur Zorn und Trauer, die mich von innen heraus zerfressen.

»Nun, das ist jetzt wertlos«, sagt Mistress Solomon. »Ich werde die Kosten gegen deinen Lohn dieses Monats aufrechnen.«

Ich wende den Kopf zu ihr. Ich mag in Trauer versunken sein, aber ich weiß trotzdem, dass ich es mir nicht leisten kann, mehr als einen halben Monatslohn zu verlieren. »Lasst mich die Bestellung ausliefern«, sage ich. »Bitte, kürzt nicht meinen Lohn.«

»Mach dich nicht lächerlich, Tessa.« Sie hat sich bereits abgewandt.

»Bitte?«, sage ich. »Ein Kurier in den königlichen Sektor kostet doch sicherlich mehr.«

Mistress Solomon sieht zu mir zurück. Sie würde alles tun, um nicht für etwas zahlen zu müssen.

Für einen kurzen Moment presse ich die Hand an den Bauch, gerade lang genug, dass sie den Blick senkt. Dann reiße ich die Hand zurück und räuspere mich.

»Oh, Tessa«, haucht Karri. »Ich wünschte, du hättest es mir erzählt.«

Ich schlucke schwer. Ich hatte nicht bedacht, dass ich damit auch Karri anlüge. Sie ist so freundlich und warmherzig, dass ich mich wie eine Verbrecherin fühle.

»Er hat dich sitzen gelassen, richtig?«, fragt sie wissend, und mir wird klar, dass sie daran denkt, wie sie mir erzählt hat, dass so viele Schmuggler dumme Mädchen an der Nase herumführen.

Sitzen gelassen? Nein. Wes hat mich nicht im Stich gelassen. Wenn überhaupt, habe ich ihn im Stich gelassen. Erneut wird meine Kehle eng.

Karri drückt leicht meine Hand. »Komm morgen zu uns nach Hause, und Mutter wird dir ihren Tee gegen die Morgenübelkeit brauen. Sie schwört darauf.«

Vielleicht ist es sicherer, sie in dem Glauben zu lassen – dass ich einfach nur ein albernes Mädchen bin, das einen dummen Fehler begangen hat. Dass jetzt alles vorbei ist. Ich muss gegen Tränen anblinzeln. »Das ist sehr nett. Danke dir.«

Mistress Solomon richtet sich auf. Sie hätte wahrscheinlich einiges zu einem unverheirateten Mädchen zu sagen, das sich in eine solche Situation bringen lässt. Aber nachdem Karri gerade so freundlich war, will sie wohl nicht gemein erscheinen. »In Ordnung, Tessa«, sagt sie. »Wenn du dir sicher bist, dass du dich der Aufgabe gewachsen fühlst.«

Ich hatte bei meinem Angebot, die Lieferung in den königlichen Sektor zu übernehmen, nicht bedacht, dass ich durch das Tor gehen muss, an dem Wes' Leiche hängt. Und dieser Umstand wird mir erst wieder bewusst, als mir der Gestank in die Nase steigt.

Ich stoppe abrupt. Mein Mund wird trocken. Ich kann das nicht.

Ich weiß nicht mal, was ich tun wollte.

Ein Paket ausliefern. Deswegen bin ich hier. Das ist mein Auftrag.

Der zerstoßene Ausschuss in seinem Stoffbündel ruht neben meinen Aufzeichnungen und dem auszuliefernden Paket in meiner Umhängetasche. Ich werde das Bündel ins Feuer werfen. Ich werde mich selbst ins Feuer werfen.

Ein älterer Mann mit einem Eselskarren wirft mir einen Blick zu, als er vorbeigeht. »Nach einer Weile gewöhnt man sich daran«, sagt er.

Nein. Ich werde mich nicht daran gewöhnen. Und wir sollten das auch nicht. An so etwas sollte man sich nicht gewöhnen.

Wes hätte nicht gezögert. Er hat nie gezögert. Er ist über diese Mauer geklettert, weil es mir wichtig war. Weil ich das wollte.

Ich nehme die Schultern zurück und gehe weiter. Noch bevor ich das Tor erreiche, dringt ein schreckliches Brummen an meine Ohren. Erst als ich um die Kurve biege, wird mir klar, woher das Geräusch stammt: Fliegen. Sie sind überall, in der Luft, auf den Bäumen. Sie tun sich an den Leichen gütlich – denn natürlich hängen dort inzwischen mehr Leichen.

Sechs leblose Körper. Ich kann nicht mehr erkennen, wer Mann und wer Frau war.

Aber Wes erkenne ich. Sein Körper ist verwest, und die Dolche rutschen langsam aus dem erschlafften Gewebe um seine Augen. Die Blüten sind verschwunden. Das Seil des Enterhakens ist in die graue Haut seines Handgelenks eingesunken.

»Das ist nicht Wes«, flüstere ich mir selbst zu. »Das ist nicht Wes.«

Und das stimmt. Es ist eine Leiche. Nur ein Körper. Nicht der fröhliche Gauner, der mich immer aufgezogen, mir geholfen und mich beschützt hat. Nicht der junge Mann, der mich an sich gezogen und versprochen hat, in einer Stunde zurückzukommen.

Weine nicht. Und das tue ich nicht.

Fliegen umschwirren mich, als ich meine Füße vorwärtszwinge. Ich schlage die Insekten heftig zur Seite. Einer der Soldaten am Tor tritt vor und wedelt ebenfalls Fliegen zur Seite. Schweiß glänzt auf seiner Stirn. Er wirkt gelangweilt und irritiert. Ich weiß, dass ich so empfinden würde.

»Nenn dein Anliegen«, sagt er.

Ich ziehe das Paket heraus, das Mistress Solomon mir gegeben hat. »Ich habe eine Lieferung für den königlichen Sektor.«

Er mustert das Paket kurz, dann nickt er in Richtung des Tores und kehrt auf seinen Posten zurück.

Nun, ich wusste immer, dass es einfacher ist, hinein- als wieder herauszukommen. Eine Frau mit einer purpurfarbenen Kutsche wartet auf der anderen Seite, während Wachen ihre Besitztümer durchsuchen. Ihre Haut ist so fahl, dass sie fast leuchtet, ihr dunkelrotes Haar in fantastischen Zöpfen aufgesteckt. Sie steht am Rand, den hochmütigen Blick auf ihre Taschenuhr gerichtet. Diamanten funkeln im Sonnenlicht.

Diese Taschenuhr allein könnte eine Familie monatelang mit Medizin versorgen. Ich will meine Hand mit Puder aus dem Bündel füllen und ihr das Zeug in den Rachen stopfen.

Ich schüttle mich. Nein. Das will ich nicht. Es ist nicht ihre Schuld. Sie hat Wes nicht dort oben ausgestellt. Sie kann nichts dafür, dass sie privilegiert geboren wurde.

Einer der Soldaten öffnet die Tür ihrer Kutsche und verbeugt sich. »Vergebt die Verzögerung, Konsulin Marpetta.«

Eine Konsulin! Jemanden von so hohem Rang habe ich noch nie gesehen. Ich will sie anstarren. Ich starre sie natürlich bereits an. Ich kämpfe darum, den Blick abzuwenden.

Sie wirft dem Mann eine Münze zu. Sie fliegt glitzernd durch die Luft, bevor sie in seiner Hand verschwindet. »Mir ist lieber, ihr durchsucht alle, als einen einzigen Schmuggler zu übersehen«, sagt sie so leise, dass ich sie fast nicht verstehe. Dann steigt sie in ihre Kutsche und schlägt die Tür zu.

Als die Kutsche vorbeirattert, bemerkt mich der Soldat.
»Hast du nichts zu erledigen, Mädchen?«
»Oh! Ja.« Ich eile weiter.

Der königliche Sektor ist mir nicht fremd, aber bisher war ich nur mitten in der Nacht hier, wenn die Straßen still und leer sind. In der Sonne, die vom Himmel strahlt, glänzt alles, selbst die Rinnsteine. Goldene Verzierungen prangen auf Türen. Vor größeren Häusern plätschern Springbrunnen. Die Schaufenster der Läden sind alle absolut sauber, die Pflastersteine davor frisch gekehrt. In den schicksten Geschäften leuchtet elektrisches Licht, aber andere werden von Öllaternen erhellt. Türknäufe leuchten in Silber, Kutschen und Karren sind mit Leder ausgeschlagen und mit Stahl verstärkt. Gepflegte Pferde in aufwendigen Geschirren tänzeln davor.

Und die Leute! Manche Frauen tragen Kleider, in deren Mieder Juwelen eingearbeitet sind, mit silbernen Stickereien auf den Röcken. Männer tragen lange Jacketts aus Brokat oder Seide, ihre Lederstiefel mit den festen Sohlen auf Hochglanz poliert. Es gibt Stoffe in allen Farben, die heller leuchten als alles, was man in der Wildnis findet ... weil dort Färbemittel als teure Frivolitäten angesehen werden. Nachts allerdings erscheinen all diese Schattierungen von Pink und Purpur und Orange nur als gedämpfte Grautöne.

Es sind auch einfache Leute unterwegs, Arbeiter, die wie ich Aufgaben zu erledigen haben. Aber sie sind auf gewisse Weise nahezu unsichtbar in ihrer selbstgewebten Wollkleidung oder den grauen Hosen, die scheinbar mit den Pflastersteinen oder den Ziegelwänden der Häuser verschmelzen. Trotzdem erkenne ich auch hier die Unterschiede – Stiefel mit dicken Ledersohlen, aufwendig gearbeitete Gürtel und Knöpfe, die aus einer Stahlpresse stammen – statt aus einem Stück Holz geschnitzt.

Trotz des Reichtums und der Perfektion dieses Sektors sehne ich mich nach den Leuten, die in der Wildnis sterben, nach den Leuten, die sich in Stahlstadt oder Händlershalt oder Artis abmühen. Hier gibt es so viel von allem. So viel Wohlstand, so viel Gesundheit. Dieser allgegenwärtige Wohlstand trifft mich wie ein Schlag ins Gesicht.

Was Wes und ich genommen haben? Sie konnten sich den Verlust leisten.

Und jetzt ist er tot, und diese Leute stolzieren hier herum, als läge Kandala außerhalb dieser Tore nicht im Sterben.

Ich muss kurz in einem Laden nach einer Wegbeschreibung fragen, um die Adresse zu finden, die Mistress Solomon mir genannt hat. Je näher ich der Stadtmitte komme, desto größer werden die Häuser. Noch mehr Gold, mehr Silber, mehr Überfluss.

Ich bin noch nie auf die Tür eines dieser Häuser zugegangen und habe geklingelt. Es fühlt sich unwirklich an – als wäre es mir lieber, durch offene Fenster zu schlüpfen oder Schlösser zu knacken. Ein Verwalter öffnet die Tür und nimmt das Paket entgegen, wobei er mich von oben herab mustert. »Das sollte vor einer Stunde geliefert werden«, sagt er.

Als wäre das von Bedeutung. Doch ich sinke hastig in einen Knicks, obwohl diese ehrerbietige Geste ihm wahrscheinlich nicht zusteht. »Vergebt mir«, sage ich. »Bitte sagt meiner Mistress nichts, Sir.«

Er schnaubt, dann schlägt er mir die Tür vor der Nase zu.

Ich mache eine unhöfliche Geste, dann wende ich mich ab.

Was jetzt?

Ich muss gehen. Wenn ich nicht verschwinde, könnte dieser Verwalter zurückkommen und die Wachen rufen. Hier gibt es weniger Läden und mehr Wohnhäuser. Ich versuche, dorthin zurückzukehren, wo ich nach dem Weg gefragt habe.

Stattdessen biege ich um eine Ecke und starre plötzlich auf den Palast.

Die Häuser mögen wohlhabend gewirkt haben, aber der Palast ist ein scheußliches Gebäude, das von Prunk und Prahlsucht zeugt. Er ist riesig, erstreckt sich über vier Häuserblocks. Weiße Ziegelwände mit lavendelfarbenen Fugen erheben sich quasi bis zum Himmel. Die Vorderseite ist gerade, mit zwei Türmen an den Enden. Zwei riesige Springbrunnen sprühen Wasser hoch in die Luft und nehmen es plätschernd wieder auf. Kutschen rollen vorüber und Lakaien eilen umher, um Türen zu öffnen, Pakete zu tragen, Teppiche auszurollen.

Der Palast sollte nicht weiß sein. Er sollte rot sein wie Blut oder schwarz wie der Tod, nur ein verkohlter Haufen Trümmer, durch die ich nur zu gerne wandern würde.

Ich schiebe die Hand in meine Tasche, taste nach dem eng gerollten Stoffbündel mit den Anemonenwurzeln.

Das ist zu viel. Du wirst noch jemanden umbringen.

Fast gegen meinen Willen tragen meine Füße mich voran. Ich will eigentlich nicht hier sein, gehe aber trotzdem weiter. Den Gerüchten zufolge ist das Mondflorelixier im Palast zehn Mal so stark wie das, das Wes und ich verteilt haben. Ich bin mir nicht sicher, was ich vorhabe. Es ist ja nicht so, als könnte ich einfach in den Palast wandern und um eine Dosis des Heilmittels bitten.

Aber diese Schuldgefühle und meine Trauer bedrücken mich noch immer, lasten so schwer auf mir, wie die fest verpackten Wurzeln in meiner Tasche. So viele Leute sind krank. So viele Leute haben meinetwegen jetzt keinen Zugang mehr zu Medizin. Eine kleine Probe aus dem Palast könnte ausreichen, um zehnmal so viele zu heilen.

Wie schon im Einkaufsviertel brauche ich einen Moment, um die gewöhnlichen Menschen in der Umgebung des Palastes zu bemerken – die Arbeiter, die unauffälligen Frauen und Männer in einfacher Kleidung, die Straßen kehren, Rinnsteine säubern und Pferde striegeln. Als ich an ihnen vorbeiwandere, beginne ich, mich ebenfalls unsichtbar zu fühlen. Ich frage mich, ob das der Grund ist, warum es den königlichen Eliten so leicht fällt, die Leute außerhalb der Sektormauern zu ignorieren. Sind wir alle für sie unsichtbar?

Eine Gruppe junger Frauen in groben Röcken oder Wollhosen wandert Richtung Palast. Aus reiner Neugier reihe ich mich hinter ihnen ein. Als ich am Tor die Konsulin begafft habe, haben die Soldaten mich bemerkt, aber vielleicht ignorieren diese Mädchen mich, wenn ich gelangweilt und geistesabwesend wirke.

Mein Herz rast, als wir uns der östlichen Seite des Palastes nähern, doch ich halte den Blick nach vorne gerichtet, auf die Rücken der Mädchen, die sich angeregt über irgendeinen Skandal unterhalten. Angeblich halten Konsulin Kirsch und Konsul Pelham direkt unter der Nase des Königs heimliche Treffen ab. Eines der Mädchen verkündet fröhlich, dass sie gehört hätte, einer der Konsuln würde die Rebellen finanziell unterstützen. Ich kenne die Genannten nicht, also kann ich ihrem Gespräch nicht folgen, aber es spielt sowieso keine Rolle. Ich warte darauf, dass der Wachsoldat ruft oder mich anhält. Oder dass eines der Mädchen bemerkt, dass ich ihnen folge. Aber niemand sagt irgendetwas.

Und einfach so dringe ich in den Palast ein.

Es kostet mich all meine Selbstbeherrschung, mich nicht gegen eine Wand sinken zu lassen und die Hand an die Brust zu pressen.

Ich bin *im Palast*.

Ich habe keine Ahnung, was ich jetzt tun soll.

Vor mir führt eine Tür in einen Bereich für Diener, was ich

daran erkenne, dass das Mobiliar zwar prunkvoll ist, die Böden allerdings abgetreten wirken und an manchen Stellen die Tapete abblättert. Die Mädchen drängen in einen Raum, in dem an Haken an der Wand Uniformen hängen und ziehen sich um.

Das ist lächerlich. Jemand wird mich entdecken. Ich werde von einem Pferd über die Straße geschleift werden oder bald schon vor den Toren baumeln.

Eines der Mädchen muss meine Blicke gespürt haben, weil sie Anstalten macht, sich umzudrehen. Eilig husche ich in einen anderen Raum.

Hier unten laufen überall Diener umher. Einige tragen Eimer mit Putzmitteln, andere führen kleine Reparaturen durch. Sie polieren Leder oder flicken Kleidung oder besticken schöne Stoffe. Ein paar mustern mich kurz, aber die meisten sind so mit ihren Pflichten beschäftigt, dass sie mich kaum beachten.

Ich muss von hier verschwinden, solange es noch möglich ist.

Aber das tue ich nicht. Ich denke ständig an die Elixiere und Blütenblätter, die irgendwo hier im Palast lagern müssen; mit denen ich so viele Menschen heilen könnte.

Ich denke an das Gift in meiner Tasche und daran, dass sich der König und sein Bruder wahrscheinlich irgendwo innerhalb dieser Mauern aufhalten, damit beschäftigt, den Tod des nächsten Schmugglers zu planen.

Dieser Gedanke lässt Wut und Angst in mir aufsteigen. Ich muss tief durchatmen, um nicht laut zu schreien.

Immer mit der Ruhe, Tessa.

Oh, Wes. Tränen steigen in meine Augen. Ich muss die Hand vor den Mund pressen, um nicht laut zu schluchzen.

Ich muss ein Versteck finden. Nachdenken. Ich stelle allmählich meine geistige Gesundheit infrage.

Und dann, als hätte mir das Schicksal meinen Wunsch erfüllt, bemerke ich eine tiefe Wäschekammer voller Tücher. Ohne darüber nachzudenken, schließe ich mich darin ein, als gerade niemand hinsieht, und drücke mich in die hinterste Ecke.

Tessa

Als ich mich hier eingeschlossen habe, konnte ich noch geschäftige Geräusche im Flur hören. Hin und wieder, wenn jemand die Wäschekammer betreten hat, musste ich die Luft anhalten. Jetzt ist es schon so lange still, dass ich mich langsam frage, ob es vielleicht sicher wäre, mich herauszuwagen. Es gibt hier im Raum keine Fenster, keine Möglichkeit, abzuschätzen, wie lange ich mich schon hier aufhalte. Ich denke an die Taschenuhr, die diese Konsulin hatte. Selbst das Ablesen der Zeit ist ein Luxus, dessen sie sich gar nicht bewusst sind.

Es fühlt sich an, als wären Stunden vergangen.

Ich schleiche zur Tür und drücke das Ohr gegen das Holz.

Stille. Absolute Stille.

Trotzdem dauert es eine Weile, bis ich den Mut finde, die Tür zu öffnen. Jetzt ist alles ganz anders. Vorhin brannte ich vor Wut und Erschöpfung, war aufgeregt, weil es mir so leicht gelungen war, in den Palast einzudringen.

Jetzt haben meine Gedanken mich eingeholt. Zurück bleibt nur die Panik, dass ich entdeckt werden könnte und Wes' Körper am Tor Gesellschaft bekommen wird.

Mein Magen knurrt. Mein Körper lässt mich wissen, dass es da noch andere Bedürfnisse gibt, die ich seit Stunden unterdrückt habe.

Ich muss den Palast verlassen.

Endlich hebe ich den Riegel, und die Tür schwingt auf.

Der Flur ist leer und dämmrig; nur an den Ecken leuchten einzelne Laternen. Vor den wenigen Fenstern, die ich sehen kann, herrscht Dunkelheit. Es muss sehr spät sein.

Gut.

Nein, nicht gut. Es ist mitten in der Nacht, und die Leute, die tagsüber hier arbeiten, sind nach Hause gegangen.

Plötzlich hallen Stimmen durch den Flur. Eilig husche ich in den Raum, in dem sich die Mädchen vorhin umgezogen haben. Das Blut rauscht in meinen Ohren. Schatten erscheinen im Türrahmen und ich ziehe mich tiefer in den Raum zurück. Aber es gibt kein Versteck.

Da. Eine Tür in der Ecke. Das muss eine weitere Wäschekammer sein. Ich greife nach der Klinke, flüstere ein kurzes Stoßgebet und reiße die Tür auf.

Es ist keine Wäschekammer. Die Tür öffnet sich auf eine prächtige Treppe mit rotem Samtteppich und darüber dem Wandgemälde einer Jagdszene. Die Stufen führen nach oben zu einem weiteren Flur. Laternen leuchten hell, aber die Luft hier ist abgestanden.

Abgesehen von allem anderen – um diese Uhrzeit, in meiner schlichten Kleidung, bin ich definitiv nicht mehr unsichtbar.

Ich stehe wie erstarrt da. Weiß nicht, was ich tun oder wohin ich gehen soll – aber ich kann nicht hier in diesem Treppenhaus bleiben. Ein Teil von mir will wieder zurück in die Umkleide fliehen, aber ein anderer Teil befürchtet, dass diese Leute noch da sind und ich sofort entdeckt werde.

Ich muss mich bewegen. Also steige ich die Treppe hinauf.

Oben spähe ich um die Ecke, sehe aber nichts. Keine Wachen, keine anderen Menschen. Trotzdem bewege ich mich nur auf Zehenspitzen vorwärts. Ich bin geübt im Umherschleichen, aber ich sehne mich nach meiner Maske und meinem Hut.

Am Ende des Flurs spähe ich um beide Ecken, und wieder kann ich niemanden entdecken. Ich habe keine Ahnung, ob ich mich wirklich Richtung Ausgang bewege, aber ich vermute, dass der rechte Gang mich in den hinteren Teil des Palastes führen müsste. Auch wenn die Böden und Wände hier schöner sind, ist das offensichtlich ein Gang für Bedienstete. Vielleicht kann ich eine andere Treppe finden und mich wieder nach unten schleichen, in einem Bereich, der nicht abgeriegelt ist. Vielleicht – nur vielleicht – kann ich herausfinden, wo die Mondflorvorräte aufbewahrt werden.

Vielleicht kannst du den König finden und seiner Tyrannei ein Ende setzen.

Dieser Gedanke erschüttert mich so sehr, dass ich abrupt anhalte. Ich bin allein. Dieser Flur wird nicht bewacht. Ich könnte den König aufspüren und seinem Leben ein Ende setzen.

Aber so sehr ich meine Eltern und Wes auch rächen will, ich kann mich nicht bewegen. Ich habe die letzten Jahre damit verbracht, mein Leben aufs Spiel zu setzen, um andere zu retten. Ich glaube nicht, dass ich jemandem in die Augen blicken und diese Person töten könnte – selbst wenn es der König oder sein Bruder wären.

Ich denke an diese Dolche in Westons Augen. Niemand hat das verhindert.

Nicht mal ich.

Ich schlucke gegen einen Kloß in meinem Hals an.

Ich müsste nicht einmal Gewalt anwenden. Ich habe genug Puder in meiner Tasche, um den Wasserkrug des Königs zu vergiften, wenn ich das möchte.

Trotzdem scheinen meine Füße Wurzeln geschlagen zu haben. Ich denke an Wes, wie er in der Werkstatt steht und verkündet, dass er kein Schmuggler ist; dass er das nicht tut, um sich selbst zu bereichern.

Ich bin keine Mörderin.

Sobald dieser Gedanke in mir aufsteigt, kann ich wieder atmen. Meine Eltern haben ihr Leben riskiert, um anderen zu helfen – und genau das tue auch ich.

Ich bin keine Mörderin. Ich heile Menschen; ich füge ihnen keinen Schaden zu.

In der Ferne schwingt eine Tür auf und ein Mann tritt in den Flur. Er sieht aus, als wäre er Anfang zwanzig, mit leuchtend rotem Haar und ebensolchem Bartschatten, und trägt ein halb geöffnetes, grünes Brokatjackett. Er hält Bücher und Papiere im Arm, liest eines der Dokumente, als er erscheint.

Für einen kurzen Moment bilde ich mir ein, er würde sich in die andere Richtung wenden, ohne mich zu bemerken; dass mein lächerliches Glück anhalten wird. Aber dann hebt er den Blick und zuckt so heftig zusammen, dass ein paar Papiere aus dem Stapel zu Boden segeln.

Ich trete einen Schritt zurück und hebe die Hand. »E-es t-tut mir leid ... i-ich ...«

»Wachen!« Nach einem kurzen Moment der Überraschung verzieht er besorgt das Gesicht. Er lässt die Bücher fallen und reißt die Tür auf, aus der er gerade gekommen ist, ohne den Blick auch nur einen Augenblick von mir abzuwenden. »Wachen! Schützt den König! Schützt den Prinzen!«

»Nein!«, rufe ich. »Nein ... Ihr müsst nicht ... das war ... das war ein Fehler ...«

Lauf, Tessa, flüstert Westons Stimme in meinem Kopf.

Ich grabe die Zehen in den Teppich und sprinte los. Die Treppe liegt hinter mir, aber sie bietet keinen Ausweg, also laufe ich direkt auf den rothaarigen Mann zu. Er versucht, mich zu packen. Ich ramme ihm die Faust in die Rippen und er gibt mich wieder frei.

Ich renne weiter, mit dem festen Vorsatz, durch die erste Tür zu springen, die ich entdecke. Ich mag mir vorhin eingebildet haben, mein Herz würde rasen, doch jetzt hämmert es gegen meine Rippen, treibt mich vorwärts.

Andere Türen schwingen auf, und zwei Wachsoldaten erscheinen, die Waffen gezogen.

Ich schreie überrascht. Meine Füße rutschen über den Samtteppich. Es sind zu viele. Mir bleibt nicht einmal die Zeit, auf den Boden zu fallen, bevor zwei der Männer bereits meine Arme packen und mich wieder auf die Füße zerren.

Sie werden mich umbringen. Sie werden es gleich hier erledigen. Sie werden Dolche in meine Ohren rammen oder mir den Kopf abschneiden oder sie werden Stücke von mir verbrennen und mich dabei zusehen lassen. Ich habe gesehen, was mit Verrätern und Schmugglern geschieht. Ich keuche vor Panik, so heftig, dass ich nicht sprechen kann. Schwarze Punkte tanzen vor meinen Augen, bis ich glaube, in Ohnmacht zu fallen. In gewisser Weise wäre das eine Erleichterung. Ich will nicht bei Bewusstsein sein. Ich will nicht, dass das alles geschieht. Aber mein Körper hat Bedürfnisse und das Einzige, was mich davon abhält, mich einzunässen, ist der Gedanke, dass ich wenigstens mit einem Rest von Würde sterben will. Die Punkte vor meinen Augen verschwinden.

Der Mann mit dem roten Haar tritt vor mich, doch sein Blick ist auf die Wachen gerichtet. »Durchsucht den Palast. Sie kann nicht allein arbeiten. Ist der König in Sicherheit?«

Der Soldat, der meinen rechten Arm hält, nickt. »Ja, Meister Quint.«

»Ich bin allein«, keuche ich schrill. »Ich bin allein. Bitte. Bitte. Bitte. Das war ein Fehler.«

»Mich anzubetteln wird dir nicht helfen.« Er sieht mich nicht einmal an. »Durchsucht sie und ihre Tasche. Bringt sie in den Thronsaal. Ich werde mit Prinz Corrick sprechen.«

Prinz Corrick. Meine Muskeln erschlaffen. Die Angst gewinnt und lässt keinen Raum für Scham.

Meister Quint senkt den Blick, bemerkt, dass ich den Samtteppich besudelt habe, und seufzt tief. »Und schickt jemanden, der hier saubermacht.«

Meine Unterhose ist feucht, und ich rieche Urin, aber die Wachen haben mich gefesselt und mit dem Gesicht nach unten auf dem kalten Steinboden eines Raums deponiert, der der Thronsaal sein muss. Ich hatte damit gerechnet, inzwischen gebrochene Knochen zu haben, aber auch wenn sie nicht sanft mit mir umgesprungen sind, war das Handeln der Männer doch auf Effizienz ausgerichtet. Sie haben mir mit geübten Bewegungen die Arme auf den Rücken gefesselt und mich für die Wartezeit hier abgelegt.

Mein keuchender Atem erwärmt den Steinboden, aber die Wachen tun und sagen nichts. Dieses Warten in absoluter Ungewissheit ist reine Folter.

Nein, sicherlich erwartet mich die wahre Folter noch.

Ich war so dumm. Wes würde mich das nie vergessen lassen. Vielleicht werde ich ihm im Jenseits begegnen. Er wird die Augen verdrehen und sagen: »Himmel, Tessa. Du brauchtest mich wirklich, hm?«

Erneut füllen Tränen meine Augen.

Ich höre leise Schritte und versuche, mich zu einer Kugel

zusammenzurollen. Ich will keine Angst haben. Ich will wütend sein und mich wehren, aber ich bin gefesselt und kann nichts tun. Ich schließe fest die Augen. »Nein«, sage ich, meine Stimme gebrochen und rau. »Bitte. Nein.«

»Von mir hast du nichts zu befürchten, Mädchen.« Es ist eine Frauenstimme, der Tonfall irgendwo zwischen frustriert und enttäuscht. Als ihre Schritte näher kommen, wage ich einen Blick und sehe eine atemberaubend schöne Frau mit brauner Haut in einem bodenlangen, smaragdgrünen Kleid. »Ich kann allerdings nicht für die anderen im Palast sprechen.«

»Das war ein Fehler«, sage ich zu ihr. »Ich wollte nicht ... ich wusste nicht, was ich tue.«

»Es fällt mir schwer zu glauben, dass du dich aus Versehen um Mitternacht im Palast wiedergefunden hast«, erklärt eine harsche Männerstimme. Eilig presse ich die Augen wieder zu. Die Worte klingen so kalt und scharf, dass mir kalte Schauder über den Rücken laufen.

Ein anderer Mann meldet sich zu Wort, im respektvollen Ton eines Soldaten. »Wir haben den Palast durchsucht, Eure Hoheit. Konnten keine anderen Störungen feststellen.«

Eure Hoheit. Das muss Prinz Corrick sein.

Ich war so dumm. Ich habe mich vor Wes aufgebaut und erklärt, wir sollten uns nicht länger verstecken. Aber nichts wünsche ich mir im Moment mehr.

Die Frau richtet sich auf und meint: »Sie ist nur ein Mädchen. Offensichtlich keine ausgebildete Mörderin.«

»Und Ihr glaubt, Mädchen wären nicht zu Gewalttätigkeit und Verrat fähig, Konsulin?« Stiefelschritte kommen näher, aber der Mann steht hinter mir, also kann ich ihn nicht ansehen. Bei der Hinrichtung haben seine Augen von Weitem wie schwarze Löcher gewirkt. Ich will nicht sehen, wie sie von Nahem aussehen. Dann würde ich wahrscheinlich noch Schlimmeres tun als mich einzunässen.

»Wie ist sie reingekommen?«, fragt er.

»Wir wissen es nicht.« Der Soldat klingt zögerlich. »Wir konnten noch nicht herausfinden, wo sie eingestiegen ist.«

»Was tust du hier?«

Erst nach einem Moment verstehe ich, dass die kalte Stimme mit mir spricht. Offensichtlich war dieser Moment zu lang, weil der Prinz mein Haar packt und meinen Kopf nach oben zieht. »Antworte mir.«

Ich quietsche leise. »Ich weiß nicht ... ich weiß nicht ...«

Er packt mein Haar fester, bis es schmerzt. »Hör auf, ständig nur ›Ich weiß nicht‹ zu sagen.«

Ich bin mir nicht sicher, ob es an seinem Befehlston liegt oder an seinem Griff – oder vielleicht an meinem abgrundtiefen Hass auf diesen Mann – aber ich finde die Kraft, die Zähne zusammenzubeißen und meine Tränen zurückzudrängen. Trotzdem ist meine Stimme nur ein gebrochenes Flüstern. »Euretwegen ist er tot ... Ihr habt ihn getötet ...«

»Wen habe ich getötet?«, fragt er emotionslos.

Ich habe vorhin die falsche Entscheidung getroffen. Ich hätte versuchen sollen, diesen Mann zu vergiften. Damit hätte ich der Welt einen Gefallen getan. Eine Träne gleitet über meine Wange. »Meinen Freund.«

»Wie heißt du?«

Ich halte den Atem an. Ich wünschte, er würde es einfach hinter sich bringen und mich töten. Ich zittere so heftig, dass ich mir sicher bin, dass er es fühlen muss. Ich fühle mich schrecklich feige, aber ich kann einfach nicht tapfer sein.

Er packt mein Haar fester, bis ich sicher bin, dass er mir ganze Strähnen ausreißen wird. »Dein Name.«

Ich will meinen Namen nicht nennen. In meinem Kopf höre

ich Wes' ständige Warnungen, meine Identität zu schützen. Aber ich sterbe sowieso, also spielt es wahrscheinlich keine Rolle.

»Tessa«, würge ich heraus.

Die Frau meldet sich wieder zu Wort. »Wie verzweifelt muss jemand sein, Eure Gesetzgebung herauszufordern? Wenn Ihr jeden töten wollt, der mit Euren Handlungen nicht einverstanden ist, Prinz Corrick, wird Eurem Bruder kein Volk bleiben.«

Der Prinz lässt mein Haar los und tritt zurück. Endlich kann ich den Kopf drehen, doch ich sehe nur polierte, schwarze Stiefel.

»Ihr überspannt den Bogen, Konsulin Kirsch«, sagt er und jetzt klingt seine Stimme noch kälter. Finsterer.

»Tue ich das?«

»Was soll ich Eures Erachtens tun? Soll ich jeden Attentäter mit einem Beutel voller Silber und ein paar süßen Törtchen wieder nach Hause schicken?«

Zu meiner Überraschung lacht die Frau. »Dieses Mädchen stellte offensichtlich zu keinem Zeitpunkt eine Bedrohung für irgendwen innerhalb des Palastes dar«, sagt sie. »Eure Wachen haben keine Waffen gefunden.«

»Sie haben zerstoßene Wurzeln in ihrer Tasche gefunden«, sagt er. »Glaubt Ihr, sie war nur hier, um Harristans Tee zu süßen?«

Jede Erheiterung weicht aus ihrer Stimme. »Ihr habt versucht, acht Leute hinzurichten ... und es gab Rufe nach einer Revolution auf den Straßen. Wenn Ihr ein hübsches, junges Mädchen vor das Tor hängt, werdet Ihr Euch vermutlich mit weiteren unerwarteten Problemen konfrontiert sehen.«

Er schweigt einen langen Moment. So lange, dass mir klar ist, dass er nachdenkt. Mir gefriert fast das Blut in den Adern.

»Schön«, sagt er und klingt dabei resigniert. »Ich werde sie am Leben lassen.«

Ich stoße den Atem aus. Ich weiß einfach nicht, ob das besser oder schlechter ist.

»Sollen wir sie ins Verlies bringen, Eure Hoheit?«, fragt einer der Soldaten.

»Nein«, antwortet Prinz Corrick. Er schnüffelt leise. Ich winde mich vor Scham, will mich wieder zu einem Ball zusammenrollen. »Sorgt dafür, dass einer der Vögte sie säubert. Lasst sie gefesselt. Stülpt ihr einen Sack über den Kopf, damit Konsulin Kirsch nicht länger sehen muss, dass sie ein hübsches, junges Mädchen ist.«

Mir gefriert vor Schreck das Blut in den Adern. Ich kann nicht denken. Ich kann nichts sehen. Ich kann nicht atmen.

»Eure Hoheit …«, setzt Konsulin Kirsch an.

»Ihr habt mich gebeten, sie am Leben zu lassen«, blafft er. »Also werde ich das tun. Kettet sie in meinen Gemächern an. Ob nun tot oder lebendig, sie kann die Botschaft verkünden, dass Verräter ein schnelles Schicksal ereilt.«

»Nein.« Ich weiß nicht, ob ich das Wort ausspreche oder nur denke. Ich hätte nicht gedacht, dass er mir Schlimmeres antun kann als Wes, aber er kann. Instinktiv versuche ich, mich von ihm zu entfernen.

»Eure Hoheit«, sagt Konsulin Kirsch in drängendem Ton. »Was habt Ihr vor?«

»Ich bin mir sicher, Ihr könnt es Euch ausmalen«, antwortet er. Seine Stiefel entfernen sich. »Wachen. Ihr kennt Eure Befehle.«

»Nein!«, kreische ich hinter ihm her, als die Soldaten meine Arme packen. Ich wehre mich gegen meine Ketten, ohne Erfolg. »Nein!«

Ich sehe nur den schwarzen Rücken seines Jacketts, als er davonschreitet.

Ich spucke in seine Richtung. Ich wünschte, ich könnte die

Worte voller Überzeugung schreien, doch meine Stimme klingt gebrochen und schwach. »Ich hasse Euch.«

»Das tun alle«, antwortet er.

Die Wachen zerren mich auf die Füße, dann verliere ich glücklicherweise das Bewusstsein.

TESSA

Nach dem Aufwachen denke ich für einen kurzen, wunderbaren Moment, es wäre alles nur ein Traum gewesen, ich würde gleich ins Morgenlicht blinzeln und mich mit einem Schaudern darüber wundern, wie ich nur so etwas träumen kann.

Stattdessen kann ich nicht gegen die Dunkelheit anblinzeln, weil irgendetwas meinen Kopf umschließt.

Ich kann meine Hände nicht bewegen, weil sie immer noch in Ketten liegen. Die rechte Hand ist ein wenig taub.

Mein Herz beginnt zu rasen. Ich versuche, mich aufzusetzen, irgendwie in eine aufrechte Position zu kommen, aber ich liege auf etwas, was sich anfühlt wie ein Kissenstapel. Ich finde keinen Halt. Die Wachen haben seine Befehle befolgt. Ich habe einen Sack über dem Kopf, der am Hals zugezogen ist, wie es auch bei den Gefangenen auf der Bühne der Fall war. Ich kann nicht genau sagen, was für Kleidung ich trage, aber die Wärme meines einfachen Wollrocks ist verschwunden. Ich bin nicht nackt, aber die Vorstellung, dass jemand mich ausgezogen hat, während ich bewusstlos war – dass ich Prinz Corrick auf diese

Weise ausgeliefert war – ist grauenerregend. Mir wird übel, und ich bin knapp davor, mich zu übergeben.

Aber mein Körper fühlt sich nicht misshandelt an, abgesehen von den Schmerzen durch die Fesseln. Und ich bin bekleidet, wenn ich auch nicht meine eigene Kleidung anhabe. Und soweit ich sagen kann, bin ich allein.

Allmählich gelingt es mir, meine Panik in den Griff zu bekommen, bis ich wieder klarer denken kann. Ich brauche einen Plan.

Ich bin gefesselt und quasi blind. Mir fällt nichts ein.

Denk nach, Tessa. Irgendwo links von mir brennt ein Feuer; ich kann es knistern hören. Und ich kann nicht genau sagen, woher ich das weiß, aber der Raum vermittelt ein Gefühl von Weite. Vielleicht kann ich mich herumrollen, bis ich ...

Was? Einen Schlüssel finde? Keine Ahnung, wem ich etwas vormachen will, aber Weston fände das zum Schreien komisch.

Was habt Ihr vor?

Ich bin mir sicher, Ihr könnt es Euch ausmalen.

Ich kann es mir ausmalen. Ich habe es bereits getan. Jedes Mal, wenn ich daran denke, wird mir so schlecht, dass ich mich am liebsten übergeben hätte. Allein die Erinnerung an die schreckliche Stimme, die diese Worte spricht, jagt erneut Schauder durch meinen Körper.

Nein. Ich brauche einen Plan.

Ein Türschloss klickt. Ich erstarre.

Kein Geräusch ist zu hören – oder vielleicht kann ich es über das Hämmern meines Herzens einfach nicht wahrnehmen. Mein Körper ist angespannt, ich stemme mich gegen die Ketten.

Dann spüre ich eine Berührung an meinem schmerzenden Handgelenk und zucke so heftig zusammen, dass ich fürchte, mir den Arm zu brechen. Ich ramme die Fersen auf den Boden, doch da sind nur noch mehr Kissen, und ich finde keinen Halt.

»Nein!«, schreie ich, als sich eine Hand um meinen Oberarm schließt. Ich keuche, versuche mich zu befreien, schüttle heftig den Kopf. »Nein! Nein! Nein ...«

»Immer mit der Ruhe, Tessa.« Diese leise, warme, unendlich vertraute Stimme lässt mich erstarren. »Du willst doch nicht, dass die Wachen kommen.«

Ich bin wie zur Salzsäule erstarrt. Ich träume. Das ist nicht real. Das *kann* nicht real sein.

»Wes?«, flüstere ich leise.

»Ich werde deine Fesseln lösen, aber du musst still sein.«

Es ist *seine* Stimme. Das *ist* seine Stimme. Vielleicht halluziniere ich, aber trotzdem nicke ich fast gegen meinen Willen. Ich habe keine Ahnung, wie es sein kann, dass er am Leben ist oder wo er einen Schlüssel gefunden hat oder wie er hierhergekommen ist, aber es ist mir auch egal. Seine Hände, warm wie immer, gleiten geschickt über meine Handgelenke und die Ketten lösen sich.

»Tessa«, sagt er leise. »Ich muss dir etwas sagen ...«

Ich werfe mich blind nach vorne und schlinge die Arme um seinen Hals. Ich habe immer noch einen Sack über dem Kopf und eine meiner Hände ist taub, aber die Erleichterung, die mich erfüllt, ist einfach überwältigend.

»Bitte sag, dass du es bist«, flüstere ich. »Bitte sag mir, dass ich nicht träume.«

Er schlingt die Arme um mich und hält mich sanft. Mir steigt sein Duft in die Nase, vertraut und beruhigend. Gerade habe ich noch vor Panik gebebt, aber jetzt zittere ich vor Aufregung und Erleichterung. Wes ist hier. Ich will mich in ihm vergraben.

»Ruhig«, sagte er leise. »Ruhig.«

In mir brodeln so viele Fragen, dass ich gar nicht weiß, wo ich anfangen soll. Ich löse mich von ihm; muss mich anstrengen, um meine Stimme leise zu halten. »Wie? Wie bist du entkommen? Wer hängt vor dem Tor?« Ich mache mich an den Knoten der Sackschnur zu schaffen, aber meine Finger sind eingeschlafen und verweigern mir den Dienst. Ich muss ihn sehen. Wichtig ist jetzt nur, dass Wes hier ist – dass wir wieder zusammen sind. »Wie können wir entkommen? Wie lange bleibt uns, bevor wir entdeckt werden? Wie ...«

»Himmel, Tessa.« Er schiebt mit Wes-typischer Ungeduld meine Hände zur Seite. »Halt still.«

Ich höre das Zischen einer Klinge und ein reißendes Geräusch, dann lockert sich der grobe Sack. Jetzt bin ich ungeduldig, ziehe mir die Stoffhülle eilig vom Kopf. Ich blinzle ins Licht, bis sich mein Blick scharfstellt. Ich muss das Blau seiner Augen sehen und den Bartschatten auf seinem Kinn und die paar Sommersprossen, die man unterhalb der Maske sehen kann und die ...

Meine Gedanken lösen sich in Luft auf.

Der Mann vor mir ist nicht Wes.

Kann nicht Wes sein.

Meine Erleichterung schwindet dahin. Stattdessen packt mich das reine Entsetzen. Ich versuche, zurückzuweichen, aber es liegen immer noch Ketten um meine Beine und mein Körper ist noch nicht bereit für schnelle Bewegungen.

Doch er folgt mir nicht, bleibt nur in der Hocke vor mir sitzen, sodass der Stoff seines langen, schwarzen Jacketts hinter seinen Stiefeln auf dem Boden aufliegt. Rötlich braunes Haar fällt ihm in die Stirn. Ich kenne das Muster dieser Sommersprossen genau. Das Messer hält er locker in der Hand.

Ich erinnere mich an Karris Worte am Tag des Aufstandes. *Sie sind wirklich attraktiv, findest du nicht auch?*

Prinz Corrick.

Mein Mund ist trocken, und das Blut rauscht in meinen Ohren. Ich verstehe einfach nicht, wieso er die richtigen Worte kennt, die richtige Stimme hat oder warum er sich die Mühe machen sollte ... aber das ist ein Trick. Er manipuliert mich. So muss es sein. Und seine Augen sind nicht die von Wes. Sie sind kalt und verschlossen, sein Blick nicht zu deuten.

Aber sie sind leuchtend blau.

Als ich mich nicht bewege, schiebt er den Dolch in die Scheide und greift nach meinen Fußknöcheln.

Erneut rutsche ich rückwärts. Es geht besser, jetzt, wo meine Hände langsam wieder durchblutet sind – aber hinter all diesen Kissen verbirgt sich eine Wand, also komme ich nicht weit.

»Wag es nicht, mich zu berühren«, blaffe ich.

»Ich habe dir gesagt, du sollst leise sein.« Auch seine Stimme erinnert nur vage an die von Wes, mit einer Autorität darin, die Wes nicht besessen hat. Er klingt hart und ungeduldig.

Erneut greift er nach meinen Knöcheln.

»Nein!« Ich trete nach ihm. Mühelos greift er nach der Kette und zieht meine Füße zu sich. Aber meine Hände sind frei, also werfe ich mich nach vorne und ramme ihm die Faust mitten ins Gesicht.

Ich glaube, ich habe ihn wirklich überrascht. Fluchend zuckt er zurück. Das verschafft mir ein wenig Freiheit, aber ich komme nicht weit, bevor er mich erneut packt. Sofort schlage ich wieder nach ihm. Diesmal ziele ich auf seinen Bauch, aber er wehrt den Angriff ab.

»Tessa! Es reicht.« Blut glänzt auf seiner Lippe.

Gut. Mir ist alles egal. Ich ramme ihm die Faust in den Unterleib.

Volltreffer. Er klappt zusammen. Ich versuche, die Tür zu erreichen.

Meine Beine liegen noch in Ketten. Ich stolpere und stürze zu Boden. Corrick erholt sich schneller, als ich erwartet hätte, packt meine Schultern und rollt mich auf den Rücken. Schreiend trete ich nach ihm.

Ich höre die Tür klicken, dann liegt er plötzlich auf mir. Seine Hüften drängen sich an meine, sein Dolch – zumindest hoffe ich, dass es sein Dolch ist – bohrt sich in meinen Bauch. Ich versuche, ihn von mir zu stoßen, aber er presst meinen Arm auf den Boden. Schreiend winde ich mich. Er gibt nicht nach, aber der Stoff meines Kleides schon. Ich höre ein reißendes Geräusch.

»Ich habe dir gesagt, du sollst still sein«, knurrt er. Sein Gesicht ist bedrohlich nah an meinem. Ich zucke zurück und der Stoff reißt weiter, bis meine Brust freiliegt.

Mein Magen verkrampft sich und dunkle Punkte tanzen vor meinen Augen, als mir wieder einfällt, wie kalt er klang, als er zu der Konsulin gesagt hat, *Ich bin mir sicher, Ihr könnt es Euch ausmalen.* Ich keuche und Tränen brennen in meinen Augen. »Nein«, kreische ich und versuche, ihn zu schlagen. »Nein.«

»Eure Hoheit«, sagt eine Männerstimme. Ich erstarre. Schlimmer als ein Übergriff von Corrick wäre nur, wenn es für mein Leiden auch noch Publikum gibt. Aber dann sagt der Mann: »Braucht Ihr Hilfe?«

»Sehe ich aus, als bräuchte ich Hilfe?«, blafft Corrick. »Raus!«

Wieder klickt das Schloss. Corrick sieht auf mich herunter. Etwas Blut klebt auf seiner Wange. Sein Gewicht presst mich auf den Boden. Mein schwerer Atem füllt den Raum zwischen uns.

»Du bist hier eingedrungen, um mich und meinen Bruder zu töten«, sagt er zu mir und klingt dabei unendlich kalt. »Wenn du mich weiter bekämpfst, werden die Wachen immer wieder nachschauen kommen. Der Kapitän will einen Mann innerhalb meiner Gemächer postieren. Verstehst du mich?«

Ich schüttle den Kopf. Ich verstehe nichts von dem, was hier vor sich geht.

»Jeder in diesem Palast denkt das Schlimmste über mich, Tessa.« Als er seine Hand zu dem Riss in meinem Kleid hebt, zucke ich zitternd zusammen, aber er rückt nur den Stoff zurecht, bis meine entblößte Haut wieder bedeckt ist. »Der einzige Ort, an dem ich dir Sicherheit bieten kann, ist dieser Raum.«

Entweder ich bin wahnsinnig oder er ist es. Ich weiß nicht mehr, was ich denken soll.

Aber *sicher* fühle ich mich absolut nicht.

Vielleicht erkennt er das, weil er mich fragend mustert. Er seufzt. »Versprichst du, mich nicht mehr zu schlagen, wenn ich dich loslasse?«

Ich schüttle den Kopf. Er reagiert mit einem Augenrollen – und plötzlich, für einen kurzen Augenblick, sieht er aus wie Wes. »Nun, das stimmt wahrscheinlich, vermute ich.«

Er gibt mich frei, rollt herum und kommt geschickt auf die Beine. Dann wirft er einen kleinen Schlüsselring neben mir zu Boden. »Löse deine Fesseln selbst.«

Ich versuche, die Schlüssel zu packen, zittere aber so heftig, dass sie in meiner Hand klappern.

Corrick kann das Geräusch sicherlich hören, aber er entfernt sich, geht zu einem niedrigen Tisch neben der Tür. Dort glitzert eine Reihe von Flaschen und Gläsern im Licht. Er nimmt ein Glas und füllt es mit einer bernsteinfarbenen Flüssigkeit.

Ich habe meine Knöchel befreit und den gerissenen Stoff an meiner Schulter verknotet. Als er sich zu mir umdreht, packe ich die Kette fester und sehe trotzig zu ihm auf.

Er hebt die Augenbrauen, dann leert er sein Glas – was auch immer drin sein mag – in einem Zug. »Willst du lieber ins Verlies geworfen werden?«

Nein. Ja. Vielleicht. Ich weiß es nicht.

Vielleicht erkennt er meine Unentschlossenheit in meiner Miene, denn er nickt. »In Ordnung.« Er füllt sein Glas erneut. »Leg die Kette weg.«

Ich packe die eisernen Glieder fester.

Einer seiner Mundwinkel hebt sich, doch er wirkt eher enttäuscht als amüsiert – und wieder erinnert er mich für eine Zehntelsekunde an Wes. »Himmel, Tessa.« Auch dieses Mal leert er das Glas in einem Zug.

»Warst es die ganze Zeit du?«, flüstere ich.

»Ich war es jedenfalls nicht nur die Hälfte der Zeit.« Er füllt sein Glas zum dritten Mal. »Leg die Kette weg.«

Dieser eisige Befehlston ist zurück und ich will zusammenzucken – aber gleichzeitig auch dagegen rebellieren. Meine Handflächen sind feucht, aber ich lasse die Kette nicht los. Er mag sich für den Moment zurückgezogen haben, aber er ist im Thronsaal sicherlich nicht sanft mit mir umgesprungen ... obwohl er gewusst haben muss, wer ich bin.

Ein Gefühl des Verrats brennt in meiner Brust – und Schock und Unglauben. Wes ist zu nett, zu teilnahmsvoll, zu anders als dieser Mann.

»Beweise es«, sagte ich. Meine Stimme zittert, aber ich nehme die Schultern zurück und halte seinen Blick. »Beweise mir, dass du Wes bist. Beweis mir, dass du mich nicht täuschst.«

Ich rechne damit, dass er ablehnt, weil ich mich wirklich nicht in der Position befinde, Forderungen zu stellen ... aber er stellt sein Glas ab und geht quer durchs Zimmer zu einer niedrigen Truhe. Er gräbt einen Moment darin herum, dann zieht er ein Stück Stoff und einen Hut heraus.

Er befestigt die Maske vor dem Gesicht, dann setzt er den Hut auf und zieht die Krempe auf eine Weise nach unten, die unverwechselbar Weston ist. Mein Atem stockt. Die Kette entgleitet meinen Fingern und fällt rasselnd zu Boden.

Ich verstehe nicht, was das bedeutet. Ich weiß nicht, was ich tun soll. Ich schlage die Hände vor den Mund, um nicht laut zu schreien. Zu viele Gefühle kämpfen in meiner Brust. Erleichterung. Wut. Verzweiflung. Tagelang habe ich Westons Tod betrauert. Jetzt festzustellen, dass alles nur ein Trick war …

Das ist eine ganz andere Art von Trauer. Eine ganz andere Art von Verlust.

Als Wes gestorben ist, habe ich die Hoffnung auf eine Zukunft mit ihm verloren.

Angesichts der neuen Erkenntnis, dass Wes Corrick ist, fühle ich mich, als wäre mir auch unsere gemeinsame Vergangenheit geraubt worden.

Er nimmt Hut und Maske wieder ab, legt beides wieder in die Kiste. Danach kehrt er an den Tisch zurück und greift nach dem Glas mit der bernsteinfarbenen Flüssigkeit.

Ich rechne damit, dass er sein Glas auch diesmal leert, aber zu meiner Überraschung kommt er auf mich zu und streckt es mir entgegen. »Du siehst aus, als bräuchtest du das dringender als ich.«

Ich will das nicht annehmen – aber er hat durchaus recht. Als er mir das Glas in die Hand drückt, schwappt die Flüssigkeit darin.

Ich schließe die Finger um den Drink und atme tief durch. Ich will ihm das Zeug ins Gesicht schütten.

Als könne er meine Gedanken lesen, sagt er: »Wenn du mir das Zeug drüberkippst, hacke ich dir die Hände ab.«

Ich packe das Glas fester. Hätte ich es mit Wes zu tun, wüsste ich, dass das nur ein Scherz ist. Aber das ist nicht Wes. Das ist der gefürchtetste Mann in Kandala, und ich weiß mit Sicherheit, dass er schon Schlimmeres getan hat. Dafür reicht ein Blick zum Tor des Sektors.

Ich starre zu ihm auf und frage mich, wen er getötet hat, um dieses Geheimnis zu wahren.

Und ich frage mich, warum er es geheim hält. Warum er all das getan hat. Warum er jemand anderen umgebracht hat, um den Tod von Weston Lark vorzutäuschen. Denn so verraten ich mich auch fühle, meine Verwirrung ist fast noch schlimmer. Was hatte er davon?

Er mustert mich mit vollkommen ausdrucksloser Miene, bietet mir keinerlei Hinweise. Also hebe ich das Glas und nippe daran. Der Alkohol brennt sich einen Weg bis in meinen Magen.

Und dann, weil all diese Wut, all diese Enttäuschung, dieses allumfassende Gefühl von Verlust irgendein Ventil braucht, reiße ich meinen Arm zurück und werfe das Glas nach ihm.

CORRICK

In den letzten zwei Jahren habe ich jedes Mal, wenn ein Schmuggler gefasst wurde, insgeheim gefürchtet, es könnte Tessa sein. Ich wurde ins Verlies gerufen, und den gesamten Weg über musste ich gegen den Gedanken ankämpfen, sie zusammengeschlagen und flehend in einer Zelle vorzufinden. Oder noch schlimmer, von einer Leiche im Dreck zu hören, wie es bei Mistress Kendall der Fall war.

Die letzten paar Tage waren die Hölle.

Und jetzt ist sie hier. In meinen Gemächern.

Tessa kann wirklich zielen. Brandy ergießt sich über die Brust meines Jacketts, aber ich schnappe das Glas aus der Luft, bevor es auf dem Boden zerschellen kann.

Sie starrt trotzig zu mir auf. Wartet wahrscheinlich darauf, dass ich meine Drohung wahrmache.

Ich habe keine Ahnung, wie es jetzt weitergehen soll.

Mit einem Seufzen gehe ich zum Beistelltisch und stelle das Glas neben die Flasche. Dann ziehe ich mein Jackett aus und werfe es über eine Stuhllehne.

Alles stinkt nach Brandy. Ich reibe mir das Gesicht.

Ich verstehe nicht, wie alles so schnell aus den Fugen geraten konnte. Harristan wird jede Minute in den Raum stürmen und wissen wollen, was ich mit ihr vorhabe. Und ich habe keine Antwort für ihn.

Stahl rasselt und ich hebe den Blick. Tessa hat erneut nach der Kette gegriffen und mustert mich mit zusammengebissenen Zähnen.

Oh. Sie glaubt *wirklich*, ich würde ihr die Hände abhacken.

Angst und Widerstand sind nichts Neues für mich, aber das hier ist Tessa, und es gefällt mir nicht, sie so zu sehen. Scham wallt in mir auf, schnell und heiß und plötzlich. Ich lasse mich auf den Stuhl sinken. Meine Gefühle sind in Aufruhr. Wut darüber, dass sie fähig war, in den Palast einzudringen. Aufregung, sie wiederzusehen. Verrat, weil sie offensichtlich nicht gekommen ist, um nach Wes zu suchen.

Angst. Weston Lark hat versucht, ihre Sicherheit zu gewährleisten. Prinz Corrick darf ihr keine Gnade erweisen.

Ich stemme die Unterarme auf die Knie und halte mich ans Protokoll, als wäre sie eine gewöhnliche Gefangene.

»Wie bist du in den Palast gekommen?«, fragte ich.

»Warum hast du mich getäuscht?«

»Denkst du nicht im Geringsten an dein eigenes Wohlbefinden? Antworte mir.«

Sie starrt mich mit zusammengepressten Lippen an.

»Was hattest du geplant?«, frage ich sie in forderndem Ton. »Sie haben irgendeinen Puder in deiner Tasche gefunden.« Ich denke an die Worte zurück, die sie in unserer letzten Nacht in der Wildnis gesagt hat ... darüber, dass wir uns an die Spitze der Revolution stellen sollten, statt uns in den Schatten zu verbergen. Tessa hätte keine Waffe ergriffen – aber sie besitzt Fläschchen und Phiolen und Puder und so viel Wissen. Ich habe mir immer Sorgen gemacht, dass sie als Schmugglerin verhaftet werden könnte, aber plötzlich frage ich mich voller Panik, ob sie aus einem ganz anderen Grund gekommen ist: Meuchelmord. Der Gedanke ist gleichzeitig enttäuschend und bewundernswert. Ich weiß nicht, was ich damit anfangen soll. Mein Tonfall wird härter. »Warum bist du hier?«

Ihre Augen leuchten förmlich vor Trotz. Sie bleibt stumm.

Ich wünschte, ich könnte das Licht ausschalten, mir die Maske vors Gesicht binden und die Zeit zurückdrehen. Ich wünschte, wir wären wieder in der Werkstatt, wo sie mich nicht gefürchtet hat und meine Fragen ohne zu zögern beantwortet hätte.

Wieso hast du das getan, würde ich fragen. *Himmel, Tessa. Ich habe dir die Gefahren aufgezeigt. Ich habe dir gesagt, was auf dem Spiel steht.*

Es gab Momente in der Werkstatt, wo wir uns unendlich nahe waren. Ich sehne mich nach dieser lockeren Vertrautheit. Nach dieser ... unkomplizierten Freundschaft.

Nun klafft eine Schlucht zwischen uns, breiter als ganz Kandala. Ich werde nichts davon je wieder erleben.

Ein Klopfen erklingt, dann verkündet der Soldat vor der Tür: »Seine Königliche Majestät, König Harristan.«

Ich stehe auf, aber mein Blick huscht zu Tessa. Das könnte auf Millionen Weisen schiefgehen, während es nur in wenigen Varianten gut laufen kann. »Wenn du ein Brandyglas nach meinem Bruder wirfst, werde ich dir wirklich die Hände abhacken müssen. Halt den Mund.«

Sie starrt mit weit aufgerissenen Augen panisch zur Tür, also war die Warnung vielleicht überflüssig. Mir bleibt keine Zeit, ihr weitere Anweisungen zu geben, weil mein Bruder in den Raum stürmt wie ein Tornado.

»Corrick. Was ...« Er stoppt abrupt und schnüffelt. »Wie viel hast du getrunken?«

»Bei *Weitem* nicht genug.«

Seine Augen wandern durch den Raum, bis sein Blick auf Tessa fällt. Sie hat sich erneut in die Ecke zurückgezogen, ist aber klug genug, auf den Knien zu liegen. Ihr Blick ist auf den Boden gerichtet und sie presst eines der Seidenkissen an die Brust, als könnte ihr das irgendeinen Schutz bieten.

Sie wirkt, als könnte sie schon allein durch ein lautes Geräusch zusammenbrechen. Für eine Zehntelsekunde empfinde ich nicht nur Scham, sondern auch Mitgefühl ... doch dann wird mir klar, dass ich die Kette nirgendwo entdecken kann. Ich vermute, dass Tessa sie irgendwo versteckt.

Bitte, Tessa. Wenn sie meinen Bruder angreift, gibt es tatsächlich nichts mehr, was ich tun kann, um sie zu retten.

Harristan beachtet sie nicht lange. Stattdessen mustert er mich ungläubig. »Was tust du hier?«

»Allisander verlangt nach harten Strafen. Arella bittet um Gnade. Ich dachte, ich hätte vielleicht einen guten Mittelweg gefunden.« Ich gehe zum Beistelltisch und fülle ein weiteres Glas, um es meinem Bruder anzubieten.

Er nimmt das Getränk nicht entgegen. »Arella dürfte das, was du hier tust, kaum gnädig finden.« Er hält meinen Blick. »Und mir geht es genauso.«

Es kostet mich einen Moment, seine Worte zu verarbeiten. Harristan lässt mir grundsätzlich freie Hand, zu tun, was nötig ist, aber er hält nichts von Folter um der Schmerzen willen. Er mag es nicht, das Unvermeidliche hinauszuzögern.

Ich kippe auch diesen Drink, dann senke ich die Stimme, damit nur er mich hören kann. »Wie du schon sagtest, Bruder, letztendlich zählt nur, wie es aussieht.«

Er runzelt die Stirn. »Cory. Das gefällt mir nicht.«

Mir gefällt es auch nicht. Ich wende den Blick ab.

Harristan mustert mich eingehend, in dem Versuch, mich zu

durchschauen. Dieses Vorgehen sieht mir nicht ähnlich. Ich weiß das. Er weiß das. Er wird Antworten verlangen – oder noch schlimmer, eine Entscheidung. Ich werde ihm alles erzählen müssen, Tessa wird erst im Verlies landen und dann am Ende eines Henkersseils. Und ich werde direkt neben ihr hängen.

Aber dann hustet mein Bruder. Und zwar nicht leise, wie in den letzten Tagen. Das hier ist ein harsches Keuchen, das klingt, als würde die Luft durch ein nasses Sieb gezogen. Und es hört nicht auf.

»Harristan«, sage ich alarmiert.

Er hustet noch einmal kurz, dann sieht er mich an. »Es geht mir gut.« Er räuspert sich. »Wenn sie aus diesen Gemächern entkommt, landet sie im Verlies.«

Meine Stimme wird hart, weil er das erwartet. »Wenn sie aus meinen Gemächern entkommt, wird sie es nicht bis ins Verlies schaffen.«

Ich rechne damit, dass er dazu etwas sagt, aber stattdessen wendet sich Harristan mit einem Nicken ab. Seine Bewegungen wirken steif, sein Rücken sehr gerade, als versuche er, ein weiteres Husten zurückzuhalten. Ich bleibe im Türrahmen stehen, bis er außer Hörweite ist, dann sehe ich eine meiner Wachen an. »Lasst aus der Küche eine Kanne Tee in die Räumlichkeiten des Königs bringen, zusammen mit einer Phiole des Elixiers.«

»Ja, Eure Hoheit.« Er verbeugt sich und ich schließe mich erneut in meinen Gemächern ein.

Tessa sitzt immer noch in der Ecke und starrt mich über das Kissen hinweg aus großen Augen an.

»Was?«, fragte ich knapp.

»Der König ist krank«, flüstert sie.

»Er ist *nicht* krank«, blaffe ich. Ich stampfe auf sie zu. Sie kneift die Augen auf eine Art zusammen, die mir verrät, dass sie gleich das Kissen fallen lassen und diese Kette schwingen wird.

Ich bin verunsichert, müde und angespannt, aber vor allem bin ich es leid, mich schlagen zu lassen. Als sie ausholt, packe ich das Ende der Kette und zerre daran, schlinge die Glieder schnell erst um ein Handgelenk, dann auch um das andere, sodass sie aufschreit. Bevor sie sich wirklich wehren kann, presse ich sie gegen die Wand, ihre Hände über dem Kopf gefangen.

Ihre schweren Atemzüge pressen immer wieder ihre Brust gegen meine.

»Du bist nicht die Erste, die mich angreift.«

Ihre Wangen sind gerötet. Ich warte auf ihre Gegenwehr.

Aber sie bleibt unbeweglich. Sie sieht mir tief in die Augen. Wir teilen dieselbe Atemluft, bis etwas sich verändert. Die Spannung lässt nach, wenn auch auf unerwartete Weise.

»Ich wünschte, ich hätte nie zugelassen, dass du mich küsst«, sagt sie leise.

Fast wäre ich zusammengezuckt. Ich hätte ihr die Kette lassen sollen. Ein Schlag damit hätte weniger wehgetan.

»Jetzt verstehe ich, warum du mir dein Gesicht nicht zeigen wolltest«, fügt sie hinzu.

Der Unterton in ihrer Stimme macht, dass ich mich wie ein Feigling fühle. Das gefällt mir nicht. Ich muss mich anstrengen, ihren Blick zu halten.

»Du hättest dir die Mühe sparen können«, fährt sie mit leiser, scharfer Stimme fort. »Ich habe dich immer nur aus der Ferne gesehen.« Sie zögert. »Diese Version von dir, meine ich.«

»Ich konnte nichts riskieren.«

»Weil es Hochverrat ist«, blafft sie.

Ich antworte nicht. Es *war* Hochverrat.

»Und was jetzt?«, fragt sie. »Bist du meiner überdrüssig geworden? Hast den Spaß an deinem Spiel verloren?«

Ich erinnere mich an unsere letzte Nacht im Wald, als sie so entschlossen war, eine Rolle in der Revolution zu übernehmen – entschlossen war, den Tod zu riskieren. Sie war wild und verwegen und leidenschaftlich. Und für einen irren Moment wollte ich an ihrer Seite kämpfen und mir einbilden, wir könnten dadurch wirklich etwas ändern.

Aber natürlich konnte ich das nicht tun. Kann es auch jetzt nicht.

Und sie kann es auch nicht. Besonders nicht jetzt.

Ich spüre ihren Herzschlag an meiner Brust. »Ich bin deiner nie überdrüssig geworden, Tessa.« Dann runzle ich die Stirn und mustere sie aus zusammengekniffenen Augen. »Wie lautet dein richtiger Name?«

Sie zögert. »Tessa Cade.« Sie schluckt schwer. »Das ist mein richtiger Name.«

Ich lache, aber Humor hat damit nichts zu tun. »Natürlich.«

»Tut mir leid, dass ich nicht so gut vortäuschen kann, jemand anders zu sein.« Sie zögert, und ihr Blick huscht kurz zur Tür. »Der König weiß nichts davon, richtig?«

Ich erwidere nichts, aber ich vermute, das ist Antwort genug. Mir gefällt nicht, dass Tessa mich so leicht durchschaut. Sie versucht, ihre Handgelenke zu befreien, aber ich halte sie fest. Irgendwann hört sie auf, starrt mich stattdessen an und schiebt das Kinn vor. »Schön. Dann mach.«

»Mach?«

»Tu, was auch immer du tun wirst.« Sie ist so mutig. Es ist wirklich erstaunlich, dass sie noch nicht getötet wurde. »Zeig deine Macht. Brich mir die Knochen. Hack mir die Hände ab. Zünde mich an. Nimm deinen Dolch, und ritz deinen Namen in …«

»Das klingt alles sehr unhygienisch.«

»Tu es.«

»Nein.« Ich hebe den Blick zu ihren Händen, die langsam rot anlaufen. »Ich frage dich noch mal: Versprichst du mir, mich nicht zu schlagen, wenn ich dich freigebe?« Sie zögert, also füge ich hinzu: »Die meisten Leute bekommen keine zweite Chance. Und ich werde dir definitiv keine dritte geben.«

Bei diesen Worten wird sie bleich. In ihren Augen ist der innere Kampf ersichtlich, den sie mit sich selbst ausficht – zwischen dem, wer ich *war* und dem, wer ich *bin*.

»Schön«, haucht sie. »Ich werde dich nicht schlagen.«

Ich gebe ihre Hände frei und trete einen Schritt zurück. Die Kette behalte ich, winde sie um meine Hand. Tessa drückt sich weiter an die Wand, reibt sich aber gleichzeitig ein Handgelenk.

Trotz ihrer herausfordernden Haltung hat sie immer noch Angst vor mir. Das erkenne ich an ihrem Blick und daran, wie sie sich gegen die Wand presst. Sie wartet darauf, dass ich einen ihrer Vorschläge in die Tat umsetze. Als Prinz Corrick kann ich nichts dagegen tun.

Wieder sehne ich mich nach Masken, nach Dunkelheit, nach Feuerschein und Trampelpfaden im Mondlicht. Nach allem, was wir nie wieder teilen werden.

Doch Wünsche helfen nichts. Das habe ich an dem Abend gelernt, an dem meine Eltern gestorben sind.

»Hast du Hunger?«, frage ich.

Sie wirkt erst überrascht, dann misstrauisch, dann resigniert. »Nein.«

»Das bezweifle ich. Du siehst aus, als hättest du seit einer Woche nicht gegessen.«

Ihre Miene verfinstert sich. »Nachdem der Königliche Vollstrecker meinen besten Freund hingerichtet hat, ist mir der Appetit vergangen.«

Ich bin es gewöhnt, auf unflätigste Weise beschimpft zu werden, aber ihre Worte treffen mich wie ein Armbrustbolzen, schnell und schmerzhaft, direkt in die Brust. Ich muss den Blick abwenden. Ich wollte sie schützen. Ich beschütze sie selbst jetzt. Aber sie sieht mich an, als hätte ich sie an den Haaren aus dem Wald gezerrt und persönlich vors Tor gehängt.

Ich hätte mich ihr anvertrauen sollen. In dieser Nacht hätte ich alles gestehen müssen.

Vielleicht bin ich doch ein Feigling.

Als von allen gefürchteter Prinz dürfte es fast unmöglich sein, das wieder in Ordnung zu bringen, aber ich schaffe es, Zweifel und Trauer zu verdrängen. Tessa presst die Hände gegen ihren Bauch, aber ich wappne mich gegen ihren verurteilenden Blick. Wenn sie will, kann sie mich hassen. Ich bin daran gewöhnt.

Ich gehe zu dem Stuhl, über dem mein Jackett hängt, und ziehe die Taschenuhr heraus. Das juwelenbesetzte Ziffernblatt verrät mir, dass es nach Mitternacht ist.

Als ich die Tür öffne, wird offensichtlich, dass meine Wachen dachten, ich wäre entweder eingeschlafen oder anderweitig beschäftigt – weil sie die Köpfe zusammengesteckt haben und leise flüstern. Bei meinem Erscheinen nehmen sie sofort Haltung an und wechseln einen kurzen Blick.

Ich habe dem gesamten Palast genug Tratsch für eine Woche geliefert, also ermahne ich sie nicht. »Lasst eine Mahlzeit bringen«, sage ich. »Genug für zwei.«

»Ja, Eure Hoheit.«

Ich schließe die Tür wieder, wende mich ab und reibe mir die Augen. Dieser Tag wird kein Ende nehmen. Ich kann nicht schlafen, während sich Tessa in meinen Räumlichkeiten aufhält, weil ich dann wahrscheinlich mit einer Kette um den Hals aufwache. Oder schlimmer, ich wache *nicht* auf, weil die Kette um meinen Hals liegt.

Ich lasse die Hände sinken und mustere sie. Sie hat immer noch nicht verraten, was sie im Palast wollte. Und ein Teil von mir will es auch gar nicht wissen.

Ihre Miene wirkt verschlossen, ihre Augen wachsam. Sie hat sich in die schmale Nische zwischen Kamin und Raumecke zurückgezogen, halb in Schatten verborgen. Nach so vielen Nächten der körperlichen Nähe erscheint mir der Abstand zwischen uns unüberbrückbar.

Wieder klopft es. Das kann noch nicht das Essen sein. Mein Wachmann ruft: »Meister Quint verlangt eine ...«

Ich reiße die Tür auf, bevor er in den Raum stürmen kann. »Quint. Nicht jetzt ...«

Doch er hat sich bereits an mir vorbeigedrängt und schließt die Tür so abrupt, dass er fast meine Hand einklemmt. »Der Kapitän der Wache meinte, du hast dich geweigert, einen Soldaten in deinen Gemächern postieren zu lassen. Ehrlich, Corrick, eigentlich müssten es zwei sein, mindestens ...«

»Quint.«

»Konsulin Kirsch hat bereits eine offizielle Beschwerde eingereicht. Die Nachricht wird sich am Morgen im königlichen Sektor verbreiten, wenn das nicht bereits geschehen ist.« Er seufzt. »Die Eliten lieben einen guten Skandal ...«

»*Quint.*«

»Aber ich brauche eine Erklärung deiner Absichten, damit ich die Nachfragen ...«

»Ich selbst bin mir über meine Absichten nicht wirklich im Klaren.«

»Wenn du ein Mädchen in deinen Räumlichkeiten anketten lässt, sind der Fantasie ...« Seine Stimme verklingt, als er Tessa in der Ecke entdeckt, dann starrt er mich entgeistert an. »Sie ist in den Palast geschlichen, um dich zu töten, und du hast sie freigesetzt? Bist du wahnsinnig?«

»Sehr wahrscheinlich.«

Er schnappt nach Luft, und ich weiß, dass er die Wachen rufen wird, also presse ich die Hand auf seinen Mund. »Still.«

Er hält den Mund.

Ich habe Quint nie etwas verheimlicht und habe auch jetzt nicht vor, damit anzufangen. »Quint.« Mit einem Seufzen ziehe ich die Hand zurück. »Erlaube mir, dir Tessa vorzustellen.«

15

TESSA

Ich habe in der letzten Stunde so viel erfahren, dass mein Hirn die Menge der Informationen kaum verarbeiten kann. Ich fühle mich, als hätte ich die letzten Jahre unter Wasser verbracht und Weston – nein, nicht Wes, Prinz Corrick – hat gerade meinen Kopf hoch an die Oberfläche gezogen. Wenn ich absolut stillhalte, kann ich mir fast einbilden, das alles wäre ein schrecklicher Traum, aus dem ich jeden Moment aufwachen werde.

Aber falls ich aufwache, ist Wes immer noch tot. Und ich bin immer noch unglücklich. Es sterben immer noch Leute. Kandala ist immer noch voller Leid. Der Prinz und der König sind immer noch schreckliche Männer, die nichts unternehmen, um ihren Untertanen zu helfen.

Nun, das alles stimmt immer noch. Wes hat niemals wirklich existiert.

Das ist schwerer zu akzeptieren als sein Tod.

Der Mann, der den Raum betreten hat, ist derselbe, der mich im Flur entdeckt hat. Quint. Er scheint Anfang zwanzig zu sein. Er hat rotes Haar, und seine zahlreichen Sommersprossen lassen ihn jung wirken. Und er hat eine Rasur noch dringender nötig als Prinz Corrick.

Ich presse mich gegen die Wand, als könnte ich irgendwie hindurchgleiten und so nach draußen gelangen, um in die Wildnis, zu Mistress Solomon und meiner Freundin Karri zurückzukehren.

Ich bin eine Närrin. Ich werde den Palast nicht mehr verlassen.

Als der Prinz sagt: »Erlaube mir, dir Tessa vorzustellen«, erstarrt der anderen Mann, dann reibt er sich mit einem Seufzen das Kinn.

»Tessa«, sagt er langsam und mustert mich von Kopf bis Fuß, bevor er wieder Corrick ansieht. »Deine Partnerin?«

Corrick nickt.

Und da wird mir klar, dass Quint von Wes weiß.

Ich kann nicht entscheiden, ob es mich erleichtert oder wütend macht, dass ich nicht die Einzige war, die von Wes' Existenz wusste – von dem Täuschungsmanöver des Prinzen. Ich hole Luft, um zu protestieren, aber Quint hebt einen Finger. Sein Unglaube ist verpufft. Jetzt kommt er auf mich zu und mustert mich nachdenklich von Kopf bis Fuß. Ich spüre förmlich, wie sein Blick an dem zerrissenen Stück Stoff an meiner Schulter hängenbleibt. Ich presse den Stoff an meinen Körper. Aber sein Blick ist nicht lüstern, sondern abschätzend.

Quint sieht zu Corrick zurück. »Arella kocht vor Wut. Sie glaubt, dass du das Mädchen in diesem Moment in dein Bett zwingst.«

Bei diesen Worten verkrampft sich mein Magen. Corrick hat mir kein Leid angetan – nicht direkt –, aber das bedeutet nicht, dass er das nicht noch tun wird.

Doch da ist dieser eine Satz, der unter all meinen Sorgen

erklingt: *Der einzige Ort, an dem ich dir Sicherheit bieten kann, ist dieser Raum.*

Ich habe so viele Fragen.

Corrick antwortet nicht. Er geht zum Beistelltisch, um sich noch einen Drink einzugießen, als wäre ich nur eine kleine Irritation. »Arella wütet in letzter Zeit gegen alles, was ich tue.«

Arella ist die Frau, die mit mir gesprochen hat, als ich in Ketten lag. Bevor ich erfahren habe, wer Corrick ist. Ich verstehe nicht, warum er sich vor ihr so schrecklich benommen hat – vor seinen Wachen – aber seitdem wir uns in diesem Raum aufhalten, hat er keine Anstalten gemacht, mir Leid zuzufügen.

Ich öffne zum zweiten Mal den Mund, aber Quint hebt erneut einen mahnenden Finger. »Warte«, sagt er. »Ich muss nachdenken.«

Inzwischen steht er vor mir, den Kopf leicht geneigt, als wäre ich ein faszinierendes Rätsel, das er lösen muss. Obwohl er selbst ziemlich zerzaust wirkt, spüre ich den Drang, meine Kleidung zurechtzuziehen und mich aufrecht zu halten.

»Vorsichtig«, sagt Corrick. »Sie schlägt.«

Ich mustere ihn durch schmale Augen. »Nur Lügner und Schurken.«

Er prostet mir mit seinem Glas zu. »Danke dir.«

»Kannst du singen?«, fragt Quint.

Ich blinzle. »Kann ich *was*?«

»Singen. Oder tanzen? Vielleicht kennst du irgendwelche Taschenspielertricks?«

»Ich ...« Was geht hier vor? »Nein.«

»Quint.« Corrick verdreht die Augen.

»Der König wird dir niemals erlauben, sie als eine Art gequälte Konkubine zu halten«, meint Quint.

»Ich auch nicht«, blaffe ich.

Quint beachtet mich gar nicht. »Wir müssen uns etwas anderes einfallen lassen. Etwas, was Allisander zufriedenstellt und Arella beruhigt.«

»Ich muss wissen, warum du in den Palast eingedrungen bist«, sagt Corrick. Seine Stimme ist wieder so kalt wie in dem Moment, als er mich am Haar gepackt hat.

Ich schlucke schwer. »Ich habe es dir bereits gesagt. Es war ein Fehler.«

»Versuch es noch mal.«

Ich verstehe inzwischen aus tiefstem Herzen, warum die Leute panische Angst vor ihm haben. Es geht nicht nur um seinen Ruf. Seine ungeteilte Aufmerksamkeit ist beängstigend, vernebelt mir das Hirn. Ich will die Zeit zurückdrehen zu dieser kurzen Minute, als er noch Wes war, meine Fesseln gelöst und mir erlaubt hat, mich an ihn zu klammern, wie ich es schon so oft getan habe.

Ich muss diesen Impuls unterdrücken. Wes existiert nicht. Hat nie existiert.

Und Corrick wartet immer noch auf eine Antwort.

Mein Blick huscht zwischen ihm und Quint hin und her. Es gibt keinen Grund zu lügen – nicht, wenn die Wahrheit so langweilig ist. »Ich musste eine Lieferung in den königlichen Sektor bringen. Bin falsch abgebogen und habe mich vor dem Palast wiedergefunden. Ich wusste ...« Meine Stimme bricht und ich muss mich räuspern. »Ich wusste, dass die Mondflor-Blüten für den Palast wirksamer sind als die der anderen Sektoren, und ich wollte ...«

»Du wolltest sie direkt aus dem Palast stehlen?«, meint Corrick. »Selbst *ich* habe sie nicht aus dem Palast gestohlen, Tessa.«

»Nein ... ich weiß. Ich habe nicht nachgedacht. Ich hatte das nicht mal geplant. Da waren ein paar Mädchen. Dienerinnen, vermute ich. Ich bin ihnen gefolgt. Ich war fest davon überzeugt, dass die Wachen mich aufhalten würden, aber ich vermute, ein Mädchen in einfacher Kleidung sieht aus wie das andere. Ich konnte einfach so reinspazieren.«

Quint wirkt sofort alarmiert. Corricks Miene verfinstert sich.

Bevor Corrick etwas sagen kann, hebt Quint schon die Hand. »Ich finde heraus, wer zu dieser Zeit am Tor stationiert war. Bis zum Frühstück liefere ich dir Namen.«

Ich wende den Blick nicht vom Prinzen ab. »Du wirst den Wachmann töten, der mich übersehen hat?«

»Ich werde ihm jedenfalls keinen Dankesbrief schreiben.«

Ich schweige, doch offenbar kann er mein Entsetzen aus meiner Miene ablesen, weil er mit einem Seufzen den Blick abwendet. »Ich bin mir meines Rufes durchaus bewusst, aber ich lasse nicht *jeden* hinrichten, Tessa.« Er zögert. »Und es überrascht mich, dass du ihn verteidigst. Wenn er seinen Job erledigt hätte, wärst du jetzt in der Werkstatt, würdest Phiolen füllen und deine Tasche packen.«

Zu hören, wie er so ausdruckslos von der Werkstatt spricht, schnürt mir die Kehle zu. Als wäre unsere Werkstatt unwichtig und nicht der Ort, an dem ich in den letzten Jahren die wichtigsten Augenblicke meines Lebens mit ihm geteilt habe. Ich muss die Hände vors Gesicht schlagen, um Tränen zurückzuhalten.

Als ich wieder ruhig atmen kann, die Hände sinken lasse und gegen die Tränen anblinzle, stelle ich fest, dass Quint mir ein besticktes Taschentuch entgegenstreckt. Er wirkt mitfühlend. Das schockt mich so, dass ich darüber meine Trauer ganz vergesse. Ich nehme das Taschentuch an. Es riecht nach Zimt und Orangen und fühlt sich an wie Seide. Das ist wahrscheinlich das Wertvollste, was ich je in meinen Händen gehalten habe – abgesehen von Mondflorblütenblättern. Ich traue mich kaum, damit wirklich meine Tränen zu trocknen. »Vielen Dank.«

Es klopft an der Tür, aber Corrick bewegt sich nicht. »Das dürfte das Abendessen sein«, sagt er, bevor er lauter ruft: »Herein.«

Eine müde wirkende Dienerin mit einem Tablett in den Händen betritt den Raum. Sie stellt es auf den Beistelltisch, dann knickst sie in Richtung des Prinzen. »Eure Hoheit. Meister Quint.« Ihr Blick huscht zu mir und wieder zur Seite. »Braucht Ihr noch etwas?«

»Nein«, antwortet Corrick.

»Doch«, sagt Quint. »Bereite eine Suite für unsere Besucherin vor. Stell sicher, dass Schrank und Bad vollständig ausgestattet sind. Bezieh auch das Bett frisch.«

»Natürlich.« Sie knickst noch einmal, dann gleitet sie durch die Tür.

»Ich werde euch essen lassen«, sagt Quint. »Ich spreche mit dem Kapitän über eine passende Zuteilung von Wachen. Ich glaube, vier sollten ausreichen, um weiteres ... sagen wir ... Umherwandern zu unterbinden?« Er wirft mir einen strengen Blick zu.

»Moment. Ein Raum für mich?«, quietsche ich. Nichts von alldem ergibt Sinn.

Die Männer ignorieren mich. »Was denkst du?«, fragt Corrick.

»Ich denke, sie sollte nicht länger in deinen Gemächern bleiben als unbedingt nötig. Wir haben Nacht, also konnten sich die Gerüchte noch nicht verbreiten. Du hast erzählt, dass sie bei euren Einsätzen die Dosierung des Elixiers verändert hat. Vielleicht könnte sie gekommen sein, um dem Palast medizinische Informationen zukommen zu lassen? Uns fällt doch sicherlich eine bessere Geschichte ein, als dass du sie zur Strafe an dein Bett gefesselt hast.«

»Sicherlich«, antwortet Corrick steif.

Quint zieht ein kleines Büchlein aus seinem Jackett und notiert etwas. »Ich werde eine Verlautbarung entwerfen. Du kannst sie noch vor Mittag überprüfen.«

Dann verschwindet er und wieder einmal bleibe ich mit dem Prinzen allein zurück. Corrick geht zum Beistelltisch. Die riesige Portion dampfendes Essen auf dem Tablett lässt mir das Wasser im Mund zusammenlaufen. Ich rieche etwas Süßes und etwas Deftiges. Und anscheinend gibt es auch frisches Brot, weil der himmlische Duft warmer Hefe die Luft füllt. Mein Magen erinnert mich daran, dass ich nichts gegessen habe. Ich will Corrick nicht nahe kommen, aber ich atme tief ein.

Er greift nach einer Frucht und hält sie ins Licht. Die Haut leuchtet rot. »Honigapfel, Tessa?«

Mir vergeht der Appetit. »Ich hasse dich«, stoße ich hervor.

Er wirft mir den Apfel zu. Instinktiv fange ich ihn auf, da die Frucht mich sonst im Gesicht getroffen hätte.

»Wie ich schon öfter gesagt habe«, meint er, »das dürfte besser sein.«

Auf der anderen Seite des Raums steht ein großer, prunkvoller Tisch. Als ich mich nicht bewege, füllt Prinz Corrick zwei Teller, trägt sie zum Tisch und stellt sie demonstrativ einander gegenüber auf, nicht nebeneinander. Er deutete auf einen der Stühle, begleitet von einem herausfordernden Blick.

Ich habe wirklich Hunger. Bei jedem Atemzug erinnere ich mich, wie wenig ich in letzter Zeit gegessen habe. Es hat mich all meine Kraft gekostet, diesen Apfel auf den Boden zu legen.

Ich drücke mich wieder an die Wand. »Nein.«

»Du lehnst eine Einladung ab, mit dem Bruder des Königs zu dinieren?« Er keucht theatralisch. »Was wird das Küchenpersonal sagen, wenn dein Teller unberührt zurückkommt?«

»Ich glaube nicht, dass du mir momentan Zugang zu einem Messer erlauben willst.«

Das entlockt ihm ein schurkisches Lächeln. Für einen Moment sieht er Wes so ähnlich, dass mein Herz in tausend Stücke zerbricht. Vielleicht erkennt er etwas in meiner Miene, weil seine Lippen schmal werden. »Setz dich. Iss. Ich weiß, dass du hungrig bist. Was bringt es dir, diese Stärkung abzulehnen?«

Nichts eigentlich. Ich habe keine gute Antwort für ihn, und die Frage klingt wie eine Herausforderung. Ich atme einmal tief durch, dann gehe ich zum Tisch. Ich bin mir sicher, es gibt irgendeine höfische Etikette, die ich befolgen müsste, aber ich kenne sie nicht. Und falls er mit einem Knicks rechnet – das kann er vergessen. Mein Herz hämmert wie wild gegen meine Rippen, und ich muss mich selbst daran erinnern, dass er nicht Wes ist, sondern der Königliche Vollstrecker. Er ist kein wohlmeinender Gesetzloser. Er ist ein grausamer Mann ohne Mitgefühl.

Vorsichtig lasse ich mich auf den Stuhl sinken. Er setzt sich ebenfalls. Mein Rücken fühlt sich ganz steif an. Ich kann mich nicht entspannen. Ich greife nach dem Brötchen auf meinem Teller. Es ist immer noch warm und mit Salz bestäubt. Ich reiße ein kleines Stück ab und schiebe es mir in den Mund.

Das ist kein Salz. Es ist Zucker und unglaublich lecker. Am liebsten hätte ich mir das ganze Brötchen auf einmal in den Mund gestopft.

Ich spüre, dass Corrick mich beobachtet, also sehe ich alles an, nur nicht ihn. Das filigrane Gedeck. Das bestickte Tischtuch. Die Bratensoße um vier dicke Stücke Geflügel.

In mir brennen so viele Fragen, aber jede davon würde meine Gefühle für einen Mann offenbaren, der nie existiert hat –, und diese Befriedigung will ich Prinz Corrick nicht gönnen. Er hat mir schon zu viel genommen. Ich reiße ein weiteres Stück Brot ab und sage: »Quint kennt die Wahrheit. Über dich. Und mich.«

»Ja.« Er zögert. »Er ist der Palastmeister. Und ein Freund. Quint weiß über fast alles Bescheid, was im Palast vor sich geht.«

»Aber der König weiß nichts?«

»Nein.« Corricks Blick wandert zur Seite. »Ich wollte Harristan nicht in die Position bringen, lügen zu müssen.«

»Falls du erwischt wirst.«

»Ja.«

»Ich könnte alles verraten«, sage ich und fange zum ersten Mal seinen Blick ein. »Könnte deine Geheimnisse aufdecken. Der Königliche Vollstrecker ist im Geheimen ein Schmuggler, der von den königlichen Eliten stiehlt.«

»Mach nur«, antwortet er milde. »Du wärst nicht die erste Gefangene, die sich eine clevere Geschichte einfallen lässt.« Er schneidet ein Stück Fleisch. »Falls du entscheidest, dass du nicht im Palast bleiben willst, wäre das ein guter Weg, um dir einen Ausflug ins Verlies zu sichern.«

»Falls ich *entscheide*? Soll das ein Witz sein?«

»Ich habe dich nicht in den Palst gelockt«, antwortet er hart. »Tatsächlich habe ich, nachdem du mich in Zugzwang gebracht hattest, mein Bestes getan, dich davon zu überzeugen, dass die Lage zu angespannt ist und es besser wäre, wenn du dich eine Weile aus dem königlichen Sektor fernhältst.«

Als ich ihn in Zugzwang gebracht habe. Als wir im Wald

standen und er keinen Diebeszug starten wollte. Er hat versucht, mich umzustimmen, aber ich habe seine Bedenken verworfen und eine Revolution gefordert.

Eine Revolution, an der er niemals teilnehmen konnte, wie ich jetzt weiß.

Natürlich musste er Weston Lark töten. Ich hätte es genauso gut selbst erledigen können.

»Und hier sind wir nun«, flüstere ich. Gegen meinen Willen steigen erneut Tränen in meine Augen, aber ich halte sie zurück und schiebe mir noch ein Stück Brot in den Mund. »Wen hast du an deiner Stelle aufgehängt?«

»Einen echte Schmuggler«, antwortet er locker. »Er wäre vielleicht sogar mit den Mondflorblütenblättern entkommen, aber er hatte beschlossen, ein paar Minuten darauf zu verschwenden, die Dame des Hauses anzugreifen. Ihr Sohn hat den Lärm gehört und Alarm geschlagen. Ich habe gehört, der Mann hätte sie heftig verprügelt, bevor er festgenommen wurde.«

Ich starre ihn an. Weiß einfach nicht, was ich sagen soll.

Corrick nippt an seinem Glas. »Du glaubst doch sicherlich nicht, dass wir die Einzigen waren, die sich in den Sektor geschlichen haben, um Medizin zu stehlen. Es war nicht schwer, ihn mit einer meiner Masken auszustatten.«

Ich erinnere mich an den Alarm und die Lichter in der Nacht, als Wes verschwunden ist. Ich dachte, es ginge um ihn.

Ich merke, dass mein Mund offen steht und schließe ihn schnell. »Du hast gesagt, du arbeitest in einer Schmiede. Du hast erklärt, du wärst aus Stahlstadt.«

Er zuckt mit den Achseln, dann reibt er sich fast verlegen den Nacken. »Diese Geschichte war so gut wie jede andere auch. Ich interessiere mich für Metallverarbeitung, also kann ich ein wenig darüber reden.«

Es fällt mir so schwer, mich daran zu erinnern, dass er nicht Wes ist. Sein Auftreten hat sich wieder verändert. Jetzt, wo wir allein sind und ich ihn nicht mehr attackiere, wirkt er entspannter. Ich habe mich gefragt, wie es sein kann, dass er zwei Gesichter hat, aber nachdem ich ihn mit verschiedenen Leuten beobachtet habe, vermute ich, dass er ein Dutzend verschiedene Gesichter hat; ein Dutzend verschiedene Masken, die er in verschiedenen Situationen aufsetzt. Ich habe keine Ahnung, welche Rolle real ist. Aber angesichts seiner gelassenen Art fällt es mir schwer, angespannt und verängstigt zu bleiben. Wenn ich die Augen schließe, könnte ich mir fast einbilden, wir säßen in der Werkstatt vor dem Feuer und unterhielten uns locker.

Nein. Das darf ich nicht tun. Ich darf nicht vergessen, dass er Prinz Corrick ist. Er könnte mich mit einem Fingerschnippen hinrichten lassen.

Ich atme zitternd ein. »Was ...« Ich muss mich räuspern. »Als ich in Ketten lag ... als du ... als sich diese andere Frau für mich eingesetzt hat ...«

»Konsulin Kirsch. Aus Sonnenfeste.« Er schiebt sich noch einen Bissen Fleisch in den Mund, als spiele mein emotionaler Aufruhr keinerlei Rolle für ihn.

Meine Worte bleiben mir im Hals stecken. Er war so barsch und hart. Das ist, was ich am wenigsten verarbeiten kann. In seiner Rolle als Wes war er so lustig und anständig.

Er legt seine Gabel ab und sieht mich an. Das ist fast noch schlimmer. Sein Blick ist stechend. Kein Wunder, dass Gefangene um den Tod betteln.

Aber dann sagt er: »Stell deine Fragen, Tessa« und klingt dabei so freundlich, so vertraut. Ich höre keinerlei Kälte in seiner Stimme.

Ich hole tief Luft. »Du wusstest, dass ich es bin«, sage ich.

»Als ich in Ketten auf dem Boden lag. Ich konnte dich nicht sehen, aber du konntest mich sehen. Du musst es gewusst haben.«

»Ich wusste es.«

»Du warst so grausam.« Trotz all meiner Empörung dringen die Worte nur als Flüstern über meine Lippen. Ich muss verstehen. Ich brauche eine Erklärung von ihm.

»Ich habe es dir schon gesagt«, antwortet er. »Grausamkeit wird von mir erwartet. Das war vor Konsulin Kirsch nötig.« Sein Blick huscht zur Tür, bevor er mich wieder ansieht. »Und das ist auch vor meinen Wachen nötig, die über alles tratschen, was sie sehen und hören.«

Ich mustere ihn eingehend. Denke daran zurück, wie er mich zu Boden geschleudert hat, als der Soldat in den Raum eingedrungen ist. Wie er den Stoff an meiner Schulter zurechtgerückt hat, kaum dass die Tür sich wieder geschlossen hatte.

Der Mann vor dem Tor wurde gehängt, weil er ein Schmuggler war, aber er wurde gefangen genommen, nachdem er einer Frau Gewalt angetan hatte. Das hat Corrick doch gerade gesagt? Diese Information ist nicht allgemein bekannt – sondern nur das Vergehen des Schmuggels.

Und im Moment erweckt Corrick im Palast den Eindruck, dass er mich missbraucht – obwohl er mir nichts angetan hat, seitdem ich auf diesem Kissenstapel aufgewacht bin. Ich mustere das Essen vor mir und denke darüber nach, dass Quint ein Zimmer für mich vorbereiten lässt.

»Wieso solltest du wollen, dass die Leute dich schrecklich finden?«, frage ich.

Er setzt zu einer Antwort an, dann scheint er es sich anders zu überlegen und schüttelt nur leicht den Kopf. »Warum bist du wirklich in den Palast geschlichen?«, fragt er leise.

»Ich habe es dir gesagt. Ich hatte gehofft, ich könnte etwas Medizin stehlen. Ich hatte gehofft, wir könnten den Leuten helfen, die ungeschützt zurückgeblieben sind, als Wes – als du – als wir aufgehört haben.«

»Du hast es in die Bedienstetenflure geschafft, also wäre der Zugang zu unseren Räumlichkeiten mühelos möglich gewesen.« Er hält inne. »Du weißt, was sie in deiner Tasche gefunden haben. Hattest du vor, den König zu töten?«

Ich antworte nicht. Mein Mund wird trocken. Schon das Geständnis, dass ich daran *gedacht* habe, ist Hochverrat. Es war nur ein kurzer Moment, aber ich habe darüber nachgedacht.

Ich frage mich, was mein Vater gerade von mir halten würde. Habe ich versagt? Oder habe ich das Richtige getan?

»Hattest du vor, *mich* zu töten?«, fügt Corrick hinzu.

Ich lecke mir die Lippen. Ich werde es nicht zugeben – aber ich kann es auch nicht leugnen. »Ich konnte es nicht«, flüstere ich.

»Du bist keine Mörderin.«

Ich nicke. Er weiß, dass es stimmt.

Seine Augen werden wieder hart, bis sie im Mondlicht wirken wie gefrorene Teiche. »Freundlichkeit macht dich verletzlich, Tessa. Diese Lektion habe ich vor Jahren gelernt. Es überrascht mich, dass du diese Erkenntnis noch nicht gewonnen hast.«

Vor Jahren. Als meine Eltern gestorben sind?

Nein, das ist lächerlich. Das wäre ihm nicht nahegegangen. Aber ich habe vergessen – schon wieder – dass er zur königlichen Familie gehört und selbst schwere Verluste erlitten hat.

Also als *seine* Eltern gestorben sind? Was bedeutet das? Er ist erneut in eine andere Rolle geschlüpft, und ich bin mir nicht sicher, was ich sagen soll.

Corrick wischt die Hände an der Serviette ab. »Iss dein Abendessen. Dann werde ich dich zu deinem Zimmer bringen, damit du schlafen kannst. Du wirst den Schlaf brauchen. Gleich nach Sonnenaufgang dürfte Quint an deine Tür hämmern.«

Corrick

Ich will Tessa nicht in einem anderen Zimmer unterbringen. Ich will sie hierbehalten, in meinen Gemächern, wo ich sicherstellen kann, dass niemand sie verletzt. Wo sie nichts unternehmen kann, was mich unter Zugzwang setzt.

Ich will sie aus dem Palast und über die Mauer schmuggeln und zurückbringen in die Werkstatt, wo wir uns im sanften Feuerschein als Wes und Tessa begegnen können.

Wo ich meinen Untertanen helfen kann, statt ihnen zu schaden.

Aber meine Wünsche haben noch nie eine Rolle gespielt, also führe ich Tessa durch den stillen Flur. Unsere Schritte machen auf dem Samtteppich kaum ein Geräusch. Sie ist barfuß, ihr langes Haar hängt offen über ihren Rücken, und sie presst dieses zerrissene Stück Stoff gegen ihre Schulter. Meine Wachen sind klug genug, nur nach vorne zu sehen.

Quint hat die Smaragdsuite gewählt, die – anders als ihr Name vermuten lässt – in Schattierungen von Rot und Pink eingerichtet ist, von den Satinbezügen auf dem Bett bis zu den schweren Vorhängen vor den Wänden. Der einzige grüne Fleck ist das riesige Juwel, das die Frau in dem Porträt über dem Kamin um den Hals trägt. Meine Urgroßmutter. Es ist ein gutes Zimmer, nicht zu prachtvoll für eine Person, die offiziell eine Gefangene ist. Aber es vermittelt trotzdem die Botschaft, dass Tessa nicht ins Verlies gehört.

Vier Wachen sind vor der Tür postiert. Das fühlt sich übertrieben an, aber dann denke ich daran zurück, wie mühelos sie in den Palast gelangt ist, und schweige.

Wir bleiben vor der Tür zu ihrem Zimmer stehen, und sie mustert mit großen Augen die Wachen.

»Sie werden dir nichts tun«, sage ich. »Außer, du versuchst, das Zimmer zu verlassen.«

»Das ist alles?«, flüstert sie.

»Wenn du früh aufwachst, können die Wachen dir etwas zu essen bringen lassen.«

»Du lässt mich hier zurück. Allein.«

»Sollte ich das nicht tun?«

Sie schüttelt eilig den Kopf, dann tritt sie über die Türschwelle und dreht sich rasch zu mir um, als rechne sie damit, dass ich ihren Arm packe und sie zurückzerre.

»Und ich kann die Tür verschließen«, meint sie.

»Ich würde sogar dazu raten.«

Sie starrt mich einen langen Moment an, dann greift sie den Türgriff und schließt sie sanft. Nach einem Augenblick höre ich, wie der Schlüssel im Schloss gedreht wird.

Ich sehe den Mann direkt neben der Tür an. Ich kenne nicht jeden Soldaten beim Namen, aber ich kenne Leutnant Molnar. Er ist älter, über sechzig, mit dichtem, grauem Haar. Er hat schon meinen Großeltern gedient, dann meinen Eltern und jetzt uns. Er ist ein ruhiger Charakter, aber er kennt seine Aufgaben und erledigt sie zuverlässig. Molnar befolgt Befehle und tratscht nicht – und ist ranghoch genug, dass er auch die anderen davon abhalten wird.

»Du hast den Schlüssel?«, frage ich ihn.

»Ja, Eure Hoheit.«

»Gut.«

Ich sollte in meine Gemächer zurückkehren, aber ich bin zu aufgewühlt, zu unruhig. Ich fürchte, nie wieder schlafen zu können.

Ich hasse dich.

Wann immer Tessa diese Worte zu Wes gesprochen hat, waren sie nicht ernst gemeint.

Als sie dieselben Worte zu Prinz Corrick gesprochen hat, konnte ich die tiefe Überzeugung in jeder Silbe hören. *Ich. Hasse. Dich.*

Ich gehe an der Tür zu meinen Gemächern vorbei. Wachen reihen sich hinter mir ein, als ich den Flur entlangschreite. Gewöhnlich folgen sie mir nicht auf Schritt und Tritt, aber ich bin mir sicher, Tessas plötzliches Auftauchen hat den Kapitän nervös gemacht.

Ich stoppe vor Harristans Tür. Seine Wachen versichern mir, dass er schläft. Ich bin die einzige Person, die sie trotzdem ohne Widerspruch eintreten lassen. Ich gleite leise wie ein Geist durch die Tür; senke langsam den Riegel, damit er nicht klickt. Nur das heruntergebrannte Feuer im Kamin erhellt den Raum. Auf dem Beistelltisch steht eine Teekanne, mit einer Tasse auf dem Nachttisch. Gut.

Ich kann seine Atmung selbst von hier aus hören.

Das ist nicht gut.

Ich reibe mir das Gesicht und lasse mich auf den Sessel neben seinem Schreibtisch sinken. Auf den anderen Dokumenten dort liegt eine lederne Dokumentenmappe, auf der das Siegel von Artis prangt.

Ich ziehe die Mappe vom Tisch und öffne sie. Artis hat einen angepassten Finanzierungsantrag eingereicht. Jonas verschwendet keine Zeit. Ich massiere meinen Nasenrücken.

»Cory.«

Ich sehe auf. Harristan blinzelt vom Bett aus zu mir herüber.

»Du sollst schlafen«, sage ich.

»Genau wie du.« Er zögert. »Was hast du mit dem Mädchen getan?«

»Sie schläft im Smaragdzimmer. Schwer bewacht.«

»Nein.« Er wirft mir einen vielsagenden Blick zu. »Was hast du *getan*?«

»Nichts. Ich habe ihr ein Abendessen serviert und sie ins Bett geschickt.«

Er mustert mich. Ich tue dasselbe mit ihm.

Ich will ihm alles erzählen. Ich will ihm schon seit Jahren alles anvertrauen. Er würde verstehen, warum ich den Drang verspüre, den Palast zu verlassen – den königlichen Sektor hinter mir zu lassen. Er ist derjenige, der mir beigebracht hat, wie man sich nach draußen schleicht, wie man über die Mauer klettert und sich im Vergnügen der Wildnis verliert. Er ist derjenige, der immer Freiheit wollte.

Ich bin derjenige, der sie bekommen hat, wenn auch nur für kurze Zeit, daher scheint es unfair, ihn mit diesem Wissen zu behelligen.

Selbst wenn es vorbei ist. Obwohl es keine Ausflüge mehr geben wird.

Dennoch waren meine Handlungen Verrat. Ich habe unsere Untertanen bestohlen, habe in direktem Widerspruch zu Harristans Befehlen gehandelt – Befehlen, die ich eigentlich durchsetzen soll. Falls irgendwer etwas davon erfahren sollte, wäre das ein unermesslicher Skandal.

Harristans Blick liegt schwer auf mir, als könne er meine

Geheimnisse allein mit den Augen enthüllen. Irgendwann muss ich den Kopf abwenden.

Er räuspert sich. »Mir fällt es schwer zu glauben, dass du Milde gegenüber jemandem walten lässt, der in den Palast geschlichen ist, um mich zu töten.«

Er hat recht, und eine Wahrheit kann ich ihm verraten. »Sie hat sich eingeschlichen, um Medizin zu stehlen. Sie hatte nichts Böses im Sinn.«

»Eine Schmugglerin.«

»Nicht ganz.« Ich denke an die Bücher in ihrer Tasche, an die Geschichte, die wir laut Quint erzählen sollten. »Sie hat viele Theorien darüber, wie man die Dosierung des Mondflorelixiers anpassen kann, um es wirksamer zu machen.« Das ist keine Lüge, auch wenn es sich so anfühlt. Ich zögere kurz. »Sie stiehlt Medizin und verteilt sie unter den Leuten. Unter denjenigen, die sich kein Elixier leisten können.«

Das lässt meinen Bruder, wie ich erwartet hatte, lange Zeit verstummen. Egal, was die Leute auch denken, Harristan ist nicht herzlos. Das Restfeuer im Kamin knistert. »Glaubst du, es gibt viele, die so etwas tun?«

Ich schüttle den Kopf. »Keine Ahnung.«

»Als die Wachen meinten, jemand wäre in den Palast eingedrungen, dachte ich, die Revolution hätte uns schließlich doch heimgesucht.«

Ich denke an die wahren Schmuggler, die entkommen sind; an die Rufe nach Rebellion aus der Menge. »Könnte immer noch passieren.«

Er verstummt erneut, aber diesmal werden seine Lider schwer.

»Schlaf«, sage ich sanft und stehe auf. »Ich werde gehen.«

»Cory«, höre ich seine Stimme, bevor ich die Tür erreiche.

Ich halte inne und wende mich ihm zu. »Was?«

»Da ist etwas, was du mir nicht über diese junge Frau erzählst.«

Mein Bruder beschäftigt sich nur selten mit Details und gewöhnlich leistet ihm diese Strategie gute Dienste. Aber hin und wieder – wie jetzt – erregt etwas seine Aufmerksamkeit und er beißt sich daran fest.

Mein Schweigen dauert zu lang; gewinnt damit an Gewicht.

»Ich weiß, dass die Leute mir Dinge verheimlichen«, sagt er. »Aber ich dachte nicht, dass du zu ihnen gehörst.«

Hätte er anklagend geklungen – misstrauisch –, hätte ich es geleugnet. Aber so spricht Harristan nicht mit mir, vor allem nicht, wenn wir allein sind. Es gibt nur wenige Leute im Palast, denen er rückhaltlos vertraut. Vielleicht bin ich der Einzige. Für einen kurzen Moment frage ich mich, ob die aktuelle Situation dieses Vertrauen erodieren lässt.

»Ich verheimliche dir nichts, was ein Risiko für dich darstellt«, antworte ich schließlich.

»Ich weiß«, antwortet er ruhig.

Natürlich weiß er das. Aber seine Antwort beruhigt mich trotzdem.

Doch dann sagt er: »Ich würde gerne mit ihr reden.«

Ich frage mich, wie das wohl laufen wird. Ich stelle mir vor, wie Tessa meinen Bruder schlägt oder ihm ein Getränk ins Gesicht schüttet. Sie könnte tausend Dinge sagen, die dafür sorgen, dass sie doch noch im Verlies landet – oder Schlimmeres. Es gibt Tausende Fragen, die Harristan stellen könnte – und eine Million falsche Antworten, die Tessa in Gefahr bringen.

Aber er ist der König. Egal, wie viel Macht ich auch habe, er besitzt mehr. Ich nicke. »Ich werde ein Treffen organisieren.«

17

TESSA

Ich sollte in einer Gefängniszelle sitzen.

Wahrscheinlich sollte ich sogar von der Mauer um den Sektor hängen, Dolche in meinen Augen, als Warnung an jeden, der vielleicht in den Palast schleichen will.

Stattdessen befinde ich mich in einem Raum, der sechsmal so groß ist wie der, in dem ich lebe. Ich habe einen eigenen Waschraum – was in meinem Leben noch nie der Fall war – und er ist mit Handtüchern und Tüchern ausgestattet, dazu noch Dutzende verschiedene Seifen und Lotionen und Beutel mit zerstoßenen Blütenblättern, die nach Lavendel und Rosen duften. Zwei Wasserhähne strecken sich über die Wanne und zu meiner großen Überraschung ergießt sich aus einem davon warmes Wasser. Wenn wir in der Pension ein Bad nehmen wollen, kochen wir Wasser in einem Suppentopf, um dann damit die Wanne hinter der Küche zu füllen.

Die Beleuchtung hier strahlt heller, als ich es gewohnt bin. Ich wusste, dass es im königlichen Sektor Elektrizität gibt, aber das Licht aus der Dunkelheit heraus in der Ferne zu sehen ist etwas vollkommen anderes, als unter einer Stromlaterne zu sitzen und zu wissen, dass sie nie ausbrennen oder mehr Öl brauchen wird. Neben dem Bett ragen sechs kleine Hebel aus der Wand. Vorsichtig teste ich sie, um festzustellen, dass jede Lampe von einem eigenen Schalter gesteuert wird.

Der Schrank ist nicht übermäßig voll, aber ich finde darin Unterwäsche aus Leinen, weiche Seidenstrümpfe und ein halbes Dutzend Kleider aus Seide, Spitze, Brokat und Satin. Auf dem Boden stehen Schnürstiefel und Samtslipper und glänzende Schuhe in drei verschiedenen Größen. Alles strahlt eine Aura von Wohlstand und Extravaganz aus – und zu meiner Überraschung Bescheidenheit. Die Ärmel der Kleider sind voll und gediegen. Die Ausschnitte enthüllen nur wenig. Alle Kleider sind schön, und die geschnürten Rücken verhindern, dass sie formlos wirken, aber nachdem Corrick mir vor seinem Wachmann fast das Kleid vom Körper gerissen hat, sind sie nicht, was ich erwartet hatte. Hat Quint diese Kleidung ausgewählt? Was hat er gesagt?

Der König wird dir niemals erlauben, sie als eine Art gequälte Konkubine zu halten.

Das wird jetzt niemand mehr denken. Zumindest nicht, wenn ich diese Kleider trage.

Jedes Mal, wenn ich mich bewege, rechne ich damit, dass ein Soldat in den Raum stürmt und mir die Arme ausreißt, also drehe ich den Schlüssel im Schloss, um wenigstens eine kleine Vorwarnung zu erhalten.

Als könnte das gegen meine Panik helfen.

Ich ziehe das zerrissene Kleid aus und schlüpfe in eines der Nachthemden aus dem Schrank, wickle mich dann noch in einen Morgenmantel. Ich lege mich aufs Bett und schalte alle Lampen aus, dann starre ich an die Decke, die vom Kaminfeuer in Gold getaucht wird.

Ich werde hier niemals schlafen können. Ich frage mich, ob ich überhaupt jemals wieder schlafen werde.

Ich sollte darüber nachdenken, was ich alles über Corrick und sein verdrehtes Geheimnis erfahren habe, das ihm erlaubt, sein Volk bei Tageslicht zu foltern und im Mondschein zu retten. Ich sollte an Karri und Mistress Solomon denken und wie sie reagieren werden, wenn ich nicht zurückkehre. Ich sollte darüber nachdenken, wie lange ich wohl in einem Raum wie diesem festgehalten werde, bevor ich letztendlich doch im Verlies lande.

Ich sollte darüber nachdenken, wie ich hier verschwinden kann.

Stattdessen beschäftigt sich mein Apothekerinnenköpfchen mit König Harristan. Ich denke über dieses Husten nach, das scheinbar kein Ende nehmen wollte. Ich denke an den leicht verängstigten Unterton in Corricks Stimme, als er gesagt hat: »Er ist *nicht* krank.«

Zu diesem Zeitpunkt hatte die Panik mich noch fest im Griff ... aber ich weiß, was dieses Husten bedeutet.

Das sollte mich nicht kümmern. Es sollte mir egal sein.

Aber ich kann nicht anders, als mich damit zu beschäftigen. Hier im Palast gibt es die beste Medizin. Wes hat erzählt, dass die Eliten das Elixier dreimal täglich einnehmen – und das stimmt wahrscheinlich, nachdem Wes Corrick war und er damit wohl selbst so viele Dosen erhalten hat.

Verliert das Elixier seine Wirkung? Ist der König aus irgendeinem Grund anfälliger für das Fieber? Oder manipuliert jemand die Dosierung seines Mondflorelixiers, um zu verhindern, dass er erhält, was er braucht? Ich weiß es nicht ... und ich bin mir sicher, dass niemand mein Fragen beantworten würde. Ich habe mich bereits in den Palast geschlichen. Ich sollte nicht anfangen, Fragen darüber zu stellen, wie man den König krank machen kann.

Aber meine Gedanken rasen weiter. Mein Vater hat immer

wieder erklärt, dass zu viel Medizin manchmal schlimmer ist als zu wenig. Könnte der König zu viel Elixier erhalten? Aber im Palast gibt es die besten Pharmazeuten und Ärzte. Richtig? Die Dosierung seines Elixiers wird wahrscheinlich genau überwacht.

Wenn die Wirkung der Medizin nachlässt, Himmel, ich will mir nicht mal ausmalen, was das bedeuten könnte.

Und wenn König Harristan stirbt, würde Corrick den Thron besteigen.

Ich will mir auch nicht ausmalen, was *das* bedeuten würde. Egal, was er in seinen Gemächern gesagt oder als Weston Lark getan hat, er ist trotzdem für eine Menge Leid verantwortlich. Das kann Corrick nicht rückgängig machen. Schon als Königlicher Vollstrecker ist er beängstigend genug. Ich habe bereits gemerkt, dass König Harristan innerhalb gewisser Grenzen agiert. Ihm hat nicht gefallen, wie Corrick mich »missbrauchen« wollte.

Ich habe keine Ahnung, welche Grenzen sich Prinz Corrick gesetzt hat.

Und ich bezweifle, dass ich es herausfinden will. Ich bezweifle, dass *irgendwer* in Kandala das herausfinden will.

Mein Magen ist voll und die ruhige, warme Atmosphäre dieses Raums steht in unglaublichem Kontrast zu den Minuten, die ich gefesselt auf dem kalten Saalboden lag, mit Prinz Corricks unerbittlicher Faust in meinem Haar. Gegen meinen Willen überläuft mich ein Zittern.

Aber als wir am Essenstisch saßen, nur er und ich, schien er für einen kurzen Moment wieder Wes zu sein – witzig und wild.

Ich presse eine Hand an die Brust, weil Tränen in meine Augen steigen. Mein Herz schmerzt.

Wes ist nicht tot. Ein Teil von mir will jubeln.

Aber Wes war nie real. Eine Träne rinnt über meine Wange.

»Miss.« Eine Hand berührt sanft meinen Arm. »Miss.«

Ich zucke zusammen und setze mich abrupt auf. Ich hatte nicht damit gerechnet, aber scheinbar bin ich tatsächlich eingeschlafen. Meine Glieder fühlen sich schwer an. Morgenlicht ergießt sich in den Raum – weil ich gestern die Vorhänge nicht zugezogen habe. Ich trage immer noch das Nachthemd und den geschlossenen Morgenmantel, aber ich habe ohne Decke geschlafen.

Eine Dienerin in einem blauen Kleid mit grauer Schürze steht neben dem Bett. Ihr tintenschwarzes Haar ist an ihrem Hinterkopf zu einem festen Dutt gebunden, ihre Haut ist olivfarben, ihre Augen braun. Irgendetwas an ihr wirkt vertraut, aber nur vage. Vielleicht gehörte sie zu den Mädchen, denen ich gestern in den Palast gefolgt bin.

»Vergebt mir, Miss«, sagt sie. »Meister Quint hat mich gebeten, dafür zu sorgen, dass Ihr bis halb neun angekleidet und bereit seid. Ich habe Euch ein Bad eingelassen.«

»Ich habe die Tür verriegelt.«

»Ich habe geklopft«, antwortet sie. »Aber Ihr habt geschlafen.« Sie zögert kurz. »Die Wachen haben einen Schlüssel.«

Ich bin noch nicht ganz wach, also blinzle ich nur in ihre Richtung. Sie ist jung, vielleicht sogar jünger als ich. Ich sehe, dass zwei der Wachen sich jetzt innerhalb des Raums aufhalten. Mit gelangweilter Miene flankieren sie die Tür. Ich frage mich, ob sie verhindern sollen, dass ich Schwierigkeiten mache. Allerdings wirken sie nicht allzu besorgt – eher routiniert. Ich vermute, es ist nicht allzu aufregend, mich beim Schlafen zu beobachten.

»Wie ...«, setze ich an. »Was ...«

»Es ist halb acht«, sagt das Mädchen. »Ich heiße Jossalyn. Uns bleibt nur wenig Zeit.«

»Aber mein Bad wird doch keine Stunde dauern.«

»Nein, Miss. Aber Ihr sollt am Vormittag den König treffen, also ...«

»Was?!« Ich reibe mir das Gesicht. Mein Magen verkrampft sich. »Moment. Was hast du gesagt? Den König?«

»Ja.« Sie zögert, dann ringt sie leicht die Hände. »Ich habe Euch Frühstück bestellt. Wenn Ihr jetzt badet, dürfte es da sein, wenn Ihr fertig seid.«

Ich verstehe nicht, wie jemand einen Satz wie *Ihr sollt am Vormittag den König treffen* sagen kann, um im Anschluss über das Frühstück zu reden, aber ich schiebe mir die Haare aus dem Gesicht. »Ich kann nicht ...« Meine Stimme bricht, und ich muss mich räuspern. »Ich kann den König nicht treffen.«

»Ihre Majestät bittet darum«, sagt sie, als wäre das Antwort genug.

Ich werfe einen Blick zu den Wachen. Sie wirken immer noch stoisch, aber ich bin mir sicher, dass sie jedes Wort belauschen, das wir sprechen. Einer der Männer ist älter, mindestens sechzig. Der andere allerdings ist jünger und mustert mich eingehend, als ich erkläre, ich könne mich nicht mit dem König treffen.

Ich bin mir nicht sicher, woher ich das weiß, aber es ist offensichtlich, dass ich den König treffen *werde*, und wenn sie mich an den Haaren zu ihm schleppen müssen.

Mein Herzschlag setzt für einen Moment aus.

Wes. Hilf mir.

Es gibt keinen Wes. Es gibt nur Corrick.

Ich hatte nicht damit gerechnet, die Nacht zu überleben, aber ich habe bis zum Morgen durchgehalten. Ich schlage die Hände vors Gesicht und atme einmal tief durch. Ich hätte viel dafür gegeben, mich beim Öffnen meiner Augen wieder in Mistress Solomons Laden wiederzufinden und Karris schiefes Lächeln zu sehen.

»Miss?«, fragt Jossalyn. Sie beugt sich vor und haucht fast unhörbar: »Die Wachen haben Anweisung, Euch zu helfen, falls Ihr die Vorbereitungen verweigert.«

Ich lasse abrupt die Hände sinken. »In Ordnung. Schön. Zeit für ein Bad.«

Seit meiner Kindheit hat mir niemand mehr beim Baden geholfen, aber Jossalyn macht keine Anstalten, mich allein zu lassen. Ich vermute, ich habe die Wahl zwischen ihr und den Wachen, also fällt mir die Entscheidung nicht schwer. Ich tauche den Kopf unter Wasser. Als ich wieder auftauche, ist sie bereit, mein Haar zu waschen.

»Ich kann das wirklich selbst.«

»Ja, Miss.« Sie hört nicht auf. Ihre Finger erzeugen in meinen verknoteten Haaren dichten Schaum, der nach süßer Vanille riecht. Unter anderen Umständen wäre dieses Bad unendlich entspannend gewesen: fast unheimlich warmes Wasser, beruhigende Düfte, der sanfte Druck ihrer Finger. Aber ich bin nackt in Gegenwart einer Fremden, im benachbarten Raum stehen bewaffnete Wachen und innerhalb von Stunden soll ich König Harristan gegenübertreten.

In der Wildnis nennen ihn viele Harristan den Schrecklichen. Ich frage mich, ob er das weiß.

Sobald dieser Gedanke in mir aufsteigt, fürchte ich mich davor, die Worte aus Versehen laut auszusprechen. Vor dem König.

Wenn du ein Brandyglas nach meinem Bruder wirfst, werde ich dir wirklich die Hände abhacken müssen.

Meine Kehle ist wie zugeschnürt. Ich bleibe still sitzen, als Jossalyn Wasser über meinen Kopf gießt, um den Schaum auszuspülen, und rede mir gleichzeitig ein, dass meine Augen wegen der Seife brennen, nicht wegen der Umstände.

Was will der König? Wieso sollte er mich sehen wollen?

Jossalyn schnürt mich in ein Kleid, dessen Stoff weicher ist als alles, was ich je auf der Haut getragen habe. Das Mieder und der Unterrock sind leuchtend purpurfarben, aber das Überkleid aus einem Dutzend Lagen von strahlend weißem, fast durchsichtigem Stoff sorgt dafür, dass am Ende ein Farbton entsteht, der an blühenden Lavendel erinnert. Der Ausschnitt wölbt sich sanft um meine Schlüsselbeine.

Jossalyn legt mir ein Handtuch über die Schultern und öffnet mein feuchtes Haar. »Kommt«, sagt sie. »Euer Frühstück wartet.«

Das Essen sieht genauso köstlich aus wie das von gestern Abend. Vielleicht sogar noch besser. Aber ich knabbere nur an ein paar Apfelschnitzen, weil mein Magen verkrampft. Es ist furchtbar still im Raum, während Jossalyn mein Haar kämmt. Die Wachen stehen immer noch neben dem Türrahmen.

Das ist fast schlimmer als das Gefängnis.

Nein. Das ist ein dämlicher Gedanke. Das Verlies wäre schrecklich. Wahrscheinlich.

»Vergesst nicht, Euer Elixier zu trinken«, sagt Jossalyn, und mein Blick fällt auf ein kleines Glas neben meinem Teller. Der Inhalt ist bernsteinbraun, so viel dunkler als das Elixier, das wir in der Werkstatt mischen. Unser Elixier ist fast farblos.

Ich nippe daran. Das Elixier schmeckt niemals gut, aber in dieser konzentrierten Form ist es noch schlimmer als gewöhnlich. Ich kann nicht glauben, dass die Eliten das dreimal am Tag trinken. Ich hoffe, sie werden mich nicht dazu zwingen.

Was für eine Verschwendung.

Jossalyn flicht mein Haar zu einem komplizierten Zopf, den sie in Schleifen auf meinem Hinterkopf feststeckt. Dann beginnt sie damit, Creme auf meine Wangen aufzutragen, obwohl ich noch esse. Ich frage mich, ob sie es wohl gewöhnt ist, Frauen im Palast zu schminken, während diese normalen Beschäftigungen wie Essen nachgehen. Ich kann mich des Eindrucks nicht erwehren, dass ich mich auch im Kreis drehen oder angeregt unterhalten könnte, ohne dass die Dienerin davon ablassen würde, geduldig Kosmetika auf mein Gesicht aufzutragen.

Unsichtbar, so wie die Leute gestern auf der Straße.

Ich werfe ihr einen kurzen Blick zu, dann versuche ich ihr zu helfen, indem ich stillhalte. Streng genommen bin ich eine Gefangene, aber sie behandelt mich nicht so. Sie hat mich vor dem groben Einschreiten der Wachen bewahrt, das sicherlich stattgefunden hätte, hätte ich noch länger gezögert. »Danke«, sage ich leise. »Für deine Freundlichkeit.«

»Gern geschehen, Miss«, sagt sie abwesend, aber ich spüre ein Zögern in ihren Bewegungen, als hätten meine Worte sie überrascht.

»Weißt du ...« Ich räuspere mich. »Weißt du, ob ich den König allein treffe?« Sie sucht mit fragender Miene meinen Blick, und ich stelle klar: »Wird Corrick anwesend sein?«

Ihre Hände erstarren. Sie wirft einen kurzen Blick zu den Wachen, bevor sie wieder mich ansieht. »Ich kenne den Terminplan von *Seiner Hoheit, Prinz Corrick* nicht.« Sie betont die Anrede. »Aber Meister Quint sollte es wissen. Ihr könnt ihn fragen, wenn er kommt.« Sie streicht mit den Fingerspitzen über meine Lider.

Seine Hoheit, Prinz Corrick. Ich hatte bisher noch nie Kontakt mit dem Hofzeremoniell. Und obwohl ich weiß, dass Weston Lark nur eine Rolle war, fällt es mir schwer, mich daran zu erinnern, dass ich ihn nicht einfach nur Corrick nennen kann. Ich schlucke schwer. »Und wie spreche ich den König an?«

Jossalyn senkt die Stimme, als sie einen kleinen Pinsel in einen Topf voller pinkfarbenem Puder taucht. »Ihr nennt ihn Eure Majestät. Allerdings solltet Ihr immer warten, bis er Euch anspricht.« Sie sieht mir kurz in die Augen. »Niemand nennt den König beim Namen, außer, er hat sein Gegenüber ausdrücklich dazu aufgefordert.«

Ich nicke eilig.

Sie tritt ein kleines Stück näher heran und spricht noch leiser. »Es ist faszinierend, dass ihr Pharmazeutin seid. Die Mädchen reden schon den gesamten Morgen darüber, dass Ihr Nachricht von einem neuen Elixier gebracht habt.«

»Ich ... was?« Ich denke an Quints Überlegungen gestern Abend zurück; daran, dass er eine glaubhafte Geschichte gefordert hat.

»Das ist doch sicherlich kein Geheimnis? Außerdem sind die Wachen schlimmer als Tratschweiber. Meine Schwester hat erzählt, dass sie mit Münzen belohnt werden, wenn sie ihrem Kapitän Neuigkeiten liefern.«

Ich weiß nicht, was ich dazu sagen soll. Als ich den Dienerinnen gestern gefolgt bin, haben sie sich über Konsulin Kirsch und Konsul Pelham unterhalten ... über irgendeine skandalöse Kutschfahrt der beiden.

Plötzlich wird mir bewusst, dass ich Konsulin Kirsch kenne. Corrick hat sie Arella genannt – die Frau, die mit mir gesprochen hat, als er mich so hart angepackt hat. Sie wirkte aufrichtig und entschlossen – nicht wie jemand, um den sich Skandale ranken.

Andererseits hat sie zu meiner Verteidigung gesprochen – zur Verteidigung einer vermeintlichen Schmugglerin. Vielleicht genügt das schon, um am Hof einen Skandal auszulösen.

»Jossalyn«, sagt der ältere Soldat neben der Tür.

Sie zuckt nicht einmal zusammen, sondern fährt weiter mit dem Puderpinsel über meine Lider. »Ja, Leutnant.«

»Meister Quint erkundigt sich, wie weit du bist.«

»Fast fertig.« Sie stellt einen Pudertopf zur Seite und greift nach einem anderen.

Die Tür schwingt trotzdem auf, und Quint betritt den Raum. In der Hand hält er etwas, das aussieht wie ein gefaltetes Heft. Heute Morgen ist sein Jackett fast bis zum Hals zugeknöpft, aber er hat immer noch eine Rasur nötig und sein rotes Haar wirkt bereits wieder zerzaust. »Tessa«, sagt er. »Ich hoffe, du hast gegessen.«

»Ich ...« Ich habe kaum etwas angerührt. »Ja?«

Jossalyn beugt sich vor, um Farbe auf meine Lippen aufzutragen. »Erhebt Euch«, flüstert sie kaum hörbar.

Ich stehe so schnell auf, dass mein Stuhl umfällt. »Tut mir leid. Eure ...« Nein. Moment. Er gehört nicht zum Königshaus. »Ähm ... Meister? Quint.«

Er zieht seine Augenbrauen hoch. Jossalyn richtet kichernd den Stuhl wieder auf.

Er sieht sie an. »Du leistest wunderbare Arbeit, Jossalyn. Sie sieht nicht mehr aus wie eine dahergelaufene Pharmazeutin aus der Wildnis.«

Sie legt die Hände an ihren Rock und sinkt in einen eleganten Knicks. »Danke, Meister Quint.«

Ich habe das Gefühl, ich solle mir Notizen machen. Vielleicht kann sie mich begleiten, wenn ich den König treffe. Ich will nach ihrer Hand greifen.

Besonders, als Quint sagt: »Verlass uns. Sie wird zu Sonnenuntergang in ihr Zimmer zurückkehren, um sich fürs Abendessen vorzubereiten.«

Jossalyn knickst noch einmal, dann gleitet sie durch die Tür.

»Danke!«, rufe ich, aber sie ist bereits verschwunden.

Die Wachen wechseln einen Blick, dann folgen sie der Dienerin und schließen die Tür hinter sich.

Ich bleibe allein mit Quint zurück. Starre ihn an. Jossalyn hatte eine so beruhigende Ausstrahlung, dass ich fast vergessen habe, dass ich eine Gefangene bin. Plötzlich fühlt sich das Kleid zu eng an. Ich will flüchten, durch diese Tür stürmen, den Flur entlanglaufen, mit einem Stoßgebet auf den Lippen. Ich presse eine Hand an den Bauch und holte zitternd Luft.

»Entspann dich«, sagt er. »Die Tessa, von der ich gehört habe, ist furchtlos über die Mauern des Sektors geklettert und konnte Fensterschlösser knacken, ohne einen Kratzer zu hinterlassen. Sicherlich bin ich im Vergleich dazu nicht allzu beängstigend.«

Nein. Ist er nicht. ich verstehe nicht, wie so ein Mann mit Prinz Corrick befreundet sein kann. Seine sanfte Stimme treibt Tränen in meine Augen.

Er zieht ein Taschentuch heraus und streckt es mir entgegen. »Zerstör Jossalyns Werk nicht.«

Obwohl ich die Tränen zurückhalten kann, nehme ich das Tuch. »Richtig.«

Dann wird mir klar, was er gesagt hat. *Die Tessa, von der ich gehört habe.*

Corrick hat über mich geredet? Jedes Mal, wenn ich mir einbilde, ich hätte ihn verstanden, geschieht wieder irgendetwas, was mir zeigt, dass ich mich getäuscht habe.

Quint öffnet das Heft, das er bei sich trägt. Die Seiten sind mit hastig geschriebenen Notizen gefüllt, und ich bemerke Tintenflecken an seinen Fingern. »Ich bin mir sicher, Jossalyn hat es bereits erwähnt. Um neun Uhr wirst du den König treffen, auf seine Bitte hin ...«

»Warum?«

»Er ist der König. Er muss seine Handlungen nicht begründen. Aber wahrscheinlich, weil er deine medizinischen Einsichten hören will.« Er wirft mir einen scharfen Blick zu. Mir stockt der Atem, aber ich zwinge mich zu einem Nicken.

»Danach«, fährt er fort, »hat Konsulin Kirsch darum gebeten, sich deines Wohlbefindens versichern zu dürfen, falls der König es gestattet. Was er wahrscheinlich tun wird, nachdem du heute Morgen recht gesund wirkst.«

»Moment ... ich ...«

»Ich habe noch einiges zu sagen, meine Liebe.« Quint sieht nicht einmal auf. »Um zehn Uhr beginnt dein Unterricht bei Mistress Kent ...«

»Unterricht? Unterricht in was?«

Er hält inne, den Finger immer noch auf der Seite, und sieht zu mir auf. »Hofetikette.«

Ich öffne den Mund. Schließe ihn wieder.

Vielleicht wäre das Verlies doch besser gewesen.

»Gefolgt von einem Mittagessen im großen Saal«, fährt er fort. »Danach wird die Schneiderin dich in ihrer Suite empfangen. Danach Unterricht bei Meister Wahren ...«

»Noch mehr Unterricht?«, presse ich hervor.

»... zum aktuellen politischen Klima in Kandala. Wenn du dich im Palast aufhältst, musst du die Schlüsselfiguren kennen. Danach wirst du hierher zurückkehren, um dich fürs Abendessen umzuziehen. Wahrscheinlich wird es ein privates Dinner mit Prinz Corrick, auch wenn ich ihm geraten habe, einen öffentlichen Ort zu wählen ...«

Er spricht weiter, aber ich höre ihn nicht mehr.

Ein privates Dinner mit Prinz Corrick. An einem öffentlichen Ort.

Mein Mund ist plötzlich staubtrocken. Die letzte Nacht, in seinen Räumlichkeiten, war schon schlimm genug. Als wir allein waren, wirkte er nicht so beängstigend, auch wenn das ungefähr der Aussage entspricht, dass ein wilder Wolf ein bisschen weniger furchterregend ist, wenn er gerade gefressen hat.

Ich kann mir nur ausmalen, wie Corrick in der Öffentlichkeit auftritt – der Königliche Vollstrecker in der Gegenwart seines Volkes.

Plötzlich wird mir klar, dass ich mir die Situation gar nicht ausmalen muss. Ich habe die Hinrichtung beobachtet, die mit Rufen nach Rebellion geendet hat.

Ich will nicht mit diesem Prinz Corrick dinieren.

»Tessa.« Quint sieht mich an. Ich weiß nicht, wie viel ich verpasst habe, aber wahrscheinlich eine Menge.

Das ist mir egal. Ich zwinge mich, ihm in die Augen zu sehen. »Wie könnt Ihr mit ihm befreundet sein?«

Quint schließt sein Heft und mustert mich eingehend. »Du warst auch seine Freundin, oder etwa nicht?«

»Nein. Ich war mit einem Mann befreundet, der nicht existiert. Einer Täuschung. Einer Illusion.«

»Bist du dir da ganz sicher?«

Natürlich bin ich mir sicher.

Aber dann denke ich an die kurzen Momente zurück, in denen der Prinz gelächelt hat; mit sanfter Stimme gesprochen hat. Als er nicht grausam, sondern stattdessen rücksichtsvoll war. *Stell deine Frage, Tessa.* Ich erinnere mich an die Augenblicke, in denen Prinz Corrick nur wie eine Maske gewirkt hat, hinter der sich Weston Lark versteckt.

Es gibt keine Sicherheit mehr in meinem Leben.

Vielleicht kann er meine Gedanken aus meiner Miene ablesen, denn Quint hakt nicht weiter nach, sondern zieht seine Taschenuhr heraus. »Sollen wir aufbrechen?«

Mein Herz fühlt sich an, als müsste es zerspringen. »Ist das Verlies immer noch eine Option?«

»Das Verlies ist immer eine Option.« Er bietet mir seinen Arm.

Ich zögere. Ich will immer noch panisch flüchten. Stände ich mit Corrick hier, würde ich es wahrscheinlich tun.

Quint lehnt sich leicht vor. »Ich würde davon abraten«, sagt er leise.

Also recke ich mich und hake mich bei ihm unter.

CORRICK

Ich bin es gewohnt, weit vor der Morgendämmerung aufzuwachen. Jahrelang habe ich das getan, weil ich mich in den frühen Morgenstunden mit Tessa getroffen habe, um unsere Runden zu drehen. In letzter Zeit bin ich trotzdem vor Sonnenaufgang aufgewacht, habe auf die Alarmglocken gelauscht und mir Sorgen gemacht, sie könne von der Nachtwache festgesetzt werden.

Heute Morgen wache ich erst auf, als die Sonne bereits am Himmel steht und in mein Zimmer scheint. Das Feuer im Kamin ist längst erloschen.

Tessa ist hier.

Sie hasst mich, aber sie ist hier im Palast. Sie ist in Sicherheit.

Das ist beruhigend, aber gleichzeitig auch erschreckend. Ich greife nach der Taschenuhr auf meinem Nachttisch. Es ist fast neun Uhr.

Neun! Sie wird bald zu ihrem Treffen mit Harristan aufbrechen. Ich muss mit ihr sprechen. Ich muss sie wissen lassen, was sie sagen darf. Wie sie sich benehmen muss. Wie sie sich selbst schützen kann.

Ich stampfe zur Tür und reiße sie auf.

Im Flur entdecke ich Allisander Sallister, der mit meinen Wachen diskutiert, seine Stimme nur ein bedrohliches Zischen. »Ich habe alles über das Mädchen gehört, das er in sein Zimmer gebracht hat. Ich versichere euch, der Prinz schläft gerade nicht und ihr werdet ...«

Seine Stimme verklingt, als er mich entdeckt. Ich beobachte, wie er meine nackte Brust mustert, meine lockeren Schlafhosen. Ich brauche wirklich dringend eine Rasur, und mein Haar dürfte im Moment dem von Quint ähneln.

»Ich habe in der Tat geschlafen«, sage ich. »Allein.«

Nach einem Räuspern richtet er sich auf. »Vergebt mir.« Doch er entschuldigt sich bei mir, nicht bei den Wachen, denen er die Leviten gelesen hat. »Unsere Lieferung wurde von Vandalen angegriffen. Die Wachen, die Ihr zur Verfügung gestellt habt, konnten sie gefangen nehmen. Die Räuber sind ins Verlies gebracht worden. Ich möchte mich Euch anschließen, wenn wir sie befragen.«

Oh, das möchte er also? Ich reibe mir das Kinn. Ich würde gerne sagen, dass es zu früh ist für so etwas, aber das stimmt nicht.

»Lasst ein Frühstück kommen«, weise ich meine Wachen an. »Lasst Geoffrey wissen, dass ich wach bin. Und schickt dem König eine Nachricht, dass ich im Verlies beschäftigt bin.« Ich sehe Allisander an, der wirkt, als wolle er jeden Moment vortreten und in meinen Gemächern warten, während ich mich ankleide. Aber fünf Minuten nach dem Aufstehen kann ich diesen Mann nur in kleinen Dosen ertragen.

»Wartet im Flur auf mich«, sage ich zu ihm.

Er holt Luft, um zu widersprechen. Ich schließe die Tür.

Ich sollte mir Sorgen wegen der Schmuggler machen, die er ins Verlies geworfen hat, oder darüber, was er über meine

Aktivitäten am gestrigen Abend denkt, aber ich kann an nichts anderes denken als an Tessas Treffen mit meinem Bruder.

Sie ist klug, gerissen und anpassungsfähig. Ich hoffe, sie ist schlau genug zu lügen. Wenn sie ihm die ganze Wahrheit erzählt, wird er ihr nicht glauben. Das weiß ich.

Oder ich hoffe es.

Ich presse eine Hand vor den Mund und atme durch meine Finger. Tessa.

Mir kommt ein Gedanke. Ich eile zu meinem Schreibtisch, ziehe ein Stück Papier heraus und besudle es beim hastigen Schreiben fast mit Tinte. Ich falte die Nachricht und reiße die Tür genauso abrupt auf wie zuvor. In diesem Moment nähert sich mein Vogt, Geoffrey, mit einem Rasurset.

Er und die Wachen mustern mich überrascht.

Ich räuspere mich, dann strecke ich dem ersten Wachmann die Nachricht entgegen. »Bring das Quint. Sag ihm, es ist für Tessa.«

»Ja, Eure Hoheit.« Er nimmt das Papier mit einem Nicken entgegen.

Geoffrey räuspert sich. »Ich werde mich beeilen, Eure Hoheit.« Er hält inne. »Konsul Sallister hat mich wissen lassen, dass Ihr etwas zu erledigen habt.«

Ich bin in Versuchung, Geoffrey anzuweisen, Allisander diesen dämlichen Ziegenbart abzurasieren, aber ich zügle mich. Er hat bereits von Tessa gehört und ist definitiv nicht glücklich darüber. Mit einem Seufzen trete ich zurück. »Wir sollten den Konsul nicht warten lassen.«

TESSA

Quint scheint daran gewöhnt zu sein, unangenehmes Schweigen zu füllen. Ich klammere mich an seinen Arm, als könne ich mich nur so auf den Beinen halten, atme flach und panisch – aber er spricht in poetischen Worten über die historische Bedeutung der Türknäufe.

»Und wie du sehen wirst«, meint er, als wir den Mittelbau des Palastes betreten, »wandelt sich das Metall hier von Messing zu vergoldetem Stahl. Ein Großteil dieses Bereichs wurde vor einem Jahrhundert in einem Feuer zerstört, aber zu dieser Zeit begann für Stahlstadt gerade der Aufstieg, also hat König Rodbert befohlen …«

»Meister Quint.« Ein Wachmann versperrt uns den Weg. Ich packe Quints Arm fester.

Vielleicht hat Prinz Corrick seine Meinung geändert. Vielleicht wird dieser Soldat mich wegschleifen. Vielleicht werde ich gestreckt und geviertteilt. Vor den Augen des Königs. Dort, wo sie acht Leute hinrichten wollten.

Der Wachmann streckt uns ein unordentlich gefaltetes Papierstück entgegen. »Von seiner Hoheit, Prinz Corrick.«

Quint nimmt die Nachricht entgegen. »Danke, Lennard.«

Der Soldat sieht mich nicht an, sagt aber: »Er hat erklärt, es wäre für Tessa.«

Quint bietet mir die Nachricht an und ich nehme sie. Ich habe keine Ahnung, was darin stehen könnte.

Das stimmt nicht. Ich kann mir lebhaft vorstellen, was er mir sagen will. Wahrscheinlich droht er mir, all meine Knochen zu brechen, wenn ich beim Treffen zu viel sage. Ich will die Nachricht zerknüllen, ohne sie zu lesen.

Quint setzt sich erneut in Bewegung, und der Wachmann tritt zur Seite, um den Weg freizugeben.

Meine Handfläche wird feucht, aber ich will das Papier nicht auffalten.

»Möchtest du die Nachricht nicht lesen?«, fragt Quint.

Ich verziehe das Gesicht. »Wahrscheinlich steht darin etwas wie ›Sprich ein falsches Wort über mich, und ich werde deine Gliedmaßen als Holzscheite verwenden‹.«

»Das bezweifle ich sehr. Ich bin mir sicher, dass er damit gerechnet hat, dass der Wachmann die Nachricht liest.«

Ich halte abrupt inne. Ich habe mir noch nie Gedanken gemacht, wie es sein muss, solche Dinge bedenken zu müssen. Ich packe das Papier fester und schlucke schwer.

Quint senkt die Stimme. »Kannst du nicht lesen?«

Ich reiße den Kopf herum. »Was?«

»Du musst dich nicht schämen. Ich kann diskret einen Tutor arrangieren.« Er spricht fast unhörbar leise. »Ein Delegierter aus Händlershalt hat eine Frau geheiratet, die nie lesen oder rechnen gelernt hatte, aber innerhalb weniger Wochen …«

»Ich kann lesen!« Um Himmels willen. Eilig öffne ich die Nachricht und starre auf die eilig hingekritzelten Worte. Mein Herz setzt für einen Moment aus, nur um dann weiterzuschlagen.

»Immer mit der Ruhe«, flüstere ich. Ich unterdrücke den Impuls, die Nachricht an meine Brust zu drücken.

Weston Lark ist nicht real.

Ist er nicht.

Aber wenn er nicht real ist, dann hat Prinz Corrick mir genau die Worte gesendet, die ich hören musste, in genau dem Moment, zu dem ich sie hören musste. Worte, die man als Warnung oder Drohung oder lockeren Kommentar auffassen kann.

Ich atme einmal tief durch. Nehme die Schultern zurück und falte das Papier wieder zu einem Rechteck.

»Weiter?«, fragt Quint, während sein Blick über mein Gesicht huscht.

So viel Quint auch reden mag, sein Blick ist scharf. Das darf ich nie vergessen.

»Weiter«, sage ich, und zu meiner Überraschung meine ich es ernst.

»Wunderbar! Denn nun möchte ich deine Aufmerksamkeit auf die Wandbehänge lenken ...«

Der Palast ist riesig, daher dauert es eine Weile, die Räumlichkeiten zu erreichen, in denen der König uns erwartet. Aber ich erkenne die Anzeichen, als wir uns nähern. Wir sind auch auf unserem Weg durch die Flure an Wachen und Dienern vorbeigekommen, aber diese Tür wird von acht Bewaffneten bewacht: zwei jeweils rechts und links neben dem Türrahmen, die anderen vier stehen an den Wänden des Gangs aufgereiht. Diese Soldaten tragen eine zusätzliche Stickerei auf dem Ärmel, die auf anderen Uniformen nicht vorhanden war: eine goldene Krone, umgeben von ineinandergreifenden Kreisen in Purpur und Blau. Außerdem steht neben der Tür auch noch ein Lakai in prächtiger Livree. Die Wachen wirken unbeweglich, aber ich spüre ihre Blicke, kaum dass wir in Sichtweite kommen. Mich schaudert.

Ich vergrabe meine Finger noch fester in Quints Arm, aber meine Schritte bleiben gleichmäßig.

»Wirst du bleiben?«, hauche ich.

»Wenn ich darum gebeten werde.«

Der Lakai kündigt uns an. Ich rechne damit, eine Weile warten zu müssen, aber jenseits der Tür ruft eine Stimme: »Herein.«

Die Tür schwingt auf. Plötzlich kann ich nicht atmen. Quint führt mich weiter. Die Angst, die ich jetzt empfinde, ist vollkommen anders als die letzte Nacht. Gestern war ich mir sicher, meiner Hinrichtung ins Auge zu sehen. Die heutige Angst ist in Spitze und Seide verpackt und mit Gold verziert.

Der Raum ist kleiner als erwartet. Vor mir steht ein langer, glänzender Glastisch auf dem Marmorboden. Die Fenster hier erstrecken sich vom Boden bis fast zur Decke. Die Vorhänge sind zur Seite gezogen, sodass natürliches Licht und Wärme den Raum erfüllen. Schatten tanzen über die himmelblauen Wände. Pflanzen blühen in riesigen Töpfen, die an den Wänden aufgereiht stehen, und füllen den Raum mit einladenden Düften. In einer Ecke wächst tatsächlich ein Baum, in einem Topf, der halb so groß ist wie der Tisch. Eine Rankpflanze windet sich um den Stamm und erstreckt sich von dort aus über die Wände, gespickt mit winzigen pinkfarbenen Blüten. Dieser Raum sieht aus, als hätte man einen Garten nach drinnen geholt.

Dann fällt mein Blick auf den König, der an einer Ecke des Tisches steht. Es verrät einiges über diesen Raum, dass ich ihn zuerst nicht bemerkt habe. Ich habe ihn gestern Abend gesehen, aber zu diesem Zeitpunkt war mein Hirn vor Angst wie vernebelt, nur voller Gedanken an Flucht und Überleben – und

Verrat. Jetzt kann ich seine Körpergröße abschätzen – etwas größer als Corrick, glaube ich – und die Breite seiner Schultern – etwas schmaler. Und das Schwarz seines Haares und das Blau seiner Augen. Auch auf seinen Wangen leuchten ein paar Sommersprossen. Aber seine Haut ist fahler, und er lächelt nicht, sodass die Sommersprossen aussehen, als hätte jemand sie aufgemalt, um einen strengen Mann unbeschwerter wirken zu lassen. Vier weitere Soldaten stehen in seinem Rücken an der Wand, und in einer Ecke, neben einem Tisch voller Getränke und kleiner Köstlichkeiten, wartet noch ein Lakai.

Ich weiß nicht, ob ich knien oder knicksen oder mich auf den Boden werfen und um mein Leben betteln soll. Ich wünschte, Jossalyn wäre hier, damit ich ihrem Vorbild folgen könnte. Der Blick des Königs ist auf mich gerichtet. Ich stehe wie erstarrt da.

»Eure Majestät«, sagt Quint. »Darf ich Euch …«

»Ich weiß, wer sie ist, Quint.«

»Ah, ja. Und darf ich Euch erinnern, dass sie nicht vertraut ist mit dem Hofzeremoniell …«

»Das ist nicht nötig.« Der König wirft einen kurzen Blick nach links. »Raus.«

Ich schnappe nach Luft, aber Quint entzieht mir seinen Arm, bevor ich mich an ihn klammern kann. »Ja, Eure Majestät.«

Und dann ist er verschwunden und ich bleibe allein mit dem König zurück. Hinter mir fällt leise die Tür ins Schloss.

Egal, wie hübsch das Kleid auch ist, in das Jossalyn mich geschnürt hat, ich fühle mich wie die zerlumpte Verbrecherin, die er letzte Nacht in Corricks Gemächern gesehen hat. Nervös streiche ich meinen Rock glatt, weil ich nicht weiß, was ich mit meinen Händen anfangen soll.

Mir liegen so viele Worte auf der Zunge.

Vergebt mir. Ich weiß nicht, was ich tun soll.

Bitte tötet mich nicht.
Bitte lasst Corrick mich nicht töten.
Bitte holt Quint zurück.
Bitte schickt mich nach Hause.

Ich denke an Jossalyns Warnung, darauf zu warten, bis er mich anspricht, also beiße ich mir von innen auf die Lippe, bis ich Blut schmecke.

Der ehemalige König wurde vom Volk geliebt. Kandala florierte. Eine Audienz bei Harristans und Corricks Vater wäre eine Ehre gewesen. Ich hätte mich nicht gefürchtet. Ich wäre von Ehrfurcht überwältigt gewesen. Und alle, die mich kennen, hätten mich beneidet.

Andererseits hätte ich mich unter der Herrschaft des alten Königs nicht in den Dienertrakt eingeschlichen. Ich hätte keine Medizin aus dem königlichen Sektor geschmuggelt. Ich wäre überhaupt nicht hier.

Ich wäre um einiges besser dran als im Moment, denn König Harristan wird definitiv nicht geliebt.

»Welcher Gedanke ist dir gerade durch den Kopf gegangen?«, fragt er plötzlich.

Ich zucke zusammen. »Ich … was?«

Seine Miene bleibt undurchdringlich. »Ich weiß, dass du mich gehört hast.«

Ich kann schlecht sagen, dass niemand ihn mag. »Ich habe … ich musste …« Meine Stimme ist nur ein gepresstes Flüstern. Ich muss mich räuspern, aber das hilft auch nicht. Er ist genauso beängstigend wie Corrick. »Ich habe darüber nachgedacht, wie sehr das Volk König Lucas geliebt hat.«

König Harristans Blick wandert forschend über mein Gesicht und seine Miene vermittelt den Eindruck, als könne er die Gedanken lesen, die ich nicht ausspreche. »Ja, hat es.« Er deutet auf einen Stuhl. »Setz dich.«

Ich muss mich zwingen vorzutreten. Er beobachtet mich. Und so, wie er *Ich weiß, dass du mich gehört hast* gesagt hat, will ich ihn nicht warten lassen. Er lässt sich elegant auf den Stuhl am Kopfende des Tisches sinken, aber ich lasse mich so ungeschickt fallen, dass ich mich an der Tischkante festklammern muss, um nicht das Gleichgewicht zu verlieren.

Wie auf ein Signal hin tritt der Lakai aus seiner Ecke. Er stand bisher so still, dass ich seine Anwesenheit fast vergessen hätte. Er stellt zwei gläserne Pokale vor uns, dann zwei Porzellantassen auf filigranen Untertassen. Zuerst für den König, dann für mich. Er füllt die Pokale mit Wasser und die Tassen mit einem Tee, der dunkelgrau ist und einen köstlichen Duft verströmt. Der Lakai fügt beim König noch ein wenig Milch und einen Löffel Zucker hinzu, dann sieht er mich an. »Milch und Zucker, Miss?«

Ich habe keine Ahnung, daher halte ich es für klug, dem Beispiel des Königs zu folgen. »Ja. Bitte. Sir.«

Sobald der Mann in seine Ecke zurückgekehrt ist, lässt König Harristan den Finger um den Rand seiner Tasse gleiten, trinkt aber nicht. »Kanntest du meinen Vater?«

Das ist eine lächerliche Frage. Aber er scheint sie ernst zu meinen, also schüttle ich den Kopf. »Nein. Nein, Eure Majestät.«

»Es fällt leicht, den König zu lieben, wenn alle wohlgenährt und gesund sind«, sagt er. »Es fällt schwerer, wenn das nicht der Fall ist.«

König Harristan klingt nicht arrogant. Eher nachdenklich. Er wirkt so streng, dass diese feinfühligen Worte mich überraschen. Ich bin mir nicht sicher, wie ich antworten soll.

Schließlich nimmt er einen Schluck Tee. »Corrick hat mir erzählt, dass du Medizin stiehlst und an die Armen verteilst.«

Meine Hand erstarrt in der Luft.

»Du bist in den Palast geschlichen und dein Leben wurde verschont«, sagt König Harristan. »Du kannst genauso gut offen sprechen.«

»Wird mein Leben, ähm, für immer verschont?«, krächze ich.

»Für immer? Diese Entscheidung überschreitet meine Macht, würde ich sagen. Aber ich hätte dich nicht geladen, wollte ich verängstigte Lügen hören.« Er hält inne. »Irrt mein Bruder in Bezug auf deine Taten?«

Immer mit der Ruhe. Mein Kopf füllt sich gegen meinen Willen mit Bildern. Wes in der Werkstatt, wie er mir beim Abwiegen der Zutaten hilft. Die Kinder, die wir überreden mussten, ihre Medizin zu trinken. Die Frauen, die an meiner Schulter weinen, wenn wir mit den Phiolen erscheinen, weil sie sich so sehr davor fürchten, ihre gesamte Familie zu verlieren. Die Männer, die ihr Elixier nicht trinken, weil sie es anderen überlassen wollen.

»Sag es mir.«

Aber die Worte sind kein Befehl. Sie klingen eher flehend.

Ich blinzle überrascht. Diesmal steigt ein Bild von gestern Abend in mir auf. Harristan und Corrick im Gespräch, ihre Stimmen leise und drängend. Ich habe nicht wirklich zugehört. Ich habe nur an Flucht gedacht. Aber ich habe die Worte dennoch wahrgenommen, um sie mir später ins Gedächtnis rufen zu können. Sie jetzt noch mal erklingen zu lassen.

Cory. Das gefällt mir nicht.

Ich habe mich nicht geirrt. König Harristan agiert innerhalb gewisser Grenzen. Und nicht nur das. Er hat eine Schwäche für sein Volk.

Ich denke an den Tag vor dem Tor zum Sektor zurück, als die acht Schmuggler hingerichtet werden sollten. König Harristan wirkte so kalt und distanziert. Ich dachte, er wäre unserem

Leiden gegenüber gleichgültig, nur gelangweilt von der Bestrafung. Ich dachte wie so viele andere, er wäre einfach schrecklich.

Aber vielleicht wirkte er kalt und distanziert, weil er sich am liebsten gar nicht dort aufgehalten hätte.

Was hat Corrick gesagt? *Freundlichkeit macht dich verletzlich, Tessa. Diese Lektion habe ich vor Jahren gelernt.*

König Harristan dürfte diese Lektion auch gelernt haben. Auch er hat seine Eltern verloren – und dadurch ein Königreich geerbt, das am Rande des Zusammenbruchs stand.

Ich will kein Mitgefühl, keine Sympathie für diesen Mann oder seinen Bruder empfinden. Sie sind kalt und grausam und haben so viel Schaden angerichtet. Aber es ist eine Sache, die Leichen vor dem Tor hängen zu sehen – und etwas vollkommen anderes, wenn Prinz Corrick mir von den Verbrechen der Hingerichteten erzählt.

Ich atme tief ein. »Corrick, ähm, Prinz Corrick ... ich meine, Seine Hoheit ...«

»Ich weiß, wen du meinst.«

»Ja. Natürlich.« Ich halte einen Moment inne. »Er irrt nicht. Ich stehle Medizin. Aber ich bin keine Schmugglerin. Ich gebe das Elixier denjenigen, die es sich nicht leisten können.«

»Du findest nicht, dass die Leute, die ihre Medizin legal gekauft haben, einen Anspruch darauf haben?«

Ich zögere.

Er mustert mich mit stechendem Blick. »Die Wahrheit, Tessa. Wenn du nicht offen sprichst, kannst du den Rest deiner Tage im Verlies verbringen, zum Teufel mit den Wünschen meines Bruders.«

Ich halte seinen Blick. Ich habe vor Wes gestanden und erklärt, die Zeit für Revolution wäre gekommen. Ich habe gesagt, wir sollten aus den Schatten treten. Jetzt stehe ich mitten im

Licht. Ich sitze dem König gegenüber – und er bittet mich um die Wahrheit.

Also liefere ich sie ihm. »Eure Dosierungen sind zu hoch«, sage ich. »Ihr nehmt mehr, als nötig ist.«

»Das kannst du nicht wissen.«

»Ich weiß das durchaus. Mein Vater war Pharmazeut. Von ihm habe ich gelernt, Arzneien anzufertigen. Die Leute, die wir behandeln, bleiben genauso gesund wie die Leute, die sechsmal so viel nehmen.« Ich verrate zu viel, aber jetzt, wo ich einmal angefangen habe, kann ich nicht mehr aufhören. »Mein Vater hat immer gesagt, dass zu viel Medizin genauso schädlich sein kann wie zu wenig. Manchmal frage ich mich, ob ihr Euer gesamtes Volk heilen könntet, indem ihr die Dosierung strenger regelt. Wenn Ihr ein wenig Rosensamenöl zum Elixier hinzufügt …«

»Du und dein Vater stehlt zusammen?«

»Ich … was? Nein. Meine Eltern … sind tot.« Ich schlucke schwer. »Sie sind vor zwei Jahren gestorben.«

Zu meiner Überraschung wirkt er bestürzt. Er lehnt sich im Stuhl zurück. »Ich möchte dir mein Mitgefühl aussprechen.«

»Wirklich?«, frage ich leichtsinnigerweise. »Sie wurden von der Nachtwache getötet. Eurer Nachtwache.«

»Also war dein Vater ein Schmuggler? Ein illegaler Händler?«

»Nein!« Der König hätte mir genauso gut eine Ohrfeige verpassen können. Ich umklammere die Tischkante. »Mein Vater war ein guter Mann.«

»Er hat getan, was du getan hast?«

»Ja.«

»Wobei wir streng genommen von Diebstahl sprechen, richtig?«

Ich werfe dem König einen bösen Blick zu. »Das ist etwas anderes.«

»Für die Nachtwache ist es dasselbe.« Er nippt an seinem Tee.

Ich will ihm die Tasse ins Gesicht werfen.

Corrick mag mir nicht die Hände abgehackt haben, aber ich vermute, die Wachen an den Wänden würden es tun.

»Es ist nicht meine Absicht, dich zu verärgern«, sagt König Harristan. »Aber wenn du mich aufgrund dessen, was mit deinen Eltern geschehen ist, verachten willst, würde ich vorschlagen, dass du dir ansiehst, welche Entscheidungen sie getroffen haben. Jeder Schmuggler erzählt eine Geschichte, um seine Handlungen zu rechtfertigen. Die Strafen sind allgemein bekannt. Wie soll ich eine Sorte Diebstähle ignorieren, andere aber nicht?«

Ich umklammere die Tischplatte so fest, dass meine Hände schmerzen. Er irrt sich.

Aber gleichzeitig hat er auch recht. Genau diese Diskussion habe ich auch mit Wes geführt, nur aus dem entgegengesetzten Blickwinkel. *Aber dem König und seinem Bruder ist das vollkommen egal.*

»Welche Wahl haben wir?«, blaffe ich. »Die Leute sterben.«

»Das ist mir bewusst.«

Ich erstarre. Da ist wieder dieser Unterton in seiner Stimme. Er ist sich dessen wirklich bewusst. Und es ist ihm nicht egal.

»Für die Nachtwache mag das alles dasselbe sein«, sage ich mit rauer Stimme, »aber wenn jemand einfach nur überleben will, sieht es anders aus.«

»Ich glaube, die Leute, die ihre Medizin legal erwerben, wollen ebenfalls überleben.«

»Wenn jemand am Verhungern ist und einen Laib Brot stiehlt ...«

»Ist es trotzdem Diebstahl«, erklärt er, ohne dass sein Tonfall sich verändert.

»Habt ihr jemals gehungert?«, frage ich dreist.

Abrupt breitet sich Schweigen zwischen uns aus. Das hat er nicht. Natürlich hat er nie gehungert.

Er sieht mir weiterhin in die Augen. »Wenn du diese Theorie über die Mondflorblüten hattest, über die Dosierung des Elixiers, warum hast du sie nicht bekannt gemacht?«

»Wem?«, frage ich. »Gerade habe ich Euch davon erzählt und Ihr habt mir nicht geglaubt!«

Er mustert mich ausdruckslos, auch wenn sein Finger wieder um den Rand seiner Teetasse gleitet.

Verlegen lasse ich mich gegen die Lehne meines Stuhls sinken. »Eure ... ähm ... Majestät.«

»Du hast ›wir‹ gesagt.«

»Was?« Dieses ganze Gespräch raubt mir den Atem.

»Beziehst du dich auf die Wohltäter?«

»Nein! Ich weiß nicht, wer das sein soll.«

»Du hast gesagt, ›die Leute, die wir behandeln, bleiben genauso gesund‹. Wen beinhaltet dieses ›wir‹?«

Ich mustere ihn stirnrunzelnd. Es gibt Leute in den Sektoren, die den König für einen leichtgläubigen Grobian halten ... aber jetzt, wo ich vor ihm sitze, erkenne ich, wie sehr sie sich irren. Ich habe nicht das Gefühl, dass dieser Mann sich leicht täuschen lässt.

Ich habe vielmehr das Gefühl, dass er tatsächlich ein ehrliches Gespräch führen will – was mich mehr überrascht als alles, was ich bisher im Palast erfahren habe.

Ich atme tief durch. »Ich war dabei, als meine Eltern gestorben sind. Ich habe alles gesehen. Die Nachtwache ... diese Männer gehen nicht subtil vor. Ich war blind vor Schmerz. Ich wollte sie attackieren. Aber da war ein Mann in den Schatten, der mich zurückgehalten hat. Ich hielt ihn für einen Verbrecher. Und das war er. Aber er war kein Schmuggler. Er rettete

mit gestohlener Medizin Leben. Er hat mein Leben gerettet.«
Zu meiner Überraschung schnürt mir ein Gefühl die Kehle zu, das nach Trauer schmeckt. Ich fühle mich, als würde ich noch einmal um Wes trauern, nur auf vollkommen andere Art. »Wir wurden Freunde. Wir waren Partner. Wir haben den Menschen geholfen.«

»Und was ist aus deinem Freund geworden?«

Ich wünschte, ich hätte Quints Taschentuch noch. Stattdessen presse ich meine Fingerspitzen in die Augenwinkel. »In der Nacht nach der geplanten Hinrichtung der acht Schmuggler wollte er aufhören. Er meinte, es wäre zu gefährlich. Aber ich habe ihn angefleht, weiterzumachen. Ich wusste nicht ...« Meine Stimme bricht. Ich kann nicht atmen, also presse ich eine Hand an die Brust und schließe die Augen.

»Er wurde gefangen genommen«, sagt König Harristan.

Ich schlucke. Nicke. Atme.

»Schau mich an.«

Ich muss mich zwingen, die Lider zu öffnen. Er starrt mich wieder an, aber seine Stimme klingt nicht mehr ausdruckslos.

»Was ist mit den Leuten, denen ihr geholfen habt? Was wird aus ihnen werden?«

Ich wische mir über die Wangen. »Sie werden erkranken und sterben«, sage ich. »Oder auch nicht. Das, was mit allen geschieht, die kein Elixier bekommen.«

»Finn«, sagt er. Erst nach einem Moment verstehe ich, dass er nicht mit mir spricht.

Der Lakai löst sich von der Wand. »Eure Majestät.«

»Hol Quint.«

Quint scheint sich in der Nähe aufgehalten zu haben, da er schon nach weniger als einer Minute erscheint.

König Harristan lässt ihm keine Chance, etwas zu sagen. Anscheinend ist Quint daran gewöhnt, weil er bereits einen Stift in der Hand hält. »Ich möchte eine Sitzung der Palastärzte und Pharmazeuten zu der Dosierung des Elixiers im königlichen Sektor ansetzen. Tessa wird ihnen morgen ihre Ergebnisse präsentieren und ...«

»Was?«, quietsche ich.

Quint hebt die Hand, um einen Finger an seine Lippen zu drücken. Eilig presse ich die Lippen zusammen.

»Außerdem möchte ich einen Bericht vorgelegt bekommen, wie viel Medizin in jeden Sektor geliefert wird, aufgeschlüsselt nach Einwohnerzahl. Zusammen mit Berichten über die Effektivität der Behandlung. Corrick soll sich alles ansehen. Verkündet außerdem die Nachricht, dass unser Alarm gestern Abend auf einem Irrtum beruhte. Dass eine besorgte Bürgerin – selbst Pharmazeutin – lediglich versucht hat, dem Palast ihre Erkenntnisse über die Behandlung des Fiebers zur Verfügung zu stellen.«

Ich starre ihn ungläubig an.

König Harristan bedenkt mich mit einem ernsten Blick. »Ich mag dein Leben nicht für immer schonen können«, sagt er, »aber ich kann dir ein paar Tage mehr zugestehen, um deine Geschichte zu verifizieren. Es wäre interessant, mich eingehender mit deinen Theorien zu beschäftigen.«

Ich weiß nicht, was ich sagen soll.

»Sie ist überwältigt von Dankbarkeit, Eure Majestät«, sagt Quint.

Der König wirft ihm einen vernichtenden Blick zu. »Raus hier, Quint. Und nimm sie mit.«

»In der Tat.« Quint schließt sein Heftchen, dann bietet er mir seinen Arm.

»Danke Euch?«, flüstere ich. Ich bin mir nicht sicher, ob ich die Worte ernst meine. Ich bin nicht sicher, ob ich sie ernst meinen will.

Quint tätschelt meine Hand auf seinem Arm. »Komm, meine Liebe. Dich erwarten Lektionen in Etikette.«

Corrick

Ich werde nur selten bei Tageslicht ins Verlies gerufen, aber in dieser Woche ist es nun schon das zweite Mal. Das Gefängnis ist nie ein angenehmer Ort, aber nachts ist es gewöhnlich kühl, was den Gestank dämpft, und ruhig, weil selbst die widerlichsten Kriminellen hin und wieder schlafen müssen.

Tagsüber ist es die Hölle.

»Ihr müsst wirklich etwas gegen den Geruch unternehmen«, sagt Allisander, der sich ein Taschentuch vors Gesicht drückt, sobald wir durchs Tor schreiten.

Vielleicht ist es nur die Hölle, weil er dabei ist.

Oder vielleicht ist es die Hölle, weil *ich* hier bin. Ich sollte im Palast sein. Sollte auf Tessa aufpassen. Ich denke ständig daran, wie sie dieses Brandyglas nach mir geworfen hat, und stelle mir vor, wie sie bei meinem Bruder etwas Ähnliches tut.

Das kann ich mir nur zu leicht ausmalen. Und trotz all der scheinbaren Gegenbeweise bin ich in Wahrheit viel toleranter als Harristan. *Himmel, Tessa.*

»Ihr habt Euch noch nicht zu dem Mädchen geäußert«, sagt Allisander.

Das Mädchen. Sein herablassender Tonfall stellt mir die Nackenhaare auf. Es fällt mir schwer, meine Irritation zu verbergen. Dieses *Mädchen* ist mutig. Talentiert. Voller Mitgefühl. Dieses *Mädchen* tut mehr für Kandala als der verwöhnte Konsul vor mir. »Die junge Frau, von der Ihr angenommen habt, sie hätte die Nacht in meinen Gemächern verbracht?«

Ein Wachsoldat tritt vor, um die Tür zur Treppe für uns zu öffnen.

»Nun ja«, sagt Allisander. »Laut Arella wart Ihr ...«

»Ich weiß, welche Handlungen Arella mir unterstellt. Genauso, wie ich weiß, was Ihr mir unterstellt.« Ich werfe ihm einen bösen Blick zu. Immerhin besitzt er den Anstand, überrascht zu wirken. »Sie hat sich geirrt. Genau wie Ihr.«

Er starrt mich über sein Taschentuch hinweg an. »Den Gerüchten zufolge hat sie sich im Palast eingeschlichen, um Harristan zu töten.«

Ich meine, einen besorgten Unterton wahrzunehmen, der für einen kurzen Moment die Frage in mir aufwirft, ob nicht vielleicht doch ein Funken ihrer Freundschaft überlebt hat. Aber dann fügt er hinzu: »Sie könnte mit den Schmugglern zusammengearbeitet habe, die ich festgesetzt habe. Und jetzt habt Ihr diesem Mädchen Zugang zum König gewährt.«

Ah. Natürlich. Ich halte den Blick vorwärtsgerichtet, als ich die Treppe nach unten steige. »Wäre das wahr, wäre sie wohl kaum noch am Leben.«

»Nun, es ist definitiv kein alltägliches Vorkommnis, dass Ihr eine Schmugglerin in Eure Gemächer bringen lasst.« Er zischt die Worte förmlich hinter seinem Taschentuch hervor.

»Konsul, ich hoffe inständig, dass ihr mich nicht vor dem Frühstück ins Verlies geschleppt habt, um eine Diskussion zu führen, die wir auch im Palast hätten führen können.« Wir treten in einen Flur, und ich werfe ihm einen kurzen Blick zu. Er muss aufhören, sich nach Tessa zu erkundigen – zumindest, bis ich mir sicher bin, was ich meinem Bruder erzählen soll. »Berichtet mir von den Gefangenen.«

Er schnaubt trotzig, wie ein beleidigtes Kleinkind. »Nun. Sie haben in der Wildnis zugeschlagen. Wir hatten sechs Karren, es waren gemeinsame Lieferungen von Lissa und mir. Es waren Dutzende Angreifer, die alle gleichzeitig zugeschlagen haben.«

Ich stoppe im letzten Flur, vor der Ecke zu den dunkelsten Zellen. Hier hängt nur eine einsame Laterne an der Wand und jagt flackernde Schatten über Allisanders Gesicht. Es gibt nicht viel, was mich von Tessa ablenken kann, aber diese Information schafft es. »Dutzende?«, frage ich. »Eure Lieferkarawane wurde von *Dutzenden* Leuten angegriffen?«

»Ja. Viel mehr als die Rotte, die wir in Stahlstadt ausgehoben haben.« Er hustet und selbst hinter dem Taschentuch kann ich erkennen, wie er das Gesicht verzieht. »Natürlich konnten wir nicht alle festsetzen. Und der Himmel weiß, mit wie vielen Paketen sie entkommen konnten ...«

»Ihr habt kein Bestandsverzeichnis?«

»Natürlich haben wir das. Aber sie haben einen der Karren in Brand gesteckt ...«

»Sie haben die Wagen *angezündet*?«

»Ja. Sie hatten Brandpfeile. Fackeln. Sie waren organisiert und wussten irgendwoher, dass wir kommen würden. Wir hatten diese Lieferung erst vor zwei Tagen autorisiert. Gerade weil so viele Blütenblätter transportiert werden sollten, haben wir kaum jemanden informiert.« Er stößt ein angewidertes Geräusch aus. »Ich wusste, dass es nicht bei diesen acht bleiben würde. Wahrscheinlich warten Hunderte mehr darauf, unsere Lieferungen zu attackieren. Sie gefährden ganz Kandala, Corrick. Sie müssen aufgehalten werden.«

»Ich stimme zu.« Und das entspricht der Wahrheit. Wenn Allisander und Lissa nervös werden, werden sie gar keine Mondflorblüten mehr liefern. Oder sie verlangen, dass die anderen Sektoren sich ihre Rationen der Medizin selbst abholen, was Geld und Personal erfordert – Ressourcen, die die anderen Konsuln nicht haben. Ich frage mich, ob unter den Gefangenen auch welche sind, die während des Aufruhrs entkommen sind.

»Ich werde sie befragen. Wir werden herausfinden, was vor sich geht.«

»Gut.«

Bei diesen Worten treten wir um die Ecke. Es stinkt noch schlimmer als gewöhnlich, aber gleichzeitig ist es ruhiger. Um diese Morgenstunde hatte ich mit Rufen und Flüchen aus den Zellen gerechnet, aber niemand spricht. Hier unten sind vier Wachen postiert. Sie nicken mir zu, wirken aber ... gelangweilt. Ich halte vor der ersten Gittertür an, um in den Raum zu spähen.

Eine junge Frau liegt auf dem Boden, mit dem Gesicht zur hinteren Wand. Zuerst sehe ich braunes Haar, das sich unordentlich neben ihrem Kopf bauscht. Ich bin so daran gewöhnt, unter den Schmugglern im Verlies nach Tessa Ausschau zu halten, dass sich für einen Moment mein Magen verkrampft. Sie ist es nicht. Das weiß ich. Das ist nicht möglich.

Außerdem sieht diese Frau ihr sowieso nicht besonders ähnlich. Sie ist älter als Tessa, ihre braune Haut ein wenig dunkler. Die Haut um ihren Kiefer ist verfärbt, aus Rissen in ihren Lippen dringt Blut. Eine Fliege landet auf ihren Lippen, aber sie zuckt nicht einmal zusammen – was bedeutet, dass sie entweder schläft oder bewusstlos ist. Ihr Arm liegt in einem unnatürlichen Winkel verdreht.

Mein Magen bleibt verkrampft.

Schweigend gehe ich zur nächsten Zelle. Hier sehe ich einen

Mann, gut Mitte dreißig. Die Augen geschlossen, seine Nase schief und blutverkrustet. Seine Kleidung ist zerrissen und leuchtet an so vielen Stellen dunkelrot, dass ich seine tatsächlichen Verletzungen nicht abschätzen kann. Auf jeden Fall hat er zwei gebrochene Arme.

Ich knirsche mit den Zähnen.

Nächste Zelle. Ein weiterer Mann, diesmal in seinen Zwanzigern. Zusammengeschlagen, blutig. Ebenfalls bewusstlos. Ein gebrochenes Bein.

Nächste Zelle. Ein Mann, noch älter, sein Bart grau meliert. Eine Seite seines Gesichts ist vollkommen zugeschwollen, sein Auge mit Blut verkrustet.

In der nächsten Zelle liegt eine keuchende Frau. Ihr Gesicht ist schmutzig, aber ohne Verletzungen, ihre Füße nackt und blutig. Außerdem ist sie schwanger. Während ich vor ihrer Zelle stehe, öffnet sie die Augen und hustet heftig. Sie bemerkt, dass ich sie beobachte, und ich warte darauf, dass ich Angst in ihren Augen erkenne.

Aber das ist nicht der Fall. Stattdessen erkenne ich Resignation. »Ich dachte mir, der Tod hier wäre schneller als das Fieber«, krächzt sie und blinzelt langsam.

Allisander meinte, die Angreifer wären organisiert gewesen; es hätte sich um eine geplante Attacke gehandelt. Aber keiner dieser Gefangenen wirkt, als gehöre er einer Verbrecherorganisation an. Ich frage mich, ob sie alle krank sind.

»Wir werden sicherstellen, dass dieser Tod mehr Qualen für dich bereit hält«, sagt Allisander, bevor er mit dem Fuß eine Welle aus Staub und Dreck in die Zelle schleudert.

Die Frau hustet wieder, dann spuckt sie einen Batzen Blut auf den Boden. »Dachte ich mir. Das habt ihr bewiesen, als wir uns ergeben haben.«

Ihre Worte treffen mich wie ein Schlag. Ich brauche einen

Moment, um sie zu verarbeiten, dann drehe ich mich zu Allisander um. »Sie haben sich ergeben?«

»Natürlich. Wir hatten ein großes Kontingent Wachen. Sobald wir uns des Angriffs bewusst waren, ist es uns gelungen, ungefähr die Hälfte von ihnen in eine Ecke zu treiben. Die meisten allerdings sind in die Wildnis entkommen.«

Die Frau lächelt mit blutigen Lippen. »Dank den Wohltätern werdet ihr sie bald wiedersehen.«

Ich erstarre. Denke an die Rufe während des Aufruhrs vorm Tor zurück. »Wer sind die Wohltäter?«

Ihre Lider sinken nach unten.

Allisander rammt die Hand gegen die Gittertür. »Du wirst reden.«

Das tut sie nicht.

Allisander holt Luft, als wolle er die Frau weiter beschimpfen. Aber sie wird nicht reden und er wird keine Ruhe geben, bis ich Albträume ins Leben rufe, um Antworten zu erhalten. Sollte es nötig sein, werde ich das tun ... aber nicht nur, weil dieser hochmütige Konsul es verlangt. Ich gehe zur nächsten Zelle. Allisander schließt den Mund und folgt mir. Wieder ein Mann. Er sitzt aufrecht in einer Ecke, seinen Arm schützend auf dem Schoß. Aber gleichzeitig wirkt sein Blick verschleiert, er ist fahl und schwitzt und seine Atmung geht zu schnell.

Erschrocken stelle ich fest, dass dies ein Mann ist, dem Tessa und ich Medizin gebracht haben. Er heißt Jarvis und ist mit einer hübschen Frau namens Marlea verheiratet. Ich frage mich, ob ich auch sie in einer der Zellen entdecken werde. Die beiden leben in Artis, kurz vor der Wildnis. Er arbeitet als Maurer, sie flickt Kleidung. Er ist groß und muskulös, aber gleichzeitig einer der sanftesten Charaktere, die mir je begegnet sind. Während die meisten Leute den König – und mich –

mühelos verdammen, hat Javis immer gesagt: »Ich bin mir sicher, der Mann tut, was er kann.«

Ich kann mich absolut nicht vorstellen, dass er sich an einem Überfall auf eine Lieferkarawane beteiligt.

Andererseits konnte ich mir auch nicht vorstellen, dass Tessa sich in den Palast schleicht.

Tessa. Meine Anspannung wird fast unerträglich. Ich sehe den Konsul an. »Wenn sie sich ergeben haben, wieso sind dann alle so schwer verletzt?«

Er hebt eine Augenbraue, als wären wir Waffenbrüder und ich müsse mich mit ihm amüsieren. »Spielt das eine Rolle?«

Ich spiele nicht mit. »Ja.«

Das wenige, was ich von seinem Gesicht erkennen kann, wirkt nun ernst. Ich will ihm das Taschentuch vom Gesicht reißen. »Warum?«, fragt er.

»Weil ich bewusstlose Gefangene nicht befragen kann.« Ich halte inne. »Meine Wachen wissen das. Wenn jemand sich ergibt, wird die betroffene Person ins Verlies gebracht. Unverletzt. Habt Ihr ihnen andere Befehle gegeben?«

Allisander zögert. Versucht, meine Miene zu deuten.

Ich wende mich von ihm ab und wende mich an einen der Soldaten. »Stanton. Lass die Wunden der Gefangenen vom Gefängnisarzt versorgen. Sie sollen etwas zu essen erhalten. Ich kehre spät am Abend zurück.«

Er nickt. »Ja, Eure Hoheit.«

Allisander lässt tatsächlich sein Taschentuch sinken. »Das könnt Ihr nicht ernst meinen.«

»Ich meine es ernst«, gebe ich zurück. »Wenn Ihr Informationen wollt, müssen die Gefangenen sich in einem Zustand befinden, in dem sie sprechen können.« Ich wende mich wieder der Treppe zu.

Allisander bleibt unbeweglich stehen. »Zuerst bringt Ihr eine

Meuchelmörderin in Eure Gemächer, und jetzt kümmert Ihr Euch um Gefangene? Wieso sitzt dieses Mädchen nicht ebenfalls in einer Zelle, Corrick?«

Ich ignoriere ihn und wende mich stattdessen erneut an Stanton. »Sorg dafür, dass die Soldaten, die der Lieferung zugeteilt waren, im Palast vorsprechen. Ich möchte mit ihnen reden.« Dann trete ich dicht vor Allisander und verdränge jeden Gedanken an Tessa aus meinem Kopf. Stattdessen lenke ich meine Gedanken an diesen dunklen Ort in mir, an den ich mich geistig zurückgezogen habe, nachdem meine Eltern vor meinen Augen getötet worden waren. »Möchtet Ihr, dass ich Euch beweise, dass ich nicht weich geworden bin, Konsul?«

Meine Stimme ist eiskalt, aber er weicht nicht zurück. Allisander mag einmal mit Harristan befreundet gewesen sein, aber unser Verhältnis war immer politisch aufgeladen. Manchmal habe ich das Gefühl, als ginge er meinem Bruder aus dem Weg; als litte er immer noch unter dieser Konfrontation vor so langer Zeit. Er und ich sind uns jedoch immer auf Augenhöhe begegnet. Doch jetzt will er mich scheinbar herausfordern ... was ihm nicht ähnlich sieht. Ich frage mich, wie viele Gerüchte bereits über Tessa zirkulieren. Ich frage mich, ob mir die Tatsache, dass beim Aufruhr Gefangene entkommen sind, als Schwäche ausgelegt wird. Ich frage mich, ob ich gezwungen sein werde, etwas Schreckliches zu tun, nur um die Gerüchte zum Schweigen zu bringen.

Ohne Vorwarnung steigt das Bild der vor Angst zitternden Tessa auf dem Boden meiner Gemächer in mir auf. Sie denkt immer an das Volk. Das tue ich auch, aber nicht so wie sie. Früher hat sie Weston – mich – mit solcher Bewunderung betrachtet. Das hatte ich damals nicht verdient und verdiene es heute auch nicht.

Dieser Gedanke trifft mich wie ein Schlag.

Scheinbar durchdringen meine Gefühle meine Maske, lassen für einen kurzen Moment Schwäche oder Verletzlichkeit in meiner Miene aufblitzen, denn Allisander tritt vor und sagt: »Ja, Corrick. Das möchte ich.«

»In Ordnung. Ihr seid aus dem Palast verbannt, bis Ihr Euch wieder ins Gedächtnis gerufen habt, dass ich der Königliche Vollstrecker bin und Ihr der Konsul der Mondscheinebene. Es steht Euch nicht zu, Befehle zu widerrufen, die ich den zu Eurem Schutz abgestellten Wachsoldaten gegeben habe, und Ihr werdet nicht ...«

»Ihr könnt mich nicht aus dem Palast verbannen.« Er sieht aus, als wolle er mich gegen die Wand stoßen.

»Soll ich eine Zelle zwischen Euren Freunden für Euch finden? Scheinbar ist es hier ziemlich voll. Vielleicht sperre ich Euch einfach mit jemandem zusammen.«

Allisander ballt die Hände zu Fäusten und mustert mich mit kaltem Blick. »Nein«, stößt er hervor.

Ich ziehe die Augenbrauen hoch.

»Nein«, wiederholt er. »Eure Hoheit.«

»Vergesst das nicht«, blaffe ich. »Euer Sektor ist nicht der Einzige, in dem Mondflor wächst.« Damit drehe ich mich um und gehe zur Treppe, ohne mich darum zu kümmern, ob er mir folgt oder nicht.

Ich warte seit zwanzig Minuten auf Harristan und stehe kurz davor, die Tapete von den Wänden zu reißen. Stattdessen mustere ich die Papierstapel, die sich vor mir ansammeln: genaue Berichte über die Medizinlieferungen in die einzelnen Sektoren, zusammen mit den neuesten Einwohnerzählungen der Städte, aktuellen Sterbelisten, Gesundheitsaufzeichnungen und Verbrechensstatistiken. Mehr Informationen, als ich mir jemals gewünscht habe.

»Was ist das alles?«, frage ich einen Pagen, der einen weiteren Stapel Dokumente in meine Gemächer trägt.

»Befehl des Königs, Eure Hoheit«, sagt er, bevor er sich eilig verbeugt und den Raum verlässt – nur, um Minuten später mit dem nächsten Stapel zu erscheinen. Zweifelnd mustert er den überladenen Tisch.

Ich will ihn anweisen, alles ins Feuer zu werfen.

»Stapel es einfach auf dem Boden.«

Ich lasse nach Quint rufen, in der Hoffnung, dass er mit Informationen über Tessas Treffen mit meinem Bruder durch die Tür stürmen wird, aber anscheinend muss er sich um irgendein Problem mit dem Küchenpersonal kümmern.

Ich habe keine Ahnung, was Harristan plant – oder warum er mir all diese Informationen zukommen lassen sollte. Ich habe ihm eine Nachricht geschickt, aber die einzige Antwort meines Bruders war ein angespanntes »Später.«

Ich gehe zum Beistelltisch und gieße mir ein Glas Wein ein.

Der Page kehrt mit dem nächsten Stapel zurück. Himmel. Ich gieße den Wein zurück in die Karaffe und wechsle zu Brandy.

Ich mag Informationen, beschäftige mich gerne mit Details und habe gewöhnlich nichts dagegen, mich durch Berge von Dokumenten zu wühlen, aber das hier ist ein bisschen viel. Und ich weiß nicht mal, welchem Zweck all diese Aufzeichnungen dienen sollen.

Außerdem kann ich nicht aufhören, über die Wohltäter nachzudenken. Was bedeutet das alles? Steckt jemand hinter diesen Angriffen, diesen Überfällen? Es braucht Geld, die Leute dazu zu bringen, ein solches Risiko einzugehen. Oder Medizin. Sonst würde es sich für die Menschen einfach nicht lohnen.

Wenn diese Angriffe weitergehen, wird Allisander seine Lieferungen einschränken. Ein großes Risiko für Kandala.

In meiner letzten Nacht als Weston Lark habe ich Tessa gefragt, ob sie weiß, wer die Wohltäter sind. Sie hatte keine Ahnung. Sie hätte Wes nicht angelogen. Ich wünschte, wir hätten eine weitere Nacht gehabt, eine weitere Chance, mit den Leuten zu reden.

Aber natürlich habe ich diese Chance vertan.

Ich fahre mir mit der Hand durchs Haar. Ich bin vollkommen erschöpft, dabei ist gerade einmal Nachmittag.

Als der Page erneut das Zimmer betritt, blaffe ich: »Es reicht.«

Er zuckt so heftig zusammen, dass er fast seine Last fallen lässt.

Ich seufze. »Leg sie auf den Boden. Ich werde nach dir schicken, wenn ich durchgesehen habe, was du bisher gebracht hast.«

In einem Jahr, vermutlich.

Schließlich, eine qualvolle Stunde später, kündigen die Wachen meinen Bruder an. Nachdem er mich hat warten lassen, rechne ich damit, dass er in den Raum stürmt, aber stattdessen schlendert Harristan lässig durch die Tür und wirft sie hinter sich ins Schloss.

»Corrick.« Sein Blick wandert über die Stapel aus Dokumentenmappen und Papieren, und er runzelt die Stirn. »Was ist das alles?«

»Sag du es mir.« Ich nippe an meinem Brandy. »Es wurde auf deinen Befehl gebracht.«

»Oh. Ja. Das Mädchen behauptet, die Dosierung des Elixiers im königlichen Sektor wäre zu hoch. Könntest du prüfen, ob die Unterlagen diese Theorie untermauern? Die Palastärzte beschäftigen sich ebenfalls mit der Frage, aber du bist bei so was besser.« Er wedelt mit der Hand in Richtung der Papierstapel.

Was bedeutet, dass Harristan nicht die nötige Geduld besitzt –

und nicht genug Zeit hat –, um sich darum zu kümmern. Ich habe eigentlich auch keine Zeit. Mein Herz rast, als ich höre, was Tessa ihm gesagt hat. »Wann willst du das Ergebnis hören?«

Er lässt sich auf einen Stuhl mir gegenüber sinken, hebt den Deckel einer Mappe und schließt sie wieder. »Morgen.«

Ich verschlucke mich an meinem Brandy. »Du gibst mir einen ganzen *Tag*, Harristan? Reicht nicht auch eine Stunde?«

»Ich kann nicht zulassen, dass diese junge Frau im Palast verbleibt, wenn die Gründe für ihre Anwesenheit nicht valide sind.«

Ich stelle mein Glas ab und starre ihn an. Er hält meinen Blick.

Letzte Nacht, in der Dunkelheit seiner Gemächer, hat er erklärt, ich hätte Geheimnisse vor ihm – aber er hat keine Antworten gefordert. Auch jetzt verlangt er keine Erklärung. Aber seine Position ist klar.

Ich bin gleichzeitig überrascht und nicht überrascht, dass es Tessa irgendwie gelungen ist, meinen Bruder davon zu überzeugen, dass sie gute Gründe für ihr Eindringen in den Palast hatte. Nicht nur gute Gründe, sondern gute Absichten.

»Ich werde die Dokumente durchsehen«, sage ich leise.

»Gut.« Er greift nach meinem Brandyglas und nippt daran. »Dir ist klar, dass du Allisander nicht dauerhaft aus dem Palast verbannen kannst.«

Ich verziehe das Gesicht. »Mir war nicht klar, dass die Nachricht dich so schnell erreichen würde.«

»Er hat fast sofort Beschwerde eingelegt.«

»Von den Stufen des Palastes aus, vermute ich?«

Harristan lächelt nicht. »Tatsächlich ja.« Er zögert. »Selbst wenn die Dosierung falsch ist, können wir unseren Hauptlieferanten nicht verprellen.«

»Allisander wird zu dreist.«

»So drängend Arella auch Nachsicht fordert, ihr Sektor ist nicht der Hauptlieferant für Kandala. Und dasselbe gilt für Roydans Sektor.«

Ich weiß das. Und Harristan weiß, dass ich es weiß. Er stellt das Glas wieder auf den Tisch, und ich greife danach. »Leute vor den Toren aufzuknüpfen, hat die Schmuggler nicht aufgehalten«, meine ich. »Wenn überhaupt, werden sie noch waghalsiger.«

»Sicherlich. Sie schleichen sich in den Palast und landen letztendlich im Zimmer meines Bruders.«

Ich leere mein Glas, ohne meinen Bruder anzusehen. »Himmel, Harristan.«

Für einen Moment rechne ich damit, dass er mehr Informationen einfordert. Mein Bruder ist kein Narr. Er weiß, dass es zu Tessa mehr zu sagen gibt, als ich ihm bisher verraten habe. Das hat er gestern Nacht quasi zugegeben.

Doch letztendlich lässt er den Blick noch einmal über die Dokumentenstapel gleiten und steht auf. »Du hast viel zu tun.« Er klopft mir fest auf die Schulter, bevor er sich der Tür zuwendet. »Ich werde mich um Allisander kümmern.«

»Danke dir.«

Ich kann die Worte nicht laut aussprechen, aber ich danke ihm nicht nur dafür, dass er sich um einen irritierten Konsul kümmert. Ich danke ihm für sein Vertrauen und dafür, dass er mir meine Geheimnisse lässt.

Dass er mir erlaubt, Tessa zu schützen.

Er weiß das ebenfalls, denn er schenkt mir ein Lächeln. »Gern geschehen, Cory.«

Dann verblasst sein Lächeln, und er greift nach der Türklinke.

Corrick

Quint lungert in einem Sessel in meinen Gemächern und isst Erdbeeren, während jenseits der Fenster in seinem Rücken die Sonne untergeht. Er redet seit zwanzig Minuten über Nichtigkeiten. Gewöhnlich stört mich das nicht, aber heute bin ich so angespannt, dass ich kurz davor stehe, ihn von den Wachen aus dem Raum zerren zu lassen.

»Und dann«, sagt er gerade, »hat Jonas den Wachen erzählt, dieses Mädchen wäre seine Nichte. Kannst du das glauben? Keine Ahnung, wen er damit täuschen will.«

Ich kämpfe mit den goldenen Knöpfen meines Jacketts, dann reiße ich mir das Kleidungsstück von den Schultern und werfe es aufs Bett, neben all die anderen, die ich bereits anprobiert und verworfen habe. »Ich bin mir sicher, irgendwo im Palast gibt es Angelegenheiten, um die du dich kümmern musst.«

»Wahrscheinlich.« Er wählt eine weitere Erdbeere und entfernt die Blätter. »Zieh noch mal das Schwarze an.«

Ich runzle die Stirn. Das ist das Jackett, das Geoffrey als Erstes aus meinem Schrank gezogen hat – und wahrscheinlich rechnet er damit, dass ich es immer noch trage. Ich habe es sofort wieder abgelegt, weil es mich zu sehr an die Kleidung erinnert, die ich im Dienste meines Bruders trage, und das löst die Sorge in mir aus, dass es auch Tessa daran erinnern wird, was ich für meinen Bruder tue. Stattdessen greife ich nach einem Jackett in Bordeauxrot.

»Auf keinen Fall«, sagt Quint.

Seufzend lege ich das Kleidungsstück wieder zur Seite, bevor ich mir das Kinn reibe.

Quint legt die Erdbeere zurück in die Schale und wandert auf dem Weg zum Schrank an dem Kleiderhaufen auf meinem Bett vorbei. »Ehrlich, Corrick. Dieses Mädchen hat dich in Wolle und Filz gesehen.« Er mustert für einen Moment das Angebot und zieht dann ein Kleidungsstück heraus. »Hier.«

Das Jackett besteht aus blauem Brokat, mit einem eingearbeiteten Blättermuster in einem dunkleren Blauton, schwarzem Seidenkragen und silbernen Paspeln. Auch die Knöpfe sind aus poliertem Silber. Das Kleidungsstück ist schlicht, und ich habe es noch nie getragen – nichts, was ich normalerweise anziehen würde.

»Nein«, sage ich.

»Du willst nicht der Prinz sein. Du kannst nicht der Gesetzlose sein. Sollen wir uns eine weitere Identität für dich ausdenken?«

»Quint.«

Wie ein Lakai hält er das Kleidungsstück für mich bereit. »Du weißt, dass der Salon zu dieser Zeit vor Höflingen fast überquillt. Willst du dein Mädchen den Aasgeiern überlassen?«

Nein. Will ich nicht. Und er hat recht; es ist egal, was ich trage. Ich kann nicht die Person sein, die sich Tessa wünscht. Seufzend gleite ich ins Jackett. »Sie hasst mich trotzdem.«

»Sie hasst die Tatsache, dass du gelogen hast. Das ist etwas anderes.« Quint tritt vor mich, schiebt meine Hände zur Seite und schließt die Knöpfe.

»Ich hatte wirklich keine Ahnung, dass du weißt, wie man ein Jackett zuknöpft«, sage ich gespielt überrascht.

»Still.« Er schließt den letzten Knopf, streicht unsichtbare Fussel von meiner Schulter und tritt zurück.

Ich ziehe an den Ärmeln, dann fällt mir auf, dass Quint mich beobachtet. Das ist etwas, was die meisten Menschen an Quint nicht bemerken: Er wirkt konfus und oberflächlich, aber er ist ein herausragender Beobachter, der alles bemerkt und nichts vergisst.

»Was?«, frage ich.

»Ich habe gehört, was heute im Verlies geschehen ist. Mit Konsul Sallister.«

»Wie ich ihn aus dem Palast verbannt habe?« Ich brumme leise. »Harristan hatte einiges dazu zu sagen.«

»Nein. Darüber, dass du befohlen hast, die Gefangenen zu versorgen und zu behandeln.«

Ich runzle die Stirn. »Sallister hat die meisten von ihnen halb zu Tode prügeln lassen, Quint. Wenn ich herausfinden soll, wer hinter den Überfällen auf die Lieferungen steckt, muss er mir Leute zum Befragen übrig lassen.«

Quint schweigt.

Ich verdrehe die Augen, dann wende ich mich der Tür zu. »Jetzt hast du nichts mehr zu sagen?«

»Tessa ist in Sicherheit. Und ihr mag die Wahrheit nicht gefallen«, sagt er ruhig. »Aber du kannst nur Prinz Corrick sein.«

»Ich weiß.«

»Du kannst nur der Königliche Vollstrecker sein.«

Ich wäre gerne irritiert, aber das bin ich nicht. Vielleicht brauchte ich diese Mahnung. »Das habe ich nicht vergessen.«

»Natürlich nicht.« Quint greift nach der Türklinke. »Euer Abend erwartet Euch, Eure Hoheit.«

Quint hatte recht. Im Salon drängen sich die Höflinge. Ich entdecke Jonas Buching in einer Ecke. Der Konsul steht eng neben einer jungen Frau mit rabenschwarzen Locken, die über ihren Rücken fallen. Sie wirkt gerade mal halb so alt wie er. Ich frage mich, ob das wohl die *Nichte* ist, die Quint erwähnt hat. Jonas muss meinen Blick gespürt haben, weil er leicht den Kopf dreht. Eilig wende ich den Kopf ab. Er wird sicherlich noch einmal die Bedeutung der neu zu errichtenden Brücke für Artis betonen wollen, aber ich habe heute Abend keine Lust auf politische Spielchen.

Doch dann huscht mein Blick wieder zu dem Konsul, weil ich daran denken muss, wie Allisander in der letzten Sitzung erklärt hat, Jonas' Forderung nach zu viel Silber könnte etwas mit den Wohltätern zu tun haben, die die Rebellen finanziell unterstützen. Ich denke einen Moment darüber nach, aber die Vorstellung passt nicht. Jonas ist zu selbstgefällig; vollkommen zufrieden damit, die Welt ihren normalen Gang gehen zu lassen, solange das Schlimme nicht ihn persönlich betrifft.

Ich halte in der Menge nach Tessa Ausschau und frage mich, ob sie wohl schon in die Fänge irgendwelcher Hofdamen geraten ist. Tratsch summt durch die Luft. Obwohl die Stimmen verstummen, wenn ich näher komme, fange ich auf meinem Weg durch den Raum ein paar Kommentare auf.

Anscheinend ist sie Pharmazeutin.

Ich habe gehört, sie hat die Nacht mit dem Prinzen verbracht.

Mir ist egal, was irgendein Mädchen sagt, mein Arzt empfiehlt vier Dosen jeden Tag.

Sie sollte besser vorsichtig sein.

Ich verdrehe die Augen und nehme mir ein Glas Wein vom Tablett eines umhergehenden Dieners.

Vielleicht hat der König versucht, sie in den Palast zu schmuggeln.

Vielleicht trägt sie seinen Bastard unter dem Herzen.

Ich verschlucke mich an meinem Wein.

Also wirklich. Das dürfte eine echte Überraschung für Harristan darstellen.

Ich kann Tessa nirgendwo entdecken. Nur mit Mühe halte ich mich davon ab, meine Taschenuhr herauszuziehen. Jonas auf der anderen Seite des Salons wirkt, als wolle er seinen Mut zusammennehmen, um an mich heranzutreten. Wenn Tessa nicht bald auftaucht, muss ich mir jemand anderen suchen, mit dem ich mich unterhalten kann, weil ich ihm sonst zuhören muss.

»Eure Hoheit.«

Neben mir erklingt eine sanfte Stimme. Als ich mich umdrehe, sehe ich mich Lissa Marpetta gegenüber. Sie und Allisander kontrollieren den Handel mit Mondflorblüten in Kandala, aber sie nervt mich bei Weitem nicht so sehr wie er. Um ehrlich zu sein, nervt Lissa mich gar nicht. Sie ist doppelt so alt wie ich und stand einst meiner Mutter nahe. Ich habe mich oft gefragt, ob darin einer der Gründe liegt, warum sie nie großen Druck auf Harristan und mich ausgeübt hat. Viele Konsuln halten sie für passiv – eine Frau, die einst der königlichen Familie nahestand und nur durch einen glücklichen Zufall reich und mächtig geworden ist. Harristan widerspricht dieser Einschätzung. Er hält sie für clever. Allisander zögert keinen Moment, laut zu fordern, was er will, und Lissa scheint zufrieden damit, ihn die Kämpfe ausfechten zu lassen, von denen auch ihr Sektor profitiert.

»Konsulin«, sage ich. »Ich dachte, Ihr wäret nach Glutkamm zurückgekehrt.«

»Ich habe gehört, dass es im Palast neue Entwicklungen gibt. Allisander hat eine Nachricht geschickt, in der er meine Rückkehr angemahnt hat.«

Natürlich hat er das getan. »Ein Missverständnis«, erkläre ich glatt. »Das Mädchen wollte dem Palast lediglich mögliche Beweise präsentieren, dass wir unsere Dosierungen noch einmal überprüfen sollten.«

Sie mustert mich. »Ihr glaubt eher einem Mädchen aus der Wildnis als den Königlichen Ärzten?«

»Ich bin überzeugt, dass wir auf jeden hören sollten, der eine Möglichkeit aufzeigt, die Blütenblätter effektiver zu nutzen.«

Lissa zögert. »Bei allem gebotenen Respekt, Eure Hoheit, ich möchte euch raten, sehr vorsichtig vorzugehen.«

Ich nippe an meinem Weinglas. »Ihr traut mir leichtfertiges Handeln zu?«

»Ich bin davon überzeugt, dass Eure Eltern zu viel Vertrauen in Personen von außerhalb des Palastes gesetzt haben.« Sie hält einen Moment inne. »Ich mochte Eure Mutter sehr und will nicht, dass Ihr und Euer Bruder demselben Schicksal anheimfallt.«

Ich halte ihren Blick. Meine Unruhe lässt etwas nach. Nur selten nimmt sich einer der Konsuln die Zeit, vertraulich mit uns zu sprechen, besonders in diesen Zeiten. Ich nicke. »Natürlich, Konsulin.«

Sie entfernt sich und ich leere mein Glas. Ich hätte gut ohne die Erinnerung an meine Eltern leben können. Lissa muss mich nicht darauf hinweisen, dass Tessas Theorien genau das sind ... Theorien.

Plötzlich breitet sich Stille im Raum aus, weil ein Neuankömmling die allgemeine Aufmerksamkeit erregt. Ich sehe ein schickes Kleid, makellosen Teint und einen Kopf voller

Locken. Fast hätte ich die Frau abgetan, bis mir klar wird, dass es Tessa ist.

Sie trägt ein atemberaubendes Kleid aus purpurfarbenem Samt, dessen Rock seitlich geschlitzt ist, sodass bei jedem Schritt die cremefarbene Seide des Unterrocks aufblitzt. Ihre Arme liegen frei, allerdings hat jemand lange, rote Satinbänder in einem komplizierten Muster um ihre Unterarme gewickelt. Ihre Miene wirkt distanziert, ihre Augen hart, ihre Lippen schmal. Flankiert von zwei Wachen könnte sie wie eine Gefangene wirken, doch stattdessen strahlt sie die Würde einer Königin aus.

Sie verlangsamt ihre Schritte, als sie den Raum betritt; lässt den Blick über die Gesichter gleiten.

Das Flüstern setzt wieder ein. Tessas stoische Haltung beginnt zu bröckeln, was mir verrät, dass sie einige der Kommentare hören kann. Ihr Blick huscht von rechts nach links, bis sie nicht mehr unnahbar wirkt, sondern fast panisch.

Ich setze mich in Bewegung. »Tessa.«

Sie zuckt leicht zusammen, dann sieht sie zu mir auf. Eine Bedienstete hat ihre Augen mit dunklen Farben umrahmt und pinkfarbenes Rouge auf ihre Wangen aufgetragen. Ihre Lippen zeigen ein helleres Rot als das Kleid. Jetzt öffnen sie sich leicht zu einem Keuchen.

Erst nach einem Moment bemerkt Tessa, dass sie mich anstarrt. Ihr Blick wird kühl, ihre Lippen noch schmaler. Sie hebt ihren Rock und sinkt in einen Knicks, der gleichzeitig elegant und kampfeslustig wirkt. Offensichtlich hat der Unterricht in Etikette geholfen. »Eure Hoheit.«

Nur Tessa ist fähig, einen Knicks in einen Akt des Widerstandes zu verwandeln.

Ich verbeuge mich leicht, dann biete ich ihr meinen Arm. »Sollen wir?«

Sie zögert und ich bemerke ein unruhiges Flackern in ihren Augen. Jede Person im Raum beobachtet ihre Reaktion, erwartet gespannt ihre Handlungen – und wie ich darauf reagieren werde. Eine Hälfte der Menge ist einfach nur neugierig ... aber die andere Hälfte sehnt sich wahrscheinlich nach einem Spektakel, über das sie sich das Maul zerreißen können, sobald ich verschwunden bin. Und einige hoffen wahrscheinlich sogar auf Blutvergießen.

Quints Warnung hallt in meinen Ohren wider. *Du kannst nur der Königliche Vollstrecker sein.*

Vielleicht liest Tessa etwas aus meiner Miene, weil sie sanft ihre Hand auf meinen Arm legt. Ich spüre, dass ihre Finger zittern.

Sie hat immer noch Angst vor mir. Diese Erkenntnis macht Quints Warnungen überflüssig.

Ein Teil von mir wünscht sich, ich könnte den angerichteten Schaden wiedergutmachen – aber ich habe keine Ahnung, wie ich meine Existenz als Vollstrecker ungeschehen machen soll. Dann denke ich daran zurück, wie meine Eltern gestorben sind, und bezweifle, dass ich es tun würde, selbst wenn es möglich wäre.

Die Türen schwingen auf, als wir uns ihnen nähern. Kühle Nachtluft gleitet über meine Haut. Auf der gepflasterten Straße vor dem Palast herrscht geschäftiges Treiben. Pferdekutschen kommen und gehen. Diener und Lakaien eilen von rechts nach links. Irgendwo wiehert ein Pferd, und ein Mann ruft nach einem Gepäckträger.

Ein Lakai erscheint und verbeugt sich. »Eure Hoheit. Eure Kutsche ist bereit.«

»Eine Kutsche«, flüstert Tessa.

»Dachtest du, wir würden zu Fuß gehen?«, frage ich, als ich sie die Stufen nach unten führe.

Im Sonnenlicht ist die Kutsche burgunderrot, aber im Mondlicht wirkt sie schwarz. Die silbernen Beschläge funkeln im Fackelschein. Vier Pferde stehen in glänzendem Geschirr. Wann immer sie die Köpfe schütteln, bimmeln winzige Glöckchen. Der Lakai öffnet die Tür für uns, und ich biete Tessa die Hand.

Sie kneift die Augen zusammen und klettert ohne meine Hilfe in die Kutsche.

Ich will ihr gerade folgen, als Kapitän Huxley neben die Kutsche tritt. »Eure Hoheit.«

Der Kapitän der Palastwache ist ein großer Mann mit blondem Haar, rötlichen Wangen und einer Schwäche für Schokolade und Bitterbier. Soweit ich informiert bin, ist er ein ehrlicher Mann, aber hin und wieder nimmt er im Gegenzug für ein paar Gerüchte über die königliche Familie Bestechungsgelder an. Er hat schon unter meinem Vater als Kapitän gedient. Huxley wurde nicht in Betracht gezogen, als Harristan seine persönliche Wache gewählt hat – eine Kränkung, die er Harristan meines Erachtens nie ganz verziehen hat.

Wir dagegen haben ihm niemals vergeben, dass es ihm nicht gelungen ist, die Sicherheit unserer Eltern zu garantieren, also dürften wir quitt sein.

Huxley verstellt den Zugang zur Kutsche, aber ich schenke ihm nur einen flüchtigen Blick. »Was?«

Angesichts meines Tonfalls zögert er kurz. »Dieses Mädchen ist eine Unbekannte. Ich sollte mit Euch fahren.«

»Ich werde darüber nachdenken, während du uns auf einem Pferd folgst.« Ich will an ihm vorbeitreten.

»Egal, was für Erkenntnisse sie angeblich gewonnen hat, sie ist in den Palast geschlichen ...«

»Ja. Ist sie. Und ist dabei direkt an einem Eurer Wachsoldaten vorbeigestiefelt.«

»Nun, also ... Eure Hoheit ...«, stammelt er fast.

»Ich habe wirklich Hunger, Kapitän.«

Nach einem letzten Moment des Zögerns zieht er sich zurück. »Wie Ihr wünscht.«

Als ich in die Kutsche steige, sehe ich, dass Tessa den Platz mit Blick nach vorne gewählt hat, also ziehe ich die Tür hinter mir zu und lasse mich ihr gegenüber in die Polster sinken. Sie mustert mich mit kühlem Blick, aber ihre Finger sind im Schoß verschränkt und so angespannt, dass ihre Knöchel weiß hervortreten.

Ich bedenke sie mit einem trockenen Blick. »Kapitän Huxley hat angeboten, sich uns anzuschließen«, sage ich. »Ich habe abgelehnt.«

»Macht er sich Sorgen wegen des Dolches, den ich unter meinen Röcken verberge?«

»Rede noch ein bisschen lauter, und du wirst es herausfinden.«

Der Kutscher treibt mit knallender Peitsche die Pferde an, und plötzlich holpern wir über die Pflastersteine.

Über dem Fenster hängt eine kleine Laterne, die Schatten über Tessas Gesicht huschen lässt und das Rot ihres Kleides zum Leuchten bringt.

Ich lasse mich tiefer in die Polster der Sitzbank sinken. »Sag mir: hast du wirklich einen Dolch?«

Tessa richtet den Blick aus dem Fenster. »Behalte deine Finger bei dir, oder *du* wirst es rausfinden.«

»So sehr du mich auch hassen magst, du kannst dich kaum über eine schöne Kutschfahrt und ein Essen in einem der exklusivsten Restaurants von ganz Kandala aufregen.«

Sie hebt die Augenbrauen. »Kann ich nicht?«

Himmel, sie ist wirklich unverfroren. »Schön. Vielleicht doch.«

Sie schweigt. Ich schweige. Es herrscht kühle Stille zwischen uns, nur durchbrochen vom Klappern der Hufe.

»Vergib mir«, sage ich schließlich. »Ich hätte das Gespräch damit beginnen sollen, dass ich dir Dank schuldig bin.«

Sie wendet den Kopf zu mir. Sie wirkt, als vermute sie einen Scherz, doch als sie erkennt, dass ich es ernst meine, werden ihre Augen schmal. »Warum?«

»Weil du Harristan nichts von uns erzählt hast.«

Sie dreht den Kopf wieder zum Fenster und starrt in die Nacht hinaus. »Tatsächlich habe ich das getan.« Sie hält inne, ringt kurz mit den Händen. »Ich habe ihm die Wahrheit gesagt. Ich habe mit einem Mann zusammengearbeitet, den ich für einen Freund gehalten habe, bis er von der Nachtwache gefangen gesetzt und vor dem Tor aufgehängt wurde.«

Die Wahrheit. Ich frage mich, ob das die Wahrheit ist, die sie sich selbst eingeredet hat. Dass es keine Rolle spielt, dass ich Weston Lark war – weil er tot ist. Und jetzt gibt es nur noch mich.

Sie räuspert sich. »Ich dachte, es würde sowieso keine Rolle spielen? Weil niemand mir glauben wird?«

»Harristan vermutet, dass da *etwas* zwischen uns ist.«

Erneut wendet sie den Kopf zu mir. »Was?«

»Nachsicht sieht mir nicht ähnlich.« Ich zucke mit den Achseln. »Aber er drängt nicht auf Antworten.«

Erneut verknotet sie die Finger, als wäre das eine besorgniserregende Entwicklung. »Warum nicht?«

»Weil er mein Bruder ist, Tessa.«

Wieder starrt sie in die Nacht. »Es spielt sowieso keine Rolle. Zwischen uns ist nichts.«

»So heißt es.«

Wieder breitet sich Schweigen in der Kutsche aus. Die Nacht um uns herum ist wirklich finster, aber vor uns flackert Feuer in einem riesigen Kreis, der scheinbar frei in der Luft hängt. Trotz ihrer Wut rückt Tessa näher ans Fenster heran, um besser sehen zu können. Ich kenne den Anblick schon mein gesamtes Leben, aber nachts hat die Illusion einen besonderen Zauber. Denn das, was wir sehen, ist kein frei schwebender Kreis, sondern ein riesiger Torbogen, an dem hundert Fackeln hängen, die Asche und Funken auf einen glänzenden Teich herabregnen lassen, der das Licht darüber spiegelt. Tessa starrt mit leicht geöffneten Lippen darauf, und ich erkenne das Staunen in ihren Augen.

Ich wechsle den Platz, setze mich neben sie auf die Bank, damit ich besser sehen kann. Tessa keucht und schlägt mit der Faust nach mir.

Ehrlich? Ich greife ihr Handgelenk. »Zettel keinen Krawall in der Kutsche an«, sage ich warnend. »Vergiss den Kapitän nicht.« Ich halte ihren Arm fest, nicke aber Richtung Fenster. »Schau es dir an, bevor wir vorbeigefahren sind.«

Sie holt Luft, als wolle sie mich anblaffen, aber inzwischen sind wir nahe genug gekommen, um das Zischen der Funken auf der Wasseroberfläche zu hören. Die Geräusche lenken ihre Aufmerksamkeit wieder aus dem Fenster. Es ist zu dunkel, um die verflochtenen Äste zu sehen, welche die Fackeln halten. Hinter den schwebenden Flammen funkeln die Sterne. Jeder Funke, der auf die Wasseroberfläche fällt, blitzt noch einmal auf, bevor er in den dunklen Tiefen versinkt.

»Das ist der Steinhammerbogen«, sage ich. »Man kann ihn vom Palast aus sehen. Mein Urgroßvater hat ihn als Liebeserklärung an seine Braut erbauen lassen. Er sagte, solange die Fackeln nicht verlöschen, gälte dasselbe für seine Liebe. Als wir Kinder waren, haben Harristan und ich uns abwechselnd dazu herausgefordert, den Bogen zu erklimmen.«

Sie entzieht mir ihren Arm. »Ich hoffe, du bist oft abgestürzt.«

Ich lehne mich näher zu ihr. »Kein einziges Mal.«

»Ich werde dich erstechen.«

»Ich glaube dir nicht, dass du einen Dolch hast.«

Sie richtet sich höher auf, und das herausfordernde Funkeln in ihren Augen leuchtet fast heller als der Bogen. Dieses Wortgefecht erinnert mich daran, wie wir uns in der Werkstatt immer aufgezogen haben – ein Gedanke, der mich gleichzeitig bedrückt und aufmuntert.

Doch plötzlich verändert sich ihre Miene. Sie verzieht fast schmerzerfüllt das Gesicht und presst eine Hand an die Brust, als fiele ihr das Atmen schwer.

Ich richte mich alarmiert auf. »Tessa ...«

»Wie konntest du mir das antun?« Sie stößt mich von sich, und ich spüre ihre Trauer. Ihre Stimme bricht. »Wie konntest du?«

Ich erstarre. Für einen Moment, hier in der Dunkelheit, hatte ich es vergessen.

Vielleicht war Quints Warnung doch nötig.

Wie sie so in dieser steifen Haltung dasitzt, fühle ich mich grausam. Ich kehre auf die andere Bank zurück und rücke mein Jackett zurecht. Schatten huschen über Tessas Gesicht und erinnern mich an die Maske, die sie früher getragen hat.

»Hast du eine Ahnung, was ich durchgemacht habe?«, flüstert sie schwach. »Irgendeine Ahnung?«

»Nein«, antworte ich leise. »Erzähl mir davon.«

Sie erstarrt, den Blick auf mich gerichtet.

»Du bist gestorben«, flüstert sie, als sollte ihr Schmerz offensichtlich sein. Sie schließt für einen Moment die Augen und atmet zitternd ein. »Du warst mein bester Freund. Du warst ... ich war ... ich ...« Wieder holt sie Luft. »Alles war so schrecklich. Ich wollte doch nur Menschen helfen. Und du auch – oder zumindest dachte ich das. Und dann ...« Ihr Atem stockt. »Du bist mir zuliebe über die Mauer gegangen, und dann habe ich den Alarm gehört ...« Schniefend wischt sie sich über die Augen. »Und dann, bei Tagesanbruch, habe ich gesehen ...«

Ihre Stimme verklingt.

Ich weiß, was sie gesehen hat.

Wieder wischt sie sich die Augen, dann starrt sie aus dem Fenster. Der Steinhammerbogen verschwindet hinter uns. Wir nähern uns dem Ende der zum Palast gehörenden Privatstraße. Bald werden wir wieder von den Eliten umgeben sein.

»Tessa.«

Sie schluckt so schwer, dass es wehtun muss. »Nicht.«

»Du musst etwas verstehen.«

»Es ist mir egal.«

Ich beuge mich vor und stemme die Unterarme auf die Knie. »Weißt du«, sage ich ruhig, »dass ich jedes Mal, wenn ich ins Verlies gerufen wurde, gefürchtet habe, dich in einer der Zellen zu entdecken?«

»Ich vermute, das hätte deinem Spielchen ein abruptes Ende bereitet.«

»Es war kein Spiel«, fauche ich fast.

Endlich sieht sie mich an. »Was war es dann? Du bist der Königliche Vollstrecker. Du bist der Bruder des Königs. Nur einen Todesfall von der Thronbesteigung entfernt. Du besitzt mehr Macht als fast jeder andere in Kandala.« Sie spreizt die Finger. »Warum also hast du das getan? War das eine Art Buße? Eine Möglichkeit, deine Schuldgefühle zu beschwichtigen?« Wieder bricht ihre Stimme. »Du hast gesehen, wie es den Leuten geht! Du hast es mit eigenen Augen bezeugt! Deinem Bruder kann ich nichts vorwerfen. Er ist von Leuten umgeben, die ihm wahrscheinlich nur erzählen, was er hören will. Aber du hast das Leiden *gesehen*, die Todesfälle und die Verzweiflung, und trotzdem hast du diese Gefangenen auf der Bühne aufgereiht und hast ...«

»Tessa.« Jedes Wort trifft mich schmerzlich. Meine Brust wird eng.

Sie reibt sich die Augenwinkel. »Warum tust du mir das an?«, flüstert sie. »Wirf mich einfach zu den anderen ins Verlies.«

»Das kann ich nicht«, sage ich rau, und mein Tonfall erregt ihre Aufmerksamkeit.

Sie lässt die Hände sinken, blinzelt in meine Richtung.

»Das kann ich nicht«, wiederhole ich und fange ihren Blick ein. »Ich kann es nicht, Tessa. Ich weiß nicht, wie viele Male ich mir gewünscht habe, das Morgengrauen würde länger auf sich warten lassen. Wie viele Male ich bei dir bleiben wollte, statt zu alldem hier zurückzukehren. Wie oft ich mir gewünscht habe, ich wäre tatsächlich Weston Lark und Prinz Corrick die erfundene Identität.«

Wütend wischt sie sich eine einsame Träne von der Wange, bevor sie eine Geste macht, die den gesamten, opulenten Innenraum der Kutsche einschließt. »Konntest du all diesem Prunk nicht den Rücken kehren?«

»Ich konnte meinen Bruder nicht im Stich lassen.«

Das nimmt ihr den Wind aus den Segeln.

»Ich konnte ihn nicht mitnehmen«, fahre ich fort. »Wie sollte das gehen? Und selbst, wenn es möglich wäre, dann ... was? Kandala den Konsuln überlassen? Schon jetzt schaffe ich es kaum, Allisander Sallisters Preisvorstellungen für die Mondflorblüten realistisch zu halten. Er ist noch schlimmer, als sein Vater es war. Es fällt schwer, das Gleichgewicht zwischen seiner Zufriedenheit und der Gesundheit unseres Volkes zu halten. Wenn uns das nicht gelingt, würde er nach der Macht greifen ... und angesichts seiner Ressourcen könnte er sie vielleicht sogar erringen.« Ich halte inne, reibe mir nachdenklich das Kinn. »Ja. Ich habe das Leiden gesehen, Tessa, genau wie du. Aber käme Allisander an die Macht, wäre Medizin doppelt so teuer und das Fieber doppelt so tödlich.«

Jetzt starrt sie mich an.

»Du kannst mich hassen«, sage ich. »Gott weiß, dass alle anderen es tun. Aber du kennst nur eine Seite der Medaille.«

Sie sitzt vollkommen unbeweglich da. Die Tränen scheinen auf ihren Wangen eingefroren.

Ich nehme ihr diese Reaktion nicht übel.

Aber ich kann Tessa nicht gefangen halten. Sie wird mich immer hassen. Sie wird mir nie vertrauen. Zu wissen, dass sie sicher im Palast lebt, tröstet mich nicht, wenn sie nur eine gefangene Taube in einem goldenen Käfig ist.

Das ist mein Schicksal, nicht ihres.

»Ich werde dich nicht töten. Ich werde dich nicht ins Verlies werfen.« Ich stoße zischend den Atem aus. »Zur Hölle, wenn du wegwillst, kann ich die Kutsche anhalten lassen. Ich werde aussteigen, um mit dem Kapitän zu reden, und du kannst heimlich entwischen.«

Ich lege die Hand an meinen Gürtel und löse den Verschluss meiner Dolchscheide, strecke ihr die Waffe entgegen. »Ich habe gerade keinen Enterhaken zur Hand, aber wenn du möchtest, kannst du meine Klinge haben.«

Sie blinzelt in meine Richtung, als hätte ich den Verstand verloren. »Das ist eine Finte.«

»Ich habe dich nie belogen.« Ich halte inne, verdrehe die Augen. »Okay. Zumindest lüge ich *jetzt* nicht.«

Ihr Blick huscht vom Dolch zu meinem Gesicht, dann zum Fenster. Ihre Hände zittern wieder.

»Tessa«, sage ich sanft. »Ich habe dich glauben lassen, ich wäre gestorben, weil ich wollte, dass du dich aus dem königlichen Sektor fernhältst. Ich wollte dich schützen.«

Ich sinke vor ihr auf ein Knie und drücke ihr den Dolch in die Hand.

Sie mustert die Waffe, dann sieht sie erneut mich an. »Ich kann gehen. Einfach so?«

Meine Brust ist wie zugeschnürt, sodass mir das Atmen schwerfällt. Ich dränge meine Gefühle zurück, erinnere mich selbst daran, wer und was ich bin. Der Königliche Vollstrecker verschwendet keine Gedanken an Mitleid oder Verluste.

»Geh nach Südosten«, sage ich barsch. »Wo das Gelände absinkt, gibt es eine kleine Tür in der Mauer. Sie wirkt, als wäre sie alt und zugerostet, scheint mit einem Vorhängeschloss verriegelt zu sein. Aber die Angeln sind so gestaltet, dass du die Bolzen von unten herausziehen kannst. Hast du verstanden?«

Sie nickt entgeistert.

»Kapitän!«, rufe ich. Die Kutsche stoppt abrupt.

Ich ziehe einen kleinen Beutel aus der Tasche und werfe ihn auf Tessas Schoß. Silbermünzen klimpern. »Das sollte mehr als genug sein, um ein neues Leben zu beginnen.«

»Warte ...«

Ich kann nicht warten. Wenn ich warte, werde ich meine Meinung ändern. »Du hast fünf Minuten«, sage ich. »Wir werden der Kutsche den Rücken zuwenden.«

Ohne sie noch einmal anzusehen, öffne ich die Tür und trete nach draußen.

TESSA

Die Tür schlägt hinter Corrick zu. Ich bin allein. Mein Herz rast. Ein weiteres Mal ist zu viel geschehen. Ich fühle mich, als wäre meine Welt zum zehnten Mal auf den Kopf gestellt worden. Die Münzen im Beutel klimpern, als ich ihn anhebe, und der Dolch liegt schwer in meiner Hand. Als ich die Klinge aus der Scheide ziehe, wirkt sie scharf und einsatzbereit. Ich bemühe mich, nicht darüber nachzudenken, ob Corrick sie schon einmal gegen jemanden eingesetzt hat.

Ich vertraue Corrick nicht im Geringsten, aber das hier ... es fühlt sich nicht an wie eine Falle. Welchem Zweck sollte eine Finte dienen? Was hätte er dadurch zu gewinnen?

Ich bin schnell und geschickt. Dieses Kleid ist dunkel. Wenn der Kapitän und die Soldaten abgelenkt sind, könnte ich verschwinden wie ein Geist.

Natürlich könnte ich nicht zu Mistress Solomon zurückkehren – aber ich könnte Arbeit in einer anderen Stadt finden. Besonders mit einem Beutel voller Silber.

Aber ich muss auch an mein Treffen mit König Harristan

denken. *Es fällt leicht, den König zu lieben, wenn alle wohlgenährt und gesund sind. Es fällt schwerer, wenn das ... nicht gilt.*

Sein Volk ist ihm nicht gleichgültig. Die Geschehnisse in Kandala belasten ihn. Keine Ahnung, woher ich das weiß, aber ich bin mir sicher.

Und trotz allem sehe ich, dass es auch Corrick belastet.

Ich habe dich nie angelogen. Ich habe ihn behandelt wie den Mann, den alle fürchten. Als wäre sein gesamtes Leben eine große Lüge. Aber er hat mich seit dem Moment beschützt, in dem ich im Palast aufgetaucht bin. Er hat mir einen Raum zum Schlafen gegeben, Essen bringen lassen und mir vor dem Treffen mit seinem Bruder diese Nachricht geschickt. Prinz Corrick hat viele schlimme Dinge getan, aber seine Worte klangen glaubhaft. Vielleicht kann ich die Dinge nicht durch seine Augen betrachten – so wie es ihm schwerfällt, meine Sicht zu verstehen. Und vielleicht wollte der König nur seinem Bruder einen Gefallen tun, indem er mir erlaubt, mich mit den Königlichen Apothekern zu treffen ... aber das eröffnet mir die Möglichkeit, wichtige Entscheidungsträger wissen zu lassen, dass sie mit den vorhandenen Vorräten mehr erreichen könnten.

Ich kann nicht weiter Medizin stehlen, um den Kranken zu helfen. Aber vielleicht kann ich ihnen auf andere Weise beistehen.

Vielleicht.

Das sind eine Menge *vielleicht*.

Als Wes an unserem letzten gemeinsamen Abend vor mir stand, habe ich erklärt, wir müssten aus den Schatten treten und eine Revolution anstreben. Wenn ich jetzt fliehe, kehre ich in die Schatten zurück. Hier mag es nicht um die Art von Revolution gehen, an die ich ursprünglich gedacht habe ... aber vielleicht kann ich eine Veränderung einleiten. Vielleicht kann ich dem König vor Augen führen, wie schlimm das Leiden seines Volkes ist.

Vielleicht wurde mir eine Chance eröffnet, die niemand anders je bekommen würde.

Ich lege Dolch und Geldbeutel auf die Bank der Kutsche, dann lege ich die Hand auf den Türriegel. Schwungvoll reiße ich die Tür auf und trete hoch aufgerichtet auf die Pflastersteine.

Der Kapitän reißt den Kopf herum. Genau wie Corrick.

»Ähm, vergebt mir.« Meine Stimme bricht, und ich muss mich räuspern. »Eure Hoheit?« Zur Sicherheit sinke ich noch in einen Knicks. »Es war ein langer Tag, und ich bin recht hungrig. Ihr meintet, Euch erginge es ähnlich?«

Corrick mustert mich im Dunkel der Nacht. Ich kann den Ausdruck in seinen blauen Augen nicht deuten, aber er steht fast unbeweglich da.

Mein Herz schlägt so heftig, dass das Blut in meinen Adern rauscht. Ich kann nur hoffen, dass ich keinen Fehler begehe.

»In der Tat«, sagt er schließlich. »Wir werden uns ein andermal über die Bewegungen der Suchscheinwerfer unterhalten, Kapitän.«

Er kommt zurück zur Kutsche und mustert mich im Mondlicht. In der Dunkelheit fällt es leicht, mich an ihn als Weston Lark zu erinnern: die Art, wie er sich bewegt; die Reflexion der Sterne in seinen Augen. Brokat und Silber haben grobe Wolle und raues Leder ersetzt, aber er ist immer noch derselbe Mann. Heute Morgen habe ich Quint erklärt, dass meine Freundschaft mit Wes eine Illusion war, die auf einer Täuschung beruhte, und er hat mich gefragt: *»Bist du dir da sicher?«*

Aber wie immer gibt es keinerlei Gewissheiten.

Corricks Blick huscht über mein Gesicht, während die kühle Nachtluft uns umspielt. »Das Dinner wartet«, sagt er mit weicher Stimme.

Ein Lakai eilt heran, um uns die Tür aufzuhalten.

Corrick bietet mir seine Hand, um mir in die Kutsche zu helfen.

Diesmal ergreife ich sie.

Wir setzen uns wieder auf unsere gegenüberliegenden Plätze. Ein Pfiff und ein Knallen der Peitsche später holpert die Kutsche erneut übers Pflaster. Corrick lässt sich in die Polster sinken und sieht mich an. Ich erkenne keine Herausforderung mehr in seiner Miene – er wirkt lediglich nachdenklich. Offensichtlich wartet er darauf, dass ich etwas sage – mich erkläre –, aber meine Zunge verweigert den Dienst.

Irgendwann kneift er leicht die Augen zusammen. »Bist du geblieben, weil du das wirklich wolltest? Oder bist du geblieben, weil du mir nicht vertraust?«

»Oh!« Dieser Gedanke war mir nicht ein Mal gekommen – aber gleichzeitig will ich mich nicht angreifbar machen, indem ich meine wahren Beweggründe eingestehe. »Ich ... ich habe mich fürs Bleiben entschieden. Ich habe Verpflichtungen im Palast.«

Er zieht die Augenbrauen hoch. »Hast du?«

»Der König hat mich gebeten, mit den Königlichen Apothekern und Ärzten zu sprechen.«

»Ah.« Er klingt verständnisvoll, aber sein Blick bleibt forschend. Er scheint zu wissen, dass ich gewisse Beweggründe für mich behalte. Aber meine Gedanken sind zu kompliziert, um sie in Worte zu fassen.

Vielleicht gilt das auch für seine Gedankengänge, denn er schweigt ebenfalls.

Ich hebe den kleinen Beutel voller Münzen auf und werfe ihn in Corricks Richtung. Geschickt fängt er ihn aus der Luft.

Dann hebe ich den Dolch und halte Corricks Blick, als ich die Klinge seitlich in meinen Stiefel schiebe und meine Röcke wieder sinken lasse. »Den bekommst du nicht zurück.«

Zu meiner Überraschung lächelt er. Seine Augen funkeln herausfordernd. »Betrachte ihn als Geschenk.«

In der Mitte des königlichen Sektors liegt der Zirkel. Anders als der Name vermuten lässt, ist das kein kreisrunder Platz, sondern vielmehr ein Podium aus Marmor und Granit in Form eines Achtecks, mit einem Durchmesser von mindestens fünfzehn Metern. Vor Hunderten Jahren wurde der Zirkel genutzt, wann immer der König persönlich mit seinem Volk sprechen wollte. Dann wurde Corricks Urururgroßvater dort ein Dolch in den Hals gerammt, und im Anschluss fiel die Entscheidung, dass jegliche Bitten der Bevölkerung in Schriftform an den Toren des Sektors abgegeben werden müssen.

Im Verlauf der Zeit wurde der Zirkel zu einem Ort, an dem Händler ihre Waren angeboten haben. Der Legende nach hat erst vor zwanzig Jahren ein geschäftstüchtiger Tavernenbesitzer ein paar Tische und Stühle auf dem Podium aufgestellt und seine Kellnerinnen in hübsche Kleider gesteckt. Innerhalb eines Jahres füllten seine Tische das gesamte Podium. Inzwischen ist der Zirkel ein Ort, an dem die Reichsten sich versammeln, um zu tratschen und ihr Geld für Dinge auszugeben, die sie nicht brauchen.

Bisher habe ich den Zirkel nur in den frühen Morgenstunden gesehen, wenn ich mit gestohlenen Blütenblättern in meiner Tasche durch die verlassenen Straßen des königlichen Sektors gelaufen bin. In der Dunkelheit wirkten das unbelebte Podium grau, die Tische und Stühle nichtssagend, die leeren Blumentöpfe trist.

Jetzt, als Corrick mir aus der Kutsche hilft, sehe ich voller Erschütterung einen ganz anderen Zirkel.

Gelbe und weiße Rosen ergießen sich aus riesigen Pflanztöpfen zwischen den Tischen und erfüllen die Luft mit ihrem

Duft. Buntglaslaternen hängen an Drähten über den eng beieinandersitzenden Gästen und werfen vielfarbiges Licht in alle Richtungen. Zur Straße hin gibt es keine Mauern, aber dort stehen Dutzende Kutschen aufgereiht. Gelangweilte Diener warten neben den Pferden. In der Wildnis munkelt man, dass die Eliten einen guten Wochenlohn ausgeben, nur um hier zu speisen.

Ich mustere die geschminkten Gesichter, die elegante Kleidung, und vermute, dass dieses Gerücht stimmt.

Alle Blicke sind auf uns gerichtet, als wir von der Kutsche zu unserem Tisch gehen.

Unser Besuch muss angekündigt worden sein, denn unser Tisch steht am Ende des Podiums, ein Stück entfernt von den anderen, sodass er auch genug Platz für die Wachen bietet, die zwischen uns und den anderen Speisenden Aufstellung nehmen. Unsere Weingläser sind bereits gefüllt, und mitten auf dem Tisch steht ein Korb mit noch warmem Brot. Die Atmosphäre ist gleichzeitig privat und öffentlich. Wären die Soldaten Stahlgitter, säßen wir in einem Käfig. Laute Unterhaltungen füllen die Nachtluft, aber zwischen uns hat sich erneut schweres Schweigen ausgebreitet.

Corrick sitzt so locker auf seinem Platz, als wäre es die Samtbank in der Kutsche. Beiläufig nippt er an seinem Wein.

Ich dagegen balanciere auf der Kante meines Stuhls. Ich will mein Weinglas in einem Zug leeren und sofort ein Dutzend weitere Gläser bestellen.

Der Prinz beobachtet mich. »Hast du deine Meinung geändert?«, fragt er.

»Quint hat mich gewarnt, dass wir öffentlich speisen, mir war nur nicht klar, dass das so aussehen würde.«

Er hebt eine Schulter zu einem eleganten Achselzucken. »Wir hätten im Palast dinieren können, aber das wäre noch schlimmer gewesen.«

Ich musterte ihn überrascht. »Schlimmer?«

»Hier wird es kaum jemand wagen, sich unserem Tisch zu nähern.« Er trinkt noch einen Schluck Wein. »Im Palast wäre uns kein Moment Privatsphäre vergönnt gewesen.«

»Du glaubst, jetzt hätten wir Privatsphäre?« Ich greife nach meinem Glas, gebe mich aber mit einem Schluck zufrieden.

»Nicht so viel, wie ich mir gewünscht hätte, aber Quint will, dass die Leute dich als potenzielle Verbündete der Krone sehen«, sagt er, bevor er trocken hinzufügt: »Nicht als Verbrecherin, die sich laut den Gerüchten in den Palast eingeschlichen hat, um den König zu ermorden.«

Ich verschlucke mich an meinem Wein. Meine unüberlegte Entscheidung, in den Palast einzudringen, fühlt sich an wie ein Albtraum, den ich einfach nicht abschütteln kann. »Natürlich.«

Corrick starrt an den Wachen vorbei, dann versteinert seine Miene. »Himmel.« Er leert sein Glas.

»Was ist los?«

»Unser Abend dürfte gleich weniger vertraulich werden.«

Ich folge seinem Blick und entdecke einen Mann, der sich zwischen den Tischen hindurchschlängelt.

Corrick sieht mich an. Ich erkenne ein teuflisches Funkeln in seinen Augen, das mich sehr an Wes erinnert. Er senkt verschwörerisch die Stimme. »Wenn du diesem Mann dein Getränk an den Kopf werfen willst, hast du meine Erlaubnis.«

Ich blinzle. »Moment. Was?«

Doch er ist bereits aufgestanden und streicht sein Jackett glatt, seine Gefühle hinter der Maske des betörend gefährlichen Prinz Corrick verborgen.

Wenn er steht, sollte ich mich wahrscheinlich auch erheben. Eilig schiebe ich meinen Stuhl zurück. Der Mann tritt ohne zu zögern zwischen den Wachen hindurch, also muss er wichtig sein. Er ist nicht viel älter als Corrick, vielleicht in Harristans

Alter, mit einem Ziegenbart, der so dicht ist, dass er aussieht, als hätte er ihn sich ans Kinn geklebt. Sein Mund scheint dauerhaft angewidert verzogen. Er wirkt wie ein Mann, der seine eigene Attraktivität weit überschätzt.

»Konsul!«, sagt Corrick erfreut, als begrüße er einen lange vermissten Freund. »Habt Ihr heute Abend schon gegessen? Schließt Euch uns an.«

Der Mann stoppt abrupt und kneift die Augen zusammen. »Corrick.« Er wirft mir einen kurzen, herablassenden Blick zu. »Ich wollte Euer Mahl mit Eurem Gast nicht stören.«

Bei ihm klingt das Wort *Gast*, als hätte Corrick eine Sau aus ihrer Schlammpfütze an seinen Tisch eingeladen.

Ich will nicht einfach nur mit meinem Glas nach ihm werfen. Ich will den Dolch schleudern.

»Unsinn«, sagt der Prinz. »Tessa, du hast die Ehre, Konsul Allisander Sallister kennenzulernen.«

Konsul Sallister. Die Mondscheinebene. Der Mann, der nach der Macht greifen würde, wenn es möglich wäre.

Eine Dienerin nähert sich mit einem weiteren Stuhl. Eine zweite füllt Corricks Weinglas auf, bevor beide wieder verschwinden. Unsichtbar.

Ich wünschte, für mich gälte dasselbe. Die Spannung zwischen den zwei Männern ist mit Händen zu greifen. Mein Herz hämmert gegen meine Rippen, aber ich zwinge mich zu einem Lächeln und sinke in einen Knicks. »Konsul. Es ist mir eine Ehre.«

Er sieht mich nicht einmal an. »Harristan hat mich wissen lassen, dass unsere Auseinandersetzung im Verlies ein Missverständnis war.«

»Unsere Auseinandersetzung?« Corrick blinzelt fast überrascht. »Allisander«, meint er dann glatt. »Glaubt Ihr wirklich, ich würde Euch aus dem Palast verbannen?«

»Ich stelle Eure Handlungen durchaus infrage«, antwortet der Konsul leise und bissig – aber nicht leise genug, dass die benachbarten Tische ihn nicht hören könnten. »Ich stelle Eure Motive infrage. Letzte Woche hattet Ihr acht Gefangene. Drei davon sind entkommen. Heute habe ich Euch ein Dutzend Rebellen gebracht, und statt sie zu befragen, habt ihr beschlossen, sie zu verwöhnen.« Er wirft einen vielsagenden Blick in meine Richtung. »Fast überrascht es mich, dass sie nicht mit Euch hier am Tisch sitzen.«

Ich zucke zusammen.

Corrick nickt bedeutsam. »Ihr habt mir ein Dutzend bewusstlose Rebellen gebracht«, antwortet er ruhig. »Ich werde sie zu gegebener Zeit befragen und bestrafen.« Er hält inne. »Aber nicht beim Abendessen.«

Sein Tonfall jagt mir einen kalten Schauder über den Rücken.

Konsul Sallister lehnt sich vor. »Ihr habt versprochen, dass meine Lieferungen gesichert werden ...«

»Ich habe Wachen versprochen. Die Ihr erhalten habt.«

»... und Ihr habt versprochen, diese Angriffe zu unterbinden ...«

»Ihr wisst, dass ich keine Garantien geben kann.«

»... aber ihr habt keinen *Erfolg*, wenn man den neuen Beweisen in Bezug auf diese Wohltäter Glauben schenken darf.«

Schweigen senkt sich zwischen die beiden wie ein Fallbeil. Corricks blaue Augen sind eisig. Der Konsul verharrt in steifer Haltung, und seine Wangen sind gerötet. Ich ringe die Hände. Ich wünschte, Quint wäre hier, um über die Tischtücher zu reden oder das Design der Laternen.

»Vielleicht«, sage ich mit schwacher Stimme, um im Anschluss einmal zu schlucken. »Vielleicht werden die Überfälle weniger werden, wenn sich die Nachricht verbreitet, dass die Apotheker die Medizin wirkungsvoller machen könnten.«

Der Konsul sieht mich nicht an. »Wovon redet sie?«

»Tessas Erscheinen im Palast war etwas unorthodox, das gebe ich zu«, sagt Corrick, »aber sie hat Harristan Beweise vorgelegt, dass vielleicht auch geringere Dosierungen von Mondflorblüten im Elixier ausreichen.«

»Oder es werden mehr Leute sterben«, meint der Konsul.

Meine Brust wird eng. Damit hat er nicht ganz unrecht. Meine Theorien sind genau das – Theorien, basierend auf meinen begrenzten Anwendungen in der Wildnis. In der Tat könnten mehr Leute sterben.

»Oder mehr könnten überleben«, gibt Corrick zurück. »Darauf sollten wir unsere Hoffnung konzentrieren.« Er klingt kalt, und Hoffnung scheint so fern. »Stimmt Ihr mir nicht zu, Allisander?«

»Ihr wollt den königlichen Ärzten widersprechen, wegen irgendeines *Mädchens*? Ihr geht zu weit, Corrick. Wenn noch ein Angriff verübt wird, werde ich meine Lieferungen einstellen, bis Ihr die Verantwortlichen gefunden habt.«

Ich schnappe nach Luft. Dieser Mann kontrolliert den Hauptteil der Mondflorblüten in Kandala. Wenn er seine Lieferungen einstellt, wird es viel mehr Tote geben.

Ich bin nicht die Einzige, die so denkt. Ein Raunen geht durch die Menge jenseits der Wachen.

Corrick tritt einen Schritt vor. Die plötzliche Anspannung in der Luft sorgt dafür, dass ich mich frage, ob er den anderen Mann schlagen wird. Oder die Soldaten anweisen, ihm einen Pfeil in den Rücken zu schießen.

Stattdessen senkt Corrick seine Stimme, um sicherzustellen, dass niemand jenseits unseres Tisches ihn hören kann. Sein Tonfall wird beschwichtigend. »Es war ein langer Tag für uns beide. Ich habe vorhin die Fassung verloren. Ich war wütend, dass scheinbar diese sogenannten Wohltäter die Angriffe finanzieren. Und ich kann keine Antworten aus bewusstlosen Dieben foltern. Ich hätte meinen Frust nicht an Euch auslassen dürfen.« Er hält kurz inne. »Lasst uns nicht zulassen, dass ein hitziger Wortwechsel die Atmosphäre zwischen uns vergiftet.« Er deutet Richtung Tisch. »Bitte. Schließt Euch uns an.«

Der Konsul zögert. Inzwischen wirkt er eher unsicher als wütend. »Meine Lieferungen ...«

»Allisander.« Corrick legt ihm die Hand auf die Schulter, als wären sie alte Freunde. Er spricht nicht mehr so leise, und ich sehe, wie Leute die Hälse recken, um ihn besser zu verstehen. »Ich werde Euch alles zur Verfügung stellen, was nötig ist, um Eure Wagen und Leute zu schützen. Wie immer.«

Allisander räuspert sich. »In Ordnung.« Sein Blick huscht zum Tisch. »Ich werde Euer Abendessen nicht stören.«

»Bleibt Ihr über Nacht im Palast?«, fragt Corrick. »Vielleicht könnten wir uns morgen früh zu einer Partie Schach treffen. Dabei könnten wir auch alternative Möglichkeiten besprechen, Eure Lieferungen zu bewachen.«

»Gut.« Konsul Sallister rückt sein Jackett zurecht und tritt einen Schritt zurück. »Dann bis morgen.«

»Ich freue mich schon darauf«, sagt Corrick.

Nachdem der Konsul gegangen ist, rechne ich damit, dass Corrick betroffen wirkt, aber das ist nicht der Fall. Stattdessen sagt er mit einer Geste zu meinem Stuhl: »Vergiss die Unterbrechung. Bitte, setz dich doch. Hast du das Brot schon probiert?«

Ich setze mich, ohne ihn aus den Augen zu lassen. Er wirkt plötzlich so formell und höflich. Das ist Prinz Corrick Nummer vier. Oder auch Nummer neunzehn. Ich habe den Überblick verloren.

Scheinbar bemerkt er meine verwirrte Miene. »Ich will niemandem den Eindruck vermitteln, die Geschehnisse hätten mich mitgenommen«, sagt er, leise genug, dass nur ich ihn hören kann, aber im selben Tonfall, in dem er das Brot kommentiert hat. »Der Käse ist auch sehr gut. Gönn dir eine Kostprobe. Ich bestehe darauf.«

»Ähm, sicher.« Ich reiße ein Stück Brot ab, dann versuche ich mich zu erinnern, welches Messer laut meinem Unterricht bei Mistress Kent für den Käse bestimmt war.

Corrick hebt ein bestimmtes Messer. Eilig suche ich nach dem Pendant neben meinem Teller. Diese kleinen Freundlichkeiten überraschen mich am meisten. Ich folge seinem Beispiel, verteile den Käse auf dem Brot und beiße hinein.

Köstlich. Der Käse schmilzt in meinem Mund und für einen Moment vergesse ich alles andere.

Sobald wir essen, wenden sich auch die anderen Gäste wieder ihren Speisen zu. Erneut füllen verschiedenste Gespräche die Luft um uns herum, wie es auch vor Corricks und Allisanders Diskussion der Fall war.

Ich mustere den Prinzen. Er ist ein Mysterium. Jedes Mal, wenn ich mir einbilde, ich hätte ihn verstanden, tut er wieder etwas, was keinen Sinn ergibt. Ich bin mir nicht mal sicher, wer gerade Boden gutgemacht hat – und wer nicht.

Er bestreicht ein weiteres Stück Brot mit Käse. »Ich spüre, dass du Fragen hast.«

»Wer hat gerade nachgegeben? Du oder er?«

»Er«, sagt Corrick. »Aber es sah aus, als hätte ich ihm Zugeständnisse gemacht. Und das ist, was zählt. Ich darf nicht erlauben, dass der gesamte königliche Sektor denkt, Allisander würde bald den Zugang zu den Mondflorblüten beschränken. Fast überrascht es mich, dass es nicht zu einem spontanen Aufruhr gekommen ist.«

»Er besitzt wirklich so große Macht?«

»Ja. Aber er will seine Lieferungen nicht einstellen, weil wir dann gezwungen wären, uns allein auf Lissa Marpetta zu verlassen. Was bedeuten würde, dass die Preise steigen. Allisander will sich weder Profit noch die Illusion von Kontrolle entgehen lassen.« Corrick seufzt und wirkt für einen kurzen Moment irritiert. »Aber wenn die Verbrecher weiter seine Lieferkarren angreifen, ist es die Mühe nicht mehr wert. Besonders, wenn jemand mit Geld die Angreifer unterstützt.«

Verbrecher. Mir fällt das Atmen schwer. »Er meinte, du hast Gefangene.«

»In der Tat.«

Ich muss ständig daran denken, wie König Harristan gesagt hat *Für die Nachtwache ist es dasselbe*. Nur mit Mühe kann ich den Bissen in meinem Mund hinunterwürgen, weil das Brot plötzlich jeden Geschmack verloren hat. »Was wirst du mit ihnen anstellen?«

»Ich werde sie befragen, um herauszufinden, was sie wissen.« Er hält inne und erwidert meinen Blick, als er ruhig hinzufügt: »Und dann werde ich entsprechend handeln.«

Er klingt nicht herausfordernd, aber ich fühle mich trotzdem, als hätte er mir einen Fehdehandschuh vor die Füße geworfen.

Ich erinnere mich daran, dass ich am Tag der geplanten Hinrichtungen am Tor gedacht habe, wie schrecklich der König und der Prinz sind. Prinz Corrick stand mit so kalter und gleichgültiger Miene auf diesem Podium. Ich habe mich nach einer Armbrust gesehnt, um sie beide zu erschießen und Kandala von ihrer Tyrannei zu befreien.

Aber zu diesem Zeitpunkt wusste ich noch nichts von Konsul Sallister. Ich kann mich des Gefühls nicht erwehren, dass so etwas keine Rolle spielen sollte, wenn Leute sterben ... aber nachdem ich ihn getroffen habe, muss ich mir eingestehen, dass es sehr wohl eine Bedeutung hat.

Im Geiste ordne ich all die Geschehnisse an jenem Morgen

der Hinrichtung, die zu einem Aufruhr geworden ist, neu ein – und auch das, was am Morgen danach passiert ist. Wes war unruhig. Besorgt.

Ich glaube, dass nur wenige Leute jemals wirklich bekommen, was sie verdient haben, Tessa. Ob im Guten oder im Schlechten.

Ich habe ihm erklärt, er hätte nur Gutes verdient, und er hat den Blick abgewendet.

In der Nacht, in der meine Eltern gestorben sind, hat er mich gerettet. Und seitdem noch unzählige Male mehr.

Er ist auch für den Tod von unzähligen Menschen verantwortlich.

Die Stimme des Königs erklingt in meinem Kopf. *Jeder Schmuggler erzählt eine Geschichte, um seine Handlungen zu rechtfertigen. Die Strafen sind allgemein bekannt. Wie soll ich eine Sorte Diebstähle ignorieren, andere aber nicht?*

Es gibt zu viele Nuancen, zu viele Blickwinkel. Ich dachte, es ginge einfach nur um richtig oder falsch, aber so ist es nicht. Meine Brust wird eng und meine Augen brennen.

Corrick greift nach seinem Weinglas. »Wenn du weinst, werde ich mich gezwungen sehen, dich zu trösten.«

Sein Tonfall klingt neckend, gleichzeitig aber auch nicht. Auf jeden Fall versiegen meine Tränen. »Wie willst du das nur anstellen?«

»Nun. Auf jeden Fall werde ich hinterher irgendetwas wirklich Verabscheuungswürdiges tun müssen, um meinen Ruf zu wahren.«

Irgendetwas verrät mir, dass auch dieser scherzhafte Kommentar einen wahren Kern enthält. Es fröstelt mich. Eine Kellnerin erscheint mit Tellern in den Händen. Rinderbraten im Teigmantel mit Honigglasur auf Wurzelgemüse.

Sobald sie verschwunden ist, sehe ich Corrick an. Er tippt fast unmerklich auf eine Gabel, bevor er sie hochhebt.

Dankbar imitiere ich seine Handlungen, dann essen wir einen Moment schweigend.

»Glaubst du, die königlichen Apotheker werden wirklich auf mich hören?«, frage ich irgendwann in sanftem Ton.

»Harristan hat es befohlen. Sie werden zuhören.« Er verdreht die Augen. »Und wenn dir das hilft, er hat einen ganzen Raum mit Dokumenten gefüllt, die ich bis morgen durchsehen soll, um Beweise für deine Erkenntnisse zu finden.«

Ich richte mich höher auf. »Wirklich?«

»Ja. Wahrscheinlich werde ich die ganze Nacht damit und mit Allisanders Gefangenen beschäftigt sein.« Er wirft mir einen spöttischen Blick zu. »Ich bin ja so dankbar.«

»Wieso du?«

»Wieso nicht ich? So gern du dir das vielleicht auch ausmalst, ich fahre nicht den *ganzen* Tag in Kutschen herum und befehle Hinrichtungen.«

Er fordert mich wieder heraus. Nicht direkt, aber ich spüre es trotzdem.

In gewisser Weise erinnert mich auch das an Weston Lark.

Corrick erfüllt ein weiteres Mal seine Gabe. »Bemitleide mich nicht zu sehr.«

»Ich bemitleide dich nicht.« Mir stockt erneut der Atem. In jedem Moment, den ich hier verbringe, verändern sich meine Gefühle in Bezug auf ihn und mich selbst. »Aber wenn du versuchst, einen Weg zu finden, wie man das Elixier für ganz Kandala effektiver machen kann, werde ich dir helfen.«

23

CORRICK

Das Weiße Zimmer gehört zu meinen liebsten Aufenthaltsorten im Palast. Es liegt im obersten Stockwerk und hat riesige Fenster, die einen wunderbaren Ausblick über den gesamten königlichen Sektor gewähren. Tagsüber ist der Raum sonnendurchflutet, während man nachts die Sterne und den Mond am dunklen, endlosen Himmel bewundern kann. An strahlend weißen Wänden hängen abstrakte Gemälde in allen Farben des Regenbogens: Eines zeigt wilde Wirbel und Striche aus Gelb und Rot, ein anderes eine Mischung aus Schwarz und Pink. Auf einer großen Leinwand über dem Herd prangen breite Streifen aus Grau, Grün und Blau. Der Raum strahlt Ruhe aus, der perfekte Ort für friedvolle Besinnung.

Als wir jung und Harristan noch kränklich war, saß er immer dick eingepackt vor dem Kamin, während unsere Mutter mit den Farben malte, die er ihr diktierte. Mir wurde immer schnell langweilig, und ich bettelte, den Raum verlassen zu dürfen, aber Harristan konnte dort Stunden verbringen.

Heute betritt Harristan den Raum nur noch selten. Er meint, das Zimmer erinnert ihn an die Zeiten, als er sich schwach gefühlt hat. Ich glaube, es ist die Wahrheit, die ihn schwach macht: Dieses Zimmer erinnert ihn an unsere Mutter und daran, was wir verloren haben.

Tessa blättert eine Seite um. Ich muss mich zwingen, mich zu konzentrieren. Ich habe Diener die Papiere hierherbringen lassen, weil der Tisch groß ist und der Raum hell – aber ich fühle mich seltsam unsicher und inzwischen wünsche ich mir, wir wären in meinen Gemächern geblieben.

Ich sollte mich auf die Dokumente konzentrieren. Auf das Ungleichgewicht zwischen den Todesfällen in den südlichen Sektoren wie Sonnenfeste im Vergleich zu denjenigen, die näher am königlichen Sektor liegen, wie Artis, Stahlstadt und Händlershalt. Auf Tessas Notizen und darauf, ob wir die Leute überzeugen können, die Dosierung des Elixiers anzupassen. Auf Allisanders offen im Zirkel verkündete Drohungen. Auf die Gefangenen, die immer noch darauf warten, befragt zu werden.

Ich sollte mich auf Harristan konzentrieren und darauf, ob seine Medizin wirklich wirkt.

Stattdessen liegt mein Fokus auf Tessa, die sich über Dokumente beugt, ein paar Strähnen ihres karamellfarbenen Haars vor dem Gesicht. Ich beobachte, wie ihr Füller in präzisen Bewegungen über das Papier gleitet, als sie sich Notizen macht. Mein Blick saugt sich an dem hellen Rosa ihrer Lippen fest und der sanften Wölbung ihrer Wangen und dem entschlossenen Blick in ihren Augen.

Meine Aufmerksamkeit gilt der Tatsache, dass sie sich angesichts aller im Palast zur Verfügung stehenden Ablenkungen dafür entschieden hat, trockene, langweilige Dokumente zu lesen.

Ich kann nur daran denken, dass sie – statt zu fliehen – in der Kutsche geblieben ist.

Aber wahrscheinlich hat keine dieser Entscheidungen etwas mit mir zu tun.

Trotzdem: Sie ist geblieben.

»Wir kämen schneller voran, wenn du auch lesen würdest«, meint sie.

»Ich lese.« Aber das stimmt nicht. Ich habe keine Ahnung, wie viel Zeit vergangen ist, seit ich die letzte Seite umgeblättert habe.

»Hmmm.« Ihr Stift gleitet weiter über die Seite.

Ich kann nicht entscheiden, ob ich amüsiert oder irritiert bin. »Behauptest du etwas anderes?«

Sie ignoriert mich. Stattdessen blättert sie durch Seiten, die sie bereits gelesen hat. »Sonnenfeste erhält weniger Medizin als die anderen Sektoren.«

»Der Sektor von Konsulin Kirsch hat weniger Einwohner.«

Sie runzelt die Stirn. »Und erheblich weniger Todesfälle.«

»Es gibt Spekulationen, dass die Hitze das Fieber abwehrt.«

Sie lässt den Blick über ihre Notizen gleiten. »Aber es gibt auch in den Wintermonaten weniger Todesfälle. Wenn die Hitze etwas damit zu tun hätte, gäbe es im Sommer in allen Sektoren weniger Fieberfälle. Artis allerdings scheint im Sommer am heftigsten zu leiden.«

»Ich habe nicht behauptet, das wäre *meine* Theorie.«

Sie tippt sich nachdenklich mit dem Stift gegen die Lippen. Ich kann förmlich sehen, wie es in ihrem Kopf arbeitet. Der vertraute Anblick erinnert mich an früher. Eilig verdränge ich meine Gefühle.

Einen Augenblick später sieht Tessa wieder auf. »Konsulin Kirsch. Arella.«

»Ja.«

»Die Mädchen haben über sie getratscht. Sie haben darüber geredet, dass sie zusätzliche Gelder für ihren Sektor braucht.«

»Tratsch? Welche Mädchen?«

»An dem Tag, an dem es mir gelungen ist, in den Palast einzudringen. Junge Dienerinnen. Sie meinten, Konsulin Kirsch und Konsul Pelham müssten einen Plan aushecken, um dem König Silber aus der Tasche zu ziehen.« Sie hält inne. »Zu dieser Zeit wusste ich nicht, um wen es ging.«

Ich will angesichts des unnützen Geschwätzes die Augen verdrehen, doch irgendetwas an der Aussage drängt sich auf, später genauer erwogen zu werden. »Alle Konsuln versuchen, zusätzliche Gelder für ihre Sektoren zu erhalten. Sie hatten damit gerechnet, dass Harristan ein Finanzierungsgesuch für eine neue Brücke für Artis bewilligt, aber der Antrag wurde abgelehnt. Ich gehe davon aus, dass sie gerade alle damit beschäftigt sind, eigene Gesuche zu schreiben.«

»Ihr wollt nicht, dass Artis eine Brücke baut?«

»Nicht, wenn sie viermal so viel kostet wie normalerweise«, antworte ich trocken.

Sie verzieht kurz das Gesicht, dann senkt sie den Blick wieder auf die Papiere vor sich. »Also hat Sonnenfeste weniger Todesfälle, aber Glutkamm und die Mondscheinebene scheinen die gesündeste Bevölkerung zu haben ...«

»Weil sie die Mondflorblüte kontrollieren. Allisander kann seine Schutzmauern nicht mit sterbenden Soldaten besetzen.«

Sie hebt den Blick. »Ich habe also zwei Stunden damit verbracht, das alles hier durchzulesen, nur um zu denselben Schlussfolgerungen zu kommen, die bereits allgemein bekannt sind, oder?«

»Mach dich nicht lächerlich.« Ich ziehe meine Taschenuhr heraus. »Du liest schon seit drei Stunden.«

Sie wirft einen Blick zu den dunklen Fenstern, dann sieht sie zum strahlenden Kronleuchter auf. »Es ist ein Wunder, dass irgendwer hier jemals schläft, wenn man sich anschaut, wie leicht ihr die Nacht vertreiben könnt.« Sie unterdrückt ein Gähnen.

»Du solltest dich zurückziehen.«

»Ich dachte, du hättest gesagt, das würde die ganze Nacht dauern.«

»Ich habe gesagt, es würde *mich* die ganze Nacht kosten.« Ich lege meine eigenen Dokumente auf den Tisch. »Ich werde dich in dein Zimmer bringen.«

»Nein!« Sie umklammert die Armlehnen, als hätte ich vor, sie aus dem Raum zu zerren. »Das hier ist wichtig.«

»Ich weiß.«

Sie mustert mich aus zusammengekniffenen Augen. »Du wusstest, dass die Leute hier mehr Medizin schlucken als sie brauchen. Wieso hast du nichts dagegen unternommen?«

»Zum einen«, sage ich, »weiß ich das nicht. Zumindest nicht sicher. Du bist die Pharmazeutin, nicht ich.«

»Du weißt es sehr wohl. Du hast es gesehen.«

»Ja, ich habe es gesehen.« Ich halte inne. »Und trotzdem habe ich auch Leute sterben sehen, Tessa.«

Sie hält unverwandt meinen Blick. Ich fühle mich, als hätte sich plötzlich eine Wand aus Eis zwischen uns geschoben.

»Ich stelle dein Wissen nicht infrage«, sage ich. »Aber das reicht nicht. Ich hatte keine Beweise. Und wie hätte ich meine Behauptungen begründen sollen? Glaubst du wirklich, der Königliche Vollstrecker kann sich plötzlich zu Dosierungen und Zusätzen für das Elixier äußern? Wir erhalten jeden Tag Hunderte Nachrichten an den Palasttoren. In einem guten Teil davon wird behauptet, das Fieber wäre nur eine heimtückische Verschwörung, um das Volk zu unterdrücken. Viele versprechen Wundermittel. Nichts davon wirkt.«

Ihre Augen werden noch schmaler. »Meine Behandlung ist kein Wundermittel, sondern ein verbessertes Elixier.«

»Ich weiß. Aber die Verteilung im königlichen Sektor ist rationiert, genau wie überall anders auch. Jeder, der mehr nimmt als seine zugeteilte Dosis, bezahlt dafür aus eigener Tasche. Ich kann nicht vorschreiben, wofür die Leute ihr Geld ausgeben.«

»Dein Bruder schon.«

»Oh, glaubst du?« Ich ziehe die Augenbrauen hoch. »Ich kann nicht einfach eine Hypothese nehmen, mit den Fingern schnippen und so dafür sorgen, dass mein Bruder ein königliches Dekret daraus macht.«

Sie mustert mich stirnrunzelnd.

Ich beuge mich leicht über den Tisch. »Kannst du dir den Aufschrei vorstellen, wenn Harristan seinen Untertanen verkündet, dass sie nicht mehr so viel kaufen dürfen, wie sie wollen? Kannst du dir Allisanders Reaktion ausmalen? Oder ... die von allen, eigentlich? Die Hamsterkäufe, die Panik? Jeder Sektor hat reiche Bewohner. Jeder Konsul kauft mehr, als dem Sektor zugeteilt wurde. Die Angst ist jetzt schon allgegenwärtig. Selbst wenn du beweisen kannst, dass wir mehr aus dem Heilmittel herausholen können, spielt das vielleicht keine Rolle.«

»Aber dein Bruder ist der König! Wieso kann er Allisander nicht befehlen, mehr zu liefern?«

»Von Rechts wegen können die Konsuln die Preise für die Exporte aus ihren Sektoren selbst festsetzen. Aber lass uns annehmen, Harristan würde dieses Gesetz aufheben und die Mondflorblüten wären plötzlich umsonst. Wer bezahlt die Tausenden Menschen, die die Blüten in Allisanders Sektor ernten? Welche Motivation hätte Allisander noch, die Felder zu pflegen?« Ich halte kurz inne. »Und was soll die anderen Sektoren davon abhalten, ihre Exportgüter zu horten, weil sie fürchten, dass wir auch *diese* beschlagnahmen?«

Ich mustere ihre Miene und seufze. »Wir kaufen mit den Steuern, die wir einnehmen, so viel wir können, und verteilen das unter dem Volk. Aber es gibt nie genug: nicht genug Silber, nicht genug Mondflorblüten. Ein Land zu regieren, erfordert mehr als nur Medizin, Tessa. Wir stehen am Rand der Überforderung. Jonas hat um zu viel Geld für seine Brücke gebeten – aber es steht außer Frage, dass er eine Brücke benötigt. Seine Leute sind nur zu krank, um sie halbwegs effizient zu bauen.«

Sie runzelt die Stirn noch stärker. »Also hältst du das alles für hoffnungslos.«

»Die Krankheit sucht Kandala seit Jahren heim. Wenn die königlichen Ärzte und Berater bisher nicht herausgefunden haben, nach welchem Muster das Fieber die Leute befällt, dann dürfte es unwahrscheinlich sein, dass wir in einer Nacht die Lösung finden.«

Sie greift erneut nach dem Dokument vor sich, dann stößt sie zischend den Atem aus. »Nun, vielleicht haben sie nicht denselben Druck verspürt.«

Ich saß schon unzählige Male in diesem Raum und bin Dokumente durchgegangen. Ich habe diesen Hoffnungsschimmer, der jetzt in Tessas Augen leuchtet, in Dutzenden anderen Augen verlöschen sehen. Ich könnte die Ärzte und Berater jetzt in diesen Raum rufen und es wieder bezeugen.

Ich denke daran zurück, wie Harristan an dem Tag, als wir die acht Gefangenen hinrichten sollten, jedes Gnadengesuch gelesen hat; daran, dass er mir all diese Dokumente geschickt und Tessa eine Audienz mit den königlichen Apothekern gewährt hat. Ich dachte, er käme mir damit entgegen, weil ich sie im Palast behalten habe, aber vielleicht geht es um etwas vollkommen anderes.

»Harristan hält es nicht für hoffnungslos«, sage ich.
Sie hebt den Blick. »Woher weißt du das?«
»Weil du hier bist.«
Sie beißt sich nachdenklich auf die Unterlippe, dann legt

sie die Papiere zur Seite und reibt sich die Augen. »Nun. Wie du bezweifle auch ich, dass wir die Antwort in diesen Dokumenten finden werden.«

»In Ordnung.« Nachdem sie sich so an ihrem Stuhl festgeklammert hat, hatte ich nicht mit einer solchen Kapitulation gerechnet. Und ich stelle überrascht fest, dass ich nicht möchte, dass sie so einfach aufgibt. »Ich werde dich zu deinem Zimmer geleiten.«

»Oh, ich bin noch nicht fertig.« Sie klopft entschlossen auf den Tisch. »Ich brauche eine Karte.«

Verschlafene Diener bringen ein halbes Dutzend Karten, ein Tablett mit schwarzem Tee und warmen Muffins. Dazu ein kleines Tablett mit Töpfen voller Honig, Milch, Marmelade und verschiedenen Beeren, die um eine Zierschale, gefüllt mit pinken und lavendelfarbigen Blüten, drapiert sind. Die Diener decken Tassen und Unterteller für uns beide auf, aber Tessa ignoriert alles, um sich auf die erste Karte zu konzentrieren. Sie öffnet sie auf einem Nebentisch, lässt die Finger über die Kante gleiten, mustert die Karte genau.

»Sag mir, was du denkst«, fordere ich sie auf.

»Vielleicht ist es nicht das Wetter in Sonnenfeste, das den Unterschied macht. Der Sektor liegt direkt am Meer.« Sie deutet auf den südlichsten Sektor, lässt die Fingerspitze über die lange Grenze gleiten. »Was mich überlegen lässt, ob vielleicht irgendetwas am Ozean eine Art ... präventiven Effekt ausübt.«

»Glutkamm, Artis und Stahlstadt grenzen auch ans Meer«, sage ich.

Sie verzieht das Gesicht. »Ja, sicher.« Sie deutet auf die östliche Grenze, fährt auch diese mit dem Finger nach. »Aber das hier sind Klippen, die Glutkamm und Artis zum Meer abgrenzen, richtig? Also haben sie weniger Zugang zum Wasser.«

»Stimmt.« Ich halte inne, um die Karte zu studieren. »Aber Stahlstadt und Artis teilen sich einen Hafen, wo der Königinnenfluss ins Meer fließt.« Ich deute darauf. »Und der Königinnenfluss fließt sowohl durch Glutkamm als auch durch Artis.« Ich deute auf den Westen von Kandala. »Und hier fließt der Loder zwischen der Mondscheinebene und den Trauerlanden, bevor er ebenfalls ins Meer mündet. Fast jeder Sektor hat Zugang zu fließendem Wasser.«

Sie sieht mich an. »Außer dem königlichen Sektor.«

»Um Angriffe vom Meer zu verhindern – aber der königliche Sektor ist genauso vom Fieber betroffen, ungeachtet unserer Wasserversorgung.« Gegen meinen Willen muss ich an Harristan denken. Ich habe ihn heute kaum gesehen, also weiß ich nicht, ob sein Husten wieder aufgeflammt ist. Ein kleiner Funken Angst flackert in meinem Herz auf und verbleibt dort.

Es ging meinem Bruder gut, als er in meine Gemächer gekommen ist. Es muss ihm auch jetzt gut gehen.

Ein Diener ist zurückgeblieben, augenscheinlich damit beschäftigt, Teereste von einem Tablett zu wischen. Wahrscheinlich will er einfach nur etwas Tratsch mitbekommen. »Raus«, blaffe ich.

Er zuckt zusammen, dann verschwindet er nach einer schnellen Verbeugung.

Ich richte den Blick wieder auf Tessa. »Fahr fort.«

Sie mustert mich mit vorwurfsvollem Blick. »Du musst nicht so grausam sein.«

Ich lasse mich in einen Stuhl sinken. Die Sorge um meinen Bruder hat mir die Laune verhagelt. »Ich habe *dich* nicht getötet, obwohl Allisander damit gedroht hat, die Mondflorlieferungen einzustellen, also möchte ich diesem Vorwurf widersprechen.«

Sie starrt mich böse an.

Ich starre zurück. »Fahr fort.«

Sie sieht zur Karte, dann wieder zu mir. Der Tadel in ihrem Blick bleibt.

»Ich erwecke Albträume zum Leben«, sage ich. »Wenn du wirklich glaubst, dass deine finsteren Blicke mich treffen, wirst du schnell eines Besseren belehrt werden.«

Sie zögert, dann seufzt sie. »Vielleicht ist es das Leben am Meer, das den Unterschied ausmacht.«

Es kostet mich einen Augenblick zu verstehen, dass sie wieder von Sonnenfeste spricht.

»Mistress Solomon verwendet zerstoßene Muscheln in einer ihrer Fiebersalben«, fährt Tessa fort. »Sie ist lächerlich teuer, weil die Muscheln von so weit her kommen, aber dieser Balsam gehört zu den wenigen ihrer Mischungen, die tatsächlich einen Effekt zu haben scheinen. Ich dachte immer, das wäre der weißen Weidenrinde zu verdanken, aber vielleicht ...«

»Moment.« Ich richte mich abrupt auf. »Etwas anderes als die Mondflorblüte kann das Fieber heilen?«

»Nein, aber der Balsam scheint das Fieber beherrschbarer zu machen, sodass das Mondflorelixier effektiver wirkt.« Sie verzieht das Gesicht. »Vielleicht. Ehrlich, ich glaube, sie verkauft hauptsächlich eine billige Form von Hoffnung an verzweifelte Leute.«

Verzweifelt. So wie ich es war. Ich lasse mich wieder gegen die Lehne sinken und reibe mir das Gesicht. Es ist so still im Raum, dass ich fast die Zahnräder in meiner Taschenuhr hören kann.

Ich muss mich bewegen. Wenn ich weiter nur hier herumsitze, werden meine Sorgen mich in den Wahnsinn treiben. Ich erhebe mich und gehe zum Fenster. Der Himmel ist dunkel und gespickt mit Sternen, aber der königliche Sektor bildet ein schönes Gegenstück, mit den Kerzen und elektrischen Lichtern, die überall in der Stadt glitzern. Das Verlies ist ein riesiges, rechteckiges Gebäude, leicht zu entdecken, weil neben den Wachen die ganze Nacht Fackeln brennen. In der Ferne gleiten die Suchscheinwerfer über die Mauern.

Ich höre Stoff rascheln, als auch Tessa aufsteht und sich mir anschließt. Ihre Stimme erklingt, tief und leise. »Du machst dir Sorgen um deinen Bruder.«

»Der König braucht niemanden, der sich um ihn sorgt. Am wenigsten mich.«

Sie zögert. »Andere könnten ebenfalls vermuten, dass er krank ist.«

»Er ist nicht krank.« Ich will entschlossen und unerbittlich klingen, um dieses Thema im Keim zu ersticken, aber es gelingt mir nicht. Ich klinge weinerlich. Noch schlimmer: ich klinge schwach. Schwach und verängstigt.

Ohne Vorwarnung ergreift Tessa meine Hand und drückt sie leicht.

Ich mustere sie überrascht, aber ihr Blick ist auf die Lichter der Stadt gerichtet. Sie gibt meine Hand wieder frei, so unauffällig, dass ich fast glaube, mir die Berührung nur eingebildet zu haben.

Besonders, als sie in vollkommen nüchternem Ton sagt: »Was ist mit Ostria?«

Ich blinzle. »Was?«

Ostria ist das Königreich auf der anderen Seite des Loder – des Flusses, der Kandala nach Norden begrenzt. Der Loder ist wild, breit – an manchen Stellen über fünfzehn Kilometer – und fließt schnell, was den Handel selbst unter besten Bedingungen erschweren würde. Aber am gegenüberliegenden Ufer besteht Ostria hauptsächlich aus Sümpfen im Süden und Bergen im Norden, was Reisen zusätzlich erschwert. Unser Verhältnis zu Ostria ist nicht feindselig – aber dank der schwierigen

Reisebedingungen ist es auch nicht gut. Unser Vater hatte gerade erst angefangen, Gesandte in die Region zu schicken, um herauszufinden, ob es sich lohnen würde, Handelsrouten zu etablieren. Aber dann wurde er getötet und es blieb Harristan überlassen, sich um unsere sterbende Bevölkerung zu kümmern.

»Sind sie auch vom Fieber betroffen?«, fragt Tessa.

»Ich weiß es nicht.«

»Denkst du, es wäre es wert, das herauszufinden?«

Ich atme ein, um den Vorschlag abzulehnen – aber das ist keine dumme Frage. Ich mustere sie. »Vielleicht.«

»Wenn Mondflor hier im Norden wächst, vielleicht wächst die Pflanze auch dort. Und wenn sie dort nicht krank sind, könntest du die Blüten vielleicht ...«

»Eine Menge *vielleicht* und *wenn*.« Ich halte inne, um im Kopf zu überschlagen, wie viel Silber wohl nötig wäre, um Schiffe auszurüsten, die der Strömung des Flusses widerstehen können, und Leute anzuheuern, die bereit sind, die Reise anzutreten und unbekannte Gebiete zu vermessen. »Es wäre teuer. Ich bin mir nicht sicher, ob es Harristan gelingen kann, die Ausgaben zu rechtfertigen.«

Abgesehen davon, wird Allisander die Idee hassen. Und schon allein deswegen möchte ich sofort ein Finanzierungsgesuch zu Papier bringen.

Tessa seufzt.

Ich seufze.

Ich wünschte, sie hätte meine Hand nicht so schnell wieder freigegeben. Die Berührung hatte keine tiefere Bedeutung, da bin ich mir sicher. Es war ein kurzer Moment des Mitgefühls, wie ich es so oft gesehen habe, als wir noch Masken trugen und versucht haben, wenigstens ein paar wenigen Menschen zu helfen.

Du musst nicht so grausam sein.

Sie mag etwas für Weston Lark empfunden haben, aber sie hasst Prinz Corrick.

»Es wäre eine Diskussion wert«, biete ich an.

Sie sieht mich überrascht an und ihre Augen beginnen zu leuchten. »Wirklich?«

Sie ist so ehrlich in all ihren Taten, dass ich fast über ihre Reaktion gelächelt hätte. »Du bist jetzt am Hof, also solltest du nicht so offen sein.«

»Was zum Teufel soll das bedeuten?«

»Du solltest etwas sagen wie: ›Wenn das noch das Beste ist, was Ihr tun könnt, Eure Hoheit‹.« Ich betone die Worte so, dass sie klingen wie in den spöttischen verbalen Schlagabtäuschen mit Allisander, die ich mir ständig in Gedanken ausmale. »Oder ›Ich vermute, für den Moment wird es reichen‹, gefolgt von einem schweren Seufzen, das absolut deutlich macht, wie unzufrieden du bist.«

Sie verschränkt die Arme vor der Brust und blickt wieder über die Stadt hinweg. »Das ist einfach nur lächerlich.«

Ich lache.

Sie zuckt zusammen, dann erscheinen Falten auf ihrer Stirn.

Plötzlich senkt sich angespanntes Schweigen zwischen uns. Ich verstehe nicht, was gerade geschehen ist.

Tessa schluckt. »Wenn du lachst, erinnerst du mich so sehr an Wes.« Ihre Augen glänzen. »Ich weiß einfach nicht, wer real ist und wer die Illusion.«

In ihren Worten klingt so viel Schmerz mit, dass ich zusammenzucke. Ich muss für einen kurzen Moment den Atem anhalten.

Dann hebe ich die Hand und berühre ihre Finger, wie sie es gerade bei mir getan hat. Wie wir es im Wald Hunderte Male getan haben, wenn die Nächte belastend waren.

Ich rechne damit, dass sie mir ihre Hand entzieht, aber das

tut sie nicht. Ich schließe die Finger um ihre, dann blicken wir beide über die Lichter der Stadt hinweg.

»Du durchschaust meine Illusionen«, sage ich mit rauer Stimme.

Sie sieht zu mir auf. Es schmerzt mich, Hoffnung in ihren Augen zu sehen. Das erinnert mich so sehr an unsere letzte Nacht im Wald, als ich versprochen habe zurückzukehren und es nicht getan habe. Ich bin vom Schicksal dazu bestimmt, Tessa zu enttäuschen. Ich habe ein ganzes Gefängnis voller Schmuggler als Beweis.

Trotzdem kann ich sie nicht freigeben.

Ich hebe die andere Hand, um ihre Wange zu berühren. Der erste Kontakt ist vorsichtig, doch als sie nicht zurückweicht, werde ich mutiger. »Du erinnerst mich daran, wie es sich angefühlt hat, Wes zu sein.«

Ihr Atem beschleunigt sich und sie schließt die Augen. »Ich hasse dich.«

»Ich weiß.« Mein Daumen gleitet über ihren Mund und sie öffnet leicht die Lippen. Plötzlich sind wir uns so nahe, dass wir fast dieselbe Luft atmen.

Dann öffnet sie die Augen und keucht. Sie schiebt die freie Hand in den Spalt zwischen unseren Gesichtern, ihre Fingerspitzen auf meinem Mund. Sieht mir mit brennendem Blick tief in die Augen.

Ich will ihre Hand ergreifen und nach unten ziehen. Ich will meinen Mund auf ihren pressen. Ich will die Hände um ihre Taille schließen oder über ihren Rücken gleiten lassen, will jedes Stückchen Haut finden, das dieses Kleid nicht bedeckt – und durchaus auch ein paar Stellen berühren, die unter dem Stoff versteckt liegen. Ich will ihren Duft riechen, will sie schmecken und will, dass sie die Arme um meinen Hals schlingt.

Ich kann mich nicht bewegen. Ich wünsche mir, dass sie diese Dinge auch will.

»Du bist *nicht* Wes«, flüstert sie.

Die Worte treffen mich wie ein Pfeil. Ich trete zurück. Plötzlich wirkt sie unendlich weit entfernt.

Lichter und Geräusche explodieren vor dem Fenster, so hell und laut, dass ich Tessa instinktiv nach hinten reiße. Wir stolpern zwei Meter rückwärts, doch der Palast ist nicht in Gefahr. Aber ein paar Häuserblocks entfernt, am Verlies, schlagen Flammen hoch in den Himmel. Ich kann bereits Schreie aus entfernten Teilen des Palastes hören und sehe unter uns Leute durch die Straßen rennen.

»Was ... was ist passiert ...«, stammelt Tessa.

»Wachen!«, rufe ich. Die Tür schwingt auf und meine Wachen stürmen in den Raum.

Eine weitere Explosion in der Stadt lässt die Fenster klirren. Wieder in der Nähe des Verlieses. Die Flammen schlagen mindestens drei Stockwerke hoch. Die Alarmglocken im Sektor beginnen zu läuten.

Eine weitere Explosion. Diesmal zucke ich nicht mehr zusammen.

Noch eine.

Ein Wachmann spricht mich an. »Eure Hoheit. Ihr solltet Euch von dem Fenster zurückziehen.«

Aber das kann ich nicht. Ich kann den Blick nicht abwenden.

Der königliche Sektor steht in Flammen.

Tessa

Der Raum, der so still und friedlich wirkte, als ich noch mit Corrick allein war, ist jetzt von Lärm erfüllt. Ratgeber und Wachen eilen herein und hinaus, mit Befehlen und Botschaften. Schon zehn Minuten nach der ersten Explosion hat sich uns König Harristan angeschlossen. Offensichtlich hat er sich in großer Eile angezogen, weil er nur ein einfaches Hemd und eine Wildlederhose trägt, seine Stiefel noch ungeschnürt. Er und Corrick sitzen an einem der langen Tische. Quint steht neben ihnen. Der Palastmeister kritzelt eilig Notizen, die dann von Boten davongetragen werden, kaum dass er die Blätter aus seinem Block gerissen hat. Zudem halten sich mehrere Konsuln im Raum auf, unter anderem Konsul Sallister, Konsulin Kirsch und Konsulin Marpetta, die Frau – die ich an dem Morgen gesehen habe, als ich die Lieferung für Mistress Solomon in den königlichen Sektor gebracht habe. Die anderen kenne ich nicht. Zuerst haben sie sich um den König gedrängt und darüber diskutiert, ob der gesamte Sektor angegriffen wird. Wie man die Feuer löschen kann. Wer hinter den Explosionen stecken könnte. Harristan hat sich ihr Gezänk eine gute Minute länger angehört, als ich es getan hätte, um dann zu sagen: »Genug. Wenn Ihr so viel anzubieten habt, dann sucht Euch einen Eimer und macht Euch an die Arbeit.«

Das hat sie zum Schweigen gebracht. Inzwischen sitzen sie an dem Tisch direkt vor dem Kamin und unterhalten sich leise. Ich kann sehen, dass sie immer noch diskutieren, aber wenigstens sind sie klug genug, dem König nicht in die Quere zu kommen. Ich höre gemurmelte Worte: *Finanzierung. Rebellen. Geplanter Angriff.*

Ich presse mich in eine Ecke, hoffe, dass alle meine Anwesenheit einfach vergessen. Die Spannung im Raum ist mit Händen zu greifen. Hätte ich nicht Angst, damit Aufmerksamkeit auf mich zu lenken, wäre ich längst gegangen.

Schwer vorstellbar, dass ich vor zwei Tagen noch gegenüber von Karri an der Werkbank saß und niedergeschlagen Kräuter und Wurzeln zu Pulver zerstoßen habe. Jetzt trage ich ein scharlachrotes Kleid, befinde mich im obersten Stockwerk des Palasts und starre aus dem Fenster auf Feuer, die in der Stadt wüten.

Ich habe genug gehört, um zu verstehen, dass es sich um einen koordinierten Angriff aufs Verlies gehandelt hat. Allerdings haben die Flammen auf nahe stehende Gebäude übergegriffen. Die Vordertüren wurden mit Sprengstoff geöffnet – aber auch die hintere Mauer wurde angegriffen und zerstört. Offensichtlich toben die Flammen so heftig, dass das Löschen schwerfällt. Zuerst herrschte die Befürchtung, dass als Nächstes der Palast angegriffen werden könnte – was der Grund ist, warum alle sich in diesem Raum versammelt haben, mit einem Dutzend bewaffneter Wachen vor der Tür. Aber es gab keine weiteren Explosionen.

Ein junger Mann erscheint im Türrahmen, die Wangen gerötet, das Haar schweißverklebt. Seine Kleidung ist versengt, seine Finger rußgeschwärzt. Das Papier in seiner Hand wirkt verknittert und feucht. »Eure Majestät«, sagt er atemlos.

Harristan nimmt die Botschaft und liest. Nach einem Moment legt er das Papier auf den Tisch und schiebt es zu Corrick. Als der König spricht, klingt er resigniert. »Das war nicht einfach nur ein Angriff aufs Verlies. Es war eine Rettungsmission.«

Vor dem Kamin springt Konsul Sallister auf. »*Was?*«

Corrick reibt sich das Kinn. »Die meisten Gefangenen sind entkommen. Sie hatten Hilfe.«

Hätte ich diese Nachricht zusammen mit Karri im Werkraum gehört, hätte ich tiefe Erleichterung empfunden, dass die Leute der grausamen Tyrannei des Königs und seines Bruders entkommen sind. In gewisser Weise macht mein Herz auch jetzt einen Sprung. Aber ich habe inzwischen genug erfahren, um zu erkennen, dass es nicht einfach um *wir* gegen *die* geht. Und ich weiß, dass niemand sonst hier im Raum die Nachricht mit Erleichterung aufnimmt.

Für einen Moment senkt sich Stille über den Raum, aber dann nähert sich Konsul Sallister dem Tisch. »Entkommen«, sagt er, leise und in scharfem Ton. »*Schon wieder* sind sie entkommen.« Sein Kopf läuft rot an. »Corrick, Ihr habt behauptet, sie wären nicht organisiert. Ihr habt erklärt, das wären ›arme Arbeiter‹. Ihr habt gesagt ...«

»Konsul«, sagt König Harristan, weder besonders laut noch in besonders scharfem Ton. Aber der andere Mann unterbricht trotzdem seine Tirade.

»Dieser Angriff erforderte Planung«, sagt Konsulin Marpetta. Sie spricht leise, aber voller Überzeugung. »Und Geld.«

»Ja«, blafft Konsul Sallister. »Geld von irgendwelchen Sympathisanten, die ›die Wohltäter‹ genannt werden. Was weißt du darüber, Arella?«

»Willst du mich damit irgendeines Vergehens beschuldigen?«, fragt sie ruhig.

»Willst du zufällig irgendetwas *gestehen*?«

Sie starren sich einen langen Moment schweigend an. Selbst ich spüre den Hass zwischen ihnen.

»Die Tore sind verschlossen, vermute ich«, sagt ein alter Mann, der in der Nähe von Konsulin Kirsch sitzt. »Durchsucht die Nachtwache den Sektor?«

»Ja«, antwortet Corrick. Er senkt den Blick auf das zerknitterte Blatt Papier in seiner Hand. »Zwei wurden bereits festgesetzt.«

»Dann richtet sie hin«, sagt Konsul Sallister. »Sofort.«

Seine Stimme ist so kalt. Er klingt so gleichgültig. Als spräche er gar nicht über Menschen, sondern über Vieh.

König Harristan und Prinz Corrick wechseln einen bedeutsamen Blick. Mein Herz scheint für einen Moment stillzustehen. So viel hat sich verändert, seitdem ich mich in den Palast geschlichen habe. Ich habe Hoffnung. Ich habe panische Angst. Ich ... keine Ahnung, was ich alles empfinde.

Dann steht Corrick auf und sagt: »Ich werde mich darum kümmern.«

»Nein!« Der Schrei dringt über meine Lippen, bevor ich ihn zurückhalten kann – womit ich die allgemeine Aufmerksamkeit auf mich ziehe.

Außer die von Corrick. Er sieht mich nicht an, dreht sich nicht um, sucht nicht meinen Blick. »Konsul«, sagt er mit ausdrucksloser Stimme, bevor er zur Tür geht. Konsul Sallister folgt ihm. Konsulin Marpetta zögert, dann verlässt sie ebenfalls den Raum.

Ich will hinter Corrick herlaufen. Will ihn anflehen, es nicht zu tun. Was hat er gesagt? *Du erinnerst mich daran, wie es sich angefühlt hat, Wes zu sein.*

Er *war* Wes. Er will das nicht tun. Das weiß ich.

Aber er verlässt den Raum. *Ich werde mich darum kümmern.*

Ich presse mir die Hand auf den Mund. Kann nicht atmen.

Jetzt bin ich nicht mehr unsichtbar. König Harristan wirft mir einen kurzen Blick zu, bevor er den Palastmeister ansieht. »Quint.«

Ohne zu zögern, steht Quint auf und kommt zu mir. »Meine Liebe, Ihr müsst unendlich erschöpft sein …«

»Bitte«, flüstere ich an meinen Fingerspitzen. »Bitte. Er kann das nicht tun.«

Seine Miene verrät mir, dass Corrick es kann. Und auch tun wird.

Ich bin so dumm. Ich habe mir erlaubt, mir für einen kurzen Moment etwas anderes einzureden, aber ich wusste, wer er ist. Ich wusste, wozu er fähig ist.

Ich hätte aus der Kutsche fliehen sollen, als sich mir die Gelegenheit geboten hat. Ich hätte Corrick mit dem Dolch erstechen sollen. Ich hätte irgendetwas tun müssen.

Stattdessen stehe ich wie erstarrt da, während Quint sanft meinen Ellbogen packt.

Er wird sie umbringen. Corrick wird jeden Moment Leute hinrichten.

Ich will weglaufen. Ich will schreien. Ich will mich dem König vor die Füße werfen und um Gnade betteln.

Nichts davon würde etwas ausrichten.

Quint muss die Panik in meinen Augen erkannt haben, weil er sagt: »Geht ein Stück mit mir, Tessa.«

Konsulin Kirsch steht auf und sieht kurz zu mir, bevor sie sich an den König wendet. »Ich bin mir sicher, Prinz Corrick wird eine Menge über ihre Organisation erfahren, sobald sie tot sind.« Sie sieht zu dem alten Mann am Tisch. »Roydan. Ich würde unser Gespräch gerne unter vier Augen fortführen.«

»Eine Diskussion, an die Euer König nicht teilhaben soll?«, fragt Harristan.

Roydan wirkt, als wolle er beschwichtigende Worte sprechen, aber Konsulin Kirsch richtet sich höher auf. »In der Tat, Eure Majestät.« Dann sinkt sie in einen Knicks und strebt zur Tür.

Harristan schnappt nach Luft, doch bevor er antworten kann, beginnt er zu husten.

Konsulin Kirsch und Roydan mustern ihn alarmiert.

Sofort gibt Quint meinen Arm frei und hängt sich bei Konsulin Kirsch ein. »Arella. Wo wollt Ihr und Roydan Euer Treffen abhalten?« Er spricht lauter als gewöhnlich, als er die beiden zur Tür führt. »Ich werde etwas zu essen bringen lassen. Vielleicht auch eine Flasche Wein?«

Sie treten durch den Türrahmen. Ein Wachmann schlägt die Tür ins Schloss.

Harristan hustet immer noch. Zwei seiner Wachen wechseln einen Blick.

Ich weiß, was dieser wortlose Austausch bedeutet, denn ich habe genug besorgte Bürger ähnliche Blicke wechseln sehen.

Ist er krank? Sollten wir etwas unternehmen?

Das Tablett mit der Teekanne steht immer noch unberührt am Ende des Tisches, also trete ich vor, fülle eine Tasse und füge einen Löffel Honig hinzu. In einer winzigen Vase stehen Vallis-Lilien und Lavendelzweige. Ich versuche, nicht darüber nachzudenken, wie lange ich arbeiten musste, um ein paar Blütenblätter dieser Lilie für meine Vorräte zu kaufen, während sie hier als Dekoration verwendet werden. Ich löse ein paar Blütenblätter von beiden Blüten, zerreibe sie zwischen den Handflächen und füge sie dem Tee hinzu. Der Löffel klappert in der Tasse, als ich eilig umrühre, bevor ich das Getränk zum König trage.

Einer der Wachmänner schneidet mir den Weg ab, so schnell, dass ich zusammenzucke und ihm fast den Tee über die Uniform gegossen hätte. Auch so schwappt etwas Flüssigkeit über den Rand.

»Die Vallis-Lilien«, stammle ich, weil mir plötzlich klar wird, dass ich mit dem König und seinen Wachen alleine bin. »Und der Honig. Gegen seinen Husten. Das wird helfen.«

»Nein«, sagt der Mann.

»Ja«, keucht Harristan.

Der Wachmann blinzelt, dann wirft er einen kurzen Blick zum König, der mir die Hand entgegenstreckt.

Ich stelle die Tasse vor ihm auf dem Tisch ab und frage mich dabei, ob der Soldat mir nun die Hand abhacken wird. Die Tasse klappert auf dem Unterteller. Der König nippt am Tee und hustet noch einmal.

Der Wachmann starrt mich so böse an, als trüge ich persönlich die Verantwortung dafür.

Aber dann leert König Harristan die Tasse und sein Husten verklingt. Plötzlich ist es so still im Raum, dass ich meinen Puls hören kann. Der Wachmann hat sich nicht bewegt, steht immer noch halb zwischen mir und dem König, aber seine Miene ist nicht mehr so streng wie vor einer Sekunde. Jedoch ist er immer noch groß und beeindruckend, mit hellbrauner Haut und kurz geschnittenem Haar und so muskulösen Armen, dass er mir wahrscheinlich mit einer Hand den Schädel zerquetschen könnte.

Dann wird mir klar, dass sich der Mann nur noch nicht bewegt hat, weil er auf eine Anweisung des Königs für sein weiteres Vorgehen wartet. Corrick hat gerade den Raum verlassen, um die anderen Gefangenen hinzurichten. Nach allem, was er gesagt hat, vermuten nur wenige Leute, dass der König krank sein könnte, aber ich habe gerade einen Hustenanfall bezeugt.

Vielleicht *wird* dieser Mann mir mit einer Hand den Schädel zerquetschen.

So wie in der Nacht, als ich in Corricks Gemächern erwacht bin, empfinde ich gleichzeitig Angst und Wut, aber diesmal gewinnt die Wut.

Ich sehe zwischen dem König und seinem Wachmann hin und her. »Ich habe versucht zu helfen«, stoße ich hitzig hervor, auch wenn mein Zorn mehr mit Corrick zu tun hat als mit dem Mann, der vor mir steht. »Mehr nicht. Ich tratsche nicht, und ich weiß auch nichts. Ihr könnt hinrichten, wen auch immer ihr wollt, also könnt ihr auch mich töten. Aber ich bin nur eine Person und mich umzubringen wird nichts ...«

»Es reicht.«

König Harristan klingt nicht barsch, aber sein Tonfall ist entschieden genug, dass ich sofort innehalte. Der Wachmann steht nicht mehr einfach vor mir, er ragt über mir auf.

Ich schlucke schwer, zwinge mich aber, standhaft zu bleiben.

»Rocco«, sagt Harristan. Seine Stimme klingt ein wenig rau, etwas schwächer als sonst, als hätte der Husten ihn mehr gekostet, als er preisgeben will. »Zieh dich zurück.«

Der Mann tritt an die Wand zurück, und plötzlich stehe ich Auge in Auge dem König von Kandala gegenüber, der nur ein einfaches Hemd trägt.

Ich habe mich mutiger gefühlt, als der Soldat noch zwischen uns stand. Vielleicht hatten er und sein Bruder Unterricht darin, wie man beängstigend wirkt, denn obwohl er einfach nur dort sitzt, schafft er das wunderbar.

»Ich werde dich nicht hinrichten lassen«, sagt er.

Ich bin mir nicht ganz sicher, was die korrekte Antwort sein soll. »Danke?« Ich zögere. »Eure Majestät?«

Ich erkenne ein Flackern in seinen Augen, das entweder Irritation oder Erheiterung entspringen könnte. Ich hoffe, es ist

Letzteres, vermute aber schwer, dass eher das Erste zutrifft. Besonders, als er sagt: »Setz dich.«

Ich lasse mich auf den ersten Stuhl in meiner Nähe sinken. König Harristan hebt die leere Teetasse. »Eine deiner Arzneien?«

»Es ist nur ...« Ich muss mich räuspern. »Es sind die Blütenblätter der Vallis-Lilie. Sie sind sehr teuer, helfen aber gegen Husten. Sogar besser als Gelbwurz.«

Er sieht mich weiter an, also fange ich an, unüberlegt dahinzureden. »In Artis bekommen viele der Schiffsbauer einen trockenen Hals vom Holzstaub. Und das ist ein schnelles Heilmittel. Sonst entstehen manchmal Halsentzündungen, deren Symptome der Fiebererkrankung ähneln, deswegen machen sich alle an den Docks oft große Sorgen. Aber ein wenig Ingwer und Gelbwurz können das Problem gewöhnlich beheben, wenn das Fieber nicht zu heftig ist.«

Er mustert meine Hand und zu meiner großen Verlegenheit muss ich feststellen, dass ich sie nach der Stirn des Königs ausgestreckt habe.

»Ähm, tut mir leid.« Ich reiße meine Hand zurück.

»Habe ich Fieber, Tessa?«

Ich erstarre. Was für eine bedeutungsschwangere Frage.

Verspottet er mich? Aber so klang es nicht.

Soll ich ihn berühren? Soll ich die Hand an seine Stirn legen?

Und was, wenn er wirklich Fieber hat? Sage ich Ja? Sage ich Nein?

Angesichts des herausfordernden Funkelns in seinen Augen hebe ich erneut die Hand.

Ich lasse die Fingerspitzen über seine Brauen gleiten, aber die Berührung reicht nicht aus.

Immer mit der Ruhe, Tessa.

Halt die Klappe, Wes. Corrick. Wer auch immer.

Ich beiße die Zähne zusammen und presse meine Handfläche an die Stirn des Königs.

Kein Fieber.

Ich bin so überrascht, dass ich meine Hand drehe, um die Temperatur noch mal mit dem Handrücken zu testen. Immer noch kühl. Und dann fällt mir auf, wie verletzlich er wirkt, wie er da halb bekleidet vor mir auf dem Stuhl sitzt, meine Hand an seiner Stirn. Ich war so eingeschüchtert von dem Fakt, dass er der König ist, dass ich vergessen habe, dass der Mann in Wirklichkeit nur ein paar Jahre älter ist als ich.

»Nein«, antworte ich ehrlich und lasse mich wieder in meinen Stuhl sinken. »Ihr habt kein Fieber.«

Für einen kurzen Moment fühlt es sich an, als würden alle im Raum aufatmen. Die Erleichterung ist deutlich zu spüren. Selbst der König scheint sich ein wenig zu entspannen.

Auch ich bin nicht immun: Mein Herzschlag beruhigt sich. Es ist, als könnte ich zum ersten Mal seit Stunden tief durchatmen.

Dann fragt der König: »Woher kennst du meinen Bruder wirklich?« Und mein Herz will mir aus der Brust springen.

Harristan lächelt, aber es wirkt durchtrieben. »Man kann dir jedes Gefühl am Gesicht ablesen.«

Ich presse mir die Hände an die Wangen. »Das hat er auch gesagt«, flüstere ich.

»Stehst du mit den Leuten im Bunde, die das Verlies angegriffen haben?«

»Was?«, stoße ich hervor. »Nein!«

»Wer sind diese Wohltäter? Sind sie dafür verantwortlich?«

»Ich weiß es nicht! Ich habe erst bei dem Aufruhr am Tor von ihnen gehört. Bei der Hinrichtung.«

»Was ist mit den festgesetzten Schmugglern? Solltest du den Prinzen ablenken?«

»Nein! Ich habe nicht ... ich ...«

»Du wirktest erschüttert, als er zugestimmt hat, sie für ihre Verbrechen zu bestrafen.«

»Weil ich nicht will, dass er *irgendwen* tötet. Ich will nicht ...« Meine Stimme bricht. »In Kandala sterben schon genug Menschen. Wir sollten nicht unser eigenes Volk hinrichten. Vor allem, wenn die Leute doch nur versuchen, am Leben zu bleiben.«

Und dann beginne ich zu meinem Entsetzen zu weinen. Ich heule vor den Augen des Königs.

Weicher Stoff berührt meine Hand. Ich blinzle. Er bietet mir ein Taschentuch an.

Ich schließe die Finger darum. »Vielen Dank.« Meine Stimme klingt gepresst. Ich kann ihn nicht mehr ansehen.

Als er erneut spricht, ist seine Stimme leise und fast sanft. »Der königliche Vollstrecker kann niemandem Gnade erweisen, der ein Gebäude in der Mitte des königlichen Sektors angreift.« Er hält inne. »Das ist dir sicherlich bewusst.«

Ich presse das Taschentuch an meine Augen. Natürlich bin ich mir dessen bewusst.

Das ist das Schlimmste.

»Ich weiß«, flüstere ich.

»Du hättest mich mit dem Tee vergiften können«, sagt Harristan, immer noch leise.

Ich hätte ihn auch erstechen können, aber das spreche ich nicht laut aus. »Ich bin keine Mörderin.«

»In der Tat.« Er hält inne, holt einmal tief Luft, doch was auch immer er sagen wollte, es kommt nicht dazu, weil Quint durch die Tür stürmt.

»Vergebt mir, Eure Majestät«, sagt er. »Ich habe die Konsuln Kirsch und Pelham in eine andere Suite gebracht ...« Er sieht, wie wir dasitzen und stoppt abrupt. »Störe ich?«

König Harristan sieht zu Quint. »Stell sicher, dass die Konsuln erfahren, dass mein Husten dank Tessas Beistand beruhigt wurde. Ich kann mich glücklich schätzen, dass sie anwesend war. Sie hat mit ein paar Zutaten einen schnellwirkenden Trank angefertigt ...«

»Es waren nur Honig und ...«, setze ich an, aber Harristan bringt mich mit einem Blick zum Schweigen.

»... und ich bin ihr für ihr Eingreifen dankbar«, beendet er seine Ausführungen.

»Ja, Eure Majestät«, antwortet Quint. Er klingt verblüfft.

So fühle ich mich auch.

»Bring sie in ihr Zimmer«, sagt der König.

Und einfach so bin ich entlassen. Einen Moment später liegt meine Hand auf Quints Arm und wir stehen im ruhigen Flur. Zu meiner Überraschung folgt uns der Wachmann Rocco. Wahrscheinlich, um sicherzustellen, dass ich auch lande, wo ich hinsoll.

Mit jeder Stunde, die ich hier verbringe, scheinen meine Gedanken mehr in Aufruhr zu geraten, bis ich nicht mehr weiß, was richtig ist und was falsch. Vielleicht spürt Quint das, denn diesmal schweigt er auf unserem Spaziergang.

Aber vielleicht ist er auch einfach nur genauso müde wie ich.

Ich kann mich nicht entscheiden, ob ich nachfragen will, was Corrick mit den Gefangenen anstellen wird. Bevor ich zu einer Entscheidung kommen kann, erreichen wir meine Tür. Rocco spricht leise mit den dort postierten Wachen, die sich im Anschluss entfernen.

Quint dreht sich zu mir um. »Jossalyn wird dir bei Tagesanbruch dein Tagesprogramm nennen«, sagt er.

Schon der Gedanke erschöpft mich. Ich kann mich kaum erinnern, wieso ich ein Gefühl von Fortschritt hatte, als ich mit Corrick über den Karten gebrütet habe, denn es ist verpufft, als das Feuer vor den Fenstern aufgelodert ist und er davongegangen ist, um Gefangene zu töten. Wie schon heute Morgen will ich mich an Quints Ärmel klammern und ihn anflehen, bei mir zu bleiben, aber ich weiß, dass er momentan dringendere Aufgaben hat.

Ich vertreibe diesen Gedanken aus meinem Kopf und unterdrücke mit Mühe ein Seufzen. »Danke.«

Mit einem Nicken wendet er sich ab.

Ich zögere, mit der Hand auf der Klinke, den Blick auf Rocco gerichtet, der den Platz der weggeschickten Wachen eingenommen hat. Mein Blick wandert zu diesem königlichen Abzeichen an seiner Uniform. Vielleicht sind die normalen Palastwachen alle damit beschäftigt, entkommene Gefangene zu jagen.

»Ist es jetzt deine Aufgabe, dafür zu sorgen, dass ich das Zimmer nicht verlasse?«

Er mustert mich mit hochgezogenen Augenbrauen. »Dafür zu sorgen, dass Ihr nicht entkommen könnt?«, fragt er nach.

»Du hast den Platz der Wachen eingenommen. Also bist du mein neuer Wärter?«

»Ah. Nein.« Er greift nach der Klinke und hält die Tür für mich auf. »Ihr habt zum Schutze des Königs gehandelt«, sagt er. »Dadurch habt Ihr seine Gunst erworben.«

Ich werfe einen Blick zur Tür, dann sehe ich den leeren Flur entlang. »Ich verstehe nicht.«

»Ihr seid keine Gefangene. Ihr dürft Euer Zimmer verlassen.«

»Das darf ich?«

»Ja, Miss Tessa.«

»Dann ...« Ich zögere. Mein müdes Hirn ist ganz verwirrt. »Was tust du dann hier?«

»Ich bin ein Wachmann.« Er lächelt. »Ich bin hier, um sicherzustellen, dass niemand in den Raum eindringt.«

»Oh.« Wieder starre ich die Tür an. »Oh.« Ich trete über die Schwelle. »Danke.«

Mit einem Nicken schließt er die Tür; versiegelt mich in Stille.

Ich gehe zum Fenster. Von hier aus habe ich keinen so guten Blick über den Sektor wie bisher, aber scheinbar sind die Feuer inzwischen unter Kontrolle. Die Alarmglocken sind verstummt und die Bewegungen der Suchscheinwerfer scheinen nicht mehr so hektisch.

Irgendwo in der Dunkelheit richtet Corrick Gefangene hin. Ich wende mich von der Aussicht ab.

Ich sollte ihn hassen, aber das kann ich nicht. Ich weiß nicht, was das über mich aussagt, und fühle mich noch nicht bereit, genauer über diesen Umstand nachzudenken.

Ich frage mich, was mein Vater von Prinz Corrick halten würde – von dem König und Allisander und diesen Auseinandersetzungen zwischen den Eliten, die scheinbar hauptsächlich dafür sorgen, dass die Armen, die das nicht verdient haben, noch mehr leiden.

Ich frage mich, was mein Vater von mir halten würde, sicher im Palast, während unter mir der Sektor brennt.

Ich gehe zum Schrank, löse die Bänder von meinen Unterarmen und ziehe mir das Kleid über den Kopf, doch meine Gedanken weilen nicht in diesem Raum. Ich erinnere mich, dass ich an dem Tag, an dem Miss Solomon uns mit zur Hinrichtung genommen hat, in der Menge stand und mir gewünscht habe, Wes wäre da. Damals wusste ich es noch nicht, aber das *war* er. Ich dachte, Prinz Corrick wäre schrecklich. In gewisser Weise ist er das auch, aber vielleicht hat er auf auf dieser Plattform genauso gelitten wie ich.

Dann richtet sie hin. Sofort.

Er hat mich nicht einmal angesehen, bevor er den Raum verlassen hat.

Jossalyn hat ein Nachthemd an die Schranktür gehängt, doch ich ignoriere es. Stattdessen grabe ich im Schrank herum, bis ich etwas finde, was wahrscheinlich Reitkleidung sein soll und auf jeden Fall bequemer ist als ein Kleid: weiche Wildlederhosen, einen Strickpullover und Stiefel.

Sobald ich wieder angezogen bin, reiße ich die Tür auf.

Rocco hebt die Augenbrauen, als er meinen Aufzug sieht.

»Ich muss nicht in meinem Zimmer bleiben?«, frage ich.

»Nein.« Er zögert. »Ich kann Euch etwas zu essen bringen lassen, wenn Ihr …«

»Nein. Vielen Dank.« Ich muss mich räuspern. »Ich habe keinen Hunger. Ich möchte …« Meine Stimme verklingt, als ich zu ihm aufstarre. Ich mag keine Gefangene sein, aber er gehört trotzdem zur Wache des Königs. »Kannst du mich an einen bestimmten Ort bringen?«, frage ich leise. »Also, außerhalb des Palastes?«

Sein Stirnrunzeln lässt mich vermuten, dass er ablehnen wird, aber er fragt: »Wohin?«

Ich atme tief ein. »Ich möchte, dass du mich zu Prinz Corrick bringst.«

25

CORRICK

Verkohlte Ziegel und Holzsplitter bedecken den Boden, Reste von Rauch bilden einen dünnen Nebel um die verbliebene Fackel in diesem Teil des Verlieses. Wachen haben die Leichen vor einer Weile weggebracht und sind nicht zurückgekehrt. Dieser Teil des Verlieses ist unbenutzbar. Ich bin mir sicher, sie glauben, ich wäre längst verschwunden.

So wie Allisander. Er hat keine fünf Minuten durchgestanden.

Ich bin froh. Ich will ihn hier nicht haben. Ich will niemanden hier haben.

Als wir das Verlies betreten haben, lagen die Gefangenen gefesselt auf dem Boden. Für einen Moment dachte ich, beide Männer wären tot, weil ihre Gesichter rußgeschwärzt waren und ihre Kleidung verkohlt. Der süßliche Gestank von verbranntem Fleisch hing in der Luft. Es gab keinen Zweifel daran, wieso sie so schnell festgesetzt wurden. Sie hatten es wahrscheinlich nicht mal aus dem Verlies geschafft.

Aber dann sah ich, dass die Brust eines Mannes sich noch hob und senkte. Und der andere stieß ein scheußliches, klagendes Geräusch aus.

Allisander stand direkt hinter mir.

Ich habe mir gewünscht, sie wären tot. Ich habe mir gewünscht, sie wären entkommen. Ich habe mir gewünscht, Harristan würde all dem ein Ende setzen, statt es mir zu überlassen, zu beweisen, wie brutal wir sein können. Ich habe mir gewünscht, ich wäre Wes und könnte helfen, statt Corrick zu sein, ein Gefangener der Umstände.

Ich wünschte. Ich wünschte. Ich wünschte.

Und währenddessen wartete Allisander.

Gewöhnlich bin nicht ich derjenige, der die Klinge oder die Armbrust oder die Axt hält. Ich gebe einen Befehl und jemand anders führt ihn aus. Aber am heutigen Abend waren meine Gedanken durcheinander. Ich machte mir Sorgen, dass ich, hätte ich den Mund geöffnet, um einen Befehl zu geben, alles zum Einsturz gebracht hätte, was mein Bruder so mühsam aufrechterhält.

Also habe ich einem Wachmann die Klinge abgenommen und den beiden Schmugglern die Kehle aufgeschlitzt.

Danach streckte ich die Waffe wieder ihrem Besitzer entgegen, ohne den Blick vom Konsul abzuwenden. »Zufrieden?«, fragte ich mit rauer Stimme, meine Hände blutbesudelt.

Er atmete schwer, seine Nasenflügel gebläht wie bei einem verängstigten Pferd. Vielleicht hatte er nicht damit gerechnet, dass es so schnell geschieht – oder dass ich so brutal vorgehe. Vielleicht hatte er damit gerechnet, dass ich vor der Gewalttätigkeit zurückschrecke.

»Ja«, sagte er.

»Gut.«

Dann war er verschwunden und die Wachen haben die Leichen aus dem Raum geschleppt.

Inzwischen sitze ich im Staub an einer Wand. Dunkles, getrocknetes Blut klebt an meinen Händen, bildet Ränder unter meinen Fingernägeln. Die Luft scheint dünn, sodass mir das Atmen schwerfällt, aber vielleicht hat das auch damit zu tun, dass sich meine Brust wie zugeschnürt anfühlt, seit ich Tessas Aufschrei gehört habe.

Hier kannst du nur Prinz Corrick sein. Du kannst nur der Königliche Vollstrecker sein.

Ich weiß, Quint. Ich weiß.

Ich presse die Fingerspitzen in die Augenwinkel. Wie immer beneide ich Harristan. Nicht um seinen Thron, sondern um seine Unkenntnis über all das hier. Seine Distanz. Seine Privilegien.

Vielleicht ist das ein und dasselbe.

Ich erkläre mir selbst, dass zumindest acht Gefangene entkommen sind. Dass es nur zwei waren. Ich erkläre mir selbst immer wieder, dass diese Männer sowieso nicht mehr lange gelebt hätten. Ich rede mir ein, dass ich ihnen geradezu eine Gnade erwiesen habe; dass ich nicht grausam war. Aber ich weiß es nicht sicher.

Ich wünschte, ich würde nicht nachdenken müssen und könnte mich in diese Dunkelheit hüllen, die mir erlaubt, zu sein, wer ich sein muss. Jedes Mal, wenn ich es versuche, muss ich an Tessa und ihren vorwurfsvollen Blick denken.

Sie wird mir nie vergeben. Sie wird mir nie wieder erlauben, sie zu berühren.

Ich werde mich nie aus dieser Existenz befreien können. Werde nie jemand anders sein können. Mein Leben als königlicher Vollstrecker wird immer so aussehen: der grausame Corrick, der gefürchtetste Mann im Königreich. Und gleichzeitig auch der einsamste.

Ich will abfällig schnauben, doch zu meinem Entsetzen beginnen meine Augen zu brennen. Ich blinzle heftig, wische mir übers Gesicht. Das ist lächerlich. Ich habe nicht mehr geweint seit dem Tag, an dem unsere Eltern gestorben sind. Ich will auch jetzt nicht weinen.

Trotzdem löst sich eine Träne. Ich fahre mir mit dem Ärmel übers Gesicht. Der Stoff ist feucht. Erst da wird mir klar, dass ich mir gerade Blut ins Gesicht schmiere.

Ich erwecke Albträume zum Leben, habe ich zu Tessa gesagt. Und momentan sehe ich wahrscheinlich aus wie ein fleischgewordener Albtraum.

Irgendwo in der Dunkelheit kratzt ein Stiefel über den Steinboden. Ich reiße den Kopf hoch. Einer der Wachmänner muss zurückgekehrt sein.

Eilig kämpfe ich mich auf die Beine. Reibe mir erneut das Gesicht. Beiße die Zähne zusammen, um meine Gefühle unter Kontrolle zu bekommen.

Ein neuer Gedanke schießt mir in den Kopf, fast noch schlimmer als die Trauer und das Entsetzen, das ich empfinde. Gefangene sind entkommen. Es gab einen Angriff aufs Verlies. Es könnte auch jemand anders sein als ein Soldat. Automatisch greife ich nach meinem Dolch.

Er ist nicht da. Ich habe ihn Tessa gegeben.

Besorgnis lässt mich meine innere Qual vergessen. Ich greife einen großen Stein aus den Trümmern und ziehe mich in die Schatten zurück, spähe ins rauchverhangene Halbdunkel und frage mich, ob es dumm war zurückzubleiben.

Doch dann lässt ein Lichtstrahl etwas Silbernes aufblitzen, ich sehe einen glänzenden Stiefel und erkenne die Uniform der Palastwache. Ich erkenne Rocco, einen Mann aus der persönlichen Wache meines Bruders.

Mein Atem stockt. Ist Harristan gekommen, um nach mir zu suchen? Ist er hier, im Verlies?

Unendlich große Erleichterung erfasst mich, die all meinen tiefen Kummer beruhigt. Ich springe förmlich aus dem Schatten. Zur Abwechslung werde ich einmal nicht allein sein. Ich werde nicht allein sein mit alldem.

Ich lasse den Stein fallen und setze mich in Bewegung. Keine Ahnung, was ich tun werde, aber die Gefühle in mir sind so überwältigend, dass ich fast fürchte, ich könnte auf die Knie fallen, die Hand meines Bruders umklammern und ihn anflehen, mich aus all meinen Pflichten zu entlassen.

Aber es ist nicht mein Bruder, der hinter dem Wachmann aus der Dunkelheit tritt.

Ich stoppe abrupt. Mein Herz fühlt sich an, als wolle es explodieren. Jeder Muskel wird steif. Dieser tröstliche Hauch der Erleichterung vergeht in einem heißen Aufwallen von Scham und Verletzlichkeit.

Tessa hat ebenfalls angehalten. Ihre Miene verrät mir, dass ich recht hatte: Ich bin ein wandelnder Albtraum. Ihre Lippen öffnen sich, ihre Augen werden groß, und sie schnappt nach Luft. »Oh«, flüstert sie. »Oh, nein.«

Ich will mich gleichgültig geben. Ich will nichts empfinden. Ich will so vieles, was ich nicht haben kann.

Ich sehe den Wachmann an. »Sie sollte nicht hier sein«, sage ich energisch. »Wieso hast du sie hergebracht?«

»Ich habe ihn darum gebeten«, antwortet Tessa – und zum ersten Mal höre ich keine Verurteilung in ihrer Stimme. Stattdessen klingt sie besänftigend. Sie kommt auf mich zu.

Ich weiche zurück, ohne den Blick von Rocco abzuwenden. »Bring sie zurück in den Palast. Sofort.«

»Nein.« Tessa tritt einen weiteren Schritt vor.

»Stopp.« Erneut weiche ich zurück. Ich kann ihr nicht in die Augen sehen. »Du solltest nicht hier sein.«

»Bitte. Es wird ...«

»Geh«, blaffe ich. »Oder ich werde dich für immer hier einsperren.«

»Nein, wirst du nicht.«

Sie greift nach mir und ich zucke zurück. Mein Stiefel bleibt an dem Stein hängen, den ich fallen gelassen habe. Ich stolpere rückwärts, stoße gegen einen geborstenen Balken. Ich stoße mit der Schulter gegen die Wand, balle die Hände zu Fäusten. Ich keuche wie ein in die Ecke getriebenes Tier.

Tessa ist klug genug, mich nicht weiter zu verfolgen. So stehen wir im flackernden Fackelschein. Ihr Haar fällt offen um ihre Schultern, ihr Gesicht ist klar, ihre Kleidung so schlicht, dass es mich überrascht, dass die Stücke aus ihrem Schrank stammen.

Ich trage dasselbe schicke Jackett, das ich beim Abendessen getragen habe, aber jeder Zentimeter meines Körpers ist entweder mit Ruß oder mit Blut besudelt.

»Keine Illusionen mehr«, sage ich.

»Nein«, stimmt sie ruhig zu.

Ich sehe zu Rocco, der ein kleines Stück hinter ihr wartet. »Wie hast du ihn überredet, dich herzubringen?«

»Ich habe ihn gebeten, dich zu finden.«

»Wo ist Harristan?« Ich starre den Soldaten an, als mich eine ganz neue Angst befällt. »Wieso bist du nicht beim König? Was ist geschehen?«

»Seine Majestät hat mir befohlen, mich um Miss Tessa zu kümmern«, antwortet er ungerührt.

»Deinem Bruder geht es gut«, sagt Tessa, fast behutsam. Schon wieder hat sie mich durchschaut. »Nachdem du gegangen bist, hatte er einen Hustenanfall, aber er hat kein ...«

Ich stoße mich von der Wand ab. »Er hatte *was*?«

»Es geht ihm gut. Kein Fieber. Ich habe ihm Tee mit Honig und Vallis-Lilien gegeben.« Ihre Finger schließen sich um meinen Oberarm, dann spüre ich einen leisen Druck. »Es geht ihm gut.«

Irgendetwas an ihrer Berührung schenkt mir Ruhe. Meine Atmung beruhigt sich ein wenig.

Aber ihr Blick ist durchdringend und ich fürchte, dass sie mich fragen wird, was ich getan habe. Sie wird fragen, und ich werde es ihr sagen und damit jeden verbleibenden Funken von was auch immer das zwischen uns ist ersticken.

Ich stand kurz davor, mich meinem Bruder vor die Füße zu werfen und um Erlösung zu flehen.

Jetzt stehe ich kurz davor, vor Tessa auf die Knie zu sinken und um Vergebung zu flehen.

Sie lässt die Hand über meinen Arm nach unten gleiten, dann verschränkt sie die Finger mit meinen. Sie zuckt nicht vor dem Blut zurück. Meine Brust wird eng bei dem Gedanken, dass sie es berührt.

Bitte, denke ich. *Bitte frag nicht.*
Bitte hasse mich nicht mehr.

Ich hasse mich selbst schon genug.

Ich will ihr die Hand entreißen, mich in die Dunkelheit zurückziehen. Aber sie packt meine Finger fester.

»Gehst du ein Stück mit mir?«, fragt sie.

Ich hole Luft, um das Angebot zurückzuweisen. Ich möchte im Dunkeln sitzen und darum beten, dass sich die Erde auftut und mich verschlingt.

Stattdessen nicke ich. Sie führt mich und ich folge ihr. Zusammen verlassen wir den zerstörten, blutbesudelten Raum des Verlieses und treten in das helle Licht des königlichen Sektors.

TESSA

Ich weiß nicht, wo ich Corrick hinbringen soll, aber ich konnte ihn nicht in diesem winzigen Raum lassen. Die Luft war erfüllt mit dem Geruch von Blut und Tod. Ich wünschte, wir könnten einfach den Sektor verlassen und uns in der Wildnis verlieren, aber ich weiß natürlich, dass er seinen Bruder nicht im Stich lassen wird.

Stattdessen führe ich ihn Richtung Palast. Hier draußen ist es hell und die Pflastersteine glänzen. Trotz der späten Stunde klappern Pferdehufe und Kutschen über die Straßen, weil Botschaften geschickt werden und Angehörige der Eliten kommen und gehen. Als Harristans Wachmann mich aus dem Palast geführt hat, herrschte geschäftiges Treiben in den Gängen. Ich bezweifle, dass sich daran in der Zwischenzeit etwas geändert hat.

Ich will nicht darüber nachdenken, was Corrick getan hat. Überall auf seinem Körper klebt Blut, also weiß ich, dass es etwas Gewalttätiges war. Seine blauen Augen wirken leer und unruhig, also weiß ich, dass es schrecklich war. Als wir ihn in diesem düsteren Raum im Verlies gefunden haben, wollte ein

Teil von mir schreiend davonlaufen – bis ich seine gequälte Miene gesehen habe.

»Rocco«, sage ich leise. »Wir können nicht den Haupteingang benutzen. Er kann nicht so durch den Palast gehen.«

»Sie wissen, was ich bin«, sagt Corrick. Er wirkt immer noch aufgewühlt, in seinen Augen ein wilder Blick, aber ich höre die Herausforderung in seiner Stimme. Ich frage mich, ob er sich auf diese Weise selbst dazu bringt, die Dinge zu tun, die er tun muss.

Ich ignoriere ihn. »Vielleicht ein Hintereingang?«, sage ich zu dem Soldaten.

»Nein«, sagt Corrick.

»Wir könnten den Dienstboteneingang benutzen«, sagt Rocco. »Die Tagesschicht ist nicht mehr da. Dort gibt es Waschräume und frische Wäsche.«

»*Nein.*« Corrick richtet sich höher auf, doch sein böser Blick gilt Rocco, nicht mir. »Ich werde mich nicht in den Palast schleichen.«

Ich bin mir nicht sicher, wie viel seiner Haltung Trotz und wie viel reinem Selbsterhaltungstrieb entspringt. Auf jeden Fall sollte ich ihm zugestehen zu tun, was auch immer er will. Er ist der Prinz und ich bin ... niemand. Aber ich halte mich erst seit einem Tag im Palast auf und weiß bereits, wie viel der äußere Schein hier zählt, wie viel getratscht wird ... daher weiß ich auch, dass Corrick es sich gerade nicht leisten kann, schwach zu wirken. Blutverkrustet durch den Palast zu schreiten, wirkt für mich nicht wie eine Zurschaustellung von Stärke. Ich denke über seinen Tonfall nach, als ihm klar wurde, dass Rocco mich eskortiert hat, nicht seinen Bruder.

»Würde der König dich so sehen wollen?«, frage ich.

»Sehe ich so schrecklich aus, Tessa?«

Ja. Aber nicht auf diese Weise, die er meint. »Du wirkst ... verzweifelt.«

Die Worte scheinen ihn zu treffen wie ein Pfeil. Sein Widerstand fällt in sich zusammen. »Schön.«

Der Dienstboteneingang ist dieselbe verschlossene Passage, über die ich auch in den Palast eingedrungen bin. Und es ist hier genauso leer wie zu dem Zeitpunkt, als ich mich in das Treppenhaus geschlichen habe. Der Waschraum ist riesig, mit elektrischem Licht, fließendem Wasser und mehreren großen Wannen. Als ich die Stapel über Stapel von gefalteten Betttüchern und den beeindruckend großen Kamin sehe, wird mir klar, dass hier die Wäsche erledigt wird.

Natürlich. Ich hätte auch nicht damit gerechnet, dass irgendwer im Palast seine Sachen im Fluss wäscht oder die Kleidung zum Trocknen in die Sonne hängt. In der Ecke steht eine Schneiderpuppe mit einer Zofenuniform neben ein paar Schneidertischen, auf denen große Stoffbündel liegen. An der Wand ist ein großer Spiegel befestigt, den Corrick auf seinem Weg zu einem der Becken passiert. Ich beobachte, wie seine Schritte stocken. Er wendet den Blick ab, hält aber nicht inne.

»Eure Hoheit«, sagt Rocco. »Soll ich einen Vogt holen?«

»Nein. Bewach die Tür.« Er beginnt, heftig an den Knöpfen seines Jacketts zu zerren.

Ich stehe unschlüssig irgendwo zwischen Tür und Waschbecken. Ich weiß nicht, ob er möchte, dass ich mit dem Soldaten im Flur warte, oder ob ich besser in mein Zimmer zurückkehren sollte – oder einfach hierbleiben.

Ich weiß nicht einmal, was *ich* will.

»Wieso bist du mich suchen gekommen?«, fragt er. Er klingt heiser, aber auch wütend. »Hast du geglaubt, du könntest mich aufhalten?«

»Ich wusste, dass du dich selbst nicht aufhalten würdest.«

Seine Hände erstarren an den Knöpfen. Erst da wird mir klar, dass er zittert.

Ich trete zu ihm und lege meine Finger über seine, löse einen der Knöpfe.

»Hör auf«, sagt er. »Ich kann mein eigenes Jackett öffnen.«

Ich schlage ihm heftig auf die Finger – als wäre er ein Kind, dem man gesagt hat, es solle den heißen Herd nicht berühren, das aber trotzdem die Hand ausgestreckt hat. Ich glaube, das schockiert ihn, weil er die Hand zurückreißt.

Mit einem Seufzen löse ich den nächsten Knopf. Der Stoff ist klebrig. Ich versuche, den Grund dafür zu ignorieren und mich ganz auf meine Aufgabe zu konzentrieren.

»Wenn du weißt, dass ich all deine Rollen durchschaue«, sage ich sanft, »kannst du auch aufhören, sie zu spielen. Ich weiß, wer du bist. Ich weiß, was du getan hast.« Ich sehe auf. Ich kann mich nicht entscheiden, ob ich ihn hasse oder ihn bemitleide – oder ob ein ganz anderes Gefühl vorherrscht. »Ich sehe dich. Ich sehe, was es dir antut. Dir bereits angetan *hat*.«

Er erstarrt. Atmet nur noch flach. Dann blinzelt er und zu meinem Entsetzen treten Tränen in seine Augen.

Er muss es im selben Moment bemerkt haben wie ich, weil er zurückweicht, sich abwendet, die Handballen auf die Augen presst. »Himmel, Tessa.«

Seine heftigen Gefühle lassen auch mich emotional werden. Meine Brust ist plötzlich wie zugeschnürt. Er wirkte so zerstört in diesem Raum im Verlies. Er wirkt auch jetzt noch ganz zerstört. Als hielte ihn nur seine eiserne Willenskraft aufrecht.

Ich berühre seinen Arm. Er zuckt zusammen. Er lässt die Hände sinken und ballt sie an den Seiten zu Fäusten, wie er es auch in diesem dämmrigen Raum getan hat. Seine Augen sind gerötet, aber trocken. »Stopp«, sagt er.

Es klingt wie eine Warnung. Ein Flehen.

Ich höre auf.

Corrick hat alle Macht, aber er sieht mich an, als wäre ich die Mächtige. Er will nicht zugeben, was er getan hat, und ich will nicht fragen. Aber die Frage schwebt zwischen uns, und jemand muss sie stellen. Ich muss mich räuspern, bevor ich sprechen kann. »Hast du diese Gefangenen getötet?«

Er wendet den Blick nicht ab und zögert auch nicht. »Ja.«

Schweigen füllt den Raum, bis es scheinbar die Luft zum Atmen verdrängt. Ich denke an Konsul Sallister, der sich beim Abendessen so schrecklich benommen hat; an die Kontrolle, die er über Corrick und Harristan besitzt. Die Kontrolle, die er über das gesamte Land besitzt.

Ich denke daran, wie König Harristan geklungen hat, als er erklärt hat, dass der Königliche Vollstrecker keine Gnade zeigen kann, wenn Leute das Gefängnis in die Luft sprengen.

Menschen töten ist *falsch*. Diese Überzeugung entspringt den tiefsten Tiefen meiner Seele. Ich konnte den König nicht töten, als sich mir die Gelegenheit geboten hat – nicht einmal, als ich noch davon überzeugt war, er hätte es verdient. Aber wie der König sagte: Die Strafen für Schmuggel sind allgemein bekannt. Einige Leute im Verlies waren echte Schmuggler – andere nicht. Das Verlies zu sprengen war ebenfalls falsch.

Entschuldigt diese Tatsache Corricks Handlungen?

Ich kann erkennen, dass er nicht davon ausgeht. Er trägt seine Schuldgefühle wie einen Mantel. Ich dachte, seine gesamte Macht entspränge der Rolle, die er hier innehat – als Königlicher Vollstrecker. Aber das stimmt nicht.

Nur in der Wildnis hat er Macht besessen, als Wes.

Und diese Rolle wurde ihm genommen.

Ich schlucke schwer. »Was ist geschehen?«

»Du hast Allisander gehört.«

»Ja. Habe ich. Was ist geschehen?«

Sein Schweigen zieht sich in die Länge, bis ich denke, er wird nicht antworten. Aber dann sagt er: »Die zwei Männer haben bei den Explosionen schlimme Verbrennungen davongetragen«, sagt er mit so rauer Stimme, als hätte er Feuer eingeatmet. »Waren kaum noch bei Bewusstsein. Sie sind nicht gefangen genommen worden. Sie konnten nicht entkommen.« Er fährt sich mit der Hand durchs Haar, aber anscheinend ist es klebrig, weil er das Gesicht verzieht und eilig den Arm sinken lässt. Er schaut mich nicht an. »Sie hätten die Nacht nicht überlebt.«

»Warum ...« Meine Stimme bricht, also atme ich einmal tief durch. »Warum bist du ... warum ...« Ich deute auf seine Kleidung, während mir ein Schauder über den Rücken läuft. »So viel Blut.«

»Weil ich wollte, dass es schnell geht.« Jetzt sucht er meinen Blick. Ich bin mir sicher, er erkennt das Entsetzen in meiner Miene. »Ich musste es schnell erledigen.«

Da ist ein Unterton in seiner Stimme, den ich nicht genau benennen kann, aber mein Herzschlag beruhigt sich und die Panik lässt bereits nach, bevor ich es tatsächlich verstehe: Er wollte es nicht tun – aber wenn er schon musste, dann wollte er es so schnell und schmerzlos wie möglich erledigen.

Auf eine Weise, die so brutal aussieht wie möglich.

Sie hätten die Nacht nicht überlebt.

Er hat einen Gnadenakt in eine Hinrichtung verwandelt.

Ich frage mich, wie oft er so was schon tun musste. Wie oft er sich für das kleinere von zwei Übeln entscheiden musste, weil er nur die Wahl hatte, einen Gefangenen hinzurichten oder dabei zuzusehen, wie noch mehr Leute sterben, weil es zu wenig Medizin gibt. Das ist eine schreckliche Wahl. Corrick befindet sich in einer schrecklichen Position.

Ich denke daran zurück, wie wir über den Karten gebrütet haben und leise Hoffnung aufgeflackert ist. Ich frage mich, ob die Explosion diesen Hoffnungsschimmer erstickt hat; ob wirklich nichts davon geblieben ist.

»Bemitleide mich nicht«, sagt Corrick. »Wenn du jemanden bemitleiden willst, dann diese Männer.«

»Das tue ich.« Aber ich bemitleide auch ihn. Ich kann ihn nicht mehr hassen.

Mit einem Seufzen lässt er sich gegen die Wand sinken und presst erneut die Handballen auf die Augen. »Lass mich allein, Tessa.«

Ich stoße zischend den Atem aus, dann trete ich vor und packe die Aufschläge seines Jacketts.

Überrascht lässt er die Hände sinken.

»Immer mit der Ruhe«, sage ich, als ich mich erneut an den Knöpfen zu schaffen mache.

Er blinzelt. Mustert mich finster. »Ich habe dir gesagt ...«

»Du hast eine Menge gesagt. Vielleicht solltest du eine Minute lang die Klappe halten und mich nachdenken lassen.«

Er verstummt, aber ich denke nicht nach. Nicht wirklich. Ich konzentriere mich auf meine Aufgabe, bis der letzte Knopf geöffnet ist. »Zieh das aus«, sage ich, als ich mich umdrehe, um an einer der Ketten zu ziehen, mit denen die Hähne gesteuert werden. Das Rauschen von Wasser füllt die Stille.

»Wasch dir Hände und Gesicht«, sage ich. Ich verschließe den Abfluss und tauche die Hände ins Wasser, um die Temperatur zu kontrollieren. Blut und Dreck hatten sich auch auf meine Hände übertragen, aber jetzt löst sich alles ab. Ich drehe mich wieder um. »Ich werde schauen, ob ich einen Waschl...«

Ich verstumme. Stoße zischend den Atem aus.

Corrick hat nicht nur das Jackett ausgezogen, sondern auch sein Hemd. Sein Oberkörper ist nackt, seine Hosen hängen tief auf seinen Hüften. Er sieht nicht mehr aus wie ein blutverschmierter Bösewicht; stattdessen wirkt er warm, gleichzeitig verletzlich und wild. Definierte Muskeln formen seine Schultern und Arme, die bedeckt von verschiedenen Narben sind. Eine Narbe auf seinem Bauch sieht aus wie eine Stichwunde, und auf seinem Bizeps prangen die Überbleibsel eines langen Schnittes von einem Messer oder Dolch. Mein Blick bleibt an dieser dünnen Spur von Haaren hängen, die unter seinem Nabel beginnt und im Hosenbund verschwindet.

Corrick räuspert sich. Ich reiße den Blick hoch. Meine Wangen brennen.

»Jetzt sage ich: Immer mit der Ruhe.«

»Ich hasse dich.«

»Hmmm. Scheinbar gar nicht so sehr.« Er kommt auf mich zu. Ich weiche so schnell aus, dass ich fast über meine eigenen Füße gestolpert wäre, aber er wollte nur die Hände unter das fließende Wasser halten.

Ich bin eine unglaubliche Närrin. Ich kann ihn nicht begehren. Nicht jetzt. Niemals.

Meinem Herz sind die Argumente egal. Mein gesamter Körper verrät mich.

»Hast du nicht gesagt, du wolltest einen Waschlappen suchen?«, fragt er in spitzem Ton.

»Oh! Ja. Natürlich.« Diesmal stolpere ich wirklich über meine eigenen Füße. Aber ich finde einen Waschlappen und bringe ihn zu Corrick, wobei ich mich bemühe, die sanfte Wölbung seines Rückens nicht zu bemerken, nicht wahrzunehmen, wie schmal seine Hüften sind, und auch die lange, gezackte Narbe, die unter seinem Hosenbund hervorlugt, nicht zu beachten.

»Du hast eine Menge Narben.«

»Schmuggler sind gewöhnlich nicht die umgänglichsten Menschen.« Er beugt sich über das Becken, befeuchtet den Lappen und wäscht sich das Gesicht. »Manchmal versuche ich, Fragen zu stellen, aber sie hegen andere Absichten.«

Interessant.

Immerhin liefert das meinem Hirn etwas, womit es sich beschäftigen kann, statt darüber nachzudenken, wie seine Haut sich wohl anfühlen würde. Meine Wangen brennen, aber ich halte den Blick starr geradeaus gerichtet, auf die gegenüberliegende Wand. »Konntest du die Gefangenen befragen, bevor sie heute Abend entkommen sind?«

»Nein. Ich war zu sehr damit beschäftigt, mit dir Karten zu studieren und zu beobachten, wie der Sektor in Flammen aufgeht.«

»Du hast keinen von ihnen befragt?«

Er fährt sich noch einmal mit dem Waschlappen übers Gesicht, bevor er mich ansieht. »Nein. Warum?«

»Konsul Sallister hat einen Kommentar über ›arme Arbeiter‹ gemacht. Den Gerüchten zufolge waren die Schmuggler aus Stahlstadt jung und kaum organisiert.« Ich denke an die Explosionen, die ich durch die Fenster gesehen habe. »Dieser Angriff wirkte sehr organisiert.«

»Ja«, stimmt er zu. »Sie bekommen von irgendwo Geld. Diese Wohltäter müssen finanziell gut ausgestattet sein. Im Palast gibt es viele Theorien dazu.« Er senkt den Kopf, um sich Wasser direkt ins Gesicht zu schöpfen.

Ich denke an die Gespräche zurück, die wir als Wes und Tessa geführt haben; daran, wie er so entschieden erklärt hat, dass er kein Schmuggler ist und das alles nicht tut, um sich selbst zu bereichern. Damals wirkte er fast gequält. Ich dachte, er empfände dasselbe wie ich. Jetzt kenne ich die Wahrheit. »Hast du sie befragt? Die Gefangenen aus Stahlstadt?«

»Ja. Nichts hat mir einen Hinweis gegeben, dass sie Teil einer großen Verschwörung sind.« Er fährt sich mit den Händen durchs Haar, aus dem Wasser auf seine Brust tropft. »Sie haben nach Revolution geschrien und ...« Er zuckt mit den Achseln. »Du warst dabei.«

Die Hinrichtung ist in eine Revolte umgeschlagen. Gefangene sind entkommen.

Ich frage mich, wie Corrick sie hinrichten lassen wollte. Fürchte mich davor, die Frage zu stellen.

Ich sacke ein wenig in mich zusammen.

Corrick zieht an der Kette, um den Wasserfluss zu stoppen, dann dreht er sich um und lehnt sich gegen das Becken. »Wenn es ein Untergrundnetzwerk von Schmugglern gibt, die von diesen Wohltätern finanziert werden, dann ist es zu gut verborgen. Niemand wird der Nachtwache irgendetwas erzählen. Und auf keinen Fall wird jemand mit mir reden.«

Kaum überraschend, wenn du jeden umbringst. Die Worte liegen mir bereits auf der Zunge, aber ich spreche sie nicht aus. Ich glaube nicht, dass es nötig ist.

Ich will ihn nicht anstarren – na ja, meine verräterischen Augen schon, aber ich halte das nicht für klug. Ich wende mich ab, gehe zu einem Regal, um ein Handtuch zu holen und drehe mich wieder um, um es ihm zu bringen.

Er steht direkt hinter mir.

Mit einem Keuchen ramme ich ihm das Tuch gegen die Brust. »Hier.«

»Danke.« Aber er bewegt sich nicht.

»Was wird Allisander jetzt tun?«, frage ich.

Corrick schüttelt das Handtuch aus und reibt sich damit ab. »Er hat sich im Verlies übergeben, also habe ich hoffentlich überzeugend vermittelt, dass ich hart gegen jegliche weiteren Attacken vorgehen werde.«

»Was bedeutet, dass du mit weiteren Angriffen rechnest.«

»Ja.« Endlich sieht er mir in die Augen. »Davon gehe ich aus.« Er hält inne. »Und ich glaube nach dem heutigen Angriff auch, dass die nächsten Attacken noch gewalttätiger und besser geplant sein werden. Die Nachricht, dass die Rettungsaktion erfolgreich war, wird sich schnell verbreiten. Das wird die Leute ermutigen. Hier geht es nicht nur um die Finanzierung von Rebellen. Wenn es zu organisierten Angriffen auf die Lieferungen kommt, zusätzlich zu dem Ruf nach Rebellion auf den Straßen, nun ...« Seine Stimme verklingt.

»Du glaubst, Allisander wird die Lieferungen von Mondflorblüten einstellen.«

»Nein. Ich glaube, wir werden uns einer ausgewachsenen Rebellion stellen müssen.«

Was hat Harristan gesagt? *Es fällt leicht, den König zu lieben, wenn alle wohlgenährt und gesund sind. Es fällt schwerer, wenn das nicht gilt.* Damit hat er völlig recht. Die Dinge von dieser Seite aus zu betrachten, macht alles viel komplizierter. Eine Revolution wird noch mehr Todesopfer fordern – nicht nur aufgrund der Gewalt, sondern auch wegen des Fiebers, weil die Medizin noch knapper wird.

Ich sehe Corrick in die Augen und erinnere mich daran, wie ich vor ihm in der Dunkelheit gestanden und nach Revolution geschrien habe. Ich habe ihn angefleht, sich mit mir an die Spitze der Bewegung zu stellen – aber ich hatte keinen Plan. Ich habe auch jetzt keinen Plan.

Jetzt verstehe ich, was er mir in dieser Nacht sagen wollte. *Eine Rebellion wird das Fieber nicht stoppen.*

Durch eine Rebellion mag Harristan vom Thron gestoßen werden, aber sie wird keinen Einfluss auf die Krankheit haben. Sie wird Allisander nicht zwingen, mehr Mondflorblüten zu liefern. Wenn überhaupt, wird die Medizin noch knapper.

Und wenn der König damit beschäftigt ist, eine Rebellion niederzuschlagen, fehlt ihm das Geld, um nach anderen Heilmitteln zu suchen. Kandala wird sich selbst zerfleischen.

»Roydan und Arella halten bereits geheime Treffen ab«, sagt Corrick. »Es ist durchaus möglich, dass die anderen Konsuln das auch tun. Allisander und Lissa unterhalten Privatarmeen. Wenn es zur Revolution kommt, könnte es sein, dass nicht nur das Volk gegen den Thron kämpft.«

»Es könnte zu Kämpfen Sektor gegen Sektor kommen«, flüstere ich. »Die Situation ist wirklich hoffnungslos.«

Corrick nickt.

»Aber wenn wir die Angriffe beenden können ...«

»Wird das die Rebellion eventuell aufhalten. Und das ist ein großes Wenn. Ich habe keine Ahnung, wie ich das anstellen soll.«

Er hat recht. Ich weiß, dass er recht hat. Und wie er vorhin gesagt hat: Wenn die königlichen Berater nicht fähig waren, das Problem zu lösen, ist es eher unwahrscheinlich, dass es uns gelingt, mitten in der Nacht in einem Waschraum.

Das Blut ist verschwunden. Corricks Haar klebt feucht an seinem Kopf. Aber sein gehetzter Gesichtsausdruck ist geblieben. Ich habe gesehen, wie seine Augen aufgeleuchtet haben, als er Rocco im Verlies entdeckt hat. Hatte er gehofft, Harristan wäre gekommen? Hat der König nichts mit den Handlungen zu tun, zu denen Corrick sich gezwungen sieht? Hält er sich absichtlich fern? Oder versucht Corrick, ihn zu schützen? Ich bin mir nicht sicher, was schlimmer ist. Aber ich habe vor wenigen Minuten gesehen, wie Tränen in seinen Augen geglänzt haben und halte beide Möglichkeiten für schrecklich.

»Die Nachtwache wird jetzt noch brutaler vorgehen«, sage ich leise.

Er mustert mich einen langen Moment mit undurchdringlicher Miene – dann reibt er sich das Gesicht und stößt ein halb gequältes, halb genervtes Geräusch aus. »Ich kann sie nicht abziehen, Tessa. Ich kann nicht. Allisander würde seine Lieferungen einstellen. Harristan könnte ...«

»Ich weiß.«

»… dem niemals zustimmen. Die Rebellen haben den Sektor in Brand gesetzt …«

»Ich weiß.«

Schwer atmend bricht er ab. »Ich weiß nicht, wie ich das alles aufhalten soll«, sagt er schließlich. »Ich kann nicht einmal herausfinden, wer die Rebellen finanziert – oder warum? Ist es ein Angriff auf Harristan? Oder ein Kampf um Medizin? Oder beides?«

So viele Fragen – und wie üblich gibt es keine Antworten. Ich lege nachdenklich einen Finger an die Lippen. Vor einer Woche hätte ich vielleicht noch auf Seite der Wohltäter gekämpft. Doch nachdem ich die Zerstörung gesehen habe, die sie angerichtet haben, weiß ich, dass auch das nicht die richtige Seite ist.

Aber Corrick hat recht: Wenn er die Angriffe nicht unterbinden kann, fehlt ihm jedes Druckmittel – was es ihm unmöglich macht, die Gewalttätigkeiten auf beiden Seiten zu stoppen. Wir müssen herausfinden, wer diese Wohltäter sind.

Und während ich so nachdenke, wird mir klar, wie wir es anstellen können.

»Die Leute werden reden«, stoße ich hervor.

»Natürlich«, antwortet er. »Alle reden ständig.«

Ich schüttle heftig den Kopf. »Nein, ich will damit sagen, du gehst das Problem auf die falsche Weise an. Du hast die Leute als Königlicher Vollstrecker verhört.«

»Soll ich das stattdessen von Harristan erledigen lassen?« Mit einem Augenrollen wendet er sich ab. »Ich bin mir sicher, er wirkt viel weniger bedrohlich.«

»Nein.« Ich packe seinen Arm, sodass er sich mir wieder zuwendet. »Nicht Harristan.«

»Wer dann?«

»Du und ich.«

Er wirkt skeptisch, also spreche ich eilig weiter. »Nicht als Prinz und Pharmazeutin.« Ich holte tief Luft. »Als Gesetzlose.«

»Als Gesetzlose?«

»Ja.« Ich sehe ihm tief in die blauen Augen, erinnere mich daran, wie er hinter der Maske ausgesehen hat. »Wir werden als Weston Lark und Tessa Cade mit den Leuten sprechen.«

CORRICK

Der Morgen dämmert schon fast, als ich endlich ins Bett krieche, aber das hält die Wachen nicht davon ab, eine Stunde nach Sonnenaufgang an meine Tür zu klopfen und zu verkünden, dass Konsul Sallister anwesend ist.

»Wir wollten doch Schach spielen, nicht wahr?«, ruft Allisander.

Ich wünschte, ich könnte *seine* Hinrichtung anordnen.

Aber wir spielen, in meinen Gemächern. Ein Feuer knistert im Herd, eine Dienerin bringt uns gezuckerte Törtchen und gekochte Eier und gießt eine Tasse Tee nach der nächsten ein. Ich rechne damit, dass Allisander Forderungen stellt, Sicherheitsgarantien einfordert, aber er bleibt seltsam still. Spannung hängt in der Luft, aber ich bin mir nicht sicher, ob Allisander ein Problem mit mir hat. Jeder Zug, den wir auf dem Brett vollführen, wirkt wie die Vorbereitung auf einen Kampf.

Ich denke an Tessas tadelnde Blicke gestern Abend zurück, aber ich darf mich von ihrem Urteil nicht beeinflussen lassen. So sehr ich Allisander auch hassen mag, ich brauche ihn. Kandala braucht ihn.

Für den Moment.

Der Gedanke bringt mein Herz zum Rasen. Harristan kann die Autorität seiner Konsuln nicht untergraben. Aber wenn wir die Attacken unterbinden und herausfinden, wer sie finanziert – wenn wir die Spannungen in den Sektoren abbauen können – dann können wir vielleicht in der Zukunft neue Wege einschlagen.

Die Stimmung bleibt jedoch angespannt und die Nachtwache in höchster Alarmbereitschaft. Wenn Wes und Tessa wirklich in die Wildnis zurückkehrten, würden wir damit ein echtes Risiko eingehen.

Ich mustere den selbstgefälligen Mann, der mir gegenübersitzt. Die Risiken sind auf jeden Fall groß. Die Wohltäter *müssen* mit jemandem aus dem königlichen Sektor im Bunde stehen – ich kann mir nicht erklären, wer sonst genug Silber besitzen soll, um eine Revolution zu finanzieren. Aber die Konsuln stehen Harristan nahe. Ich kann mir nicht vorstellen, dass einer von ihnen die Bevölkerung zur Rebellion anstacheln würde, wenn jeder von ihnen Harristan selbst ein Messer zwischen die Rippen rammen könnte. Das wäre günstiger. Einfacher. Schneller.

Ich denke an die Stapel von Gnadengesuchen, die Quint Harristan am Tag der angedachten Hinrichtung gebracht hat. Fast zweihundert Briefe – eine Menge unzufriedener Leute, die auf eine Veränderung der Verhältnisse hoffen.

Arella war unter ihnen. Sie hat ihre Einstellung zu den Hinrichtungen absolut klargestellt. Sie würde Harristan niemals angreifen.

Aber sie hat eine Schwäche für die Bevölkerung; für diejenigen, die leiden.

Und sie hat geheime Treffen mit Roydan abgehalten.

Sie alle bitten um weitere Mittel, wenn irgendwem eine

Finanzierung versagt wurde. Allisander hat Jonas Buching beschuldigt – aber Arella hat sofort ein Finanzierungsgesuch eingereicht.

Ich bin so tief in Gedanken versunken, dass ich zusammenzucke, als Allisander das Schweigen bricht. »Überrascht mich, dass Ihr Zeit für diese Partie gefunden habt, Corrick.«

»Ich hatte es Euch versprochen«, antworte ich mit einer wegwerfenden Geste.

»Ihr versprecht viel.«

Meine Hand erstarrt an einer Schachfigur, wegen eines Untertons in seiner Stimme, den ich nicht genau benennen kann. Ich hebe den Blick vom Schachbrett. »Ich gebe mein Bestes, sie alle zu halten.«

»In der Tat? Wem gegenüber?«

Er wirkt selbstgefällig. Allisander ist wirklich ein schlechter Schachspieler, und ich lasse ihn seit einer halben Stunde gewinnen, weil ich es für keine gute Idee halte, ihn in seinem Stolz zu verletzen.

Aber ich denke, ich sollte jetzt damit aufhören.

»Ich verstehe nicht, was Ihr sagen wollt.« Ich verschiebe einen Turm, sodass sein König in Bedrängnis gerät. »Schach.«

Er zieht seinen König ein Feld nach links. »Ich habe mir Euer Mädchen genauer angesehen.«

Mir gefriert das Blut in den Adern, aber gleichzeitig zucke ich lässig mit den Achseln und mustere das Brett. »Sie ist nicht *mein Mädchen*.«

Er beugt sich vor, um meinen Blick einzufangen. Seine Augen funkeln. »Sie ist keine Pharmazeutin. Sie arbeitet für eine Scharlatanin, die billige Hautpflegemittel verkauft.«

Ich sitze wie erstarrt da. Weiß nicht, was ich sagen soll. Ich wusste, dass Tessa ihr richtiger Name ist, aber der Laden, in dem sie arbeitet, liegt nicht in der Wildnis und sogar ein gutes

Stück davon entfernt. Tessa hat sich niemals Gedanken gemacht, dass jemand, dem wir geholfen haben, sie identifizieren könnte.

Aber vielleicht hat sie sich auch deswegen keine Sorgen gemacht, weil sie nie demselben Risiko ausgesetzt war wie ich.

Erneut ziehe ich meinen Turm. »Egal, wo sie auch arbeitet, sie hat Harristan einige Theorien präsentiert. Theorien, die vielleicht ...«

»Die Besitzerin des Ladens hat angemerkt, dass Tessa nach den misslungenen Hinrichtungen verstört wirkte. Sie hat gesagt, das Mädchen hätte einer Freundin anvertraut, dass sie das Kind eines Schmugglers unter dem Herzen trägt.«

Etwas Überraschenderes hätte er nicht sagen können. Fast hätte ich laut gelacht. »Wirklich, Allisander? Ihr glaubt, sie ist von einem Schmuggler schwanger und hat sich in den Palast eingeschlichen um ... was genau? Letzte Nacht im Salon war die Hälfte der Höflinge davon überzeugt, dass sie Harristans Baby trägt. Vielleicht sollten wir wetten ...«

»Ich bin kein Narr, Corrick«, sagt er in beherrschtem, kaltem Ton.

Ich setze mich sehr aufrecht hin und erwidere seinen Blick. Er kommt der Wahrheit zu nahe. Ginge es um mich, würde ich ihn lachend aus meinen Gemächern werfend. Aber es geht nicht um mich. Sondern um Tessa.

»Arella und Roydan haben absolut klargestellt, dass sie kein Problem mit diesen Schmugglern haben«, sagt Allisander im selben Tonfall. »Konsul Zunft hat sie belauscht, als sie gemeinsam in eine Kutsche gestiegen sind. Die beiden sind offensichtlich der Meinung, dass die Krone zu hart gegen Diebstahl und illegalen Handel vorgeht.«

»Das sind dumme Gerüchte, Allisander. Konsulin Kirsch hat mit ihren Überzeugungen nicht hinter dem Berg gehalten.«

Er verschiebt eine Figur auf dem Brett, dann sieht er mich wieder an. »Nach Eurem Verhalten im Verlies vermute ich, dass Ihr inzwischen zur selben Überzeugung gelangt seid.«

Er zieht in vielerlei Hinsicht die falschen Schlüsse – aber das Schlimmste ist, dass ich ihm die richtigen Schlussfolgerungen nicht liefern kann. Mein Herz rast, als ich daran zurückdenke, wie ich gestern Nacht die Kehlen der beiden Männer aufgeschlitzt habe. Langsam glaube ich, dass Allisander niemals zufrieden sein wird, bis wir jeden hinrichten, der es wagt, ihn auch nur schief anzuschauen. »Ihr habt mich gestern im Verlies gesehen.«

»Das habe ich. Ihr saht aus, als wolltet Ihr weinen.«

»*Ihr* saht aus, als wolltet Ihr Euch übergeben. Oh, vergebt mir. Ihr *habt* Euch überg...«

Er schlägt mit der Hand auf den Tisch, so heftig, dass einige Schachfiguren kippen. Mein König fällt zu Boden. Er atmet scharf ein.

Dann hält er jedoch inne.

Doch die Wut in seinen Augen spricht Bände. Ich halte den Atem an und warte. Ich bin mir nicht sicher, was er sagen wollte, aber ich hoffe inständig, dass es so verräterisch ist, dass ich die Wache hereinrufen und ihn an Ort und Stelle verhaften lassen kann.

Aber er schweigt. Und ich halte mich zurück. Wir sitzen einen langen Moment in erstarrter Wut da, bis der Wachmann an die Tür klopft, um Harristan anzukündigen.

Ich will erleichtert in mich zusammensacken. Mein Bruder könnte mich bitten, im Kopfstand jedes Dokument im Palast zu lesen und ich würde es nur zu gerne tun, wenn er mich von diesem Gespräch mit Konsul Sallister erlöst.

Harristan wartet nicht auf eine Aufforderung; er betritt meine Gemächer, noch bevor die Stimme des Soldaten verklungen ist.

Allisander erhebt sich und streicht sein Jackett glatt. Seine Wut scheint verpufft. »Harristan.«

Ich kann seinen Tonfall nicht deuten. Ich weiß nicht, ob er froh ist, dass mein Bruder erschienen ist – oder enttäuscht. Aber Harristan sieht ihn an und sagt ruhig: »Konsul.«

Für einen Moment glaube ich, dass Allisander seinen König provozieren wird, wie er mich provoziert hat. Aber scheinbar hegt er noch einen gewissen Respekt vor meinem Bruder, weil er Harristans knappe Antwort und kühles Auftreten in sich aufnimmt und dann einen verschlagenen Blick in meine Richtung wirft. »Danke für die Partie, Corrick. Wir werden sie ein andermal fortführen.«

Ich weiß nicht, was ich sagen soll, und er wartet nicht auf eine Antwort. Stattdessen verschwindet er durch die Tür und lässt mich allein mit meinem Bruder zurück.

Überrascht stelle ich fest, dass zwischen uns genauso viel Anspannung in der Luft hängt, wie es mit Allisander der Fall war. Es muss an mir liegen: an meiner bissigen Enttäuschung darüber, dass es nicht mein Bruder war, der mich im Verlies aufgespürt hat. Es war lächerlich und närrisch von mir, diese Hoffnung auch nur zu hegen – aber ich habe es getan und scheine das Gefühl auch nicht abschütteln zu können.

Dann spricht mein Bruder.

»Rocco hat berichtet, dass er dich letzte Nacht in einem zerstörten Teil des Verlieses gefunden hat, ohne Wachen. Was hast du dort getan?«

Diese Gesprächseröffnung ist bestürzend und absolut nicht, was ich erwartet habe. Ich beginne, die Schachfiguren aus Marmor einzusammeln, um sie in ihr goldenes Kästchen mit dem Samtfutter zu überführen. »Deine Wachen tratschen noch schlimmer als meine, Harristan.«

»Du hast meine Frage nicht beantwortet.«

Ich weiß nicht, wie ich seine Frage beantworten soll. Wir können es uns gerade jetzt nicht leisten, schwach zu wirken. Jede Schachfigur findet klappernd ihren Platz, bis Harristan an den Tisch tritt und den Deckel zuschlägt.

»Rede mit mir.« Ich höre den Befehlston in seiner Stimme, der mir so vertraut ist – den er aber noch nie bei mir angeschlagen hat.

Zwei Schachfiguren verbleiben in meiner Hand. Ich reibe sie aneinander und werfe ihm einen Seitenblick zu. »Spreche ich mit meinem Bruder oder mit dem König?«

»Mit beiden.«

Vielleicht habe ich mich geirrt. Vielleicht bin ich nicht allein für die Spannungen verantwortlich.

Ich stehe auf, stelle die Figuren auf den Tisch, um mich schwungvoll vor ihm zu verbeugen. »Vergebt mir, Eure Majestät. Ich hatte keine Ahnung, dass dies eine offizielle Sitzung ist.«

»Corrick.« Er bleibt unnachgiebig.

Ich wollte diese Gefangenen nicht töten.

Ich will das nicht mehr machen.

Ich wünsche mir, ich müsste das nicht mehr für dich tun. Diese Art von Herrschaft kann unser Vater nicht für uns gewollt haben.

Nichts davon kann ich sagen. »Nach dem Angriff hielten sich nur noch wenige Wachen im Verlies auf«, sage ich. »Die Verbliebenen wurden benötigt, um die Leichen fortzubringen.« Ich halte inne. »Spionieren deine Wachen jetzt für dich?«

»Müssen sie das?«

Ich muss meine gekränkte Reaktion nicht vorspielen. »Nein!«

»Dieses Mädchen wollte nicht, dass du die Gefangenen hinrichtest ...«

»Arella und Roydan ebenfalls«, blaffe ich. »Schick deine Wachen aus, um sie zu belauschen.«

»... und sie hat Rocco gebeten, sie zum Verlies zu bringen, um dich zu suchen. Warum?«

Weil sie mich durchschaut hat. Weil sie wusste, dass ich kurz vor dem Zusammenbruch stand. Weil ihre Hoffnungen noch nicht zu Asche verbrannt sind.

Auch diese Sätze darf ich nicht aussprechen.

Harristan tritt einen Schritt näher an mich heran. »Ich dachte, es ginge hier um eine kleine Tändelei«, sagt er leise. »Eine Schwärmerei, die außer Kontrolle geraten ist. Ich war bereit, darüber hinwegzusehen.«

Ich gehe zum Beistelltisch und öffne die Brandyflasche. Ich will mir den Alkohol direkt in die Kehle gießen, bin jedoch klug genug, ein Glas zu verwenden. »Aber dein Wachmann hat dich vom Gegenteil überzeugt?«

»Du verbringst viel Zeit im Verlies und unterhältst dich mit Schmugglern. Nachdem die Nachtwache eine kleine Gruppe festgenommen hatte, ist es zu Rufen nach Rebellion gekommen, bevor ihnen die Flucht gelungen ist. Das erscheint mir als seltsamer Zufall. Und als Allisander eine weitere Gruppe festgesetzt hat, ist es diesen Leuten gelungen, in einer Rettungsmission den Sektor in Brand zu stecken.«

Meine Hand erstarrt am Glas, als mir klar wird, was er sagen will. Trotzdem kann ich es nicht glauben. Ich drehe mich um. »Was genau willst du von mir wissen, Harristan?«

»Hast du irgendwelche Verbindungen zu diesen Schmugglern? Weißt du irgendetwas über die Diebe, die den Sektor heimgesucht haben?«

Die Welt scheint für einen kurzen Moment aus den Fugen zu geraten. Ich zerstöre mich selbst, um meinem Bruder zu dienen, und er beschuldigt mich quasi des Verrats?

Das Schlimmste ist, dass er nicht falschliegt. Zumindest nicht ganz.

Ich leere mein Brandyglas und fülle es erneut.

Er kommt näher. Senkt die Stimme. »Sag es mir, Cory. Wenn du das tust ... was auch immer sie dir versprochen haben ...«

Meine Wut kocht über. Ich drehe mich zu ihm herum, presse die Hände an seine Brust und stoße ihn, so fest ich kann. »Raus!«

Harristan stolpert überrascht rückwärts. Dann hustet er. Heftig. Presst eine Hand an die Brust.

Für einen Moment verdrängt Panik meine Wut. Er schnappt nach Luft und es klingt, als versuche er, durch Wasser zu atmen.

»Harristan«, flüstere ich.

Er packt eine Stuhllehne, während er um Atem ringt.

Ich habe das getan. Ich bin dafür verantwortlich. Tessa hat gesagt, es ginge ihm gut, aber das stimmt offensichtlich nicht. Ich dränge an ihm vorbei, um nach einem Arzt zu rufen.

Harristan packt meinen Ärmel, um mich zu stoppen. »Sag es mir«, keucht er, sein Blick entschlossen.

Und ein wenig verzweifelt.

»Ich arbeite nicht mit den Schmugglern zusammen«, sage ich. »Ich würde dich nicht verraten. Ich habe dich nie verraten. Ich schwöre es.«

Er ringt weiter um Atem, bis sein Halt an meinem Ärmel nicht mehr fordernd wirkt, sondern eher flehend.

»Ich schwöre es«, wiederhole ich sanfter. »Du hast mein Wort.«

Zum ersten Mal seit einer gefühlten Ewigkeit atmet er tief durch. Gibt meinen Ärmel frei. Richtet sich mit einem Nicken auf.

Harristan stirbt nicht. Ich habe ihn nicht umgebracht. Meine Erleichterung ist immens, aber gleichzeitig flackert auch wieder Wut auf. »Wieso solltest du das denken?«, frage ich mit rauer Stimme.

»Weil du etwas vor mir verbirgst.« Er zögert. »Und Allisander hat seine Besorgnis darüber geäußert.«

»Dieser Drecksack.«

»Du kannst ihm das nicht übel nehmen. Du hast dich in den letzten paar Wochen verändert.«

Die Stimme meines Bruders klingt immer noch schwach, dünn. Ich mustere ihn. »Ich habe immer in deinem Interesse gehandelt, Harristan. Immer.« Ich halte inne, weil mir einfällt, wie ich in diesem verlassenen Raum im Verlies stand und mir gewünscht habe, mein Bruder würde kommen und erkennen, dass all diese Taten mich so effektiv zerstören, wie das Fieber Kandala zerstört.

Aber er ist nicht gekommen. Und er erkennt mein Leid auch jetzt nicht.

Ich richte mich auf. Das tiefe Bedauern in meiner Stimme ist nicht gespielt. »Setz deine Wachen auf mich an, wenn du musst. Überwach meine Bewegungen im Palast. Nimm an jeder Befragung teil. Spann unsere Pferde zusammen, wenn du möchtest. Auf der Toilette kann ich kaum Hochverrat begehen, aber wenn du *wirklich gründlich* sein willst ...«

»Cory.« Er atmet ein, nur um zu zögern.

Ich starre ihn an und frage mich, ob er die Emotionen in meinen Augen lesen kann. Ich denke daran zurück, wie wir uns in unserer Kindheit in die Wildnis geschlichen haben; wie er geführt hat und ich ihm gefolgt bin. Trotzdem habe ich immer den Drang verspürt, ihn zu schützen. Zum Teil hatte das damit zu tun, dass ich mit einem Bruder aufgewachsen bin, dessen Gesundheit ständig überwacht wurde; um den sich alle immer Sorgen gemacht haben. Zum Teil auch damit, dass er eines Tages den Thron besteigen würde, ich aber nicht. Ich empfinde diese Verpflichtung immer noch. Sie beeinflusst jede meiner Handlungen. Ich dachte, er wüsste das.

Zum ersten Mal in meinem Leben fühle ich mich, als hätte *er mich* verraten.

Vielleicht kann er das erkennen, denn er stößt den Atem langsam wieder aus. Legt die Hand auf meine Schulter und drückt leicht zu. »Vergib mir. Bitte.«

Ich nicke.

Doch etwas zwischen uns ist zerbrochen.

Ich glaube, er spürt es auch, denn er lässt die Hand einen Moment zu lange liegen, bevor er zurücktritt und sich zur Tür wendet.

Ich sollte ihm alles über Tessa erzählen. Über Weston. Die Worte brennen auf meiner Zunge.

Andererseits würde ich damit vielleicht all seine Sorgen bestätigen. *Ich begehe Verrat, Bruder. Tue ich schon seit Jahren.*

Ich schlucke die Worte wieder herunter. Ich schlucke meine Wut herunter und meine Enttäuschung. Als der König vor der Tür innehält, um sich noch einmal umzusehen, ist es der Königliche Vollstrecker, der seinen Blick erwidert.

Als ich nach seinem Verschwinden zur Tür gehe, um nach Quint zu schicken, muss ich feststellen, dass Rocco meine Tür bewacht.

Stunden vergehen. Quint taucht nicht auf.

Ich bin noch nicht verzweifelt genug, um Tessa eine Nachricht zu schicken, weil man sie lesen und meinem Bruder davon berichten wird. Und ich weiß nicht, was ich schreiben kann, ohne seinen Verdacht zu nähren. Ich will das Zimmer auch nicht mit den Wachen meines Bruders im Schlepptau verlassen, weil mir bewusst ist, dass das Gerüchte entfachen würde: entweder die Leute werden denken, wir fühlten uns wegen der Explosionen im Verlies bedroht ... oder sie ziehen die richtigen Schlüsse.

Mir gefällt keine der Varianten.

Ich bin gemein genug, um an der Vorstellung Gefallen zu finden, dass Rocco stundenlang vor meiner Tür herumstehen muss, was unglaublich langweilig ist.

Allerdings nur ein bisschen langweiliger, als allein hier drin herumzusitzen. Ich habe mich damit beschäftigt, die Dokumente durchzusehen, die Tessa liegen gelassen hat, allerdings ohne etwas Neues zu entdecken. Tessa hat recht: Als Königlicher Vollstrecker wird niemand mit mir reden, aber Wes und Tessa werden sich die Leute anvertrauen.

Unruhig warte ich auf den Anbruch der Nacht.

Quint erscheint, als ich gerade darüber nachdenke, ob ich mein Abendessen allein in meinen Gemächern einnehmen muss, wie ein Gefangener.

Ein Wachmann öffnet die Tür und kündigt ihn an.

»Quint«, sage ich. »Endlich.«

»Vergebt mir, Eure Hoheit«, sagt er. »Der König hat den Großteil des Tages meine Dienste benötigt.«

Die Formalität seines Tonfalls lässt mich erstarren. Ich sehe an ihm vorbei zur Tür, die sich langsam schließt.

»Eine Entschuldigung ist nicht nötig«, antworte ich. »Ich wollte zusätzliche Berichte über das Fieber anfordern.«

Die Tür fällt mit einem Klicken ins Schloss.

»Was ist los?«, flüstere ich.

Quint bewegt sich keinen Zentimeter auf mich zu. »Jemand hat deinem Bruder gegenüber insinuiert, dass du mit den Schmugglern im Bunde stehen könntest.« Er zögert. »Dass du mit diesen Wohltätern zusammenarbeitest oder sie sogar selbst finanzierst. Dass du die Gefangenen am Tag des Aufstandes absichtlich hast entkommen lassen. Dass du den Angriff gestern Abend ermöglicht hast.«

Ich erstarre. Es ist etwas vollkommen anderes, diese Worte

von Quint zu hören als von meinem Bruder. Als Harristan von Verrat gesprochen hat, war das eine Sache zwischen uns. Jetzt … ist das nicht mehr der Fall. »Jemand.« Ich mustere ihn finster. »Allisander.«

»Es könnte sein, dass er nicht der Einzige ist.« Wieder hält Quint kurz inne. »Einige haben die Vermutung geäußert, du könntest mich ins Vertrauen gezogen haben.«

Ich mustere meinen Freund und bemerke, dass er zur Abwechslung einmal nicht zerzaust wirkt. Sein Jackett ist ordentlich geschlossen, sein Haar gekämmt.

Sein Blick angespannt und unsicher.

»Fühlst du dich unwohl?«, frage ich, dann steigt Angst in mir auf. »Geht es Tessa gut?«

»Mit Tessa ist alles in Ordnung.« Er zögert, dann geht er Richtung Tisch, nur um anzuhalten, bevor er ihn erreicht. »Corrick – ich habe viele Geheimnisse für dich gewahrt«, sagt er fast unhörbar leise.

»Wofür ich dir sehr dankbar bin.«

»Wofür ich hingerichtet werden könnte, wenn diese Gerüchte wahr sind.«

Ich starre ihn an. »Quint.« Wenn Harristan Quint überzeugt hat, bin ich erledigt. »Quint, was hast du getan?«

»Nein, Corrick. Was hast *du* getan?« Er mustert mich durchdringend.

Wir starren uns quer durch den Raum an. Das Feuer knistert im Kamin. Mein Herz schmerzt vor Anspannung. Ich denke an jede Geschichte, die ich Quinn je erzählt habe, jedes Vergehen, das ich begangen habe. Die Namen, die ich ihm genannt habe. Denke an die Male, als ich tatsächlich Gefangenen die Flucht ermöglicht habe. An die Häuser, in die ich eingebrochen bin, um Mondflorblüten zu stehlen. Daran, wie ich der Nachtwache entkommen, über Mauern gestiegen bin. Denke an alles, was ich über Tessa weiß und alles, was wir gemeinsam getan haben.

Ich war wütend, dass Harristan ein solches Gerücht glauben kann.

Dass Quint auch zweifelt, ist etwas vollkommen anderes.

»Soll ich eine Wache rufen, damit sie mir gleich hier den Kopf abschlägt?«, frage ich schnippisch, obwohl meine Welt aus dem Gleichgewicht geraten ist. »Ich bin mir sicher, Rocco wäre dazu bereit.«

Quint steht nur da und mustert mich abschätzend. Das ist kein gutes Gefühl, weil ich weiß, wie viel er sieht. Wie viel er weiß.

»Du warst mein Vertrauter, Quint.« Ich halte kurz inne. »Mehr als ein Vertrauter. Du warst mein Freund.«

»*Warst?*«

Ich spiele an meinen Ärmeln herum, um ihn nicht ansehen zu müssen. »Hast du mich an Harristan verraten?«

Zum ersten Mal flackert Wut in seinen Augen auf. »Denkst du wirklich, ich würde das tun?«

Ich trete einen Schritt auf ihn zu und kann nur mit Mühe meine Stimme ruhig halten. »Glaubst du, ich würde Rebellen und Schmugglern helfen, während ich vorgebe, Not leidenden Menschen Medizin zu bringen?«

Er starrt mich an. Ich starre zurück.

Schließlich seufzt er. »Nein. Das glaube ich nicht.« Nach einem Moment der Stille fügt er hinzu: »Und ich habe dich nicht an deinen Bruder ausgeliefert, als er mich gefragt hat.«

Ich rühre mich nicht. »Was hast du ihm gesagt?«

Quint erwidert unverwandt meinen Blick, verschränkt die Arme vor der Brust. »Ich habe gesagt, dass du in meiner Gegenwart nie ein verräterisches Wort geäußert hast. Dass du in jeder Handlung, die ich beobachtet habe, Loyalität gegenüber dem Königreich gezeigt hast.«

Zum ersten Mal seit Stunden fühle ich mich, als könnte ich durchatmen. Ich presse mir die verschränkten Finger an die Lippen, um nicht zusammenzubrechen.

Quint hat seinen Hals riskiert, indem er meine Geheimnisse gewahrt hat. Natürlich galt das schon immer, aber ich hatte immer Ausweichpläne, um meine morgendlichen Aktivitäten zu verbergen. Niemals zuvor hat mein Bruder mich direkt beschuldigt. Keiner der Konsuln hat mich je verdächtigt.

Jetzt ist die Gefahr real.

»Geh«, sage ich, nicht unfreundlich. »Ich werde nur in der Öffentlichkeit mit dir sprechen und wenn es um offizielle Angelegenheiten geht. Ich werde nicht ...«

»Corrick.« Er öffnet die Arme und geht zum Beistelltisch, um ein Glas Brandy für sich selbst einzugießen. »Ehrlich. Ich kenne die Risiken, die ich eingehe.«

»Ich werde das Wissen um deine Beteiligung mit ins Grab nehmen, Quint.«

»Nun«, sagt Quint, bevor er das Glas in einem Zug leert – sehr ungewöhnlich für ihn. »Lass uns hoffen, dass dein Tod mehr als einen Tag in der Zukunft liegt.«

»Also vertraust du mir?«

»Ich habe dir immer vertraut.« Er zögert, sieht kurz zur Tür und senkt seine Stimme noch weiter. »Selbst wenn du diesen Schmugglern helfen würdest, wüsste ich, dass es aus gutem Grund geschieht.« Wieder hält er inne. »Ich dachte, du hättest vielleicht das Vertrauen in *mich* verloren.«

»Ich erzähle dir alles«, antworte ich mit rauer Stimme. An manchen Tagen fühlt es sich an, als wäre er mein einziger Freund hier, die einzige Person, die alle Facetten meines Charakters kennt. »Alles.«

Er gießt sich ein weiteres Glas ein. Für einen Moment scheint es, als wolle er auch das exen, doch stattdessen reicht er es mir.

»Dann möchte ich dich um Verzeihung bitten, weil ich an dir gezweifelt habe.«

»Du bist wahrscheinlich die einzige Person im Palast, die nicht für irgendetwas um Vergebung bitten muss.«

Das entreißt ihm ein Lachen. »Eher unwahrscheinlich.« Sein Lächeln verblasst. »Wir müssen vorsichtig sein«, sagt er. »Die Lage ist momentan sehr angespannt.«

Wir. Wir müssen vorsichtig sein. Das ist mehr, als ich verdient habe. Ich leere das Glas, das er mir gegeben hat.

»Ich habe einen Plan«, erkläre ich heiser.

»Natürlich.«

Sein angespannter Tonfall lässt mich zögern. »Willst du dich zurückziehen, Quint?«, frage ich. »Du musst nicht Kopf und Kragen für mich riskieren.«

»Ich tue das nicht für dich, Corrick.« Er hält meinen Blick. »Erklär mir deinen Plan.«

Ich erzähle ihm von Tessas Vorschlag, dass wir als Wes und Tessa in die Wildnis zurückkehren, um mit den Leuten darüber zu reden, was vor sich geht und wer hinter den Angriffen steckt.

Als ich fertig bin, reibt Quint sich nachdenklich das Kinn. »Du wirst die Leute davon überzeugen müssen, dass du im Verlies gesessen hast und im Zuge der Explosionen entkommen bist. Das müsste deine Abwesenheit erklären.« Er zögert. »Du kannst wie gewöhnlich aus dem Fenster klettern ... aber Tessas Raum befindet sich an der Seitenwand, die im offenen Blickfeld liegt.«

Und ich kann sie nicht in meine Gemächer einladen, weil die Wachen meines Bruders das sofort melden werden.

»Ich werde schauen, ob ich die Wachen einen kurzen Moment ablenken kann«, sagt Quint. »Ist sie wirklich so schnell und geschickt, wie du immer behauptet hast?«

Mein Herz rast. »Ja.«

Er zieht seine Taschenuhr heraus. »Halte dich um Mitternacht bereit. Ich sorge dafür, dass sie eine Maske hat.«

28

TESSA

Der Tag bestand aus feiner Kleidung und Locken und Lektionen und so vielen Knicksen, dass ich eine offizielle Beschwerde einreichen will.

Ich habe Corrick nicht gesehen.

Ich habe den König nicht gesehen.

Ich habe sogar Quint kaum gesehen. Und wann immer er kurz aufgetaucht ist, wirkte er angespannt und abgelenkt. Die Attacke aufs Verlies hat alle nervös gemacht – mich eingeschlossen. Rocco stand nicht vor meiner Tür, aber die Wachen, die ihn ersetzt haben, tragen dieselben königlichen Insignien in Purpur und Blau auf ihrer Uniform.

Ich habe den ganzen Tag auf irgendetwas gewartet. Habe das Gefühl, dass etwas bevorsteht.

Aber inzwischen ist die Nacht hereingebrochen, und nichts ist geschehen.

Ich habe nicht mit den königlichen Apothekern gesprochen – allerdings bin ich mir sicher, dass der König gerade Wichtigeres zu tun hat. Und ich habe keine Ahnung, ob Corrick das Risiko eingehen wird, noch mal als Wes aufzutreten. Er hat mir letzte Nacht keine Antwort gegeben und im Verlauf des Tages habe ich mich langsam gefragt, ob das nicht schon Antwort genug war.

Ich bin keine Gefangene, aber heute fühle ich mich so. Rocco hat mich bereitwillig aus dem Palast geführt, aber ich frage mich, was wohl passieren würde, wenn ich die Wachen bitte, mich aus dem Sektor zu eskortieren. Ich stelle mir vor, wie ich in einem dieser albernen Kleider bei Mistress Solomon auftauche, wie überrascht sie dreinschauen würde. Ich stelle mir vor, wie ich Karri umarme. Sie war eine so gute Freundin – und dann bin ich einfach verschwunden. Ich frage mich, was sie wohl über mich denkt. Gibt es Gerüchte darüber, dass ich in den Palast eingedrungen bin? Falls ja, redet nach den Geschehnissen von gestern sicher keiner mehr darüber. Wird es einen weiteren Angriff geben? Wird Konsul Sallister die Mondflorlieferungen in die Sektoren einstellen? Kann er die Versorgung überhaupt weiterhin aufrechterhalten, wenn seine Lieferkarren angegriffen werden?

Unzählige Fragen gehen mir durch den Kopf, sodass an Schlaf nicht einmal zu denken ist.

Jossalyn hat meine Haare vor Stunden gelöst, hat mich mit einer heißen Tasse Tee und einem Korb voller süßer Teigknoten zurückgelassen. Daneben steht eine Phiole mit Elixier, so viel dunkler als die Flüssigkeit, die ich anfertige. Ich lasse das Elixier in seinem Behälter kreisen und frage mich, wie viele Familien in der Wildnis mit dieser konzentrierten Mischung wohl gerettet werden könnten.

Aber dann muss ich an Harristans Husten denken. Er hatte kein Fieber – aber er ist auch nicht ganz gesund. Er ist der König von Kandala, also sollte er mehr als genug Medizin erhalten. Ich verstehe das einfach nicht.

Ich gehe ins Bett, auch wenn ich nicht damit rechne, schlafen zu können. Doch anscheinend gelingt es mir doch, weil ein Geräusch mich weckt. Mein Raum liegt in Dunkelheit, nur erhellt von der letzten Glut im Kamin.

Jemand presst mir die Hand auf den Mund.

Ich schnappe nach Luft, um zu schreien, dann höre ich Quints Stimme: »Uns bleibt weniger als eine Minute, um dich in Corricks Gemächer zu bringen. Keine Zeit für Fragen. Kannst du rennen?«

Meine Gedanken rasen, aber ich nicke unter seiner Hand.

Er gibt mich frei. Die Tür ist offen und unbewacht. Ich renne.

Aus irgendeinem Grund ist der Flur menschenleer. Ich gleite ihn entlang wie ein Geist. Dieser dämliche Palast ist einfach viel zu groß, Corricks Gemächer scheinen Kilometer entfernt zu liegen. Immer wieder rutsche ich barfuß auf dem samtigen Teppich aus.

Gerade, als ich eine männliche Stimme sagen höre: »Meister Quint, alles scheint in Ordnung zu sein«, schwingt Corricks Tür auf und ich stoße gegen seine Brust.

Er packt meine Schultern und hält mich auf den Beinen. »Still.«

Ich keuche. »Aber ...«

»Ich habe still gesagt.« Er schubst mich hinter sich, dann lehnt er sich aus der Tür. »Wachen! Was geht hier vor sich?«

Mein Herz rast immer noch wie wild. Ich hoffe, die Wachen wissen, was hier vor sich geht. Ich jedenfalls habe keine Ahnung.

Eine Männerstimme antwortet: »Meister Quint dachte, er hätte verdächtige Bewegungen auf der Straße bemerkt.«

»Der Sektor wurde letzte Nacht angegriffen. Türen sollten niemals unbewacht bleiben«, blafft Corrick. »Kehrt sofort auf Eure Posten zurück.«

»Ja, Eure Hoheit.«

Corrick schließt die Tür, dann dreht er sich zu mir um.

Ich bin immer noch ein wenig außer Atem. Er trägt erneut prunkvolle Kleidung aus Samt und Leder und Brokat – eine echte Schande, nachdem ich ihn ohne Hemd gesehen habe. Seine Augen sind so kalt und hart wie in der Nacht meines Eindringens. Am liebsten wäre ich vor ihm zurückgewichen.

Er wirkt nicht, als wäre er bereit, die Rolle von Wes zu spielen.

Ich schlucke schwer, um mein rasendes Herz zu beruhigen. »Was geht hier vor sich?«

»Quint hat dich aus dem Zimmer geholt. Es dürfte eine ziemliche Herausforderung werden, dich wieder hineinzuschmuggeln, da die Wachen nicht zweimal auf denselben Trick reinfallen werden. Aber darüber machen wir uns später Gedanken.«

»Was haben wir vor?«

Er packt zwei Ledertaschen, die neben dem Kamin stehen und wirft eine davon in meine Richtung. Sie knallt gegen meine Brust. Dann geht er ohne ein weiteres Wort zum Fenster, schwingt ein Bein über das Fensterbrett und verschwindet in der Dunkelheit.

Ich keuche überrascht, dann werfe ich mir den Beutel über die Schulter und spähe aus dem Fenster. An den schmiedeeisernen Verzierungen darunter ist ein dickes Seil befestigt, das unter seinem Gewicht knirscht.

Mir schlägt das Herz bis zum Hals.

Das war zwar meine Idee, aber dieser Abstieg ist beängstigend.

»Erinnerst du dich noch, wie man ein Seil benutzt?«, ruft er leise zu mir nach oben.

»Glaubst du etwa, in zwei Tagen vergesse ich das alles?«

Er grinst. Sofort verschwindet der grausame Corrick und lässt nur Wes zurück. »Dann beeil dich. Wir müssen unsere Runde drehen.«

Die Nachtluft ist kühl. Eine leichte Brise weht mir einzelne Strähnen ins Gesicht. Der dunkle Himmel ist wolkenverhangen, sodass der Mond nur als hellgrauer Fleck in der Ferne erscheint. Die Stimmung verspricht Regen, doch ob er kommen wird, ist unklar. Auf der anderen Seite des Palastgeländes flackern Flammen vorm Himmel. Mein Herzschlag setzt einen Moment aus, weil ich an einen Angriff denken muss, doch dann fällt mir dieser Torbogen voller Fackeln ein, den ich bei unserer Kutschfahrt gesehen habe. Der Steinhammerbogen, diese Liebeserklärung, die sein Urur-oder-irgendwas-Großvater einst abgegeben hat.

Ich hoffe, du bist oft abgestürzt.
Kein einziges Mal.

Ich bin barfuß. Tau benässt meine Füße, als ich durch die Dunkelheit gleite, um Corrick zu folgen. Ich kann nicht sagen, wer er heute Nacht ist oder welche Persönlichkeit sich mir zeigen wird, wenn er beschließt, mich wissen zu lassen, was vor sich geht. Er bewegt sich so lautlos, dass auch ich nicht wage, ein Geräusch von mir zu geben. Ich habe keine Ahnung, welche Wachen hier draußen patrouillieren oder wem wir begegnen könnten.

Auf jeden Fall hoffe ich, dass er nicht von mir erwartet, dass ich die Rolle der Gesetzlosen im Nachthemd spiele. Andererseits, er ist auch nicht wie Wes gekleidet. In unseren Taschen muss sich Kleidung befinden.

Je weiter wir gehen, desto dunkler wird die Nacht. Gras und Erde quellen zwischen meinen Zehen hindurch. Corrick ist nur ein dunkler Schatten, während ich in meinem weißen Nachthemd wirke wie ein Geist. Mein Puls hat sich beruhigt. Die Lichter des Palastes werden kleiner und kleiner, die Fackeln des Bogens mit ihren tropfenden Funken immer größer.

»Hier«, sagt er schließlich und hält an. Wir haben so lange

geschwiegen, dass seine Stimme laut klingt. Er dreht sich zu mir um, und ich erkenne Anspannung in seinem Blick.

»Hier was?«, flüstere ich.

»Du musst nicht flüstern. An der hinteren Wand des Palastes gibt es keine Wachen, weil sie die umgebende Mauer bewachen. Aber ich wollte, dass wir uns dem Bogen nähern, nur für den Fall, dass jemand aus dem Fenster schaut.«

»Du willst, dass man uns sieht?«

»Ganz im Gegenteil.« Er öffnet sein Jackett und schlüpft aus den Ärmeln. »Ist dir noch nie aufgefallen, dass die umgebende Dunkelheit finsterer wirkt, wenn man ins Licht sieht?«

»Nein, ich habe nie wirklich...« Mein Atem stockt. Er hat sich das Hemd über den Kopf gezogen.

Corrick verdreht die Augen. »Vielleicht solltest du dich auch umziehen.«

Mein Blick bleibt auf die Schatten und Linien seiner Brust in der Dunkelheit gerichtet. »Hm-mmm.«

Er schleudert mir sein zusammengeknülltes Hemd ins Gesicht. Ich lache leise, bevor ich mich vorbeuge, um meine eigene Tasche zu öffnen. Darin finde ich einen dunklen Wollrock, zusammen mit dicken Socken, groben Stiefeln und einem grauen Hemd. Überrascht wird mir klar, dass das die Kleidung ist, in der ich gefangen genommen wurde. Offensichtlich frisch gewaschen, denn der Stoff duftet nach Rosen und Sonnenschein.

Ich sehe auf, nur um festzustellen, dass Corrick mich anstarrt. Er hat sich ein schwarzes Hemd über den Kopf gezogen, mehr nicht. Im Dunkeln kann ich seine Miene nicht deuten.

Ich richte mich auf. »Was?«

»Du hast gelacht. Ich war mir nicht sicher, ob du das jemals wieder tun wirst.«

Errötend senke ich den Kopf, froh, dass er mein Gesicht nicht sehen kann. »Na ja.«

Ich weiß nicht, was ich sonst sagen soll.

Na ja, ich fühle mich gerade nicht wie eine Gefangene.

Na ja, ich habe vergessen, dass Weston Lark nur eine Illusion war.

Na ja.

Ich bin verstummt, so wie er auch, aber irgendetwas füllt die Luft zwischen uns. Schaudernd schüttle ich den Rock aus.

»Dreh dich um«, sage ich.

»Warum?«, fragt er erheitert.

Was für ein Halunke. Ich werfe sein eigenes Hemd auf ihn.
»Du weißt genau, warum.«

Er lächelt anzüglich, wendet mir aber den Rücken zu. Ich achte trotzdem auf meine Bewegungen, ziehe mir den Rock unter dem Nachthemd an, entferne die Nachtkleidung dann durch den Kragen meines Hemdes. Die Palastkleidung war schöner als alles, was ich bisher in meinem Leben getragen habe, aber es ist ein tröstliches Gefühl, mich wieder in die alte Tessa zu verwandeln. Mit dem Nachthemd trockne ich mir die Füße ab, bevor ich Corrick den Rücken zuwende und in Socken und Stiefel schlüpfe. Hinter mir raschelt Stoff, als auch er sich fertig umzieht. Ich halte den Blick nach vorne gerichtet, auf die flackernden Fackeln des Bogens – beobachte, wie Funken nach unten fallen wie kleine Sternschnuppen, die sich der Nacht widersetzen, bevor sie im Wasser darunter verglühen.

»Bereit?«, fragt er.

Ich drehe mich um. Wieder stockt mein Atem.

Sein Oberkörper ist nicht länger nackt. Er ist nicht der Königliche Vollstrecker. Er ist Wes.

Ich kannte die Wahrheit seit Tagen. Und er hat es mir schon einmal bewiesen, aber es ist, als stünde ein Geist vor mir. Seine Maske, sein Hut, seine Kleidung. *Er ist Wes.*

Das ist zu viel. Ich kann mich nicht zurückhalten. Ich stolpere vorwärts und werfe die Arme um seinen Hals. Keuchend versuche ich, gegen meine Tränen anzukämpfen, nur um zu versagen.

Er fängt mich auf. Zuerst glaube ich, er würde mich wieder auf die Füße stellen oder einen bissigen Kommentar darüber machen, dass ich mir wirklich abgewöhnen muss, an seiner Schulter zu weinen, aber das tut er nicht.

Er sagt gar nichts. Er hält mich einfach nur fest, die Arme fest um meinen Körper geschlungen.

Irgendwann beruhigt sich meine Atmung, aber ich hebe nicht den Kopf. Er ist warm, sein Körper fest, und ich spüre seinen Atem an meinem Ohr.

»Vergib mir«, sagt er leise. Mit rauer Stimme. Ich muss erneut die Augen schließen. Sein Daumen gleitet sanft über meine Wange. »Bitte, Tessa. Vergib mir.«

Ich atme tief ein – aber es ist überwältigend. Zu überwältigend? Ich weiß es nicht.

Ich denke an den Moment zurück, als es im Verlies die Explosionen gab. Als er kurz davor stand, mich zu küssen und ich ihn davon abgehalten habe.

Er ist nicht Wes. Nicht wirklich.

Aber trotzdem bin ich noch nicht bereit, ihn gehen zu lassen.

Irgendwann fällt mir wieder ein, dass wir eine Aufgabe haben, Leben retten müssen. Ich trete zurück und sehe in diese Augen, die mir so vertraut sind. »Wir können nicht hierbleiben.«

Er nickt, gibt meinen Blick aber nicht frei.

Mit einem Blinzeln vertreibe ich die letzten Tränen. »Hast du …« Ich muss mich räuspern. »Hast du eine Maske für mich?«

»Ja.« Er zieht eine aus seiner Tasche, zusammen mit einem Hut.

Ich binde mir die Maske vors Gesicht und schlucke gegen den Kloß in meiner Kehle an.

Inzwischen starrt er mich an, so wie ich ihn gerade noch angestarrt habe. Ich muss mich dazu zwingen, mich abzuwenden und meine Tasche zu schließen. »Wo sollen wir unsere Sachen lassen?«

»Vor dem Tor steht eine Kiste. Erinnerst du dich, wie ich dir gesagt habe, du solltest aus der Kutsche fliehen? Das hier ist mein Fluchtweg.«

Ich nicke schniefend, dann werfe ich mir die Tasche über die Schulter, bevor ich mich hinter ihm einreihe. Lautlos gehen wir über das Gras.

Das Schweigen in der Dunkelheit wird unerträglich, also frage ich: »Was passiert, wenn jemand zu deinen Gemächern kommt?«

»Quint wird bis zu unserer Rückkehr dort bleiben und hin und wieder Essen und Getränke bestellen, um den Eindruck zu erwecken, dass ich über diesen Berichten brüte. Mein Bruder zieht sich früh zurück. Er schläft wahrscheinlich schon.«

»Was, wenn irgendwer darauf besteht, mit dir zu sprechen?«

»Die einzige Person, die meine Anwesenheit fordern kann, ist Harristan. Und das geschieht nur selten.« Er bemüht sich, locker zu klingen, aber da ist etwas in seiner Stimme ... »Quint hat verschiedenste Antworten parat. Ich bin ins Verlies gerufen worden. Ich wurde gebeten, ein Finanzierungsgesuch zu begutachten, bevor es dem König vorgelegt wird. Ich wurde gebeten, bei einem Thema zu vermitteln, das eigentlich keine Vermittlung braucht ...« Er zuckt mit den Achseln.

Ich mustere ihn. »Wieso deckt Quint dich?«

»Ich glaube, zu Anfang hatte es viel damit zu tun, dass ich Harristan überzeugt habe, Quint seinen Posten zu übertragen. Er ist jung für einen Palastmeister. Und du hast sicherlich schon gemerkt, dass mein Bruder keine Geduld für Narren hat. Aber Quint ist klüger, als er sich anmerken lässt und hat mich eines Nachts ertappt, als ich mich wieder in den Palast geschlichen habe. Ich bin mir nicht sicher, welche Vermutungen er angestellt hat. Zu Anfang waren wir beide wachsam, aber nach und nach habe ich ihn ins Vertrauen gezogen.« Er zögert kurz. »Quint ist ein guter Freund.«

Und wieder ist da dieser bedrückte Unterton.

»Etwas stimmt nicht«, sage ich leise.

»Nein.« Er wirft mir einen kurzen Blick zu, dann lacht er selbstironisch. »Nun ja, nicht mehr als gewöhnlich.«

»Erzähl es mir.«

Sein Schweigen dauert so lange, dass ich nicht mehr mit einer Antwort rechne. Und als er schließlich spricht, sagt er nur: »Schau. Das Tor.«

Es sieht genau aus, wie er es beschrieben hat, wenn auch kleiner als ich erwartet hatte: nur knapp einen Meter hoch. Die Holztür scheint den Eingang in einen Tunnel zu verschließen. Wie versprochen steht daneben eine Holzkiste, die von außen ziemlich vermodert wirkt, aber als Wes – Corrick, ermahne ich mich selbst – den Deckel öffnet, ist das Innere trocken und sauber.

Im Tunnel ist es stockfinster und jeder Atemzug erzeugt ein Echo. Ich bin froh über seine Gesellschaft, weil dieser schmale Gang mich sonst verängstigt hätte. Etwas huscht über meinen Stiefel. Ich keuche, aber er packt meine Hand und wir gehen weiter.

»Das war mal ein Spionagetunnel«, flüstert er, aber seine Stimme hallt trotzdem laut wider. »Vor hundert Jahren gab es ein gutes Dutzend davon, überall im königlichen Sektor. Die meisten sind eingestürzt, aber ein paar von ihnen, wie dieser, erweisen einem Verbrecherprinzen gute Dienste.« Es folgt ein

Moment der Stille. »Harristan und ich haben diese Tunnel ständig benutzt.«

»Er hat so was auch getan?«, frage ich überrascht.

»Nein. Das war in unserer Jugend.« Stille. »Harristan war oft krank und unsere Eltern haben ihn ständig umsorgt. Er durfte fast gar nichts. Das hat ihn in den Wahnsinn getrieben, also hat er mich überredet, mit ihm in die Wildnis zu entwischen. Er brauchte zweimal so lang wie ich, um die Mauer des Sektors zu überwinden, aber er hat es mir beigebracht.«

Ich stelle mir den König und den Prinzen als Jungen vor. Male mir aus, wie sie durch diesen Tunnel schleichen, sich gegenseitig herausfordern, gegen Befehle und Regeln verstoßen, so wie Corrick es jetzt tut. Es fällt mir schwer, mir Harristan als kränkliches Kind vorzustellen, aber dann muss ich an seine Hustenanfälle denken. Als Pharmazeutin frage ich mich, ob er vielleicht eine chronische Krankheit hat, deren Symptome dem Fieber ähneln.

Erneut schleicht sich dieser seltsame Unterton in Corricks Stimme und zum ersten Mal kann ich die Gefühle dahinter benennen. Sehnsucht. Trauer. Verlust. Bedauern.

»Etwas ist mit König Harristan vorgefallen«, flüstere ich.

»Er glaubt, ich arbeite mit den Schmugglern zusammen«, antwortet er schlicht.

»Moment.« Ich wünschte, ich könnte seine Augen sehen, aber im Tunnel ist es stockfinster, also erkenne ich nicht mal seine Miene. »Was?«

»Du hast mich verstanden.« Corrick atmet tief durch. »Die Konsuln beschuldigen sich gegenseitig, seitdem wir das erste Mal von den Wohltätern gehört haben, aber ich hatte nicht damit gerechnet, dass jemand *mich* verdächtigen könnte. Allisander vermutet, dass auch du etwas damit zu tun hast. Deswegen konnte ich dich heute nicht besuchen. Heute Morgen hat

Harristan mich quasi angeklagt. Seine Wachen beobachten jeden meiner Schritte. Er hat versucht, Quint auszuquetschen.«

Meine Brust ist plötzlich wie zugeschnürt. »Aber das tust du nicht! Du bist ... du ...«

Ich verstumme. Er mag nicht die Art von Schmuggler sein, die Harristan vermutet, aber Corrick ist auch nicht unschuldig.

»Tessa. Ich weiß.«

Den Rest des Weges legen wir schweigend zurück. Unsere Stiefel stoßen immer wieder an die Wände des Tunnels, bis wir schließlich im Wald herauskommen. Es nieselt. Ich kann nicht sagen, wo genau wir uns befinden, aber ich bin mir sicher, dass wir nicht in der Nähe der Werkstatt sind. So sorglos wäre er nicht gewesen. Dafür hat er sein Geheimnis zu lange bewahrt.

Ich verspüre immer noch Beklemmung. Sein Bruder hat ihn beschuldigt. Der König hat ihn beschuldigt.

Und trotzdem ist er hier.

»Ich habe nicht viele Blütenblätter«, sagt er, »weil ich nicht riskieren konnte, dass Harristan davon erfährt. Aber Quint hat mir genug für eine Charge Elixiere besorgt.«

Ich beiße mir auf die Unterlippe. »Das ist Verrat.«

»Das war es immer, Tessa.«

Ich denke daran zurück, wie oft wir schlecht über den König und über den grausamen Prinzen gesprochen haben. Darüber, dass Leute hingerichtet wurden, die genau das getan hatten, was wir auch taten. Ich schlucke schwer.

»Du riskierst deine eigene Sicherheit«, flüstere ich.

»Ja. Genau wie du.« Er hält meinen Blick. »Lass uns dafür sorgen, dass es das Risiko wert ist.«

29

CORRICK

In unserer Kindheit sind Harristan und ich aus dem Tunnel gestiegen und haben unsere königlichen Leben hinter uns gelassen wie Schlangen ihre abgeworfene Haut. Er mochte nicht so schnell laufen und klettern können, aber er konnte immer besser mit Menschen umgehen. Händler sahen manchmal einen Jungen mit zu vielen Münzen und haben versucht, ihn übers Ohr zu hauen. Aber mein Bruder ließ sich weder an der Nase herumführen noch betrügen. Er hat immer gesagt, dass er aufgrund seiner körperliche Schwäche viel Zeit gehabt hatte, die Leute zu beobachten. Es ist wirklich ein Wunder, dass es mir so lange gelungen ist, Weston Lark vor ihm geheim zu halten.

Nein. Es war kein Wunder. Es war Vertrauen. Harristan vertraut mir.

Er *hat* mir vertraut.

Ich bin nicht sicher, ob ich jemals den Ausdruck auf seinem Gesicht vergessen werde, als er mich gefragt hat, ob ich mit den Schmugglern im Bunde stehe. Dieser Moment hat sich genauso tief in mein Gedächtnis eingebrannt wie der Augenblick, als ich im Verlies das Scharren eines Stiefels gehört und gehofft habe, mein Bruder würde in der verrauchten Dunkelheit erscheinen.

Tessa sieht mich forschend an. Ich spüre das Gewicht ihres Blickes. Früher fiel es mir immer leicht, einfach zu vergessen, was mich später im Palast erwartete, und mich in meiner Identität als Weston Lark zu verlieren.

Heute ist es anders. Tessa weiß zu viel. Und es steht zu viel auf dem Spiel.

Ich vermute, für sie galt das in gewisser Weise immer.

»Wenn wir herausfinden, wer hinter den Angriffen steckt«, meint sie langsam, »was wirst du mit ihnen anstellen?«

»Das hängt davon ab.«

Sie wirft mir einen bedeutungsschwangeren Blick zu, und ich zucke mit den Schultern. »Das ist die Wahrheit.« Ich suche ihren Blick. »Ich kann nicht zulassen, dass sie weitermachen. Dessen bist du dir bewusst.«

»Bin ich. Das weiß ich.« Aber dann schluckt sie schwer, und mir wird klar, wie sehr dieses Wissen sie belastet.

»Selbst wenn wir die Angriffe unterbinden, wird dadurch das Fieber nicht aufgehalten«, sage ich. »Aber im Moment besitzt Allisander das Recht – und ausreichend Beweggründe – den Zugriff auf die Mondflorblüten einzuschränken. Ich kann nichts tun, wenn er sich in seinem Sektor verschanzt. Wenn ich ihm beweisen kann, dass seine Lieferungen nicht gefährdet sind und ich selbst kein Rebell bin, dann kann ich mit Harristan daran arbeiten, das Elixier gerechter zu verteilen – besonders, wenn du beweisen kannst, dass weniger Blütenblätter für mehr Tränke reichen.«

»Das sind eine Menge *wenns*.« Sie atmet zitternd ein. »Und eventuell hält all das die Revolution trotzdem nicht auf.«

»Tessa.« Ich sehe auf sie herunter und denke an Quint, der

mir in meinen Gemächern seine Sorgen anvertraut hat. Ihre Flucht wäre fast unmöglich zu erklären, aber ich werde sie nicht gegen ihren Willen dazu zwingen. »Ich habe einen Beutel Münzen. Wenn du nicht mitmachen willst ...«

»Nein.« Sie schüttelt leicht den Kopf. »Ich will das Richtige tun.«

»Hmmm.« Ich starre in die Ferne. »Das Problem ist, dass wir alle unterschiedliche Vorstellungen davon haben, was das Richtige ist.« Ich seufze. »Meinen Bruder eingeschlossen. Von Allisander ganz zu schweigen.«

»Manchmal ist etwas einfach richtig«, erklärt sie hitzig. »Es ist nicht fair, dass Leute sterben, obwohl wir ihnen helfen könnten. Es ist nicht fair, dass Allisander so viel Macht innehat – nur weil er Land und Geld hat. Es ist nicht fair, dass von dir erwartet wird ...«

»Allisanders Motivation ist Geld, also betrachtet er es wahrscheinlich als sehr fair ...«

»Ich rede nicht von Konsul Sallister. Ich spreche vom König.«

Die Worte treffen mich wie ein Schlag. Ich weiß nicht, was ich sagen soll. »Es geht hier nicht um Erwartungen, Tessa«, sage ich, mit unangenehm belegter Stimme. »Es geht um Zwänge.«

»Als wir in der Kutsche saßen, hast du gesagt, du könntest ihn nicht zurücklassen.« Sie zögert. »Hältst du deinen Bruder für schwach?«

Ich denke daran zurück, wie Harristan jedes Gnadengesuch gelesen hat; wie sehr die Todesfälle in unserem Volk ihn zu belasten scheinen. Wie selten er Details zu meinem Vorgehen wissen will, um die Illusion von Kontrolle zu wahren.

Ich denke daran zurück, wie er sich über mich geworfen hat, als unsere Eltern ermordet wurden.

»Ich würde ihn niemals schwach nennen.«

Sie schweigt eine Weile, dann sagt sie sehr sanft: »Glaubst du, dein Bruder könnte die Macht wahren, wenn du nicht länger Königlicher Vollstrecker wärst?«

Auch auf diese Frage habe ich keine klare Antwort.

Und ich vermute, das ist Antwort genug.

Tessa hält den Blick starr nach vorne gerichtet. »Als meine Eltern gestorben sind, war ich mir nicht sicher, wie ich überleben sollte. Nur mit Mühe konnte ich mich dazu zwingen, überhaupt etwas zu essen. Manchmal habe ich das Gefühl, dass dich zu treffen, für ... *diese Sache hier* ... das Einzige war, was mich aus dem Bett gezwungen hat.« Sie hält inne. »Ich kann mir nicht vorstellen, wie es sein muss, ein Land zu regieren.«

»Die Konsuln haben sich Sorgen gemacht, Harristan wäre noch zu jung. Sie haben versucht, als Rat an seiner Stelle zu regieren, aber er war neunzehn, also gab es dafür keine Rechtsgrundlage. Und nachdem herausgekommen war, dass Konsul Barnard hinter dem Mordplan steckte, vertrauten wir keinem von ihnen. Bei jeder Sitzung, bei jeder *Begegnung*, haben sie nach Schwächen gesucht. Sie haben darauf gewartet, dass wir versagen. Wir hatten niemanden.« Meine Kehle ist wie zugeschnürt. Ich wünschte, dieses Gespräch würde nicht Erinnerungen wachrufen, die ich bestmöglich verdrängt hatte. »Wir hatten nur uns.«

»Barnard hat nicht mit anderen zusammengearbeitet?«

»Wir konnten keine Beweise dafür entdecken.« Ich zucke mit den Achseln. »Und dann begann das Fieber, sich weiter auszubreiten und ... nun, du weißt, wie es Kandala seitdem ergangen ist.«

»An dem Morgen, an dem ich Harristan getroffen habe, hat er erklärt, es fiele leicht, den König zu lieben, wenn alle wohlgenährt und gesund sind, aber es fiele schon schwerer, wenn dem nicht so ist.« Sie seufzt. »Und ich weiß, was Konsul Sallister tun würde, hätte er das Sagen. Er hat über die Gefangenen geredet, als wären sie keine Menschen.«

»Sein Vater war keinen Deut besser. Lissa Marpetta ist gierig, aber sie war nie wie Allisander. Sie hat allerdings kein Problem damit, seiner Führung zu folgen, wenn es darum geht, die Kontrolle zu behalten. Sozusagen eine stumme Partnerin.«

»Das wirkt alles so kalt.«

»Ich weiß.«

Sie sieht mich an. »Du hast gesagt, du und Harristan hättet euch aus dem Palast geschlichen, als ihr noch jung wart. Aber damals war niemand krank. Wieso hast du angefangen, Medizin in die Wildnis zu bringen?«

»Es hat nicht mit Medizin angefangen.« Ich sehe in der Dunkelheit zu ihr, mustere die Schatten, die über ihr Gesicht tanzen. »Das kam erst später.«

»Wie hat es dann angefangen?«

Ich zucke mit den Achseln, zum Teil, um mein Unbehagen zu verbergen. Keine dieser Erinnerungen ist positiv. Die frühsten treffen mich am härtesten. Wie die an den Tag, an dem meine Eltern getötet wurden.

»Als Harristan mich zum Königlichen Vollstrecker ernannt hat«, erkläre ich leise, »war ich erst fünfzehn. Natürlich wusste ich, was der Posten erfordert, aber zu Beginn waren die Leute noch nicht schwer krank. Niemand stahl Mondflorblüten. Ich war nie gezwungen, wirklich schreckliche Dinge zu tun. Ich dachte, ich könnte Grausamkeiten vermeiden, indem ich kreative Strafen verhänge, wie Leute dazu verurteilen, tausend Ziegel aus einer Felswand zu meißeln. Ich musste keine Hinrichtungen anordnen. Ich *wollte* keine Hinrichtungen anordnen.« Ich schnaube abfällig angesichts meiner damaligen Naivität. »Ich erinnere mich daran, wie ich gedacht habe, wir könnten vielleicht Glück haben, und niemand würde jemals etwas wirklich Böses tun.«

Eine Moment wandern wir schweigend durch den Wald. Tessa wartet geduldig auf den Rest meiner Geschichte.

Aber sie weiß, wie es geendet hat. Vielleicht fällt es mir deswegen so schwer, das alles auszusprechen.

»Immer mehr Leute wurden krank«, sage ich, »und es stellte sich heraus, dass die Mondflorblüte die Krankheit heilen kann. Plötzlich war diese Pflanze eine wichtige Handelsware.« Ich atme tief durch und denke an die Tumulte zurück, die auf den Straßen ausgebrochen waren, nur aufgrund von Gerüchten, dass es irgendwo ein paar Blütenblätter gäbe. »Das gesamte Königreich drohte zu zerbrechen. Häuser wurden geplündert, falsche Heilmittel verkauft, Mondflorblüten gestohlen. Wir erhielten täglich Berichte von den Konsuln, über Gewalt in den Sektoren, weil die Leute kämpften, um Zugriff auf das Heilmittel zu erhalten.« Ich schüttle den Kopf, als mir ein Brief einfällt, der blutbefleckt war, als er schließlich im Palast ankam. »Es war grauenhaft.«

»Ich erinnere mich«, flüstert sie.

Natürlich. Sie steckte mittendrin.

»Harristan musste etwas dagegen unternehmen.«

»Was bedeutet, dass *du* etwas dagegen unternehmen musstest.«

Ich nicke. Ich will nicht weitersprechen, aber ich habe ihre Frage immer noch nicht beantwortet. »Der Erste ...« Ich zögere. »Der Erste war ein Mann, der ein Kind umgebracht hatte. Sein Name war Jarrod Kannoly.« Ich erinnere mich nicht an alle Namen, aber dieser ist für alle Ewigkeit in mein Gedächtnis eingebrannt. »Er hat behauptet, er hätte das nicht gewollt, es wäre ein Unfall gewesen, aber ...« Ich zucke mit den Schultern und reibe mir den Nacken. »Alle sagen immer, sie hätten das *nicht gewollt*. Eine Frau hatte genug Mondflorblüten für ihre Familie gekauft, und dieser Mann hatte davon gehört. Er hat sich das kleine Mädchen geschnappt und gedroht, ihm die Kehle durchzuschneiden, wenn die Mutter ihm nicht die Hälfte der Medizin überlässt.«

Tessa starrt mich entgeistert an. »Und das hat er *getan*?«

Ich nicke. »Es ist im königlichen Sektor geschehen, also haben sie ihn direkt ins Verlies gebracht. Er war mit Blut besudelt.«

Ich erinnere mich immer noch an Harristans Stimme, als er davon gehört hat. *Cory. Wir müssen etwas tun. Die Konsuln fordern Konsequenzen. Wir müssen das stoppen.*

Wir müssen etwas tun.

Was bedeutete, dass *ich* etwas tun musste.

»Es war schrecklich«, flüstere ich. Seitdem gab es viele, aber die Erinnerung gehört immer noch zu den Schmerzhaftesten. Vielleicht, weil es das erste Mal war. Vielleicht wegen seiner Tat. Vielleicht lag es an dem Wissen, dass egal, was ich auch mit ihm anstellte, das kleine Mädchen nie zu seiner Mutter zurückkehren würde.

Ich verdränge die Gefühle. »In dieser Nacht habe ich mich aus dem Palast geschlichen«, sage ich. »Ein Teil von mir wollte einfach nur weglaufen und mich in der Wildnis verlieren. Aber ich konnte Harristan nicht zurücklassen. Wie du weißt.«

»Ja.«

»Ich hatte Silbermünzen in der Tasche, habe angefangen, sie überall zu hinterlassen, wo sie vielleicht etwas Gutes bewirken konnten. Auf Fensterbrettern, in Türrahmen, in den Taschen von Kleidung auf der Wäscheleine. So viele Münzen, wie ich tragen konnte.« Ich schließe kurz die Augen. »Es war nie genug. Und ich hatte gesehen, wie die Eliten zu hohe Mengen kauften, viel mehr Medizin, als sie brauchten.«

Tessa sieht zu mir auf. Ich sehe auf sie hinunter.

Ich atme tief durch. »Und dann kam eine Nacht, in der ich einen Mann und eine Frau dabei beobachtet habe, wie sie Medizin verteilten. Zuerst war ich so wütend.« Ich beiße die Zähne zusammen. »Ich dachte, sie wären Schmuggler. Ich wusste nicht, was ich unternehmen sollte, aber ich bin ihnen aus dem Sektor gefolgt. Und dann haben sie sich mit einem Mädchen getroffen. Einem Mädchen in meinem Alter ...«

Sie schnappt nach Luft. »Du sprichst von mir. Und meinen Eltern.«

Ich nicke. »Ja. Ich habe gesehen, was ihr getan habt. Ich habe es mir zusammengereimt.« Ich halte kurz inne. »Ich wollte helfen. Aber ich wusste nicht, *wie*.«

Sie starrt immer noch zu mir herauf, und ich wünsche mir, ich könnte diese Nacht noch einmal durch ihre Augen sehen. Ich hatte immer einen gewissen Abstand zu ihnen gewahrt, sorgfältig darauf geachtet, nicht in Kontakt mit der Nachtwache zu kommen, weil ich wusste, dass meine Handlungen Harristans Sturz bedeuten könnten. Ich erinnere mich, wie die Wachmänner Tessas Vater aus dem Schatten gezerrt haben, wie er sich gewehrt hat. Wie ihre Mutter sich gewehrt hat. Die Armbrüste wurden bereits abgefeuert, bevor ich sie erreichen konnte. Ich erinnere mich, wie ich Tessa weggezerrt habe, eine Hand über ihrem Mund, um uns beide hinter ein paar Bäumen zu verbergen. Sie hat am ganzen Körper gezittert, und Tränen benetzten meine Hand.

»Ich habe getan, was ich konnte«, erkläre ich ihr. Meine Stimme droht zu brechen, also atme ich einmal tief ein. »Ich tue, was ich kann. Und jeden Tag bereue ich, dass es nie genug sein wird.«

Mondlicht glänzt in ihren Augen, aber ich kann ihre Miene nicht deuten. Schweigend stehen wir voreinander, atmen dieselbe Luft.

Dann knackt ein Zweig und Stimmen erklingen zwischen den Bäumen.

Fluchend packe ich ihre Hand und zerre sie vom Pfad. »Still.«

Stiefelschritte erklingen, Männer unterhalten sich leise. Ich kann nicht erkennen, ob es die Nachtwache ist, aber wir befinden uns im bewaldeten Teil der Wildnis, also ist das eher unwahrscheinlich – wenn auch nicht unmöglich, nachdem wir die Anzahl der Patrouillen verdoppelt haben. Ich halte den Atem an, als die Männer näher kommen.

Und dann erkenne ich sie. Dorry Contrel und Timm Ballenger. Schmiedearbeiter im mittleren Alter aus Stahlstadt, auf die zu Hause Ehefrauen und zusammen genommen ein Dutzend Kinder warten. Tüchtige Männer, die hin und wieder über den König und seinen Bruder klagen, sich aber mehr Gedanken darüber machen, wie sie ihre Familien ernähren und ihre Gesundheit garantieren können. Tessa und ich haben ihren Familien in der Vergangenheit Medizin gebracht, wenn ihr Monatslohn zu niedrig war, um sowohl Nahrung als auch Blütenblätter zu kaufen.

Es ist ungewöhnlich, sie zu so später Nachtstunde zu sehen.

Ich denke an Jarvis, den Mann in der Zelle, dem ich mit Allisander einen Besuch abgestattet habe. Auch bei ihm hat es mich überrascht, dass er zu den Schmugglern gehört.

Ich lausche angestrengt, kann aber kaum verstehen, was sie sagen. Und die wenigen Worte, die an mein Ohr dringen, klingen unschuldig. Und sie kommen in unsere Richtung, offensichtlich auf dem Weg nach Hause.

Sobald sie uns passiert haben, späht Tessa zu mir auf. Meine Worte hängen immer noch zwischen uns in der Luft, aber sie flüstert nur: »Wieso waren sie zu dieser Nachtstunde unterwegs?«

Ich schüttle den Kopf. »Lass uns schauen, ob wir es herausfinden können.«

Wir folgen den Männern nicht direkt nach Hause. Ich will sie nicht verschrecken, falls sie wirklich etwas im Schilde führen sollten. Stattdessen beginnen wir am nördlichen Rand des Dorfes. Das erste Haus ist winzig, kaum größer als unsere Werkstatt. Das Dach leckt, wenn es im Frühjahr heftig regnet, aber Alfred und Tris – das Paar, das hier lebt – sind Ende siebzig und können die Reparaturen nicht mehr selbst ausführen. Vor Monaten habe ich ihnen zusätzlich zu ihrer Medizin ein Stück Segeltuch gebracht. Innerhalb von wenigen Stunden hatte sich jemand aus dem Dorf gefunden, der es über die undichten Stellen genagelt hat. Tris hat mich mit frischen Eiern belohnt, die Tessa gekocht und am nächsten Morgen als Frühstück mit in die Werkstatt gebracht hat.

Es ist Wochen her, dass ich hier war, aber es fühlt sich an, als wären Jahre vergangen. Meine Brust wird eng.

»Ich werde Wache halten«, flüstert Tessa, als wir uns dem Haus nähern. Ihre Augen hinter der Maske wirken dunkel, ihre Lippen ein schmaler Strich. Sie muss meine Miene bemerkt haben, weil sie die Stirn runzelt. »Gibt es Probleme?«

Jede Menge.

Ich schüttle leicht den Kopf. »Alles okay.«

Sie drückt meine Hand, bevor sie in der Dunkelheit verschwindet. Ich klopfe leise an die Tür, dreimal kurz und schwach, dann zweimal lauter. Es dauert einen Moment, aber dann öffnet sich die Tür.

Es ist Tris. Sie sieht aus, als wäre sie um ein Jahrzehnt gealtert. Ihr Haar ist schütterer, ihre Wangen sind stärker eingefallen.

Sie lächelt breit, als sie mich erkennt. Die Freude und Erleichterung in ihrem Blick vergehen schnell, doch mir zerreißt es fast das Herz.

»Weston«, flüstert sie. »Wir haben uns solche Sorgen gemacht.« Sie öffnet die Arme. Im Königlichen Sektor reagiert niemand so auf mich. Sie schlingt die Arme um mich. Es ist, als würde ich von einem Geist umarmt.

»Tris«, sage ich sanft. »Hast du gegessen?«

»Hin und wieder.« Sie lässt mich nicht los. »Manchmal vergesse ich es, ohne Alfred, der mich daran erinnert.«

Ich erstarre. Ich wusste, dass unser Verschwinden weitreichende Auswirkungen haben würde. Aber ich hatte nicht erwartet, dass das schon im ersten Haus der Fall ist, das wir besuchen. »Alfred ist weg?«

Endlich entlässt sie mich aus der Umarmung und nickt bejahend. Tränen glänzen in ihren Augen.

»Komm«, sage ich und deute hinter sie. Ich lasse den Blick durch den Raum gleiten, weil ich mich frage, ob ich sie dazu bringen kann, etwas zu essen. »Setz dich.«

Sie humpelt in den Raum. Sie wischt sich über die Augen, als sie sich in einen Schaukelstuhl neben dem Bett sinken lässt.

Auf dem Tisch liegt ein Kanten Brot. Ich bringe ihn ihr, dann hänge ich den Kessel übers Feuer.

»Tut mir leid«, sage ich leise, auch wenn das nicht genug ist.

Es scheint nie genug zu sein, doch gerade heute empfinde ich es besonders deutlich.

»Ist ungefähr eine Woche her«, sagt sie. Eine Träne rinnt über ihre Wange. »Ich wollte nicht, dass er geht.«

Ich sinke vor ihr auf ein Knie und ziehe einen Apfel aus meiner Tasche, drücke ihn ihr in die Hand. Die Leute in der Wildnis kümmern sich gewöhnlich umeinander, also bin ich mir sicher, dass sie nicht am Verhungern ist. Aber die Abstellkammer ist fast leer. »Wenn ich das nächste Mal komme, werde ich mehr Essen mitbringen.«

Ich bin wieder in die Persönlichkeit von Weston Lark geschlüpft, als wäre ich gestern das letzte Mal hier gewesen; die Worte kommen ganz automatisch über meine Lippen.

Ich bin ein Narr. Wahrscheinlich wird es kein nächstes Mal geben.

Sie drückt meine Hand. »Du warst immer so ein lieber Junge.« Mit dem Handrücken wischt sie die Träne weg. »Alfred wird sehr bedauern, dich verpasst zu haben. Ich dachte, du wärst gefangen genommen worden, aber er hat immer erklärt, du wärst klug. Ist die junge Tessa bei dir?«

Moment. »Was?«

»Tessa? Ich dachte immer, sie wäre ein bisschen in dich vernarrt. Sie ist nicht von der Nachtwache erwischt worden, oder?« Sie ringt die Hände.

»Nein, ich ... Tessa geht es gut. Aber hast du gesagt, Alfred würde ...« Ich breche ab. Ich muss mich verhört haben.

Aber Tris nickt. »Es wird ihm sehr leidtun, dass er dich verpasst hat. Ich habe mir solche Sorgen gemacht, als ich gehört habe, dass gestern so viele Leute festgesetzt wurden. Aber Lochlan hat gesagt, alle aus unserem Dorf wären da und Alfred würde sich keiner Gefahr aussetzen.«

Ich starre sie an. »Alfred ist nicht tot?«

»Was?« Sie blinzelt. »Oh, ich hoffe doch nicht.« Wieder ringt sie die Hände. »Hast du etwas Neues gehört?«

Ich bin mir nicht sicher, ob sie verwirrt ist oder wir aneinander vorbeireden.

»Tris«, frage ich so sanft wie möglich. »Ist Alfred am Fieber gestorben?«

»Oh, gute Güte, nein. Als wir zugestimmt haben, bei den Überfällen zu helfen, hat Lochlan erklärt, die Wohltäter würden uns genug Medizin zum Überleben geben. Und er hatte recht. Wir haben nicht immer genug zu essen, aber wir kommen zurecht. Das war ein solcher Segen, nachdem du und Tessa eure Besuche einstellen musstet. Schau.« Sie reicht mir einen kleinen Beutel.

Lochlan. Der Name scheint vertraut, aber ich kann ihn nicht einordnen. Ich nehme den Beutel und öffne ihn. Getrocknete Blütenblätter in Grau und Weiß liegen darin.

»Nimm sie«, sagt Tris. »Dank Alfred habe ich genug.«

»Wes«, zischt Tessa vor der Tür. »Die Nachtwache.«

»Geh zurück ins Bett«, weise ich Tris an. Den Beutel mit den Blütenblättern stecke ich ein. »Ich komme zurück, wenn es möglich ist.«

Ich eile durch die Tür und zu Tessa in die Dunkelheit. Erst dann atme ich tief durch. Meine Gedanken rasen angesichts der Informationen, die ich von Tris erhalten habe. Das alles ergibt keinen Sinn.

Ein kleines Stück entfernt stampft die Nachwache zwischen den Bäumen hindurch. Wir verstecken uns in der Dunkelheit hinter dem Haus, gleich hinter dem Kamin. Wir sind uns in unseren Verstecken immer nahe, aber heute Abend spüre ich jeden von Tessas Atemzügen, rieche ihren Duft, spüre, wie ihre Schulter sich an meine drückt.

Ich sollte von ihr abrücken. Ich sollte meine Seele schützen und diese brodelnden Gefühle in meiner Brust ignorieren. Ich hätte sie im Palast lassen und allein losziehen sollen.

Ich schaffe es nicht mal, mich selbst zu überzeugen. Ich kann mir nicht mal vorstellen, ohne Tessa an meiner Seite unterwegs zu sein.

Ich wage nicht, etwas zu sagen. Ich wünschte, ich könnte meine Gedanken mit ihr teilen.

Vergib mir.

Bitte, Tessa.

Ich würde alles dafür geben.

»Du da!«, brüllt ein Mann. Ich zucke zusammen und ziehe Tessa hinter mich, drücke sie gegen die Hauswand.

Aber sie haben nicht uns entdeckt. Ein kleines Stück entfernt halten drei Wachmänner mit den Armbrüsten im Anschlag einen Jungen mit Rucksack in Schach. Er kann nicht älter sein als dreizehn oder vierzehn Jahre. Plötzlich wird mir klar, dass ich ihn kenne. Er heißt Forrest und lebt mit seinen Eltern am anderen Ende des Dorfes. Seine Augen sind weit aufgerissen, sein Gesicht leuchtet bleich im Mondlicht. Er steht direkt am Waldrand. Scheinbar ist er direkt vor der Wache aufgetaucht.

Ich erinnere mich daran, wie Mistress Kendall um Gillis geweint hat, und frage mich, ob bald eine weitere Mutter um ihren Sohn weinen wird, nur um ebenfalls zu sterben, wenn sie die Nachtwache anschreit.

Einer der Wächter packt Forrests Rucksack und reißt ihn auf. »Ein bisschen jung für einen Schmuggler, oder, Junge?«

Hinter mir atmet Tessa flach und zerquetscht fast meine Hand.

Ich habe mich als Wes nie mit der Nachtwache angelegt. Das Risiko war einfach zu groß. Tessa und ich verstecken uns und tun, was wir können.

Heute Abend empfinde ich anders.

Forrest schluckt schwer, dann stammelt er: »Ich bin nicht ... ich ... nein ...«

»Wir wissen, was du bist.« Der Wachmann hebt seine Armbrust. Ein anderer packt den Jungen am Arm.

Tessa keucht. Forrest schreit: »Nein! Pa! Hilf mir!«

Ich springe aus unserem Versteck. »Stopp!«, schreie ich. »Stopp!«

Einer der Wachmänner sieht in meine Richtung, aber der andere spart sich die Mühe. Stattdessen drückt er den Abzug der Armbrust. Ich stürze mich auf den Jungen.

Forrest stürzt zu Boden, als ich ihn ramme. Für einen Moment fürchte ich, ich wäre zu spät gekommen und hätte einen

Sterbenden zu Boden gerissen. Aber mein Arm brennt wie Feuer, und Forrest keucht auf der Erde.

Ich ignoriere die Schmerzen in meinem Arm und springe auf, nur um festzustellen, dass eine Armbrust auf meine Brust gerichtet ist. »Gut«, brummt der Wachmann. »Ich bekomme einen Bonus, wenn ich zwei von euch erwische.«

Dann drückt er ab.

Tessa

Alles geht viel zu schnell. Ich stürme mit einem Stein in der Hand auf den Wachmann zu, gefangen zwischen Panik und Entsetzen. Dann springe ich ab, schwinge den Stein, so fest ich nur kann. Ich höre das Klacken einer Armbrust, dann trifft der Stein mit einem dumpfen Schlag den Kopf des Mannes. Er stürzt zu Boden.

Jemand rollt in der Dunkelheit gegen mich, und plötzlich hält Corrick die Armbrust des bewusstlosen Wächters in den Händen. Er greift nach einem Bolzen.

Er wird es nicht schnell genug schaffen. Sie sind zu dritt, und der andere hebt seine Waffe bereits.

»Nein!«, schreit Forrest. Er stößt sich vom Boden ab und rammt den Mann.

Der Wächter stolpert ein paar Schritte zurück, aber Forrest ist nicht stark genug, um ihn umzustoßen. Stattdessen zieht der Mann einen Dolch. »Du dämliches Blag ...«

Corrick schießt ihn ins Gesicht.

Mit einem Zucken sinkt der Mann zu Boden. Ich keuche.

Aber ein Nachtwächter steht noch, und er hat es geschafft,

seine Armbrust nachzuladen. Corrick legt einen Bolzen in seine Waffe, aber er bewegt sich langsam, ungeschickt. Es wird nicht klappen.

Ich reiße den Dolch aus meinem Stiefel – das Geschenk, das Prinz Corrick mir auf der Kutschfahrt gegeben hat. Ich kenne die empfindlichsten Stellen, ziele aber kaum. Ich ramme den Dolch direkt in den Hals des Wächters. Er bricht zusammen.

Plötzlich herrscht angespannte Stille.

Forrest keucht, angestrengt und panisch.

Könnte sein, dass es mir ähnlich geht. Meine Finger sind klebrig vor Blut.

Corrick lädt die Armbrust fertig, dann schiebt er sich zwei weitere Bolzen in den Gürtel. »Forrest«, sagt er, seine Stimme angesichts der Geschehnisse unnatürlich ruhig.

Der Junge beginnt zu würgen, die Hände fest an den Bauch gepresst.

»Forrest«, wiederholt Corrick, kühl und gebieterisch. Das sollte mich nicht überraschen, tut es aber. Jetzt weiß ich, wieso Wes im Angesicht von Gewalt immer so ruhig geblieben ist. Er legt eine Hand auf die Schulter des Jungen. »Die Leichen müssen verbrannt werden. Ist dein Pa zu Hause? Zieh ihnen die Uniformen aus und versteck sie. Wenn jemand den Rauch sieht, erklär einfach, die Männer wären am Fieber gestorben ...«

»Ich werde ihm helfen.«

Eine Männerstimme erklingt hinter uns. Corrick dreht sich rasch um, die Armbrust im Anschlag.

Ein junger Mann tritt zwischen den Bäumen hervor und hebt die Hände, kaum dass er die Armbrust bemerkt. Er hat einen Mantel mit Kapuze an, daher kann ich in der Dunkelheit sein Gesicht nicht erkennen, aber er trägt einen dicken Verband am Arm, aus dem steife, geschwollene Finger hervorstehen. Er wirkt nicht verängstigt. Wenn überhaupt, wirkt er eher leidgeprüft – als wäre er es gewöhnt, mit Waffen bedroht zu werden.

»Los«, sagt er zu Forrest und nickt in Richtung des Dorfes. »Hol deinen Pa, um sie zur Grube zu zerren.«

Der Junge nickt, dann rennt er los.

Corrick hat sich nicht gerührt. Seine Armbrust bleibt im Anschlag.

»Ich bin Lochlan«, sagt der Neuankömmling. Er zuckt leicht mit den Achseln. »Du kannst die Armbrust senken. Wir tun doch alle dasselbe.« Er kneift die Augen zusammen. »Oder habt ihr versucht, die Tasche des Jungen zu stehlen?«

»Nein.« Corrick starrt ihn immer noch unverwandt an. Er spricht sehr leise. »Tessa. Geht es dir gut?«

An mein Wohlbefinden habe ich bisher keinen Gedanken verschwendet, weil ich wegen der unerwartet angespannten Situation hier auf der kleinen Lichtung wie gelähmt bin. »Ich ... ja.«

»Tessa?«, fragt Lochlan nachdenklich. »Dann dürftest du Wes sein?«

»Hilf Forrest, die Leichen verschwinden zu lassen«, sagt Corrick. »Wir müssen unsere Runde drehen.«

Lochlan hält die Hände erhoben, aber er tritt näher, mustert Wes genau. »Ich habe viele Geschichten gehört, aber den Gerüchten zufolge bist du getötet worden.«

»Noch am Leben«, antwortet Corrick, ohne die Armbrust zu senken.

»Irgendetwas an dir wirkt vertraut«, sagt Lochlan. »Sind wir uns schon mal begegnet?«

»Nein.« Corrick nickt in Richtung Waldrand. »Tessa. Geh zu unserem Ort.«

Ich verstehe nicht, was hier vor sich geht, aber ich höre das Drängen in seiner Stimme. Ich will jedoch nicht unbewaffnet bleiben. Ich habe keine Ahnung, wie man eine Armbrust bedient, also greife ich nach dem Dolch und ziehe daran. Die Klinge löst sich mit einem scheußlichen Geräusch aus dem Hals des Wachmanns.

Lochlans Blick folgt meiner Bewegung. »Das ist ein schicker Dolch.«

Irgendetwas an seinem Tonfall alarmiert mich. »Gestohlen«, sage ich schnell.

Zu schnell. Seine Augen werden noch schmaler.

Ich denke daran, wie der Prinz mich im Palast ermahnt hat. *Du solltest nicht so offen sein.*

Lochlan tritt einen weiteren Schritt vor. Sein Blick fixiert Corrick, er mustert ihn genau.

»Tessa«, sagt Corrick. »Geh. Jetzt. Ich werde dir folgen.«

Irgendetwas stimmt hier nicht. Ich will Corrick nicht zurücklassen. Mein Herz rast.

Aber dann tritt Lochlan einen Schritt vor und streicht sich das sandblonde Haar aus dem Gesicht. Die Anspannung verpufft. »Geht«, sagt er. »Wenn ihr das Bündel des Jungen zurücklasst, habe ich kein Problem mit euch.« Er senkt den Blick auf die Leichen und spuckt auf den Boden, dann sieht er Corrick an. »Ich werde euren Dreck beseitigen.«

Corrick rührt sich nicht.

Ich greife nach seinem Arm. Erst da wird mir bewusst, dass sein Ärmel zerrissen und der Stoff um das Loch dunkler ist als der Rest des schwarzen Hemdes. Ist er getroffen worden? Ich sehe keinen Bolzen. Aber ich bemerke, dass seine Hand zittert und er bleicher wirkt als normal. »Wes«, sage ich. »Wes, komm.«

Einen Moment lang fürchte ich, dass er nicht reagieren wird. Doch dann schiebt er sich in einem weiten Bogen um Lochlan herum. Gemeinsam verschwinden wir in der Dunkelheit zwischen den Bäumen.

Corrick wirkt angespannt und gereizt, wirft ständig Blicke über die Schulter zurück, also halte ich mich einfach stumm in seiner Nähe. Er hält die Armbrust fest, als wäre er jeden Moment bereit, einen Schuss abzugeben. Ich habe ihn noch nie mit einer Waffe in der Hand gesehen.

Ich habe auch noch nie gesehen, wie er jemanden getötet hat. Nicht so.

Ich habe die Nachwirkungen dessen bezeugt, was er im Verlies tun musste, aber das war etwas anderes. *Das hier* ist etwas anderes. Die Nachtwache hätte diesen Jungen getötet. Sie hätten auch Corrick und mich umgebracht.

Ich schlucke, schmecke Blut auf der Zunge. Ich weiß nicht, ob ich mir auf die Lippe gebissen habe oder ob der metallische Geruch einfach in der Luft hängt. An meinen Händen klebt immer noch das Blut dieses Mannes.

Ich versuche, nicht darüber nachzudenken, dass auch ich jemanden getötet habe.

Ich bemühe mich, die Bilder aus meinem Kopf zu verdrängen, aber sie wollen nicht verschwinden, weil sie an den verzweifelten Ruf des Jungen nach seinem Vater geknüpft sind. Haben wir das Falsche getan? Das Richtige? Ich habe keine Ahnung.

Wir erreichen eine kleine Lichtung, und Corrick hebt eine Hand. Ich bleibe stehen. Wir sind nicht mehr weit von der Werkstatt entfernt, aber ich weiß, dass er vermutet, jemand könnte uns gefolgt sein, also warten wir stumm.

Minuten vergehen. Ich mustere den Riss in seinem Ärmel. Blut klebt an seinem Arm, aber er hält immer noch die Armbrust, also war es wohl nur ein Streifschuss. Trotzdem braucht er einen Verband und vielleicht eine Schlinge. Ich denke daran zurück, wie seine Finger an der Waffe gezittert haben.

Dann wird mir klar, was für ein dummer Gedanke das ist. Er

kann den Arm nicht in einer Schlinge tragen. Wie sollte Prinz Corrick das erklären?

Alles ging so schnell. *Zu* schnell.

Schließlich, eine gefühlte Ewigkeit später, nickt Corrick mir zu und wir überqueren die Lichtung. Inzwischen trägt er die Armbrust an der Seite, mit dem gesunden Arm. Seine Schultern wirken nicht mehr so angespannt. Mondlicht erhellt sein Gesicht, daher kann ich sehen, dass er trotz allem die Zähne zusammengebissen hat und seine Umgebung aus schmalen Augen mustert.

»Wer war das?«, frage ich leise, weil offensichtlich war, dass Corrick und Lochlan eine Vorgeschichte haben.

»Ein Gefangener im Verlies«, sagt er mit leiser Stimme. »Ich habe ihm das Handgelenk gebrochen.«

Ich schlucke schwer. Jedes Mal, wenn ich vergessen will, wer er ist, scheint das Schicksal mir eine Erinnerung zu senden. »Warum?«

»Er hat versucht, Konsul Sallister zu töten.« Er zögert. »Er gehörte zu den drei Gefangenen, die entkommen sind. Während des Aufstandes.«

»Oh.« Ich versuche, meine Gedanken zu ordnen. »Und jetzt schmuggelt er wieder.«

»Ich habe mit Tris gesprochen. Alfred erledigt irgendetwas für ihn. Und wir haben die anderen Männer im Wald gesehen.« Corrick seufzt. »Ich wollte mit mehr Leuten reden. Schauen, was wir herausfinden können.«

Ich denke an den Moment zurück, als Lochlan meinen Dolch gemustert hat. »Du glaubst, er hat dich erkannt?«

»Ich glaube, er stand kurz davor, mich zu erkennen.«

»Spielt es eine Rolle? Du hast gesagt, niemand würde mir glauben, sollte ich behaupten ...«

»Ich mache mir keine Sorgen, dass er mich beschuldigen

könnte.« Er zerrt an seinem Hut herum, verzieht das Gesicht. »Du weißt, wer ich bin, Tessa. Wenn die Schmuggler mich gefangen nehmen ...«

»Werden sie dich umbringen?«

Er schnaubt. »Nein. Ich wünschte, es wäre so einfach. Sie werden mich foltern und das als Druckmittel gegen Harristan einsetzen.«

Sein sachlicher Tonfall jagt mir einen kalten Schauder über den Rücken. Dieser Gedanke war mir nicht ein Mal gekommen. Ich erinnere mich, dass er in der Nacht seines »Todes« kommentiert hat, es überrasche ihn, dass ich ihn nicht an die Nachtwache ausgeliefert habe. Ein Teil von ihm hatte wirklich damit gerechnet. Jetzt verstehe ich, warum er so angespannt geprüft hat, ob Lochlan uns gefolgt ist.

Corrick sieht mich an. »Ich mache mir mehr Sorgen darum, was sie dir antun könnten.«

Wieder überläuft mich ein kalter Schauder.

»Ich mag es nicht, hier so offen herumzustehen«, sagt er. »Lass uns in die Werkstatt gehen.«

In der Werkstatt ist es kalt. Über allem liegt eine dünne Schicht Staub. Offensichtlich war seit unserem letzten Besuch niemand mehr hier. Er zieht einhändig Holzscheite vom Stapel und wirft sie in den Ofen, was mir verrät, dass sein Arm mehr schmerzt, als er sich anmerken lässt. Er entzündet ein Streichholz und damit das Feuer, während ich mit dem Besen Spinnweben und Staub entferne. Bald schon erfüllen Wärme und Licht den Raum.

Wes lehnt sich gegen den Tisch. Die Krempe seines Hutes wirft Schatten über seine Augen. Die Armbrust liegt neben ihm.

Nicht Wes. Corrick.

Ich räuspere mich. »Willst du, dass ich mir deinen Arm ansehe?«

»Der Bolzen hat mich nur gestreift. Es geht mir gut.« Er wirft einen kleinen Beutel auf den Tisch. »Tris hat gesagt, die Wohltäter würden Medizin verteilen.«

Ich schüttle den Inhalt des Beutels auf den Tisch. Graue und weiße Blütenblätter fallen auf das Holz, jedes lang und gebogen. Einige allerdings sind kürzer, mit einer dünneren Spitze. Ich runzle die Stirn, aber dann bewegt Wes neben mir seinen Arm, als würde er schmerzen.

Mit einem Augenrollen wende ich mich von den Blütenblättern ab und gehe zu ihm. »Mach dich nicht lächerlich. Ich beobachte seit zwanzig Minuten, wie du den Arm schonst.« Ich reiße seinen Ärmel weiter auf. Der Bolzen hat seinen Oberarm gestreift. Eigentlich müsste die Wunde genäht werden, aber ich habe das nötige Material nicht hier.

»Zieh das Hemd aus«, sage ich. »Ich habe Mull. Ich werde die Wunde verbinden.«

Er nimmt den Hut ab und zieht sich das Hemd über den Kopf. Wieder einmal steht er mit nacktem Oberkörper vor mir. Ich habe die Show schon mal gesehen, doch diesmal hat er die Maske auf ... und damit ist es Wes, der sich vor mir auszieht. Für einen langen Moment verweigert meine Stimme mir den Dienst.

Ich konzentriere mich auf die Wunde, hole Wasser aus dem Regenfass, um die Wundränder sanft zu reinigen. Ich lausche auf seine Atmung, atme in der Enge der Werkstatt seinen Duft ein.

Das ist zu intim. Ich muss etwas sagen.

»Wo hast du gelernt, so zu schießen?«, frage ich.

»Ich bin der Bruder des Königs, Tessa.« Er klingt amüsiert.

»Du hast dich noch nie gegen die Nachtwache gestellt.«

Er zuckt leicht zusammen. Wendet den Blick ab. »Es ist ... jetzt ist es anders.« Er zögert. »Und sie sollen die Leute eigentlich nicht auf den Straßen niedermachen. Unter anderem deswegen war ich so wütend auf Allisander, als seine Wachen die letzten Gefangenen zusammengeschlagen haben. Es ist eine Sache, wenn ich Bestrafungen anordne. Aber ich foltere niemanden aus Spaß und Tollerei. Die Wachen im Verlies sind nicht grausam. Und die Nachtwache sollte es auch nicht sein. Forrest ist noch ein Kind. Sie hätten ihn verhaften können.«

»Nun, du hast gesehen, was sie mit Mistress Kendall gemacht haben.«

»Sie hat sie angegriffen.«

Ich versuche mich zu erinnern, doch ich sehe nur ihre Trauer. Spielt das eine Rolle? Ich kann es nicht sagen.

Meine Eltern haben die Nachtwache in der Tat angegriffen. Daran erinnere ich mich.

Für die Nachtwache ist es dasselbe.

Ich trockne seinen Arm sorgfältig ab, bevor ich die Mullbinde darumwickle. »Egal, was du *sagst*, wenn deine *Handlungen* grausam sind, werden diejenigen unter deinem Befehl deinem Beispiel folgen.«

Ich rechne mit Widerstand, einem abwehrenden Kommentar, aber es folgt nichts in der Art.

Stattdessen sagt er: »Das habe ich bemerkt.«

Ich suche seinen Blick, sehe in kühle, blaue Augen, in deren Tiefen keine Täuschung oder Hinterlist lauert.

»Du sorgst dafür, dass ich ein besserer Mensch werden will«, erklärt er plötzlich mit belegter Stimme. Ich erstarre. »Deinetwegen wünsche ich mir, Weston Lark wäre real. Weil du mich nie ansehen wirst, wie du ihn ansiehst. Ich weiß nicht, wie ich alles in Ordnung bringen soll, was ich falsch gemacht habe, Tessa. Ich weiß nicht mal, ob es *möglich* ist. Aber ich will es versuchen.«

Ich weiß es auch nicht. Und egal, was er als Königlicher Vollstrecker auch tut, das Fieber wird nicht verschwinden. Mehr

Großmut wird nicht dafür sorgen, dass es genug Mondflorblüten für alle gibt. Es wird den Ruf nach Revolution nicht zum Verstummen bringen. Er und Harristan haben Abläufe in Bewegung gesetzt, die sich vielleicht nicht mehr aufhalten lassen. Oder vielleicht hat alles schon mit der Ermordung ihrer Eltern angefangen. Auf jeden Fall wird das Volk von Kandala nie wieder so leben wie zuvor.

Aber dann wird mir klar, dass er nicht einfach davon spricht, das Leben der Bevölkerung von Kandala in Ordnung zu bringen.

Er spricht davon, *mein* Leben in Ordnung zu bringen.

Ich verknote den Verband, lasse meine Hände aber auf seinem Oberarm ruhen.

»Tut es weh?«, flüstere ich und meine damit nicht nur die Wunde an seinem Arm.

»Sehr sogar.«

Auch er spricht nicht nur von der Wunde.

Ich hebe die Hand, drückte sie an seine Wange. Sein Atem stockt für einen kurzen Augenblick. Seine Haut ist warm und ein wenig rau. Mein Daumen gleitet über seine Lippen. Ich könnte schwören, dass sein Atem kurz stockt. Meine Finger gleiten neckend über den Rand der Maske, wie so oft in der Vergangenheit.

Ich warte darauf, dass er sich mir entzieht, doch er bewegt sich nicht. Meine Fingerspitzen gleiten unter den Rand des Stoffes. Schieben die Maske höher und höher, bis ich die Kohleränder unter seinen Augen sehen kann.

Und dann reißt er sich die Maske vom Gesicht, und ich finde mich in der warmen Enge unserer Werkstatt Prinz Corrick gegenüber.

Die Maske sinkt neben der Armbrust auf den Tisch. Corrick atmet schwer. Er wirkt, als wolle er nach mir greifen, doch er wartet. Auf mich.

Ich habe so lange darüber nachgedacht, wie ein schrecklicher Mann wie Prinz Corrick Stunden damit zubringen kann, im Geheimen den Leuten von Kandala zu helfen. Aber ich habe in die falsche Richtung gedacht. Ich hätte mich fragen müssen, wie ein Mann, der so dringend freundlich und gut sein will – das Richtige tun will – fähig ist, die wichtigsten Seiten seines Charakters zu unterdrücken, um seinem Bruder zu helfen und sein Volk zu beschützen.

»Hallo«, sage ich sanft. »Corrick.«

Es ist, als würde ein Funken in seinen Augen aufblitzen. »Ich glaube nicht, dass ich schon mal gehört habe, wie du meinen Namen aussprichst.«

»Corrick«, sage ich wieder. Er schließt die Augen und atmet einmal tief durch.

Wieder lege ich die Hand an seine Wange. Diesmal trennt uns keine Maske. Er öffnet die Augen und plötzlich ist er mir ganz nahe. Ich weiß nicht, ob ich mich bewegt habe oder er sich.

»Corrick«, flüstere ich.

Eine seiner Hände findet meine Taille, in einer leichten, sanften Berührung. Die Finger seiner anderen Hand gleiten über meine Wange. Erst da wird mir bewusst, dass ich meine Maske noch trage.

Er zupft leicht daran. »Darf ich?«

Ich nicke mit angehaltenem Atem.

Seine langsamen, zärtlichen Bewegungen sind die reine Folter. Wir sind uns nahe genug, dass ich seine Körperwärme spüren kann. Er löst die verknoteten Bänder, und meine Maske fällt nach unten.

Dann öffnet er den Knoten an meinem Haarband, sodass sich mein Pferdeschwanz löst und meine Haare offen um meine Schultern fallen. Sein Atem gleitet über mein Ohr. »Noch mal.«

»Corrick.« Ich stoße die Luft aus. Sein Daumen gleitet über meine Unterlippe. Zitternd schnappe ich nach Luft.

Er ist mir so nahe, dass meine Fingerspitzen die nackte Haut seiner Brust finden. Tief in mir wallt Hitze auf. »Cory?« Ich teste die Silben.

Ein tiefes Brummen dringt aus seiner Kehle. »Himmel, Tessa.« Er packt meine Taille fester, dann suchen seine Lippen die meinen.

Seine Berührungen waren so zurückhaltend, so vorsichtig, dass ich mit einem ebensolchen Kuss rechne, doch sein Mund ist fordernd und entschlossen. Als ich die Lippen öffne, findet seine Zunge meine, dann nimmt er mein Keuchen in sich auf. Er schmeckt nach Zimt und Zucker. Meine Hände gleiten über seine Brust nach oben, über seine breiten Schultern, seinen Hals, seine muskulösen Arme. Ich spüre keinerlei Zögerlichkeit, ganz anders als im Palast, als er mich fast geküsst hätte.

Denn das hier ist etwas anderes. Das ist unser Raum. Er ist nicht Wes, weil es keinen Wes gibt. Nicht wirklich. Er ist Corrick. Er war immer Corrick. Alles, was wir gemeinsam getan haben, gehört zu ihm.

Ohne Vorwarnung packt er meine Taille fester, dann hebt er mich auf den Tisch. Meine Beine öffnen sich, und er tritt zwischen meine Schenkel, sodass der Rock sich um seine Beine bauscht. Dann sucht er erneut meinen Mund. Jetzt ist er mir noch näher und seine Hände sind freier. Ich erkunde die warme Haut an seinem Bauch, die sehnigen Muskeln seines Rückens. Corrick lässt die Lippen über mein Wangen gleiten, findet die empfindliche Haut unter meinem Ohr, knabbert an meinem Hals. Jeder Nerv in meinem Körper scheint in Flammen zu stehen. Ich will, dass er noch näher kommt. Meine Hände folgen dem Bund seiner Hose. Die Haut dort ist weicher als Seide.

Er senkt eine Hand auf mein Knie, streicht sanft über meine

Oberschenkel. Ich schnappe nach Luft, ziehe ihn näher. Er vergräbt das Gesicht an meinem Hals und stößt ein Geräusch aus, das sehr an ein Knurren erinnert. Unsere Hüften berühren sich. Ich klammere mich an ihm fest, vergrabe die Finger in seiner Haut. Seine Hand gleitet auf meinem Schenkel höher, bis ich Sterne sehe und zittere. Als er mich wieder küsst, ist es eine langsame Liebkosung. Gleichzeitig hält er mich so fest umschlungen, dass ich seinen Herzschlag fühlen kann.

»Tessa«, flüstert er und es klingt wie ein Flehen. »Oh, Tessa.«

»Noch mal«, ziehe ich ihn auf und spüre sein Lächeln an meinen Lippen.

Die Alarmglocken im königlichen Sektor beginnen zu läuten. Ich erstarre, genau wie Corrick.

Er atmet angestrengt. Ich muss die Augen schließen.

»Sie haben jemanden erwischt«, flüstere ich.

Jemand, um den er sich kümmern muss. Jemanden, den er hinrichten muss. Ich presse die Hände an meine Brust.

Einen Augenblick später umfasst Corrick sanft meine Handgelenke, drückt mir einen kurzen Kuss auf die Schläfe.

Er seufzt. Ich seufze.

»Wir müssen unsere Runde beenden«, sagt er. Er greift nach seinem Hemd und schlüpft in die Ärmel. »Wir werden Richtung Artis gehen und schauen, was wir vor Sonnenaufgang herausfinden können.«

Und danach müssen wir in den Palast zurückkehren. Er muss wieder der Königliche Vollstrecker sein.

Ich muss die Worte nicht aussprechen. Er weiß es ebenfalls. Seine Augen wirken nicht mehr sanft. Stattdessen blickt Prinz Corrick kühl auf mich herab.

Er hilft mir vom Tisch, stellt mich auf die Beine, küsst meinen Handrücken. Dann greift er nach seiner Maske und bindet sie wieder fest. »Du auch«, sagt er.

Ich binde mein Haar wieder zusammen, wobei ich versuche, den Kloß in meiner Kehle zu ignorieren. Meine Finger verweigern mir zitternd den Dienst.

Vielleicht bemerkt er etwas, weil Corrick meine Maske nach oben zieht und zubindet.

»Du hattest recht«, sagt er. »Ich hätte von Anfang an auf dich hören sollen. Wenn es um die Revolution geht, sollten wir uns an ihre Spitze stellen.«

Ich starre ihn aus großen Augen an. »Du meinst, als Gesetzlose?«

»Nein. Ich meine als Prinz Corrick und seine geniale Pharmazeutin. Weston Lark kann nicht aus den Schatten treten.« Er schweigt einen Moment. »Aber der Königliche Vollstrecker schon.«

Mein Herz macht einen Sprung.

»Keine Sorge«, sagt er leise. »Ich werde mich bessern.« Dann gibt er mir einen letzten Kuss auf den Mund. »Damit machen wir später weiter«, sagt er fast knurrend, und sofort bildet sich Gänsehaut auf meinen Armen. Zitternd sehe ich zu, wie er die Tür öffnet.

Auf der anderen Seite steht Lochlan, acht Männer hinter sich. Er richtet seine Armbrust auf Corrick.

CORRICK

Ich hätte den Mann töten sollen, als ich die Gelegenheit dazu hatte.

Wäre ich allein, würde ich kämpfen. Fliehen. Ich habe einen Dolch und meinen Enterhaken. Ich könnte Lochlan die Waffe in den Bauch rammen und in den Wald entkommen, um dann wenige Sekunden später über die Mauer zu gleiten.

Aber ich bin nicht allein. Tessa ist näher an mich herangerückt und atmet flach und panisch.

Es scheint unfair, dass das Schicksal sie mir endlich geschenkt hat, nur um dann diesen Narren vor unsere Tür zu schicken.

Ich mustere die Armbrust, bevor ich Lochlan wieder ins Gesicht sehe. »Du hast gesagt, du hättest kein Problem mit mir.«

»Ich habe kein Problem mit einem blutenden Herzen namens Wes. Mit dem Königlichen Vollstrecker, Prinz Corrick, habe ich durchaus ein Hühnchen zu rupfen.«

»Genau wie ich«, antworte ich locker.

Er schnaubt, dann gleitet sein Blick von mir zu Tessa. »Ich

wusste, dass ich deine Stimme schon einmal gehört habe. Hat eine Weile gedauert, mich zu erinnern, aber dieser Dolch war einfach zu schick. Er musste aus dem Palast stammen.« Seine Miene verfinstert sich. »Du lässt dein Volk glauben, irgendwer würde ihnen wirklich helfen? Du bist sogar noch verabscheuungswürdiger, als ich dachte.«

Ich ignoriere ihn, konzentriere mich stattdessen auf die anderen Männer. »Ihr kennt mich. Ihr kennt uns. Legt eure Waffen nieder, und geht weg.«

Die Männer wechseln vielsagende Blicke. Lochlan weiß, wer ich bin, aber ich spüre die Unsicherheit der anderen. Sie kennen Wes und Tessa seit Jahren. Donner grollt über den Himmel, und die ersten dicken Tropfen fallen auf Blätter.

Lochlan hält die Armbrust auf meine Brust gerichtet, sieht aber Tessa an. »Wer ist er?«

»Er ist Wes.« Sie ist wirklich eine schlechte Lügnerin. Sie klingt atemlos und verängstigt. »Weston Lark.«

»Sag die Wahrheit, oder ich erschieße ihn.«

»Er ist Wes! Ich schwöre, er ist Wes.«

»Du bist eine Lügnerin. Und unwichtig.« Er richtet die Waffe auf Tessa.

»Nein!«, rufe ich. Ohne nachzudenken, stürze ich mich auf ihn. Selbst mit dem gebrochenen Handgelenk ist er stärker als vermutet. Wir rollen durch das nasse Unterholz, in dem Versuch, die Oberhand zu gewinnen, bis ich Tessa schreien höre.

Lochlan nutzt meine Ablenkung. Er packt die Armbrust und presst sie gegen meine Brust. »Sie werden sie töten«, stößt er hervor. »Sag jetzt die Wahrheit.«

Ich sehe rot vor Wut und versuche, Lochlan von mir zu stoßen, aber er hat mich am Boden festgenagelt. Irgendwo hinter mir kreischt Tessa, dann höre ich einen dumpfen Schlag.

»Schön!«, brülle ich. »Ich bin Prinz Corrick«, stoße ich hervor. »Ich bin der Königliche Vollstrecker.«

»Nein«, keucht Tessa. Ich frage mich, ob jemand sie würgt. Aber dann sagt sie: »Corrick, nein.«

Sie spricht erneut meinen Namen aus, aber diesmal bricht es mir das Herz.

»Ergib dich«, sagt Lochlan, und in seinen Augen glänzt das Versprechen von Qualen für Tessa, wenn ich seiner Forderung nicht nachkomme.

Ich hebe die Arme, auch wenn es mich alles kostet. »Ich ergebe mich.«

Wir werden durch den Wald getrieben, diesmal Richtung Osten. Das bedeutet, dass wir nicht in das Dorf zurückkehren, in dem wir Lochlan getroffen haben. Meine Hände sind gefesselt, so eng, dass meine Finger bereits kribbeln, egal, wie oft ich sie auch bewege. Jemand sticht mich mit der Armbrust in den Rücken, und ich spüre, dass es Absicht ist. Ich muss die Zähne zusammenbeißen, um nichts zu sagen. Tessa läuft irgendwo hinter mir und Lochlan hat klargestellt, dass er es an ihr auslassen wird, wenn ich nicht tue, was er verlangt.

Er ist derjenige, der mir die Armbrust in den Rücken rammt.

Inzwischen fällt stetiger Regen, der die Wege rutschig werden lässt, was das Vorankommen besonders in der Dunkelheit erschwert. Und mit gefesselten Händen noch mehr. Mein rasender Puls jagt mit jedem Schlag Wut und Angst durch meine Adern. Ich bete darum, dass die Nachtwache uns aufspürt.

Andererseits: Vielleicht wäre das noch schlimmer. Ich sehe gerade nicht aus wie Prinz Corrick, und ich kenne nicht jeden einzelnen Wachmann in Kandala. Sie hätten diesen Jungen im Dorf erschossen. Zweifellos würden sie auch mich erschießen, weil ich es wage, mich als Bruder des Königs auszugeben.

Aber selbst, wenn sie mir glauben würden ... ich könnte kaum erklären, wieso ich mich mit Schmugglern herumtreibe.

Ich weiß nicht, wieso ich überhaupt über so etwas nachdenke. Ich weiß, was Männer wie Lochlan mit mir anstellen werden.

»Du bildest dir doch sicherlich nicht ein, du könntest ein Lösegeld fordern«, sage ich. »Harristan wird deinen Forderungen niemals nachgeben.«

»Ich will kein Lösegeld.« Er stößt mich so hart, dass ich stolpere und fast gefallen wäre.

Der Regen wird stärker, durchnässt meine Kleidung; wider Willen beginne ich zu zittern. Ich versuche, auf Tessa hinter mir zu lauschen, aber das Prasseln des Regens auf den Blättern um mich herum übertönt jedes Geräusch. Ich spähe durch die Bäume zum Himmel auf. Er ist dunkel, wolkenverhangen. Der Sonnenaufgang ist noch Stunden entfernt. Ich bezweifle, dass ich an diesem Seil wieder in meine Gemächer klettern werde.

Ich hoffe, Quint kehrt in seine Räumlichkeiten zurück. Ich hoffe, er täuscht Unwissenheit vor.

Ich hoffe, Harristan gibt den Forderungen dieses Mannes nicht nach.

Ich hoffe, sie lassen Tessa frei.

Ich hoffe. Ich hoffe.

Mein Vater hat einmal erklärt, Hoffnung könne mächtig sein, wäre ohne Taten aber nutzlos. Wenn Lochlan kein Geld fordert, was könnte er dann wollen? Eine Begnadigung? Ihm muss bewusst sein, dass das nicht funktionieren kann.

»Sag mir, was du willst«, stoße ich hervor.

»Ich will, dass du die Klappe hältst.«

»Ohne meine Mitwirkung wirst du niemals irgendetwas vom König erhalten.«

Er rammt mir die Faust zwischen die Schulterblätter. Diesmal falle ich tatsächlich, stürze so heftig mit dem Gesicht in den Schlamm, dass mein Kiefer schmerzt. Ich rolle mich zur Seite, doch er hält die Armbrust im Anschlag. »Ich will nur, dass der Königliche Vollstrecker aufhört, Leute zum Tod zu verurteilen.« Er starrt mich hasserfüllt an. »Ich vermute, ich werde bekommen, was ich mir wünsche.«

»Corrick!«, ruft Tessa besorgt irgendwo aus der Dunkelheit hinter ihm. »Corrick, alles okay?«

Ich spucke Blut auf den Boden. »Oh, alles wunderbar, vielen Dank.«

Lochlan tritt mich in den Bauch. Ich sehe den Angriff nicht mal kommen. Sein Stiefel bohrt sich in meinen Körper und ich muss würgen. Helle Flecken tanzen vor meinen Augen. Mir ist nicht mal klar, dass Lochlan mich am Hemd gepackt hat, bis er meinen Rücken erneut auf den Boden rammt. Ich keuche im Regen, schmecke Blut auf der Zunge.

Er hält mich fest und starrt mit brennenden Augen auf mich herunter. »Ich sollte dich sofort töten«, sagt er mit leiser, drohender Stimme.

»Ich hätte dich töten sollen, als du den Konsul angegriffen hast.« Ich lege so viel entschlossenes Drohen in meinen Blick, wie mir nur möglich ist. »Ich hätte dich auf diesem Podium vor der Menge töten sollen. Ich hätte dich vor einer Stunde im Dorf töten sollen.«

Ich rechne damit, dass er zurücktritt und die Armbrust abschießt, oder mich vielleicht noch mal tritt, aber das tut er nicht. Seine Augen werden schmal. »Warum hast du es nicht getan?«

Weil ich kein Mörder sein will.

Ich antworte nicht. Das ist nicht nötig.

»Hey«, sagt ein Mann hinter ihm. »Lochlan. Was werden wir tun?«

Lochlan lässt die Armbrust sinken, dann packt er meinen Arm. »Steh auf«, sagt er. »Geh.«

Ich stehe auf. Ich gehe.

Ich habe bei dem Zwischenspiel meinen Hut verloren, und mein halbes Gesicht ist schlammverklebt. Anscheinend habe ich eine Platzwunde, weil die Regentropfen auf meiner Wange brennen. Die Maske ist verrutscht und schränkt mein Blickfeld ein. Noch mehr Elend in einer schrecklichen Situation.

»Lasst Tessa frei«, sage ich.

»Ich habe dir gesagt, du sollst die Klappe halten.«

»Ihr müsst etwas von Harristan wollen«, sage ich. »Wenn ihr sie freilasst, kann ich mich für euch einsetzen …«

»Genau das ist es, was mit den Bewohnern in diesem Sektor nicht stimmt«, höhnt er. »Ihr denkt, es ginge immer nur um Geld. Ihr denkt, es ginge immer nur darum, was man kriegen kann.«

»Du bist ein Schmuggler.«

»Weil ich keine andere Wahl habe. Keiner von uns hat eine Wahl, wenn wir überleben wollen.«

»Ah, also überfallt ihr die Lieferungen aus reiner Herzensgüte. Silber hat nichts damit zu tun?«

Er stößt mich mit dem Schaft der Armbrust an. »*Schnauze* jetzt«, knurrt er.

»Egal, was ihr mir antut«, sage ich, »ihr habt zu viele Lieferkarawanen überfallen. Ihr habt die Konsuln verschreckt. Ihr habt den Sektor angegriffen. Sie werden ihre Mondflorlieferungen einstellen. Und dann habt ihr nichts mehr.«

»Ich werde genug haben. Wir werden alle genug haben.«

Die Überzeugung in seiner Stimme lässt mich zögern. Wer bezahlt sie? Wer verteilt so viel Silber und Medizin, dass die Leute bereit sind, ihr Leben dafür zu riskieren?

Oder ist die Verzweiflung inzwischen so groß, dass sie wirklich keine andere Wahl haben?

Ich denke über die Männer hinter mir nach. Sie sind keine brillanten Strategen, nicht einmal Lochlan. Wenn es so wäre, würde er mich instrumentalisieren, um Harristan zu Zugeständnissen zu zwingen. Er würde Tessa benutzen, um meinen Willen zu brechen. Ich habe Lochlan vor Wochen befragt ... als er festgesetzt wurde. Und selbst damals hatte ich nicht das Gefühl, sie wären gut organisiert.

Ich verstehe nicht, was hier vor sich geht.

Es muss bedeuten, dass er mich zu jemandem bringt. Zu demjenigen, der wirklich die Pläne schmiedet. Das Geld zur Verfügung stellt.

Zu jemandem, der einen Plan hat, wie er mich benutzen kann. Selbst wenn es einer der Konsuln ist, jeder von ihnen wüsste, welches Druckmittel ich darstelle.

Der Gedanke sollte mich verängstigen, doch stattdessen schenkt er mir Hoffnung. »Wer sind die Wohltäter?«, frage ich. »Was haben sie euch versprochen?«

»Niemand muss mich für das bezahlen, was ich tue.«

Das nehme ich ihm kein Sekunde lang ab. Ich versuche zu ergründen, wer hinter alldem stehen könnte. Die Bezahlung der Überfälle und die Medizin sind nicht billig. Wenige Konsuln dürften die nötigen Mittel besitzen. Jonas brauchte das Geld dringend für seine Brücke, also kann ich mir nicht vorstellen, dass er Rebellen finanziert. Leander Zunft ist der Konsul von Stahlstadt, aber er war politisch immer eher konservativ; hat sich nie gegen Harristan gestellt. Ihm widerstrebt schon die Vorstellung von Unruhen, besonders, weil seine Fabriken und Stahlarbeiter einen Großteil des Landes beliefern. Ihm stünde das nötige Geld zur Verfügung, aber das passt nicht zu ihm. Um ehrlich zu sein: die einzigen Personen, die genug Geld und die Mittel haben, diese Überfälle zu finanzieren, wären Allisander Sallister oder Lissa Marpetta, sie liegen mir jedoch ständig in den Ohren, dass ich diese Angriffe endlich unterbinden soll.

Aber Harristan und ich haben in den letzten Wochen die unwahrscheinliche Kooperation zweier Konsuln bezeugt.

Konsuln, die gerade Finanzierungsgesuche eingereicht haben.

Roydan und Arella.

Aber warum? Allisander zu schaden, schadet uns allen. So sehr können sie ihn doch sicherlich nicht hassen? Es ist unmöglich, ihn mehr zu hassen, als ich es tue, und selbst ich kann mich beherrschen, wegen dieses Gefühls den Zugang des gesamten Landes auf Mondflorblüten zu gefährden.

Ein scharfer Pfiff durchschneidet die Nachtluft. Laternen leuchten zwischen den Bäumen. Ich weiß nicht, wo wir uns befinden, aber wir sind immer noch in der Wildnis.

»Ich bin's, Lochlan«, ruft der Mann in meinem Rücken. »Wir haben euch allen ein Geschenk mitgebracht.«

Er stößt mich in den Rücken. Ich stolpere vorwärts auf eine Lichtung, auf der Zelte und grob gezimmerte Hütten stehen. Dutzende, wenn nicht Hunderte. Leute treten in den Regen, manche mit Laternen in den Händen, manche mit Stöcken oder Äxten, Schaufeln oder Besen bewaffnet. Soweit ich sehen kann, sind sie alle schmutzig und erschöpft, aber niemand hustet. Niemand ist krank.

Viele – *viele* – der Gesichter sind mir vertraut.

»Es ist Wes!«, ruft ein kleines Mädchen namens Abigale. »Wes und Tessa! Sie sind nicht tot!«

Ihre Mutter hebt sie hoch und weist sie an, still zu sein.

Immer mehr Leute treten aus den Zelten und Verschlägen, bis sie uns umringen.

Kein Roydan, keine Arella.

Wir haben euch allen ein Geschenk mitgebracht.

Tessa wird neben mich gestoßen. Ich kann hören, wie flach sie atmet.

»Bist du verletzt?«, frage ich. »Tessa. Bist du verletzt?«

Sie späht hinter ihrer Maske zu mir auf – die genauso durchnässt ist wie ihr Haar und ihre Kleidung – aber ich kann keine Verletzungen entdecken. »Nein. Nein, bin ich nicht.«

Lochlan tritt vor mich und reißt mir die Maske vom Gesicht, zusammen mit einer Kruste und einem Büschel Haare. Ein anderer Mann entfernt Tessas Maske, allerdings nicht so grob.

»Tut mir leid, Miss Tessa«, sagt er bedauernd.

»Ist schon in Ordnung«, flüstert sie. Aber sie irrt sich. Nichts ist in Ordnung.

Mein Herz rast in meiner Brust. Lochlan starrt mich böse an. Nichts in seiner Miene spricht von Bedauern.

»Sag mir, was du willst«, fordere ich.

Er spuckt mir ins Gesicht.

Alles hat Grenzen. Ich werfe mich nach vorne und ramme meine Stirn gegen seine.

Er stolpert rückwärts. Jemand packt meinen Arm. Tessa ruft: »Corrick! Nein!«

Ein Raunen geht durch die Menge.

Lochlan findet sein Gleichgewicht wieder. Er verschwendet keine Zeit, sondern wirft sich nach vorne und boxt mich in den Bauch.

Meine Hände sind immer noch gefesselt, also kann ich den Schlag nicht abwehren. Ich wäre auf die Knie gesunken, hätte nicht immer noch jemand meinen Arm festgehalten. Ich kann nicht atmen. Die Lichtung dreht sich um mich.

»Bitte«, fleht Tessa. »Bitte, hört auf. Bitte.«

»Ihr habt sie gehört«, ruft Lochlan der Menge zu. »Ihr habt seinen Namen gehört. Ihr wisst, wer er ist.«

Nervöses Murmeln breitet sich aus.

»Er hat euch getäuscht«, ruft Lochlan. »Er hat vorgegeben zu helfen, aber in Wirklichkeit hat er euer Vertrauen missbraucht, um mehr von euch hinzurichten.«

»Nein«, krächze ich. »Nein.«

»Nein!«, schreit Tessa.

Lochlan schlägt mich erneut. Ich schwöre, dass ich eine Rippe brechen höre. Mir wird erst bewusst, dass ich gefallen bin, als mein Gesicht auf feuchte Blätter trifft. Als ich huste, schmecke ich Blut.

»Wer hat jemanden an die Nachtwache verloren?«, ruft Lochlan. »Wer hat jemanden ans Verlies verloren?«

Ein paar Leute in der Menge rufen. Lochlan tritt mich gegen die Schulter.

Ich war so dumm. Ich war mir so sicher, dass es sich hier um einen ausgeklügelten Plan handelt.

Ich war mir sicher, dass sie etwas von Harristan erpressen wollen. Von mir.

Sie wollen etwas von mir, aber es ihnen zu geben wird wehtun.

»Lass sie frei«, stoße ich hervor. »Bitte, Lochlan. Sie hatte keine Ahnung.«

»Sie hatte keine Ahnung!«, wiederholt er laut. »Glaubt ihr ihm das? Glaubt ihr, dass sie unschuldig war? Sie haben jahrelang zusammengearbeitet.«

»Um zu helfen!«, ruft Tessa. »Nur um zu helfen!«

»Er ist der Königliche Vollstrecker«, schreit Lochlan. »Ihr habt gehört, was er alles getan hat! Ihr wisst, was er euren geliebten Menschen angetan hat. Menschen, die euch am Herzen liegen!«

»Ja!«, schreit die Menge. Plötzlich wirkt es, als würde es heller auf der Lichtung.

Lochlan hat die Menge im Griff.

Ich schließe die Augen. Vielleicht ist das passend. Vielleicht habe ich nichts anderes verdient.

»Ihr wisst, was er getan hat!«, brüllt Lochlan. »Also sollten es diesmal wir sein, die ihn bestrafen!«

Die Menge brüllt. Der Schmerz beginnt.

32

TESSA

Die Menge drängt nach vorn. Ich bin mir sicher, dass sie uns beide angreifen werden – aber ihr Ziel ist Corrick. Nur Corrick. Meine Hände sind gefesselt, meine Finger taub und jemand hält mich am Arm aufrecht. Meine Kehle ist wund, aber ich weiß nicht, wie lange ich geschrien habe. Meine Ohren schmerzen vom Gebrüll der Menge. Ich kann Corrick nicht sehen. Zu viele Menschen drängen sich zwischen uns. Aber ich höre die Schläge und Tritte. Höre, wie Leute nach grausamer Vergeltung schreien.

Das ist schlimmer als der Aufruhr vor dem Tor. Das ist schlimmer als die Hinrichtung.

Liegt es daran, dass es um Corrick geht? Dass ich ihn kenne? Macht mich das schwach?

Noch vor einer Woche wäre ich, hätte jemand Prinz Corrick vor meine Füße geworfen, wahrscheinlich Teil des Mobs gewesen.

Jetzt weiß ich nicht, wie ich ihm helfen soll. Betteln hat nicht geholfen. Schreien hat nicht geholfen. Sie wissen genau, was sie tun.

Ich entdecke eine Frau in der wogenden Menschenmenge. Sie heißt Bree. Sie hat fünf Söhne, alle unter zehn Jahre alt. Sie hatte Angst, die Medizin von uns anzunehmen, bis ihr Ehemann am Fieber gestorben ist und am nächsten Tag einer ihrer Söhne einen Husten entwickelt hat.

Sie steht hinter ein paar Männern, die Hände zu Fäusten geballt, die Augen voller Angst und Wut.

»Bree!«, rufe ich verzweifelt. Sie sieht überrascht zu mir, dann wendet sie sich ab.

Ich versuche es trotzdem. »Bree! Hör auf damit. Wes hat dir geholfen. *Prinz Corrick* hat dir geholfen. Er hat mit deinen Jungs im Garten gespielt. Du hast nach Davids Tod um Medizin gebettelt, und natürlich haben wir sie dir gebracht.«

Sie sieht mich wieder an. Drängt nicht länger vorwärts.

»Er hat getan, was er konnte«, rufe ich, bevor ich nach weiteren vertrauten Gesichtern Ausschau halte. »Niall. Niall, hör auf. Hör mir zu. Als du dir letzten Winter den Arm gebrochen hast, hat Wes zwei Stunden lang im Dunkeln Brennholz gehackt, weil ein Sturm nahte. Prinz Corrick hat das getan.«

Er zögert. Sucht meinen Blick.

Ich sehe mich erneut um. »Percy Rose! Percy! Erinnerst du dich, wie deine Frau die ganze Nacht vor Husten nicht schlafen konnte und Wes und ich bei dir geblieben sind, bis es ihr besser ging? Das war Prinz Corrick!« Ich suche die Menge ab. »Yavette! Du hast gefürchtet, deine Hochzeit nicht mehr zu erleben! Wes und ich haben dir jeden Tag Elixier gebracht. Das war Prinz Corrick. Und jetzt erwartest du ein Baby!«

Ich weiß nicht, ob die Menge sich beruhigt. Ich weiß nicht, ob mein Flehen einen Unterschied macht. Ich suche weiter. Ich bettle weiter. Ich weine vor aller Augen.

»Zafra! Prinz Corrick hat dir Stoffstücke für deine Winterdecken gebracht. Norman! Prinz Corrick hat dir immer eine

Extradosis gegeben, für deine Liebste in Artis. Warley! Prinz Corrick hat dir geholfen, diese Tür zu reparieren, als die Angeln durchgerostet waren.«

»Pa!«, ruft eine junge Stimme. »Pa, er hat die Nachtwache aufgehalten!«

Forrest. Der Junge, den wir vorhin gerettet haben. Ich verschlucke mich an einem Schluchzen.

Sein Vater ist ein bulliger Stahlarbeiter namens Earle. Ich finde ihn in der Menge. Er packt den Arm eines Mannes, der gerade zuschlagen will. Er ist groß genug, um sich seinen Weg durch das Gedränge zu bahnen. Er stößt die Leute zurück, weg von Corrick. Seine Stimme ist tönt voller als meine. Lauter.

»Er hat meinen Jungen gerettet«, sagt er in ernstem Ton. »Und er hat auch viele von euch gerettet. Beide haben das getan.«

Das Gebrülle verklingt. Regen fällt vom Himmel. Alle sind schlammverschmiert und atmen schwer.

Und starren mich an.

Ich kann nicht nach Corrick suchen, weil ich fürchte, was ich finden werde. Es sind so viele Menschen, und er ist nur ein Mann.

Ich wappne mich innerlich. »Ich weiß ...« Meine Stimme bricht, aber ich setze erneut an. »Ich weiß, dass Prinz Corrick viele schreckliche Dinge getan hat, aber er hat auch viel Gutes bewirkt. Er hat unglaublich viel riskiert, um euch zu helfen. Um euch *allen* zu helfen. Er ist kein furchtbarer Mann. Das Fieber ist furchtbar. Die Situation ist furchtbar. Das hier ...« Ich muss tief durchatmen. »Was ihr gerade tut, ist furchtbar. Er hat euch geholfen. Ich habe euch geholfen. Bitte, hört auf. Bitte.«

»Löst ihre Fesseln«, sagt eine Stimme. Zu meiner Überraschung war es Lochlan, der gesprochen hat.

Eine Messerklinge berührt meine Haut, und das Seil löst sich. Niemand packt meine Arme.

Ich will nicht hinschauen. Aber ich muss.

Plötzlich treten die Leute zur Seite, und da ist er, nur ein erschlafft daliegender Körper auf dem Boden. Es ist dunkel, aber ich kann erkennen, dass seine Kleidung zerrissen ist und Blut auf seiner fahlen Haut klebt. Eine Seite seines Gesichts ist mit Schlamm, Blut und Prellungen überzogen. Eine Platzwunde zieht sich quer über seine Nasenwurzel und durch seine Augenbraue, knapp neben dem Augenwinkel. Seine Wimpern sind mit Blut verklebt. Ich hätte nicht gedacht, dass er schlimmer aussehen könnte als an diesem Abend, als ich ihn in den zerstörten Resten des Verlieses gefunden habe, aber ich habe mich geirrt.

Ich stolpere zu ihm, sinke neben ihm in den Schlamm. »Corrick. *Corrick.*«

Er bewegt sich nicht. Seine Augen sind geschlossen, aber er atmet, wenn auch rau und gepresst – den Göttern sei Dank. Er liegt halb zusammengerollt, sein Rücken zu einem seltsamen Winkel gebogen, der mich fürchten lässt, seine Wirbelsäule könnte gebrochen sein. Seine Hände sind immer noch gefesselt, die Handgelenke aufgescheuert und blutig. Seine Finger sind fahl, und ich glaube, er zittert.

»Löst seine Fesseln«, rufe ich. »Jemand ... bitte ...«

»Hier.« Earle sinkt mit einem Messer in der Hand neben mir auf ein Knie. Als er das Seil um Corricks Handgelenke löst, sacken dessen Arme schlaff nach unten in den Matsch.

Ich presse eine Hand an seine Wange. Meine Finger zittern. »Corrick. Kannst du mich hören? Mach die Augen auf.«

Seine Lider flattern, und ein Stöhnen entringt sich seiner Brust. Aber er öffnet die Augen nicht und rührt sich auch sonst nicht.

Ich weiß nicht, was ich tun soll. Mein Atem stockt. Ich sehe zu den Gesichtern um mich herum auf – die meisten vertraut, einige fremd. Manche Leute halten immer noch Waffen. Die meisten wirken verwirrt, ein paar betreten. Einige scheinen sich zu schämen. In anderen Mienen erkenne ich Zweifel.

Einige wirken zynisch und ungerührt – allen voran Lochlan – und das bewirkt, dass ich kein Wort über meine Lippen bringe, als ich um Hilfe bitten will. Ich will niemandem einen Vorwand bieten, weiter auf Corrick einzuprügeln.

Ich kann ihn nicht auf dem Rücken zurück in den Palast tragen. Ich kann ihn gar nicht zurück in den Palast bringen. Nicht in diesem Zustand.

Earle sieht zu den Leuten auf. »Percy. Hilf mir, ihn zu tragen.« Er sieht mich an. »Wir haben ein Mädchen hier, das Leute zusammenflickt.«

Das klingt, als hätte Corrick nur einen Kratzer, statt auszusehen, als brauche er bald schon einen Sarg. Aber ich nicke.

Sie heben ihn vorsichtig hoch. Ich halte mich dicht neben ihm. Mein Herz rast immer noch, weil ich fürchte, dass die Stimmung wieder umschlägt.

Links von uns gerät die Menge in Bewegung, dann drängt eine junge Frau sich durch die Leute. Ich reiße die Hände hoch, um einen potenziellen Angriff abzuwehren, aber dann erkenne ich meine Freundin.

»Karri?« Die Überraschung, sie zu sehen, mildert meine Panik etwas.

»Tessa! Oh, Tessa!« Sie umarmt mich fest, dann tritt sie zurück, um mich zu mustern. Ihre dunkelbraunen Augen huschen über mein Gesicht. Ich habe keine Ahnung, was sie sieht.

Die Männer entfernen sich mit Corrick. Lochlan folgt ihnen.

»Karri«, sage ich mit leiser und gebrochener Stimme. »Karri, ich habe ...«

»Komm«, sagt sie. Sie hängt sich bei mir ein, zieht mich mit sich. »Ich habe ein wenig Verbandzeug und Medikamente hier. Lass uns schauen, was ich für ihn tun kann.«

Mein Hirn weigert sich, diese neue Wendung zu verarbeiten. »Moment, du ...«

»Ja, ich arbeite mit den Rebellen zusammen.« Sie sieht mich an, und ihre Augen leuchten genauso hell, wie sie es getan haben, als wir in Mistress Solomons Laden gearbeitet haben. Ihr Blick wandert zu den Männern, die Corrick tragen, dann zurück zu mir. »Genau wie du.«

Corricks Wirbelsäule ist nicht gebrochen, aber seine Schulter ist ausgerenkt. Karri und Earle renken sie wieder ein. Der Vorgang ist so schmerzhaft, dass Corrick lang genug aufwacht, um zu schreien und sich zu wehren. Doch seine Verletzungen rauben ihm alle Kraft; er wird sofort wieder bewusstlos. Wir befinden uns in einem kleinen Schuppen am Rand des Dorfes, kaum größer als unsere Werkstatt. Aber es gibt ein Feuer, und es ist trocken. Earle hat Corrick auf ein Pritschenbett an der Wand gelegt.

Der Prinz bewegt sich nicht.

Ich stehe neben ihm. Ich bin im Begriff, sein Gesicht mit meiner Hand zu berühren, weiß aber nicht, ob ich das sollte. Die Prellungen in seinem Gesicht verfärben sich bereits dunkel. Er atmet zu schnell, zu schwer. Ich will ihm nicht noch mehr Schmerzen zufügen.

Ich muss den Blick auf Corrick gerichtet halten, denn Lochlan steht in der Tür. Und wenn ich ihn ansehe, werde ich ihn mit bloßen Händen in der Luft zerreißen.

Vor ein paar Stunden hat Corrick mir versprochen, dass er sich bessern kann, aber jetzt sehne *ich* mich nach Grausamkeit.

»Hier«, sagt Karri. Sie trägt einen Wasserkessel, eine flache Schüssel und mehrere Lappen.

Ich tauche einen davon ins Wasser und säubere Corricks Braue, weil seine Platzwunde mit Dreck und Blut verklebt ist. Er zuckt, schnappt nach Luft, dann blinzelt er kurz zu mir auf, bevor seine Lider wieder nach unten sinken.

»Shhh«, sage ich sanft. »Ich bin's. Tessa.«

Er nickt, eine winzige, vertrauensvolle Geste. Diesmal hält er still, als ich seine Wunde versorge.

»Das muss genäht werden«, sagt Karri hinter mir.

Ich weiß. Das kann ich selbst erkennen.

»Ich kann es jetzt machen«, sagt sie, »während er quasi bewusstlos ist.«

Corricks Augen öffnen sich einen winzigen Spalt. Er sucht meinen Blick, dann schließt er die Augen wieder.

»Ich werde es machen«, sage ich. »Hast du eine Nadel?«

Ich habe schon Dutzende Wunden genäht, aber das hier ist etwas anderes. Ich bin mir der Leute um mich herum deutlich bewusst. Auch wenn Earle und Karri helfen wollen, ist Lochlan immer noch anwesend, und ich habe keine Ahnung, wer noch vor der Tür wartet. Ich konzentriere mich darauf, die Nadel einzufädeln, und lausche auf Corricks Atmung.

Karri steht neben mir und reinigt mit einem zweiten Lappen die kleineren Wunden.

»Ist er der Vater?«, flüstert sie.

Fast hätte ich die Nadel fallen lassen. »Was?«

Sie senkt den Blick auf meinen Bauch, bevor sie mir wieder ins Gesicht sieht.

»Oh!« Ich hatte die Geschichte, die ich ihr und Mistress Solomon erzählt habe, vollkommen vergessen. »Nein. Das ... nein. Ich bin nicht schwanger. Ich war nie schwanger.« Ich verknote den Faden. »Er hat es aussehen lassen, als wäre er gefangen genommen und hingerichtet worden. Ich wusste nicht, dass er der Prinz war. Für mich war er immer Wes.«

»Für uns war er auch immer Wes«, sagt Earle.

»Nun, für eine Menge Leute war er der grausame Corrick«, wirft Lochlan ein.

Ich sehe ihn an. »Halt den Mund, oder ich nähe dir die Lippen zu.«

Lochlan wirkt wenig beeindruckt. »Versuch es doch, Mädchen.«

»Hör auf«, sagt Karri. Sie wirft Lochlan einen bösen Blick zu, dann presst sie den feuchten Lappen an Corricks Wange, um die kleinen Schnitte dort zu säubern.

»Wie lange arbeitest du schon mit ihnen zusammen?«, frage ich leise.

Sie sieht mich nicht an. »Seit ein paar Wochen.«

»Karri!«

Sie zuckt mit den Achseln. »Nach dem Aufruhr bei der Hinrichtung haben meine Eltern von einer Gelegenheit gehört, genug Medizin für uns alle zu bekommen.« Sie fängt meinen Blick ein. »Wir hatten immer genug für unsere Familie, aber die Frau nebenan hat sich das Bein gebrochen und konnte nicht arbeiten. Sie hat meiner Mutter so sehr geholfen, als wir noch klein waren. Sie ist quasi wie eine Großmutter für mich.« Sie wendet sich wieder ihrer Aufgabe zu, wäscht den Lappen aus und beginnt die Verbrennungen durch die Fesseln an Corricks Handgelenken zu versorgen. »Meine Eltern waren nie Rebellen, haben nie auch nur ein Wort gegen den König geäußert. Sie hatten zu viel Angst, um etwas zu unternehmen. Aber du warst offensichtlich in einen Rebellen verliebt. Und nachdem du einer der nettesten Menschen bist, den ich kenne, dachte ich, ich sollte auch versuchen zu helfen. Und jetzt bin ich hier.«

Sie sucht erneut meinen Blick. »Ich habe immer wieder von Wes und Tessa gehört. Wie sie verschwunden sind. Alle dachten, ihr wärt von der Nachtwache erwischt worden. Du warst bei Mistress Solomon so durcheinander, da habe ich angefangen, mich zu fragen, ob Wes der Mann ist, von dem du mir nicht erzählen wolltest.«

»Oh, Karri. Es tut mir leid.« Ich schlucke schwer. Ich hätte es ihr erzählt. Ich hätte es ihr erzählen sollen.

»Ich bin nicht meine Eltern«, sagt sie, während sie sanft und umsichtig eine weitere Wunde säubert. »Ich glaube, es hat mich eine Weile gekostet, das herauszufinden.« Sie nickt in Richtung der Nadel in meiner Hand. »Mach es, bevor er aufwacht.«

Ich senke den Blick auf Corrick. Seine Augen sind geschlossen, seine Atmung hat sich beruhigt.

Ich will ihm keine Schmerzen zufügen.

Karri beobachtet mich. »Ich kann es machen«, sagt sie sanft.

»Nein, ist schon in Ordnung.« Ich lege die Finger auf die Wunde, drücke die Ränder zusammen. Corrick bewegt sich nicht, nicht einmal, als ich die Spitze der Nadel an seine Haut presse. Ich beiße mir auf die Unterlippe, als ich die Haut durchsteche und Blut aufwallt. Eilig binde ich einen Knoten. Karri kürzt den Faden.

»Also tust du, was wir getan haben?«, frage ich, als ich den nächsten Stich setze. »Du stiehlst, um es den Leuten zu geben, die nichts haben?« Ich will einen Blick zu Lochlan werfen. Corrick hat gesagt, er gehöre zu denjenigen, die die Lieferkarren angegriffen haben. Tut er das auch aus diesem Grund?

Sie nickt. »Ja. Es gibt einen wohlhabenden Mann und eine Frau, die jedem Silber und Mondflorblüten geben, die bereit sind, die Lieferungen anzugreifen. Aber sie wollen die Blüten nicht für sich selbst. Ihnen geht es um die Angriffe.«

»Warum?«

»Sie hegen einen Groll gegen den Thron.« Sie kürzt auch den nächsten Faden. »Ich weiß nicht, wer sie sind. Aber viele Leute nennen sie die Wohltäter.«

»Karri«, sagt Lochlan warnend. »Er ist der Königliche Vollstrecker.«

»Er ist bewusstlos«, antwortet sie.

»Das ist mir egal.«

Ich setze gerade einen weiteren Stich, als ich bemerke, dass ein dünner Schweißfilm auf Corricks Stirn glänzt und er die Finger im Laken unter sich vergraben hat. Er mag sich nicht bewegt haben, aber er ist nicht bewusstlos.

Er *lauscht*.

Ich bin mir nicht sicher, ob das tapfer oder dämlich ist. Wahrscheinlich beides. Ich setze die Nadel erneut an seine Haut, nur um dann zu zögern. Meine Handfläche wird feucht. Ich kann das nicht tun, wenn er wach ist. Ich kann es nicht.

Ich versuche, nicht darüber nachzudenken, dass er schon bei den letzten Stichen wach war.

»Er hat uns jahrelang geholfen«, sagt Earle. »Ich habe gehört, was er dort draußen getan hat, aber ich *weiß*, was er hier getan hat, für uns.« Er hält inne. »Und manchmal gehen Leute zu weit.«

»Auf beiden Seiten«, meint Lochlan.

»Willst du das nicht zu Ende führen?«, fragt Karri, und ich zucke leicht zusammen, bevor ich die Nadel durch seine Haut steche. Ein Muskel an Corricks Kiefer zuckt. Ich verstehe nicht, wie er das stumm ertragen kann, aber auf jeden Fall tue ich ihm einen Gefallen, wenn ich schnell bin. Ich verknote den Faden, und Karri schneidet ihn ab.

Ich ziehe Karri den Lappen aus der Hand und wische die frischen Blutstropfen weg. Corrick bewegt sich nicht. Seine Hand liegt schlaff auf den Laken. Ich kann nicht erkennen, ob er wieder in Ohnmacht gefallen oder einfach nur erleichtert ist, dass ich nicht länger eine Nadel durch seine Augenbraue stoße.

»Ihr habt das Verlies in die Luft gesprengt«, sage ich.

»Eine Gruppe aus Händlershalt hat die nötigen Dinge aus den Minen gebracht.«

»Karri«, blafft Lochlan.

»Wie seid ihr reingekommen?«, frage ich, als ich den Lappen auswasche. »Die Wachen am Tor durchsuchen …«

Eine Hand packt schmerzhaft fest meinen Oberarm. »Was denkst du, was du da tust?«

Lochlan steht direkt neben mir. Ich keuche und versuche, mich seinem Griff zu entziehen. »Ich habe nicht …«

»Lass sie los«, blafft Karri.

»Lochlan«, sagt Earle. »Lass sie in Ruhe.«

Lochlan rückt noch näher an mich heran, bis er hoch über mir aufragt. Er ist kein Narr. »Was. Tust. Du. Da?«

Ich wünsche mir, ich hielte noch die Nadel statt diesen sinnlosen Lappen. Ich bereite mich innerlich darauf vor, ihn in die Weichteile zu schlagen, aber er schreit plötzlich auf und gibt mich frei. Stolpert einen Schritt nach hinten und stößt gegen einen niedrigen Tisch. Eine Schüssel fällt und zerspringt auf dem Fußboden. Weiße Blütenblätter sinken zu Boden. Einige davon landen auf dem Bett neben Corrick.

Corrick hat Lochlans gebrochenes Handgelenk gepackt, als er dem Bett zu nahe gekommen ist. Jetzt dreht er den Arm. Schmerz und Erschöpfung brennen in seinen Augen, aber gleichzeitig wirkt sein Blick so scharf und kühn wie immer.

»Du wirst die Finger von ihr lassen«, sagt er, auch wenn seine Stimme klingt, als hätte er Scherben gekaut.

Lochlan kauert sich vor Schmerzen zusammen. Er keucht, stößt bei jedem Atemzug ein kleines Wimmern aus.

Karri und Earle sind vorgetreten. Ihre Blicke wandern hin

und her. Scheinbar können sie sich nicht entscheiden, wem sie helfen sollen.

»Corrick.« Ich muss mich kurz räuspern. »Corrick. Lass ihn los.«

Er gibt den Arm frei. Lochlan sinkt auf die Knie, den Arm an den Bauch gedrückt. Als er Corrick ansieht, brennt Feuer in seinen Augen.

Doch Corricks Blick ist noch schlimmer. Seine Augen sind kalt wie Eis, in ihnen liegt eine gefährliche Drohung. Ich hatte vergessen, dass er auch so aussehen kann.

Karri beeilt sich, die Mondflorblüten in einer neuen Schüssel zu sammeln. Die Blütenblätter erinnern mich an die aus der Werkstatt, die Wes von Tris bekommen hat. Einige sind schmaler als normal. Trotz der aktuellen Situation frage ich mich als Pharmazeutin nach dem Grund. Sind sie kleiner geschnitten worden? Wo kamen sie her? Haben die Wohltäter Zugang zu einer neuen Quelle, einem neuen Heilmittel? Der Gedanke erfüllt mich zugleich mit Hoffnung und Angst.

Corrick presst eine Hand aufs Bett und setzt sich langsam auf. Sobald er das geschafft hat, stemmt er mit zusammengebissenen Zähnen die Hände auf die Knie. Die Schatten unter seinen Augen deuten an, dass auch dort Prellungen sich noch dunkel verfärben werden. Außerdem ist seine Wange angeschwollen. Er sitzt vornübergebeugt, was mich vermuten lässt, dass er angebrochene Rippen hat.

Earle packt Lochlans Arm, um ihm auf die Beine zu helfen. Zum ersten Mal wirkt er unsicher. Karri erscheint mit einer Tasse Tee in der Hand neben mir. Die Luft füllt sich mit dem Duft der Kräuter, die sie hinzugefügt hat. Ingwer und Gelbwurz, ein wenig Zitrone und Rosmarin.

»Gegen die Schmerzen.« Sie zögert. Kaut auf der Unterlippe. »Eure Hoheit.«

Corrick nimmt den Tee. Er sieht nicht mehr aus wie Wes; er sieht aus wie der Königliche Vollstrecker, sein Blick verschlossen, wenn auch schmerzerfüllt. Aber er sagt: »Vielen Dank.«

Er trinkt den Tee nicht. Er vertraut Karri nicht. Er vertraut keinem dieser Leute.

Ich sollte das wahrscheinlich auch nicht tun, aber ich kenne Karri seit Jahren und glaube nicht, dass sie versuchen würde, ihn zu vergiften – aber andererseits, ich hätte auch nie damit gerechnet, dass sie mit den Rebellen zusammenarbeitet. Ich habe mein gesamtes Leben Seite an Seite mit diesen Leuten in der Wildnis gelebt und in Artis gearbeitet. Aber obwohl sie in diesem Moment helfen wollen, hat Lochlan Corrick und mich doch entführt. Die Menge hat versucht, Corrick zu töten, obwohl sie seine Identität kannte.

Ich fühle mich plötzlich, als stände ich mit jedem Fuß in einer anderen Welt. Ich bin mir nicht sicher, wie es weitergehen soll.

Karris und Earles Mienen lassen mich vermuten, dass ich damit nicht allein bin.

Ich dachte, das Blatt hätte sich zu unseren Gunsten gewendet – ich hätte die Meinung der Leute beeinflusst –, aber ich hatte wieder einmal vergessen, dass Wes nie nur Wes war. Und Corrick ist der Bruder des Königs. Sie können ihn zusammenflicken, aber sie können den Angriff auf ihn nicht ungeschehen machen.

König Harristan klang so sanft, als er nach den Explosionen im königlichen Sektor zu mir gesagt hat, *Der königliche Vollstrecker kann niemandem Gnade erweisen, der ein Gebäude in der Mitte des königlichen Sektors angreift. Das ist dir sicherlich bewusst.*

Das ist mir in der Tat bewusst. Ich weiß auch, dass der Königliche Vollstrecker keine Nachsicht zeigen kann, wenn er entführt und fast zu Tode geprügelt wird. Er mag die Rebellion verstehen und vielleicht sogar bereit sein, in nächster Zeit etwas zu verändern, aber das bedeutet noch lange nicht, dass er ignorieren kann, was hier vor sich geht.

Und selbst wenn er sich dazu bereit erklären würde, würden diese Rebellen ihm kaum glauben.

Ich habe den Mob aufgehalten, aber nichts weiter. Sie sind immer noch Rebellen. Und für alle anderen Anwesenden hier ist er immer noch der Prinz, dessen Pflicht es ist, sie zu bestrafen. Mein Puls beginnt zu rasen; ich will handeln, aber es gibt nichts, was ich tun kann. Ich lege meine Hand auf Corricks.

Lochlan und Earle wechseln einen Blick.

Karri kann mir nicht in die Augen schauen.

Corrick sieht Lochlan an. »Hol eine Armbrust. Jetzt.« Sein Blick wandert zu Earle. »Halte Tessa fern.«

Jeder klare Gedanke löst sich auf, als die Gefühle mich überfluten. »Moment. Corrick, nein ...«

Earle greift nach meinem Arm. »Komm, Tessa«, sagt er leise und voller Trauer.

Lochlan ist bereits durch die Tür verschwunden. Ich wehre mich gegen Earles Griff. Mein Blick heftet sich an Corrick, der so stark verletzt und erschöpft vor mir dasitzt, aufrecht gehalten nur von reiner Willenskraft.

»Stopp«, sage ich zu ihm. Zu meiner Überraschung rinnen Tränen über meine Wangen. »Corrick, nein. Was hast du vor?« Ich befreie mich aus Earles Griff und umarme Corrick.

Er stöhnt leise auf. Ich weiß, dass ich ihm Schmerzen zufüge, aber das ist mir egal. »Es tut mir leid«, sage ich. »Bitte ... bitte nicht ...«

»Tessa.« Seine Stimme erklingt direkt neben meinem Ohr, so leise, dass die Worte nur für mich bestimmt sind. Ich erstarre. Er hat einen Plan. Er muss einen Plan haben.

Aber dann höre ich: »Ich habe dir gesagt, was sie tun werden.«
Sie werden mich foltern und als Druckmittel gegen Harristan einsetzen.

Er hat es mir in der Tat gesagt. Er würde alles für seinen Bruder tun. Auch jetzt.

Ich keuche gequält. Ich weigere mich, ihn freizugeben. Ich kann es nicht. Ich vergrabe mein Gesicht an seiner Schulter.

Nach einem Augenblick umarmt er mich ebenfalls. Er zittert.

Seine Wangen gleiten über meine Wange. »Immer mit der Ruhe, Tessa.«

Mein Atem stockt und ich lehne mich zurück, um ihn anzusehen. »Ich kann dich nicht zweimal verlieren.«

Er zuckt zusammen. »Vergib mir.«

Die Tür schlägt gegen die Wand. Ich zucke zusammen. Lochlan ist zurück. Earle packt erneut meinen Arm.

Ich umarme Corrick fester, sodass er das Gesicht verzieht. »Tessa. Bitte.«

»Ich kann euch auch beide erschießen«, meint Lochlan.

»Nein!«, blafft Karri.

»Bitte, meine Liebe«, flüstert Corrick mir ins Ohr. »Bitte.«

Ich gebe ihn frei. Seine Augen wirken jetzt alles andere als kalt.

Wenn er tapfer sein kann, kann ich es auch. Ich erlaube Earle, mich von ihm wegzuziehen.

»Es ist okay«, sage ich mit zitternder Stimme. »Ich kann selbst gehen.«

Er gibt mich frei. Aber ich habe mich geirrt. Ich bin nicht tapfer. Ich kann nicht atmen. Ich kann nicht gehen.

Vor dem Schuppen erklingt ein Schrei. Dann noch einer. Dann ein schriller Pfiff.

»Die Nachtwache!«, brüllt jemand.

Lochlan flucht und hebt die Armbrust.

»Warte!«, sagt Corrick.

Ich werfe mich auf Lochlan. Das hier ist etwas vollkommen anderes als die Situation auf der Lichtung vorhin, als wir Forrest gerettet haben. Ich halte keinen Stein in der Hand. Aber sein Schuss wird abgelenkt, der Bolzen bohrt sich in die Decke.

Er versucht, die Waffe festzuhalten, aber er hat nur einen gesunden Arm. Ich reiße ihm die Armbrust aus der Hand. Immer mehr Leute beginnen zu schreien. Ich höre schwere Hufschläge und jemanden, der streng Befehle blafft.

Lochlan stößt mich von sich und eilt durch die Tür. Karri und Earle sind bereits verschwunden. Mir schlägt das Herz bis zum Hals.

Corrick hat sich vom Bett erhoben, aber er ist bleich und schont ein Bein. »Tessa.«

»Ich bin da.« Ich trete neben ihn. »Stütz dich auf mich.«

Bewaffnete stürmen durch die Tür, die Armbrüste im Anschlag. Ich zucke zusammen. Das ist nicht die Nachtwache – es ist die königliche Armee.

Offenbar erkennen sie Corrick, weil sie fast sofort ihre Waffen senken.

»Eure Hoheit«, sagt ein Mann fast schockiert.

»Leutnant«, antwortet Corrick mit schwacher Stimme. »Ihr kommt *genau* im richtigen Moment.«

»Kommandant Riley!«, ruft ein anderer Soldat. »Wir haben den Prinzen gefunden!«

Ein weiterer Mann tritt durch die Tür. Auf den Schultern seiner Uniform prangen blaue und purpurfarbene Bänder. Sein Blick wandert von Corrick zu mir und zurück.

»Eure Hoheit«, sagt er. Auch er klingt schockiert.

»Der Prinz ist verletzt«, sage ich. »Er braucht einen Arzt.«

»Ja, Miss.« Seine Augen werden schmal. »Seid Ihr Tessa?«

»Ja.«

»Warum?«, fragt Corrick.

»Vergebt mir, Eure Hoheit.« Kommandant Riley zögert. »Wir hatten nicht damit gerechnet, Euch hier zu finden. Aber nachdem es so ist ... mein Befehl lautet, Euch beide in Gewahrsam zu nehmen.«

Corrick

Ich dachte wirklich, ich kenne das Verlies in- und auswendig. Aber das ist das erste Mal, dass ich es aus Sicht eines Gefangenen betrachte.

Ich sitze in einer Zelle im untersten Geschoss, wo gewöhnlich die Schmuggler und Schwarzhändler eingesperrt werden. Das ist entweder ironisch oder eine Art von schöner Gerechtigkeit; ich kann mich nicht entscheiden. Vielleicht ist es einfach der Notwendigkeit geschuldet, da der vordere Teil des Gefängnisses bei den Angriffen schwer beschädigt wurde. Die Flure werden von Fackeln erhellt, aber die Zellen sind dunkel. Und wie gewöhnlich lässt der Geruch einiges zu wünschen übrig. Auf dem Steinboden liegt eine dünne Schicht Stroh, aber an den Wänden klebt jede Körperflüssigkeit, die man sich nur vorstellen kann.

Ich war mir sicher, dass man uns in den Palast bringen würde, damit ich mich dort den Anklagen meines Bruders stelle. Stattdessen hat man uns hierher gebracht, wo einer der Wachmänner mir stotternd die Anklagepunkte verlesen hat. Er hat immer wieder aufgesehen, hat erst zu mir, dann zu Kommandant Riley geschaut, als rechne er damit, dass sein Offizier meine Ketten löst und erklärt, das alles wäre nur ein Scherz gewesen.

Schmuggel. Aufwiegelung zum Aufruhr. Verrat. Ich habe diese Worte schon oft gehört, fast täglich, aber nie hatten sie solches Gewicht.

Tessa zitterte neben mir in ihren Fesseln, ihre Atmung flach und angestrengt.

»Sie werden dir nicht wehtun«, habe ich sanft zu ihr gesagt. »Das sind gute Männer. Tu einfach, was sie sagen.«

»Still«, blaffte der Wachmann, nur um dann mit bleichem Gesicht hinzuzufügen: »Eure Hoheit.«

Tessa befindet sich in einer Zelle am anderen Ende des Flurs, auf der anderen Seite. Die Wachen haben keinen von uns hart angefasst, aber ich will ihnen auch keinen Grund dazu liefern. Ich kann ihre Sorge trotz der Entfernung spüren.

Aber vielleicht spüre ich meine eigenen Sorgen.

Ich weiß nicht, was Harristan tun wird.

Ich weiß nicht, was er von mir erwartet, und das ist beunruhigend.

Bisher war mir das nicht bewusst, aber das Stroh auf dem Boden ist die schlimmste Folter, die man sich vorstellen kann. Es hilft nicht im Geringsten, den kalten Boden zu polstern, aber es piekt durch meine Kleidung, wann immer ich mich bewege. Ich spüre jede meiner Verletzungen. Meine Schulter schmerzt, und die Wunde über meinem Auge, die Tessa genäht hat, pocht im selben Takt wie mein geschwollener Knöchel. Mein Magen verlangt schon seit einer Weile nach Frühstück. Ohne Sonnenlicht kann ich den Zeitverlauf schwer abschätzen, sodass Minuten sich hinziehen wie Stunden. Ich weiß, dass die Wache zur Mittagsstunde wechselt – aber als es geschieht, bin ich trotzdem überrascht, weil ich gleichzeitig das Gefühl habe, es müsste früher und später sein.

Ich rechne nicht damit, hier schlafen zu können, aber mein Körper hat andere Vorstellungen. Ich döse unruhig, wache jedes Mal auf, wenn ich Schritte höre. Aber niemand nähert sich meiner Gittertür. Ich bekomme kein Essen, kein Wasser, gar nichts.

Beim abendlichen Wachwechsel stehe ich kurz davor zu betteln.

Ich presse die Stirn auf den Boden und beiße mir auf die Unterlippe, die Augen fest geschlossen. Ich habe überlebt, was im Dorf geschehen ist; ich kann auch einen Tag ohne Nahrung und Wasser überleben.

In Bezug auf das Stroh habe ich mich geirrt. Der Durst ist schlimmer. Mein Schädel pocht, und ich höre immer wieder die stockende Stimme des Wachmanns.

Schmuggel. Aufwiegelung zum Aufruhr. Verrat.

Ich stand in meinen Gemächern und habe Harristan geschworen, dass ich nichts mit den Schmugglern zu tun habe. Und das stimmt. Nicht auf die Weise, die er sich ausmalt.

Aber was hat er in Bezug auf die vorgetäuschte Freundschaft mit Allisander zu mir gesagt?

Es zählt nur, wie es aussieht.

Meine Kehle ist wie zugeschnürt. Ich bin es gewohnt, dass die Leute mich hassen, aber das hier ist etwas vollkommen anderes.

Den Hass meines Bruders kann ich nur schwer ertragen.

Ich hoffe nicht länger darauf, dass er mich zu sich zitiert. Stattdessen fürchte ich mich davor. Der Gedanke an seine Enttäuschung quält mich mehr als jede Verletzung, die mir die Rebellen zugefügt haben. Ich habe so viel für Harristan getan, nur um im Anschluss alles aus reiner Selbstsucht zu zerstören. Ich hätte den Palast nicht verlassen müssen. Ich musste nicht jeden Morgen Stunden in der Wildnis verbringen. Was habe ich schon getan? Ein paar Dutzend Leuten geholfen, um das Unvermeidliche hinauszuzögern?

Und jetzt sitzt Tessa ebenfalls im Verlies. Jetzt ist das eingetreten, was ich immer verhindern wollte.

Ich frage mich, wen Harristan an meiner Stelle einsetzen wird. Wer soll meine Position als Königlicher Vollstrecker übernehmen? Mein Bruder vertraut nicht vielen Leuten.

Ein Name schießt mir durch den Kopf.

Allisander.

Harristan vertraut ihm genauso wenig, wie ich es tue, aber ich kann mir gut vorstellen, wie der Konsul seinen beträchtlichen Einfluss geltend macht, um meinen Bruder unter Druck zu setzen. Damit wäre Allisander der zweitmächtigste Mann in Kandala. Er könnte mit den Schmugglern umspringen, wie auch immer es ihm beliebt – wie er es sich seit Monaten wünscht. Mein Herz hämmert gegen meine Rippen.

Allisander würde ein Exempel an mir statuieren, daran zweifle ich keine Sekunde.

Vielleicht tut er das ja schon. Vielleicht habe ich deswegen weder Nahrung noch Wasser erhalten. Ich habe meine Gefangenen nie hungern lassen, und Allisander hat absolut klargestellt, was er davon hält.

Der Gedanke, dass Allisander meinen Posten übernehmen könnte, bewirkt, dass meine Kehle sich so eng anfühlt, dass mir das Schlucken schwerfällt. Ich habe mein Leben damit verbracht, meinen Bruder zu beschützen. Allisander würde sein Leben der Aufgabe widmen, Harristans Macht zu untergraben, wo immer es ihm möglich ist. Gegen meinen Willen beginnen meine Augen zu brennen.

Im Flur erklingen Schritte und ich versuche eilig, mich zu beruhigen. Ein weiterer Wachwechsel. Es muss Mitternacht sein. Scham erfüllt mich, ich will mich am liebsten in der Dunkelheit zu einem Ball zusammenrollen. Jede neue Wachbesatzung starrt mich an – den mächtigen Prinzen, der nun nur noch ein hilfloser Gefangener ist.

Ich reibe mir die Augen. Schöne Gerechtigkeit.

»Corrick.«

Ich lasse abrupt die Hände sinken. Harristan steht auf der anderen Seite der Gitter, flankiert von seinen Wachen. Seine Miene ist kühl. Undurchdringlich.

Vor mir steht nicht mein Bruder, sondern der König.

Ich warte darauf, dass er noch etwas sagt. Aber er schweigt.

Das ist beunruhigend. Ein Schauder überläuft meinen Körper und meine Brust wird eng. Ich kämpfe darum, mich aufzusetzen. Ich liege seit Stunden auf dem kalten Boden, daher verweigern mir meine Gelenke den Dienst. Als ich mich schließlich auf die Knie erhoben habe, ist mir schwindelig und ich atme schwer. Harristan beobachtet meine Anstrengungen teilnahmslos.

Ich weiß nicht, ob ich weinen oder um mein Leben betteln will. Wie oft habe ich mir gewünscht, mein Bruder würde ins Verlies kommen, um zu bezeugen, zu welchen Taten ich gezwungen bin.

Jetzt ist er hier, aber ich wünsche mir, er wäre es nicht.

»Eure Majestät«, sage ich. Meine Stimme bricht. Meine Atmung will sich nicht beruhigen. Ich kann ihn nicht ansehen.

Er sieht zu dem Wachmann an der Ecke. »Öffne die Tür.«

Der Mann beeilt sich, dem Befehl zu folgen. Als Harristan die Zelle betritt, folgen ihm zwei seiner Wachen, als stellte ich eine Bedrohung dar. Einer von ihnen ist Rocco.

Vielleicht wird mein Bruder mich gleich hier hinrichten lassen. Mein Herz rast, aber ich halte den Blick auf das Stroh gerichtet, auf die Stiefel der Wachen.

Harristan legt einen Finger unter mein Kinn. Die Berührung

ist so unerwartet, dass ich zusammenzucke, aber er hebt nur meinen Kopf.

»Du bist verletzt«, sagt er. Er klingt wirklich, als hätte er das bisher nicht gewusst. Was durchaus möglich ist.

Er sieht sich in der leeren Zelle um. »Du stattest deine Zellen recht spärlich aus. Hältst du nichts von Stühlen?«

Ich runzle die Stirn. »Was?«

Er sieht zu Rocco. »Lass etwas zu essen bringen.«

»Ja, Eure Majestät.«

Zu meiner Überraschung sinkt Harristan in die Hocke, um mir direkt in die Augen zu sehen. Er wirkt hier vollkommen deplatziert, in seiner prächtigen Kleidung aus Brokat mit den silbernen Knöpfen. Auf meiner verschwitzten Kleidung dagegen kleben Staub und getrocknetes Blut. Mein Gesicht ist sicherlich verfärbt und geschwollen, seines dagegen makellos.

Ich kann seine Miene immer noch nicht deuten. Einen langen Moment starren wir uns nur an.

»Du hast es mir geschworen«, sagt er schließlich.

Ich wende den Blick ab. »Ich habe nicht gelogen.« Aber meine Worte klingen hohl. Ich weiß, wo man mich entdeckt hat. Ich weiß, wie es aussieht.

»Allisander liegt mir seit der Morgendämmerung in den Ohren, dass du hinter den Angriffen auf seine Lieferungen steckst. Dass du die Rebellen finanzierst.«

Ich reiße den Kopf hoch. »Nein! Harristan, ich ...«

Er hebt eine Hand und ich verstumme.

»Du warst nicht in deinen Gemächern«, sagt er. »Du warst nirgendwo zu finden. Also habe ich Soldaten in die Wildnis geschickt.«

Wo sie mich gefunden haben.

Ich schlucke schwer, meine Kehle staubtrocken. Vielleicht

wäre es besser gewesen, wenn Lochlan mich einfach getötet hätte.

»Ich habe nicht mit den Rebellen zusammengearbeitet«, sage ich, mit rauer und zitternder Stimme. »Bitte, Harristan.« Ich klinge wie jeder Gefangene, der mich je angefleht hat. »Ich hatte nichts mit den Angriffen auf Sallisters Lieferkarawanen zu tun.«

Er sagt nichts dazu, mustert mich stumm.

Rocco kehrt zurück. »Eure Majestät.« Er hält einen Lederbeutel und einen vollen Trinkschlauch. Ich bin so durstig, dass ich das Wasser schon fast riechen kann. »Das ist aus den Vorräten im Verlies. Soll ich etwas anderes aus dem Palast anfordern?«

»Noch nicht.«

Harristan nimmt den Wasserschlauch und streckt ihn mir entgegen.

Ich trinke zu schnell, sauge das Wasser so gierig in mich auf, als hätte ich noch nie in meinem Leben etwas getrunken. Aber ich bin zu durstig, um auf meine Würde zu achten. Als ich den Schlauch endlich sinken lasse, strecke ich ihn meinem Bruder entgegen. Ich habe keine Ahnung, wann ich mehr bekommen werde, also kostet es mich meine gesamte Kraft, die nächsten Worte zu sprechen: »Würdest du bitte auch Tessa etwas davon geben?«

Er mustert mich einen Moment, dann nickt er und reicht den Schlauch an Rocco weiter. Sofort verlässt der Mann die Zelle.

Harristan sieht über die Schulter zu dem anderen Soldaten. »Zieh dich in den Flur zurück. Sorg dafür, dass die Gefängniswachen auf Abstand bleiben.«

Der Soldat folgt dem Befehl. Fast gegen meinen Willen halte ich den Atem an.

Sobald wir allein sind, setzt Harristan sich vor mir aufs Stroh und weist mich mit einer Geste an, seinem Beispiel zu folgen. Ich starre meinen Bruder an. Er hat noch nie einen Fuß ins Verlies gesetzt, aber jetzt sitzt er auf dem Boden einer Zelle. Ich glaube nicht, dass *ich* jemals auf dem Boden in einer Zelle gesessen habe.

Nun, bis zum heutigen Tag.

Er zieht einen Kanten Brot aus dem Lederbeutel, gefolgt von einigen überreifen Birnen und einem Stück Käse, das nicht mehr allzu frisch wirkt.

Harristan bricht das Brot in zwei Teile und mustert es misstrauisch, doch letztendlich streckt er mir ein Stück entgegen. »Hier. Iss, Cory.«

Ich beiße in das Brot. »Du hättest mich auch in den Palast bringen lassen können.«

»Dafür war ich zu wütend auf dich.«

»Bist du das immer noch?«

»Vielleicht.« Er teilt auch den Käse. »Erinnerst du dich, wie diese Jungs aus Moosquelle uns zu einem Pferderennen bis zum Fluss herausgefordert haben?«

»Natürlich.« Das ist Jahre her. Ich war zwölf oder dreizehn, also muss Harristan sechzehn oder siebzehn gewesen sein. Am Rand der Wildnis gab es einen großen Stall mit Mietponys. Die Jungs haben immer wieder ein paar von ihnen von der Weide geholt und sind bei Morgengrauen darauf durch den Wald galoppiert. Wir hatten bis dahin nur die edlen Pferde aus den königlichen Ställen geritten – gut ausgebildete Tiere, bei denen es keine Fehltritte gab. Die Ponys waren fett und zottelig und störrisch, aber Harristan war ehrgeizig. Also sind wir zu zweit auf einem Pony geritten, ohne Sattel, nur mit einem Halfter und einem Seil. Wir sind schon von der Weide galoppiert, bevor die anderen Jungs auch nur über den Zaun gestiegen waren.

Ich erinnere mich, wie ich mich an den Rücken meines Bruders geklammert habe, während Zweige und Äste gegen unsere Körper peitschten. Ich habe jedes Mal gelacht, wenn das Pony den Kopf gesenkt hat, um zu bocken, und Harristan dann mit wenig prinzlichen Flüchen seinen Kopf wieder nach oben gerissen hat.

Ich erinnere mich auch, wie Harristan auf einen schmalen Graben zugehalten hat, den jedes Pferd in den königlichen Stallungen, ohne zu zögern, übersprungen hätte. Aber unser lächerliches Pony blieb einfach stehen. Harristan und ich sind kopfüber in den Schlamm geflogen und mussten unseren Eltern im Anschluss erzählen, wir wären auf Bäume geklettert und dabei abgestürzt.

»Das war das letzte Mal, dass ich dich so verquollen gesehen habe«, sagt Harristan jetzt.

»Ich Glücklicher.«

»Dämliches Pony«, meint Harristan.

»Eher dämliche Prinzen«, antworte ich. Ich schiebe mir ein Stück Käse in den Mund. Er schmeckt schrecklich, aber das interessiert mich nicht.

»Haben die Wachen dir das angetan?«, fragt er leise.

Ich reiße noch ein Stück Brot ab. »Nein. Diese Rebellen, von denen du dachtest, ich würde ihnen helfen.«

Er schnappt nach Luft und nimmt eine aufrechte Haltung ein.

Ich suche seinen Blick. »Ich bin wirklich froh, dass du die Soldaten geschickt hast.« Und trotz allem meine ich das ernst.

Er sieht mir einen Moment tief in die Augen. Ich spüre die Fragen, die er nicht ausspricht. »Quint lag mir auch einen Großteil des Tages in den Ohren«, meint er fast nachdenklich.

Ich habe mir große Sorgen um Quint gemacht, seitdem ich in dieser Zelle gelandet bin – habe aber nicht gewagt, seinen

Namen auszusprechen. »Ich vermute, du hast jede Sekunde genossen.«

»Er besteht darauf, dass du niemals auch nur einen einzigen, wahrhaft verräterischen Gedanken gehegt hast.«

Nur Quint hätte das so perfekt formulieren können, denn jedes Wort ist die reine Wahrheit. »Er hat recht.«

»Er sagt, du hättest deine Geheimnisse immer nur gewahrt, um mich zu schützen.«

Ich sollte Quints Gehalt verdoppeln – falls ich je aus dem Gefängnis komme. Erneut ist meine Kehle wie zugeschnürt ... und zu meinem Entsetzen spüre ich, dass eine Träne eine Spur durch den Dreck auf meiner Wange zieht. »Auch damit hat er recht.«

Harristan wartet, aber ich verfalle in Schweigen. Ich wische die Träne weg. Weitere wagen nicht zu folgen.

Mein Bruder seufzt, dann wuschelt er mir liebevoll durchs Haar, als wäre ich noch ein kleiner Junge.

»Aua.«

Er hört auf, lässt die Hand aber auf meinem Kopf liegen, als er mich mit ernstem Blick betrachtet. »Sag mir die Wahrheit.«

Ich zögere. »Ich glaube, Arella und Roydan finanzieren die Rebellen. Das würde ihre geheimen Treffen erklären.«

»Corrick«, blafft er. »Erzähl mir die Wahrheit über dich.«

»Ich weiß, was du gemeint hast.« Aber die Wahrheit wird ihm nichts bringen und mir sicherlich nicht helfen.

»Sei kein Narr. Ich kann dich nicht zurück in den Palast holen, wenn ich nicht weiß, was du treibst.«

»Ich wurde in einem Rebellenlager festgenommen«, sage ich. Ich will ihn schütteln. Und er fragt sich, wieso ich Geheimnisse vor ihm habe. »Harristan, du kannst mich *auf keinen Fall* zurück in den Palast bringen. Wie willst du Allisander beschwichtigen? Wie?«

An seinem Kiefer zuckt ein Muskel, als er mich wortlos anstarrt. Aber scheinbar erkennt er die Wahrheit in meinen Worten; seine Schultern sacken nach unten und er reibt sich das Kinn. »In Ordnung. Aber ich kann sicherstellen, dass du etwas zu essen erhältst.« Er mustert die Platzwunde, die sich quer durch meine Braue zieht. »Und behandelt wirst.« Er sieht sich kurz um. »Und vielleicht lasse ich dir wenigstens einen Stuhl bringen.«

»Gefangene setzen Möbelstücke als Waffen ein.«

Er mustert mich überrascht. Ich zucke nur mit den Achseln.

Er steht auf, und ich folge seinem Beispiel, dann humple ich hinter ihm her zur Tür. Er zögert, also ziehe ich die Gittertür zwischen uns ins Schloss.

Er mustert die Gitterstäbe, dann sieht er erneut mich an. »Ich werde Rocco hierlassen, um sicherzustellen, dass dir kein Schaden zugefügt wird.«

»Ah. Mein bester Freund.«

Er bedenkt mich mit einem bedeutungsschwangeren Blick. »Mutter und Vater haben auch versucht, mich zu beschützen.«

»Ich erinnere mich. Und das Pony erinnert sich auch.«

»Du magst dich für clever und tapfer halten, kleiner Bruder, aber bitte vergiss nicht …« Er lächelt. »Ich habe sie beide an der Nase herumgeführt.«

Tessa

Als Rocco mit einem Trinkschlauch vor der Tür meiner Zelle erscheint, halte ich ihn einen Moment lang für ein Traumbild. Der Steinboden ist eiskalt. Und auch, wenn ich versucht habe, das Stroh zu einem Haufen zusammenzuschieben, zittere ich seit Stunden. Ich blinzle ein Mal, zwei Mal, dann ein drittes Mal, weil ich meinen Augen nicht traue.

»Miss Tessa«, sagt er und streckt den Schlauch durch das Gitter.

»Rocco.« Mein Mund ist trocken. Das Aufstehen fällt mir schwerer, als es sollte. Mein Körper ist steif, und mir ist schwindelig. Ich muss mich mit einer Hand am Gitter abstützen, als ich ihm den Trinkschlauch abnehme.

Ich weiß nicht, warum er hier ist, und im Moment ist mir der Grund auch egal. Ich leere den Schlauch in einem langen Zug, dann presse ich keuchend die Stirn gegen das Gitter.

Erst nach einem Moment bemerke ich, dass sich noch weitere königliche Wachen im Korridor aufhalten. Corricks Zellentür steht offen, aber ich kann ihn nicht sehen. Ich kann nicht erkennen, wie es ihm geht.

Mein Herzschlag setzt für einen Moment aus, nur um in doppelter Geschwindigkeit wieder einzusetzen.

»Was passiert gerade?«, frage ich Rocco.

»Der König spricht mit dem Prinzen.«

»*Sprechen* sprechen, oder ...« Ich breche ab, weil ich die finsteren Fantasievorstellungen in meinem Kopf nicht weiter ausgestalten will.

»Der König spricht mit dem Prinzen«, wiederholt Rocco. Mir wird klar, dass das die einzige Antwort ist, die ich erhalten werde.

Ich schlucke schwer. Corrick hat erzählt, dass sein Bruder ihn des Verrats beschuldigt hatte, bevor wir den Palast verlassen haben. Wir sitzen seit fast einem ganzen Tag im Verlies – und ich zweifle nicht daran, dass König Harristan davon wusste. Das alles kann nichts Gutes bedeuten. Der Gestank in dieser Zelle weist deutlich darauf hin, was in diesem Verlies gewöhnlich vor sich geht. Ich will nicht darüber nachdenken. Ich will mir nicht vorstellen, wie Harristan befiehlt, seinem Bruder so etwas anzutun.

Plötzlich überwältigen mich Erschöpfung und Angst mit voller Wucht. Meine Kehle ist wie zugeschnürt. Ich lehne mich gegen das Gitter und bemühe mich, ruhig zu atmen.

Bitte, meine Liebe.

Eine Träne rinnt über meine Wange. Ich versuche nicht einmal, sie wegzuwischen. Habe ich das Unabwendbare nur hinausgezögert? Habe ich ihn im Dorf gerettet, nur damit ihn hier ein schlimmeres Schicksal ereilt?

Stiefel kratzen über den Steinboden. Ich öffne die Augen. Rocco hat an der Wand Haltung angenommen. Zu meinem tiefen Entsetzen steht der König vor mir.

Ich muss ihn zu lange sprachlos angestarrt haben, da König Harristan mich kurz von Kopf bis Fuß mustert, bevor er Rocco ansieht. »Bleib bei Corrick. Ich werde das Nötigste und weitere Befehle senden.« Er wendet sich wieder mir zu. »Kannst du gehen?«

Ich habe keine Ahnung. *Bleib bei Corrick. Ich werde das Nötigste und weitere Befehle senden.* Was bedeutet das? Was hat er getan? Mein Mund ist wieder staubtrocken. Ich ziehe mich langsam von den Gitterstäben zurück. »Ich ... ich ...«

Er richtet den Blick auf einen weiteren Mann aus der königlichen Wache. »Thorin, trag sie.«

Die Tür wird geöffnet, aber ich hebe abwehrend die Hände, bevor der zweite Mann mich berühren kann. Ich weiß nicht, was vor sich geht, aber ich weiß, dass ich meinem Schicksal auf meinen eigenen zwei Beinen entgegengehen will. »Moment, ich kann gehen.«

»Gut«, sagt König Harristan. »Komm mit mir.«

Ich bin mir nicht sicher, womit ich gerechnet habe, aber dieser Wachmann, Thorin, setzt mich direkt vor dem Verlies in eine Kutsche. Offensichtlich habe ich jedes Zeitempfinden verloren, denn ich habe damit gerechnet, ins Sonnenlicht zu treten – nachdem wir um die Morgendämmerung herum festgesetzt wurden – aber stattdessen funkeln Sterne am tintenschwarzen Himmel. Der König benutzt offenbar eine eigene Kutsche, weil ich in dieser allein mit Thorin sitze. Er ist nicht so freundlich wie Rocco, seine Miene steinern.

Ich vergrabe die Finger in meinem Rock, an dem noch Corricks Blut klebt.

Ich weiß nicht, ob Thorin mit mir reden wird, aber die Stille in der Kutsche droht, mich zu vernichten. »Wo fahren wir hin?«, frage ich.

»Zum Palast.«

Ich will mich nach dem Grund erkundigen, aber dann fällt

mir ein, wie Quint mich ermahnt hat. *Er ist der König. Er muss seine Handlungen nicht begründen.*

Ich rechne damit, im Palast auf den Boden geworfen zu werden, wie es in der Nacht meines Eindringens der Fall war, doch zu meiner Überraschung bringt man mich in mein Zimmer, wo Jossalyn, die ganz verschlafen wirkt, mit einem Bad auf mich wartet. Thorin bezieht Position vor meiner Tür – vermutlich, um sicherzustellen, dass ich auch gehorche.

Jossalyn ignoriert ihn. Stattdessen mustert sie stirnrunzelnd erst mein Gesicht, dann meine Kleidung. »Wo seid Ihr verletzt?«

»Bin ich nicht.« Ich schlucke schwer. »Das ist nicht mein Blut.«

Sie wirft einen kurzen Blick zur Tür, dann nickt sie mir zu. »Dann raus aus dieser Kleidung, Miss.«

Ich bin so erschöpft, als hätte ich seit Tagen nicht geschlafen, also erlaube ich Jossalyn, mich zu waschen. Ich wünschte, es gäbe etwas zu essen – denn nachdem mein Durst nun gestillt ist, merke ich, dass ich jetzt unglaublich Hunger habe. Aber es gibt nichts. Jossalyn trocknet mein Haar notdürftig mit einem Handtuch, bevor sie es noch feucht zu einem Zopf flicht und diesen im Anschluss in Windungen aufsteckt, die ich niemals nachmachen könnte. Ich weiß nicht, was ich tun soll. Ich weiß nicht, was ich sagen soll.

Was ist zwischen dem König und Corrick geschehen? Hat der König ihn gefoltert? Wird er mich foltern? Ich weiß nicht, wen ich fragen soll. Ich weiß nicht, wie ich diese Frage stellen soll. Ich wünschte, ich könnte mit Quint sprechen, aber ich habe ihn nicht mehr gesehen, seitdem er mir in dieser Nacht aus meinem Zimmer in Corricks Gemächer geholfen hat. Ich bin müde und fast am Verhungern, aber nach knapp einer halben Stunde trage ich ein marineblaues Kleid und werde zu dem Raum geführt, in dem Corrick und ich beobachtet haben, wie das Verlies in Flammen aufgegangen ist, in dem im Anschluss die Konsuln gestritten haben, während ein Bote nach dem anderen sich an den Wachen vorbeigedrängt hat.

Doch jetzt hält sich niemand außer König Harristan hier auf. Er steht vor den riesigen Fenstern, den sternenfunkelnden Himmel im Rücken. Auf dem Tisch in der Mitte des Raums ist Essen angerichtet. Scheinbar ist es erst vor Kurzem gebracht worden, weil noch Dampf von den Servierplatten aufsteigt. Gebratenes Geflügel und Wurzelgemüse, Pasteten mit Zuckerkruste, verschiedene Brotsorten mit kleinen Gläsern Marmelade und Honig. Ich entdecke sogar eine kleine Schüssel mit Mondflorblüten, mehr als genug für ein halbes Dutzend Menschen, neben einem Mörser mit Stößel und einer dampfenden Teekanne. Ein Teller ist bereits gefüllt, daneben stehen Gläser voll Wasser und Wein.

Sofort läuft mir das Wasser im Mund zusammen. Ich schlucke schwer, dann presse ich mir die Hand auf den Bauch. Ich weiß nicht, ob es am Hunger liegt oder an den Düften, die mir in die Nase steigen, aber mir wird flau.

Hinter mir schlägt die Tür zu. Ich zucke zusammen. Zu meiner großen Überraschung bleibe ich allein mit König Harristan zurück.

Er mustert mich aus der Entfernung, dann sagt er: »Setz dich.« Er klingt nicht unfreundlich, trotz seines kühlen Tonfalls. »Iss.«

Ich lasse den Blick durch den Raum gleiten, weil ich instinktiv einen Trick vermute. Aber ich kann weder einen Lakaien noch einen Wachmann entdecken. Wir sind tatsächlich allein. Der König bleibt vor dem Fenster stehen.

Langsam nehme ich am Tisch Platz und greife nach Messer und Gabel.

Vielleicht hätte jemand anders mehr Zurückhaltung zeigen

können, aber mir fehlt die Kraft dafür. Ich bin einfach zu hungrig. Ich schiebe mir einen Riesenbissen Fleisch in den Mund, dann ein halbes Brötchen, schnell gefolgt von der zweiten Hälfte. Ich schiebe mir so viel Gemüse auf die Gabel, wie sie halten kann.

Als der König sich dem Tisch nähert, lege ich eilig das Besteck zur Seite und wische mir den Mund ab, um aufzustehen.

Harristan hebt eine Hand. »Bleib sitzen.« Er lässt sich auf dem Stuhl gegenüber nieder und wedelt auffordernd mit der Hand. »Iss weiter.«

Das kann ich nicht.

Er will irgendetwas von mir.

»Was habt Ihr mit Corrick angestellt?«, frage ich und klinge dabei so verzagt und verängstigt, dass ich mir wünsche, ich könnte es noch mal probieren.

Aber der König blinzelt nur überrascht. »Mit Corrick?«

Zu meinem Entsetzen drängen Tränen in meine Augen, und mein Blick verschwimmt. Doch meine Angst schlägt schnell in Wut um. »Er hat gesagt, Ihr hättet ihn des Verrats bezichtigt, und ich weiß ...«

»Tessa.«

»... wo Ihr uns gefunden habt. Aber er ist kein Verräter; er ist kein Schmuggler.« Ich sollte den Mund halten, aber jetzt, wo ich einmal angefangen habe, fließen weiter Tränen aus meinen Augen, drängen weiter Worte aus meinem Mund. »Corrick ist kein Schurke. Er bemüht sich ...«

»*Tessa.*«

»... so sehr, Euch zu beschützen, aber Ihr müsst wissen, dass es ihn zerstört. Und jetzt ... was? Was tut Ihr ihm an? Lasst Ihr ihn foltern? Werdet Ihr ...«

»*Genug*«, sagt er in scharfem Ton. »Du wirst mich *nicht* beschuldigen.«

Ich erstarre. Seine Augen sind kalt, sein Blick hart. Ich umklammere mein Besteck. Ich habe Angst vor ihm, bin wütend auf ihn, bin gleichzeitig hoffnungsvoll und besorgt. Das Gefühlschaos in mir lässt keinen klaren Gedanken zu; mein Magen verkrampft sich.

»Er ist nicht hier«, flüstere ich. »Ich schon. Was habt Ihr getan?« Meine Stimme zittert. »Was habt Ihr ihm angetan?«

Er starrt mich an, dann lässt er sich seufzend tiefer in seinen Stuhl sinken und reibt sich das Gesicht. »Himmel, Tessa. Er ist mein Bruder.«

In diesem Moment klingt der König so sehr wie Corrick, dass ich überrascht aufhöre zu weinen. Er klingt, als müssten seine Worte alles erklären, und in gewisser Weise stimmt das vielleicht sogar. Ich muss an die Nacht in der Kutsche mit Corrick denken, als ich von ihm wissen wollte, warum er dieses Leben nicht hinter sich lässt, wenn er es so sehr hasst.

Ich konnte meinen Bruder nicht im Stich lassen.

»Ich habe ihm nichts angetan«, fährt Harristan fort. »Das würde ich nicht einmal tun, wenn er es verdient hätte ... was durchaus der Fall sein mag.« Er hält inne. »Ich habe angeboten, ihn aus dem Verlies zu holen, aber er hat abgelehnt. Während Thorin dich in den Palast eskortiert hat, habe ich Corrick etwas zu essen und einige Annehmlichkeiten für die Zelle bringen lassen.«

Ich runzle die Stirn. »Er hat abgelehnt?«

»Er sagt, dass Konsul Sallister seine Freilassung nicht akzeptieren würde.« Wieder hält er kurz inne. »Und damit hat er recht.«

Ich senke den Blick auf meinen Teller. Das Schlimmste ist, dass ich mir vorstellen kann, wie Corrick genau diese Worte spricht. Er hat auf dieser Pritsche gelegen und zugelassen, dass ich seine Augenbraue nähe, während er bei Bewusstsein war, um die Rebellen zu belauschen. Natürlich entscheidet er sich für eine kalte Zelle, um nicht den Konsul zu erzürnen, von dem die Sicherheit des gesamten Landes abhängt.

»Sonst hat er nicht viel gesagt«, meint Harristan langsam. »Aber ich habe dich in der Hoffnung hierherbringen lassen, dass du vielleicht mit mir sprichst.«

Ich hebe den Kopf und suche seinen Blick. »Über was?«

»Ich hoffe, dass du mir erzählst, was er die ganze Zeit über getrieben hat.«

Ich versteinere förmlich. *Das* ist die Falle, mit der ich gerechnet habe.

Harristan mustert mich. »Ich bitte dich nicht, ihn zu verraten.«

Ich wende den Blick ab.

»Es gibt nur sehr wenige Leute, denen ich vertraue«, sagt der König. »Aber Corrick gehört zu ihnen. Und er wiederum vertraut dir. Das zählt für mich.«

Ich weiß nicht, was ich sagen soll. Es fühlt sich trotzdem an wie Verrat.

Harristan lehnt sich vor und sagt fast flehend: »Du hast gerade gesagt, dass ich doch wissen müsste, dass es ihn zerstört. Aber ich weiß es nicht. Ich *sollte* es wissen.« Er senkt den Blick. »Hilf mir.«

Er meint es ernst. Ich höre die Wahrhaftigkeit in seiner Stimme. Corrick will nicht grausam sein. Dieser Mann auch nicht.

Eine einsame Träne gleitet über meine Wange, doch diesmal nicht aus Wut. Sondern aus Trauer. *Oh, Corrick*. Ich weiß einfach nicht, welche Entscheidung die Richtige ist.

»Wenn er sich so sehr bemüht, mich zu beschützen«, sagt Harristan, »sollte ich vielleicht die Chance bekommen, dasselbe für ihn zu tun.«

Diese Worte treffen mich wie ein Armbrustbolzen. Ich fange seinen Blick ein. »Ich kann nur die Hälfte der Geschichte erzählen«, sage ich unsicher, meine Stimme rau.

»Nur die Hälfte?«

Ich nicke. »Meine Hälfte. Wenn Ihr die ganze Geschichte hören wollt ...« Ich atme einmal tief durch; hoffe inständig, dass ich jetzt nicht die falsche Entscheidung treffe. »Dann solltet Ihr nach Quint schicken.«

CORRICK

Nach einer Stunde ist meine Zelle mit einer Matratze, warmen Decken und nicht nur einem, sondern gleich zwei Stühlen eingerichtet. Mir wurde frische Kleidung zur Verfügung gestellt, sodass ich nicht länger zerrissene Wolle trage, die steif ist von meinem eigenen Blut. In der Ecke steht ein Korb gefüllt mit Wasser und Wein, runden Käselaiben, reifen Honigäpfeln, gezuckerten Birnen, frischem, noch warmem Brot und getrocknetem Rindfleisch – mehr, als ich in einer Woche essen könnte. Den Großteil davon werden sich wahrscheinlich die Ratten schmecken lassen, aber ich weiß die Fürsorge meines Bruders zu schätzen. Sie ist mehr, als ich verdient habe.

Außerdem habe ich sozusagen Gesellschaft – in Gestalt von Rocco, der sich im dämmrigen Flur gegenüber meiner Zelle an die Wand gelehnt hat.

Ich weiß nicht, ob ich erleichtert sein soll, dass Harristan Tessa aus ihrer Zelle geholt hat – oder ob ich mir Sorgen machen sollte. Er hat offensichtlich vor, sie zu befragen, um herauszufinden, was ich so getrieben habe.

Er sollte Arella und Roydan befragen. Er sollte beide in ihren Gemächern festsetzen und jede Nachricht lesen, die sie schicken. Er sollte eine Sitzung der Konsuln einberufen, damit sie gegenseitig Dinge voneinander fordern können.

Ich denke immer wieder über Jonas' Finanzierungsgesuch für die Brücke in Artis nach, das Harristan abgelehnt hat. Jonas hasst Allisander, also könnte ich mir vorstellen, dass er schon aus Prinzip die Lieferwagen angreifen lässt. Aber er hat kein Geld für so etwas. Artis kämpft, weil das Fieber unter den Dockarbeitern wütet. Der Großteil seines Sektors ist von denjenigen abhängig, die am Wasser arbeiten.

Aber später am selben Tag hat auch Arella ein Finanzierungsgesuch eingereicht. Außerdem hat sie vor der Hinrichtung, zu der es nie gekommen ist, offiziell darum gebeten, die Gefangenen zu begnadigen. Ich verstehe nicht, wieso sie und Roydan Allisanders Lieferkette unterbrechen wollen – aber wenn sie Geld an das einfache Volk gegeben haben, könnte das ihren Finanzbedarf erklären. Sonnenfeste und die Trauerlande grenzen beide an Händlershalt – und der Konsul dieses Sektors war für die Ermordung meiner Eltern verantwortlich. Roydan und Arella haben ihre Grenzen geöffnet, um auszugleichen, dass Händlershalt gerade keine Regierung besitzt. Haben die beiden sich auch gegen uns gewendet? Befördert irgendetwas in diesem Sektor eine tiefe Unzufriedenheit mit der Krone? Ich weiß es nicht.

Dieses Mädchen bei den Rebellen meinte, der Sprengstoff für die Angriffe wäre aus Händlershalt gekommen.

Ich wünschte, ich wäre im Palast. Ich wünschte, ich hätte meine Unterlagen und eine Karte. Ich wünschte, ich hätte Quint an meiner Seite, der mir zwar ständig mit Gerüchten ein Ohr abkaut, der aber gleichzeitig alles über jeden weiß.

Stattdessen habe ich Rocco.

Ich humple zur Gittertür und biete Rocco einen Apfel an. »Friedensangebot?«

Er löst sich nicht von der Wand. »Befinden wir uns im Krieg, Eure Hoheit?«

»Du bist der Spion meines Bruders. Sag du es mir.«

»Ich spiele für niemanden den Spion.« Er mustert mich ausdruckslos. »Der König stellt Fragen und ich antworte.«

Ich sollte keine Irritation empfinden. Ich kenne alle Wachen meines Bruders und weiß, wem ihre Loyalität gehört. Es ist einfach nur das erste Mal, dass es deswegen zu Spannungen mit mir kommt. Ich werfe ihm den Apfel zu. »Wirst du auch meine Fragen beantworten?«

Mühelos fängt er die Frucht. »Sicherlich.«

»Wie lauten deine Befehle?«

»Sicherstellen, dass Ihr nicht zu Schaden kommt.«

»Die Wachen im Verlies werden mir nichts antun.«

»Dann erwartet mich ja eine entspannte Nacht.«

»Halten sich Arella und Roydan noch im Palast auf?«, frage ich. »Haben sie sich heute erneut getroffen?«

Er runzelt leicht die Stirn. »Das weiß ich nicht. Ich hatte bis zur Abenddämmerung frei und seitdem habe ich den König begleitet. Er hat sich nur mit Konsul Sallister getroffen.«

»Worüber haben sie gesprochen?«

»Ich habe das Gespräch nicht gehört.«

Ich werfe ihm einen vielsagenden Blick zu. Er starrt zurück, dann beißt er in seinen Apfel.

Seufzend lasse ich die Stirn gegen die Gitterstäbe sinken. Ich weiß nicht, was ich hier eigentlich tue. Wie im Schuppen, als Tessa meine Braue genäht hat, angle ich wahllos nach Informationen – ohne zu wissen, was ich damit anfangen kann. Zu diesem Zeitpunkt habe ich dem Tod ins Auge gesehen. Und jetzt erwartet mich ... was? Eine Ewigkeit im Verlies? Harristan kann mich nicht freilassen, bevor wir nicht herausgefunden haben, wer wirklich hinter den Angriffen steckt. Und selbst dann ... es gab zu viele Gerüchte. Ich wurde im Lager der Rebellen aufgegriffen. Es spielt keine Rolle, was sie mit mir angestellt haben – letztendlich zählt nur, dass Harristan die Armee ausgeschickt hat, um mich zu suchen, und sie mich dort gefunden haben.

Ein Flackern aus Richtung des Treppenhauses erregt meine Aufmerksamkeit, dann höre ich Männerstimmen. Ich frage mich, ob mein Bruder zurückkehrt – oder vielleicht Tessa –, doch dann biegt Allisander um die Ecke.

Ich weiche automatisch zurück, doch ich kann nicht fliehen. Das ist das Problem mit einer Zelle.

Allisander hält vor der Tür an, nur Zentimeter von den Gitterstäben entfernt. Wie gewöhnlich presst er sich ein Taschentuch vors Gesicht. »Das musste ich mir persönlich anschauen«, sagt er.

Zum ersten Mal in meinem Leben gebe ich mir keinerlei Mühe, meine Abneigung zu verbergen. »Allisander«, sage ich. »Ich dachte, Ihr hättet inzwischen gelernt, Euch den Gittern nicht zu nähern.«

Er rührt sich nicht. »Ich dachte, Ihr hättet gelernt, nicht zu schmuggeln.«

»Ich bin kein Schmuggler.«

Sein Blick wandert durch die Zelle. »Euer aktueller Aufenthaltsort lässt etwas anderes vermuten.«

»Was wollt Ihr?«

»Ihr habt Euer Volk bestohlen, Corrick, während ihr es gleichzeitig für dieselben Taten bestraft habt. Ich möchte, dass Euer Bruder ein Exempel an Euch statuiert.«

»Ich stecke nicht hinter den Überfällen auf Eure Lieferungen.«

»Das spielt keine Rolle. Der König muss vor dem Volk von Kandala Stärke demonstrieren. Die Leute müssen sehen, dass der König keinen Aufruhr akzeptieren wird – aber wir wissen alle, dass Harristan Euch nichts antun wird. Es muss etwas unternommen werden – und es ist offensichtlich, dass Ihr und Euer Bruder nicht mehr die Richtigen dafür seid.« Er verstummt für einen langen, hassgeladenen Moment. »Viele der Konsuln sind dieser Meinung.« Er schnalzt spöttisch mit der Zunge. »Vielleicht hättet Ihr Jonas das Geld für diese Brücke bewilligen sollen.«

Mir läuft ein kalter Schauder der Angst über den Rücken. Ich muss zu meinem Bruder. Die ganze Zeit über habe ich eine Rebellion in den Sektoren gefürchtet, dabei hätte ich mein Augenmerk offensichtlich auf die Konsuln richten sollen. Ich denke an Arella und Roydan; kann nicht glauben, dass ich nur die Wahl habe, mich entweder auf ihre Seite oder auf die dieses Mannes zu schlagen. »Nicht *alle* Konsuln sind dieser Meinung.«

»Aber genug von uns. Und wir haben ausreichend Männer, um zu tun, was wir für nötig halten.«

Ich starre ihn an. »Die meisten Leute würden ihren Verrat nicht offen vor meinen Wachen eingestehen, Allisander.«

»Verrat? Kandala steht am Rande einer Revolution. Die Eliten wurden von Explosionen aus dem Schlaf gerissen. Rebellen sammeln sich in der Wildnis. Der Königliche Vollstrecker hat sich als heuchlerischer Verräter entpuppt – und der König selbst versteckt einen Husten, der mit jedem Tag schlimmer wird. Niemand ist sicher. Es ist nichts *Verräterisches* daran, das Volk zu schützen.« Er tritt noch näher an die Gitterstäbe. »Besonders, wenn Ihr und Euer Bruder es offensichtlich nicht könnt.«

Ich ramme ihm die Faust ins Gesicht.

Er stolpert rückwärts. Blut spritzt aus seiner Nase. »Wachen!«, schreit er. »Wachen, bestraft ihn!«

Die Männer bewegen sich nicht. Drehen nicht einmal die Köpfe.

Ich trete vor das Gitter und schüttle die Hand aus. »Scheinbar wollen Euch doch nicht alle unterstützen.«

Allisander wischt sich das Blut aus dem Gesicht, dann springt er mit geballten Fäusten nach vorn.

Rocco packt ihn von hinten. »Konsul. Ihr werdet Euch von dem Gefangenen fernhalten.«

Allisander starrt mich böse an. Auf seiner Wange klebt immer noch Blut. »Schön. Lass mich los.«

Rocco sieht mich an.

Ich schüttle den Kopf. »Sperr ihn in eine Zelle«, befehle ich kühl. »Er intrigiert gegen die Krone.«

Allisander versucht, sich aus dem Griff des Soldaten zu befreien. »Das wird nicht funktionieren. Ich werde dafür sorgen, dass Ihr gehängt werdet, Corrick«, blafft er. »Ich werde persönlich den Knoten binden ...«

Rocco stößt ihn in eine Zelle. Eine der Verlieswachen schlägt die Tür zu.

»Wisst ihr, wer ich bin?«, brüllt er. »Ihr werdet alle hingerichtet. Dieser Mann hält keine Macht mehr. Er ist ein Krimineller ...«

Ich ignoriere sein Geschrei. »Rocco«, sage ich in drängendem Ton. »Du musst in den Palast zurückkehren. Du musst Harristan berichten, was er gesagt hat. Er darf den Konsuln nicht länger trauen. Ich weiß nicht, was sie planen, aber du musst zu Harristan.«

Rocco steht unbeweglich vor meiner Tür. »Mein Befehl lautet, Eure Sicherheit zu garantieren.«

Fluchend schlage ich gegen die Gitterstäbe, sodass sie laut

klirren. »Zur Hölle mit deinen Befehlen! Du musst den König schützen!«

»Ja, Eure Hoheit. Das werde ich.« Er wendet sich an den Mann neben sich. »Öffne die Tür.«

»Was?«, flüstere ich.

Allisander zeigt keine solche Zurückhaltung. »Was?«, kreischt er fast. »Was *tust* du?«

Der Wachmann schiebt den Schlüssel ins Schloss, während ich Rocco anstarre. »Was *tust* du?«

»Ich kehre in den Palast zurück, wie Ihr gesagt habt. Aber ich muss Euch mitnehmen.« Das Schloss klickt und die Tür schwingt auf.

»Dafür wirst du hängen«, ruft Allisander. »Er ist ein Verräter.«

Ich lasse Rocco nicht aus den Augen, weil ich eine Falle vermute.

»Seine Majestät hat mich angewiesen dafür zu sorgen, dass Euch kein Schaden zugefügt wird«, sagt er. »Eure Hoheit, er hat nicht gesagt, *wo* ich das tun soll.«

36

TESSA

Der König ist ein einschüchterndes Publikum, selbst mit Quint neben mir. Allerdings wirkt der Palastmeister genauso nervös, wie ich mich fühle. Zu Beginn stockt meine Erzählung immer wieder, sodass hin und wieder nur das Knistern des Feuers zu hören ist. Aber König Harristan schweigt, als ich erneut die Geschichte meiner Eltern erzähle. Wie sie von der Nachtwache getötet wurden – und Corrick verhindert hat, dass mich dasselbe Schicksal ereilt. Ich erzähle ihm von der Werkstatt, von den Leuten, denen wir geholfen haben, und dass ich bis zu der Nacht, als man mich im Palast erwischt hat, nicht wirklich wusste, wer Prinz Corrick war.

Der König lauscht geduldig, und als ich schließlich verstumme, fragt er: »Wie kam es, dass ihr euch in diesem Rebellenlager aufgehalten habt?«

Ich schlucke schwer. »Konsul Sallister hat gedroht, die Mondflorlieferungen einzustellen, wenn Corrick die Angriffe auf seine Wagen nicht unterbindet. Wir hatten Gerüchte über diese Wohltäter gehört, und ich dachte ...« Mein Mund wird trocken. »Ich dachte, wenn wir als Gesetzlose zurückkehren, würden die Leute vielleicht mit uns reden.«

Er denkt kurz über meine Worte nach. »Und wie habt ihr unbeobachtet den Palast verlassen?«

Unwillkürlich huscht mein Blick zu Quint.

Der König bemerkt es.

Quint holt tief Luft, als wolle er alles abstreiten, aber König Harristan mustert ihn mit hartem Blick. Quint seufzt. »Mit meiner Hilfe.«

»Und ich vermute, es war nicht das erste Mal«, meint Harristan. »Sonst hätte Tessa nicht um deine Anwesenheit gebeten.«

Quint sieht mich kurz an. »Nein, Eure Majestät«, gesteht er.

»Es tut mir leid«, flüstere ich.

»Das ist nicht der richtige Zeitpunkt für Entschuldigungen«, sagt Harristan, ohne Quint aus den Augen zu lassen. »Wie lange schon?«

»Seit Jahren.«

»Jahre«, wiederholt Harristan stirnrunzelnd. »*Warum*, Quint?«

»Zu Beginn ... nun, einfach weil Prinz Corrick der Königliche Vollstrecker ist.« Er spricht diese Worte, als würden sie alles erklären, und in gewisser Weise stimmt das auch. »Ich habe ihm nicht so sehr geholfen als vielmehr seine mysteriösen, frühmorgendlichen Abwesenheiten ignoriert. Aber dann kam ein Morgen, als er nicht zum Frühstück mit einem der Konsuln erschienen ist. Ich bin nachsehen gegangen. Seine Wachen haben mir erklärt, er hätte seine Gemächer den ganzen Morgen noch nicht verlassen. Als ich geklopft habe, hat er mich eingelassen und er war vollkommen durch den Wind. Seine Kleidung war dreckig und er hatte Blasen an den Händen. Er hatte den Tod eines Babys bezeugt. Ein kleines Mädchen, das so schwer am Fieber erkrankt ist, dass es nicht mehr atmen konnte.«

»Daran erinnere ich mich«, sage ich leise. Die Mutter hatte die ganze Schwangerschaft hindurch Fieber, aber sie hat immer den Tee getrunken, den wir ihr gebracht haben und das Kind wurde gesund geboren. Doch innerhalb einer Woche bekam die Kleine Fieber und ist vor unseren Augen der Krankheit anheimgefallen. »Er war so dreckig, weil er dem Vater geholfen hat, ein Grab auszuheben.«

»Ja«, sagt Quint. »Er hat es mir erzählt. Er hat mir alles erzählt.« Der Palastmeister sieht Harristan an. »Er hat Euren Untertanen geholfen, Eure Majestät. Inwiefern ist das Verrat?«

Die Anspannung im Raum ist mit Händen greifbar.

Harristan reibt sich den Nacken. »Ich finde es furchtbar, dass er mir nichts davon erzählt hat.«

»Er *konnte* nicht ...«

Harristan bringt mich mit einem Blick zum Schweigen. »Ich weiß«, sagt er ruhig. »Ich weiß, was er riskiert hat.« Er sieht Quinn an. »Du hättest es mir sagen müssen.«

Quint schweigt. Er wirkt nicht verängstigt, sondern vielmehr resigniert.

Ich bedenke den König mit einem bösen Blick. »Ihr macht es den Leuten nicht gerade einfach, Euch irgendetwas zu erzählen.«

»Tessa«, haucht Quint.

»Ich rede nicht nur von Quint«, fahre ich fort. »Ich rede auch von Corrick. Ihr meintet, Ihr wüsstet, was er riskiert hat. Aber da bin ich mir nicht so sicher. Er hat sich von diesen Rebellen fast zu Tode prügeln lassen, weil er nicht wollte, dass sie ihn als Druckmittel gegen Euch einsetzen. Er war bereit, sein Leben zu opfern, um Euch zu schützen. Er will nicht grausam sein. Er will niemanden töten. Er tut all diese Dinge, um Euch davor zu bewahren. Er will *ehrlich* sein und er will *gerecht* sein und er will ein *besserer Mensch* sein. Nicht nur für Euch. Für Kandala insgesamt. Aber Ihr ... nun, Ihr seid ...«

»Tessa.«

Diesmal ist es nicht Quints Stimme, die ich höre, sondern Corricks. Er steht in der Tür, Rocco hinter sich. Er ist bleich, und die Prellungen in seinem Gesicht fallen im künstlichen Licht des Palastes noch stärker auf. Er umklammert mit einer Hand den Türrahmen, so fest, dass seine Knöchel weiß hervortreten.

»Corrick«, flüstere ich.

Er humpelt zum Tisch. Ich will aufstehen, um ihm zu helfen, aber er hält neben mir inne, lässt seine unverletzte Hand kurz über meine gleiten, bevor er unsere Finger verschränkt. Mein Herzschlag setzt aus. Aber sein Blick ist auf den König gerichtet. »Du solltest Arella und Roydan befragen, statt dich mit meinen früheren Unternehmungen zu beschäftigen.«

Harristan blickt von Corrick zu Rocco. »Was ist geschehen? Wieso seid ihr hier?«

»Allisander hat mich im Verlies besucht. Er meinte, er hätte vor, dich zu zwingen, ein Exempel an mir zu statuieren, weil er und die anderen Konsuln sich sonst gegen dich erheben werden. Er sagt, sie hätten genügend Männer, um das durchzuziehen.«

Die Miene des Königs verfinstert sich. »Er wird zu dreist.«

»Ich stimme zu. Weswegen er jetzt in einer Zelle sitzt.«

»Corrick! Du kannst nicht ...«

»Das ist mehr als dreist, Harristan. Wir haben es mit einer Revolution zu tun, die von allen Seiten herandrängt. Ich weiß nicht, mit wem Allisander zusammenarbeitet, aber er plant einen Umsturz. Will dich vom Thron stoßen. Die Rebellen hatten Sprengstoff aus Händlershalt. Wir wissen nicht, wie sie genug davon in den Sektor schmuggeln konnten, um das Verlies zu attackieren. Und das bedeutet, dass sie auch in jedem anderen Teil des Sektors einen Angriff begehen könnten, den Palast eingeschlossen. Wir haben keine Ahnung, welche Konsuln sich auf Sallisters Seite schlagen werden – oder ob sie auf unserer Seite wären.«

Ich sehe zwischen Corrick und dem König hin und her. »Du hast gesagt, Konsul Sallister hätte quasi eine Privatarmee.«

»In der Tat«, meint Harristan. »Auch Konsulin Marpetta besitzt eine große Truppe, die Glutkamm beschützt. Aber bisher wirkte es immer, als wäre Lissa mit dem Status quo zufrieden.« Er sieht Quint an. »Welche Konsuln halten sich im Palast auf?«

»Fast alle«, antwortet Quint. »Lissa Marpetta ist die Einzige, die in ihren Sektor zurückgekehrt ist.«

»Die Leute in Artis haben wirklich Probleme«, sage ich. »Ich weiß allerdings nichts von Kampftruppen. Und bei meiner Arbeit bei Mistress Solomon hätte ich von so etwas gehört.«

»Jonas wollte Silber für eine Brücke«, sagt Corrick. »Allisander meinte, wir hätten ihm das Geld geben sollen. Erinnerst du dich, wie du mir gesagt hast, *dass die Öffentlichkeit alles ist, was zählt*? Du hast von mir und Allisander gesprochen, aber ich glaube, die beiden haben nur vorgegeben, sich zu hassen. Ich glaube, Jonas arbeitet mit ihm zusammen.«

Der König starrt ihn an. »Aber sie ...« Ein Hustenanfall unterbricht ihn beim Reden. Seine Finger schließen sich um die Tischkante.

Die Männer wechseln vielsagende Blicke, was Harristan durchaus bemerkt. Er starrt Corrick böse an. »Hör auf damit. Ich habe dir schon öfter gesagt, dass ich kein ...« Er hustet wieder.

»Hier«, sage ich. Ich greife nach der Teekanne, gieße heißes Wasser in eine Porzellantasse und verrühre einen Löffel Honig darin. Ich habe keine Waage, aber ich werfe ein paar Blütenblätter in den Mörser und will sie zerstoßen ... und halte inne, als ich sie genauer ansehe.

Harristan hustet erneut.

»Tessa«, sagt Corrick.

»Warte. Ich muss nachdenken.« Ich lasse den Blick über den Tisch gleiten. Diesmal gibt es keine Vallis-Lilien, aber am Rand einer Servierplatte liegen Thymianzweige.

Ich kippe die Blütenblätter auf das dunkle Tischtuch, zerstoße den Thymian und werfe ihn ebenfalls in die Tasse. »Hier«, sage ich zu Harristan. »Trinkt das.« Dann mustere ich die Blütenblätter genauer.

»Was tust du?«, fragt Corrick.

»Manche Blütenblätter sehen anders aus.« Eilig sortiere ich sie zu zwei Haufen. »Schau.« Ich deute darauf. »Diese hier stammen offensichtlich von der Mondflorblüte. Bei denen hier bin ich mir nicht sicher.«

»Sie sehen sich sehr ähnlich«, meint Quint. Selbst Rocco tritt näher, um die Blütenblätter zu betrachten.

»Die Blütenblätter im Rebellenlager sahen auch so aus«, sage ich langsam. Ich habe das Gefühl, die Erkenntnis ist fast schon greifbar, will sich mir aber noch nicht ganz erschließen. »Diejenigen, die sie von den Wohltätern erhalten haben.«

Corrick wirkt bedrückt. »Oder diejenigen, die sie aus den Überfällen auf die Lieferwagen haben.« Er hält inne. »Die Blätter sehen sich sehr ähnlich, Tessa. Das könnte eine natürliche Abweichung sein oder ...«

»Nein! Du hast nie die Blätter zerstoßen und abgewogen. Es gab keine natürlichen Abweichungen.« Ich zögere. »Corrick, du hast mal gesagt, du hättest nie aus dem Palast gestohlen. Vielleicht ... vielleicht ...« Meine Gedanken rasen. »Ich brauche meine Bücher. Mein Vater hat über alle neuen Kräuter Buch geführt.«

Harristan hustet wieder, aber nicht mehr so heftig. »Was bedeutet das?«

»Ihr trinkt dreimal täglich das Elixier. Was, wenn ...« Meine Gedanken überschlagen sich förmlich. »Was, wenn jemandem klar geworden ist, dass gar nicht so viel nötig ist? Aber wenn Ihr als Kind kränklich wart, braucht Ihr vielleicht tatsächlich mehr Medizin, um das Fieber in Schach zu halten. Aber wenn jemand Eure Vorräte manipuliert ...« Ich verstumme.

»Weck die Konsuln«, sagt Harristan mit rauer Stimme. »Wir müssen herausfinden, woher diese speziellen Blütenblätter stammen. Wir müssen feststellen, ob die Lieferung verunreinigt war oder ob jemand ...«

Im Flur erklingt ein Schrei. Harristan erstarrt. Ein weiterer Schrei, gefolgt von einem dumpfen Schlag, dann das Geräusch splitternden Holzes. Dann kreischt eine Frau.

Harristan und Corrick wechseln einen Blick. Rocco eilt zur Tür.

Eine Explosion erschüttert den Palast, lässt den Boden erzittern und das Porzellan klirren. Die Lampen strahlen für einen Moment gleißend hell, dann verlöschen sie alle gleichzeitig, sodass der Raum nur noch vom flackernden Kaminfeuer erhellt wird. Im Flur erklingen weitere Schreie, dann folgt die nächste Explosion, viel näher. Die Fensterscheiben klirren.

»Wachen!«, schreit ein Mann, aber ich höre ihn nur gedämpft, weil das Blut so laut in meinen Ohren rauscht. Fast abwesend nehme ich wahr, wie eine Hand sich um meinen Arm schließt und jemand mich durch die Dunkelheit zerrt. Irgendwo brennt etwas, das verrät mir ein ganz bestimmter Geruch, der einen bitteren Geschmack in meinem Mund hinterlässt, ganz anders als ein Holzfeuer.

Eine weitere Explosion. Diesmal zerspringen die Fenster. Ich zucke mit einem Schrei zusammen.

Hände packen mich fester und ich spüre einen Körper in meinem Rücken. »Tessa«, höre ich Corricks Stimme an meinem Ohr, leise und drängend. »Tessa, wir müssen fliehen.«

Dann höre ich die Stimmen, die Schreie im Flur. Einige klingen, als hätten sie Angst vor den Explosionen.

Andere klingen triumphierend.

»Findet den König«, brüllt ein Mann. Ich bin mir sicher, dass es kein Soldat ist, auch wenn ich keine Ahnung habe, woher ich das wissen will.

»Erschießt jeden, der euch begegnet«, ruft ein anderer.

Rauch wabert durch den Flur. Glas zerspringt. Der Schrei einer Frau bricht abrupt ab. Corrick zerrt an meiner Hand und ich folge ihm in die Dunkelheit.

Corrick

Ich wusste, dass die Revolution uns finden würde.

Aber ich hatte nicht damit gerechnet, dass es so schnell geschieht.

Dass sie von allen Seiten herandrängt.

Die Alarmglocken im Sektor dröhnen, ohne dass ich sagen kann, ob mehr als nur der Palast angegriffen wurde. Nach Allisanders Kommentaren weiß ich nicht einmal mehr, ob der Angriff von Seiten der Rebellen oder der Konsuln erfolgt.

Rauch wabert durch die dunklen Flure, aber ich nehme Bewegungen wahr, höre Schreie und Kampfgeräusche. Wir haben den Vorteil, unsichtbar zu sein, aber dasselbe gilt für die Angreifer. Ich achte darauf, mich mit dem Rücken zur Wand zu bewegen; biege rechts ab, weg vom Lärm. Ich habe Rocco und die Wachen aus dem Flur aus den Augen verloren, aber Harristan und Quint sind irgendwo vor mir. Tessa umklammert meine Hand.

»Dieser Soldat trägt die Insignien der königlichen Wache«, ruft ein Mann. »Er muss in der Nähe sein.«

Ich erstarre. Tessa zerquetscht mir fast die Hand. Ich wage es nicht, Harristans Namen auszusprechen.

Die Stimmen verstummen. Das ist kein gutes Zeichen. Sie wollen die Dunkelheit gegen uns einsetzen. Der Rauch brennt in meiner Kehle. Ich atme so flach wie möglich.

Harristan hustet.

»Da!«, schreit ein Mann; es folgt das zischende Geräusch einer Armbrustsehne. *Sproing.* Der Bolzen trifft etwas, aber ich weiß nicht, was. Vor mir erklingt ein Stöhnen.

Ein Wabern in der Dunkelheit verrät mir, dass ein Feind sich genähert hat. Ich werfe mich nach vorn und greife ihn an. Ein Ellbogen bohrt sich in meine bereits verletzten Rippen. Gemeinsam stürzen wir zu Boden. Mir wird schnell klar, dass meine Schwäche meinen sicheren Tod bedeuten wird.

Aber dann wird der Körper von mir heruntergerissen und ich höre das unverwechselbare Geräusch einer Klinge, die sich in Fleisch bohrt, gefolgt von einem Körper, der zu Boden stürzt. Ein Mann stöhnt. Ich höre ein Handgemenge und rolle mich zur Seite, kurz bevor ein Stiefel meine Schulter treffen kann. Etwas – jemand – knallt mit einem scheußlichen Geräusch gegen die Wand.

Ich stemme mich nach oben; versuche herauszufinden, was gerade geschehen ist.

»Corrick?«, ruft Tessa in der Dunkelheit. »Corrick.«

Eine Hand tastet über meine Schulter. Ich zucke zurück. Die Bewegung ist zu viel für mich. Ich muss mich an der Wand abstützen, weil ein Würgen meinen Körper erschüttert.

»Eure Hoheit?« Rocco. Er klingt, als stände er neben mir. Es war seine Klinge, die mich gerettet hat, seine Hand, die mich in der Finsternis gefunden hat.

»Alles okay. Harristan?«

Er antwortet nicht, aber ich höre ein lautes Husten.

»Wir müssen aus diesem Flur verschwinden«, ruft Quint, irgendwo vor uns.

Ich kämpfe mich auf die Beine, die Hand an der Wand. »Zu meinen Gemächern«, rufe ich. Meine Räumlichkeiten befinden sich an der hinteren Mauer des Palastes, die hoffentlich nicht so schwer getroffen wurde wie die Vorderseite. Ich habe Seile im Zimmer, die ich aus dem Fenster werfen kann, aber diese Information möchte ich nicht laut aussprechen.

Wir schleichen eine gefühlte Stunde lang durch den Rauch, hören aber keine weiteren Rufe. Dann ertaste ich einen vertrauten Türrahmen, und wir drängen in mein Zimmer.

Zuerst bin ich mir nicht sicher, ob wir wirklich die richtigen Gemächer gefunden haben. Auch hier ist das Licht ausgefallen. Und auch wenn die Rauchschwaden hier nicht so dicht sind wie in dem Flur weiter vorn, wabert doch heißer Nebel durch diesen Flur. Das Kaminfeuer ist fast heruntergebrannt. Irgendwann passen meine brennenden Augen sich an die Dunkelheit an und ich erkenne meinen Beistelltisch, mein Bett, die niedrige Kommode an der Wand.

Ich sehe Harristan. Er hustet nicht mehr, aber bei jedem Atemzug höre ich ein Pfeifen. Quint stützt sich an einer Wand ab. Rocco und Thorin zerren bereits eine schwere Truhe vor die Tür.

Tessa starrt mich an. In ihren Augen brennen Fragen, auf die ich keine Antwort habe.

»Wer?«, stößt Harristan keuchend hervor.

»Ich weiß es nicht«, antworte ich ehrlich. Ich sehe die Wachen an. »Habt ihr etwas erkannt?«

»Nur Männer«, sagt Thorin.

»Mit Armbrüsten«, fügt Quint gepresst hinzu. Ich sehe zu ihm. Die Hand, mit der er sich an der Wand abstützt, hat dort einen dunklen Fleck hinterlassen. Seine Jacke steht offen und gibt den Blick frei auf einen Blutfleck, der sich langsam ausbreitet.

»Quint!« Mir fällt ein, dass dieser erste Bolzen nach Harristans Husten jemanden getroffen hat.

Quint wedelt abwehrend mit der Hand. »Ich komme schon klar.«

Jemand rüttelt am Türknauf. Thorin und Rocco wechseln einen Blick, dann knallt etwas Schweres von außen gegen die Tür. Die Truhe gleitet ein Stück nach hinten, bevor die zwei Männer sich dagegen stemmen.

Tessa sieht mich an. »Können wir wieder aus dem Fenster klettern?«

Ich humple zur hinteren Wand und spähe in die Nacht. In der Ferne leuchtet der Steinhammerbogen, aber das Palastgelände ist stockdunkel. Die Alarmglocken tönen laut und unablässig ... und egal, wo ich hinsehe, hängt Rauch in der Luft.

Das Seil hängt immer noch unter dem Fenster, sicher befestigt an dem eisernen Ziergitter.

Wieder rammt jemand gegen die Tür. Holz splittert und die Truhe rutscht knirschend über den Boden. Rocco flucht.

Tessa tritt neben mich. »Kannst du klettern?«

»Ja«, antworte ich voller Selbstvertrauen. Obwohl ... wahrscheinlich eher nicht. Selbst wenn ich es ertragen könnte, das Seil um meinen Stiefel zu wickeln, wird meine Schulter mein Gewicht wahrscheinlich nicht halten. Andererseits würde ich lieber aus diesem Fenster stürzen als mir einen Armbrustbolzen ins Gesicht schießen zu lassen ... was wohl geschehen wird, wenn wir nicht schnell von hier verschwinden.

Mein Bruder hat sich uns angeschlossen. Hustend späht er neben mir in die Dunkelheit, saugt die saubere Nachtluft in seine Lunge.

»Harristan, weißt du noch ...«

»Ich habe es dir beigebracht, Cory«, keucht er und packt das Seil.

»Einer von uns sollte als Erstes gehen, Eure Majestät«, ruft Rocco. Wieder splittert Holz, als die Rebellen sich gegen die Tür werfen.

»Dann beeil dich«, sage ich. Ich gehe zu der Truhe und stemme mich dagegen. Ich weiß nicht, wie viele Männer vor der Tür stehen, aber es muss mindestens ein halbes Dutzend sein. »Los, Thorin.«

»Nein!«, ruft Harristan.

»Du bist der König«, sage ich. »Los. Verschwinde hier.«

Thorin klettert aus dem Fenster, eilig gefolgt von meinem Bruder. Tessa und Quint stehen noch neben dem Fenster.

»Geht«, weise ich sie an. Ein weiterer Angriff auf die Tür. Diesmal stopft jemand brennende Lappen durch den entstehenden Spalt. Sie fallen nach unten und entzünden die Truhe.

»Nein«, ruft Quint. »Corrick, du ...«

»Geh!«, schreie ich ihn an. Mein Knöchel protestiert, und ich muss die andere Schulter gegen die Truhe stemmen. Die Flammen kommen immer näher, aber ich weigere mich, sie wahrzunehmen. Stattdessen beiße ich die Zähne zusammen und ignoriere die Hitze genauso wie die Schmerzen. »Geh jetzt, Quint. Bitte, Tessa.«

Die Rebellen werfen sich erneut gegen die Tür. Wieder splittert Holz. Die Wand hinter mir brennt. Ich kann Schreie hören.

Quint und Tessa gleiten durchs Fenster.

Ich sehe Rocco an, der sich neben mir gegen die Truhe lehnt. Sein Haar ist schweißgetränkt.

»Flieht, Eure Hoheit«, sagt er. »Ich werde Euch Zeit verschaffen.«

»Geh du«, keuche ich, während ich versuche, die Truhe unbeweglich zu halten. »Hol sie ein. Harristan braucht einen zweiten Wachmann.«

Er wirft mir einen vernichtenden Blick zu, aber bevor er

widersprechen kann, füge ich hinzu: »Das ist ein Befehl, Rocco.«

»Ich kann Euch nicht zurücklassen.«

»Nun, ich kann nicht fliehen.« Ich lache trocken. Die Truhe rutscht weiter nach hinten und ich keuche. »Und ich kann nicht klettern.« Noch fünf Zentimeter. Ich presse meine Stirn auf das Holz. Der Raum füllt sich langsam mit Rauch und ich weiß, dass ich die Tür nicht viel länger halten kann. »Bitte, Rocco.«

»In Ordnung, Eure Hoheit.«

Er gibt die Truhe frei. Sofort rutscht sie fünfzehn Zentimeter nach hinten. Ich stoße einen Schrei aus. Ich hatte keine Ahnung, wie viel Kraft Rocco aufgewandt hat. Auf der anderen Seite erklingen triumphierende Rufe. Ich werde nicht lange durchhalten – und es spielt auch keine Rolle, weil die Angreifer sich durch den Spalt drängen können.

Ich hätte Rocco anweisen sollen, mir eine Waffe zu geben.

Andererseits ist ein schneller Tod vielleicht ein besserer Tod.

Ein Arm legt sich um meine Brust, zieht mich nach hinten, hebt mich von den Beinen, zerrt mich zum Fenster. Ich wehre mich einen kurzen Moment, bevor mir klar wird, dass es Rocco ist, der mich halb stützt, halb trägt.

»Ich habe dir befohlen zu verschwinden«, stoße ich hervor.

»Ihr könnt mich später hinrichten.« Er packt das Seil. »Könnt Ihr Euch an mir festhalten?«

Die Tür springt auf. Rocco wartet meine Antwort nicht ab. Stattdessen packt er das Seil. Für einen beängstigenden Moment dreht sich die Welt um mich. Meine Finger stoßen gegen das Seil und ich packe es mit meiner gesunden Hand, in dem Versuch, einen Teil meines eigenen Gewichts zu halten. Doch trotzdem rutschen wir viel zu schnell nach unten. Rocco stemmt die Beine gegen die Palastmauer, als wir uns abseilen.

Ich höre ein Klicken. Erst mit Verzögerung erkenne ich das Geräusch. Irgendwo in der Dunkelheit unter uns stößt Tessa einen Schrei aus. Im Fenster steht ein Mann mit einer Armbrust.

»Flieh!«, rufe ich. »Tessa, flieh!« Sie hätte Harristan begleiten sollen. Sie sollte nicht hier sein.

Das Seil zittert und Rocco flucht. Wir stoßen unsanft gegen die Wand.

Dann gibt das Seil ganz nach.

Wir kommen hart auf dem Boden auf. Die Schmerzen sind spektakulär. Ich versuche, mich abzurollen, als könnte das etwas helfen. Aber die Pein bleibt.

»Corrick«, erklingt Tessas leise, panische Stimme an meinem Ohr. »Corrick, du musst aufstehen.«

Sproing. Ich spüre, wie ein Bolzen an meinem Gesicht vorbeisaust, aber ich kann mich nicht bewegen. Ich höre das zischende Geräusch weiterer Armbrustsehnen und zucke zusammen, aber dann wird mir mit einem Blinzeln klar, dass Thorin und Rocco das Feuer erwidern. Die Männer über uns schreien sich gegenseitig an, versuchen herauszufinden, wer das Seil gekappt hat.

Dann werde ich wieder hochgehoben. Jemand hat den Arm unter meinen geschoben. Dunkle und helle Flecken tanzen abwechselnd vor meinen Augen. Flammen schlagen aus diversen Fenstern in der hinteren Palastmauer. Die Alarmglocken schrillen weiter. Ich will mich einfach nur hinlegen. Ich weiß nicht, wer mich trägt ... aber falls es Rocco ist, muss ich aufhören, ihn zu hassen.

Dann höre ich Harristans Stimme neben mir, rau und keuchend. »Wettrennen bis zum Tor?«

Das ist eine Herausforderung aus unserer Kindheit. Seine Stimme an meinem Ohr macht mir bewusst, dass er es ist, der mich aufrecht hält. Ich blinzle zu ihm auf. Rußflecken färben sein Gesicht, aber in seinen Augen brennt Sorge. »Diesmal wirst du gewinnen.«

»Komm schon, Cory«, sagt er und macht den ersten Schritt. Er trägt mein gesamtes Gewicht, keucht vor Anstrengung. »Das wird ein Unentschieden.«

38

TESSA

Die Werkstatt war schon für mich und Wes ziemlich klein. Mit vier Leuten ist sie quasi überfüllt. Es scheint mir riskant, uns hier aufzuhalten, nachdem die Rebellen uns das letzte Mal an diesem Ort gefunden haben – aber wir haben den Sektor verlassen, und ich weiß nicht, wo wir sonst hingehen sollen. Die Wachen sind draußen. Rocco steht vor der Tür, während Thorin die Umgebung patrouilliert. Der König will kein Feuer riskieren, aber wir haben Kerzen, die Quint auf dem Tisch aufgestellt hat, es ist also nicht vollkommen dunkel. Corrick sitzt aufrecht auf dem Stuhl, aber er atmet flach und presst den Arm gegen den Bauch, als hätte er Schmerzen. Es scheinen Wochen vergangen, seitdem wir uns in diesem Raum geküsst haben, seitdem die Liebkosungen seiner Hände und seines Mundes meinen Körper zum Glühen gebracht haben – dabei ist es kaum einen Tag her.

Die Alarmglocken sind immer noch nicht verstummt, aber hier hört man sie nur noch gedämpft. Und sie lösen keine Panik mehr in mir aus – nachdem die einzige Person, um die ich mir gewöhnlich Sorgen gemacht habe, sich bereits im Raum aufhält.

Ich ziehe einen niedrigen Hocker zu Corrick und setze mich neben ihn. »Ich habe immer noch Kräuter hier.« Ich berühre sanft seine Hand. »Aber ohne Feuer kann ich keinen Tee kochen.«

Corrick schüttelt den Kopf, doch gleichzeitig ergreift er meine Hand. Seine Augen fallen immer wieder zu.

Harristan sieht zur Tür, dann zum Fenster. Er reibt sich das Gesicht und mustert seinen Bruder.

»Ich hätte es dir sagen sollen«, meint Corrick gedehnt, als könnte er den Blick des Königs spüren. »Es tut mir leid.«

»Mir auch«, sagt Quint. Er lehnt in der Ecke an der Wand.

Ich weiß, dass sie sich nicht für ihre Handlungen entschuldigen, sondern nur für die Geheimniskrämerei. Aber ich bedauere nichts von alldem. Ich würde es sofort wieder tun. Wir konnten nicht ganz Kandala helfen, aber wir haben getan, was in unserer Macht stand – und haben dabei niemandem Schaden zugefügt.

Harristan seufzt. »Nun, was auch immer ihr getan habt, diese Revolution hat nichts damit zu tun.«

Corrick schweigt. Ich frage mich, ob er eingeschlafen ist. Die Ringe unter seinen Augen sind noch dunkler geworden. Seiner Aussage nach ist sein Knöchel nicht gebrochen, aber auf dem Weg zur Werkstatt konnte er seinen Fuß kaum belasten und bis zu unserer Ankunft hier war seine Kleidung durchgeschwitzt, was mir verrät, dass er schwerer verletzt ist, als er zugibt.

Harristan beobachtet ihn ebenfalls. Seufzend öffnet er die Knöpfe an seinem Jackett und zieht es aus. Er breitet den Stoff über seinen Bruder, dann zieht er sich auf einen Stuhl vor dem Ofen zurück. Lange sitzen wir nur schweigend da. Die Zeit scheint vor Sorge um uns zu gerinnen. Ich frage mich, wie viele Leute sich im Palast aufgehalten haben, wie viele getötet wurden – wie viele entkommen konnten. Corrick sagt, die Rebellion wäre aus zwei Richtungen gekommen.

Ich frage mich, ob Karri an den Angriffen teilgenommen hat. Lochlan. Earle. All die Leute, denen wir früher geholfen haben.

Ich denke daran, was sie Corrick angetan haben. In diesem Licht erscheint ein Angriff auf den Palast nicht unwahrscheinlich.

Der Griff von Corricks Fingern lockert sich. Ich starre ihn angsterfüllt an, aber er atmet tief und gleichmäßig. Er ist eingeschlafen.

»Quint«, sagt Harristan leise und reißt mich damit aus meinen Gedanken.

»Eure Majestät?«

»Du blutest immer noch.«

»Oh. Das ist nichts.« Aber Quint spricht leiser als gewöhnlich. »Das liegt nur an der Anstrengung.«

Harristan hat sich bereits erhoben, um vor Quint zu treten. Der Palastmeister hat die Arme verschränkt. Erst jetzt wird mir klar, dass er sie auf die Wunde presst.

»Quint«, flüstere ich. Das hätte mir auffallen müssen. Ich hätte es bemerken müssen. Ich habe mich nur auf Corrick konzentriert. Schuldgefühle überkommen mich. »Du hättest etwas sagen sollen.«

»Prinz Corrick ist viel schwerer …«

»Zeig es mir«, sagt Harristan, und wie gewöhnlich lässt sein Tonfall keinen Raum für Widerspruch.

Quint zögert, dann lässt er die Arme sinken und zieht sein Jackett zur Seite. Die gesamte linke Seite seines Hemdes ist blutgetränkt. Der König mustert den Fleck einen Moment, dann wendet er sich an mich. »Hast du alles Nötige hier?«

»Ich kann nicht nähen«, sage ich. »Aber ich habe Verbände.«

Ich hole die Stoffrolle, die ich verwendet habe, um Corricks Arm zu verarzten, und auch die kleine Schere, mit der ich gewöhnlich die Mondflorblüten schneide.

»Ehrlich«, sagt Quint. »Es ist nur ein Kratzer.«

»Setz dich«, befiehlt Harristan. »Und zieh das Jackett aus.«

Quint gehorcht. Er setzt sich.

Ich rechne damit, dass Harristan zur Seite tritt, damit ich die Wunde versorgen kann, aber stattdessen streckt er mir die Hand entgegen.

Ich atme ein, um zu erklären, dass ich mich darum kümmern kann, doch dann überlege ich es mir anders und reiche ihm, was er braucht. Er rollt den Verband auf und schneidet ein Stück ab.

Quint sieht zu, dann huscht sein Blick von Harristan zu mir. »Ihr seid der König«, setzt er an. »Wenn ich darf ...«

»Ich weiß, wer ich bin, Quint.« Harristan klingt nicht ungeduldig, wie es schon so oft der Fall war. Stattdessen klingt er ... nachdenklich. Er hebt Quints Hemd an. Ich verziehe das Gesicht, als ich die Wunde sehe. Der Bolzen hat seine Seite auf Bauchhöhe durchbohrt und eine vielleicht fünfzehn Zentimeter lange Wunde hinterlassen. Ich kann nicht erkennen, wie tief sie ist, aber die Menge an Blut verrät mir, dass sie eigentlich genäht werden müsste. Und er hat recht: wahrscheinlich hat die Anstrengung alles noch verschlimmert.

Harristan presst den Stoffstreifen gegen die Wunde, und Quint schnappt zischend nach Luft. Aber der König ist schneller als gedacht. Eilig schlingt er einen Stoffstreifen um Quints Taille und hält den Stoff fest. Gekonnt und sanft wickelt er die Bandage noch zweimal um Quints Körper, dann verknotet er die Enden.

»Ihr könnt das gut«, sage ich bewundernd.

Harristan wirft mir einen kurzen Blick zu. »Ich war ein kränkliches Kind und habe viel Zeit mit den Palastärzten verbracht.« Er wendet sich erneut Quint zu. »Das sollte reichen, bis die Wunde richtig versorgt werden kann.«

Quint runzelt die Stirn. »Danke, Eure Majestät.«

»Ich danke *dir*. Dieser Bolzen war für mich bestimmt.« Harristan rollt den verbliebenen Verband wieder auf und sieht mich an. »Wer weiß noch von diesem Ort?«

»Der Rebell Lochlan«, antworte ich. »Und seine Männer.«

»Und was wollen sie?«

Ich starre ihn an. »Ich verstehe nicht, was Ihr meint.«

»Sie haben den Palast angegriffen, Tessa.« Er zögert. »Was wollen sie von mir? Wollen sie Silber? Medizin? Eine Begnadigung?«

Ich denke an die Leute, die Corrick angegriffen haben. Er war sich so sicher, dass sie ihn als Druckmittel gegen Harristan einsetzen würden, aber das haben sie nicht getan. Sie wollten einfach Rache. »Ich weiß nicht, wer diese Wohltäter sind, aber die Leute wollen ...« Ich schlucke schwer. »Sie wollen einfach nicht mehr sterben.«

Er senkt den Blick. Nach einem Augenblick sagt er leise: »Das will ich auch.«

Ich höre die Wahrheit in seinen Worten. Ich habe sie schon bei unserer ersten Begegnung im Palast gehört. Ich habe seine Aufrichtigkeit auch daran erkannt, wie er Quints Wunde versorgt hat. Er und sein Bruder haben jahrelang getan, was ihres Erachtens nötig war, um zu überleben, und haben sich dabei selbst zerstört.

»Corrick hat Arella und Roydan beschuldigt«, meint Quint.

Der König reibt sich das Kinn. »Ja. Das hat er. Aber auch wenn ich mir vorstellen kann, dass Arella radikale Standpunkte vertritt, scheint es unwahrscheinlich, dass Roydan daran beteiligt ist. Andererseits konnte ich mir auch nicht vorstellen, dass die anderen Konsuln Stellung gegen mich beziehen, aber das haben sie offensichtlich getan.« Er schüttelt den Kopf. »Ich kann hier nicht bleiben. Ich werde mich nicht verstecken, während der Sektor in Flammen steht.«

»Ihr könnt nicht zurückkehren, Eure Majestät«, protestiert Quint. »Das ist zu gefährlich.«

»Ich glaube, ich habe anderen zu lange erlaubt, nur zu tun, was sie für das Beste halten.« Harristan sieht mich an. »Was ist mit dir? Was willst du?«

Ich erwidere seinen Blick. »Ich will auch, dass die Leute nicht länger sterben.«

»Ich kann das Fieber nicht verschwinden lassen, Tessa. Könnte ich es, hätte ich es längst getan.« Er zögert. »Wo würdest du bei dieser Revolution stehen, wenn mein Bruder dich nicht getäuscht hätte?«

Getäuscht. Ich hole tief Luft und denke an mein letztes Gespräch mit Weston Lark zurück, dann sage ich leise, aber fest: »Ich würde den Sprengstoff selbst zünden.«

Der König lächelt, aber es ist ein grimmiger Ausdruck. »Es ist so viel einfacher, einen Krieg zu beginnen als ihn zu beenden.« Sein Blick wandert abschätzend über meinen Körper. »Diese Rebellen haben Corrick gefoltert, aber dich nicht.«

Ich starre ihn böse an. »Und deswegen glaubt Ihr nun, ich hatte einen Anteil daran?«

»Nein.« Er tritt vor mich. Seine Augen sind so kühl, wie die von Corrick es oft waren. »Eines Tages werden wir ein Gespräch führen, das nicht in Anklagen endet«, sagt er. »Ich wollte nur sagen, dass sie dir keinen Schaden zugefügt haben.« Er hält kurz inne. »Dem Königlichen Vollstrecker haben sie nicht vertraut. Aber sie vertrauen der Gesetzlosen Tessa.«

Mein Atem stockt. Ja. Das tun sie. Ich erinnere mich an Earles sanfte Berührung an meinem Arm, als Corrick Lochlan gebeten hat, seinem Leben ein schnelles Ende zu bereiten. Selbst Lochlan war freundlich zu mir. Er hat einen Mann angewiesen, meine Fesseln zu lösen, nachdem ich dafür gesorgt hatte, dass nicht mehr alle auf Corrick einprügeln.

»Was wollt Ihr damit sagen?«, flüstere ich.

»Ich will damit sagen, dass ein Bürgerkrieg viel mehr Leute töten wird, als es das Fieber jemals könnte. Ich bin mir sicher, dass meine Soldaten bereits Gegenmaßnahmen ergriffen haben. Während wir uns hier unterhalten, sterben Leute auf der Straße. Auf beiden Seiten. Wenn ich Recht und Ordnung nicht wiederherstellen kann, werden die Unruhen sich über die Grenzen des königlichen Sektors hinaus ausbreiten.« Er blickt nachdenklich ins Leere. »Ich habe Konsul Sallisters Forderungen zu lange nachgegeben. Ich habe den Forderungen der Eliten zu lange nachgegeben. Ich will mit meinem Volk sprechen.«

Ich starre ihn an.

»Ich kann nichts versprechen«, warnt er. »Veränderungen können nicht so schnell implementiert werden und sind selten einfach. Aber ich würde es gerne versuchen. Wirst du mir dabei helfen?«

Mit trockenem Mund sehe ich zu Corrick, der inzwischen tief schläft. Ich weiß nicht, was ich sagen soll. Die Rebellen mögen mich nicht hassen – aber deswegen müssen sie noch lange nicht auf mich hören. Außerdem bin ich mir nicht sicher, ob ich Harristan vertraue. Vielleicht will er den Tod seiner Untertanen wirklich verhindern, aber wahrscheinlich haben wir sehr unterschiedliche Vorstellungen, wie das gelingen kann. Ich weiß, dass er nicht einfach mit den Fingern schnippen und alles verändern kann – aber ich bin auch nicht so naiv, mir einzubilden, dass er es täte, selbst wenn es ihm möglich wäre.

Ich denke an meinen Vater, der sich gegen die Krone aufgelehnt hat. Würde er diese Chance ergreifen? Oder wäre er enttäuscht, dass ich mich nicht den Rebellen angeschlossen habe?

König Harristan lässt mich nicht aus den Augen. Ich bin mir sicher, dass meine Miene ihm meine Gedanken verrät. Er wirkt kühl kalkulierend wie immer. »Vielleicht hätte ich dich zuerst fragen sollen, wie *deine* Forderungen aussehen.«

Ich streiche mir mit schweißfeuchten Händen über den Rock. »Ich ...« Meine Stimme bricht, und ich muss mich räuspern. Ich will, dass niemand mehr stirbt. Aber das wollen wir alle.

Ich hole tief Luft und erwidere seinen Blick. »Ich will, dass die Rebellen begnadigt werden. Eine ...« Ich suche nach dem richtigen Wort. »Eine Amnestie.« Ich sehe kurz zu Corrick, der unter der Jacke seines Bruders schläft und muss mich innerlich wappnen, um hinzuzufügen: »Auch für die Leute, die ihn verletzt haben.«

Harristans Miene wird hart, also sage ich eilig: »Sie werden Euch nicht zuhören, wenn sie denken, dass Ihr sie wegen ihres Angriffs auf den Königlichen Vollstrecker hinrichten werdet.«

»In Ordnung«, gesteht er mir zu. »Was noch?«

Ich kann nicht glauben, dass ich mit dem König verhandele, und weiß einfach nicht, was ich noch fordern soll. Medizin für alle? Aber diese Macht besitzt er nicht. Dann fällt mir etwas ein.

»Ich will, dass Ihr Corrick erlaubt, den Posten des Königlichen Vollstreckers niederzulegen«, sage ich leise.

Harristan runzelt die Stirn. »Ich habe ihn nicht in diese Rolle gezwungen. Das ist keine Fronarbeit.«

»Ich weiß. Ich weiß.« Ich hole tief Luft. »Aber ...«

Meine Stimme verklingt.

»Mit Verlaub«, sagt Quint, »auch wenn ich damit Eure Verhandlungen unterbreche ...«

»Bitte«, sage ich im selben Moment, in dem Harristan »Nein« sagt.

Ich verschränke die Arme.

Harristan lächelt und zum ersten Mal leuchten dabei auch seine Augen. Ich frage mich, ob er genauso viel verbirgt wie Corrick. »Sprich, Quint.«

»Prinz Corrick braucht Eure Erlaubnis vielleicht nicht, um den Posten niederzulegen«, sagt Quint, »aber ich glaube, es würde ihm viel bedeuten, sie zu haben.«

»Schön«, sagt Harristan, ohne den Blick von mir abzuwenden. »Noch etwas?«

Ich denke angestrengt nach. »Nein.«

»Nichts für dich selbst? Ich bitte dich um sehr viel, Tessa.«

Einen kurzen Moment lang rasen meine Gedanken. Er ist der König. Aber ich habe bisher nie für den finanziellen Gewinn gehandelt und will auch kein Geld dafür verlangen, die Friedensverhandlungen zu unterstützen. Dann denke ich an Mistress Solomon und die Tatsache, dass ich wahrscheinlich keine Einkünfte mehr habe.

»Ich werde eine Arbeit brauchen«, sage ich. »Und eine Unterkunft. Nichts Großartiges, natürlich. Aber Ihr wolltet mir die Möglichkeit gewähren, die perfekte Dosierung der Mondflorblüten zu finden.« Ich zögere. Vielleicht fordere ich zu viel. »Das möchte ich immer noch tun. Wenn all das hier vorbei ist.«

»Abgemacht«, sagt er und richtet sich höher auf. »Quint, bleib bei Corrick. Und ich werde euch Rocco zur Verfügung stellen.«

Quint erhebt sich überrascht. »Aber, Eure Majestät ...«

»Du bist verletzt, genau wie mein Bruder. Wenn dieser Ort

so versteckt liegt, wie er wirkt, dürftet ihr hier am sichersten sein.« Er sieht erneut mich an. »Bist du bereit, meine Kontaktperson zu spielen?«

Meine Wangen werden heiß. Ich wäre mutig genug gewesen, die Zündschnur zu entzünden, die das Feuer startet. Aus irgendeinem Grund jagt es mir mehr Angst ein, das Feuer löschen zu müssen.

Aber der König streckt mir die Hand entgegen. Und wie Corrick habe ich eigentlich keine Wahl.

Ich greife zu.

39

Tessa

Ich hatte mir ausgemalt, wie wir über die Mauer klettern oder mit dem König durch den Tunnel schleichen, doch statt in den königlichen Sektor zurückzukehren, dringt Harristan tiefer in die Wildnis ein. Er hat erklärt, er wolle den Sektor durchs Tor betreten, um mehr Wachen im Rücken zu haben, bevor wir uns der Menge stellen. Er hat sein Jackett nicht wieder angezogen und auch die Ringe von den Fingern gezogen, bevor er seinen prachtvollen Dolch gegen Quints schlichtere Waffe getauscht hat. Thorin trägt immer noch seine Waffen, aber auch er hat seine Uniformjacke abgelegt, weil Harristan nicht will, dass jemand die königlichen Insignien darauf erspäht. In der Dunkelheit wird ihn niemand erkennen. Wir können nur hoffen, dass keiner uns einen zweiten Blick schenkt.

Ich bin diesen Weg schon unzählige Male mit Corrick gegangen, doch mit Harristan ist es etwas vollkommen anderes. Die Alarmglocken im Sektor sind verstummt, aber die Lichtkegel der Scheinwerfer gleiten immer noch über die Mauer. Immer wieder blicke ich zum König, als könnte er sich einfach in Luft auflösen, oder die Geschehnisse des heutigen Abends könnten sich als Traum entpuppen. Ein leichter Bartschatten verdunkelt sein Gesicht und lässt ihn jünger wirken, weniger beängstigend. Das ist wahrscheinlich nichts Gutes, wenn ich an Lochlan und einige der anderen Männer denke. Je weiter wir gehen, desto deutlicher nehme ich das leichte Rasseln seiner Atmung wahr. Es ist kein Husten, aber es klingt nicht gut.

»Wollt Ihr Euch kurz ausruhen?«, frage ich vorsichtig, bevor ich eilig hinzufüge: »Eure Majestät?«

Er wirft mir einen Blick zu. »Nein. Brauchst du eine Pause?«

Stirnrunzelnd gehe ich weiter.

»Und du kannst mich nicht so nennen«, sagt er. »Nicht hier.«

»Natürlich. Tut mir leid.«

»Wie hat mein Bruder sich genannt?«

Ich will es ihm nicht erzählen, weil ich fürchte, dass er denselben Namen wählen könnte – und dafür liegt mir Corricks Tarnidentität zu sehr am Herzen. Aber das ist albern, und ich bin zu erschöpft, um mir eine gute Lüge auszudenken, also antworte ich: »Wes. Weston Lark.«

Der König zuckt leicht zusammen. »Wirklich?« Er lacht leise. »Wahrscheinlich sollte mich das nicht überraschen.«

»Warum?«

»Weil das der Name war, den er verwendet hat, als wir uns in der Kindheit in die Wildnis geschlichen haben.« Er schweigt einen Moment; er scheint in Erinnerungen versunken. »Weißt du ... nun, wahrscheinlich weißt du es nicht. Weston und Lark waren die Namen der Jagdhunde unseres Vaters.«

Ich kichere fast gegen meinen Willen. »Er hat sich nach den Hunden benannt?«

»In der Tat.«

»Wie habt Ihr Euch genannt?«

»Sullivan, nach dem schnellsten Pferd im Stall. Corrick hat mich immer Sully gerufen.«

Das schnellste Pferd im Stall. Nur mit Mühe unterdrücke ich ein amüsiertes Schnauben. Sie waren so *kindisch*.

Aus irgendeinem Grund überrascht mich dieser Gedanke. Ich habe die Zuneigung zwischen ihnen unzählige Male bezeugt, seitdem ich im Palast weile, aber trotzdem überrascht mich immer wieder, wie nahe sie sich stehen. Ihre gegenseitige Loyalität ist das Menschlichste an ihnen. Zeigt am deutlichsten ihre Freundlichkeit.

»Lass mich an deinen Gedanken teilhaben, Tessa«, sagt Harristan. Ich antworte nur, weil es kein Befehl war.

»Ich habe darüber nachgedacht, dass Ihr ein geliebter Herrscher sein könntet«, meine ich leise. »Obwohl Eure Untertanen krank sind.«

Er mustert mich schweigend.

Ich erröte und wende meinen Blick wieder nach vorne. »Ich habe darüber nachgedacht, dass Ihr nicht schrecklich seid. Nicht wirklich. Und Corrick ist auch nicht grausam. Ich habe keine Ahnung, wie es für Euch war, Eure Eltern zu verlieren. Aber ich weiß, wie ich mich nach dem Tod meiner Eltern gefühlt habe. Ich will mir nicht mal vorstellen, danach ein Land regieren zu müssen. Als meine Eltern gestorben waren, habe ich die Nachtwache gehasst. Wen habt Ihr gehasst? Jeden im Palast?«

»Ja«, antwortet er schlicht. Sein Gesicht liegt im Schatten, aber ich spüre seine Trauer. »Na ja. Fast alle.«

Corrick.

Ich strecke die Hand nach ihm aus, drücke kurz seine Finger. Es ist eine unwillkürliche Geste. Ich will ihn trösten, wie ich auch Corrick getröstet hätte ... oder jeden anderen.

Aber der König mustert mich überrascht. Eilig gebe ich seine Finger frei. »Vergebt mir, Eure ... ähm. Vergib mir, Sully. Sullivan.«

Ich schlucke schwer.

Er schweigt. Auch Thorin, der hinter uns geht, bleibt stumm.

Nach dem Tod meiner Eltern hatte ich Corrick. In gewisser Weise hatte Corrick Quint ... und mich.

Corrick hat so viel vor seinem Bruder verborgen. Natürlich, er hat das getan, um Harristan zu schützen, aber er hat dadurch auch eine Barriere zwischen ihnen errichtet. Ich frage mich, wen Harristan nach dem Tod seiner Eltern hatte. Ob es irgendwen gab, der für ihn da war.

Ich werfe einen Blick in Harristans Richtung, nur um festzustellen, dass er mich immer noch ansieht.

»Ich bin der König«, sagt er. »Niemand muss mich bemitleiden.«

»Ich bemitleide Euch nicht.«

»Du bist wirklich eine schrecklich schlechte Lügnerin, Tessa.« Er schüttelt den Kopf und richtet den Blick wieder auf den Weg – nur um so abrupt anzuhalten, dass Thorin hinter uns seine Klinge zieht.

Aber der König starrt nur nach vorne. Wir haben die Lichtung vor dem Tor erreicht. Sie ist menschenleer – wenig überraschend mitten in der Nacht. Aus dem Sektor erklingen Rufe und Schreie. Aber hier ist nur das aufgesprengte Tor zu sehen. Die metallenen Torflügel liegen verbogen auf dem Boden. Die Wachstation ist unbesetzt.

Die Leichen, die vor dem Tor hingen, sind verschwunden, ersetzt von einem riesigen weißen Laken, auf dem nur ein Wort prangt.

Rebellion.

»Ich hatte auf Soldaten gehofft.« Er sieht Thorin an. »Was denkst du?«

Der Soldat zögert keinen Moment. »Wir können uns durch die Seitenstraßen bewegen. Allerdings wissen wir nicht, wie viel Schaden im Sektor angerichtet wurde. Es könnten Plünderer unterwegs sein.« Er zögert kurz. »Mir gefällt die Vorstellung nicht, uns zu Fuß zu bewegen. Wir könnten versuchen, uns bei Fosters Mietstall Pferde zu besorgen – aber er liegt nicht weit vom Palast entfernt, und es besteht das Risiko, dass die Rebellen dort schon eingefallen sind.«

»Ich glaube nicht, dass die Rebellen es auf Pferde abgesehen haben«, sage ich. Beide Männer sehen mich an. »Nicht viele Leute in der Wildnis können reiten ... und ich habe in keinem der Lager, die ich bisher gesehen habe, Pferde entdeckt.« Ich denke einen Moment nach. »Ich käme gar nicht auf die Idee, mir ein Pferd zu besorgen. Wir Leute aus der Wildnis sind es gewöhnt, alles selbst zu erledigen ... auch das Laufen.«

Der König nickt. »Dann auf zu Fosters Mietstall.«

CORRICK

Als ich aufwache, pocht mein Kopf heftig. Und der Geschmack in meinem Mund ist furchtbar. Ich bin desorientiert, mein Blick noch nicht ganz klar, aber ich erkenne die Wände der Werkstatt. Drei kleine Kerzen brennen auf dem Tisch. Und als ich mich aufsetze, entdecke ich Quint, der dösend auf einem Stuhl vor dem dunklen Kamin sitzt.

Aber sonst sehe ich niemanden.

»Quint«, sage ich.

Er zuckt leicht zusammen und richtet sich auf, nur um sofort schmerzerfüllt das Gesicht zu verziehen und eine Hand an seine Wunde zu drücken. »Corrick. Rocco hat Wasser aus dem Fass geholt. Lass mich ...«

»Wo ist Tessa? Wo ist Harristan?« Ich blinzle. »Was ist passiert? Bist du verletzt?«

»Sie sind weg«, sagt er. »Dein Bruder ist losgezogen, um mit den Rebellen zu verhandeln.«

Ich starre ihn an, blinzle ein weiteres Mal. »Schlafe ich noch, oder hast du gerade wirklich gesagt, dass mein Bruder mit den Rebellen verhandeln will?«

»Tessa begleitet ihn, um ihm zu helfen.«

Ich schlage die Hände vors Gesicht. »Was?« Ich begreife es nicht. »Er hat uns allein hiergelassen?«

»Nein, er hat auch Rocco zurückgelassen, der ...«

»Rocco!«, rufe ich.

Sofort schwingt die Tür auf. »Eure Hoheit?«

»Weißt du, wo mein Bruder hingegangen ist?«

»Er will versuchen, die Angriffe der Rebellen zu unterbinden.«

»Wie ich schon sagte«, meint Quint.

Ich reibe mir die Augen, dann sehe ich den Soldaten an. »Rocco, wir müssen in den königlichen Sektor zurückkehren. Wir müssen ihm helfen.«

Für einen kurzen Moment fürchte ich, dass er sich weigern wird. Er gehört zur persönlichen Wache meines Bruders, die niemals gegen den Willen des Königs handelt. Aber vielleicht macht er sich auch Sorgen um seinen König, denn er antwortet: »Ja, Eure Hoheit.«

Ich stemme mich auf die Beine. Sofort wird mir schwindelig, und ich muss mich am Tisch abstützen.

Rocco tritt vor, um mich aufzufangen.

Ich sehe ihn an. »Tut mir leid, dass dich nicht der einfache Dienst erwartet, den du dir heute wahrscheinlich erhofft hast.«

»Ich hatte keine Hoffnungen.«

»Oh, gut«, meine ich locker. »Quint, kommst du mit? Wir müssen uns Pferde besorgen.«

Tessa

Ich hatte recht. Der Mietstall wurde nicht geplündert. Die Straßen hier sind menschenleer, auch wenn es überall nach Rauch stinkt. Hinter den Gebäuden ist ein rotes Glühen zu sehen. Die Suchscheinwerfer bewegen sich nicht mehr. Ich rechne damit, die Nachtwache auf den Straßen zu entdecken – oder vielleicht sogar Soldaten. Aber vielleicht sind sie alle zum Palast geeilt. Sogar der Stall ist menschenleer.

»Die Leute haben Angst«, meint Harristan auf meinen Kommentar hin.

Die reichsten Leute von Kandala verstecken sich vor den ärmsten. Die ganze Zeit über dachte ich, die Leute innerhalb der Mauern des Sektors besäßen mehr Macht als alle anderen. Aber vielleicht habe ich mich geirrt. Wir alle haben eine gewisse Macht.

Ich kann nicht reiten, aber Harristan schwingt sich auf einen kleinen, schwarzen Wallach und zieht mich hinter sich. Ich will nichts Unangemessenes tun, aber als er das Pferd antreibt, schlinge ich automatisch die Arme um seinen Körper.

»Ich werde nicht zulassen, dass du fällst«, sagt er, aber

angesichts der unter uns vorbeigleitenden Pflastersteine beruhigt mich das kaum. Eilig hebe ich den Blick.

Thorin reitet voran, fast unsichtbar auf seinem Pferd. Hier ist es so dunkel. Ich habe mich nur ein paar Tage im Palast aufgehalten, habe aber trotzdem schon fast vergessen, wie der Sektor mitten in der Nacht aussieht. Stille und Grau, keinerlei Farben. Wir sind nicht allzu weit von der Mauer entfernt. Ich brauche einen Moment, um zu begreifen, dass wir nicht zum Palast reiten.

»Wohin reiten wir?«, frage ich.

»Wir werden uns dem Palast von Norden nähern«, antwortet Harristan. »Wir werden den Zirkel umrunden, um die Kaserne zu erreichen. Dort finden wir am ehesten Wachen und Soldaten.«

»Glaubt Ihr, die Rebellen werden auf Euch hören, wenn Ihr mit einer Armee hinter Euch auftaucht?«

»Glaubst du, sie werden auf mich hören, wenn ich tot bin?«

Ich will ihm widersprechen – aber das kann ich nicht. Ich habe die Attacke auf den Palast erlebt. Der König und sein Bruder mögen schreckliche Dinge getan haben, aber dieser Angriff war genauso falsch.

Ich denke an all die Unschuldigen im Palast. Die Unsichtbaren. Mein Atem stockt, als ich vor meinem inneren Auge plötzlich Jossalyns sanftes Lächeln sehe.

Ich weiß, dass die Rebellen für Veränderung kämpfen, aber sie haben Harristans Aufmerksamkeit erregt. Jetzt ist die Zeit gekommen, einen besseren Weg zu wählen. Nicht das hier.

»Weine noch nicht«, sagt Harristan, nicht freundlich, eher besonnen. »Wir sind schon weit gekommen.«

Ich muss an Corricks nüchterne Worte bei diesem Abendessen im Zirkel denken. *Wenn du weinst, werde ich mich gezwungen sehen, dich zu trösten.*

Vor uns hallen Schreie durch die Straßen. Harristan zügelt das Pferd. Ich sehe mich besorgt um, kann aber niemanden in unserer Nähe entdecken.

Dann entdecke ich die Leichen. Ich keuche. Ein Mann und eine Frau liegen zusammengesackt in einem Hauseingang. Eliten, ihrer Kleidung nach. Blut rinnt über die Pflastersteine. Die Frau hält den Mann auf eine Weise umschlungen, die vermuten lässt, dass sie ihn beschützen wollte – oder retten. Jemand hat ihnen die Kehlen aufgeschlitzt.

Thorin sieht den König an. Harristan deutet nach vorne, dann lässt er die Hand kreisen. Der Soldat nickt, dann verschwindet er in der Dunkelheit.

Der König verhält sich absolut still, also spreche auch ich nicht. Ich bin mir sicher, er hört meine zitternde Atmung, so wie ich das Trommeln seines Herzens spüren kann und höre, wie er um jeden Atemzug ringt. Ich bin so angespannt, dass ich leise aufschreie, als Thorins Pferd aus einer Seitengasse trottet. Unser Pferd tänzelt nervös. Doch wie versprochen hält Harristan das Tier unter Kontrolle. Trotzdem schlinge ich die Arme fester um seinen Körper.

»Die Rebellen haben den Zirkel eingenommen. Sie haben Geisel. Mehrere der Konsuln und ein halbes Dutzend Höflinge und Ratgeber. Die Armee kann nicht näher heran.« Thorin spricht so leise, dass ich mich anstrengen muss, ihn zu verstehen.

»Wie halten sie den Platz?«, fragt Harristan.

»Sie stehen in einem Ring aus Feuer. Sie haben kleine Waffen aus Metall und Glas, die explodieren, wenn sie sie werfen. Es gibt viele Opfer.«

Ich schließe die Augen und schlucke schwer.

Ich erinnere mich daran, was ich darüber gesagt habe, dass ich den Sprengstoff zünden würde, und wünsche mir, ich könnte meine Worte zurücknehmen.

Ich will zurück in die Wildnis. Ich will zurück zu Corrick.
Ich will in unser Leben als Wes und Tessa zurückkehren.
Doch alle waren krank. Die Leute sind gestorben. Alles war furchtbar.

Und das hier ist nicht besser.

Ich atme tief durch, um mich zu wappnen. »Lasst uns diesem Spektakel ein Ende bereiten«, flüstere ich dem König zu.

»In der Tat.« Er treibt das Pferd an, und wir traben weiter.

Es ist etwas vollkommen anderes, das Debakel mit eigenen Augen zu bezeugen als Thorins Beschreibung zu lauschen. Je näher wir dem Zirkel kommen, desto mehr Leichen liegen am Boden. Riesige Feuer toben vor uns, erfüllen die Luft mit Licht und Rauch. Die Rebellen fachen sie immer weiter an, sodass immer wieder Funken am Himmel tanzen. Die Laternen, die ich bei meinem Abendessen mit Corrick so bewundert habe, sind entzündet und werfen grelle Farben auf die Gesichter der Rebellen auf dem Podium. Es sind Hunderte.

Am Rande des Podiums knien zwei Dutzend Leute. Viele sind verwundet und bluten.

Sie sind alle gefesselt und werden entweder mit Klingen oder Armbrüsten in Schach gehalten.

Es ist eine makabre Nachstellung der Hinrichtung, die Corrick ausführen sollte.

Hunderte Soldaten stehen knapp außerhalb der Reichweite der Sprengwaffen.

»Ihr werdet uns den König bringen«, ruft ein Rebell. Dann wirft er einen glitzernden Gegenstand, der beim Aufprall auf dem Boden explodiert. Flammen schießen zum Himmel. Die erste Reihe der Soldaten zuckt zurück.

»Den König und seinen Bruder!«, schreit eine Rebellin.

Harristan hält das Pferd in sicherem Abstand zu den Flammen. Sobald die Soldaten uns entdecken, wird ein gutes Dutzend Armbrüste auf uns gerichtet.

»Halt«, sagt Thorin. Er spricht nicht laut, aber laut genug, dass keine Schüsse abgefeuert werden. »Das ist euer König.«

Sofort werden die Armbrüste gesenkt. Die Soldaten sehen von uns zu den Flammen.

»Wir werden anfangen, die Konsuln zu töten«, ruft der Rebell. Er klingt wie Lochlan. »Ihr werdet uns den König bringen.«

»Wenn ihr anfangt, die Konsuln zu töten«, ruft ein Soldat zurück, »haben wir keinen Grund mehr, uns zurückzuhalten.«

»Bringt uns den König!«, ruft ein anderer Rebell. »Bringt uns den König!«

Bald schon nehmen all den Ruf auf. Ein Sprechchor entsteht und weitere Sprengkörper werden geworfen.

Ein Soldat tritt vor. »Eure Majestät«, sagt er. »Erlaubt uns, Euch in Sicherheit zu bringen. Sie haben vor, Euch zu töten.«

»Daraus haben sie kein Geheimnis gemacht.« Harristan schwingt das Bein über den Hals des Pferdes und springt zu Boden. »Bringt mir eine Rüstung.« Er streckt mir die Hand entgegen. »Und besorgt auch Tessa etwas.«

»Rüstung?« Aber Soldaten sind es gewohnt, Befehle zu befolgen. Nur wenige Augenblicke später presst jemand einen Brustpanzer an meinen Körper und befestigt ihn. Die Hitze der Feuer ist fast unerträglich. Schweiß rinnt mir in die Augen. Die Rüstung hilft auch nicht. Ich atme flach.

Die Rebellen rufen immer noch. Bringt uns den König! Bringt uns den König!

»Ich habe euch gewarnt«, brüllt Lochlan.

Aus einer Armbrust wird ein Bolzen abgefeuert. Einer der Gefangenen zuckt zusammen und fällt nach vorne. Ich bekomme keine Luft.

»Das ist Zunft«, sagt einer der Soldaten. »Konsul Zunft.«

Die anderen Geiseln fangen an zu schreien. Viele betteln um ihr Leben.

Die versammelten Soldaten holen gleichzeitig Luft, als wappneten sie sich für Gewalt. Harristan ruft: »Halt!«

Sie halten sich zurück, wirken aber unzufrieden.

Die Miene des Königs ist hart wie Stein, seine Augen eiskalt. Er sieht mich an. »Eine Amnestie, Tessa? Wirklich?«

Ich schlucke schwer. »Wollt Ihr, dass sie *Euch* vergeben?«

Er erwidert meinen Blick. Ich erinnere mich, wie er gesagt hat, *Für die Nachtwache ist es dasselbe.*

»Nicht all diese Rebellen haben Vergebung verdient«, sage ich. »Aber nicht jeder, der verhaftet wurde, hatte eine Bestrafung verdient.«

»Bringt uns den König!«, schreien die Rebellen. »Bringt uns den König!«

Harristan beißt die Zähne zusammen, aber er nickt. »Ich habe deinen Bedingungen zugestimmt. Jetzt müssen wir dafür sorgen, dass sie uns glauben.«

Ich gehe an seiner Seite, als er vorwärtsschreitet. Seine Soldaten geben einen Weg frei. Das Brüllen der Rebellen brandet bei jedem Schritt gegen meine Ohren.

Kurz hinter der ersten Reihe Soldaten hält Harristan an. Ich hätte nicht gedacht, dass es noch heißer werden könnte, aber ich habe mich geirrt. Um die Rebellen herum wüten Feuer, und ich kann den Schweiß auf den Gesichtern der Geiseln erkennen. Ich erkenne Konsulin Kirsch und Konsul Pelham. Corrick ist überzeugt, dass sie zusammenarbeiten – aber jetzt wirken sie nur verängstigt. Die anderen Geiseln sind mir nicht bekannt, aber ich kenne viele der Rebellen. Mir schlägt das Herz bis zum Hals.

»Bringt uns den König!«, schreien die Rebellen.

»Ich bin hier!«, ruft Harristan zurück.

Alle wirken schockiert – sogar viele Männer der Armee. Offensichtlich hatten nicht alle Soldaten unsere Anwesenheit bemerkt. Die Rebellen verstummen für einen langen Moment, dann erhebt sich Jubel.

Dann ändert sich ihr Sprechgesang.

»Tötet ihn! Tötet ihn! Tötet ihn!«

»Wenn ihr mich tötet, kann ich euch nicht helfen!«, ruft er zurück.

Sie werfen eine dieser glitzernden Bomben. Noch bevor sie landet, reißt der König mich ein paar Schritte zurück. Glasscherben und Stahlteile verteilen sich auf dem Pflaster.

Harristan sieht mich an. »Du bist dran.«

Mein Herzschlag setzt kurz aus. Ich weiß nicht, wie ich vorgehen soll. Ich bin ein Niemand. Das hier ist etwas vollkommen anderes als der Angriff auf Corrick. Da gab es nur ihn und mich. Das hier ... ist eine Revolution. Ich habe keine Ahnung, wie ich eine Revolution aufhalten soll.

Ich denke daran zurück, was der König gesagt hat. *Es ist so viel einfacher, einen Krieg zu beginnen, als ihn zu beenden.*

Ich atme einmal tief durch, bevor ich nach vorne trete. »Bitte!«, rufe ich. »Bitte, hört auf ihn. Ihr kennt mich. Ihr wisst, was ich für euch alle getan habe.«

»Tötet ihn! Tötet ihn! Tötet ihn!«

»Bitte«, schreie ich. »Er ist bereit, euch eine Amnestie zu gewähren. Ist bereit, euch alle zu begnadigen. Er ist bereit, etwas zu ändern.«

»Tötet ihn!«

»Er ist hergekommen, um zu reden.« Ich muss nach Luft

schnappen, und erst da wird mir bewusst, dass ich inzwischen weine. Einige Rebellen haben die Armbrüste auf uns gerichtet, aber ich mache trotzdem einen Schritt nach vorne. »Bitte. Bitte, lasst uns das beenden.«

Ein Mann tritt vom Podium, um direkt hinter der Feuerwand anzuhalten. Durch den Nebel aus Rauch und Flammen kann ich sein Gesicht erkennen. Es ist Lochlan. Auch er hält eine Armbrust, und sie ist direkt auf mich gerichtet.

Ich hebe die Hände. Atme flach.

»Bitte«, wiederhole ich. »Bitte, Lochlan. Er ist mit guten Absichten gekommen.«

»Er ist hergekommen, weil wir seine Konsuln töten.«

»Wenn ihr noch weitere tötet, ziehe ich das Angebot für eine Amnestie zurück«, sagt Harristan hinter mir.

Lochlan wendet den Blick nicht von mir ab. »Was für eine Überraschung. Er ändert bereits die Bedingungen.«

»Er versucht euch davon abzuhalten, noch mehr Leute zu töten.« Ich trete noch einen Schritt näher an die Flammen. »Du hattest gesagt, dass auch du weiteren Tod verhindern willst.«

»Und dann? Wir kehren in die Wildnis zurück, er kehrt in den Palast zurück, und dann sterben wir weiter vor uns hin? Ich glaube nicht.« Sein Blick wandert zu Harristan. »Ich vertraue ihm nicht.«

»Aber du vertraust mir«, stoße ich verzweifelt hervor. »Das weiß ich.« Ich mustere die Leute hinter ihm. »Weil sie mir vertrauen. Und sie haben Corrick vertraut.«

Lochlan mustert mich durch die Flammen. Ich sollte ihn hassen, wenn man bedenkt, welche Verbrechen er begangen hat; was er Corrick angetan hat. Aber das kann ich nicht. Wir sind wie zwei Seiten derselben Medaille.

Lochlan strafft seinen Rücken. »Beweist es uns«, sagt er zu Harristan.

»Wie?«

»Schickt die Soldaten weg.«

»Gebt die Geiseln frei.«

»Nein.«

»Dann nein.« Harristans Stimme ist hart wie Stahl.

Ich drehe mich zu ihm um. »Könnt Ihr ihnen nicht irgendetwas anbieten?«, zische ich. »Kann die Armee sich nicht ein Stück zurückziehen.«

»Ich bin in gutem Glauben hergekommen, Tessa. Er muss mir auch entgegenkommen.«

»Er schießt nicht auf Euch.«

»Er ist kein Narr. Wenn er mich umbringt, wird die Armee alle Rebellen niedermetzeln. Er zählt darauf, dass ich die Konsuln retten will. Sie sind sein einziges Druckmittel.« Harristan sieht Lochlan an, dann sagt er laut: »Ich werde meine Armee dreißig Meter zurückziehen, wenn ihr eine Geisel freilasst.«

»Ihr habt Bogenschützen«, sagt Lochlan. »Dreißig Meter sind gar nichts.«

»Sind die Verhandlungen schon jetzt an einem toten Punkt?« Harristan breitet die Arme aus. »Ich bin bereit, mir eure Forderungen anzuhören.«

»Wir wollen Medizin«, sagt Lochlan. »Medizin für alle. Wir wollen überleben.«

Harristan zögert.

Das war immer die Crux an der Sache. Lochlan versteht das nicht. Auch ich hatte es nicht verstanden.

»Ist das ein Nein?«, fragt Lochlan.

»Ich kann nicht genug Medizin versprechen«, sagt Harristan, »aber ...«

»Ihr könnt Eure Armee nicht abberufen. Ihr könnt keine Medizin versprechen.« Lochlan tritt einen Schritt zurück, dann sieht er über die Schulter zu den Rebellen hinter den Geiseln. »Erschießt noch jemanden.«

»Nein!«, schreie ich, aber es ist zu spät. Die Waffe wurde bereits abgefeuert.

Corrick

Wir schaffen es, an der Grenze des Sektors Pferde für uns zu finden, aber die Armee stoppt uns, bevor wir zu Tessa und Harristan vordringen können.

Wir hören, was sie den Rebellen zurufen.

Wir hören das Schnappen der Armbrustsehne, als Lochlan sagt: »Erschießt noch jemanden.«

Die Soldaten drängen nach vorne, aber Harristan stoppt sie mit einem harten Befehl. Ich habe eben gesehen, wie Leander Zunft gestorben ist, der Konsul von Stahlstadt. Diesmal ist es eine junge Frau im Nachthemd. Ich brauche einen Moment, um sie einzuordnen. Es ist die Nichte, die Quint mit Jonas Buching gesehen hat – wie Jonas' wütender Schrei beweist.

Das ist ein kalkulierter Schachzug. Eine weitere Geisel ist tot, aber es war kein Konsul.

Ich zügle mein Pferd, mustere Quint und Rocco. Quint wirkt bleich und presst immer noch eine Hand an seine Seite. Ich wende mich an einen der Soldaten. »Hilf Meister Quint vom Pferd. Er braucht einen Arzt.«

»Ja, Eure Hoheit.«

Quint widerspricht nicht, was mir verrät, dass seine Wunde schlimmer ist, als er sich hat anmerken lassen.

Ich sehe Rocco an. »Lass uns aufbrechen.«

»Aufbrechen?«

»Auf diese Weise wird Harristan keinen Erfolg erzielen. Er braucht eine richtige Verhandlungsbasis.«

»Was können wir ihnen anbieten? Sie haben bereits die Konsuln in ihrer Gewalt.«

Ich treibe mein Pferd an. »Nicht alle.«

Viele der Wachen im Verlies haben ihre Posten verlassen, entweder aus Angst oder aus schierer Notwendigkeit, doch ein paar sind noch anwesend. Im Gefängnis ist es still, als ich über die Treppen ins unterste Geschoss absteige, wo Allisander in einer Zelle sitzt.

Kaum sieht er mich, springt er auf die Beine.

»Corrick«, wütet er. »Ich kann es nicht erwarten, Euch am Ende eines Seils baumeln zu sehen.«

»Ebenso«, sage ich. »Rocco. Geh in die Zelle, und brich ihm die Arme.«

Allisander weicht so schnell von der Gittertür zurück, dass er über seine eigenen Füße stolpert und auf den Hintern fällt. Scheinbar bin ich sehr überzeugend – oder es liegt daran, dass Rocco keinen Moment zögert, nach der Tür zu greifen – weil der Konsul sich rückwärts durch das Stroh schiebt.

»Genug«, sage ich. Rocco hält inne.

Allisander erstarrt, dann steht er langsam auf. Wären seine Blicke Dolche, würde ich bluten.

Aber beim Gedanken an Tessa und Harristan, die sich den Rebellen gestellt haben, will ich ihm persönlich die Arme brechen. Ich lege eine Hand an die Gitterstäbe und halte seinen Blick. »Ihr habt gesagt, Ihr hättet Euch mit anderen Konsuln verbündet, um Harristan zu stürzen. Von wem habt Ihr gesprochen?«

»Ich werde Euch gar nichts erzählen.«

»Erinnert Ihr Euch daran, wie Ihr mich gefragt habt, ob ich Gefangene bei den Befragungen foltere?«, frage ich. Dieses kühle Gefühl der Distanzierung macht sich in mir breit, das es mir immer ermöglicht, zu tun, was getan werden muss. Doch bei Allisander ist es eigentlich gar nicht nötig. »Möchtet Ihr es herausfinden?«

Er tritt vor, als wolle er mich durch die Gitterstäbe hindurch schlagen, doch schon im nächsten Moment hat Rocco die Tür geöffnet und hält ihn auf.

Er dreht Allisander den linken Arm auf den Rücken, wahrscheinlich ein wenig grober als unbedingt nötig. Der Konsul stößt zischend den Atem aus.

Wenn ich Roccos Miene so betrachte, bin ich nicht der Einzige hier, der diesen Mann nicht ausstehen kann.

»Sagt es mir.«

»Nein.«

Ich sehe Rocco an. »Brich ihm einen Finger.«

Der Wachmann verlagert sein Gewicht. Allisander schreit unwillkürlich, bevor er die Zähne zusammenbeißt. Schweißtropfen bilden sich auf seiner Stirn. »Ich werde Euren Körper an mein Tor hängen, Corrick.«

Ich wende den Blick nicht von ihm ab. »Noch einen.«

Diesmal ist das Knacken tatsächlich zu hören. Allisanders Zähne glänzen rot. Er muss sich auf die Zunge gebissen haben.

»Sagt es mir«, fordere ich wieder.

Er starrt mich nur keuchend an.

Erneut wandert mein Blick zu Rocco. »Noch einen.«

»Okay!«, schreit Allisander schrill. »Leander Zunft! Lissa Marpetta!«

Es überrascht mich nicht, Lissas Namen zu hören. Leander liegt tot auf dem Podium des Zirkels, also mache ich mir um ihn auch keine Sorgen.

»Was wisst Ihr über Arella und Roydan?«, frage ich. »Was haben sie vor?«

Er atmet so schwer, dass ich mich frage, ob Rocco gerade einen weiteren Finger nach hinten biegt. »Ich weiß nichts«, antwortet er eilig. »Ich weiß nichts.«

»Brich ihm noch einen Finger.«

»Nein!«, stößt er hervor. »Corrick, ich schwöre es Euch. Arella hat mit Roydan Dokumente aus Händlershalt durchgesehen.«

»Welche Art von Dokumenten?«

»Schiffsprotokolle. Mehr weiß ich nicht.«

Schiffsprotokolle. Das wirkt kaum wichtig genug, um deswegen Geheimtreffen abzuhalten. »Finanzieren sie diese Überfälle?«

»Nein!« Er keucht, dann schluckt er schwer. »Ich meine ... ich weiß es nicht.«

Rocco sieht mich an. »Konsulin Kirsch verkehrt nicht mit Konsul Sallister.«

Stimmt. Arella und Allisander verbindet definitiv keine Freundschaft.

»Wisst Ihr, was passiert ist, während Ihr hier unten eingesperrt wart?«, frage ich Allisander.

»Nein.« Frische Schweißperlen glänzen auf seiner Stirn.

»Rebellen haben den Palast angegriffen. Sie haben die anderen Konsuln als Geiseln genommen. Harristan versucht gerade ihre Freilassung zu verhandeln.«

Allisander reagiert vollkommen anders als erwartet. Sein Blinzeln wirkt fast bestürzt. »Sie haben den *Palast* angegriffen?«

»Ja. Leander Zunft ist tot. Genau wie Jonas Buchings Nichte. Wahrscheinlich sind noch mehr gestorben, während Ihr hier auf Zeit spielt.« Ich halte inne. »Ihr solltet mir dafür danken, dass ich Euch hier unten eingesperrt habe.«

»Sie sollten den Palast nicht angreifen.«

Es dauert einen Augenblick, bis ich die Worte verarbeitet habe.

Sie sollten den Palast nicht angreifen.

»Allisander«, blaffe ich. »Was habt Ihr getan?«

Er antwortet nicht. Rocco bewegt sich leicht, und sofort schreit der Konsul auf.

»Bitte«, wimmert er. »Sie sollten nur die Lieferungen attackieren. Leander war ein guter Mann. Sie sollten nicht in den Sektor eindringen.«

Ich starre ihn an. »Ihr habt mit den Rebellen zusammengearbeitet? Ihr habt dafür gesorgt, dass Eure eigenen Lieferungen angegriffen werden?«

»Es ging doch nur um ein bisschen Medizin hier und da«, meint er. »Sie würden alles dafür tun, Corrick. Es war wirklich leicht, und sie ....«

»Aber ...« Vielleicht bin ich zu müde oder zu schwer verletzt oder einfach zu überwältigt, aber mein Hirn ist unfähig, einen Sinn zu erkennen. »Aber *warum*?«

»Weil Harristan nicht mehr gezahlt hätte, wäre die Versorgung nicht gefährdet gewesen.«

Ich muss einen Schritt vom Gitter zurücktreten.

Ich will ihn persönlich umbringen.

»Ihr habt das für Silber getan?«, herrsche ich ihn an.

»Nein. Ich habe es getan, weil ich Harristan diesmal dazu zwingen konnte, mir zu geben, was ich will.«

Ich erstarre.

»Ich sehe, wie ihr beide die Konsuln manipuliert«, sagt er.

»Wie ihr dafür sorgt, dass wir um Geld streiten. Ich habe es schon als Jugendlicher gesehen, als wir um Teile von Lissas Ländereien gebeten haben.«

»Er war Euer Freund, Allisander!«

»Nein. Er war *nie* mein Freund. Ein *Freund* hätte mich nicht vor dem halben Adel erniedrigt. Ein Freund hätte mir geholfen, einen Weg zu finden, wie ich vor meinem Vater das Gesicht wahren kann. Harristan ist mit niemandem befreundet, Corrick. Er ist nicht mal Euer Freund. Seht Euch an, wie er Euch einen ganzen Tag lang im Verlies hat sitzen lassen.«

Ich umklammere die Gitterstäbe.

»Wisst Ihr, wie lange ich ihn bedrängen musste, bis er Euch tatsächlich beschuldigt hat?«, fragt er, dann lehnt er sich vor und zischt: »*Gar nicht so lange.*«

Ich muss mich willentlich gegen die Zweifel wehren, die er in mir weckt. Ich kenne meine Rolle. Ich weiß, was ich getan habe.

Aber ich begreife erst langsam, was Allisander getan hat.

Ich denke an die Gefangenen, die wir hinrichten wollten, angeführt von Lochlan. Ich habe erklärt, sie wären nicht organisiert ... weil sie das nicht waren. Es waren Unschuldige, die von Allisander zum Schmuggel verlockt wurden – dem Mann, der gleichzeitig die strengsten Strafen für sie gefordert hat.

Ich denke daran zurück, wie Tessa vor den Explosionen im Palast die Blütenblätter zu zwei Haufen geordnet hat. Schlage die Hände vors Gesicht und strenge mich an, alles genau zu durchdenken.

»Ihr habt den Rebellen nicht mal echte Mondflorblüten geben«, meine ich schließlich leise.

»Wieso sollte ich echte Medizin an sie verschwenden?«, antwortet er in indigniertem Ton. »Lissa liefert das andere Zeug seit Jahren an den Palast.«

Ich zucke zurück. Lissa, die nie Forderungen stellt. Lissa, die scheinbar mit den bestehenden Verhältnissen zufrieden ist.

Lissa, die im Salon an mich herangetreten ist und versucht hat, mein Vertrauen in Tessa zu untergraben. Das hatte nichts damit zu tun, dass Tessa eine junge Frau aus der Wildnis ist.

Sondern nur damit, dass Tessa das Wissen und Informationen und den nötigen Zugang besaß, um aufzudecken, was Lissa treibt.

Es ist genau so, wie Tessa gesagt hat, bevor die Rebellen den Palast angegriffen haben: Unser Elixier ist falsch dosiert. Natürlich müssen wir es im Palast dreimal täglich trinken.

Natürlich wirkt Harristan immer, als könne er jeden Moment krank werden.

»Ihr habt diese Revolution angefacht«, sage ich zu Allisander. »Aus kleinlichen Rachegelüsten.«

»Wir alle haben geholfen, diese Revolution anzufachen«, blafft er. »Ihr auch, Eure Hoheit. Ihr, der Königliche Vollstrecker. Ich habe ihnen das nötige Geld geliefert. *Ihr* habt ihnen den Grund geliefert.«

Ich zucke zusammen. Ich kann einfach nicht anders.

Doch dann atme ich einmal tief durch und mustere ihn. Ich kann nicht rückgängig machen, was geschehen ist, aber vielleicht kann ich dabei helfen, die aktuellen Geschehnisse irgendwie aufzuhalten. »Die Rebellen werden sich Harristan nicht ergeben. Er kann ihnen keinen Zugriff auf Mondflorblüten versprechen. Nicht, solange Ihr die Lieferungen verweigert.«

»Mir ist egal, ob die Rebellen Harristan oder die Konsuln umbringen«, antwortet Allisander. »Euer Bruder wird sich so oder so nicht mehr lange an der Macht halten.«

Ich schlage so heftig gegen die Gitterstäbe, dass ein Klirren durch den Gang hallt. »Habt Ihr mir nicht zugehört?«, frage ich. »Hört Ihr mich nicht? Sie werden die anderen Konsuln töten.

Sie haben den Palast in Brand gesteckt. Wenn wir keinen Weg finden, das Chaos zu bereinigen, das Ihr mit anderen angerichtet habt, wird es keine Eliten im königlichen Sektor mehr geben, die Geld für Eure kostbare Medizin ausgeben.«

Er wird bleich.

»Ich werde nicht mit Schmugglern verhandeln«, sagt er.

»Das habt Ihr bereits getan. Und ich will nicht, dass Ihr verhandelt. Ich will Mondflorblüten, und zwar jede Menge davon. Harristan muss sich Zeit erkaufen können.«

»Auf keinen Fall. Ich werde euch kein einziges Blütenblatt …«

»Haltet den Mund.« Ich werfe Rocco einen Blick zu. »Nimm ihn mit.«

Rocco zerrt Allisander aus der Zelle. Er schreit und zappelt, aber der Soldat lässt sich davon kaum beeindrucken, nicht einmal, als wir die Treppen nach oben steigen.

Ich denke an Tessa und Harristan, wie sie den Rebellen entgegentreten. Ich denke an Arella Kirsch, die um Gnade für die Schmuggler gebeten hat, obwohl sie damit jedes Mal in Konflikt mit den anderen Konsuln geraten ist. Ich denke daran, wie Jonas Buching um mehr Geld gefleht hat und wie Allisander ihn beschuldigt hat, das System auszunutzen, um mehr Medizin zu kaufen.

Aber die ganze Zeit über wollte Allisander nur seine Preise erhöhen.

Allisander verstummt, kaum dass wir aus dem Gefängnis auf die Straße treten. Ich weiß nicht, ob es mit dem Rauch in der Luft zu tun hat, oder mit dem Feuer, das immer noch im Ostflügel des Palastes brennt. Ich bin einfach nur froh, dass er die Klappe hält.

»Sie haben das getan?«, fragt er mit gepresster Stimme.

»Ihr habt ihnen alles Nötige geliefert«, blaffe ich.

Rocco fesselt Allisander mit einem Seil die Hände. Ich steige aufs Pferd, nehme das Seil und zerre so abrupt daran, dass Allisander fast nach vorne fällt. »Lauft«, weise ich ihn an.

»Auf keinen Fall werde ich ...«

»Wie Ihr wollt.« Ich wickle das Seil um meinen Sattelknauf und treibe das Pferd an.

Allisander flucht und stolpert und wäre fast gestürzt, dann beschließt er eilig, dass Laufen besser ist, als über den Boden geschleift zu werden. »Das ist Erpressung«, blafft er.

»Medizin«, blaffe ich zurück. »Wie viel könnt Ihr liefern?«

»Nichts.«

Ich sehe zu Rocco. »Lust auf einen kurzen Galopp?« Ich hebe die Zügel und das Pferd beginnt freudig zu tänzeln.

»Schön«, stößt Allisander hervor. »Genug Mondflorblüten für eine Woche.«

»Acht Wochen.«

»Ich kann nicht ganz Kandala acht Wochen lang mit Medizin versorgen ...« Er bricht ab, als wir zwei Leichen auf der Straße umrunden. Zwei Männer der Nachtwache. Einer wurde von einem Pfeil in der Brust getötet, der andere sieht aus, als hätte ihm jemand eine Axt in den Kopf gerammt. Fleisch und Knochen schimmern im Mondlicht. Allisander bemerkt, dass er über Blut und wahrscheinlich noch ganz Anderes läuft und weicht eilig zur Seite aus.

Inzwischen atmet er stoßweise. Wahrscheinlich sehnt er sich nach seinem kostbaren Taschentuch.

»Da sind noch mehr.« Schon zehn Meter weiter liegen drei weitere Leichen. Eine Frau, zwei Männer. Blut klebt an einer Wand, ein dunkler Streifen in der Nacht.

»Zwei Wochen«, sagt Allisander, auch wenn es klingt, als müsste er die Worte über seine Lippen zwingen.

»Sechs«, halte ich dagegen.

»Vier.«

»Sechs.«

»Vier, Corrick! Mehr kann ich nicht liefern, und das wisst Ihr auch.«

Ich sehe auf ihn hinunter. »Doch, Ihr könnt.«

»Ich sage genug Medizin für sechs Wochen zu, wenn Konsulin Marpetta sich ebenfalls dazu verpflichtet.«

»Gewöhnlich folgt sie ...« Ich breche ab. Was haben Lochlan und Karri in der Hütte gesagt, als Tessa meine Wunde genäht hat? *Es gibt einen wohlhabenden Mann und eine Frau. Viele nennen sie die Wohltäter.* Ich dachte, es ginge um Arella und Roydan. Aber Lissa war die einzige Konsulin, die den Palast verlassen hat, bevor all das geschehen ist. »Allisander«, sage ich in forderndem Ton. »Steht Lissa mit Euch im Bunde?«

Er antwortet nicht. Aber das ist auch nicht nötig.

»Sechs Wochen«, sage ich zu ihm. »Und Ihr könnt Euch glücklich schätzen, wenn Harristan danach noch Euren Kopf auf Euren Schultern lässt.« Ich zerre am Seil. »Lauft schneller. Wir müssen einen Krieg verhindern.«

43

TESSA

Wir haben uns in die Reihen der Soldaten zurückgezogen. Die Rebellen haben keine weiteren Konsuln umgebracht, aber sie scheinen einen endlosen Vorrat an diesen gläsernen Bomben zu besitzen, denn sie schleudern diese Dinger auf jeden, der in ihre Nähe kommt. Die Flammen schlagen immer höher, und ihr Sprechgesang variiert zwischen *Tötet den König* und *Wir wollen Medizin*.

Ich stehe allein da, aber um den König drängen sich Ratgeber. »Die Langbogenschützen können einige von ihnen ausschalten«, erklärt ein Hauptmann der Armee, »aber sie können die Konsuln töten, bevor wir alle von ihnen erwischen.«

Harristan reibt sich das Kinn, sein Blick hart und erschöpft.

Er muss die Worte nicht aussprechen, denn ich kenne die Wahrheit bereits. Wenn die Armee angreift, werden die Soldaten alle anwesenden Rebellen töten.

Ich sehe zum Zirkel. Schattenhafte Silhouetten bewegen sich auf dem Podium. All diese Leute müssen ähnlich erschöpft sein wie wir – und verängstigt.

Ich frage mich, ob auch Karri dort oben steht.

Ich trete vor. Niemand versucht, mich aufzuhalten. Vorsichtig schiebe ich mich an die Flammenwand heran, hinter der Lochlan wartet.

Eine Glasbombe erscheint im Rauch. Eilig springe ich zur Seite, aber trotzdem treffen ein paar Funken meinen Rock.

»Hey!«, schreit ein Soldat, aber ich hebe die Hand und wende mich wieder dem Feuer zu.

»Lochlan!«, rufe ich. »Lochlan, bitte. Bitte, sprich mit mir.«

Ein Schatten bewegt sich, dann kann ich Lochlans schemenhafte Gestalt erkennen.

»Ich habe nichts, was ich anbieten könnte«, ruft er.

»Der König will eine Lösung finden«, erkläre ich verzweifelt. »Bitte. Er will keinen Krieg. Er will helfen.«

»Er hatte genug Zeit zu helfen.«

»Er wird euch töten«, rufe ich verzweifelt. »Verstehst du das nicht? Er hat so viel angeboten, wie ihm eben möglich ist.«

»Er tötet uns doch jetzt schon«, sagt Lochlan und ich kann den inneren Aufruhr in seiner Stimme hören. »Das weißt du, Tessa.«

»Ich weiß. Ich weiß.« Und das stimmt. Das war immer das Problem. Es gibt nie genug Medizin für alle. »Aber ... vielleicht ...«

»Vielleicht was?«, ruft Lochlan. »Vielleicht bekommen die Reichen ihren Willen, und für uns wird wieder alles, wie es war? Nein, Tessa. Nein.«

»Nein«, ruft eine Männerstimme hinter mir. Erst mit Verzögerung begreife ich, dass es Corrick ist. Er sitzt auf einem Pferd und führt einen Mann an einem Seil durch den Rauch.

Dann zucke ich überrascht zusammen, denn der Mann ist Konsul Sallister.

»Ihr werdet Medizin bekommen«, sagt Corrick. »Für acht Wochen. Von Allisander Sallister persönlich. Er hat zugesagt, gemeinsam mit uns nach einer Lösung zu suchen, wie wir genug Mondflorblüten für alle zur Verfügung stellen können.«

»Ich habe sechs Wochen gesagt«, zischt Allisander. Corrick tritt ihn gegen die Schulter.

»Sagt es ihnen«, fordert Corrick. »Sagt ihnen, dass Ihr allen Bürgern Medizin für acht Wochen zur Verfügung stellt, wenn sie sich ergeben.«

»Ja«, ruft Allisander. »Ich werde allen Bürgern acht Wochen Medizin zur Verfügung stellen.«

Ein paar Leute sind an den Rand des Podiums getreten und ragen hinter Lochlan auf. Eine Frau sieht aus wie Karri. Sie kommt näher, und ich beobachte, wie sie Lochlans Hand ergreift.

Oh. Das hatte ich nicht verstanden.

»Wir bekommen bereits Medizin«, ruft Lochlan. »Von den Wohltätern.«

»Diese Medizin ist verunreinigt«, rufe ich zurück. »Es wurden andere Blütenblätter untergemischt. Ihr wurdet getäuscht.«

Ein Murmeln geht durch die Menschenmenge – sowohl auf Seite der Rebellen auf dem Podium als auch auf Seite der Soldaten in meinem Rücken.

»Lügen«, sagt Lochlan, doch zum ersten Mal klingt er unsicher.

»Ihr müsst es bemerkt haben«, sage ich. »Tris hat gesagt, die Leute würden immer verzweifelter.« Meine Stimme bricht. »Es gibt mehr Fiebertote, richtig?«, frage ich Lochlan. »Stimmt das?«

Wieder geht ein Raunen durch die Menge.

Ich höre Schritte, dann erscheint der König selbst neben mir. »Acht Wochen Medizin. Wirksame Medizin. Genug, um ein neues Vorgehen zu planen. Ein besseres Vorgehen.« Er hält inne. »Und ich werde mich nicht nur mit meinen Konsuln zu Beratungen treffen. Ihr seid nicht die Einzigen, die getäuscht wurden. Ich werde mich auch mit Euch treffen. Mit einem Rat aus Bürgern.«

Lochlan steht wie erstarrt da, doch er sieht nicht den König an. Sondern mich.

Ich werfe Harristan einen Blick zu. »Die Amnestie«, flüstere ich.

Er atmet tief durch. »Wenn ihr die verbliebenen Geiseln freilasst und zustimmt, den Sektor zu verlassen, werde ich meine Armee wegtreten lassen. Ich garantiere eine Amnestie für alle Taten bis zu diesem Moment, aber kein Sekunde darüber hinaus.«

Lochlan sieht Karri an, bevor er den Blick wieder auf mich richtet.

Aber er stimmt immer noch nicht zu.

Hinter dem Feuer bewegen sich Schatten auf dem Podium. Jemand nähert sich Lochlan. Nach einem Moment erkenne ich Earle, mit dem jungen Forrest neben sich. Mein Herz beginnt zu rasen. Hier herrscht so viel Gewalt, so viel Gefahr.

Aber dann sagt Earle: »Tessa.« Seine Stimme hallt über den Platz. »Als du für Wes gesprochen hast – für Prinz Corrick – hast du all die Dinge aufgezählt, die er für uns getan hat.«

»Ja«, antworte ich. »Er hat vielen von euch geholfen.«

»Doch als er all das getan hat, war er trotzdem der Königliche Vollstrecker.«

Ich muss gegen einen Kloß in meiner Kehle anschlucken. »Ja.« Meine Stimme bricht. Ich spüre, wie die Soldaten in meinem Rücken sich anspannen. Alles wird wieder aus den Fugen geraten. Diese Leute haben keinen Grund, König Harristan oder Prinz Corrick zu vertrauen. »Ja. Ich weiß.«

»Aber du nicht«, sagt Earle.

Mir stockt der Atem. »Was?«

»Du warst einfach Tessa.«

Eine Frau tritt vor. Fast hätte ich sie nicht erkannt, so rußverschmiert ist ihr verschwitztes Gesicht. Bree, die junge Witwe. »Tessa.« Sie spricht nicht so laut wie Earle, sodass ich mich vorbeugen muss, um sie zu verstehen. »Du hast all die Dinge aufgezählt, die Wes getan hat. Aber du hast nie über deine Taten gesprochen.« Ihre Stimme zittert. »Du hast den Arm meines Jungen geschient, als er ihn sich beim Sturz von einem Baum gebrochen hat. Du hast mir gezeigt, wie man heilende Umschläge macht.«

»Du hast Forrest gerettet«, sagt Earle. »Vor der Nachtwache.«

Ein weiterer Mann tritt vor. »Du hast meine Hand genäht, als ich sie mir an einer Axt verletzt hatte.«

Eine ältere Frau. »Du hast mir Decken gebracht, als die Mäuse meine zerfressen hatten.«

Nacheinander treten die Rebellen an den Rand des Podiums. Jeder Einzelne von ihnen erzählt, wie ich ihnen geholfen habe.

»Du hast uns Medizin gebracht.«

»Du hast bei der Geburt meines Kalbes geholfen. Ich dachte, ich würde die Kuh verlieren.«

»Du hast mir beigebracht, wie man eine Brandsalbe anfertigt.«

Meine Kehle ist wie zugeschnürt, und Tränen rinnen über mein Gesicht, aber sie machen immer weiter.

»Du hast uns gezeigt, wie wir die Medizin strecken können.«

»Du hast uns geholfen, uns selbst zu retten.«

»Hier stehen nur deinetwegen noch so viele von uns.«

Corrick tritt neben mich. Er ergreift meine Hand und verschränkt unsere Finger. »Ihr vertraut mir nicht«, ruft er den Rebellen zu. »Und das erwarte ich auch nicht.« Er sieht auf mich herunter, ein warmes Leuchten in seinen blauen Augen. »Aber ihr vertraut Tessa.«

»Ich vertraue Tessa«, sagt Earle.

»Ich vertraue Tessa«, sagt Bree.

Der Sprechchor, der sich langsam entwickelt, schnürt mir die Kehle zu, sodass ich kaum atmen kann. Ihr Glauben an mich scheint unerschütterlich – dabei stehen sie kurz davor, von dieser Armee hingemetzelt zu werden, wenn sie die Waffen nicht niederlegen.

Lochlan starrt mich immer noch an. »Du vertraust dem König«, ruft er mir zu.

»Früher habe ich das nicht getan.« Ich halte inne. »Aber jetzt tue ich es.« Ich schlucke schwer. »Lochlan. Bitte. Hier befinden sich so viele Menschen. Setz nicht all diese Leben aufs Spiel.«

Lochlan sieht Harristan an. »Eine Amnestie?«, fragt er. »Und acht Wochen Medizin.«

König Harristan nickt. »Du hast mein Wort. Die Konsuln sind meine Zeugen.«

Lochlan seufzt. »Schön. Lasst uns hoffen, dass wir nicht beide Narren sind.« Er legt seine Armbrust auf den Boden. Die anderen Rebellen folgen seinem Beispiel.

Harristan schweigt einen langen Moment, sodass ich mich fast frage, ob das alles nur ein Trick war; ob die Soldaten beginnen werden, die Rebellen nacheinander zu erledigen.

Aber dann dreht der König sich zu seiner Armee um. »Zieht euch zurück. Gebt den Weg frei.«

Mir wird schwindelig vor Erleichterung, und ich drehe mich zu Corrick um. Schmerz brennt in seinen Augen, und erst jetzt fällt mir auf, dass er sein verletztes Bein schont und Blut aus der Wunde an seiner Augenbraue rinnt.

»Du solltest nicht hier sein«, sage ich. »Du bist verletzt.«

Er legt die Hände an meine Taille. Ihr Zittern verrät mir, dass sein Selbstbewusstsein nur aufgesetzt ist. »Jemand hat mir mal gesagt, dass wir uns an die Spitze der Revolution stellen sollten, statt uns in den Schatten zu verbergen. Ich konnte dir und Harristan nicht den ganzen Spaß allein überlassen.«

Er beugt sich vor, um seinen Mund auf meinen zu pressen, für einen kurzen Moment, bevor er mich in eine feste Umarmung zieht. Er hat seine warmen, kräftigen Arme um meinen Rücken geschlungen, doch ich spüre seine Erschöpfung. Hinter uns zieht die Armee sich zurück, die Flammen verglühen langsam und die Rebellen geben ihre Geiseln frei.

Die Luft knistert immer noch vor Anspannung, doch zum ersten Mal scheint darunter vorsichtige Hoffnung zu entstehen.

44

CORRICK

Der Ostflügel des Palastes hat durch Feuer und Rauch schwere Schäden davongetragen und ist daher nicht bewohnbar, aber der westliche Teil ist kaum betroffen. Es gab viele Tote, aber aufgrund der späten Stunde zur Zeit des Angriffs waren viele Palastangestellte bereits nach Hause gegangen. Als wir mit Tessa und den Konsuln in den Palast zurückkehren, stelle ich schockiert fest, dass Quint bereits Räume hat vorbereiten lassen – um im Anschluss auf einer Chaiselongue im schwach erleuchteten Salon zu kollabieren.

Die Konsuln schlurfen in ihre Räume, aber Harristan zögert im Flur. Er mustert Quint, der tief schläft und dabei leise schnarcht.

»Ich werde ihn aufwecken«, sage ich.

»Nein. Lass ihn schlafen.« Harristan sieht mich an.

Ich kann seine Miene nicht deuten, aber sein Blick ist stechend. Wir mögen die Rebellen aufgehalten haben – für den Moment – aber zwischen uns gibt es noch viel zu besprechen. Eigentlich will ich neben Quint auf dieses Sofa sinken, aber stattdessen wappne ich mich innerlich.

Harristan atmet ein, aber Tessa hebt eine Hand. »Morgen«, flüstert sie.

Mein Bruder schweigt, aber sein stechender Blick trifft jetzt Tessa.

Ich sehe, wie sie zusammenzuckt, doch dann streckt sie ihren Rücken durch. »Morgen, Eure Majestät. Wenn es Euch recht ist, ähm, würde ich das gerne noch auf die Liste meiner Forderungen setzen.«

»Es sei dir gestattet«, gesteht er ihr zu.

Ich mustere sie. Selbst erschöpft und zerzaust ist sie schöner als jede andere Frau. »Deine Forderungen?«

Sie errötet und kaut nervös auf der Unterlippe.

Bevor sie antworten kann, schlägt Harristan mir die Hand auf die Schulter. »Du hast sie gehört, Cory. Morgen.«

Das Morgen kommt, aber Harristan besucht meine Gemächer nicht. Und auch am nächsten Tag sehe ich ihn nicht. Er sendet mir eine Botschaft, in der er mich anweist, mich zu erholen. Zu warten. Ich höre von den Wachen, dass er sich mit allen Konsuln einzeln trifft, um Pläne für die Zukunft zu besprechen. Lissa Marpetta hat sich in ihrem Sektor verschanzt, aber Harristan hat ein Armeeregiment ausgeschickt, um sie in den Palast zu bringen und für die Lieferungen gefälschter Mondflorblüten zur Verantwortung zu ziehen.

Konsul Sallister hat versucht, den Palast zu verlassen, wurde aber am Tor aufgehalten. Jede Nachricht, die er verschickt, wird gelesen. Jede Mondflorblüten-Lieferung wird genau inspiziert, bevor die Medizin verteilt wird.

Im königlichen Sektor herrscht immer noch große Anspannung. Die Leute fürchten sich vor den Rebellen – und davor, dass keine Medizin mehr ankommen könnte. In der Stadt herrscht eine nervöse Stimmung.

Aber ich höre nichts von Angriffen. Ich höre keine Alarmglocken.

Es landet auch niemand im Verlies. Der Königliche Vollstrecker wird nicht gerufen.

Quint besucht mich nicht allzu oft. Er ist genauso beschäftigt wie mein Bruder – auch wenn seine Aufgabe ist, die Reparaturen am Ostflügel durch Schreiner und Stahlarbeiter und andere Handwerker zu organisieren.

Tessa dagegen besucht mich oft. In jeder Pause ihrer Arbeit mit den Palastärzten, zu jedem Abendessen, in jeder freien Minute. Ich bringe ihr bei, wie man Schach spielt, und sofort schlägt sie mich in einer Partie. Sie erzählt mir, dass der oberste Palastpharmazeut beim Angriff getötet wurde; dass es Gerüchte gibt, dass er mit Lissa Marpetta zusammengearbeitet hat.

Ich lausche gespannt den Gerüchten und mache mir Sorgen um meinen Bruder. Ich mache mir Sorgen um Kandala. Ich sorge mich, dass es keine Lösung für die Zukunft gibt; dass wir nach acht Wochen keinen Deut klüger sein werden als jetzt.

Tessa ergeht es ähnlich.

Ich schicke meinem Bruder Botschaften. Anfragen. Bitten. Forderungen.

Seine Antwort ist immer dieselbe: *Morgen.*

Zu Beginn genieße ich die Ruhepause.

Am siebten Tag bereitet mein Knöchel mir keine Probleme mehr und die meisten Prellungen sind verblasst. Ich stehe kurz davor, meine Maske und meinen Hut aufzusetzen, um als Wes durch die Wälder zu streifen, einfach, um mich aus der Langeweile zu befreien.

Als Harristan eine weitere Vertagung sendet – *Morgen, Cory, wenn ich Zeit finde* –, zerknülle ich das Papier und werfe es in den Kamin.

Und dann stampfe ich durch den Flur zu seinen Gemächern.

Rocco hat Dienst. Bisher haben die Wachen meines Bruders noch nie verhindert, dass ich seine Räume betrete, aber jetzt frage ich mich, ob sich das vielleicht geändert hat.

Doch Rocco nickt mir zu. »Eure Hoheit. Der König diniert mit Meister Quint.«

»Wunderbar. Ich werde mich ihnen anschließen.« Ich drücke die Klinke herunter.

Harristan redet und Quint schreibt, als ich in den Raum stürme. Beide sehen mich überrascht an.

Quint steht sofort auf. »Eure Hoheit.«

»Corrick«, sagt Harristan. »Ich hatte dir doch die Nachricht gesendet, dass wir uns morgen treffen können.«

»Hmm.« Ich gehe zum Beistelltisch und gieße mir ein Glas Brandy ein. »Ich bilde mir ein, das hätte ich schon mal gehört.«

»Soll ich Euch einen Moment Privatsphäre gewähren?«, fragt Quint und sammelt seine Papiere ein.

»Ja«, sage ich.

»Nein«, antwortet Harristan. »Corrick, wir können uns morgen treffen ...«

»Ich bin der Königliche Vollstrecker«, blaffe ich, »und die Hälfte der Konsuln war an einem verräterischen Komplott gegen dich beteiligt, Harristan. Ich sollte Teil dieser Sitzungen sein.« Ich trete vor und knalle mein Glas auf den Tisch. »Ich sollte sie befragen. Ich sollte ihre Ländereien überprüfen und die Dosierungen ihres Elixiers und ...«

»Es reicht.« Harristan hebt eine Hand. »Du hast recht. Der Königliche Vollstrecker sollte all diese Dinge tun.« Ich höre keine Kritik in seiner Stimme, als er weiterspricht: »Aber ich habe gehört, dass du in dieser Rolle nicht allzu glücklich warst.«

Er spricht leise, aber seine Worte lasten schwer auf mir. Für einen kurzen Moment scheint sich der Raum um mich zu drehen.

Ich weiß nicht, was ich sagen soll.

Ich weiß nicht, was ich sagen *will*.

Zu meinem großen Entsetzen wird meine Brust eng und ich muss den Blick abwenden.

Quint stapelt die letzten Dokumente. »Ich werde noch ein Mahl bringen lassen.« Aber auf dem Weg zur Tür hält er neben mir an. »Bevor du mit Tessa zum Zirkel gefahren bist, habe ich gesagt, du könntest nur der Königliche Vollstrecker sein.« Er hält inne. »Ich habe mich geirrt. Du solltest Corrick sein.« Er wirft Harristan einen kurzen Blick zu, bevor er erneut mich ansieht. »Besonders hier. Besonders jetzt. Du bist schon zu weit gekommen.«

Ich schlucke schwer. »Danke dir, Quint.«

»Immer.«

Dann verschwindet er, und ich bleibe allein mit meinem Bruder zurück.

Ich atme einmal tief durch. Leere mein Glas. Kehre zum Beistelltisch zurück, um es erneut zu füllen.

Harristan erscheint neben mir und nimmt mir die Flasche aus der Hand. »Cory.«

»Wen wirst du statt mir ernennen?«, frage ich, in harscherem Ton, als ich selbst erwartet habe. »Rocco ist klüger, als ich gedacht habe, und er würde nicht vor Gewalt zurückschrecken.«

»Ich werde dich nicht ersetzen.«

»Ah. Also willst du mich in meinen Gemächern verrotten lassen?«

»Nein.« Er seufzt. »Ich habe versucht zu verstehen, was genau du eigentlich tust.«

Ich erstarre. »Was soll das heißen?«

»Es bedeutet, dass ich die Konsuln befragt habe. Ich war im Verlies. Ich habe …«

»Du warst im Verlies?«

»Ja. Du hattest recht damit, dass Gefangene ihre Möbel zu Waffen umfunktionieren.«

Gegen meinen Willen muss ich lachen. »Ich hatte es dir gesagt.«

Er lächelt nicht. Stattdessen fängt er meinen Blick ein. »Ich werde dich nicht ersetzen. Aber ich will auch nicht, dass alles weiterläuft wie vorher. Ich möchte mich nicht mehr hinter dem Königlichen Vollstrecker verstecken.«

»Du hast dich nie versteckt, Harristan.«

»Vater hat es getan.« Er zögert. »Und ich frage mich, ob dieser Umstand mitverantwortlich war für den Tod unserer Eltern.« Wieder folgte ein Moment der Stille. »Es gibt nur wenige Leute im Palast, denen ich vertraue. Ich könnte dich nie ersetzen.«

Ich ziehe die Augenbrauen hoch; ich habe den Eindruck, dass da noch etwas kommen muss. »Aber?«

»Aber ich möchte nicht, dass du denkst, du müsstest deine wahren Gefühle vor mir verbergen. Ich will nicht fürchten müssen, dass du mich anlügst.« Die letzten Worte klingen scharf.

Ich schlucke schwer. Senke den Blick. Ich denke an diesen Moment im Verlies, als Allisander erklärt hat, mein Bruder wäre nicht mein Freund, weil er mich einen ganzen Tag in der Zelle gelassen hat. In diesem Moment hatte er nicht ganz unrecht – aber ich hatte die Wahl getroffen, die mich in diese Situation gebracht hatte. Harristan trug keine Schuld. »Vergib mir.«

Er zögert, dann verwuschelt er mir das Haar, wie er es schon im Verlies getan hat. »Dir sei verziehen.«

Ich ducke mich unter seiner Berührung hinweg. »Also ... soll ich nicht mehr den grausamen Corrick geben?«

Er verzieht das Gesicht. »Es gibt so viele Gerüchte und

Unruhe. Wenn nur ein Bruchteil davon zutrifft, wird es noch viele Gelegenheiten geben, um den grausamen Corrick zu spielen. Aber wir haben uns auf die Verbrechen derjenigen konzentriert, die kaum etwas haben; die ihre Straftaten aus schierer Verzweiflung begehen. Die wahre Revolte hat hier im königlichen Sektor stattgefunden. In unserer direkten Umgebung.«

»Hast du schon Ideen?«

»Ich habe sie gerade Quint diktiert, als du in den Raum gestürmt bist.« Seufzend gießt er sich ein Glas Brandy ein, dann schlägt er meine Hand beiseite, als ich ebenfalls nach der Flasche greife. »Ich habe immer noch keine Ahnung, wieso Roydan und Arella sich heimlich getroffen haben, um Schiffsprotokolle zu studieren. Und wir werden etwas in Bezug auf Leander Zunfts Sektor unternehmen müssen. Ich kann mir keine zwei Sektoren ohne Konsul leisten. Der Sprengstoff für diese Feuerbomben stammte aus Händlershalt, also müssen wir herausfinden, über welche Wege er geschmuggelt wurde. Ich vermute, wir haben mehr Verräter in unseren Reihen als nur Allisander.« Er fährt sich mit der Hand durchs Haar. »Wir müssen einen Aufseher ernennen, der ...«

Es klopft an der Tür. »Eure Majestät«, ruft Rocco. »Das Essen ist da.«

Ich schenke meinem Bruder ein Lächeln. »Lass uns arbeiten.«

TESSA

Eine Woche nach der Rebellion führt König Harristan mich zu einem neuen Zimmer im Palast.

»Nicht zu opulent«, sagt er, als sein Wachmann die Tür öffnet. »Wie du es wolltest.«

Mir fallen fast die Augen aus dem Kopf. Diese Räumlichkeiten sind opulenter als alles, worin ich bisher gewohnt habe – die kleine Suite eingeschlossen, die ich bewohnt habe, seitdem die Rebellen den Palast bei dem Angriff beschädigt haben. Diese Räume liegen nicht weit von Corricks Schlafgemach entfernt. Schon der Flur hier ist so prunkvoll eingerichtet, dass ich immer das Gefühl habe, ich dürfe nur mit gedämpfter Stimme sprechen. Das Zimmer ist so riesig, dass ich gar nicht alles gleichzeitig in mich aufnehmen kann. Glitzernder Marmor und glänzendes Holz und üppige Wandbehänge und ein Bett so groß wie ein Meer. Dieser Raum ist mindestens dreimal größer als das Smaragdzimmer, in dem ich in meiner ersten Nacht im Palast geschlafen habe. Es ist zu schick. Zu groß.

Einfach zu viel.

Definitiv zu opulent, und das weiß er auch.

Oder er hat tatsächlich keine Ahnung. Vielleicht ist das Teil des Problems. Nicht nur in Bezug auf den König, sondern auch in Bezug auf alle Eliten.

»Es ist wunderschön«, sage ich langsam. »Aber ich meinte ...«

»Corrick und ich haben über die Konsuln und die Rebellion gesprochen und darüber, wie es jetzt weitergehen soll. Wir vermuten, dass Allisander und Lissa nicht die Einzigen waren, die gegen den Thron agitiert haben, also werden wir die anderen Konsuln nicht einladen. Wir haben die Revolution noch nicht aufgehalten, Tessa. Wir haben sie nur ein wenig verlangsamt.«

Ich starre ihn an. »Ja, Eure Majestät.«

Er ist noch nicht fertig. »Nachdem wir den Konsuln nicht vertrauen können, möchte ich, dass du in Bezug auf Lochlan und die anderen Rebellen als meine persönliche Beraterin agierst, wann immer du nicht gerade mit den königlichen Ärzten zusammenarbeitest.« Ich werde bleich, und er fragt: »Du wolltest doch eine Aufgabe, richtig?«

Nun, ja. Ich habe um Arbeit gebeten.

Dann lässt er mich mit offenem Mund im Flur stehen und wandert einfach davon.

»Danke?«, flüstere ich, aber er ist bereits verschwunden.

Wie dieses neue Zimmer erscheint mir auch die mir zugedachte Aufgabe als zu groß für mich. Aber ich wollte Teil des Wandelns sein; ich wollte an der Spitze der Bewegung stehen.

Ich habe in der letzten Woche jeden Morgen mit Quint und Corrick gefrühstückt. Der Palastmeister berichtet ständig von Gerüchten über die Konsuln und ihre Loyalität, über Allisander und seine wenig subtile Feindseligkeit gegenüber Harristan und Corrick. Darüber, wer vertrauenswürdig ist und wer nicht. Auch wenn die Stimmung hoffnungsvoll ist, herrscht doch gleichzeitig auch Angst. Die Präsenz der Wachen im Palast wurde verdoppelt.

Meine Tage sind mit Sitzungen gefüllt, aber meine liebste Tageszeit kommt abends, wenn die Sonne untergegangen ist. Dann wandle ich mit Corrick unter den Sternen dahin, während das Mondlicht sein Gesicht in Schatten hüllt.

Heute Abend ist es kühler geworden, und das Blau des sich verdunkelnden Himmels ist so intensiv, dass es fast schwarz wirkt. Wir nähern uns dem brennenden Bogen, von dem stetig Funken in den Teich darunter fallen.

Ich zittere. Sofort zieht Corrick sein Jackett aus und legt es mir um die Schultern.

»Danke«, sage ich.

»Steht dir sowieso besser«, antwortet er. Ich lächle.

Er nicht.

Ich weiß, dass Corrick sich mit Harristan getroffen hat. Er hat erklärt, sie wären entschlossen, das Leben der Menschen in Kandala zu verbessern. Aber das bedeutet nicht, dass die Dinge zwischen uns geklärt wären. Ich erinnere mich, wie ich mit Harristan durch die Wildnis gewandert bin und er erklärt hat, der König müsse von niemandem bemitleidet werden.

Ich frage mich, ob Corrick das tatsächlich denkt.

Ich verschränke meine Finger mit seinen. »Du wirkst besorgt.«

»Harristan hat gesagt, er will sich nicht mehr hinter dem Königlichen Vollstrecker verstecken.«

Ich warte darauf, dass er weiterspricht, aber er schweigt. Ich runzle die Stirn. »Das halte ich für weise.«

»Ich glaube nicht, dass er sich je versteckt hat, Tessa. Wir haben nie verborgen, wer wir sind.« Er zögert. »Es steht so viel auf dem Spiel. Allisander und die anderen wollten Harristan stürzen. Ich mache mir Sorgen, dass sie es erneut versuchen werden, wenn es keinen Königlichen Vollstrecker mehr gibt.«

Ich halte abrupt inne. Starre ihn an.

Er bemerkt meine Miene. »Was?«, fragt er und klingt dabei fast trotzig. »Genau das ist unseren Eltern geschehen.«

»Hast du gehört, was du gerade gesagt hast?«

»Wenn es keinen Königlichen Vollstrecker mehr gibt ...«

»Nein! Du hast gesagt: ›Wir haben nie verborgen, wer wir sind‹.« Ich will ihn schütteln. »Corrick! Du hast deinen wahren Charakter *immer* verborgen. Und ich glaube, Harristan hat dasselbe getan.«

Er zuckt leicht zusammen, dann seufzt er und macht Anstalten weiterzugehen. Doch ich halte ihn fest. Er blickt ernst auf mich herunter.

»Die Leute haben Wes und Sullivan geliebt«, flüstere ich. »Gib ihnen die Chance, auch Harristan und Corrick zu lieben.«

Er lässt den Daumen über meine Lippen gleiten. »Sie haben auch Tessa Cade geliebt, vergiss das nicht.«

»Du schaffst das«, sage ich leise.

Er schüttelt leicht den Kopf, dann gibt er mir einen sanften Kuss. »*Wir* schaffen das.«

Dann finden seine Hände meine Taille. Ich ertrinke in seinen Augen und atme dieselbe Luft wie er. Die Dunkelheit legt sich wie eine Decke um uns, bis ich nichts mehr wahrnehme als die Wärme von Corricks Händen und den Klang seiner verführerischen Stimme direkt an meinem Ohr. Es gibt so viel zu tun, so vieles zu erhoffen.

Aber für einen kurzen Moment schließe ich die Augen, schmiege mich in seine Berührung und erinnere mich, wie es war, als wir nur zu zweit der Nacht getrotzt haben.

Tessas und Corricks Abenteuer
geht weiter in:

Brigid Kemmerer
HÜTE DEN MORGEN

Danksagung

Von dem Moment an, als ich Disneys Zeichentrickfilm *Robin Hood* gesehen (und mich in den Streifen verliebt) habe, habe ich Geschichten über angebliche Gesetzlose verschlungen, die in Wirklichkeit zum Besten des Volkes handeln. Ich habe jede Version solcher Geschichten angesehen oder gelesen, die ich finden konnte, von Kevin Costners *Robin Hood* über die alte Schwarz-Weiß-Serie *Zorro* bis hin zu Young-Adult-Romanen wie Cynthia Voigts *Jackaroo* oder Lynn Flewellings *Das Licht in den Schatten*. Als ich die Charaktere von Tessa Cade und Weston Lark entworfen habe – die Medizin stehlen, um dem Volk von Kandala zu helfen –, wusste ich von Anfang an, wo ihre Reise hinführen soll. Den ersten Entwurf von *Trotze der Nacht* habe ich im Frühherbst 2019 fertiggestellt. Dann musste ich mich auf die Arbeit an *Ein Schwur, so mutig und schwer* konzentrieren. So kam es, dass die Mail mit den ersten redaktionellen Anmerkungen meiner unglaublichen Lektorin, die mich im Januar 2020 erreichte, ungelesen in meinem Posteingang lag, bis ich *Ein Schwur* beendet hatte.

Und dann kam im März 2020 die Covid-19-Pandemie über die Welt.

Nachdem es in *Trotze der Nacht* um ein Königreich geht, dessen Bevölkerung an einer mysteriösen Krankheit leidet, weiß ich, dass es viele Vergleiche geben wird. Und ich rechne fest mit den Fragen danach, ob es ein »Pandemie-Buch« ist. Wenn du so weit gelesen hast, weißt du, dass das nicht stimmt, aber die Weise, wie Covid-19 die Welt beeinflusst hat, hat meine Sicht auf das Königreich von Kandala genauso verändert wie auf die Verantwortung, die Herrschende gegenüber ihrer Bevölkerung tragen – besonders in Zeiten von Herausforderungen und Spannungen. Meine Lektorin und ich haben den Roman mehrfach überarbeitet, um euch das Buch zu präsentieren, das ihr jetzt in Händen haltet. Und wie gewöhnlich hat Mary Kate mich weiter angetrieben, bis alles perfekt war.

Also werde ich genau dort mit meiner Danksagung anfangen: Mary Kate Castellani, meine wunderbare Lektorin bei Bloomsbury, sorgt immer dafür, dass meine Bücher besser werden … und dann entdeckt sie noch mehr Potenzial und bedrängt mich, bis das Buch ein ganz neues Level erreicht. Ich bin dir so dankbar für deine Hilfe und Unterstützung. Und es freut mich unglaublich, dass wir in der Zukunft gemeinsam an weiteren Büchern arbeiten werden.

Auch meinem Ehemann Michael möchte ich aus tiefstem Herzen danken. Einen besseren Unterstützer als ihn kann es eigentlich nicht geben. Ich werde niemals vergessen, wie er, als ich das erste Mal nach Literaturagenten gesucht habe, gesagt hat: »Glaubst du wirklich, dass deine Bücher gut genug sind, dass Leute Geld dafür zahlen werden, sie zu lesen?« Das war eine entscheidende Frage in einem entscheidenden Moment. Ich habe einen Moment darüber nachgedacht und dann geantwortet: »Ja, tue ich.« Und er hat nur genickt und gesagt: »Dann lass uns das machen.« Seit diesem Tag steht er hundertprozentig hinter mir und ich schätze jede Sekunde, die wir gemeinsam verbringen.

Und auch das gesamte Team bei Bloomsbury beeindruckt mich jedes Mal wieder mit seinem unglaublichen Engagement für die Bücher, die bei ihnen im Verlag erscheinen. Ich bin so dankbar für die Hilfe. Ein großes Dankeschön geht an Adrienne Vaughan, Erica Barmash, Faye Bi, Phoebe Dyer, Claire Stetzer, Beth Eller, Ksenia Winnicki, Rebecca McNally, Ellen Holgate, Pari Thompson, das Korrekturteam, die Grafikabteilung und jede einzelne Person bei Bloomsbury, die daran mitarbeitet, meine Bücher zum Erfolg zu tragen. Ein besonderer Dank geht an Lily Yengle, Tobias Madden, Mattea Barnes und Meenakshi Singh für ihre unglaubliche Leistung dabei, mein Street Team zu organisieren.

Und wo wir gerade von meinem Street Team sprechen – ihr seid Teil des Erfolges. VIELEN DANK. Es bedeutet mir so viel, dass es dort draußen Tausende von euch gibt, die sich für meine Bücher interessieren. Und ich werde niemals vergessen, was ihr getan habt, um meine Bücher bekannt zu machen.

Meine Agentin, Suzie Townsend von der New Leaf Literary Agency war vom Beginn unserer Zusammenarbeit an mein Fels in der Brandung. Suzie, vielen Dank für deine Zeit und deine Hilfe, während wir der Welt weitere Bücher schenken. Zusätzlich möchte ich auch Dani Segelbaum dafür danken, dass sie hinter den Kulissen so viel regelt.

Besonderen Dank schulde ich auch meinen Autorinnen-Freundinnen Gillian McDunn, Jodi Picoult, Jennifer L. Armentrout, Phil Stamper, Ava Tusek und Amalie Howard. Ich weiß wirklich nicht, wie ich ohne eure Unterstützung den Tag durchstehen soll. Ihr lest meine Manuskripte, haltet mir das Händchen, hört mir zu, redet mit mir und unterstützt mich. Ich bin so dankbar, dass ihr alle Teil meines Lebens seid.

Noch weitere Personen haben das Buch im Entstehungsprozess gelesen und mich an ihren Einsichten teilhaben lassen, deswegen möchte ich mir hier die Zeit nehmen, auch Christina Labib, Shyla Stokes, Reba Gordon, Ava Tsek und Isabel Ibañez zu danken.

Ein besonderes Dankeschön geht an meine »Quaranteam«-Moms – Christina Labib und Siobhan Reed – dafür, dass sie mir geholfen haben, das Jahr 2020 zu überstehen (und im Jahr 2021 anzukommen). Ihr habt mich in einem wirklich herausfordernden Jahr auf den Beinen gehalten, und dafür bin ich euch unendlich dankbar.

Zudem möchte ich allen danken, die dabei geholfen haben, meine Bücher bekannt zu machen, egal, ob ihr jemandem ein Buch in die Hand gedrückt habt oder ob ihr in BookBlogs, auf Twitter, Tumblr, Instagram, Facebook oder jetzt TikTok darüber gesprochen habt. Damit wende ich mich an Leser, Rezensenten, Blogger, Bibliothekare, Buchhändler, Lehrer, Künstler und Cosplayer aller Geschlechter. Ich danke euch aus tiefstem Herzen dafür, dass ihr mir helft, meine Träume wahr werden zu lassen. Ich weiß, dass Lesen und Rezensieren und Verkaufen und etwas zu schaffen manchmal ein undankbarer Job sein kann. Aber ich schätze und danke euch für alles, was ihr tut.

Und ein großes Dankeschön geht an dich! Ja, dich. Du hältst gerade dieses Buch in Händen. Vielen Dank. Danke, dass du Teil meines Traums bist. Ich fühle mich geehrt, dass du dir die Zeit genommen hast, meinen Charakteren Zugang zu deinem Herzen zu gewähren.

Und als Letztes möchte ich den Kemmerer-Jungs dafür danken, dass sie in Daddys Fußstapfen getreten sind und mich genauso sehr unterstützen, wie er es tut. Ihr überrascht mich immer wieder, und ich freue mich jeden Tag darüber, eure Mom zu sein.

Jennifer L. Armentrout

Eine Liebe im Schatten

Geheimnisvoll, sexy und magisch

Für alle Fans der SPIEGEL-Bestsellerautorin ist der Auftakt der atemberaubenden Serie aus der Welt von *Blood & Ash* ein absolutes Muss!

Die Aufgabe der Auserwählten Sera lautet: Verführen, töten, Königreich retten. Doch sie hat die Rechnung ohne ihr Herz gemacht ...

978-3-453-32238-7

Leseprobe unter www.heyne.de

HEYNE